U0528720

# 时间旅行者的妻子

［美］奥德丽·尼芬格 著　　夏金　安璘 译

人民文学出版社

著作权合同登记号　图字 01-2016-7375

Audrey Niffenegger
The Time Traveler's Wife

Copyright © 2003 by Audrey Niffenegger
Published in agreement with Regal Hoffmann & Associates, through The Grayhawk Agency
Simplified Chinese edition copyright © 2016 by Shanghai 99 Readers' Culture Co., Ltd.
All rights reserved.

**图书在版编目(CIP)数据**

时间旅行者的妻子/(美)奥德丽·尼芬格著；夏金，安璘译.—北京：人民文学出版社，2016
ISBN 978-7-02-012007-9

Ⅰ.①时… Ⅱ.①奥…②夏…③安…… Ⅲ.①长篇小说-美国-现代 Ⅳ.①I712.45

中国版本图书馆 CIP 数据核字(2016)第 221757 号

责任编辑：马爱农
特约策划：邱小群
封面绘图：左　君
封面设计：汪佳诗

出版发行　人民文学出版社
社　　址　北京市朝内大街 166 号
邮政编码　100705
网　　址　http://www.rw-cn.com

印　　制　山东德州新华印务有限责任公司
经　　销　全国新华书店等

开　　本　890 毫米×1240 毫米　1/32
印　　张　14.25
字　　数　440 千字
版　　次　2007 年 4 月北京第 1 版
印　　次　2016 年 12 月第 1 次印刷

书　　号　978-7-02-012007-9
定　　价　42.00 元

如有印装质量问题，请与本社图书销售中心调换。电话：010-65233595

"钟摆上的时间只是我们的银行经理,
税务官,和警局督察;
而内在的时间则是我们的妻子。"

——普力斯特莱[1]
《人类与时间》

---

[1] 普力斯特莱（J. B. Priestley, 1894—1984），英国剧作家、小说家。——本书注释均为译注。

## 爱复爱

有朝一日,
你会心情振奋,
欢迎自己来到
自己门前,进入自己的镜子,
彼此报以微笑,

说:坐这儿。吃吧。
你将再度爱上那曾是你自己的陌生人。
给酒。给面包。把你的心还给
它自己,还给那爱了你一辈子的
陌生人;你忽视了他,

而去注意别人;他深知你。
从书架上取下情书、
照片、绝望的笔记来,
从镜子上剥下你自己的影像。
坐,饱餐你的生命吧!

——沃尔科特[1]

---

[1] 沃尔科特(Derek Walcotte,1930— ),1992年诺贝尔文学奖得主。此《爱复爱》选自《德瑞克·沃尔科特诗选》,傅浩译,河北教育出版社,2004年1月版。

献给

伊丽莎白·希尔曼·塔曼多

生于1915年5月20日，卒于1986年12月18日

以及

诺伯特·查尔斯·塔曼多

生于1915年2月11日，卒于1957年5月23日

# 引 子

**克莱尔**：被丢下的感觉真艰难。我等着亨利，不知道他在哪儿，不知道他一切可好。做等待的一方，真艰难。

我尽量让自己充实。那样时间会过得快一些。

我独自一人入睡，独自一人醒来。我经常走动。我工作到精疲力竭。我注视被一整个冬天的积雪覆盖的垃圾，随风飞舞。除非你停下来想这件事情，否则一切都依旧单纯。为何缺席总让爱意更浓？

很久以前，男人们出海，女人们为之守候，伫立海边，搜寻天际的轻舟。现在，我等着亨利。没有任何预兆，他就这么不情愿地消失了。等待的每分每秒，都仿佛经年累月般漫长。每个微小的时刻，如同玻璃沙漏里的细沙，缓慢而透明，每个微小的时刻，我都能看见，它们无穷无尽，汇聚成漫长的等待。但为何他的离去，我总无法相随？

**亨利**：感觉如何？感觉如何？

有时，像是瞬间的走神，接下来，你突然意识到捧在手中的书、红色棉布格子衬衫和上面的白色纽扣；意识到挚爱的黑色牛仔裤、栗色的就要磨破的袜跟；意识到起居室、厨房里即将鸣笛的水壶：所有的一切瞬间幻灭了。只剩下你像只赤裸的松鸦，独自兀立在乡间无名沟渠的齐踝的冰水中。你等了一分钟，或许还能突然重返书边，重返你的家之类的地方，经过大约五分钟的咒骂、颤抖和想让自己立即消失的绝望，你开始漫无目的地前行，而最后总会遇见一座农舍，那时，你可以选择偷窃或选择解释。偷窃有时会让你被捕，解释则更加冗长无味，因为解释免不了说谎，有时同样会锒铛入狱。天下还有更倒霉的事么？

就算躺在床上半梦半醒，有时也感到自己猝然站立，你听见血液涌进大脑，体验坠落时晕眩般的刺激，犹如芒刺在背，随即，手脚也没了知觉，你又一次不知身在何处了。即使稍纵即逝，你觉得应该有时机抓住些什么，你的手臂也曾用力挥舞过（结果往往伤了自己，或损坏了房间里的贵重器物），然后你就滑到一九八一年八月六日星期一清晨四点十六分，滑到俄亥俄州雅典市第六汽车旅馆那铺着深绿色地毯的走廊上。你的头一下子撞到某扇房门，于是里面的客人——一位来自费城的蒂娜·舒曼女士，开门后一阵尖叫，因为一个裸体男人正晕倒在她的脚下。你终于被一阵吵闹搅醒，却发现自己躺在郡立医院的病房里，门外一名警察正用他破旧的、充满杂音的晶体管收音机，收听费城人队的棒球赛事。老天开眼，你又被抛回无意识中，数小时后再度醒来，回到了自己的床上。妻子正探身看着你，眼神中充满焦虑。

有时，你满心欣喜，身边的一切都庄严壮观，金光笼罩，而转眼间，你又极度恶心，突然离去。你被抛在郊外的天竺葵地里，或是你父亲的网球鞋上，或是三天前卫生间的地板上，或是一九〇三年前后伊利诺伊州橡树公园里铺满木板的小道上，或是一九五几年某个晴朗秋天的网球场上，或是在各种可能的时间和地点里你自己赤裸的双脚上。

感觉如何呢？

它像极了一个梦：你突然想要裸体去参加一场你从没有修过的学科考试，而当你出门时，钱包却忘在家里了。

一旦我去了那儿，就立即被扭曲成一个绝望的自我。我成为一个窃贼、流浪汉，成为一只终日奔跑躲藏的动物。老太太被我吓倒，孩子们惊讶不已，我是一个恶作剧，我是终极幻影，我难以想象自己是一个真实的人。

是否存在一种逻辑，一种规则，掌控着我所有的来去往复、所有的时空挪移呢？是否存在一种方法，能够让我原地不动，让每个细胞都拥抱这当下的时刻？我不知道。也有一些线索，正如所有的疾病存在各种类型和各种可能：过度劳累、嘈杂声音、压力、突然的起立、泛光灯——任何一件都有可能诱发下一场故事。可是，我也许正在我们的大床上翻阅周日版的《芝加哥太阳报》，手握咖啡杯，一旁的克莱尔偎依在我身上打盹，突然，我来到了一九七六年，目睹十三岁的自己在祖父的草坪上锄草。这样的情节，有的只能维持片刻，那情形如同在汽车里收听广播时，费力地搜寻锁定某个频道。有时，我发觉自己被抛进人群里面、观众之间、暴民当中；同样有时，我发现自己独自一人落在田野里、房间里，出现在车上、海滩上，还有深更半夜的中学教室里。我害怕发现自己出没在监狱、异常拥挤的电梯和高速公路，我莫名其妙地来临，我裸露着身体，叫我如何解释得清楚。我从来带不上任何东西，没有衣服，没有钱，没有身份证。时空逗留的大部分时间里,我都在寻找遮羞的衣物,东躲西藏。幸运的是,我不戴眼镜。

令人啼笑皆非,是的,我所有的爱好都是居家的:舒适的扶手躺椅、平静家庭生活中的点点激动。我需要的一切都只是卑微的快乐:枕畔的一本探险小说、克莱尔金红色秀发沐浴后湿湿的幽香、朋友度假中寄来的明信片、融化进咖啡里的奶油、克莱尔乳峰下那抹娇嫩的肌肤、厨房桌子上对称的两个等待被拆的食品袋,我爱等到阅览者们全部回家后,信步走在图书馆的书堆之间,轻手划过列列书脊。当我被时间随意摆布,我对它们的思念犹如针尖一样刺骨。

克莱尔,总是克莱尔,清晨克莱尔睡眼惺忪、面容紧皱;工作时克莱尔把双臂伸进纸浆大桶里,拉出模具,这样那样地搅动,搓揉着造纸纤维;看书时克莱尔的长发披散在椅子靠背上;临睡前克莱尔用精油"噼噼啪啪"地按揉摩擦。克莱尔低柔的声音总在我耳畔萦绕。

我不想呆在没有她的时空里。但我总是不停地离去,而她却不能相随。

# 第一章
# 脱离时间的男人

> 哦；不是，因为有幸福，
> 这种某个近失的急切所赢。
> ………
> 而是因为此在是多的，而是因为似乎所有
> 这里的，这消逝着的，都需要我们，这
> 奇怪地同我们相关的。我们，这些最最消逝着的。
> ………
> ……啊，我们能带过去什么呢？不是那观望，那个在此
> 慢慢学会的，不是任何在此发生的东西。不是。
> 那么是痛苦。那么首先是困境，
> 那么是对爱情的长期体验，——那么是
> 根本不可言状的。
>
> ——杜依诺哀歌·第九哀歌[1]

---

[1] 里尔克著，见刘皓明译《杜依诺哀歌》151 页，辽宁教育出版社 2005 年 1 月版。

# 初次约会（上）

一九九一年十月二十六日，星期六（亨利二十八岁，克莱尔二十岁）

**克莱尔**：虽然我周围的一切都是大理石，可是这个阴冷的图书馆，闻上去怎么有股地毯吸尘器的味道？我在访客登记簿上签下"克莱尔·阿布希尔，一九九一年十月二十六日十一点十五分，于特藏书库"的字样。我从来没有来过这个纽贝雷图书馆[1]，现在我穿过这条幽暗的、略有些阴森的入口过道，一下子兴奋起来，仿佛刚刚梦醒在圣诞节的早晨，整个图书馆就像只装满美丽书籍的大礼盒。电梯缓缓上升，不是很亮，几乎没有声响。到了三楼，我填写了阅览卡申请表，然后走到楼上的特藏书库里，我的皮靴后跟在木质地板上啪嗒作响。房间里安静、拥挤，满是坚固沉重的大书桌，桌上是成堆的书，桌边围坐着读书的人们。高耸的窗子，透进芝加哥秋天早晨明亮的阳光。我走到服务台边，取了一叠空白的索书单。我正在写一篇艺术史课的论文，我的研究课题是：克姆斯歌特版的《乔叟》[2]。我抬头看了看这本书，填了一张索书单，同时，我也想了解克姆斯歌特出版社的造纸方法。书籍编目很杂乱，于是我走回服务台，请求帮助。正当我向那位女士解释我需要什么时，她的目光掠过我的肩头，落在正从我身后走过的一个人身上，说："或许德坦布尔先生可以帮您。"

我转过身来，正准备再次解释一下我的需求，刹那间，我的脸和亨利的脸相对。

我哑口无言了。这就是亨利，镇静，穿着齐整，比我见过的任何时候都要年轻。亨利在纽贝雷图书馆工作，此时此刻，他就站立在我面前。我欣喜若狂。他很有耐心地看着我，稍显诧异，但很有礼貌。

他问："有什么可以为您效劳么？"

---

[1] 纽贝雷图书馆（The Newberry Library），坐落于芝加哥城，1887 年始向公众开放，针对人文学科，特别是西欧与美洲的历史与文学。

[2] 1896 年由克姆斯歌特出版社（Kelmscott Press）出版，全书印制时间长达 23 个月，内附 87 幅木刻版画，总共只印了 438 本。

"亨利！"我只能压抑着抱住他的冲动。很显然，他这辈子从未见过我。

"我们见过面么？对不起，我不……"亨利环顾四周，生怕读者或同事注意到我们俩，他迅速搜寻记忆，然后意识到，某个未来的他早已经提前认识了现在的我，这位站在他眼前喜形于色的女孩。而我最后一次见到他时，他正在草坪上吮我的脚趾。

我试着解释："我是克莱尔·阿布希尔。我小时候就认识你了……"我有一种茫然，眼前我深爱着的男人，居然对我完全没有印象。因为对他而言，一切都还在未来。整个古怪的过程让我直想发笑。多年来，我对亨利积累的了解，此刻如洪水泛滥般涌上心头，而他却疑惑、畏惧地打量着我。亨利穿着我父亲的旧渔裤，耐心地考我乘法口诀、法文动词、美国各州的首府；在草坪上，亨利边笑边注视着我七岁时带来的特别午餐；我十八岁生日时，亨利身穿无尾礼服，紧张地解开衬衫和饰扣。此地！此时！"来呀，我们去喝咖啡，去吃晚饭去别的什么吧……"他一定会答应，在过去和在未来都爱着我的同一个亨利，通过类似蝙蝠次声波般的神秘时间感应，现在也一定会爱我！我松了口气，他果然立即答应了，我们约好今晚在附近一家泰国餐厅见面。图书馆服务台后面的女士目瞪口呆地看完了我们整个交谈过程，离开时，我已完全忘记了克姆斯歌特和乔叟。我轻盈地走下大理石台阶，穿过大厅，来到芝加哥十月的阳光中，然后小跑着穿过公园，我一路微喘个不停，幼犬和松鼠都远远地避开我。

**亨利**：这是十月普通的一天，秋高气爽。在纽贝雷图书馆四楼，那间装有湿度控制系统却没有窗子的小房间里，我正在分类整理一套刚捐来的大理石纹纸。这些纸很美，但分类工作枯燥、乏味，甚至让人有些自怨自艾。事实上，我感觉一下子苍老了很多。一个二十八岁的小伙子，痛饮昂贵的伏特加直到半夜，绝望地想要挽留住英格里德·卡米切尔施舍的爱，这种滋味有谁能懂？彻夜，我们俩都在争执，现在，我甚至都记不得当时究竟吵了些什么。我大脑里的血管突突直跳，我需要咖啡。我把那些大理石纹纸稍稍理了一下，任由它们以一种乱中有序的方式四处散落。我离开了这个小房间，径直走向办公室，当我经过服务台的时候，听到伊沙贝拉的声音："或许德坦布尔先生可以帮您。"我不由停下脚步，她的意思其实是说："亨利，你这个神出鬼没的家伙，这会儿又想去哪啊？"然后就是这个美得让人窒息的女孩一下子回过头来，琥珀色的头发，高挑的身材，猛地攫住了我的眼睛，仿佛我就是上帝专门给她派来的救星。我的胃一阵痉挛。显然她认识我，可我真的不认识她。天晓得我曾对这个光芒四射的美人说过、做过或者承诺过什么，因此我只能用图书管理员最完美的语调说："有什么可以为您效劳么？"而这个姑娘轻吐出我的名字"亨利"！她如此唤醒了我，让我不得不相信在某段时间里，我们曾一起神仙眷侣般地生活。一切更加混乱了，我确实对她一无所知，甚至都不知道她的名字。我问她："我们见过面么？"伊沙贝拉此时给我使了个眼色，仿佛在说："你这个大傻帽。"可是那个女孩却说："我是克莱尔·阿布希尔。我小时候就认识你了……"接下来她请我出去吃晚饭，震惊之余，我还是接受了邀请。尽管我没刮胡子，一副宿醉没醒的糟糕模样，可她看我的目光依旧灼热。我们约好当晚在泰国情郎共进晚餐。得到我的允诺后，这位克莱尔小姐便云一般轻巧地飘出了阅览室。我晕眩着进入电梯厢，终于意识到，一张有关我的未来、金额巨大的彩票，此刻已经找上门来了，我笑出了声。我穿过大厅，跃下层层台阶走上大街，猛然看见克莱尔正小跑着穿过华盛顿广场公园，看她兴高采烈、蹦蹦跳跳的样子，我突然不知为何想哭。

当天晚上：

**亨利**：傍晚六时整，我从图书馆奔回家，想把自己打扮得更有魅力些。这段时间，我住在北迪尔伯恩大街上，一间小而奇贵的工作室兼公寓里，时常一不留神就会撞上那些碍人的墙、厨房台面和家具。

一：打开公寓门上的十七把锁，冲进客厅（其实也是我的卧室），开始飞速脱衣服。二：边冲淋边剃须。三：在衣橱深浅各处绝望地乱翻，我逐渐意识到，没有一件衣服是全然干净的。我发掘出一件放在干洗袋里的白衬衫，于是决定穿黑西服，缝线皮鞋，配灰蓝色的领带。四：穿上所有这一切，却发觉自己像个联邦调查局特工。五：环顾四周，家里已是狼藉一片，即使有可能带克莱尔回家，我想今晚还是免了吧。六：面对浴室里的大镜子，我居然看见了身高一米八五、眼睛发亮、锋芒张狂、年仅十岁、穿着干净衬衫和葬礼司仪外套的埃贡希勒[1]的样子。我琢磨着这位年轻的女士究竟看我穿过什么样的衣服呢？我显然不可能穿着自己的衣服从未来进入她的过去，她说那时她只是个小女孩？太多无可解释的疑团冲进我的头脑，我不得不镇定下来，喘口气。搞定！我抓起钱包和钥匙，锁上大门上的三十七把锁，挤进摇晃狭窄的电梯，在前门的小店里给克莱尔捎上一束玫瑰，连续走过两个街区，赶往约好的饭店。虽然行走速度远远破了纪录，可我还是迟到了五分钟。克莱尔早已坐在情侣包厢里，一看到我便如释重负了。她朝我招手的样子好像正在节日游行。

"你好，"我招呼她。克莱尔穿着一袭酒红色的天鹅绒裙子，搭配珍珠项链，就像是用约翰·格莱姆[2]手法表现出来的波提切利的[3]维纳斯：灰色的明眸，翘挺的鼻梁，像日本艺伎一样精巧的嘴唇。长长的棕红色秀发遮掩住她的香肩，一直垂落到后背，脸色有些许苍白，在烛光的映衬下还有几分像是蜡塑的。我把玫瑰递给她，"送给你的。"

"谢谢，"克莱尔欣喜若狂地说。她看了看我，见我正困惑，解释道，"你以前从来没有给我送过花。"

我滑进包厢里，坐到她的对面。我神魂颠倒了，这个姑娘认识我，而且，还不只是与我在未来某个时刻短暂相遇的人。女侍者前来呈上菜单。

"告诉我！"

"什么？"

"所有的一切。"我说，"你知道我不认识你的原因么？我真是很抱歉——"

"哦，不，你现在是不应该认识我的。我想说的是，我知道……为什么会是这样。"克莱尔低下声音，"因为对你而言，一切都还没有发生，而对我来说，嗯，我已经认识你很久了。"

"多久呢？"

"大约有十四年了。我第一次见到你的时候，才六岁。"

"天哪！我们常常见面么？还是仅仅见过几次呢？"

---

[1] 埃贡希勒（Egon Schiele），奥地利表现主义画家、装饰画家和版画家。以色情的人体绘画而知名。
[2] 约翰·格莱姆（John Graham），俄罗斯裔的美国极简主义画家。
[3] 波提切利（Botticelli），意大利文艺复兴时期的画家，代表作有《维纳斯的诞生》和《春》。

"上次我见到你时,你让我记得在下次见面吃饭时给你这个,"克莱尔拿出一本淡蓝色的儿童日记本,"喏,这儿,"她递给我,"你可以自己留着。"我翻到一片用剪报做的书签,这一页的右上角蹲着两只小猎狗,里面是一长串日期。起始为一九七七年九月二十三日,我又翻过十六页印有小猎狗的纸,最后一笔是一九八九年五月二十四日。我仔细数了数,共有一百五十二个日期,是一个六岁小孩用蓝色圆珠笔一笔一画写下的大号花体字。

"你做的这串记录?所有这些日期准确吗?"

"其实,是你告诉我的。你说,几年前你把这上面的日期都背了下来,所以我也不知道它们是从哪来的,这就像莫比乌斯带[1]一样。不过,它们极其准确,有了它们我就知道何时去草坪找你了。"这时,女侍者回来请我们点菜,我要了一份椰汁鸡,克莱尔则要了份椰汁咖喱牛腩。另一名侍者端来一壶茶,我接过来,给我们两人各倒了一杯。

"那草坪又是哪儿呢?"我已经非常激动了。我从来没有遇见来自我未来的人,更何况是这个见过我一百五十二次、从油画中走下来的波提切利的维纳斯。

"我父母在密歇根那儿的一块地,一边是树林,另一边是房屋。当中有块直径三米的空地,空地上有块很大的石头。如果你到那块空地上去,屋子里没人能看到你,因为整个地势是隆起的,中间却陷在下面。我常常在那一个人玩,总觉得没有人能知道我在那儿。一年级时有一天,我从学校回家后,又去了那个空地,然后就看到了你。"

"一丝不挂的,可能还在呕吐?"

"事实上,当时你倒挺镇静的。我记得你那时就知道我的名字,我也记得你消失时的情景,让人叹为观止。现在回头想想,很明显你曾经去过那个地方。我想你第一次去应该是在一九八一年,当时我十岁。你那会不停地说:'噢,天哪!'还直直地看着我,当然,你似乎因为裸体而无地自容,而我则认定,这个裸体老家伙是变了魔术从未来世界里跑来向我要衣服的。"克莱尔笑着说,"还有吃的。"

---

[1] 莫比乌斯带(Mobius Strip)是只有一面的连续曲面,它是用一条矩形纸带扭转180度后将端点连接起来而构成的。它的起点和终点是重合的。

"有什么好笑的?"

"那些日子,我曾做过一些相当古怪的食物送给你,花生酱凤尾鱼三明治、乐事脆饼夹甜菜鹅肝酱什么的。我当时准备这些食物,一是想看看你有没有什么不吃的,另一个原因也是想让你加深对我的魔幻厨艺的印象。"

"那时我多大?"

"我记得我见过你最老的时候是四十多岁,最年轻的,我说不准,可能三十吧。你现在多大?"

"二十八。"

"你现在看上去真的非常年轻。最后几次我见到你时,你大概四十出头,看上去活得挺不容易的。不过也很难说,在小孩子看来,所有的成年人都是又大又老的。"

"那么,我们当时都做了些什么呢?在那个什么草坪上?我们应该有很多时间待在一起的。"

克莱尔笑了:"我们做了很多事情,具体取决于我的年龄和天气。你帮我做功课,一起玩游戏,但大多数时间我们只是胡乱聊天。我非常小的时候,还以为你是天使,问了你很多关于上帝的问题;十几岁时,我尝试着让你爱上我,而你总是不肯,而我更加强了让你就范的决心。我曾担心你想在性的问题上误导我,不过,某些方面你非常像我的父母。"

"哦,那是好事。不过现在,请你不要把我当作你的爸爸。"我们的目光相遇了,彼此会心一笑,好像都是权谋家。"冬天是怎么样的?密歇根的冬天非常冷吧?"

"那时我常把你偷偷带进我们家,我们的房子有个很大的地下室,有好多小间,其中一间是储藏室,墙的另一面就是火炉。我们称它为阅览室,因为所有过期没人看的图书和杂志都堆在那里。有一次你躲在里面时,我们遇到了大风雪,没人上学,也没人上班,家里没多少食物了,我到处找东西给你吃,当时都要急疯了。暴风雪来的时候,埃塔本该出去采购的,可她没有去,这样一来,整整三天,你都被困在里面看《读者文摘》,仅靠我留给你的沙丁鱼拌拉面维持生活。"

"听上去真咸,我倒挺想早点吃到。"这时,菜上齐了,"你学过烹饪么?"

"我想我不能算学过。除了给自己倒可乐之外,只要我在厨房动手,尼尔和埃塔总是紧张万分。自从搬到芝加哥，没人需要我做饭，我也就没有动力了。很多时候，学业本来就很忙，所以我在学校吃。"克莱尔咽了一口她的咖喱，"这个味道真好。"

"尼尔和埃塔是谁？"

"尼尔是我们家的厨师，"克莱尔微微一笑，"她融法国蓝带大厨师和底特律人[1]于一身。如果她是朱莉亚·蔡尔德[2]的话，你就知道阿丽莎·弗兰克林[3]为什么这么胖了。埃塔是我们的女管家，样样在行，几乎就是我们的妈妈了……我的意思是说，我们的妈妈么……总之埃塔永远都在，她是德国人，很严格，但也很会安慰别人，而妈妈却是一副云里雾里的样子。你懂我的意思吗？"

我满嘴是汤，只能点点头。

"对了，还有彼得，"克莱尔补充道，"他是我们的园丁。"

"哇，你们用了不少仆人，听起来我们不是一个阶层的。我是否，呃，见过你家里人呢？"

"我外婆密格朗过世前，你曾见过她。你的事，我就跟她一个人讲过。那时她几乎已经完全失明了。她知道我们会结婚，她想见见你。"

我停止咀嚼，看着克莱尔。她回望着我，平静地，如天使般，自然放松。"我们会结婚么？"

"我想会的，"她回答我，"这么多年来，不论你何时出现，你都说你已经娶我在先了。"

够了，这足够了。我闭上双眼，希望自己什么都不用去想。此时此地，是我最不情愿离开的时空。

"亨利？亨利，你没事吧？"我感到克莱尔坐到我这边的沙发椅上来了。我睁开眼睛，她将我的手紧紧握在她手中，那竟是一双工匠的手，粗糙，开裂。"亨利，真对不起，我不习惯看见你这样。和以前完全不同。我是说，我长到这么大，你在我面前都是一个无所不知的人，今晚我也许

---

1 这里的"底特律人"是效率化、批量生产的代名词。文中是指尼尔的手艺品质与效率兼具。
2 朱莉亚·蔡尔德（Julia Child, 1913－2004），美国家喻户晓的女性，她一生旨在教导人们烹饪精美的菜肴。她曾连续几十年主持美国公共电视网的每日厨艺栏目，撰写了一系列的烹饪书籍，并在报刊杂志上发表数不胜数的专栏文章。
3 阿丽莎·弗兰克林（Aretha Franklin, 1942）年生，号称"美国灵魂乐歌后"，一生获得17座格莱美奖，以灵魂、福音式曲风以及女性自觉的歌曲内容屡获广大歌迷的心。不久前还获得了布什颁发的总统自由勋章。

真不该一下子给你讲这么多。"她露出微笑，"实际上，你离开我时说的最后一句话是'手下留情啊，克莱尔'，你的语调显然是在模仿一个人。现在我想起来了，你当时一定是在模仿我。"她带着渴望和爱意看着我，可我又是何德何能呢？

"克莱尔？"

"什么事？"

"我们能从头来过么？假装成一对普通男女普通的初次约会那样？"

"好呀。"克莱尔起身，坐回到她那边去。她直直地坐着，忍着不笑出来。

"嗯，对，就这样。呃，克莱尔，呃，谈谈你吧，有什么爱好？养什么宠物？有没有特别的性倾向？"

"你自己提问发掘啊。"

"好吧。让我想想……你在哪儿读书？学什么专业？"

"我是艺术学院的学生，主修雕塑，最近开始学造纸。"

"真酷。有什么样的作品呢？"

克莱尔第一次露出坐立不安的神情，"就像……很大的……是关于鸟的。"她盯着桌子，低头呷了口茶。

"鸟？"

"呃，其实是关于，呃，向往。"她依旧没看我，我决定换个话题。

"多说说你家里人吧。"

"好的，"克莱尔放松了，又笑了，"我的家，在密歇根州，在一个叫南黑文的湖边小镇上。我们家的房子，实际上，在小镇的外围，它最早是属于我外公和密格朗外婆的，外公在我出生前就去世了，后来外婆一直和我们过，她去世那年我十七岁。我的外公是个律师，我爸爸也是律师，我爸爸到我外公那儿工作时，认识了我妈妈。"

"他娶了老板的女儿。"

"是的。我妈妈是独生女，事实上我有时会想，他真正娶到手的是否是他老板的房子。这幢房子很漂亮，很多有关工艺美术运动的书上都记载着它。"

"这房子有名字吗？谁建造的呢？"

"他们都管它叫草坪云雀屋，是彼得·文斯在一八九六年时建造的。"

"哦！我见过那幢房子的照片，它是为亨德森的某个家族分支建造的，对么？"

"是的。那是送给玛丽·亨德森和戴尔特·巴斯康伯的结婚礼物，可他们俩搬进去住了两年就离婚了，然后变卖了房子。"

"豪宅啊。"

"我们家也算是名门望族了，但他们也觉得这房子很不一般。"

"你的兄弟姐妹呢？"

"马克二十二岁，就要读完哈佛法学院的预修课程了。爱丽西亚今年十七岁，在读高三，她是个大提琴手。"我察觉到她对妹妹很有感情，对哥哥则是一般。"你不是特别喜欢你哥哥？"

"马克就像爸爸，他们两人都很争强好胜，常常要说到你认输为止。"

"知道么，我一直很羡慕别人有兄弟姐妹，哪怕关系不怎么好。"

"你是独生子么？"

"是呀，我以为你对我什么都知道呢！"

"其实我知道你的一切，也对你一无所知。我知道你不穿衣服的样子，可是直到今天下午，我都不知道你的姓。我知道你住在芝加哥，可是除了知道你妈妈在你六岁时因为一场车祸而过世外，我对你们家的其他情况完全不了解。我知道你很懂艺术，能说一口流利的法语和德语，可我一点也不知道你在图书馆工作。你让我很难在现实的世界中找到你，你只说事情在该发生的时候就会发生，然后我们就相遇了。"

"是，我们相遇了，"我同意她的说法，"我么，我们家不是名门望族。他们是音乐家。我爸爸叫理查·德坦布尔，我妈妈叫安尼特·林·罗宾逊。"

"哦，那个歌唱家！"

"是的。我爸爸在芝加哥交响乐团里拉小提琴，可他一直没能像我妈妈那么出名，但他确实是个非常了不起的小提琴家，挺遗憾的。我母亲去世后，他只是偶尔参加了些表演。"这时，账单来了。我们两人吃得都不多，不过我已经对食物没什么兴趣了。克莱尔取出钱包，我朝她直摇头，我付了钱。离开餐馆，我们俩站立在秋夜晴爽的克拉克街上。克莱尔穿了一件精美的蓝色针织衫，戴了一条毛皮围巾；我出门时忘了带大衣，冷得直哆嗦。

"你住在哪?"克莱尔问我。

哦,别。"我住的地方离这里两条马路,不过那儿很小,现在那里乱七八糟的。你呢?"

"罗斯科小区,就在侯因大街上。但我还有个室友。"

"如果你来我住的地方,你得闭着眼睛数到一千。也许你的室友对周围情况毫不关心、充耳不闻?"

"才没那么走运呢,我从不带任何人回家的。否则,查丽丝不对你拳打脚踢、指甲里插竹签,直到拷问出全部情况才怪呢。"

"我也盼望着有机会被某个叫查丽丝的女孩蹂躏盘问,可你大概没有我这种雅兴。到我这儿来吧。"我们沿着克拉克大街往北漫步。中途,我进了克拉克酒屋买了瓶葡萄酒,出来后,克莱尔一副迷惑的样子。

"我以为你不喝酒。"

"我不喝酒?"

"肯德里克医生可是非常严格的。"

"他是谁?"我们走得很慢,克莱尔笨拙地踩着高跟鞋。

"他是你的医生,他可是时间混乱症方面的大专家。"

"讲给我听听。"

"其实我知道的也不是很多。肯德里克医生是个分子基因学家,他发现了……将要发现,时间混乱症的病因,是基因出了问题,他将会在二〇〇六年得出这个结论。"她叹了口气,"我想,现在和你谈这个为时过早。你曾告诉过我,今后十年里将出现很多患时间混乱症的人。"

"我可从来没有听说还有其他人会得这种——病。"

"我想就算你现在找到肯德里克医生的话,他也没办法帮你。要是他能帮你,我们就永远不会见面了。"

"还是别想这件事了。"我们已经来到公寓楼的大厅。克莱尔比我先进了那狭小的电梯,我关上门,按下十一楼,她的身上似乎混合着旧衣服、香皂、汗水和皮毛的味道,我深深吸了口气。电梯在我家的楼层"当"的一声停下,我们先后挤出电梯厢,沿着狭窄的过道往里走。我用满手的钥匙,打开一百零七把锁,"咔嚓"一下推开了门。"我们刚才吃饭那会,这里可是更乱。现在,我得把你的眼睛蒙上。"我放下红酒,解开领带,克莱尔"咯咯"地笑出声来。我把领带绕过她的眼睛,在她后脑勺上打了个结，推开门，引她进来，像个魔术师一样请她坐上扶手椅。"好了，开始数数吧！"

克莱尔开始数了，我跑来跑去，捡起地上的内衣和袜子，从各种台面上收拢汤勺和咖啡杯，再统统扔进厨房水池里。当她数到"九百六十七"时，我揭开她的"眼罩"，沙发床已经还原成它日常的状态，我正坐在上面。"你要美酒？音乐？还是烛光？"

"都要，谢谢。"

我起身点亮了几支蜡烛，关上头顶的灯，整个房间在微小摇曳的烛光下起舞，每件东西都漂亮多了。我把玫瑰插进花瓶，摸出开瓶器，拔掉软木塞，给我们各自斟了一杯酒。想了一会，我又把百代唱片公司为我母亲录制的舒伯特抒情曲CD放进了唱机，把音量调小。

我家基本上就是一张沙发，一把扶手椅，和四千多本书。

"真漂亮！"克莱尔站起来，走到沙发旁重新坐下，我便坐在她一边。这是个令人心满意足的时刻，我们只是坐着，彼此凝望。烛光舔动着克莱尔的头发，她伸手触摸我的脸颊，"见到你真愉快。我一直很孤单。"

我把她拉过来，我们接吻了。这是一个非常……和谐的吻，是那种久别重逢的亲吻，我不由地想，我和克莱尔在她家的草坪上究竟做过什么，但又很快放下了这个念头。我们的唇缓缓分开，通常到了这个时候，我就会开始琢磨如何突破对方层层的衣物壁垒。可是，此刻我身体后靠，舒展地躺在沙发上，直到触到她的双肘时，才拖着她与我一起倒下；天鹅绒的裙子很滑，她就像条天鹅绒质的鳗鱼一样，蜿蜒游入我身体和沙发靠背之间的空处。她面对着我，我用手臂支住沙发撑起身体，透过薄薄的织物，我能感受到她的躯体正贴压着我。我身体的某个部位拼命想要弹起、舔动、深深地进入。可是我已精疲力竭。

"可怜的亨利。"

"为什么是'可怜的亨利'？我都幸福死了。"这是实话。

"哦，我把所有这些突然的惊讶像岩石一样压在了你的心上。"克莱尔一条腿跨上我的身子，刚好坐在我的鸡鸡上，我的意志立刻完美地集中在那里。

"别动。"我说。

"听你的。今晚真是令人愉快。我是说，知识就是力量，这话一点都没错。我也一直非常非常想知道你住在哪儿，穿什么衣服，靠什么生活。"

"就那儿[1]。"我的双手探到她裙子里，停在她的大腿上。她穿着吊带长筒袜，是我喜欢的那种女孩。"克莱尔？"

"嗯[2]。"

"这样一下子贪吃掉你的全部不是很好吧。我说，来点小小的期待，好像也不错。"

克莱尔倒有些窘了。"对不起！可是，你知道，我期待这一天已经有好多年了。再说，又不是蛋糕……被你吃一次就没了。"

"你也来尽情品尝我这块蛋糕吧。"

"那是我的名言。"她邪邪地笑着，来回摆弄着她的臀部。我惊讶自己挺起的高度，如果一个孩子能长到那么高，他就可以不必由家长陪同，独自去享受游乐园里各类刺激的游戏了。

"你真是霸道，不是么？"

"就是这样的人。我很可怕哦，除非你对我的哄骗刀枪不入。你以前那些法语单词和国际象棋不是也压得我喘不过气来吗？"

"我想我以后得留几手对付你的暴政，这样还能有些安慰。你对其他男孩子都是这样的么？"

克莱尔生气了，我也不知道有几分是真。"我根本想象不出自己对其他男孩做这些事情。你怎么会有这么下流的想法！"她解开我衬衫上的纽扣，狠狠地捏着我的乳头说，"天哪，你可真……嫩啊。"什么仁义道德，见鬼去吧！我已经琢磨出如何解开她裙子的办法啦！

第二天早晨：

**克莱尔**：醒来时我不知道自己身在何处。陌生的天花板，遥远处汽车的嘈杂，几个书橱，蓝色扶手椅上挂着我的天鹅绒裙，上面还搭着一根男人的领带。然后我想起来了，我转过头，看到了亨利。这么简单的状态，好像是我一辈子习以为常的事情。他放肆地睡着，身体扭曲成奇特的造型，像是刚被海水冲上岸似的。他一个胳膊盖住眼睛遮挡早晨的阳光，又长又

---

1 2 原文为法语。

黑的头发自然披散在枕头上。这一刻,这么简单的状态,我们,此时此地,终于到达了这一刻。

我小心地起床,亨利的床就是他的沙发。我站起来,弹簧"吱吱嘎嘎"地响。从床到书橱之间没有多少空间,我只能侧着身子挪到走廊上。浴室是袖珍的,仿佛我是在仙境漫游的爱丽斯,突然变大,不得不把手臂伸到窗外才能转过身来。装饰华丽的电暖器正运转着,叮当作响地挥发出热流。我小便,洗了手和脸。然后我注意到白瓷的牙刷架上,并排放着两把牙刷。

我打开医药橱,隔板上层是剃须刀、润须霜、口腔消毒水、感冒药、须后水、一块蓝色大理石、牙签、除臭剂;隔板下层是护手霜、卫生棉、避孕用子宫帽、体香剂、唇膏、一瓶复合维生素,还有一管杀精软膏。唇膏是那种深深的红色。

我站在那儿,手里握着唇膏,觉得有些恶心。我想知道她长什么样,叫什么名字,我想他们在一起多久了,我猜,应该足够久了。我把唇膏放回原处,关上医药橱的门。我在镜子里看着自己,脸色苍白,头发凌乱地朝向四面八方。好了,不管你是谁,现在是我在这儿了,你也许是亨利过去的女人,可我是他未来的。我对自己微笑,镜子里的我也回敬了一个鬼脸。我拿起亨利挂在浴室门背后的一条绒布棉浴袍,下面还有另一件灰蓝色的丝浴袍。不知什么原因,穿上他的浴袍后我就觉得舒服多了。

回到客厅,亨利还在睡觉。我在窗台上找到了我的手表,才六点半。可我已不再平静,没有回床继续睡觉的心情了。我去厨房找咖啡,厨房里所有的桌子上都堆着盘子、杂志和其他读物,水槽里竟然还有一只袜子。我终于明白了,亨利昨夜图省事,一定是不分青皂白地把所有东西都塞进了厨房。我以前总觉得亨利很爱干净,现在真相大白了,他只是对个人仪表一丝不苟,对其他方面则要求极低。我在冰箱里找到咖啡,也找到了咖啡机,便开始煮起来。等水烧开的间隙,我正好仔细研究一下亨利的书橱。

他还是我熟悉的那个亨利。多恩[1]的《挽歌、颂歌及十四行诗》、马洛[2]

---

1 多恩(John Donne, 1572—1631),英国著名诗人。
2 马洛(Christopher Marlowe, 1564—1593),英国戏剧史上,在莎士比亚之前最出色的剧作家。

的《浮士德博士的悲剧》、《裸体午餐》、布莱德斯特律[1]、康德、罗兰·巴特、福柯、德里达；布莱克[2]的《天真与经验之歌》、《小熊维尼和他的朋友们》、《注释版爱丽丝》、海德格尔、里尔克、《项狄传》、《威斯康新死亡之旅》、亚里士多德、柏克莱主教[3]、马维尔[4]，还有一本《低烧、冻伤及其他冷疾》。

突然，床"嘎吱"地吓了我一跳，亨利已经坐了起来，在清晨的阳光中斜视着我。他如此年轻，是我未曾见过的年轻。他还没真正认识我，我有一瞬间突然很害怕，他会不会已经忘了我是谁？

"你看上去很冷，"他说，"到床上来吧，克莱尔。"

"我煮了咖啡。"我想请他品尝。

"嗯……我闻到了。还是先过来和我说声早安好么？"

我披着他的浴袍爬上床。他把手滑进浴袍里面，然后停了一会儿，他应该已经想到了，应该正在脑海中搜索浴室里的每个角落。

"你不介意吧？"他问。

我迟疑着。

"是啊，我看出来你一定不高兴了，也难怪。"亨利坐直身子，我也坐端正。他转向我，看着我。"不过，基本上一切已经结束了。"

"基本上？"

"我本来是打算和她分手的，没有找好时机，或者反倒是好时机，我也搞不清楚。"他试着读懂我脸上的表情，他想找到什么呢？是原谅么？这也不是他的错。他怎么能知道未来的一切？"我和她，可以说彼此折磨了很久——"他越说越快，然后戛然停止，"你想知道这些吗？"

"不。"

"谢谢。"亨利用手蒙住脸，"我很抱歉，没想到你会过来，否则我会仔细地清理一下，我的生活，我是说，不只是清理我的屋子。"亨利耳朵后面有一处红唇印，我伸手过去，帮他擦干净。他趁势捉住我的手，放在手心里，"我真的很不同么？和你盼望见到的那个人？"他焦急地问道。

---

[1] 布莱德斯特律（Anne Bradstreet），美国最早写出真正有价值的英文诗歌的女诗人。
[2] 布莱克（William Blake, 1757—1827），英国著名诗人、艺术家。
[3] 柏克莱主教（Bishop Berkeley, 1685—1753），爱尔兰哲学家，提出新的感觉理论、抛弃传统的物质实体概念。
[4] 马维尔（Andrew Marvell, 1621—1678），英国作家。

"是的，你更加——"自私，我原本想这么说，可是出口却变成了"年轻"。

他掂量着这个词的分量，然后问："这样是好还是不好？"

"不一样的感觉。"我双手绕过亨利的肩头，环住他的背脊，轻轻抚摸他的肌肉，探索他身体上的凹陷，"你见过自己么？四十多岁时的样子？"

"见过，那时的我像是被一把无形的刀削坏了似的。"

"呵，不过那时，你没有现在这么……我的意思是说你有些……更加……我是说，你认识我，所以……"

"所以你现在想让我明白，我有些笨拙。"

我摇了摇头，尽管这个词正是我想要说的。"这都怪我一切都经历过了，而你——我还不习惯和你在一起，因为你对过往一无所知。"

亨利冷静下来。"对不起。可是你熟悉的那个人现在还不存在。别离开我，或早或晚，他总会出现的。我能做的只有如此了。"

"这当然，"我说，"不过这会儿……"

他扭头迎住我的凝视："你说这会儿……？"

"我想要……"

"你想要？"

我涨红了脸。亨利笑了，温柔地把我推到枕头上，"你知道的。"

"我知道的不是很多，可我能猜出一二。"

之后，十月淡淡的阳光覆盖着我们，我们延续了一个温暖的盹。亨利的唇紧贴我的脖子，他咕哝了几句，我没听清。

"什么？"

"我在想，一切都是那么宁静，现在和你一起。躺在这里，想到未来的一切在某种意义上都已经安排好了，这种感觉真的很好。"

"亨利？"

"嗯？"

"你怎么从来不把我的情况提前告诉你自己呢？"

"哦，我不会那样做的。"

"做什么？"

"我通常不会把未来告知我自己，除非是非常重大、人命关天的事情，你明白么？我想让自己活得像个正常人。甚至我都不愿意看见未来的我，所以时间错乱的时候，我尽量避免落到自己身边，除非我别无选择。"

我听着，沉思了好一会，"如果是我，我会告诉自己所有即将发生的一切。"

"不，你不会的。那样会惹很多麻烦。"

"一直以来，我都想让你告诉我未来的事情。"我翻身，脸朝上仰卧，亨利撑着后脑勺，往下注视我。我们的脸大概相距十多厘米，这样说话很怪，就像我们过去的那些对话一样，而且身体的接近让我难以思想集中。

"我告诉过你什么吗？"他问。

"有时，当你想告诉我，或不得不告诉我的时候。"

"比如说？"

"看到没有？你还是想知道的，可我偏不告诉你。"

亨利笑了，"那我真是活该，嘿，我饿了，我们出去吃早饭吧。"

外面很冷。迪尔布恩大街上，汽车和自行车穿梭而过，一双双男女在人行道上漫步，我们也置身其中，在清晨的阳光下，手牵手，终于可以迎接任何人的目光，走到一起。我心中有丝微微的遗憾，好像一个秘密终于被揭穿了，但随后又涌动起一阵喜悦：现在，一切开始了。

# 一切的第一次

## 一九六八年六月十六日

**亨利**：我的第一次很神奇，至今我还想不出其中的奥秘。那天是我的五岁生日，我们去了斐尔特自然史博物馆[1]。我想我在此以前从没去过那里，整整一周，父母一直在向我描绘那里是多么有趣：大厅里立着不少大象标本、恐龙骨架化石、始前洞穴人的立体模型。妈妈当时刚从悉尼回来，她带给我一只巨大的、蓝得刺眼的蝴蝶，学名天堂凤蝶，它被固定在一个充满棉花的框子里。我时常把标本框贴近脸庞，贴得很近，直到只能看见一片蓝色，直到产生一种奇特的感觉。为了回味它，我曾在酒精里寻找徘徊，最终我遇到克莱尔时，才真正找回了它，那种完美的天人合一、浑然忘我的感觉。父母带我去博物馆之前，早已向我描绘了一盒又一盒的蝴蝶、蜂鸟和甲壳虫。那天，我激动得天没亮就醒了。穿上运动鞋，带上天堂凤蝶，我披着睡衣来到后院，走下台阶跑到河边。我坐在岸上注视东方泛起的亮光，游来一群鸭子，接着一只浣熊出现在河对面，好奇地打量我，然后它在那儿洗干净它的早餐，享用起来……我也许就这样睡着了，突然听见妈妈喊我，被露水沾过的台阶滑溜溜的，我小心翼翼地，生怕手中的蝴蝶滑落。我一个人跑出去让她有点生气，可她也没有怎么怪我，毕竟那天是我的生日。

当天晚上，父母都没有演出，他们不慌不忙地穿衣服，打扮。我早在他们之前就准备好了，我坐在他们的大床上，装模作样地看着乐谱。就在那段时间，我的音乐家父母终于意识到他们惟一的儿子没有一点音乐天赋。其实，并不是我不努力，我怎么也听不出他们耳中所谓的美妙音乐。我喜欢听音乐，但几乎什么调子都会哼走音。我四岁就能读报了，但乐谱对我来说只是些古怪的黑色花体字而已。可父母还是奢望我潜在的天分，我一

---

[1] 斐尔特自然史博物馆（Field Museum of Natural History），在博物馆学这一范畴，堪称世界第一。恐龙的骸骨、古代埃及的木乃伊、玛雅帝国的出土文物等，均极其珍贵。

拿起乐谱，妈妈便立即坐到我身边，帮助我理解，不一会，她就照着谱子唱起来，然后就听见我嚎叫般在一旁伴唱，还咬着手指头，两个人咯咯地笑个不停，妈妈又开始挠我痒痒。爸爸从浴室出来，腰里围着浴巾，也加入我们，在那个辉煌的时刻，爸爸妈妈一起唱起歌，爸爸把我抱在他们中间，三个人在卧室里翩翩起舞，直到突然响起的电话铃终止了这一切，于是，妈妈走过去接电话，爸爸把我抱回床上，开始穿衣服。

终于，他们准备就绪了，妈妈一袭红色的无袖裙、凉鞋，之前她已把脚趾甲和手指甲涂成与衣服一样的颜色；爸爸神采奕奕的，深藏青的裤子配白色短袖衬衫，完美地衬托出妈妈的艳丽。我们钻进汽车，和以往一样，我占领了整个后排座，我躺下，看着窗外湖滨大道旁的座座高楼接连不断地闪过。

"亨利，坐好，"妈妈说，"我们到了。"

我坐起来，看着这座博物馆。我幼年大部分时候，都是在欧洲各国首都街头的儿童小推车里度过的，这家博物馆才是我想象中的"博物馆"，不过眼前的穹顶石墙却并没有什么新奇之处。因为是星期天，我们花了一些工夫找泊位，全部安置好后，我们沿着湖岸步行前往，一路上经过不少船只、雕塑和其他兴高采烈的儿童。我们穿过巨大的石柱，走进博物馆内部。

从那一刻起，我成了个被施了魔法的小男孩。

博物馆捕捉了自然界的一切，把它们贴上标签，按照逻辑关系分门别类，永恒，如同上帝亲手的安排，或许起初上帝按照原始自然图摆放一切的时候也发生过疏忽，于是他指令这家博物馆的工作人员协助他，将一切重新摆放妥当。仅仅五岁的我，一只蝴蝶就能把我吸引半天，我徜徉在这博物馆里，仿佛置身于伊甸园，亲眼目睹曾在那里出现过的一切生灵。

那天我们真是大饱眼福了：就说蝴蝶吧，一橱接一橱的，巴西来的，马达加斯加来的，我甚至找到了自己那只蝴蝶的兄弟，它同样也是从澳洲老家来的。博物馆里光线幽暗，阴冷，陈旧，却更增添了一种悬念，一种把时间和生死都凝固在四壁之内的悬念。我们见识了水晶、美洲狮、麝鼠、木乃伊，还有各式各样的化石。中午，我们在博物馆的草坪上野餐，接着又钻进展厅看各种鸟类、短吻鳄和原始山洞人。闭馆时，我实在太累，站都站不稳了，可还不愿离去。保安很礼貌地把我们一家引到门口，我拼命抑制住不让自己哭出声来，可最后还是哭了，因为太累，也因为依依不舍。

爸爸抱起我，和妈妈一起走回停车的地方。我一碰到后座就睡着了，一觉醒来，已经回到家里，该是晚饭时候了。

我们在楼下金先生那里吃了饭，他是我们的房东，一个长得很结实却态度生硬的人。他其实挺喜欢我的，却从来不和我说什么话。金太太（我给她起了个昵称叫金太）却是我的铁哥们，她是我的韩裔保姆，最爱疯狂打牌。我醒着的大多数时间都和金太在一起，妈妈的厨艺一向不好，金太却能做出各式美味，比如蛋奶酥和华丽的韩国御饭团。今天是我的生日，她特地烤了比萨饼和巧克力蛋糕。

吃过晚饭，大家一起唱《生日快乐》，然后我吹灭了蜡烛。我记不得当时许了什么愿。那天我可以比平时晚睡一点，因为我还沉浸在白天的兴奋中，也因为已经在回家路上睡过一会儿了。我穿着睡衣和爸爸妈妈、金先生金太太一起，坐在后廊上，边喝柠檬水，边凝望深蓝色的夜空，外面传来知了的小曲，还有隔壁邻居家的电视机的声音。后来，爸爸说："亨利，该去睡觉了。"我刷牙、祷告、上床。虽然很累，但异常清醒。爸爸给我念了一会儿故事书，看我仍没有睡意，便和妈妈一起关上灯，打开我卧室的门，去了客厅。这个游戏的规则是：只要我愿意，他们可以一直陪我玩，但我必须留在床上听。于是妈妈坐到钢琴边，爸爸拿起小提琴，他们又弹又拉又唱：催眠曲、民谣曲、小夜曲，一首接一首，很久很久。他们想用舒缓的音乐安抚卧室里那颗骚动的心，最后，妈妈进来看我，那时的我一定像只躺在小床上、披着睡衣的夜兽，小巧而警觉。

"哦，宝贝，还没睡着？"

我点了点头。

"爸爸和我都要去睡了，你一切都还好么？"

我说没事，然后她抱了抱我。"今天在博物馆里玩得真过瘾，是吧？"

"明天我们还能再去一次么？"

"明天不行，过一段时间再去，好吗？"

"一言为定。"

"晚安，"说着，她敞开房门，关上走廊的灯，"裹紧点睡，别给虫子咬到。"

我能听见一些微小的声音，潺潺水流的声音，冲洗厕所的声音，然后一切平静下来。我起床，跪在窗前，我可以看见对面房子里的光亮，远处一辆汽车驶过,车里的广播节目开得真响。我这样待了一会,努力想让自己找到瞌睡的感觉,我站起来,然后一切都改变了。

一九八八年一月二日星期六早晨4:03/ 一九六八年六月十六日星期日,晚10:46(亨利二十四岁,同时也是五岁)

亨利:那是个一月的早晨,四点零三分,我刚到家,天气异常寒冷。我出去跳了一夜的舞,虽然喝得只有半醉,却已筋疲力尽。在明亮的走道里找房门钥匙时,突然一阵晕眩和恶心,我不由膝盖着地,陷入一片黑暗之中,在砖铺的地面上呕吐起来。我抬头,看见一个由红色亮光打成的"出口"标志,逐渐我的眼睛适应了黑暗。我看到了老虎,看到手持长矛的穴居男人,穿着简陋的遮羞兽皮的女人,还有长得像狼一样的狗。我的心一阵狂跳,大脑已被酒精麻痹了,很长一段时间里想的都是:见鬼,竟然回到石器时代了。然后我才意识到,只有在二十世纪才会有出口标志的红灯。我爬起来,抖了抖身子,往门的方向迈进。赤裸双脚下的地砖冰凉至极,令我汗毛倒竖,一身的鸡皮疙瘩。四周死寂,空气里充斥着空调房里特有的阴湿。我到了入口处,前面是另一个展室,中间立满了玻璃橱柜,远处淡白的街灯从高大的窗户里透进来,照亮了我眼前千千万万只甲壳虫。感谢上帝啊,我这是在斐尔特自然博物馆里。我静静地站着,深深地呼吸,想要让头脑清醒些。我那被束缚的脑袋突然冒出一段模糊的记忆,我努力地想……我的确是要来做点什么的。对了,是我五岁的生日……有人刚来过这里,而我就要成为那个人了。我需要衣服,是的,急需一套衣服。

感谢我回到的是一个还没有诞生电影的年代,我飞奔出甲壳虫馆,来到二楼中轴的过道厅,沿着西侧的楼梯冲到底层。月光下,一头头巨象隐隐约约,仿佛正向我迎头袭来,我一边往大门右边的礼品店走去,一面回头向它们挥手致意。我围着那些礼品转了一圈,发现一些好东西:一把装饰用的裁纸刀、印有博物馆徽标的金属书签、两件恐龙图案的T恤。陈列柜的锁是骗小孩的,我随手在账台边找到一枚发夹,轻轻一撬,尽情挑选我中意的东西。一切顺利。再回到三楼,这是博物馆的"阁楼",研究室、工作人员的办公室也都在那儿。我扫视了各个门上的姓名,没有任何启示。最后,我随便挑了一间,把金属书签插进门缝,上下左右,直到弹簧门锁舌被打开，我终于进去了。

这间办公室的主人叫 V.M. 威廉逊，是个邋遢的家伙，房间里堆满了报纸，咖啡杯摆得到处都是，烟灰缸里的烟蒂都快漫了出来，桌子上还有一架异常精致的蛇骨标本。我迅速地翻箱倒柜，企图找到些衣服，却一无所获。另一间是位女士的办公室，J.F. 贝特里。第三次尝试，运气终于来了。D.W. 费奇先生的办公室衣架上，挂着他全套整洁的西装，除了袖子裤脚稍短、翻领稍宽之外，他的尺码和我的基本一样。西装外套里，我穿了一件恐龙 T 恤，即使没有鞋子，我看上去还是挺体面的。D.W. 先生的写字台上有包未开封的奥利奥饼干，上帝会祝福他的。征用了他的零食，我离开屋子，随手轻轻带上了门。

我在哪里？我会在什么时候遇见我呢？我闭上眼睛，听任倦意占据我的身体，它用催眠般的手指抚摸我，在我就要倒下去的时候，我刹那间都回忆起来了：映衬博物馆大门的光影，曾有个男人的侧面朝自己移来。是的，我必须回到大厅里去。

一切都是平静宁谧的，我穿过大厅正中，想要再看看那扇门里的一切。接着，我在衣帽间附近坐了下来，准备一会从左侧口上展厅的主台。我听见大脑里的血液突突上涌的声音，空调"嗡嗡"地低鸣，一辆辆汽车在湖滨大道上飞速驶过。我吃了十块奥利奥，慢慢地、轻巧地挑开上下两层巧克力饼干，用门牙刮掉里面的奶油夹心，再细细咀嚼，让好滋味尽可能长久地停留在嘴里。我不知道确切的时间，也不知道还要等多久，我现在几乎完全清醒了，相当地警觉。时间分秒流逝，什么也没有发生。终于，我听到沉闷的重响，然后是"啊"的一声惊叹。寂静之后，我继续等待。我站起来，就着大理石地面反射的灯光，悄悄地走进大厅，站在正对大门的地方，我轻轻喊了一声："亨利。"

没有回答。真是好孩子，机警而又镇定。我试着又喊了一声："没事的，亨利。我是你的向导，我会带你好好逛逛这里的。一次特殊的参观，别怕，亨利。"

我听到一声轻细柔和的回答。"我给你准备了件 T 恤，我领你参观的时候，你就不会着凉了。"现在我能依稀看见了，他就站在黑暗的边缘。"接住，亨利！"我把衣服扔给他，衣服消失在黑暗中，过了一会，他走进光线里。T 恤一直拖到他的膝盖。这就是五岁的我，又黑又硬的头发，脸色如月亮一样苍白,棕色的近似斯拉夫人种的眼睛,像匹精神的瘦瘦的小马驹。五岁的我很幸福,在父母温暖的怀抱里,过着正常的生活。但从此以后,一切都将改变。

我缓缓上前,弯下腰,轻声对他说:"你好,亨利,很高兴见到你。谢谢你今晚能来。"

"我这是在哪儿?你是谁?"他的声音小而尖,回响在冰冷的大理石建筑中。

"你在斐尔特博物馆里。我是来带你看一些你白天看不到的东西的。我也叫亨利,挺有意思的哦?"

他点点头。

"你想吃饼干吗?我逛博物馆的时候总是喜欢吃饼干,各种感官都是一种享受。"我把奥利奥递给他。他在犹豫,不知道是否该接受,他有些饿了,但不知道最多拿几块才像个有教养的孩子。"你想吃多少就拿多少吧,我已经吃了十块了,你多吃一点才能赶上我。"他拿了三块。"你想先看什么呢?"他摇摇头。"这样好了,我们一起去三楼,那里摆的都是不拿出来展览的东西。好吗?"

"好的。"

我们在黑暗中前行,上了楼,他脚步不快,我也陪他慢慢地走。

"妈妈在哪里?"

"她在家睡觉呀。这次参观很特别,是专门为你安排的,因为今天是你的生日,而且通常大人不参与这类活动的。"

"你不是大人吗?"

"我是个非常与众不同的大人,我的工作就是历险。因此,我一听说你想回到斐尔特博物馆,就立即找到这个机会要带你看个够了。"

"可是我是怎么来的呢?"他停在楼梯最上一格,一脸迷茫地看着我。

"那可是个秘密。如果我告诉你,你得保证不会告诉任何人。"

"为什么?"

"因为没有人会相信你。如果你实在憋不住了,你可以告诉妈妈或金太,但就到此为止。好么?"

"好吧……"

我跪在他面前,也是跪在纯真的自己面前,看着他的眼睛,"在心口划个十字,用生命发誓?"

"嗯……好。"

"好了。我告诉你吧,你在时间旅行。情况是这样的:你原本在卧室里,突然,'嗖'的一下,你就到这里了。现在并不太晚,到你必须回家以前,我们有充足的时间来看完一切。"他静静地、半信半疑地看着我。我问他:"你明白了么?"

"嗯……为什么会这样呢?"

"呃,我也还没有完全弄明白。等我知道了答案,再告诉你好吗?现在,我们应该继续前进。还要饼干么?"

他又拿了一块,然后我俩缓缓地走到过道上。我想做个试验,"我们来试试这间。"我把金属书签插进306的门缝里,我开了灯,地面上全是些南瓜大小的石块,有的是整块,有的是半块,有的表面坑坑洼洼,还布满了纵横的金属纹脉。"哦,亨利,快看,这么多陨石。"

"陨石是什么?"

"就是从外太空落下来的石头。"他看着我,好像我也是从外太空落下来的似的。"让我们去看看另一扇门里有什么。"他点点头。我关上这间陨石屋的房门,弄开了过道对面另一间的门。这间屋子里尽是鸟,凝固在飞行姿态的鸟,永远栖息在树枝上的鸟,各种鸟头,各种皮羽。我打开几百个抽屉中的一个,里面有一打玻璃管,每根管子里都装着一只金、黑双色相间的微型小鸟,脚上各自贴有它们的名称,亨利的眼睛此刻瞪成了铜铃,我对他说:"你想摸一下么?"

"嗯,想!"

我移出一根玻璃管口的软絮,然后把里面的金翅雀晃落到手心,小鸟仍旧保持着在管子中的姿态。亨利疼爱地抚摸着它纤小的头。"它睡着了吗?"

"算是吧。"他敏锐地看着我,并不相信我这模棱两可的回答。我把金翅雀轻柔地塞回管子里,堵上棉花,再把管子放回原处,关好抽屉。我很累,连"睡觉"这个词都在诱惑着我犯困。我带他走到大厅里,突然回想起小时候那个夜晚,最让我怀念的记忆。

"嗨,亨利,我们去图书馆吧。"他耸耸肩。我走在前面,加快步伐,他不得不小跑才跟上来。图书馆在三楼,整个建筑的最东侧。我们到那儿的时候,我停了一分钟,考虑如何对付门上的锁。亨利看着我,仿佛在说,好了,这下你没辙了。我摸了摸口袋,找到那把裁纸刀,我抽掉木头刀柄,哈,里面是一片又长又薄的金属叉。我把其中一半塞进锁里,左右试探,能听见叉片拨动锁芯弹簧的声音。找到感觉后,我把另一半也塞进去固定,再用金属书签搞定另一把锁,顷刻之间,芝麻开门啦!

我的同伴终于吃了一惊:"你是怎么做到的?"

"这并不难,下次我教你。请进[1]!"我推开门,他走了进去。灯亮了,整个阅览室一下子呈现出来:厚重的桌椅、栗色的地毯、大得令人望而生畏的参考阅览台。这些并不是用来吸引五岁孩子的,这是一间闭架式图书馆,来这里的都是科学家和学者。这里书橱成行,里面大多是维多利亚时代的皮装版科学期刊。阅览室正中有架巨大的、独立的玻璃门橡木书橱,我要找的书正在里面。我用发夹挑开锁,打开玻璃橱门,斐尔德博物馆真该改良一下内部保安系统。我并没有什么良心不安的,无论如何,我本人也是个货真价实的图书管理员。在纽贝雷图书馆里,展示珍品书一直就是我的工作。我走到参考咨询台后,找了一块小毛毯和几块衬垫,铺在最近的一张桌子上,然后回到书橱取出那本书,放在毯子上。我拉出一把椅子,"站在上面,你会看得清楚一些。"他爬上椅子,然后我打开了书。

这是奥杜邦[2]的《美洲鸟类》,精装版,双大号画图纸开面,要是竖着放,几乎和五岁的亨利一样高。这个版本是现存的最善本,我曾花了无数下雨的午后仔细欣赏它。我翻到第一块图版,"普通潜鸟,"他读出声来,"它们看上去真像鸭子。"

"的确很像,不过我打赌我能猜出你最喜欢的鸟。"

他笑着摇了摇头。

"你和我赌什么呢?"

他低头看了看身上仅有的霸王龙T恤,耸耸肩。我知道那种感觉。

"这样吧:如果我猜对了,你得吃一块饼干,如果我没猜对,你也得吃一块,好么?"

---

1 原文是法语。
2 奥杜邦(John James Audubon),美国第一位通俗的鸟类学作家,其代表作《美洲鸟类》罗列了他于19世纪初在旅行途中所绘的一系列水彩画作,包括435种美洲鸟类。

他想了想，觉得这种赌法并不吃亏。我把书翻到火烈鸟，亨利开心地笑了。

"我猜得对吗？"

"对！"

如果这都是你曾经历过的往事，那么自然就会变得无所不知。"好，这是你的饼干。我猜对了，吃一块。不过我们得把饼干省下来，等看完书后一起吃，我们都不想让饼干屑弄到蓝色小鸟的身上去，对么？"

"对！"他把奥利奥放在椅子扶手上，我们开始慢慢翻看那些鸟。图片上的鸟儿可比楼下展厅玻璃瓶里的标本更加栩栩如生。

"这是大蓝鹭，它很大，比火烈鸟还要大。你见过蜂鸟么？"

"我今天刚看到过几只！"

"就在博物馆里？"

"嗯！"

"活的蜂鸟才叫神奇呢——就像一架超小型直升机，翅膀振动得快极了，简直就像是一层薄雾……"我们每翻过一页纸都像在铺床，无比巨大的书页缓慢地上下挥动。亨利专心致志地站着，等待每一页后的新惊喜，沙丘鹤、黑鸭、海雀、北美黑啄木鸟，他都轻声发出快乐的惊呼。当我们看到最后一页插图版的"雪颊鸟"时，他弯腰碰了碰书，小心地触摸彩雕图页。我看着他，又看了看书，想起当时，这本书、这时刻，这是我爱上的第一本书，当时我真想爬到它里面，美美地睡上一觉呢。

"你累了么？"

"嗯。"

"我们回去吧。"

"好。"

我合上《美洲鸟类》，把它放回书橱里，并让它保持翻开在火烈鸟这一页上，然后锁好橱子。亨利跳下椅子，开始吃他的奥利奥。我把垫毯放回参考咨询台，再把椅子归位。亨利关上灯，我们便离开了图书馆。

我们一路闲逛，一边轻松地谈论那些飞禽走兽，一边咀嚼奥利奥。亨利介绍了妈妈、爸爸，告诉我金太正在教他做番茄肉末面；还有布兰达，我都几乎忘了我童年最好的朋友，她再过三个月就要和家人一起搬到佛罗里达州的坦帕去了。我们站在"灌木人"前面，那是只传奇银背大猩猩的填充标本，它站在底楼大厅的大理石座上，气势汹汹地看着我们。突然，亨利叫出声来，他踉跄地冲到前面，想走到我这边，我赶紧抓住他，但他已经消失了，只有一件温暖的T恤空空地留在我手中。我叹了口气，走上楼，面对木乃伊独自愣了好一会儿。儿时的我应该到家了吧，也许正在往床上爬。我记得，我都记得。然后我在早晨醒来，一切就像一场美好的梦。妈妈笑着对我说，时间旅行听上去真有意思，她也想试试。

这就是第一次。

# 初次约会（下）

一九七七年九月二十三日（亨利三十六岁，克莱尔六岁）

**亨利**：我在草坪上等。克莱尔为我准备的那盒衣服并不在石头下面，连盒子也不见了，所以我只能赤裸着身子，等在空地旁边。很庆幸，这是个明媚的午后，也许是某年九月初的光景。我蹲在高高的草丛中，想：这是个老地方，却没有装满衣服的盒子，说明在进入这个日期之前，我和克莱尔并没相遇，也许克莱尔还没有出生吧。这种情况以前也发生过，结果很惨。我想着克莱尔，但又不敢在她家的街坊里出没，只能光着身子躲在草丛里。我想念草坪西边的苹果园，这个时节，那儿一定已经硕果累累了，小小的、酸酸的，甚至被野鹿啃过几口的苹果，都能吃。突然门"砰"地一关，我从草丛中探头张望，一个孩子正匆匆忙忙地奔跑，当这个孩子穿过摇摆的草丛，沿着小路跑近的时候，我一阵激动，出现在这片空地上的是克莱尔。

她很小。她一无所知。她一个人。她还穿着那套学生装：军绿色的背心裙，白色上衣，齐膝的袜子和平底鞋。她拎着马费百货公司的购物袋和一块沙滩浴巾，克莱尔把浴巾平铺在地上，然后把袋子里的东西一股脑地倒在上面，都是些意料之中的各式文具：旧圆珠笔、图书馆里粗短的铅笔、蜡笔、刺鼻的记号笔、钢笔，还有一捧她爸爸的办公文具。她整理好，又潇洒地抖了抖一叠纸，然后把各种笔轮番在纸上试起来，仔仔细细地画线画圈，一边还哼着歌。我认真听了一会儿，终于发现那是连续剧《迪克凡戴克秀》的主题曲。

我犹豫着，此刻的克莱尔很是自得其乐，她大概只有六岁。如果现在是九月，她很可能刚读一年级。显然她不是在等我这个陌生人。我知道一年级小学生的第一节课就是：如果在自己秘密的领地里碰到了裸体男人，如果他知道你的姓名并让你别告诉爸爸妈妈，一定不能和这样的人有任何交往。我琢磨着今天究竟该不该是我们相识的第一次？是否要到以后其他时候，我们才该初次见面？也许我该彻底安静，这样，克莱尔就会走开，然后我可以去大嚼一通苹果,洗劫一家洗衣店,或者回到自己正常的时空里去。

可克莱尔直直地盯着我,把我从沉思中惊醒。原来,我一直伴着她哼那首曲子,意识到这点时已经太晚了。

"谁在那儿?"她小声地喊道,活像只被惹恼的鹅,脖子和腿伸得老长。我头脑飞快地运转着。

"地球人,你好!"我友好地装腔作势道。

"接招,你这个坏猎人!"克莱尔环望四周,想要找块东西扔我,最后她决定用那双结实的尖跟鞋。她使劲地把鞋子砸向我,我觉得她并不能看清我的具体方位,谁知,她运气真好,一只鞋子正好砸在我嘴上,我的嘴唇开始流血。

"手下留情啊!"身边没有什么可以止血的,于是我捂住嘴,声音沉闷,下巴也生疼。

"你到底是谁?"这下克莱尔害怕了。我也有些害怕。

"亨利,我是亨利,克莱尔。我不会伤害你,我希望你也别再用东西砸我。"

"把鞋还给我,我不认识你,你为什么躲起来?"克莱尔朝我瞪着双眼。

我把她那双鞋扔回到空地上,她捡起来,一手提着一只,仿佛握着两把手枪。"我躲在这儿,是因为丢了全身上下的衣服而不好意思嘛,我从很远的地方来,很饿,也不认识任何人。现在可好,又流血了。"

"你从哪里来的?你怎么知道我的名字?"

我接下来说的可都是真话,没有虚假,句句属实:"我来自未来。我是时间旅行者。在未来我们俩是朋友。"

"只有电影里的人才时间旅行。"

"那是我们想让你们相信的。"

"为什么?"

"如果大家都时间旅行的话,就天下大乱了。就像去年圣诞节,你想去看你的阿布希尔奶奶,你得经过奥海尔机场,那天人特别多吧?我们时间旅行者也是这样,因为不想给自己惹麻烦,所以向来都很低调。"

克莱尔琢磨了一分钟。"出来吧!"

"你得先把沙滩浴巾借给我。"她于是掀起浴巾,听由钢笔、圆珠笔和纸张飞散在各处。她扬起双手把浴巾扔给我,我顺势一接,然后背过身去,裹严我的腰胯。那是一条鲜艳的、粉橙双色相间的浴巾,还有花哨的几何图形,真是第一次见未来妻子时的绝佳装束。我转过身去,步入那块空地,尽可能端庄地坐到岩石上。克莱尔退到空地里离我最远的地方,两手仍紧紧地各握一只鞋。

"你在流血。"

"是呀,你把鞋扔到我了。"

"哦。"

沉默。我努力想要表现出友好、亲切的样子。亲切对儿时的克莱尔来说很重要,因为当时她周围这样的人很少。

"你在捉弄我。"

"我永远都不会捉弄你的。为什么你觉得我是在捉弄你呢?"

克莱尔固执到极点,"从来就没有什么时间旅行者,你骗人。"

"圣诞老人就是时间旅行的。"

"什么?"

"当然啦。你想呀,他怎样才能够一夜之间把所有的礼物都发给小朋友呢?他得不停地把时间往前拨几个小时,这样他才能在天亮前顾上所有的烟囱。"

"圣诞老人有魔法的,你又不是圣诞老人。"

"你说我不会魔法?哈,路易丝小姐,你可真难伺候!"

"我不叫路易丝。"

"我知道,你叫克莱尔。克莱尔·安尼·阿布希尔,一九七一年五月二十四日出生。你的爸爸妈妈叫菲力浦·阿布希尔和露西尔·阿布希尔。你和他们俩,还有你外婆、你哥哥马克、你妹妹爱丽西亚住在一起,就在下面的那个大房子里。"

"你知道这些并不说明你是未来人。"

"如果你能在这儿多待一会,你可以亲眼看见我消失。"我把握很大,因为克莱尔和我说过,我们第一次见面最令她难忘的,就是我的突然消失。

沉默。克莱尔交替着在两脚之间移动重心,然后赶走了一只蚊子。"你认识圣诞老人吗?"

"他本人？呃，不认识。"血已经止住了，但我看上去一定还很糟，"嗨，克莱尔，你会碰巧带着纱布么？或者你有什么吃的？时间旅行让我好饿啊。"

她想了一会，把手伸进背心裙的口袋，拿出一块咬过一口的好时巧克力，扔给我。

"谢谢啦，我爱吃这个。"我咬得又整齐又快，我的血糖浓度低极了。然后我把巧克力包装纸放回她的购物袋。克莱尔被我逗乐了。

"你吃东西时像条狗。"

"我才不像呢！"真是极大的侮辱，"我有可相对拇指，你看看清楚。"

"什么是可相对拇指？"

"像这样，跟我做。"我做了个OK的手势。克莱尔也做了个OK的手势，"可相对拇指就是你能这样做，你能开罐子、系鞋带什么的，而动物不能。"

克莱尔听了有些不高兴，"卡梅利塔修女说动物是没有灵魂的。"

"动物当然有灵魂，她是听谁说的？"

"她说是教皇说的。"

"教皇是个小心眼，动物的灵魂比我们人类的高尚多了，它们从来不说谎，也不乱发脾气。"

"它们互相吃来吃去。"

"这个嘛，它们也是不得已嘛，它们总不可能去奶品皇后[1]买一大筒果仁香草冰激凌，对吧？"这是克莱尔小时候，在这个广阔世界上的最爱。（成年的她迷恋寿司，尤其是彼得逊大街上那家必胜寿司店的。）

"它们可以吃草啊。"

"我们也可以啊，可是我们不吃，我们吃汉堡。"

克莱尔在空地边缘坐下，"埃塔让我不要和陌生人说话的。"

"确实是个好忠告。"

沉默。

"你什么时候消失？"

"当我准备好了的时候。你和我在一起很无聊么？"克莱尔翻了翻眼

---

[1] 奶品皇后（Dairy Queen），全球最大的冰激凌品牌，其连锁店遍布全球。

睛,"你在忙什么?"

"练书法。"

"我能看看么?"

克莱尔小心翼翼地站起来,拾起一些文具,但还是充满敌意地盯着我。我略略向前倾身,小心地伸出手,仿佛她是只凶猛的狼狗。她把纸向我快速一递,便急忙抽身而退。我专注地看着她的作品,就像鉴赏凡·高的真迹《向日葵》,或是《凯尔圣经》真卷、或是其他什么文化瑰宝。她一遍又一遍,用逐渐放大的字体书写"克莱尔·安尼·阿布希尔",每个笔画上升和下降的转折处都是弯曲的螺旋,每个圆圈里都画着微笑的眉眼,确实相当美。

"真漂亮。"

克莱尔很满意,每次听到别人夸她的作品总是这样,"我可以专门写一张送给你。"

"那太好了。可惜我在时间旅行的时候,什么东西都带不走。不过,或许你可以帮我保管,我每次到你这儿就能欣赏了。"

"为什么你带不走东西?"

"嗯,你想想,如果我们时间旅行者能在时间隧道中任意搬运东西的话,整个世界很快就会一团糟了。假设我带了些钱来到从前,我可以事先查到所有的彩票中奖号码和获胜球队,然后狠狠地赚一大笔钱,那样就不公平了,对吧?还有,如果我不诚实,我从过去偷东西带到未来去,那样也没有人能抓到我,对吧?"

"你可以去做个海盗!"克莱尔似乎为她给我设计的职业很满意,甚至忘记了我是个危险的陌生人,"你可以把偷来的钱先藏在什么地方,画张藏宝图,然后再到未来世界里把它挖出来。"这个建议或多或少地让我和克莱尔以后过上了不羁随性的生活,成年的克莱尔觉得这有点不道德,不过这毕竟是我们在股市中常胜不败的秘诀。

"真是个好主意,不过我现在最需要的不是钱,而是衣服。"

克莱尔怀疑地打量我。

"你爸爸有没有不要的旧衣服?就算一条裤子也好。我是说,我喜欢这条浴巾,别误会,只不过在我来的那个时空里,我通常更喜欢穿裤子。"菲力浦·阿布希尔稍矮些,大约比我重三十斤,我穿上他的裤子会显得有点滑稽，但很舒服。

"我不知道……"

"没关系，你不需要现在去找。不过下次我来这儿时，如果你能为我准备好，我会非常感激的。"

"下一次？"

我找到一张没有用过的纸和铅笔，用大写字母写下：一九七七年九月二十九日，星期四，晚饭后。我把纸交给克莱尔，她很谨慎地收下了。眼前一阵模糊，但我能听见埃塔在喊克莱尔。我说："克莱尔，记得保密，好吗？"

"为什么？"

"不能说。我要走了，现在。非常高兴见到你，记得别去收集那些零食袋里的小玩具了啊。"我向克莱尔伸出手，她非常勇敢地握住，我们的手彼此摇晃着，我消失了。

二〇〇〇年二月九日，星期三（克莱尔二十八岁，亨利三十六岁）

**克莱尔**：很早的时候，大概是清晨六点，我还流连在浅浅的睡梦中，突然，亨利把我撞醒，他准是刚去了另一个时空。事实上他就是压着我的身体现身的，我惊叫起来，彼此都被对方吓得半死。他突然笑了，从我身上翻下来，我也转过身看着他，他的嘴唇流了很多血。我一跃而起，拿来一块小毛巾，仔细地擦拭他的嘴唇，他居然还在笑。

"究竟都发生了些什么？"

"你用鞋砸伤我了。"我根本记不得曾用什么砸过亨利。

"没那回事。"

"有的。还有，我们那时第一次见面，你一看到我就说，'这就是我未来的老公，'然后就把鞋子朝我狠狠扔来。所以我说，你是很有知人之明的。"

一九七七年九月二十九日，星期四（克莱尔六岁，亨利三十五岁）

**克莱尔**：这个男人写在纸上的日期，和今天早上爸爸书桌上翻开的日历吻合了。尼尔在给爱丽希尔做炖蛋,埃塔在骂马克,他居然不做功课,和史迪夫玩飞盘去了。我说,埃塔我能从箱子里拿些衣服吗?我指的是玩"化妆舞会"时阁楼上的那几个箱子。埃塔反问,你要干吗?我回答说,我想和梅根一起玩"化妆舞会"。埃塔气急败坏地说,你该上学去了,等你回家后再玩吧。于是我就去上学,我们那天学了加法、米虫和语法,午饭后,继续学法语、音乐和宗教。我一整天都在为那个男人的裤子发愁,他看上去真的很想要一条裤子。我回到家打算找埃塔再问问,谁知她却进城去了。不过,尼尔让我舔了蛋糕面糊的搅拌器,埃塔就不会这样,因为我们马上就要吃三文鱼了。妈妈在写东西,所以我不打算和她提这个要求。我静静地走开,可她先问了,宝贝,什么事?于是我开口了,她同意我去找"捐助袋",我可以拿走里面任何我想要的东西。我去了洗衣房,把几个"捐助袋"都翻了一遍,先后找到爸爸的三条旧裤子,其中一条还被香烟烫了个大洞。所以我拿了两条,我还找出爸爸上班穿过的白衬衫、一条小鱼图案的领带、一件红色的毛衣,还有我小时候看到爸爸穿过的一件黄色的浴衣,现在上面还留着他的味道。我把这些东西装进一个袋子,然后把袋子放进旧衣服储藏室的柜子里,我从旧衣服储藏室里出来时,正好被马克撞见了,你在搞什么,蠢货!我回敬他一句:没什么,蠢货!他过来扯我的头发,我狠狠踩了他的脚,他哭了,跑回去告状。我回到自己的房间,把狗熊先生和简小姐拿出来,放在电视机上玩。简小姐是个大影星,可她说她最想当一名兽医,但是她实在太漂亮了,所以不得不去做影星,狗熊先生建议,等她年纪大了以后,还是可以做兽医的。这时,埃塔敲门进来质问我,为什么要踩马克的脚?我告诉她,因为马克无缘无故地扯我的头发。埃塔说,你们俩让我受够了。她走后一切才都好了起来。爸爸妈妈去参加晚会,晚上我们只能和埃塔一起吃饭:小豌豆、炸鸡和巧克力蛋糕,马克抢到最大的一块蛋糕,我没做声,因为我早就舔过了。晚饭后,我问埃塔我是否可以到外面去,她反问我有没有家庭作业,我说有拼写和采集明天美术上课用的树叶,她说好,但一定要天黑前回来。我穿上斑马图案的蓝色毛衣,拎着袋子,来到那块空地。那个男人还没来,我坐在石头上等了一会,决定先去捡些树叶,于是我回到花园,在妈妈新种的小树下捡了几片叶子,后来妈妈告诉我,这是银杏,然后我还找了些枫叶和橡树叶。我回到空地,他居然还没有出现,我想,他今天要再来之类的话都是编出来的,他也并不想要裤子穿。我觉得鲁思的话也对，我把这个男人的事情告诉她了，她说我都是编的，现实世界里的人不会突然消失的，除非是电视。或许只是一场梦，记得小鸟巴斯特死后，我梦到它很健康地待在笼子里，醒来却又不见了。妈妈说，梦和现实生活是不一样的，当然，梦也很重要。这会儿，天渐渐凉下来，我琢磨着也许我把这包衣物丢在这儿就行了，如果那个男人来了，他自己会找到裤子的。所以我沿着小路往回走，猛然听到一记声响，有人说：噢，该死的，真疼啊。我突然害怕起来。

**亨利**：这次现身，我简直是被摔到那块岩石上的，还碰破了膝盖。我倒在那块空地上，太阳绚丽地透过树梢中橙红相间的天空，像是特纳[1]的一幅壮观的泼彩画。地上空空荡荡的，只有一只装满衣物的购物袋，我迅速推断出这些是克莱尔留下的，而且这一天很可能离我们初次见面后不久。到处都没有克莱尔的身影，我轻声喊她的名字，没有回应。我在衣服包里翻动：一条卡其裤，一条漂亮的棕色羊毛裤，一根丑陋的布满鲑鱼图案的领带，一件哈佛大学的运动衫，一件牛津布面料、领口带环、袖口还有汗渍的白衬衫，最后是一件精美的丝绸浴袍，上面绣着菲力浦姓名的字母缩写，口袋上方还有道豁口。除了那根领带，这些衣服都是我的老朋友了，见到它们真高兴。我穿上卡其裤和运动衫，对克莱尔家族一贯延续下来的良好审美品位心存感激，好极了，当然还缺双鞋，否则在这个时空里，我就算装备齐全了。我轻声呼唤道："谢谢，克莱尔，你干得真棒！"

而当她突然出现在空地入口时，我吃了一惊。天暗得很快，在昏黄的暮色中，克莱尔看上去那么小，那么惊恐。

"你好。"

"嗨，克莱尔，谢谢你为我准备的衣服，都很合身，我今晚既体面又暖和。"

"我很快就得回去了。"

"好吧，快要天黑了。今天上课了么？"

"嗯。"

---

1 特纳（J. M. W. Turner, 1775—1851），英国浪漫主义画家。

"今天几号?"

"一九七七年九月二十九日,星期四。"

"这对我很有用,谢谢。"

"你怎么连日期也不知道呢?"

"因为我刚到这儿,几分钟前还是二〇〇〇年三月二十七日星期一。我那边是个阴雨的早晨,我正在家里烤面包吃。"

"你上次帮我写下了这个。"她取出一张印有菲力浦律师事务所抬头的纸,递给我。我走到她面前接过来,饶有兴趣地看着我认真写下的每一个大写字母。我停了一会,想找出最好的方式给儿时的克莱尔解释这个时间旅行中奇特的问题。

"这么说吧,你会用录音机么?"

"嗯。"

"好,你放进磁带,从头到尾放一遍,对么?"

"对……"

"那就像是你的生活,起床,吃早饭,刷牙,然后去上学,对么?你不会起床后,突然发现自己已经在学校里和海伦、鲁思她们一起吃午饭,然后突然又发现自己在家穿衣服,对么?"

克莱尔咯咯地笑着说:"不会的。"

"对我来说,情况就不是这样了,因为我是个时间旅行者,我经常从这个时空跳进另一个时空。就像你放磁带听了一会,然后说,哦,我还想再听一下那首,你放了一遍那首歌后,继续接着听你回放的地方,不过你快进得太多,你得倒带,可是磁带还是离你要想继续开始的地方多倒了些,明白了吗?"

"有点。"

"嗯,这也不是最好的类比。基本上,有时候进入新的时间后,我也不知道是去了猴年马月。"

"那什么是类比呢?"

"类比就是你为了想解释一件事情而把它说成另外一件事情。举个例子,我穿着这件漂亮的运动衫,就像虫子在毯子上爬一样,你就像一幅美丽的图画,如果你不赶快回家,埃塔就会急得像热锅上的蚂蚁。"

"你在这里睡觉吗?你可以来我们家,我们有客人休息室的。"

"啊,你真好。很不幸,我在一九九一年以前是不能和你的家人见面的。"

克莱尔完全糊涂了,我想造成她困惑的一部分原因是她几乎无法想象七十年代以后的日子。我记得自己像她这么小的时候,对于六十年代以后的日期,也同样迷茫。"为什么不能?"

"这是规则之一,时间旅行者去某个时空的时候,不允许和生活在那个时空的熟人说话,否则我们会把事情搅乱的。"其实我自己也不信这套。事情只能发生一次,发生过的就永远那么发生了,我并不支持分裂宇宙理论。

"可你和我说话了。"

"那是你不一样,你很勇敢,很聪明,也能很好地保守秘密。"

克莱尔不好意思了,"我告诉过鲁思,可她不相信我。"

"哦,别担心,也很少有人相信我的,特别是医生,除非你当场证明给他们看,否则他们什么都不信。"

"我相信你。"

克莱尔站在离我一米开外的地方,她缺少血色的小脸迎着西边天际最后一抹橘红。她的头发往后,紧紧地拢成一根马尾辫,蓝色牛仔裤,深蓝色的毛衣,前襟有一些斑马奔驰的图案,她双手紧紧握成拳头,看上去有点凶猛,有点决然。我有点难过,我们今后的女儿,也会是这副尊容吧。

"谢谢你,克莱尔。"

"我现在真得走了。"

"确实。"

"你会再回来吗?"

我搜索了一下脑海中的日期表。"十月十六日我会再来的,那是星期五,你一下课就记得来这儿。再带上生日时梅格送你的那本蓝色小日记本和圆珠笔。"我又重复了一遍日期,看着克莱尔,直到确信她记住了。

"再见,克莱尔[1]。"

"再见……[2]"

"我叫亨利。"

---

1 2 原文是法语。

"再见，亨利[1]。"此时她的法语发音就已经比我好了。克莱尔转身，沿着小道奔去，进入那座光亮的迎接她的房子。而我转身面对黑暗，行走在草地中。夜更深了，我把那根领带扔进了迪纳煎鱼店的大垃圾桶里。

---

1 原文是法语。

## 生存能力课

一九七三年六月七日，星期四（亨利二十七岁，同时也是九岁）

**亨利**：一九七三年一个晴朗的六月天，我和九岁的自己结伴，站在芝加哥美术馆的马路对面。他是从下星期三时间旅行到现在的，而我则是从一九九〇年来。我们有漫长的下午和一整个晚上可以随心所欲地鬼混，因此，我们来到世界上最棒的艺术博物馆之一，小小地研究一下扒窃这门课程。

"我们光看艺术品不行么？"亨利恳求我，他从来没有偷过东西，很紧张。

"不，你应该掌握这一点。如果你什么都不会偷，你以后怎么生存？"

"要饭。"

"要饭是下下策，你会被警察逼得到处躲藏。现在听好：我们待会到那里之后，我要你离我稍远些，假装我们并不认识。但也别太远，要能看见我在干什么。如果我递什么东西给你，你不要丢掉，用最快的速度放到你的口袋里。知道了么？"

"我想我知道了。我们待会能去看圣·乔治[1]么？"

"当然。"我们穿过密歇根大街[2]，经过一些坐在层层台阶上懒洋洋的学生和家庭妇女。我们路过铜狮子时，亨利拍了拍其中的一只。

我还是有些不安，一方面我在为自己积累迫切需要掌握的生存技能，这门系列课中包括：窃店、打架、撬锁、爬树、驾驶、入室盗窃、垃圾箱藏身术，以及如何因地制宜地利用各种古怪的东西做防身武器，比如活页窗隔板、垃圾箱盖等；另一方面我正在带坏这个纯真的小我。我叹了口气，总得有人先下水吧。

---

[1] 圣·乔治（St. George），罗马帝国时期的英勇骑兵，因拒绝接受屠杀基督徒的命令，被酷刑折磨至死，于公元494年被封为圣人。传说，当他骑马进入西连城时，发现人们都生活在惶恐中，一只喷火龙每天都要进食一人，大家以抽签的方式来决定下一个牺牲的是谁，那天被抽中的恰巧是奥莲达公主，圣·乔治挺身而出，杀掉了恶龙，将人民解救了出来。圣·乔治屠龙的故事成为后世许多画作的主题。

[2] 密歇根大街（Michigan Avenue），是芝加哥全市最漂亮的地区，它的宽阔、豪华不亚于巴黎的香榭丽舍大道，被誉为"壮丽一英里"（Magnificent Mile）。

这天正好是免费的开放日,美术馆里都是人。我们排队通过入口,缓缓地走上中央大厅里宏伟的楼梯。我们走进欧洲馆,然后再逆时从十七世纪的荷兰回到十五世纪的西班牙。圣·乔治永远站着,下一刻他锐利的长矛即将扎入恶龙的要害,一旁身穿粉色和绿色长裙的公主站在画面的中景处,娴静地等待着他。我们俩都酷爱那条黄肚皮的龙,至今它的末日终究没有到来,总算让人松了口气。

亨利和我此刻站在贝纳尔多·蒙托雷尔[1]的画前,足足五分钟之久。然后他转过头看看我,此刻展厅里就剩下我俩了。

"其实并非那么难,"我说,"注意,首先找一个看得出神的人,判断他皮夹的位置,大多数男人都放在屁股后面或者是西装外套的内袋里。女人的话,挑那些把包挎在身后的,如果在大街上,你完全可以一把抢走整个包,不过你得确信你能跑得比任何追你的人都要快。如果乘对方不留神时拿走钱包,麻烦会少得多。"

"我看过一部电影,他们练习从系着小铃铛的衣服里偷钱包,如果下手时碰动了衣服,铃铛就会响。"

"是呀,我记得那部电影。你回去就可以这样练习。现在,跟着我。"我把亨利从十五世纪带到十九世纪,在法国印象派画家的作品前停下来。芝加哥美术馆的印象派收藏远近闻名。对这些作品,我是可看可不看的,不过,和往常一样,这几间藏馆都挤满了伸长脖子的人,只为一睹乔治·修拉的《大宛岛上的星期天》或是莫奈的《稻草堆》。亨利太矮,被前面的人头挡住了视线,不过,他这样神经紧张,也没心思看画了。我快速扫视了四周,一位弯腰的妇女哄着她刚刚学步的小孩,那孩子尖叫着扭成一团。必须抓住时机,我朝亨利点一下头,向她的方位挪去。她的挎包搭在背上,只有一个简单的搭扣,皮带斜在肩头。此刻她站在图卢兹-罗特尔克[2]的《红磨坊》前,全神贯注地试图止住孩子的哭闹。我假装边欣赏作品边往前走,一不小心撞了她一个跟跄,我扶住她的胳膊,"啊呀,真对不起,请原谅,我没看见您,您没事吧?这里人太多了……"手却已经进了她的挎包,她还沉浸在慌乱中:深色的眼睛、长头发、大胸脯,一定还在

---

1 贝纳尔多·蒙托雷尔(Bernardo Martorell,1400—1452),西班牙早期文艺复兴画家。
2 图卢兹-罗特尔克(Toulouse-Lautrec,1864—1901),由于他笔下的宣传海报,"红磨坊"更成为不朽的传奇。

想尽办法减掉坐月子期间长出的赘肉。我的手指触到钱包时,眼睛却稳稳地盯着她,不停地道歉。皮夹子已经滑进我的袖口里了,我上下打量了她一番,便开始撤退、转身、行走,我扫了眼肩膀,余光中,她拎起儿子,愣愣地回望着我,竟有几分幽怨。我微笑着继续逃离。我下楼往儿童美术馆区走,亨利一声不响地跟在我后面。我们在男厕所里接上了头。

"真奇怪,"亨利问,"她为什么那样看你?"

"她很孤单,"我委婉地解释道,"或许她丈夫最近总出差吧。"我们挤进一处人多的地方,翻开她的皮夹。她叫丹丽丝·拉德克,住在伊利诺依州的维拉公园,她是美术馆的会员,还是罗斯福大学毕业的,今天出门,她带了二十二美金和一些零钱。我默不作声地把这些东西拿给亨利看,再把它们放好,递给他。我们离开人堆,从男厕所里走出来,回到美术馆的入口。"把这个交给门卫,就说是你在地上捡到的。"

"为什么?"

"我们不需要这个,我只是给你做示范。"亨利向门卫跑去,一个年长的黑人妇女微笑着,轻轻浅浅地拥抱了亨利。他慢慢走回来,我们俩依旧保持三米左右的距离,我领着他穿过长而幽暗的过道,这个过道今后将会展出装饰艺术,前面莱斯馆的建筑蓝图还没出来,此刻到处都贴满了各类通知和海报。我正搜寻最容易得手的对象,突然一个令小偷梦寐以求的目标猛地出现在眼前。矮胖、大腹便便、棒球帽、化纤面料的裤子、淡绿色领口带纽扣的短袖衬衫,他看上去仿佛就是从瑞格里球场误跑到这儿来的。现在,他正给他的女友滔滔不绝地讲解凡·高。

"于是,他把自己的耳朵切下来,送给他的姑娘——嘿,你会喜欢吗?嚯!一只耳朵啊!于是人们只能把他送进疯人院……"

偷这种家伙的钱我一点都不会良心不安。他踱着方步,尽情地吹嘘,丝毫察觉不到左后侧裤子口袋里的钱包。他肚子很大,却几乎没有屁股,那钱包正呼唤着我的手呢。我溜达到他们背后,亨利亲眼看着我的拇指和食指如何轻巧地伸进目标的口袋,然后解放了那只钱包。我向后退,他们则继续前进,我边把钱包递给亨利边往前走,亨利把它稳妥地塞进裤子的口袋里。

我还示范了另外一些绝活:如何从西装的内侧袋里取皮夹,如何用一只手掩护在女士拎包里的另一只手,如何在扒窃时转移受害人注意力的六大窍门,如何从双肩背包中偷皮夹,还有就是如何让别人无意中暴露出自己的皮夹。亨利逐渐放松下来，甚至有点乐在其中了。最后，我说："好了，现在你去试试吧。"

他立即吓傻了，"我不行。"

"你当然行。看看周围，寻找猎物。"我们站在日本版画陈列室里，里面全是老太太。

"别在这儿。"

"好吧，哪里好呢？"

他想了一分钟，"餐厅行吗？"

我俩静静地走进餐厅。一切我都记得清清楚楚，当时自己完全被恐惧包围。我转过脸看我自己，千真万确的，他面如土灰；而我暗自微笑，因为我知道接下来会发生什么。我们排在队伍最后，等待花园里的座位。亨利四处张望着，心事重重。

队伍前面是个高大的中年男人，一身棕色的、裁剪得极其考究的休闲西装，根本不可能看清他的钱包在哪儿。亨利走近他，举起一只我刚刚偷来寄放在他那儿的钱包。

"先生，这是您的吗？"亨利轻声说，"它掉在地上了。"

"嗯？哦，不，不是。"男人检查了他裤子右后侧的口袋，确信钱包正好好地在里面，为了让亨利更清楚地听到他的话，他弯下腰，接过亨利手中的钱包，打开说，"嗯，你应该把这个交给保安，嗯，这里还真有不少钱呢。"他边说边透过厚厚的镜片打量亨利，亨利却把小手伸进这个男人的衣服，偷出了他的钱包。亨利穿的是短袖T恤，所以我赶忙走到他背后，他把战利品传给了我。高个男人还指着楼梯，向亨利解释如何交给警卫，亨利朝他指的方向走去，我跟在后面，追上他并领着他穿过美术馆，来到出口。过了保安处，我们往密歇根大街的南面走去。一路上龇牙咧嘴的，就像两个妖魔鬼怪。我们在艺术家咖啡馆，用这些不义之财点了奶昔、法式炸土豆条，好好自我犒劳了一顿。接着我们把所有偷来的钱包塞进邮筒，当然现金除外。随后我们来到帕尔玛酒店[1]，开了一间房。

"怎么样？"我坐在浴缸对面看着亨利刷牙。

"喔——"亨利满嘴全是牙膏沫。

---

1 帕尔玛酒店（The Palmer House），下属希尔顿集团的豪华酒店。

"你觉得怎么样?"

他吐出牙膏沫,"什么怎么样?"

"偷钱包啊。"

他先从镜子里看我,"还行吧。"然后他转过脸直面我,"我得手了!"他咧开嘴得意地一笑。

"你太出色了!"

"是的!"但笑容消失了,"亨利,我不喜欢一个人时间旅行,和你在一起更好。你能一直陪着我么?"

他背对我站着,我们彼此看着镜子里的对方。可怜的小亨利:在那个年纪,我背部消瘦,肩膀像刀刃般突出,就像一对刚发育的翅膀。他转过身,等我的回答,我知道我该对他——我说些什么。我伸出手臂,温柔地扶住他转回去,让他站到我身边,我们肩并肩地站立,两个在同一平面上的脑袋,对着镜子。

"看。"我仔细端详着这两个影像,在豪华的帕尔玛酒店的镀金浴室里,在明艳灿烂的灯光下,我们是一对独特的孪生兄弟:我们的头发是一色的棕黑;我们的眼睛在同样的疲劳下显出黑眼圈和细皱纹;我们的耳朵只是尺寸不一的仿制品;我只是更高、更结实、刚刮过胡子而已,而他则是柔弱、清瘦,膝盖和肘部的骨节明显地突出在外。我抬手,把头发拢到发际后,给他看我在一次事故后留下的伤疤。他下意识地学我这么做了,也碰到他额头上那块相同的疤痕。

"和我的一样。"我吃惊地对自己说,"你怎么也会有?"

"和你一样,一样的伤疤,我们是一样的。"

这若即若离的半透明的瞬间。我之前不明白,然后明白了,就是那么简单,我亲眼目睹了。我想同时成为两个自己,重温那种第一次模糊边缘、融化时间的感觉。我已经太习惯正常时空里的自己,而我现在不得不暂时离开它,不得不专心回忆起九岁时感知的奇迹。突然,我看见、我明白:我的朋友,我的向导,我的兄弟——就是我自己。自己,只有我自己。孤独的自己。

"你就是我。"

"是你长大的时候。"

"可是……其他人呢?"

"其他时间旅行者?"

他点了点头。

"我不知道还有没有其他人。我是说,我从来没有遇到过别人。"

一滴眼泪凝在他的左眼角处。我小的时候,曾想象某个世界里,人人都是时间旅行者。其中,亨利,我的老师,他是个使者,是专门被派来培训我,是为了最后也让我融入到这个庞大的队伍中的。我至今都觉得自己是个被抛弃的人,是某个曾经的兴旺族群中的惟一幸存者,就像鲁滨孙在沙滩上发现一串意义非凡的脚印,最后却发现那些原来都是他自己的。而我自己,纤小犹如片叶,清瘦好似细流,想着想着,我哭了。我抱着他,抱着我,很久。

过了一会,我们让服务员送来热巧克力,再看了会强尼·卡森的搞笑节目。灯还开着,亨利已经睡着了。节目结束时,我转过身,他已经消失了,回到我父亲的那栋房子里,睡意酣然地出现在床边,满心感激地倒在上面。我关上电视和床头灯。一九七三年街头的喧嚣在窗外飘荡,我想回家。我躺在酒店硬邦邦的床上,孤单,寂寞,无法释怀。

一九七八年十二月十日,星期天(亨利十五岁,十五岁)

**亨利:**我和我自己都在卧室里,他来自次年三月。我们俩正在研究的是那种只要没有旁人我们就喜欢探讨的东西。外面很冷,我们已经开始发育,但还没有接触过真正的女孩子。我想,大多数人一旦有我这样的机会,都会做同样的事吧。不过,我可不是什么同性恋。

星期天,临近中午时分,我能听到圣·裘教堂里的钟声。爸爸昨晚深夜才回来,我猜想他在音乐会结束后一定去了金库酒吧。他回家时烂醉如泥地瘫倒在门口的坡台上,我只好出去把他拖进屋子,再弄上床。他不停地咳嗽,我还听见他在厨房里乱翻了一阵。

另一个我似乎有些心不在焉的,不停地张望卧室的门。"怎么啦?"我问他。"没什么。"他回答。我起身检查门锁,"不。"他说,好像费了很大的劲儿才说出话来。"来吧。"我说。

爸爸重重的脚步声停在门口,"亨利?"他叫唤道,只见门把手缓缓地转开了,我突然意识到,我竟然粗心大意到忘了锁门的地步!亨利跳过去,可太晚了,爸爸伸进头来,把我们现场活捉。"噢!"他眼睛瞪得滚圆,仿佛眼前的事情令他极度恶心。"天啊，亨利！"他关上门，我听见他走回自己的卧室。我一面穿上裤子和T恤，一面责怪地瞥了亨利一眼。我穿过客厅，来到爸爸的卧室。他的门关了，我敲了敲，没有反应。我等了一会，"爸爸？"还是没人应。我转开门把，站在门口。"爸？"他背对着我坐在床头，一直这么坐着，我站了很久，终究没有下决心把脚跨进去。最后，我关上门，回到自己的卧室。

"这完全，完全都是你的错，"我严厉地批评我自己。他此时穿着牛仔裤，坐在椅子上，托着腮。"你早就知道，你早就知道事情会发生，反倒一句话也不说。你的自我保护意识哪去了？你该死的究竟是怎么啦？知道未来有什么用，如果连这种尴尬的小场面都不能让我们避免——？"

"闭嘴，"亨利嘶哑地说，"闭上你的嘴。"

"我偏不闭嘴，"我抬高嗓门，我说，"你只需要说声——"

"听着。"他无奈地看着我说，"这就像……像那天在滑雪场里。"

"哦，该死的。"几年前，我在印第安首领公园里看见一个小女孩被飞来的曲棍球击中头部，惨不忍睹。后来我得知，小女孩死在了医院。从那时起，我便开始时间旅行，一次又一次回到那天，我多想告诉她的妈妈，可是我办不到，我像个看电影的观众，又像个现实世界里的幽魂，我大喊着，不！快带她回家！不要让她去冰场！把她带走吧！她会受伤！她会死的！但最后那些话仿佛只存在于我的脑海中，事情还是一如既往地发生了。

亨利说："你总说什么改变未来，可是，对我来说，这件事已经过去了，据我所知，我对它真的无能为力，我的意思是，我试过了，而就是我那么一试，反倒促成了事情的发生。如果当时我一句话都不说，你根本就不会起身……"

"那你为什么要说？"

"因为我过去说了。你以后也会的，等着吧。"他耸了耸肩。"就像上回和妈妈一样，那次事故，循环往复[1]。"——再发生，永远如此。

"那自由意志[2]呢？"

---

[1] 原文是德语。
[2] 自由意志是人类凭借对事物的认识，做出决定并采取行动的能力。它最初被提出是在道德伦理的角度，指人在行动时对善与恶、道德与不道德的一种选择自由，后来发展成对自由与必然、决定论与非决定论的探讨。

他站起来，走到窗前，眺望窗外的后院，"我当时正在和一九九二年的亨利说话，他说了些很有意思的事情：他说，只有当我们处于正常的时间体系内，在所谓当下的那一刻，才谈得上自由意志。他说，在过去，我们只能做我们曾做过的事情，只能去我们曾去过的地方。"

"可是不管是什么时候，对我来说这就是我的现在。难道我就不能决定——？"

"不，显然你不能。"

"他对未来是怎么说的？"

"嗯，想想吧，你想象自己去了未来，做了一件事情，然后再回到现在。那件你曾做过的事情就成为你的历史。所以，今后那样的事情也是不可避免要发生的。"

这简直是自由和绝望的古怪组合。我出汗了，他打开窗户，冷空气一下子涌进房间。"那么，我们就不用对在非正常时间内做的事情负责了。"

他笑了。"感谢上帝。"

"所有的事情都早就发生过了。"

"看上去确实如此。"他摸了一下脸，我发现他已经可以刮胡子了，"可是他又说，你也必须约束自己，就好像你拥有自由意志一样，就好像必须要为所做的一切负责一样。"

"为什么？那又有什么关系？"

"显然，如果你不那么做，事情会变得更糟糕，心情也会更加压抑。"

"这是他自己的体会吗？"

"是的。"

"今后又会发生什么呢？"

"爸爸一连三个星期都不会理你。这儿"——他指了指床——"我们不能再像这样见面了。"

我叹了口气。"好吧，没问题。还会发生什么？"

"维维安·特斯卡。"

维维安是几何课上的女生，我很迷恋她，但从来没有和她说过一句话。

"明天下课，你去找她，直接约她出去。"

"我都不认识她呢。"

"相信我。"他朝我怪笑，我究竟为什么要相信他呢？可是我愿意相信。

"好吧。"

"我该走了，请给钱。"我施舍给他二十美金。"不够。"我又给了他二十美金。

"我就剩这么多了。"

"好吧。"他从那堆我再也不想看第二眼的东西上拖出他的衣服，开始穿起来。"要不要外套？"我递给他那件讨厌的秘鲁风滑雪衫。他做了个鬼脸，穿上了。我们走到屋子的后门，正午时分，教堂的钟声响了。"再见啦。"我自己说。

"祝你好运。"我有种莫名的感动，看着自己走向新的未知，走进那寒冷的不属于他的芝加哥早晨。他跳下木台阶，而我转身回到安静的家中。

一九八二年十一月七日，星期三 / 九月二十八日，星期二（亨利十九岁）

亨利：伊利诺依州的锡安市，我坐在一辆警车的后座上，一丝不挂地戴着手铐。这独特的车厢里充斥着烟味、皮革味、汗臭，以及一种不知名的味道，但每辆警车上都有，大概就是毒品的味道吧。两个警官中那个魁梧的，在一块满是碎玻璃片的空地上擒住了我，我的左眼肿得睁不开，身体上布满了擦伤、划口和泥巴。此刻，这对警官正站在车外向附近的居民了解情况，不只有一个人亲眼目睹了这一切：我企图要翻墙闯入这幢黄白双色的维多利亚时期的房子，我坐的警车正停在它的前面。我不知道我身处什么时空，才待了一个小时，就已经把一切搞得一团糟了。我极度饥饿，极度疲劳。我本该是在奎理教授的莎士比亚的课堂上，可我肯定赶不上《仲夏夜之梦》了，太惨了！

这辆警车也有好处：很暖和，也不是芝加哥警局的，芝加哥警方恨透了我，因为我总是在他们的拘留室里突然消失，至今他们还百思不解。此外，我也拒绝和他们对话，他们都不知道我的姓名和家庭地址。一旦他们掌握了这些线索，我就得乖乖接受那些指控的祝福了：撬窗入室、偷窃商店、顽固拒捕、侵犯领地、有伤风化、公然抢劫、负隅顽抗。从这一点上，谁都能推断出我是个笨手笨脚的罪犯，可是真正关键的问题是，全身赤裸着，怎么会不引起别人的注意呢。我擅长偷窃和奔跑，但光天化日之下裸体入室行窃，不可能万无一失。我七次被捕，然而到目前为止，我总能在揿指纹、拍照片之前消失得无影无踪。

街坊邻居不停地朝警车里张望。我不在乎。我才不在乎呢。这次确实久了些。去他妈的,真讨厌。我后仰躺下,闭上双眼。

车门开了。冷风也吹开了我的眼睛,一瞬间,金属隔栏、裂开的化纤坐垫、被铐上的双手、起满鸡皮疙瘩的腿、挡风玻璃外一块扁方的天空、仪表盘上的黑色警帽、警官手中的纸夹笔记板、他发红的脸、一丛逐渐灰白的眉毛、窗帘一样下垂的脸颊——所有这一切开始微微发光,霓虹闪烁,蝶彩斑斓,一个警官说:"嗨,这家伙好像发病了——"我的牙床激烈地颤抖起来,警车就这样在我眼前消失了,我仰面朝天地躺在家中的后院里。回来啦,终于回来啦!我使劲地吸入九月夜空中的凉气,直起身,揉了揉手腕,上面还留着手铐的痕迹。

我不停地大笑,我又逃脱成功了!奇人胡迪尼[1]、不可思议的普罗斯佩罗[2],看看我吧!我也是个魔法师!

一阵恶心袭来,我把满口的苦胆汁全都吐在了金太种的菊花上。

一九八三年五月十四日,星期六(克莱尔十一岁,就快十二岁了)

**克莱尔**:今天是玛丽·克里斯汀娜·海普沃兹的生日,圣·罗勒学校里所有五年级的女生都到她家过夜去了。晚餐是比萨、可乐和水果色拉,海普沃兹太太做了一个犀牛头形状的大蛋糕,上面用红果酱写成"祝玛丽·克里斯汀娜生日快乐"的字样。我们唱了《生日歌》,玛丽·克里斯汀娜一口气吹灭了全部十二根蜡烛。我知道她许了什么愿,她一定不想让自己再长高了,如果我是她,我就会这么许愿的。玛丽·克里斯汀娜是我们班上最高的学生,已经一米七四了。她妈妈比她稍微矮些,可她爸爸真是高啊。海伦曾向玛丽·克里斯汀娜打听她爸爸究竟有多高,结果她说有两米。她是他们家惟一的女孩,她的几个哥哥也都到了可以剃胡子的年纪,个子也很高大。他们装作对我们视而不见,埋头吃蛋糕,每次他们走近我们女孩堆时,帕蒂和鲁思就故意笑得花枝乱颤,真是丢人现眼。玛丽·克

---

[1] 美国传奇的魔术大师,擅长脱逃术表演。
[2] 莎士比亚作品《暴风雪》中的魔法师。

里斯汀娜打开她的礼物，我送了一件萝拉·艾诗莉[1]牌带钩边领子的绿色毛衣，因为她很喜欢我那件蓝色的。晚餐后，我们一起看了录像《天生一对》，海普沃兹一家有意无意地在我们身边徘徊，观察我们，直到我们换上睡衣，轮流跑去二楼的卫生间，再一窝蜂地拥进玛丽·克里斯汀娜的卧室为止。那完全是个粉色的世界，连满地的地毯都是粉色的，完全能体会到玛丽·克里斯汀娜父母的欣慰，他们生了那么多儿子，最后才有了这个女儿。我们虽然从家里带了睡袋，却把它们集中堆在墙壁前，然后分别聚在玛丽·克里斯汀娜的床和地板上。南茜有瓶薄荷杜松子烈酒，每人都尝了些，味道糟透了，就像在胸腔里涂上了维克斯感冒药膏。我们一起玩"真心话大冒险"，鲁思叫温迪脱光上衣跑到楼下的大厅；温迪则逼福朗西斯，问她十七岁的姐姐莱西的胸罩尺寸有多大（答案是：38D）；福朗西斯问盖尔，上星期六她和迈克·普拉特纳在奶品皇后里干了些什么。（答案是：吃冰激凌。呵呵）这样过了一阵，大家都厌倦了，实在想不出什么真正好玩的点子，我们从幼儿园就在一起，彼此非常了解，没什么新话题了。玛丽·克里斯汀娜提议："我们一起玩占卜板吧。"大家都赞成了，因为今天是她的生日，而且玩占卜板本身就很刺激。她从柜子里取出道具，这个盒子的四周都已经被压烂了，原本显示字母的透明小塑料片也没了。亨利曾经告诉我，他去过一个降灵会，招魂的女人在作法时得了急性阑尾炎，最后人们不得不叫了救护车。这块占卜板不大，只能两个人一起玩，所以首先轮到玛丽·克里斯汀娜和海伦。游戏规则是，你必须大声说出你想要知道的，否则就不灵了。她们俩把手指放在塑料板上，海伦看着玛丽·克里斯汀娜，玛丽·克里斯汀娜显得很犹豫，南茜说，"问鲍比的事。"于是，玛丽·克里斯汀娜发问了："鲍比·达克西勒喜欢我吗？"每个人都咯咯地笑了，答案是否定的，可海伦微微一推，占卜板上却说"是"。玛丽·克里斯汀娜咧开嘴大笑起来，我都看见她的牙套了，上面一副下面一副。海伦问是否有男孩子喜欢她？占卜板转了几下，分别停在D、A、V这三个字母上，帕蒂说了声："是大卫（DAVID）·汉莱么？"又一阵哄堂大笑。大卫是我们班上惟一的黑人学生，他矮小又害羞，但数学很好。"也许他会帮你算长除法，"劳拉说道，其实她自己也很害羞。海伦笑了，她数学确实很

---

[1] 萝拉·艾诗莉（Laura Ashley），保留传统英国风格的服装家饰品牌。

差。"过来,克莱尔,你和鲁思,轮到你们俩了。"于是我们分别坐在海伦和玛丽·克里斯汀娜原先坐过的位子上。鲁思看看我,我一耸肩,说:"我不知道问什么。"大家窃笑不已。我有很多问题啊,我想知道的实在太多了,妈妈会好起来吗?爸爸早上冲埃塔吼什么呀?亨利是个真实的人么?马克把我的法语作业本藏哪里去了?鲁思插嘴道:"喜欢克莱尔的是什么样的男生?"我瞪了她一眼,她只是笑笑,"你难道不想知道吗?""不。"我这么说,还是不自觉地把手指放到占卜板上,鲁思也这么做了,可占卜板一动也不动。我们俩小心地碰碰它,都期待一个准确的结果,所以谁都没有推。它开始动了,缓慢地旋转,然后停在了 H 上。接着它越转越快,先后停在 E、N、R、Y 上。"是亨利(HENRY),"玛丽·克里斯汀娜问:"谁是亨利?"海伦说:"我也不知道。克莱尔,你脸红了,谁是亨利?"我一个劲地摇头,似乎那个名字对我也是个谜。"到你了,鲁思。"(真没有想到)她也问了谁喜欢她,占卜板拼出了 R、I、C、K。我觉得她用手推过,瑞克(RICK)就是马龙老师,我们的自然课老师,他正在暗恋我们的英语老师恩格尔小姐。除了帕蒂,所有人都笑了,因为帕蒂暗恋的就是马龙老师。鲁思和我起身,换劳拉和南茜坐下。南茜背对着我,问:"亨利是谁?"她提问时我看不见她的脸,大家都看着我,鸦雀无声。我盯着板,什么动静也没有,我起初以为总算逃过了窘境,但那塑料玩意开始动了。H。我想,大概又要把"亨利"再拼一遍吧,毕竟,南茜和劳拉对亨利一无所知,连我都知道得很少。但是接着出现的字母依次为:U、S、B、A、N、D,大家都看着我。"嗯,我还没有结婚呢,我才十一岁啊。"劳拉追问:"亨利究竟是谁啊?""我真不知道,也许是某个我还没有遇到的人吧。"她点点头。大家都觉得不可思议。我也觉得不可思议。HUSBAND?老公?

一九八四年四月十二日,星期四(亨利三十六岁,克莱尔十二岁)

**亨利**:我和克莱尔在树林里升了一堆火,我们在那儿下着国际象棋。这个春天美丽动人,树林里充满了生机,鸟儿都忙着唱情歌、筑爱巢。我们刻意避开克莱尔的家人,正巧他们今天下午都出门了。现在的战况是:克莱尔的一招棋迟迟出不了手,而三招之前,我已经吃了她的"后",显然她败局已定,可她还想一拼到底。

她抬头看着我,"亨利,你最喜欢甲壳虫乐队里的哪一个?"

"当然是约翰·列侬。"

"为什么要说'当然是'呢?"

"这么说吧,林戈·斯塔尔也是不错,可是看上去太老实了,你觉得呢?乔治·哈里森又有点太新世纪了,不合我的口味。"

"什么叫'新世纪'?"

"古怪的宗教、精力过剩、叫人发腻的音乐。那些病态的家伙总企图说服人们,凡是和印度人有关的任何东西都如何的超级了不起。还有那些东方的医学。"

"可你也不喜欢常规西医啊。"

"那是因为医生们老说我精神有问题。如果我胳膊断了,我肯定是个西医大粉丝。"

"你觉得保罗·麦卡特怎么样?"

"保罗招女孩子喜欢。"

克莱尔笑了,害羞地说:"我最喜欢保罗了。"

"这个嘛,你是女孩子啊。"

"为什么保罗招女孩子喜欢呢?"

我暗暗对自己说,得好好回答她。"嗯,保罗,他,是只,乖甲壳虫,明白了么?"

"那样不好吗?"

"不,也不是不好啦。可是男人都更喜欢酷酷的感觉,约翰就是只酷甲壳虫。"

"哦,可惜他已经死了。"

我不由大笑。"人死了以后还是可以继续酷下去的,而且反倒更容易些,因为再也不会变胖,也不会掉头发了。"

克莱尔哼起《当我六十四岁》的开头部分。她把她的"车"往前挪了五格,现在我可以一下子将死她,我一告诉她,她便慌忙悔棋。

"那么,你为什么喜欢保罗呢?"我问她。我及时抬起头,撞见她羞红的脸庞。

"他很……美,"克莱尔说道,我觉得她的口气怪怪的,我研究着棋盘,发现此刻克莱尔可以用她的"象"吃掉我的"马",然后再将死我,我考虑是否要提示她呢，如果她再小一点，我会的，十二岁的孩子已经足够有能力保护自己了，而克莱尔只是出神地盯着棋盘。我一下子醒悟过来，我这是嫉妒了，天啊，真不敢相信，我竟然会嫉妒一个老得可以做克莱尔父亲的超百万级身价的摇滚老怪星。

"哼！"我叫道。

克莱尔抬起头，淘气地笑了，"你喜欢谁？"

你，我这么想，但没有说。"你是问我在你这么大的时候吗？"

"嗯，是呀。你像我这么大的时候，那是哪一年？"

回答之前，我先仔细体会了这个问题的深意，"我像你这么大的时候，那是一九七五年。我比你大八岁。"

"这么说你今年二十岁？"

"嗯，不，我今年三十六岁。"都可以做你爸爸了。

克莱尔皱起眉头，数学不是她最拿手的科目。"不过，如果一九七五年你十二岁的话……"

"哦，对不起，你说得对。我是说，我现在三十六岁，不过在另外的地方"——我朝南方指了指——"在真实的时间里，我是二十岁。"

克莱尔努力想要消化这个事实，"这么说，就是有两个你了？"

"也不完全是，一直就只有我一个人，可是当我时间旅行的时候，有时我会去我已经存在过的地方，这样一来，你就可以说有两个我，或者更多的我了。"

"但为什么我从来没有见过第二个你呢？"

"你会的，当我们在真实的生活中相遇后，你就会常常见到另外一个我了。"会比我想象的更加频繁，克莱尔。

"那么，在一九七五年，你喜欢谁呢？"

"事实上，谁也不喜欢。我十二岁时在想许多别的事情呢。不过十三岁时，我非常喜欢帕蒂·赫斯特[1]。"

克莱尔露出了不悦，"是你在学校认识的女孩？"

我笑了，"不，她是加州大学的一个富家小姐，不幸遭到左翼恐怖分子绑架，他们还逼迫她去抢银行，一连几个月，她每晚都上新闻。"

---

[1] 帕蒂·赫斯特（Patty Hearst），美国报业大亨的孙女兼继承人，被恐怖分子绑架几周后，她竟然认同了绑匪，并帮助他们一起犯罪。

"然后她怎么啦？你为什么会喜欢她呢？"

"最后她被放了，结了婚，生了几个小孩，现在她是加州的一位阔太太。我为什么喜欢她？呵，我也不知道。非理性的，你懂么？我想，当时我能对她感同身受，体会她那种被绑走、被迫做她不情愿做的事情、然后还仿佛乐在其中一样的心情。"

"你要做你不情愿做的事情吗？"

"是啊，一直都做。"我的一条腿麻木了，我站起来晃了晃，直到它稍稍有了些刺痛感为止。"我不是每次都能这样平安地落在你这里的，克莱尔。很多时候，我到了那些地方，衣服和食物都得靠自己去偷。"

"噢！"她的脸上现出一层阴翳，然后她看着自己移动的棋子，走出了制胜的那一步，用胜利的表情抬头看我。"将！"

"嗨！太棒了！"我把手放在额头向她敬礼，"你是今日棋后。"

"是哦，我就是！"克莱尔说着，骄傲的小脸粉扑扑的。她把所有棋子归位到开局的位置，"再下一盘？"

我煞有介事地看了看手上并不存在的表。"好呀。"我重新坐下。"你饿吗？"我们到这里已经几个小时了，食品储备直逼零点，仅存一点吃剩下的"妙脆角"屑末。

"嗯哼。"克莱尔挑了两个"兵"放到身后，我敲敲她右肘，她让我看了一眼右手里握的白"兵"。我以常规步数开局，把"后"前面的"兵"放到Q4，她也用常规法——把"后"前面的"兵"放到Q4——来应对。我们接下来的十步棋相当迅速，少有血刃厮杀，然后克莱尔坐了一会儿，看着棋局。她又想尝试突袭，"你现在喜欢谁呢？"她问的时候眼睛依旧朝下。

"你是说在二十岁，还是三十六岁？"

"都告诉我。"

我努力回忆自己的二十岁，模模糊糊的一片女人，乳房、大腿、皮肤、头发轮流从眼前晃过，所有关于她们的故事都混淆在一起，她们的脸再也对不上名字了。二十岁的我忙碌而可怜，"二十岁时没有特别的印象，现在我谁都记不得了。"

"那么三十六岁呢？"

我仔细看着克莱尔，十二岁太小了吧？十二岁真的太小了，幻想潇洒英俊、安全可靠、可望不可即的保罗·麦卡尼，总比爱上穿梭时光的老亨利要好得多。但她为什么要问这个呢？

"亨利？"

"嗯？"

"你结婚了吗？"

"结了"我勉强承认了。

"和谁呢？"

"一个非常美丽、坚忍不拔又才华横溢的聪明女人。"

她脸色一沉，"噢！"拿起两步前刚吃掉我的白"象"，放在地上像陀螺一样捻着转。"挺不错的嘛。"这个消息似乎让她怯场了。

"怎么啦？"

"没什么。"克莱尔把她的"后"从 Q2 移至 KN5。"将！"

我跳"马"来护驾。

"那时我结婚了吗？"克莱尔问道。

我直面她的眼睛，"你今天得寸进尺了啊。"

"为什么我不能问，反正你从来都不和我说任何事情的。快点，亨利，告诉我，我今后是不是个老处女？"

"你是个修女。"我有意逗她。

克莱尔吓得直哆嗦，"天呐，我真不想那样。"她用"车"吃了我的"兵"，"你是怎么认识你妻子的？"

"对不起，头等机密。"我用"后"斩了她的"车"。

克莱尔做了个鬼脸。"哦。是时间旅行的时候吗？到底什么时候见到她的？"

"别管闲事。"

克莱尔叹了口气，用她另一个"车"吃了我的另一个"兵"。至此局面，我的"兵"已经不多了，我把"后"跟前的"象"移到 KB4。

"你知道我的全部，却一点也不告诉我你的事情，这不公平！"

"是哦，真不公平。"我装出很遗憾、很恳切的样子。

"我是说，鲁思、海伦、梅根、劳拉，她们什么事情都告诉我，我也把什么都告诉她们的。"

"每件事情吗？"

"是呀,嗯,除了还没把你告诉她们。"

"哦?那是为什么?"

克莱尔看上去有些防备,"你是个秘密,而且不管怎么说,她们也不会相信我。"她用"象"设下圈套诱捕了我的"马",朝我狡黠地一笑。我研究着棋盘,或者吃掉她的"马",或者保住我的"象",白棋形势不妙了。"亨利,你真的是人吗?"

我一愣,"是呀,否则我还会是什么?"

"我不知道。精灵?"

"我是个大活人,克莱尔。"

"证明一下。"

"怎么证明?"

"我不知道。"

"那你能不能证明你也是个人呢,克莱尔?"

"我当然能。"

"怎么证明?"

"我完全像个人。"

"这么说,我也完全像个人。"真有意思,克莱尔竟然会提出这样的理论。那还是一九九九年,肯德里克医生和我就同样的问题展开过激烈的哲学辩论,肯德里克坚信我的出现预示了一个人类的新品种,我和其他普通人的区别,犹如尼安德塔人[1]和他们的邻居克罗马农人[2]的差别。我争辩说我只是体内的一串基因紊乱了而已,我们无法生育,这就说明我们并不是"失落的环节"[3]。我们频繁引用祁克果[4]、海德格尔的学说来驳斥对方,争得面红耳赤。而此刻,克莱尔打量我的眼光中充满了怀疑。

"人不会像你那样出现又消失的。你就像是柴郡飞猫[5]。"

"你是在暗示说我是个虚构的角色?"我终于琢磨出对策了:我"王"侧的"象"进入 QR3,她可以趁势吃掉我的"象",走着走着,她就会丢

---

1 尼安德塔人(Neanderthal),智人的早期类型,生活在十万到三万五千年前。
2 罗马农人(Cro-Magnon man),欧洲晚期智人,生活在三万年前。
3 对于人类的进化来说,猿猴和人类之间的过渡生物一直未被发现,因此这段空白就被进化论的学者称为"失落的环节",也就是介于类人猿与人类之间假想的灵长类生物。
4 祁克果(Soren Kierkegaard, 1813—1855),丹麦存在主义哲学家。
5 《爱丽斯梦游仙境》中的人物。

掉"后"。克莱尔的确花了好一会儿才看出我这步妙招，不由朝我直吐舌头。刚吃完那些"妙脆角"，她的舌头呈现出令人担忧的橘黄色。

"你让我开始怀疑童话了，我觉得，如果你是真实的，那些童话凭什么不是真实的呢？"克莱尔站起来，仍思考着棋局，她跳来跳去的，仿佛裤子着了火似的。"我觉得地越来越硬，屁股都麻了。"

"或许那些是真的，或许里面一些小情节是真的，然后人们再添加其他内容，你觉得呢？"

"也许白雪公主当时只是昏迷了一阵。"

"还有睡美人。"

"还有通天豆苗杰克，他只是个特别差劲的花匠。"

"还有方舟诺亚，他其实就是个住在房船里、养了很多猫的怪老头。"

克莱尔瞪着我，"诺亚是《圣经》里的人，不是童话里的。"

"哦，对，不好意思。"我已经很饿了。尼尔随时可能摇响吃饭的铃铛，那时，克莱尔就得进屋了。她又在棋盘对面坐下，把她所有吃过去的棋子垒成小宝塔，我看出来她已经没兴趣下棋了。

"你还是没能证明你是个真实的人。"克莱尔说。

"你也没有。"

"难道你怀疑我不是真实的吗？"克莱尔惊讶地问我。

"也许你是我梦里的人，也许我是你梦里的人；也许我们只活在对方的梦里，第二天早晨醒来时，再把彼此忘掉。"

克莱尔皱起了眉头，挥挥手像是要赶走这古怪的念头。她要求道，"你捏我一下吧。"我弯过身去，轻轻捏了捏她的胳膊。"用力啊！"我照办了，我捏得很重，她皮肤上留下红红的印子，几秒钟后才消退。"如果我是在睡觉的话，你觉得这样被你一捏，我还醒不了吗？再说，我也不觉得我刚才睡着了。"

"我也不觉得自己是个精灵，或是什么虚构的角色。"

"你怎么知道？如果你是我编出来的，而我又不希望你发现你是我编出来的，那我根本就不会告诉你，对吧？"

我朝她挑了挑眉毛，"或许我们都是上帝虚构出来的，他也没有告诉我们。"

"你不应该说这些话，"克莱尔大叫，"况且，你连上帝都不信。你信吗?"

我耸了耸肩,引开这个话题,"我比保罗·麦卡尼可真实多了。"

克莱尔似乎很忧虑,她把所有的棋子放回盒子里,仔细分开黑白两色。"很多人都知道保罗·麦卡尼的——而你,只有我一个人知道。"

"可你真实地遇到了我,而你从来没有遇到过他。"

"我妈妈去看过甲壳虫的演唱会。"她盖上国际象棋的盒盖子,躺在地上放松地伸展开来,盯着那丛长满新绿的树冠。"那是一九六五年八月八日,芝加哥的科敏斯基公园球场。"我挠挠她的肚子,她痒得像刺猬一样蜷缩成了团,咯咯地笑个不停。我们这样挠痒嬉闹了一会儿,便面孔朝天地双双躺在草地上,我们的手相握着,摆在我们身体之间。克莱尔又发问了,"你的妻子也是时间旅行者吗?"

"不。谢天谢地。"

"为什么要'谢天谢地'?我觉得那很好玩,你们俩可以一起去很多地方。"

"家里有一个时间旅行者就够折腾了。这种旅行很危险,克莱尔。"

"她替你担心吗?"

"是的,"我柔声回答,"她很担心。"我不由得想,克莱尔此刻(一九九九年)会在干吗呢?也许还在睡觉,也许根本不知道我又离开了她。

"你爱她吗?"

"很爱。"我小声说。我们安静地并排躺着,看那些摇曳的树枝、鸟儿和天空。我听见压抑的抽泣声,转身惊讶地发现克莱尔的眼泪已经流成了小溪,一直淌到她的耳朵里。我坐起来,身体歪向她,"怎么了,克莱尔?"她咬紧嘴唇,一个劲地来回摇头。我抚摸她的头发,把她拉起来,双手环抱住她。她是个孩子,但在那一刻,她已经不是个孩子了。"怎么了?"

她的回答那么轻,我不得不让她再说一遍:"我还以为你以后会娶我。"

一九八四年六月二十七日,星期三(克莱尔十三岁)

**克莱尔:**我站在草坪上。今天是六月底的一个傍晚,再过几分钟就该去洗手吃晚饭了。温度降得很快,十分钟前,天空还是蓝紫色的,草坪上热气腾腾,一切都感觉被扭曲了,仿佛被笼罩在一个巨大的玻璃穹隆下。近处所有的声音都被热浪吞没,铺天盖地的,都是昆虫乐队的嗡鸣。我一直坐在小桥上,边看着水虫在静止的小池塘上滑行,边想着亨利。今天亨利不会来,下一次还要再过二十二天。天气凉爽多了,亨利真是让我伤透了脑筋。从出生到现在,我已经很自然地接受了他,也就是说,即便他是一个秘密,他也因此而变得很有魅力。亨利就像某种奇迹,最近,我才突然明白,其他女孩子都没有她们的亨利,即使她们有,她们也没提起过。一阵风吹来,高高的草儿荡漾起伏,我闭上眼睛,那听上去就像大海(我只是在电视上看到过海)。当我睁开眼睛,天空先是黄色的,随后又变成了绿色。亨利说他来自未来,我小时候一点也不觉得有什么问题,一点也意识不到里面可能隐含的深意。现在我会想,那是否意味着未来是一个地方,或类似一个地方,我可以通过并非变老的方式而抵达那里呢?亨利能否带我去未来呢?树林一片深黑色,枝杈在风中弯曲,弹起,再低垂下去。昆虫的鸣叫悄然停息,风拂平了一切,草无力地倒在地上,树木吱吱作响,仿佛是在呜咽。我害怕未来,那似乎是个等着装我进去的大盒子。亨利说过他认识未来的我。浓黑的云从树丛后面一拥而上,它们出现得那么快,仿佛是一群木偶现身,我都笑出了声。伴随着一声长长的闷雷,周围的一切向我袭来,我突然意识到小小的自己正孤单地伫立在草坪上,万物越来越扁,压向我。于是我也躺下,希望滚滚翻腾而来的暴风雨不要注意到我的存在。我躺着望向天空,水开始从上面倾倒下来,转瞬间,我的衣服湿透了,我突然感到亨利就在这里,我极度需要他在这里,需要他用手触摸我的身体。尽管此刻,他只是落在我身上的雨。而我一个人,渴望着他。

一九八四年九月二十三日,星期日(亨利三十五岁,克莱尔十三岁)

亨利:我在那片空地,也就是草坪上,清晨,黎明就要来临的时分,正值暮夏,野地里的花草齐胸高了,天凉飕飕的。我一个人,穿过那些高高的植物,发现了我的衣物箱,我打开取出蓝色牛仔裤、白色牛津纺衬衫和夹趾拖鞋。我从来没有看到过这几件衣服,所以一点不知道现在是什么时间。克莱尔还为我准备了些点心:花生酱果冻三明治都被小心地包在锡纸里，还有苹果和杰氏薯片，也许这是一顿克莱尔的学校午餐。我推测此刻大概是七十年代末八十年代初，我坐在那块岩石上，吃下东西后，感觉好多了。太阳升起来，整个草坪先是蓝色的，然后是橘红色，再是粉红，万物的影子被拉得长长的，新的一天开始了。到处都不见克莱尔的踪影，我又钻进茂密的植物堆，虽然地上沾着湿湿的露水，我还是蜷缩着睡着了。

醒来后太阳已经当头照了，克莱尔正坐在我对面看书。她微笑着说："池塘太阳照，小鸟喳喳叫，青蛙呱呱笑，你该起床了！"

我咕哝了一声，揉揉眼睛，"嗨，克莱尔，今天是几号？"

"一九八四年九月二十三日星期天。"

克莱尔十三岁了，一个奇怪又难熬的年纪，但再怎么难熬也远远不如我将要面临的复杂局面。我打着哈欠坐起来，"克莱尔，如果我很有礼貌地恳请你，你愿意为我到房间里，偷一杯咖啡出来给我喝么？"

"咖啡？"克莱尔的口气好像她从来没有听说过这玩意，她成年以后和我一样对咖啡上了瘾。现在她看上去正在谋划着。

"求求你啦！"

"那好吧，我试试看。"她慢慢起身。这一年，克莱尔一下子蹿得很高，足足长了十三厘米。她至今还没有完全适应自己的新身材：胸脯、大腿和臀部，都是新生的。她婀娜地走过小路回家时，我尽量克制自己不去想她的这些部位。我瞥了一眼她刚读的那本书，是多萝西·赛尔丝[1]的，这本我还没看过。她回来时，我已经读到三十三页了。她拿来一个保温瓶，几只杯子，一条毯子和一些面包圈。一整个夏天的烈日把她的鼻子晒出了斑点，她铺毯子时，淡淡的发丝散落在手臂上，我只好努力克制住自己的手，不去穿过她那头秀发。

"上帝祝福你。"我接过保温瓶，犹如领受着圣餐。我们在毯子上就座，我踢飞了夹趾拖鞋，倒出一杯咖啡，尝了一小口，难以置信的浓和苦。"呵！这是火箭燃料啊，克莱尔。"

"太浓了吗？"她看上去有些失落，我赶忙鼓励她。

"咖啡总不会嫌浓，不过这确实相当相当浓。不管怎样，我还是挺喜欢

---

[1] 多萝西·赛尔丝（Dorothy Sayers），英国侦探犯罪小说家。

的。你自己亲手煮的么?"

"啊哈!我以前从来没有煮过咖啡,刚才正好马克又进来,烦了我一阵,也许我是煮坏了。"

"不,很好的。"我吹了几下咖啡,一饮而尽,立刻感觉好多了。于是我又倒了第二杯。

克莱尔从我手中接过保温瓶,也给自己的杯子里倒了两厘米左右高,她小心翼翼地呷了一口。"呃,"她说,"真难喝。难道应该是这个味道吗?"

"这个嘛,通常没有这么可怕,你喜欢放很多糖和奶精。"

克莱尔把剩下的咖啡全倒在草坪上,取出一块面包圈,然后说:"你是要把我培养成怪人。"

我一时语塞,这样的想法我真是头一遭听说。"哦,我没有。"

"你就是有。"

"不,我没有,"我停了一下,"你这是什么意思啊?我要把你培养成怪人?我根本没想把你培养成任何人。"

"你心知肚明,我根本还没有尝过,你就说什么咖啡加奶加糖后我会喜欢喝。我怎么知道那是我自己真正喜欢的,还是听了你的话之后才喜欢的呢?"

"可是克莱尔,那只是个人的口味。不管我说还是没说,你总能知道你究竟爱喝什么样的咖啡。另外,你忘啦,是你一直喜欢缠着问我关于你未来的事情的。"

"提前了解未来不等于要你提前告诉我喜欢什么。"克莱尔说。

"为什么?这些都是自由意志啊。"

克莱尔脱下鞋袜,把袜子塞到鞋子里,然后再把鞋子整齐地放在毯子边上。接着,她又收拢我踢掉的拖鞋,把它们排在她的鞋子旁边,好像这毯子是块日本榻榻米。"我觉得自由意志是和原罪有关的。"

我考虑了一下这个问题,"不,"我说,"为什么自由意志要局限在是非对错之间呢?我想说的是,脱不脱你的鞋,完全是由你自己决定的,你穿还是不穿,没有人会介意,你没有罪孽深重,但也不代表你品行高洁,更不会影响到未来,可你确实行使了自由意志。"

克莱尔耸耸肩,"可有时,你告诉我一些事情,让我觉得未来已经注定了,你知道么?就像我的未来已经在过去发生了,我根本就无能为力。"

"这叫决定论[1]，"我告诉她，"我做梦时它也常常困扰我。"

克莱尔非常好奇，"为什么？"

"连你都觉得未来是只把你困住的盒子，是不可改变的，那么想想我的感受，我总是在亲历那些事实——哪怕我身处其中，亲眼目睹，我却无法改变任何事情。"

"可是亨利，你确实是能改变命运的！想想，你曾写过一张纸条，是关于一个患唐氏综合征的男孩，你让我在一九九一年交给你。还有那张时间表，如果我没有它的话，我根本不知道什么时候可以来和你见面。你一直都在改变着事情。"

我笑了，"我只能促进那些早已发生的事情。我不能，举例来说，改变你脱掉鞋子的事实。"

克莱尔大笑起来，"你为什么要关心我脱不脱鞋呢？"

"我确实不关心。不过，如果我关心的话，现在它也已经成为宇宙历史的一部分了，我没有任何能力改变它。"我拿起一块面包圈啃了起来，那是"卑斯麦"，我最喜欢的牌子。奶油在阳光下微微有些融化，粘住了我的手指。

克莱尔吃完了她的面包圈，卷起牛仔裤，盘腿坐着。她挠挠脖子，烦躁地看着我，"你现在让我很不自然，我觉得每抽一下鼻子都是一个历史事件。"

"对，是的。"

她眼珠一转，"和决定论相反的是什么呢？"

"混沌论。"

"哦，我想我不会喜欢的。你喜欢吗？"

我啃了一大口"卑斯麦"，思考着混沌理论。"嗯，我喜欢，我也不喜欢。混沌论更自由，绝对的自由，可那是无意义的。我希望自己行动自由，但我也希望我的每个行动都有意义。"

"可是，亨利，你忘记了上帝——为什么不能由上帝赋予我们每个行动的意义呢？"克莱尔真诚地皱着眉，她转过脸去，望着前方的草坪。

我把最后一点"卑斯麦"全塞进嘴里，细嚼慢咽地拖延时间。克莱尔

---

[1] 决定论主张宇宙间的万事万物的运行，都已经由其先决的因素决定了，而非人的简单意志可以改变。

一提到上帝，我手心就冒汗，甚至有种想要逃跑或消失的冲动。

"我不知道，克莱尔。如果真有一个上帝的话，对我而言，万事万物就太随意，太没有意义了。"

克莱尔两手抱住膝盖，"可你自己明明说过，万事万物看上去都好像是被注定了一样。"

"嗯，"我伸手握住克莱尔的脚踝，把她的两只脚拉到我的腿上，就这么握着。克莱尔笑起来，双肘往后撑住地面。她的脚在我的手中凉凉的，非常粉嫩，非常洁白。"好吧，"我说，"我们来探讨一下，我们有几个选项，第一，有一个封闭的宇宙，过去、现在和未来都同时共存在其中，每件事情都已经发生过了。至于混沌论，因为我们无法知道所有的变数，所以任何事情都有可能发生，而且不可被预测。而在基督教的宇宙里，一切都是上帝创造的，万物的存在都是为了一个目的，但我们人类仍拥有自由意志。对吗？"

克莱尔朝我晃动着她的脚指头，"我想是的。"

"那你会给哪种说法投赞成票呢？"

克莱尔沉默了。十三岁的她，对耶稣和圣母玛利亚既怀有实用主义[1]的态度，也抱着浪漫的情怀。一年之前，她很可能会脱口而出地选择上帝；十年后，她会支持决定论；再过十年，她会相信宇宙的任意性，就算上帝存在，他也一定没有听见我们的祷告，她会相信因果是无法逃脱的、残忍的、无意义的；再以后呢？我就不知道了。此时的克莱尔正在青春期的入口，一只手握着信仰，另一只手里却是不断生长的怀疑，她所能做到的，只是两手轮流地玩耍；或者试图把它们捏在一起，直到合二为一。她摇了摇头，"我不知道，我希望上帝存在。可以吗？"

我觉得自己像个蠢货，"当然可以了。那是你所相信的事情啊。"

"但是我不要只是相信而已，我希望他真的存在。"

我用拇指磨蹭克莱尔的足弓，她闭上眼睛。"你和圣·托马斯·阿奎纳[2]的观点是一样的。"我说。

---

[1] 实用主义主张一切概念的价值均以其实际效果为标准。
[2] 圣·托马斯·阿奎纳（St. Thomas Aquinas, 1225—1274），意大利神学家，经院哲学的集大成者，是名震欧洲的有名学者。

"我听说过他,"克莱尔的口气好像是在谈某个失散多年的至亲的叔叔,或是她小时候常看的电视节目的主持人。

"他想要秩序和理性,他也想要上帝。他生活在十三世纪,在巴黎大学教书。阿奎纳既相信亚里士多德,也相信天使。"

"我也喜欢天使,"克莱尔说,"他们真漂亮。我希望自己也能有翅膀,到处飞来飞去,还可以坐在云上。"

"每个天使都是可怕的[1]。"

克莱尔叹了口气,那种微微的叹息仿佛在说,你忘了我不懂德语么?

"哦?"

"'每个天使都是可怕的。'这句话选自《杜伊诺哀歌》,是一位名叫里尔克的诗人写的。他是我们最喜欢的一位诗人。"

克莱尔笑了,"又来了。"

"什么?"

"说我以后会喜欢什么。"克莱尔的脚在我的大腿上来回磨蹭。没有多想,我便把她的双脚抬到我的肩头,突然感到有点色情,于是迅速把她的脚重新放回手心。当她躺下时,我一只手捏住它们,悬在空中。她无邪得像个天使,头发散在毯子上,仿佛围绕着她的光环。我挠她的脚心,克莱尔咯咯乱笑,像条活鱼一样在我手里扭来扭去的,她跳起来在空地上翻了个跟头,朝我咧嘴一笑,仿佛要引诱我过去抓她。我也朝她咧嘴一笑,她便回到毯子上,在我身边坐好。

"亨利?"

"嗯?"

"你让我变得不一样了。"

"我知道。"

我转身看着克莱尔,就在那一刻,我忘记她还是个孩子,忘记现在还是很久以前;我看到克莱尔,我的妻子,影像重叠在这张年轻女孩的脸上。对眼前这个既年轻又年长、与所有女孩全然不同的克莱尔、知道了与众不同其实意味着艰辛的克莱尔,我无言以对。可她此时并没有指望一个答案,她只是靠在我的胳膊上,让我的手环住她的肩膀。

---

[1] 原文是德语。

"克莱尔!"穿过寂静的草坪,她爸爸大声喊着她。她抓过鞋袜,一跃而起。

"该去教堂了。"她一下子紧张起来。

"好吧,"我说,"嗯,再见!"我朝她挥手,她微笑地咕哝着再见,然后跑下小道,消失在我的视线中。我在太阳下继续躺着,思考上帝,读了一会儿多萝西·赛尔丝的书。大约一个多小时后,我也消失了。只剩下一条毯子,一本书,两只咖啡杯和一些衣物,表明我们曾经真的来过。

## 结局以后

一九八四年十月二十七日，星期日（克莱尔十三岁，亨利四十三岁）

**克莱尔**：我突然醒了。外面很吵，有人在叫我的名字，听上去像是亨利。我坐起来听了会儿，却只是风声和公鸡的啼叫。可万一真的是亨利呢？我跳下床，跑出去。我没穿鞋子就下了楼，穿过后门，来到草坪上。天很冷，风直往我的睡衣里钻。他在哪儿呢？我停下来四处张望，那边果园里，穿着明亮的橙色狩猎服的爸爸和马克，还有一个男人。他们站着都在看什么东西，听到我的声音后才转过身来，那个男人果然是亨利。亨利和爸爸、马克在一起干吗？我向他们跑去，我的脚被枯草划出很多口子。爸爸快步过来迎上我，"宝贝，"他说，"你这么早到这儿来做什么？"

"我听见有人叫我。"我说。他朝我笑了，他的微笑似乎在说，傻姑娘。于是我又盯着亨利，想看看他如何解释。你刚才喊我干吗，亨利？可他摇头，把手指放在唇上，嘘，克莱尔，什么也别说。他走进果园，我想知道他们究竟在看什么，可是那里什么也没有。爸爸说："克莱尔，回去睡觉吧，这只是场梦。"他搂住我，和我一起回去。我回头看亨利，他在朝我招手，脸上依旧只是微笑。没事儿，克莱尔，我以后会跟你解释的。（我知道亨利应该不会解释，但他会让我明白的，或者这几天里事情就会自动水落石出。）我朝他招手回礼，再看看我有没有被马克看到，不过马克背对着我们，烦躁不安的，似乎等我赶快走开后，他好和爸爸继续打猎。但亨利在这里干吗呢？他们之间说了些什么？我再次回头，已经看不到亨利了，爸爸说："快点，克莱尔，回去睡觉吧。"他吻了吻我的额头，看上去有些不安。我往回跑，跑到家里，轻轻地上楼，然后坐在床边，浑身颤抖着，我还是不知道刚才究竟发生了什么，可我知道事情不妙，非常、非常地不妙。

一九八七年二月二日，星期一（克莱尔十五岁，亨利三十八岁）

**克莱尔**：我放学回家时，亨利已在"阅览室"里等着我了。之前我在火炉房隔壁为他准备了一个小间,就在我们自行车库的对面。我让家里人都知道,我喜欢一个人在地下室安静地看书,事实上,我也确实经常去下面消磨时间,所以看上去也没什么不正常。亨利把一张椅子折叠好放在门把手的下面。我敲了四下,他放我进去。他用枕头、椅垫、毯子什么的弄成了一个鸟窝般的东西,就着我的台灯看旧杂志。他穿着爸爸的旧牛仔裤和法兰绒格子衬衫,看上去很疲惫,胡子拉碴的。我为了等他,一早就把后门的锁打开,此刻他已经在里面了。

我把带来的食物放在地上,"我还可以拿些书下来。"

"这些也挺好看的。"他看的是六十年代的《疯狂》杂志,"这对于时间旅行者非常重要,因为有时候得立即说出一些符合实际的话。"他说着,举起一本一九六八年的《世界年鉴》。

我在他身边的毯子堆里坐下来,看看他是否会叫我走开,我看得出他是想这么做的,于是我摊开双手给他看,然后坐在自己的手掌上。他笑了,"把这里当成你自己的家吧。"

"你是从哪一年来的?"

"二〇〇一年十月。"

"你看上去真累,"我看得出他是想告诉我为什么他如此的累,后来又决定不说了。"二〇〇一年,我们都在忙些什么?"

"很多大事,令人筋疲力尽的事情,"亨利开始享用我带给他的烤牛肉三明治。"嗨,这个真好吃。"

"尼尔做的。"

他笑出声来,"我始终不明白,为什么你会做那些能够抵御狂风的大型雕像,会调配各种颜料,甚至会煮浆果取染料,等等,但怎么就一点不会烧饭做菜呢?真令人惊讶。"

"这是种心理障碍,是种恐惧症。"

"难以理解。"

"我一走进厨房,就会听到一个微小的声音说,'走开,'于是我就走开了。"

"你平时吃得饱吗?你可真瘦啊!"

我觉得很胖。"我一直都在吃。"我突然有了个很沮丧的念头,"我在二〇〇一年会很胖吗?也许那就是你觉得我现在太瘦的原因。"

亨利笑了，可我不知道他在笑什么，"在我看来，你那时候是有些丰满，不过一切都会过去的。"

"哦？"

"丰满点好。对你来说，那样看上去尤其好。"

"谢谢，但我不要。"亨利看着我，有些担心。我继续说："你知道的，我并没得厌食症，你不必为我担心。"

"其实，那都是因为你妈妈以前老是唠叨你这一点。"

"以前？"

"现在。"

"那为什么你要说以前？"

"不为什么，露西尔一切都很好，别再担心了。"他在说谎。我的胃一阵收缩，双手抱住膝盖，垂下头。

**亨利**：我都不敢相信我如此严重地说漏了嘴。我轻抚着克莱尔的头发，迫切盼望能回到我的真实时空里，一分钟也好，就足够让我请教那个时候的克莱尔，让我知道面对年仅十五岁的她，该如何谈论她母亲的死。我没有睡觉，只要睡过一会，大脑就会转得快一些，至少可以把谎圆得更巧妙些。可是克莱尔，我认识的最真诚的人，哪怕一丁点的小谎，她都异常敏感。现在惟一补救的办法，或者闭口不言，那会急死她；或者继续说谎，她也绝对不会相信；或者就说真话，她更会惶恐不安，做出什么奇怪的事情影响到母女之间的关系。克莱尔看着我，说："告诉我。"

**克莱尔**：亨利看上去一脸的痛苦，说，"我不能，克莱尔。"

"为什么不能？"

"不能提前告诉你还没到来的事情，那会搅乱你的生活。"

"是，可你也不能只说一半啊。"

"确实没有什么可说的。"

我真的惊慌起来。"她自杀了。"这个预感如潮水般涌入我的心头。这一直是我最担心的事情。

"不，不，绝对不是。"

我盯着他，亨利看上去只是非常不开心，我也不能确定他是否在说谎。假如我能读懂他的想法，生活会多么简单啊！妈妈，哦！妈妈！

**亨利**：太可怕了。我不能把克莱尔就这么丢下不管。"是卵巢癌。"我轻声说。

"感谢上帝。"她说完，便放声大哭。

一九八七年六月五日，星期五（克莱尔十六岁，亨利三十二岁）

**克莱尔**：我一整天都在等着亨利。我兴奋极了，昨天我拿到了驾驶执照，爸爸说今晚我可以开那辆菲亚特去参加鲁思的晚会。妈妈一点也不赞成，不过爸爸有话在先，她也不能再改变什么了。晚饭后我听见他们在书房里争论个不停。

"你应该事先问问我——"

"不会怎么样的，露西……"

我带上书，来到草坪上。我躺在草堆里，太阳开始落山，这里格外凉爽，草上满是白色的蛾子。西边树梢上的天空呈现出粉红、橘黄两种色彩，不断加深的蓝色天幕笼罩着我。我正打算回屋拿件毛衣，突然听到草丛中有脚步声。没错，肯定是亨利。他来到空地，坐在那块岩石上。我从草里偷看他，他看上去挺年轻的，也许刚三十出头吧。他穿一身简洁的黑色T恤衫、牛仔裤和一双高帮帆布球鞋，他静静地坐着等待。我一刻也忍不住了，于是一跃而起，吓了他一跳。

"天啊，克莱尔，别让我这怪老头得心脏病啊。"

"你不是怪老头。"

亨利笑了。想到变老，他觉得很有趣吧。

"亲我。"我命令他，他亲了我。

"为什么要我亲你？"他问。

"我拿到驾照了！"

亨利看上去很警觉。"哦，不。我是想说，祝贺你。"

我朝他微笑，他说什么都破坏不了我的情绪，"你嫉妒我了。"

"说实话，我是嫉妒了。我很喜欢开车，可我永远也不能开。"

"怎么会呢？"

"太危险了。"

"胆小鬼！"

"我是说，对其他人来说太危险。想象一下，如果我在开车的时候突然消失了呢？汽车一直向前冲，然后就'嘣'的一声！死了很多人，到处都是血。这不是开玩笑的。"

我在石头上靠近亨利的地方坐下，他却挪开了。我假装没看见，"我今晚要去参加鲁思的聚会，一起去吗？"

他抬起一根眉毛，这通常预示着他要从我没有看过的书中引用一句话，或是对我进行一番说教。出人意料地，这次他却说："可是克莱尔，这可意味着我会见到你那一群朋友啊。"

"那有什么关系？整天保密太累了。"

"我想想，你十六岁，我现在三十二岁，只比你大一倍。反正谁都看不出来，他们也不会告诉你爸爸妈妈。"

我叹了口气，"我是一定得去的。你来就坐在车上，我不会待很长时间的，然后我们就去别的地方。"

**亨利**：我们把车停在鲁思家旁边的一个街区外，从这里我能听到音乐声。那是谈话头[1]的《一生只有一次》，我突然想和克莱尔一起去，但还是觉得不妥。她跳出车外，对我说："乖乖地待在里面！"好像我是一条不安分的大狗。穿着迷你裙和高跟鞋的她，晃晃悠悠地往前走去。我往车座上一倒，开始等待。

**克莱尔**：刚踏进门，我就觉得这场聚会完全是个错误。鲁思的父母去旧金山已经一个星期了，她完全有时间打扫收拾的，我很庆幸这不是我的家。鲁思的大哥杰克也请了不少朋友，这样总共有一百多人，而且每个人都醉醺醺的。来参加聚会的男孩比女孩多，我真希望我穿的是裤子和平跟鞋，不过现在已经晚了。我走进厨房，想给自己倒些喝的，身后有人说：

---

[1] 谈话头（Talking Heads），20世纪70年代至90年代纽约朋克的四大重要支柱之一，它的曲风糅合了朋克摇滚、克里普芬克曲风、学院派知性主义，以及后来的世界音乐流的元素。

"大家快来看看这位'严禁触摸'的小姐啊！"说完还发出亲吻吮吸的下流声音。我转过身，这个我们称之为"蜥蜴脸"的家伙（因为他满脸都是粉刺）正色迷迷地盯着我，"多漂亮的衣服，克莱尔。"

"谢谢你，可是这和你一点关系也没有，蜥蜴脸。"

他跟我进了厨房，"哎呀，这话说得可不好听啊，年轻的女士。毕竟我是想夸你这套漂亮衣服，而你却完全是在侮辱我……"他开始喋喋不休，直到海伦出现，我抓过她当人体盾牌，才逃离了厨房。

"真糟糕，"海伦说，"鲁思在哪？"

鲁思正和劳拉躲在她自己的卧室里，黑暗中，她俩一边抽着大麻，一边欣赏窗外那帮杰克的朋友，他们正在游泳池里裸泳，不一会，我们都坐到窗前呆呆地看起来。

"嗯，"海伦说，"里面有一个，我觉得很不错。"

"哪个？"鲁思问。

"在跳台上的那个。"

"噢！"

"看呀，荣恩在那儿！"劳拉说。

"他就是荣恩？"鲁思咯咯地笑着。

"哇，我猜，脱了金属乐队[1]的T恤和恶心的皮背心，他们谁都会好看些，"海伦说道，"嗨，克莱尔，你今晚真安静。"

"哦，我想有一点吧。"我有气无力地说。

"瞧瞧你自己，"海伦说，"活像根木头，我都为你害羞，你怎么就让自己变成这个样子了呢？"她大笑着，"说正经的，克莱尔，你难道不想经历一次吗？"

"我不能。"我可怜巴巴地说。

"你当然能。马上去楼下，只要喊一句'来上我！'保准会有五十多个男生大叫'我！我！'"

"你不懂。我不想要——不是那个——"

"她想要一个很特别的人。"鲁思说的时候眼睛还是盯着游泳池。

"谁？"海伦问。

---

[1] 金属乐队（Metallica），20世纪80年代活跃在音乐界的一支美国重金属乐队。

我耸了耸肩。
"说吧，克莱尔，说出来吧。"
"算了，"劳拉说，"如果克莱尔实在不想说，她不必现在说。"我紧挨劳拉坐着，把头靠在她肩上。

海伦一下子站起来，"我很快就回来。"
"你去哪里？"
"我带了些香槟和梨汁来调水果鸡尾酒的，却忘在车上了。"她冲出门外。一个长发披肩的高个男人，倒转空翻着跃下了跳水台。
"喔啦啦！"鲁思和劳拉齐声叫好。

**亨利**：过了很长时间，也许有一个小时了。我吃了半包克莱尔带来的薯片，喝了温热的可乐，还打了会儿盹。她这么久还不回来，我都想自己出去散散步了，况且我也想上个厕所。

我听到有高跟鞋轻轻地向我走来，我探头到窗外，那不是克莱尔，是个身穿红色紧身裙、令人兴奋的金发女孩。我眨巴着眼睛，然后认出那就是克莱尔的朋友海伦·鲍威尔。哦！

她敲了敲我这侧的车门，躬身弯腰，凝视着我。从她的领口能一路看到富士山，我有些发酥。

"嗨，克莱尔的男朋友。我是海伦。"
"你招呼打错了，海伦。不过我还是很高兴见到你。"她呼出的气息里都是酒精味儿。
"你不打算走出车门来，准确地介绍一下你自己？"
"哦，我坐在里面舒服极了，谢谢你。"
"那样的话，我就进来和你一起坐坐吧。"她毫无预兆地绕过车头，打开门，坐到驾驶位上。
"我想认识你已经很久了。"海伦向我透露。
"'已经'？为什么？"我迫切盼望克莱尔此刻能出现来救我，不过，如果她真的来了，这场令人着迷的游戏也就得结束了。

海伦往我这边靠过来，幽幽地说："我能推断出你的存在。我超强的观察能力让我得出结论，当我把其他一切可能性都排除后，无论剩下的多么没有说服力，那也一定就是事实的真相。因此，"海伦停下，释放出一个酒嗝,"对不起,我现在一点也不像个淑女。因此,我得出结论,克莱尔一定有个男朋友,否则她就不会拒绝和那么多相当不错的男生们做爱了,他们可真沮丧啊。然后呢,你就出现在我面前了。哈哈。"

我一直都很喜欢海伦,有点于心不忍,但这次还是得骗她一回。这也解释了后来海伦为什么要在我们的婚礼上和我说那番话,就像我终于把智力拼图的最后一块放进了空当里,我很喜欢那种感觉。

"你的推论听上去很有说服力,海伦,可我不是克莱尔的男朋友。"

"那么你为什么坐在她的车子里?"

我突然灵机一动,要是克莱尔知道了,一定会杀了我。"我是她父母的一个朋友。他们担心克莱尔参加这个聚会可能会喝醉,因此他们委托我一路跟过来,如果他们的女儿喝得晕乎乎的,就由我负责开车。"

海伦板起脸,"彻底地、完全地、没有必要。我们的小克莱尔喝过的酒加起来都装不了一小、一小杯——"

"我又没说过她会喝,是她爸妈不放心。"

又有高跟鞋"咯噔咯噔"地走过来,这次真是克莱尔了。她看见我车里有个伴,顿时僵住了。

海伦跳下车说:"克莱尔,这个调皮的男人说他不是你的男朋友。"

克莱尔和我交换了一个眼神,轻率地说:"对,他不是。"

"噢!"海伦说,"你要走了么?"

"都快半夜了,再不走,我都要变成南瓜了,"克莱尔绕到车旁,打开车门,"喂,亨利,我们出发吧。"她启动引擎,打开前车灯。

海伦呆站在车头的灯光里,然后走到我这侧的车窗前,"不是她的男朋友,嗯,亨利?可是你让我去车里面待过一分钟的哦,可别忘了。再见,克莱尔!"她大笑着。克莱尔生硬地把汽车开离了停车位,扬长而去。鲁思家住在康格,我们转到百老汇高速公路时,沿路的街灯已经全部熄灭了。这是条双车道的高速路,像尺一样笔直,但现在没有街灯,汽车就仿佛开进了墨水瓶里。

"最好把前灯开亮点,克莱尔,"我说。她却伸手把所有的灯都关了。

"克莱尔——!"

"不要告诉我该做什么!"我闭上嘴。我所能看见的只有车厢里时钟收音机上微光显示的数字:11:36。风从车子两侧呼啸而过,车轮在沥青路面上飞驰，可是我总觉得自己纹丝不动，而周围的世界以每小时七十公里的速度冲向我们。我闭上眼，感觉没有任何不同。我睁开眼，心脏猛烈地跳动。

远处出现了一些亮光，克莱尔重新把车灯打开，我们继续狂奔而去，飞驰在路中央黄色交界线的边缘。十一点三十八分。

汽车仪表板的光映照着毫无表情的克莱尔，"你为什么要那么做？"我的声音颤抖着。

"不可以吗？"克莱尔的语气平静得犹如夏日的池塘。

"我们可能都会死在一堆燃烧的废铁里。"

克莱尔放慢车速，再把车转到蓝星高速路上，"但那是不可能发生的，"她说，"我会长大，会遇见你，会和你结婚，然后你回到此刻又和我在一起。"

"就是因为你这样想，然后出了车祸，我们花了整整一年躺在医院做牵引。"

"如果是那样的话，你会事先警告我的。"克莱尔说。

"我试图警告你，可你却吼我——"

"我是说，更老的那个你自然早就会警告更小的我，避免出车祸。"

"那样的话，车祸早就发生过了。"

前面是米格兰道，克莱尔把车开了进去，这条路通向她家的私家车道。"克莱尔，请停下，好吗？"克莱尔把车开进草坪，停下来，关掉引擎和灯。周围又全然一片漆黑，千万只知了在欢唱。我伸手挽过克莱尔，搂住她。她很紧张，全身僵硬。

"答应我一件事。"

"什么？"克莱尔问。

"答应我今后不要再这样了。我不单指开车，而是任何危险的事情。因为你不知道，未来太奇怪了。你不该觉得自己在奔向未来的道路上战无不胜……"

"可是，如果你在未来见过我——"

"相信我，请你相信我。"

克莱尔笑了，"为什么要相信你？"

"我不知道。如果因为我爱你呢？"

克莱尔猛地转过头来,撞到了我的下巴。

"啊!"

"对不起。"我依稀看到她夜色中的剪影,"你说你爱我?"她问我。

"是的。"

"现在吗?"

"是的。"

"可你又不是我的男朋友。"

哦,原来是这个问题在困扰她,"理论上来说,我是你的丈夫。不过你现在事实上是未婚,因此我想我们不得不承认,你现在是我的女朋友。"

克莱尔把手放到她不该放的地方,"我情愿做你的情妇。"

"你刚十六岁啊,克莱尔。"我温柔地把她的手移开,抚摸她的脸。

"我够大了。啊!你的手好湿。"克莱尔打开内顶灯,我惊讶地发现她的脸上和裙子上都是斑斑的血迹。我看看自己的手,上面黏糊糊的也尽是红色。"亨利,你怎么啦?"

"我不知道。"我舔了舔右手掌,血迹之下是一列四个深深的月牙形口子。我笑了,"我的手指甲掐出来的。当时你在黑灯瞎火地开车。"

克莱尔随手关了顶灯,我们又回到黑暗之中,知了们用尽全身力气鼓噪着。"我刚才不是要故意吓你。"

"你就是故意的。其实你开车的时候,我还是觉得挺安全的,只是——"

"只是什么?"

"我小时候出过车祸,我不太爱坐车。"

"噢——真对不起。"

"没问题。嗨,现在几点了?"

"天啊!"克莱尔打开灯,12:12。"太晚了。我血淋淋的怎么进门呢?"看到她那狂躁的表情,我不由笑出声来。

"这样,"我把左手掌在她鼻子下方揉了揉,"你流鼻血了。"

"好极了,"她发动汽车,打开前灯,缓缓地回到路上,"埃塔看见我这样,一定会发疯的。"

"埃塔?你父母会怎么说?"

"妈妈可能已经睡了,爸爸今天晚上出去打牌。"克莱尔打开大门,我们开了进去。

"如果我的小孩拿到驾照第二天就开车出去的话,我会攥着秒表坐在门口等她回来的。"克莱尔把车停在屋子里的人看不到的地方。

"我们会有孩子吗?"

"对不起,那是机密。"

"我要申请《信息自由法》的保护。"

"欢迎啊,"我小心翼翼地亲吻她,生怕把她伪造的鼻血弄掉,"请别忘了告诉我你查到的结果。"我打开车门,"祝你顺利过埃塔的关。"

"晚安。"

"晚安。"我下了车,尽可能轻轻地关上车门。汽车轻盈地滑下车道,转了个弯便消逝在夜幕中。我沿着它消失的方向走了一段,然后在星光下,朝着草坪上的那张床走去。

一九八七年九月二十七日,星期日(亨利三十二岁,克莱尔十六岁)

**亨利**:我在草坪上现身,距离那块空地以西大约两百多米远的地方。我觉得很糟糕,晕眩,直想呕吐,于是我坐了几分钟,好让自己镇定下来。寒冷,阴沉,整个人被遮掩在一片高高的枯草中,草叶割破了我的皮肤。过了一会,我好些了,四周鸦雀无声,我便起身,来到空地上。

克莱尔正坐在那儿,倚着那块岩石,一句话也不说地看着我,脸上的神色,除了愤怒,我找不到其他词来形容了。哦,不,我暗想,我究竟做错什么了?她穿着蓝色羊毛外套和红色的裙子,正处在格蕾丝·凯丽[1]那样的年龄段。我嗦嗦着,急于找衣物盒子。我找到了,穿上黑色牛仔裤、黑色毛衣、黑色羊毛袜、黑色大衣、黑色靴子,戴上黑皮手套,真像文德森[2]电影中的明星了。我来到克莱尔身边坐下。

"嗨,克莱尔,你没事吧?"

"你好,亨利,拿着。"她递给我一只保温瓶和两块三明治。

---

[1] 格蕾丝·凯丽(Grace Kelly, 1929—1982),好莱坞女星,曾为奥斯卡影后,后嫁给摩纳哥王子,成为摩纳哥王妃,1982年在车祸中遇难。

[2] 文德森(Wim Wenders),德国新电影的导演之一,他的作品主要呈现孤独、优柔、不安的意识,探究二战后德国人对其生活中无法抹灭的美国文化的矛盾、冲突情结。

"谢谢。我有些不舒服,等会儿再吃。"我把食物放在石头上。保温瓶里装的是咖啡,我深吸了一口,咖啡的味道让我恢复了不少。"你真的没事吧?"她一直不看我,我仔细打量着克莱尔,原来她在哭。

"亨利,你肯为我去打一个人吗?"

"什么?"

"我想教训一个人,但我还不够壮,我也不会打架。你肯帮我这个忙吗?"

"哇,看看你都在说些什么呀?是谁?为什么?"

克莱尔一直盯着自己的腿,"我不想说,你就不能按我说的做吗?他完全活该的。"

我想我已经知道发生了什么,我听过类似的故事。我叹了口气,朝克莱尔挪近了些,搂住她。她把头靠在我的肩膀上。

"你和一个男生出去约会时发生的事情,对吗?"

"嗯。"

"他是个混蛋,所以你想让我狠狠地揍扁他?"

"嗯。"

"克莱尔,很多男人都很混蛋的。我过去也很混蛋——"

克莱尔笑了,"我打赌,你根本不会像杰森·艾维利那样混蛋到极点。"

"他好像是个橄榄球运动员,对吧?"

"是的。"

"克莱尔,你怎么会觉得我能打得过一个比我年轻一半的大块头呢?你怎么会和那样的人出去约会?"

克莱尔耸耸肩,"学校里,大家没事就笑话我从来不约会,我是说鲁思、梅格和南茜她们,大家都谣传我是女同性恋,居然连妈妈也问我为什么不和男孩子们一起去玩。很多男生约我出去,我都拒绝了。然后贝翠斯·迪尔伏德,她本身就是个'假男人',还来问我是不是,我告诉她不是,她说她一点也不意外,不过大家都这么传。我想来想去,觉得有时还是有必要和少数几个男孩出去约约会。我做好决定后,杰森就来约我了,他是个运动型的男生,看上去确实很帅气,我想如果和他单独出去,每个人都会知道,也许他们就能闭嘴了。"

"这是第一次约会?"

"是的，我们去了家意大利餐厅，正巧劳拉和麦克他们一对也在，还有戏剧表演班的一帮人。我提议我和他各付各的，他说不，他从没让女孩子付过钱，那就算了吧。我们谈了学校、乱七八糟的事，还有橄榄球，然后我们一起看了《黑色星期五7》，对了，如果你想去看的话，我可以告诉你，这部电影真的很傻。"

"我看过。"

"哦，是么？这好像不是你喜欢的那种片子。"

"和你一样的原因，我约会的女朋友要去看。"

"你的女朋友是谁？"

"一个叫爱丽克斯的女孩。"

"她长什么样？"

"一个大胸脯的银行出纳员，喜欢我打她的屁股。"这句话刚出口，我才意识到我正在和十几岁的克莱尔说话，不是我的妻子克莱尔。我在脑海里打了自己一巴掌。

"打屁股？"克莱尔看着我，笑了，她的眉毛高高地抬到离发际一半的地方。

"别管她了。接着说，你们去看了电影，然后呢？"

"哦，然后他提议去崔弗家。"

"崔弗家在哪里？"

"北面的一个农场，"克莱尔的声音沉下来，我几乎都听不清她说什么了，"那是大伙都喜欢去做……做那事的地方。"我什么也没说。"所以我对他说我累了，我想回家，然后他就，嗯，疯了。"克莱尔停下来，我们静静地坐着，听着小鸟、飞机，还有风的声音。突然，克莱尔接着说，"他真的疯了。"

"接下来究竟怎么了？"

"他不肯送我回家。我也不知道我们在哪儿，只知道是十二号公路上的某个地方。他没有目的地开，开下了小路。哦，上帝，我记不得了。他沿着那条泥巴路开下去，那里有一间小农舍，旁边有一片湖，我听出来的。他有这间小屋的钥匙。"

我紧张起来。克莱尔从来没有告诉过我这些，她只说曾经和一个叫杰森的橄榄球队员有过一次非常恐怖的约会。克莱尔又沉默了。

"克莱尔,他强暴你了?"

"没。他说我太……次了,他还说——不,他没有强暴我。他只是——捉弄我。他让我……"她再也说不下去了。我等着。克莱尔解下她外衣的纽扣,脱掉衣服,然后又褪去衬衣,我看到她的背上布满伤痕,青紫色的淤血和她洁白的肌肤形成了强烈的反差。克莱尔转过身,她右边的乳房上有一处被香烟烧过的印记,起着水泡,很丑。我曾问过她那疤是怎么回事,但她总是不肯说。我要宰了那小子!我要打断他的腿!克莱尔坐在我对面,挺着胸,全身起满了鸡皮疙瘩。我把衬衫递给她,她穿了起来。

"够了,"我轻声对她说,"去哪儿找这个家伙?"

"我开车带你去。"她说。

屋子里的人看不见车道的尽头,克莱尔让我上了她的菲亚特。尽管是个阴暗的下午,她还是戴了副墨镜。她涂了口红,头发扎在脑袋后面,看上去比十六岁成熟得多,像是从《后窗》里走出来的女主角,如果再是一头金发,那就更加神似了。我们飞速驶过秋天的树林,谁也没有心思留意那缤纷的色彩。克莱尔在那间小屋里遭受的一切,像永远循环的录像带在我脑海中不停地回放。

"他块头有多大?"

克莱尔想了想,"大概比你高几厘米,但比你重多了,重二十几公斤吧。"

"天啊!"

"我带了这个。"克莱尔在包里摸了一阵,掏出一把手枪。

"克莱尔!"

"这是爸爸的。"

我迅速地思索,"克莱尔,这个主意很不好。我现在非常生气,真的会开枪的,但这样做太蠢了。哦,你等着,"我把枪从她手中取过来,推开弹膛,把卸下的子弹一一放进她包里,"放着,这样更好。这个主意棒极了,克莱尔。"她将信将疑地看着我。我把枪放进大衣口袋里,"你是希望我匿名修理他,还是希望让他知道是你的主意?"

"我希望我能在旁边看。"

"噢!"

她把车开进一处私家车道,停下。"我希望把他带到什么地方去,然后你尽情地整他,我就在一旁看着。我要让他吓得屁滚尿流。"

我叹了口气,"克莱尔,我很少干这种事情。我打架通常是出于,比如说,自卫。"

"求你了。"她的语气十分干脆。

"没问题。"我们沿着车道往下开,停在一座崭新的仿殖民建筑风格的大房子前,四周没有别的车,二楼打开的窗户中传出范·海伦[1]的吉他曲。我们走到前门,克莱尔按响了门铃,我则闪到一旁。不一会音乐声戛然而止,然后是沉重的下楼脚步声。门开了,过了一会儿,一个低沉的声音说,"什么?你回来还想再来?"这正是我要的,我拔出枪,踏近一步,站在克莱尔身边,枪口正对这个家伙的胸膛。

"嗨,杰森。我想,你现在也许有兴趣跟我们出去走一趟。"

如果是我,也会和他有一样的反应,蹲下,翻身滚到射程之外。不过他显然动作不够快,我堵在门口,飞身一跃扑到他身上,狠揍了他一顿。我站起身,一脚把靴子踩在他胸口,枪口顶住他的脑袋。真精彩,可惜不是战斗。[2] 他看上去有点像汤姆·克鲁斯,很帅,典型的美国人。"他在球队是踢什么位置的?"我问克莱尔。

"中位。"

"嗯,倒真看不出来啊。起来,手举到我能看见的地方。"我用愉快的口吻命令他。他服从了,我押着他出了门。我们三人站在车道上,我有了主意,便叫克莱尔进屋去找根绳子,几分钟后,她出来了,还拿着剪刀和胶带。

"你想去哪儿弄?"

"树林。"

我们押着他进了树林,杰森开始大口喘气。走了大约五分钟,我看到前面有块空地,角落里还有一棵小榆树。"克莱尔,这里怎么样?"

"好!"

---

1 范·海伦(Van Halen),1973年成立,世界著名的重金属乐队,它的每一张专辑几乎都是白金唱片。
2 这是一句著名的法文,引自克里米亚战争时法军司令在联军败仗后对联军司令说的一句话。

我看着她，她完全无动于衷，冷漠得犹如雷蒙德·钱德勒[1]笔下的女杀手。"吩咐吧，克莱尔。"

"把他绑到树上去。"我把枪递给她，将杰森的双手硬拉到树后，然后用胶带绑住它们。那几乎是一整卷的胶带，我打算全部用完。杰森开始艰难地喘着粗气，我绕他转了一圈，看了看克莱尔。她盯着他，像是看一件拙劣的观念艺术品[2]，"你有哮喘病？"

他点点头，瞳孔缩小成两个微小的黑点。"我去拿吸入器，"克莱尔说着，把枪重新交给了我，然后缓缓地沿我们来时的小路往回走。杰森缓慢小心地呼吸着，试图和我说话。

"你……是谁？"他哑哑地问。

"我是克莱尔的男朋友，我来这儿要教你一些做人的礼貌，因为你根本就没有。"我放下此前伪装的腔调，走近他，轻声说："你怎么能那样对她呢？她那么小。她懂什么啊，事情搞到这一步，都是你一手造成的……"

"她……很恶心地……捉弄我。"

"她什么都不懂。要是小猫咬了你一口，难道你也给它用酷刑么？"

杰森没有回答，他的喘息变得很长，颤悠悠的像马嘶一样。我开始有些担心，这时克莱尔回来了，手里举着吸入器，看着我，"亲爱的，你知道怎么用这个玩意吗？"

"我想，你得先摇摇瓶子，把它放进他嘴里，然后按下按钮。"她照做了，问杰森是否还想再来点。他点点头，深深呼吸了四下，我们远远地观望，看他逐渐平静下来，恢复到呼吸的常态。

"准备好了吗？"我问克莱尔。

她举起剪刀，在空中剪了几下。杰森畏畏缩缩的，克莱尔走过去，蹲下，开始剪他的衣服。杰森大叫："喂！"

"安静点，"我说，"没人伤害你，起码现在还没到时候。"克莱尔剪完他的牛仔裤，再拿他的T恤下手。我忙着用那卷胶带把他裹在树干上，从他的脚踝处开始，干净利落地绕过他的小腿和大腿，"到这为止。"克莱尔

---

1 雷蒙德·钱德勒（Raymand Chandler，1888—1959），美国推理小说家，他的叙述乍看起来像质朴的通俗小说，却又藏着艺术小说的深刻。
2 观念艺术强调艺术的目的在于观众直接参与创作活动，因此艺术家会将未完成的作品展览出来，让观众在欣赏的过程中，在自我的脑海中把作品创作完成。

说着，指了指他的腿根，她剪断他的内裤。我开始绑他的腰，他的皮肤又冷又湿，黝黑的身体上明显有一个白嫩的鲨鱼牌游泳裤的轮廓。他已是大汗淋漓了，我开始缠他的肩膀，不过又停了下来，好让他维持呼吸。我们退后，欣赏着自己的作品。杰森此刻成了一大块下身勃起的胶带木乃伊，克莱尔忍俊不禁，她的笑声在树林里回荡，令人毛骨悚然。我睁大眼睛看着她，克莱尔的笑里有了某种世故和残忍。这个时刻恰似一道分水岭，是一段没有男性入侵的童年和开始成为一个女人之间的临界线。

"接下来干什么？"我问。我突然想把他打成汉堡肉饼，可转念又不愿折磨这样一个被胶带绑在树干上的人。杰森全身红得发艳，与灰色的胶带相得益彰。

"噢，"克莱尔说，"你觉得呢？我想这就够了。"

我松了口气，于是我故意说："你确定？我还有很多招数没使出来呢。打破他的耳膜？鼻梁呢？哦，等会，他好像已经自己弄断过一次了。我们可以把他的跟腱挑断，这样一来，他最近就没办法打橄榄球了。"

"不要！"杰森被绑在胶带里的身体挣扎起来。

"赶快道歉！"我对他说。

杰森犹豫了会儿，"对不起。"

"听上去够惨的——"

"我知道，"克莱尔说着，从包里翻出一支记号笔，走到杰森跟前，仿佛他是只动物园里的危险动物。她开始往绕在他胸口的胶带上写字，完成以后，她退了回去，套上记号笔的盖子。她写下了约会那天发生的事情，再把记号笔放回包里，说："咱们走吧。"

"先别走，我们总不能这样把他一个人丢下。万一他哮喘病又发了呢？"

"嗯，好吧，我知道了，我去叫些人来。"

"等一等。"杰森说。

"什么？"克莱尔问。

"你打算叫谁来？叫罗勃吧。"

克莱尔大笑不已，"啊哈，我打算去叫所有我认识的女孩。"

我走近杰森，用枪口顶住他的下巴，"如果你敢向任何人提到我，让我知道了，我会回来好好收拾你的，到那个时候，你就永远不能走路、说话、吃饭或者打炮了。你现在应该知道了，克莱尔是个好姑娘，只是有些无法说明的原因，她不和男生约会，对吗？"

杰森愤怒地看着我，"对。"

"我们对你真的很仁慈了，这儿，听着，要是你再敢用任何方式骚扰克莱尔的话，你会后悔的。"

"好吧。"

"很好，"我把枪收回口袋里，"我觉得很开心。"

"听着，你这个鸡巴脸——"

哦，该死的。我倒退一步，使上全身力气朝他下腹来了个腾空侧踹。杰森尖叫起来，我转身看了看克莱尔，她施过粉的脸庞无比苍白。杰森的眼泪簌簌落下，我怀疑他就要晕过去了。"我们走吧。"我说，克莱尔点头同意，我们默默不语地走回汽车边，杰森仍在朝我们嘶吼。我俩上了车，克莱尔发动引擎，转过弯，一路驶出车道，回到街上。

我看着她开车。天空开始下雨了。她的嘴角始终有一丝满意的微笑。"是你想要的结果吗？"我问。

"是的，"克莱尔说，"很完美。谢谢你。"

"我很乐意，"我觉得有些晕眩，"我想我马上就要回去了。"

克莱尔把车停到一个岔路边。车身被雨水敲击着，就像开过一个自动洗车间。"吻我。"她命令道。我照办了，然后就消失了。

一九八七年九月二十八日，星期一（克莱尔十六岁）

**克莱尔**：星期一在学校里，每个人都看着我，却没人和我说话，就像小小间谍哈里特[1]的秘密笔记本被同学们发现了一样。走在长廊中，人们像红海潮水般纷纷往两边避让。第一节英语课，我走进教室，所有的人都安静下来。我在鲁思旁边坐下，她笑得有点担忧，我什么也没说，接着她那双小而热的手从课桌底下伸过来，叠在我的手上。她握了一会儿，直到派

---

[1] 小小间谍哈里特是文学史上的一个重要角色。哈里特是个具有强烈好奇心的聪明女孩，她把观察大人和同学时所发现的一言一行都记在笔记本里，并且加上自己率直的评论。当她的同学发现这本笔记本后，就给她冠上"间谍"的封号，并集体排挤她。

塔齐老师走进来,才抽回去。派塔齐老师发现今天大家都出奇地安静,漫不经心地问:"大家周末过得好吗?"王苏说:"哦,很好。"教室里立刻响起一片紧张的笑声,派塔齐老师一愣,出现了令人尴尬的冷场,接着他说,"那很好,我们开始学习《比利·巴德》[1]。一八五一年,梅尔维尔发表了《莫比迪克》,又叫《白鲸记》,美国读者对其的反应异常平淡……"我什么都没听进去。尽管穿了一件全棉内衣,可我仍觉得毛衣很扎人,而且肋骨也很疼。同学们费劲地熬过对《比利·巴德》的那场讨论,最后铃声响起,便各自逃散了。我缓缓跟着大家,鲁思走到我身边。

"你还好吧?"她问我。

"基本没事。"

"我按你说的那么做了。"

"什么时候?"

"大概六点左右,我怕他父母回家后会发现。把他弄下来可真不容易,胶带把他的胸毛全粘光了。"

"很好。很多人都看到了?"

"是的,每个人。呵,据我所知都是女生,没有男生。"此时走廊里空荡荡的,我站在法语课教室前。"克莱尔,我知道你为什么要这么做,可我不知道你究竟是怎么做到的。"

"我有帮手。"

丧钟又响了,鲁思跳了起来。"啊,天哪,我已经连续五次体育课迟到了!"她迅速跑了,好像被强大的磁场排斥开似的。"吃午饭的时候再告诉我!"鲁思大喊道,我转身走进西蒙女士的教室。

"啊,阿布希尔小姐,请您坐好。[2]"我坐到劳拉和海伦中间,海伦写了一张字条递给我,干得漂亮!这堂课是翻译蒙田的文章。我们安静地翻着,老师在教室里走来走去,随时指导纠正。我很难集中思想,亨利教训完杰森后,却一脸无动于衷,仿佛刚刚握过他的手,仿佛没什么大不了的,然后,他开始担心,他不知道我对此会如何反应。但我觉得亨利整杰森时非常陶醉,杰森伤害我的时候也是同样的陶醉吗?但是亨利是好人,那样就

---

[1] 梅尔维尔的一部中篇小说,又译《漂亮水手》。
[2] 原文是法语。

对吗？我要他这么做，对吗？

"克莱尔，别走神。"[1]老师在我的肘边说。

下课铃再次响起，大家纷纷逃走了，我跟在海伦后面，劳拉有点同情地抱了抱我，然后奔向大楼另一端的音乐课教室。我和海伦第三节都是体育课。

海伦笑了，"哈哈，该死的小姑娘。我都不敢相信我的眼睛，你怎么就把他绑到树上了呢？"

我已经厌倦这个问题了，"我有个朋友专门擅长这个。是他帮我干的。"

"'他'是谁？"

"我爸爸的一个客户。"我说了谎。

海伦摇摇脑袋，"你这个谎撒得可真差劲。"我笑了，没有说话。

"是亨利，对吗？"

我摇头，把食指放到嘴唇上。我们来到女生会馆，走进更衣室，哇噻！所有的女孩都鸦雀无声了！接着，低低的说话声荡漾开来，慢慢挤走满屋子的寂静。我和海伦的衣箱在同一排，我打开箱子，取出运动衣裤和鞋子。我已经想好该怎么做了，我先脱下鞋袜，然后再是小内衣和短裤，我没有戴胸罩，那样会疼死的。

"喂，海伦！"我说。我继续脱内衣，海伦回过头来。

"天啊，克莱尔！"伤痕看起来比昨天更可怕，其中一些已显出青紫色，大腿上留着杰森用鞭子抽过的痕迹。"哦，克莱尔。"海伦走了过来，小心翼翼地抱住我。整个屋子静悄悄的，我的眼光掠过海伦的肩头，我看到所有的女生都围过来，看着我。海伦站直了转过身，对着她们，问道："怎么了？"站在后排的一个女生开始鼓掌，接着大家一齐鼓掌，一齐欢笑，一齐欢呼。我感觉身体轻飘飘的，仿佛飞上了天。

一九九五年七月十二日，星期三（克莱尔二十四岁，亨利三十二岁）

**克莱尔**：我躺在床上，几乎快睡着了，突然感觉到亨利的手在我的肚子上摩挲，他回来了。我睁开双眼，他正俯身亲吻我那处烟烫的小疤痕。

---

[1] 原文是法语。

依稀的夜色中,我触摸他的脸,对他说:"谢谢你。"他回答:"很乐意为你效劳。"这是我们惟一一次谈起那件往事。

一九八八年九月十一日,星期日(亨利三十六岁,克莱尔十七岁)

**亨利:** 这个温暖的九月下午,我和克莱尔走在果园里。金色的阳光下,昆虫们躲在草丛里轻轻地嗡鸣,万物一片静谧。放眼望去一片干枯的草地,暖洋洋的空气闪着微光。我们来到苹果树下,克莱尔把垫子搁在树根上,靠着树干坐下来。我则四肢张开地平躺着,头枕着她的腿。我们刚吃完东西,剩下的食物散落在周围,熟落的苹果点缀在其间。我心满意足,昏昏欲睡。我是从一月过来的,克莱尔和我正闹得不可开交。这段夏天的小插曲真是充满了田园诗意。

克莱尔说:"我想把你画下来,就保持这个姿势。"

"睡得东倒西歪的样子吗?"

"很放松的样子,你现在看上去很宁静。"

为什么不呢?"你画吧。"我们第一次到这里来是因为克莱尔要画一棵苹果树,交美术课的作业。她捡起素描本和碳笔,把本子在膝上放稳。我问:"你要我移动一下么?"

"不,那样就改变太多了。就保持现在的姿势。"于是,我继续懒散地观看枝条与天空相互映衬而成的图案。

静止是门戒律。我阅读时,保持多久都没有问题,可是耐心为克莱尔坐着,每次都出奇地困难,甚至某个刚开始很舒服的姿势,一刻钟后就成了人间酷刑。我身体保持不动,只能转转眼球,看看克莱尔,她正在埋头作画。克莱尔只要一画画,好像整个世界都消失了,只剩下她和被她观察的对象。这也正是我喜欢给她当模特的原因,她看着我的那种专注的眼神,仿佛我才是她的一切,那种眼神,除此以外,只有当我们做爱时她才会给我。此刻,她正看到我的眼底深处,微笑着。

"我忘了问你,你是从哪一年过来的?"

"二〇〇〇年一月。"

她的脸一下子拉长了,"真的?我还以为更晚一些呢。"

"为什么,我看上去很老?"

克莱尔揉揉我的鼻子，她的手指游走过我的鼻梁，来到我的眉毛上。"不，没有。可是你这次看上去很开心也很平和，通常，当你从一九九八、一九九九或二〇〇〇年过来时，要么很沮丧，要么很怪异，你也总不告诉我原因。然后，到了二〇〇一年，你又一切正常了。"

我笑起来，"你看上去像个算命的。真没想到你还会这么仔细地留意我的情绪。"

"那我还能留意什么呢？"

"记住，通常我都是因为压力太大而被送到你这儿来的，但是你也不必担心那段时间很可怕，那几年里，也有不少非常愉快的时光。"

克莱尔继续专注到她的画面上去，不再问那些未来的问题，然而她又问起了别的："亨利，你害怕什么？"

我很诧异，不得不好好考虑一番，"怕冷，"我说，"我害怕冬天。我害怕警察。我害怕去荒唐的时空，被汽车撞，被人打。还有，我害怕在时间中迷路，永远回不去。我害怕失去你。"

克莱尔笑着说："你怎么可能失去我呢？我哪里都不会去的。"

"我害怕你厌倦了那种被我抛下的生活，我害怕你弃我而去。"

克莱尔把素描本放到一旁，我也坐直身子。"我不会离开你的，"她说，"即使你总是离开我。"

"但是我从来都没有要主动离开你。"

克莱尔给我看了看她的作品。我看过这幅画，它就挂在克莱尔工作室的画桌旁。这幅画里的我，看上去确实非常宁静。克莱尔签好名，准备写上日期。"别写，"我说，"这幅画是没有日期的。"

"没有吗？"

"我以前看过，上面没有日期。"

"那好吧，"克莱尔把刚写了几笔的日期擦掉，改成了"草地云雀"。"好了。"克莱尔困惑地看着我，"当你回到真实时空里，会不会发现有些东西发生了变化？比如说，要是我现在把日期重新写上去，会怎么样？"

"我不知道，你试试看吧。"我好奇地说。克莱尔又把"草地云雀"擦掉，改成"一九八八年九月十一日"。

"就这样，"她说，"这很容易。"我们呆呆地看着彼此。克莱尔笑着说：

"就算我违反了时空连贯体[1],这也不太明显。"

"如果你引发了第三次世界大战,我会告诉你的。"这时,我有些摇晃不定,"我想我要走了。"克莱尔亲吻了我,随后我就离开了。

二〇〇〇年一月十三日,星期四(亨利三十六岁,克莱尔二十八岁)

**亨利**:晚饭后,我仍在想克莱尔的那幅画,于是我走到她的工作室看个究竟。克莱尔最近在用某种紫色纸张的细小纤维制作一具巨大的塑像,看上去像是一种木偶和鸟巢之间的混合体。我小心地绕了过去,站在她的画桌架前。那幅画不见了。

克莱尔抱着一大捧麻蕉纤维走了进来。"嗨,"她把它们放到地上,靠近我,"怎么了?"

"平时一直挂在这里的那幅画哪去了?你画我的那幅?"

"嗯?哦,我不知道。也许掉下去了吧?"她蹲到桌子底下寻找,"好像没有嘛。哦,等会儿,我看到了。"她的两根手指夹着那幅画,"啧啧,全是蜘蛛网。"她掸去蛛丝,把画递给我。我低头看去,上面还是没有日期。

"日期哪去了?"

"什么日期?"

"你在画的底部写过日期的,就在这里,你名字下面。看上去好像被刮掉了。"

克莱尔笑了,"好吧,我坦白,是我刮的。"

"为什么?"

"你那时说什么第三次世界大战,我害怕极了。我想,万一因为我固执的试验,导致我们再也不能相遇了,那可怎么办?"

"我很高兴你那么做了。"

"为什么?"

"我不知道,我就是高兴。"我们彼此望着对方,然后克莱尔笑了,我耸了耸肩,就是这样。可是,为什么看上去根本不可能的事情却几乎已经发生过了?为什么我会那样地如释重负?

---

1 指时间与空间所构成的四维时空结构。

# 圣诞夜（一）
## （总是在同一辆汽车里遇难）

一九八八年十二月二十四日，星期六（亨利四十岁，克莱尔十七岁）

**亨利**：这是个阴沉的冬日下午，我在草地云雀的地下阅览室里，克莱尔留了一些吃的：涂了芥末酱的全麦面包配烤牛肉和奶酪，一只苹果，一升多的牛奶和满塑料罐的圣诞曲奇饼、雪球糖、肉桂果仁粽子糖，还有带好时巧克力夹心的花生奶油饼干。我穿着我最喜欢的牛仔裤，和一件性手枪[1]的T恤。我应该是个快乐的野营者，但我不是：克莱尔准备了当天的《南黑文日报》，上面的日期是一九八八年十二月二十四日，圣诞夜。正是这个夜晚，在芝加哥的让我爽酒吧里，我那二十五岁的自己一杯接一杯地喝着酒，直到从酒吧的凳子上瘫倒在地，最后在仁爱医院里以洗胃而告终。这天是我母亲逝世十九年忌日。

我静静地坐着，回想我的妈妈。被腐蚀的记忆，让人啼笑皆非。如果一定要从童年算起，妈妈在我的印象中早已暗淡，只有极少数的特别时刻，才会在脑海里清晰地显现出来。一次是我五岁时听她在芝加哥抒情歌剧院[2]演唱《露露》[3]，记得爸爸当时坐在我身边，第一幕结束时，他微笑着仰视妈妈，激动万分。还有一次在芝加哥交响音乐厅里，我和妈妈并排坐着，观看爸爸在布里斯[4]的指挥下演奏贝多芬。我记得有一次他们允许我留在客厅里一同参加他们的聚会，并为所有来宾背诵布莱克的"老虎！老虎！黑夜的森林中燃烧着煌煌的火光[5]……"，最后我还模仿了几下老虎的吼声，我那年四岁，表演结束后妈妈过来一把抱起我，亲吻我，所有的人都热烈地鼓掌，她那天涂了深色的口红，我还坚持要留着她的唇印去睡觉。我记得

---

[1] 性手枪（Sex Pistols），1976年成立的英国朋克乐队，一出现便引起轰动，为当时的英国朋克描绘了很好的蓝图。
[2] 芝加哥抒情歌剧院（Lyric Opera of Chicago），在音乐方面芝加哥是蓝调、爵士乐、音乐剧（Lyric Opera）的发源地。
[3] 奥地利歌剧作曲家贝尔格（Alban Berg）1929年创作的歌剧。
[4] 布里斯（Pierre Boulez），著名的指挥家、作曲家。
[5] 选自英国诗人布莱克（William Blake）的《老虎》。此句为诗歌开篇的首句，郭沫若译。

有一次她坐在沃伦公园的长椅上，爸爸在一旁推着我荡秋千，她的身影在我眼中来来回回，时近时远。

我时间旅行的时候，最精彩也最痛苦的事情，就是有机会回到妈妈还活着的那些日子。甚至有几次，我还亲口和她说话，简短的对话，比如："今天天气真糟，是么？"我在地铁里为她让座，跟她去超市，看她演唱。我在爸爸至今还居住的那间公寓附近转悠，看他俩，有时他们会带上儿时的我，一起散步，去餐馆吃饭，或者看电影。那是六十年代，他们正是一对优雅、年轻、才华横溢的音乐家，无限的世界呈现在他们面前，他们犹如快乐的云雀，沉浸在好运和喜悦当中，熠熠生辉。我和他们彼此照面的时候，他们会朝我招招手，以为我是住在不远处的邻居，喜欢出来散步，发型有些怪异，而且年龄时常奇怪地变小变大。有次我依稀听见爸爸疑惑地问我是不是得了癌症。令人不可思议的是，为何爸爸从来就没有察觉到，在他们结婚的头几年，这个经常出没的男人就是他的亲生儿子呢？

我终于目睹了我和妈妈在一起的日子：现在她怀孕了；现在他们把我从医院抱回家；现在她推着婴儿小推车带我去公园，她坐着背乐谱，她一面柔声哼唱，一面摆出各种手势扮鬼脸，朝我摇晃着玩具；现在我们手牵手，欣赏着小松鼠、汽车、鸽子和任何会动的东西。她穿着棉外套，七分裤搭配平底鞋，那乌黑的头发映衬着一张引人注目的脸，饱满的嘴唇，大大的眼睛，俏丽的短发，她看上去像是意大利人，可她实际上却是犹太血统。妈妈连去干洗店都要画口红、眼线、胭脂和眉毛，爸爸则是一如往昔的高大清瘦，爱穿休闲服，爱戴帽子。惟一有区别的是他的脸，那是一脸的满足。他们时常互相靠着，手拉手一同漫步。海滩上，我们三个人戴着同一系列的墨镜，我还顶着一只可笑的蓝帽子。我们涂上防晒油，躺在太阳下面。我们喝着朗姆酒、可乐，还有夏威夷甜酒。

妈妈的幸运星正冉冉升起，她师从贾汗·梅可、玛丽·德拉克洛瓦等等先辈，在她们细心的引领下沿着成名的道路不断前进；她演了一系列独具光芒的小角色，在抒情歌剧院演出时引起了路易·比海尔的注意，她在《阿依达》里为琳娜·魏沃莱做替角，随后又被选中主演《卡门》。其他公司也注意到了她，不久我们便开始周游世界。她为福茂录制了舒伯特，为百代录制了威尔第和魏尔[1]的作品。我们去伦敦,去巴黎,去柏林,去纽约。现在还留在我记忆里的就是永无止境的酒店和飞机。电视里转播了她在林肯中心的演出,我是和外公外婆一起在曼西看的,当时我六岁,瞪着黑白的小屏幕,我简直不敢相信那就是妈妈,她当时正主演《蝴蝶夫人》。

歌剧院六九年至七九年的巡回演出结束后,他们打算搬去维也纳。爸爸要参加维也纳爱乐乐团的团员甄选工作。只要电话铃一响,不是妈妈的经纪人艾什叔叔,便是某个唱片公司的人。

我听见通往地下室台阶的门开了,又"砰"地关上,随后是缓慢下楼的脚步声。克莱尔轻声敲了四下门,我挪开把手下的椅子,她头发上还有些雪花,脸颊红扑扑的。她已经十七岁了。克莱尔张开双臂冲过来,激动地抱紧我,"圣诞快乐,亨利!"她说,"你能来这里太棒了!"我亲了亲她的脸颊。她的欢乐和活力驱散了低落的情绪,不过那种伤感和失落并没走远。我把手指伸进她的发间,抽出时,沾上了一些雪花,不过一下子就融化了。

"怎么了?"克莱尔注意到我还没碰过食物,和我无精打采的沉默,"是因为没有蛋黄酱吗?"

"嗨,别做声。"我坐在一把破旧的懒人椅上,克莱尔硬是挤到我旁边。我搂着她的肩,她却把手放在我的大腿里。我移开她的手,把它握在手心里,她的手冰凉。"我和你说过我妈妈的事么?"

"没有,"克莱尔一下子全神贯注起来,她总是渴望了解任何和我家庭有关的事情。随着日期表上的日子越来越少,我们不久就要进入那段两年不见的时间了。克莱尔暗自确信,只要我透露一点点细节,她就一定能在现实中找到我。当然,她做不到,因为我不愿意说,而她也无从寻找。

我们每人吃了一块曲奇饼,"嗯,很久以前,我的妈妈,当然还有爸爸,他们深深地相爱,后来有了我,我们非常非常快乐。他们的事业都很成功,尤其是妈妈,非常出色,我们常常一起周游世界,住遍各国的酒店。有一年,圣诞节快到了……"

"那是哪一年?"

"我六岁那年。那天是圣诞夜的早晨,爸爸在维也纳,因为不久我们就

---

1 魏尔(Kurt Weill),德国当代作曲家。

要搬过去，所以他先帮我们找房子。我们约好，爸爸坐飞机去机场，妈妈开车带我去接他，然后我们三个一起去奶奶家过节。

"那个下雪的早晨天色灰灰的，马路上结着冰，还没有撒过盐。妈妈是个焦虑的司机，她痛恨高速路，痛恨开车去机场，除非有很正当的理由，否则她是不会这么做的。我们起得很早，她把东西装进车里。我身上是冬外套，针织绒线帽，皮靴，牛仔裤，羊毛衫，棉衣，有点紧的羊毛袜，还戴了一副手套。妈妈则一身全黑，当时这么穿是很罕见的。"

克莱尔直接就着纸盒喝了些牛奶，纸盒口留下一个肉桂色的唇印，"是什么样的汽车？"

"是辆六二款的白色福特菲尔兰。"

"那是种什么样的车呢？"

"仔细看的话，外形像台坦克，而且有尾翼。我父母都很喜欢——那辆车曾给他们带去很多回忆。

"总之我们上了车，我坐在前排，也都系上了安全带。我们出发了。天气真是糟糕透顶，外面几乎什么都看不见，那辆车的除霜功能也不是很灵。我们终于穿过住宅街区的迷宫，上了高速路。那时已经过了高峰段，可是因为天气和圣诞节，交通依旧一团糟，我们移动的速度大概只有每小时二十五到三十公里。妈妈把车开在右车道，也许是她看不太清楚路面状况，就不想换车道了，另外，我们去机场的这段高速路程也不是很长。

"我们跟在一辆卡车后面，正后方，车距足够大了。经过某一上口时，一辆小车，一辆红色的雪佛兰科尔维特跟在我们后面。开那辆科尔维特的是个牙医，早上十点半他有些微醉，上来的时候过快了些，因为地面结了冰，他还没来得及刹车便一下子撞到了我们。如果是正常天气，科尔维特肯定会被撞烂，而我们那坚固无比的福特菲尔兰，只会在后保险杠上留下一个弯弯的印记，并无大碍。

"可是天气恶劣，路面湿滑，所以科尔维特撞上来的动力把我们的车加速前推，而整个交通却在缓慢的减速中。我们前面的卡车几乎停止了运动，妈妈一遍遍地踩刹车，可丝毫没有作用。

"我们还算是缓缓撞上卡车的，起码在我看来是那样。而实际车速却是每小时六十五公里。那是辆敞篷卡车，装满了废铜烂铁，我们撞到它时，一大片钢板从卡车后面飞下来，穿过我们的挡风玻璃，把妈妈的头削去了。"

克莱尔紧闭双眼,"不!"

"是真的。"

"但你也在那儿的——你太矮了!"

"不,不是的,那块钢板紧紧陷进了我的座位,陷进了应该就是我的额头的地方,钢板刚一碰到我的额头时,留下了这块伤疤,"我给克莱尔看,"它割烂了我的帽子。警察怎么也想不明白,我所有的衣服都在车里:座位上、地板上,可是我却赤身裸体地站在道路一旁。"

"你时间旅行了。"

"是的,我确实时间旅行了,"我们静默了一会儿,"这只是我第二次时间旅行。我一点也不知道发生了什么。我看着我们的车子撞上那辆卡车,下一秒我就在医院了。事实上,我一点也没有受伤,只是受了惊吓。"

"怎么……你为什么会时间旅行?"

"压力——完全的恐惧。我想我的身体玩了它惟一会玩的把戏。"

克莱尔转过脸来看我,忧伤而激动地说:"那么……"

"是的,妈妈死了,而我没有。福特的车头缩成一团,方向盘的驾驶杆穿过妈妈的胸口,挡风玻璃早就没了,她的头飞了出去,飞到卡车后面,还有多得令人难以置信的血。科尔维特里的那个家伙倒是毫发未伤。卡车司机走下来,看看是什么撞了他的车,他看到了妈妈,当场晕厥倒地,后面一个校车司机本来就手忙脚乱的,根本就没有看到他,结果从他身上碾了过去,轧断了他的双腿。与此同时,我不在事故现场足足十分四十七秒,我不记得我去过哪儿,仿佛只过了一两秒的间隙。交通全面瘫痪,救护车从三面赶来,半个小时后才到达现场,医生们只能徒步奔跑。我从肩膀开始现身,当时惟一看到我的是个小女孩,她坐在一辆绿色雪佛兰商务车的后排座上。她的嘴巴张得很大,一直一直盯着我。"

"可是——亨利,你那时——你说你记不得当时的情况。你怎么能够知道得这么详细?十分四十七秒?不多不少?"

我沉默了一会儿,想找一个最佳的解释方式,"你学过引力,对吗?某件物体越大,它就有越多的物质,也就能产生越强的引力,它能吸引比它小的物体,然后小物体就绕着它不停地转,对吗?"

"对……"

"我妈妈的死……那是最重大的……任何事情都围着它转呀转……我时常梦到它,我也——时间旅行去过那里。一次又一次。如果你也能去那儿,能在事故现场逗留一下,你就能看见每一个细节,所有的人、车、树,还有天上飘着的雪——如果你有足够的时间真切地看到每一样东西,你就会看到我。我在汽车里、灌木丛后、桥上、树梢间。我从各个角度亲眼目睹了一切,我甚至亲自参与到其中:我去附近的一家加油站给机场打电话,要他们用广播通知我的父亲立即去医院。我坐在医院的等候室里,爸爸一路跑来找我,他的脸色看上去仿佛受过重创似的灰白。我沿着公路走,等待幼小的我随时出现,我把一条毯子披在我瘦弱的肩头,我看见我那张幼小迷茫的脸,而我想,我想……"我已泪流满面。克莱尔抱紧我,我靠在她马海毛绒衫的胸前,无声地抽泣。

"想什么?你在想什么,亨利?"

"我想,我也应该一起死的。"

我们相拥着。我逐渐控制住自己,克莱尔的衣服被我弄得一塌糊涂。她去了洗衣房,回来时穿上一件爱丽西亚的白色室内乐演奏衬衫。爱丽西亚只有十四岁,可已经长得比克莱尔高大了。我望着克莱尔,她站在我面前,我后悔来这里,后悔毁了她的圣诞节。

"对不起,克莱尔。我并不想把这么多悲伤强加给你。我只是觉得圣诞节……很艰难。"

"哦,亨利!我真的很高兴你能来这儿,我宁可知道这些事情——因为,你总是无缘无故地出现,然后就消失了。如果我知道一些事情,关于你的生活,那样你看上去就更……真实了。就算是可怕的事情……无论你讲多少,我都愿意听。"爱丽西亚在楼梯口叫着克莱尔。该让克莱尔回家庆祝圣诞了。我站起来,我们小心地接吻,然后克莱尔应道:"来啦!"她给了我一个微笑,然后跑上楼梯。我把椅子重新顶在门后,独自迎接一个漫漫长夜。

# 圣诞夜（二）

一九八八年十二月二十四日，星期六（亨利二十五岁）

**亨利**：白天的圣诞音乐会演出后，我打电话问爸爸是否要我过去陪他吃晚饭，他带着几分做作的热情邀请我，我推脱了，他也松了口气。今年德坦布尔家族"官方"的悼念日将在几个地方同时举行，金太回韩国看她的姐妹了，我便负责帮她浇花灌草，接收信件。我打电话叫英格里德·卡米切尔出来，她却轻快地提醒我，今天是圣诞夜，有些人要回家孝顺父母。我翻遍我的通讯录，大家不是出城了，就是和前来拜访的亲戚待在一块儿。我也许应该去看看祖父母，然后我又想起他们此时正远在佛罗里达。下午两点五十三分，店铺开始关门了，我在艾尔酒廊里买了瓶杜松子烈酒，把它塞进大衣口袋，然后在贝尔蒙特车站跳上地铁，前往市中心。这是个阴冷的下午，车厢里只有一半的乘客，大多都是家长带着孩子进城看马费百货公司的圣诞橱窗[1]，再赶去水塔广场做最后的大采购。我在鲁道夫站下了车，向东边的格兰特公园走去。我在IC线的天桥上站了一会儿，拿出酒来喝，然后我又走到溜冰场。几对男女，还有一些孩子正在溜冰，他们相互追逐，有倒着滑的，有滑8字的。我租了双尺码差不多的溜冰鞋，系上鞋带，走进场子里。我沿着溜冰场绕圈，轻松从容，什么都不想。重复，动作，平衡，冷风，感觉很不错。太阳正在西沉，我滑了大约一个小时，还了溜冰鞋，套上靴子，继续前进。

我沿着鲁道夫大街往西，拐到密歇根大道再向南，经过芝加哥美术馆，门口的狮子戴上了圣诞花环。我沿着哥伦布大街走，格兰特公园里空空如也，只剩下几只乌鸦，在傍晚微微发蓝的雪地上阔步、盘旋。路灯把头顶的天空映成了橘黄色，湖那边的天空则是一片深深的蔚蓝。在白金汉喷泉

---

[1] 马费百货公司自上个世纪以来，在每一个圣诞节总能赢得孩子们的欢心。马费百货公司创立于1852年，1897年新上任的陈列部经理亚瑟·弗莱瑟非常倡导橱窗展示，之后橱窗展示就成了马费百货公司最大的特色。特别是圣诞节的橱窗，对芝加哥人的意义非同一般。

边,我站立良久,看着成群的海鸥时而绕圈飞翔,时而下沉争抢路人喂食的面包,直到冷得再也无法忍受。一名骑警一度骑着马,缓缓绕了喷泉一周,然后气定神闲地向南巡逻去了。

我走着,靴子并不防水,尽管穿了好几件毛衣,对于不停下降的气温,我的大衣还是太单薄了。我也没有足够的脂肪,每年十一月到次年四月间,我总会觉得冷。我沿着哈里森大街,来到国立街。我经过太平洋花园教会,无家可归的人为了投宿和食物聚集一堂,我想,今晚他们吃些什么?收留所里是否也有欢庆呢?没有汽车。我也没有手表,估计已经七点了。最近我对时间的感觉有点特别,仿佛时间在我身上走得比别人慢一些,一个下午犹如一整天,一程地铁仿佛一场史诗之旅。今天更是冗长不堪,整天我都一直努力不去想妈妈,想那场车祸,想所有的一切……可是现在,在夜里,我走着,这些念头全都追上了我。我饿了,酒已经喝完了,人也快走到亚当斯街了。我盘算了一下口袋里剩下的现金,然后决定去贝格豪夫[1],那家啤酒鼎鼎有名的老牌德国餐馆。

贝格豪夫温暖又喧闹。已经有不少人了,吃着的,站着的,贝格豪夫传奇的侍者们神情庄重地往返于厨房和餐桌之间。我排在候餐的队伍中,前后都是唧唧喳喳的家家对对,我开始逐渐融化。终于我被引到主厅后的一张小桌旁。我点了黑啤,一盆鸭肉香肠佐鸡蛋面疙瘩。菜端了上来,我细嚼慢咽,把沾在面包上的酱汁都吃光了,才发现自己怎么也想不起来我是否吃过午饭。真好,我学会照顾自己了,我不再是傻瓜了,我记得吃晚饭了。我靠在椅背上扫视四周,高高的天顶、深色的镶板和壁画上的小船下面,正在共进晚餐的中年伴侣们。他们整个下午都在采购,或者听音乐会,他们正愉快地谈论买来的礼物、儿孙们、飞机票、到达时间,还有莫扎特。我突然也有种想去听音乐会的冲动,可是今天晚上并没有演出,此刻爸爸很可能正在从交响音乐厅回家的路上。我以前总坐在最上层的包厢(就音效而言的最佳位置)里聆听《大地之歌》[2],或是贝多芬,或是其他的非圣诞曲目。嗯,也许明年吧。我突然看见我一生中所有的圣诞节,它们

---

[1] 贝格豪夫餐馆(The Berghoff Restaurant)诞生于1898年,一家家族经营超过100年的德国饭店。
[2] 《大地之歌》,完成于1908年,马勒选择了七首唐诗,包括李白的《悲歌行》《采莲曲》《春日醉起言志》、孟浩然的《宿业师山房待丁大不至》、王维的《送别》、钱起的《效古秋夜长》等,写成了《大地之歌》。全曲共分六个乐章,是一部加入人声的、作者称之为"为男高音、女低音(或男中音)声部与管弦乐队而写的交响曲"。

一个接一个地,等着我穿越。绝望淹没了我,不!我希望时间能让我摆脱这一天,能把我带进其他平和的日子。然后,我又对自己逃避痛苦而内疚起来。死去的人需要我们的缅怀,即使它会吞噬我们,即使我们能做的一切只是说一声:抱歉,直到它最后变得和空气一样无足轻重。下次我会带祖父母一起来这吃饭,我不想让悲哀压沉这充满节日温暖的餐馆,也不想下次来吃饭时想起这些,所以我付了账便离开了。

回到大街上,我站着思忖。我不想回家,我想到人群中去,我想他们能让我分心。我突然想起让我爽酒吧,一个什么事都可能发生的地方,一个怪胎的天堂。太棒了!于是我走到水塔广场,乘上沿芝加哥大街行驶的66路公交车,在达门街下,换乘50路继续往北。车里都是呕吐物的味道,我是惟一的乘客,司机用教堂合唱团里男高音的嗓音唱着《平安夜》,我在瓦般西亚街下车时,祝他圣诞快乐。我路过修理行,天开始下雪了,我用指尖接住大片潮湿的雪花。我听见从酒吧里漏出的音乐,被遗弃的火车老轨道在街前发出钠燃般刺眼的光。我推开门,有人开始吹小号,热辣的爵士乐敲击起我的胸膛,我走了进去,如同一个就要淹死的人,我来这儿要的就是这样的感觉。

连同酒吧招待蜜儿,这里有十来个人,小型舞台上挤了三个乐手:小号、低音提琴和单簧管。客人们则坐在吧台旁。乐手们狂热地演奏,音量达到极限,好像狂僧作法似的。我坐着听,终于分辨出《白色圣诞节》的主旋律。蜜儿走过来盯着我,我用尽力气大声喊道:"威士忌加冰!"她大叫着应答:"特调吗?"我吼着:"是的!"然后她转身去兑酒。这时乐声突然中断,电话铃响了,蜜儿拎起听筒就说:"让我SHSHSHSH爽!"她把酒推在我面前,我则在吧台上丢了一张二十美金。"不,"她对着听筒说,"嗯,该死的。嗯,也操你的。"她把听筒重重地搁到机座上,仿佛扣了个篮板球。蜜儿起身,一连好几分钟,她看上去都像是要叫人滚蛋一样,然后才点了支宝马香烟,朝我脸上喷了一个巨大的烟圈,"哦,对不起。"乐师们一同来到吧台前,她端上了啤酒。厕所的门就在舞台上,我趁换奏别的曲子时撒了泡尿。我回到吧台,蜜儿在我的吧凳上又放了一杯酒。"你会通灵吧。"我说。

"你真乖,"她故意"砰"地扔下烟灰缸,斜靠在吧台里面,若有所思,"你呆会儿有什么打算?"

我有几个选择。我确实曾有一两次带蜜儿回过家，她也够让人销魂的，可是现在，我一点也没有心情逢场作戏。可话又说回来，心情糟糕的时候，暖暖的身子也不是件坏事。"我想烂醉。你呆会儿有什么打算？"

"这样，如果你还不算太醉，你可以过来，要是你醒的时候还没死，你可以帮我个大忙，冒充瑞夫去格兰克和我父母共进圣诞晚餐。"

"哦，天哪，蜜儿。想到这事儿我都要自杀了。对不起啦！"

她在吧台前倾过身子，十分强调地说："好啦！亨利。帮帮我吧。你还是个看得过去的年轻男人，妈的，你可是个图书管理员啊。要是我老爸老妈问你父母是谁、哪所大学毕业的，只有你才不会当场晕倒。"

"其实，我也会的。我会立刻去卫生间割断我的喉管。再说了，那样有什么用？就算他们立即喜欢上我，今后几年也会一直折磨你的，'上回和你约会的那个不错的年轻图书管理员现在怎么样了？'要是他们有一天真的遇见了瑞夫怎么办？"

"我想我不需要担心那么多事情吧。好啦，我会在你身上摆几个你从没听过的特级姿势的，我会补偿你的。"

几个月了，我一直拒绝去见英格里德的父母，连明天晚上他们家的圣诞大餐也谢绝了，我更不可能为几乎不认识的蜜儿去做这种事情。"蜜儿，其他任何一天都行——听着，今晚我就是要酩酊大醉到站不起来为止，更不要说醒着陪你演戏了。打电话给你父母，说瑞夫他正在做扁桃体手术什么的。"

她去吧台的另一端招待三个年轻的男人，看上去像是大学生。接着，她折腾了一番瓶子，调出某种精美的饮料。她把高脚杯摆在我面前，"尝尝看，算在酒吧的账上。"那东西的颜色像是草莓味的"酷爱"[1]。

"这是什么？"我喝了一口，很像七喜。

蜜儿邪邪地笑了，"是我发明的，你不是要醉吗？这可是趟快速列车。"

"哦，那太好了，谢谢你。"我向她举杯，一饮而尽。一种火热和满足随即涌遍全身。"天哪，蜜儿，你该申请专利啦。在整个芝加哥设满汽水小摊，再把它装进纸杯，你早就该是百万富翁啦。"

"还要？"

---

[1] 酷爱（Kool-Aid），一种以儿童为销售对象的饮料，具有令孩子们十分感兴趣的颜色和风味，还能变颜色。

"当然啦。"

我这个德坦布尔父子事务所未来的资浅合伙人、名声在外的酒鬼，还真不知道自己的酒量有多少。三杯五盏下肚后，蜜儿的目光穿过吧台飘落到我身上。

"亨利？"

"嗯？"

"我快把你弄死了。"这倒真是个好主意。我试图点头赞同她，但那太费劲了。相反，我缓缓地滑下去，极其优雅地，躺到了地板上。

很久以后，我醒来发现自己在仁爱医院里。蜜儿坐在我床边，脸上到处都是睫毛膏。我的胳膊被盐水瓶吊着，难受，非常难受，事实上，浑身里外上下，处处都难受。我转过头，往脸盆里吐了起来。蜜儿伸手，帮我擦拭嘴角的污秽。

"亨利——"蜜儿轻声说。

"嗨，见鬼了。"

"亨利，我真的很抱歉——"

"不是你的错，究竟怎么了？"

"你昏迷了，然后我算了一下——你多重？"

"一百五十八斤。"

"天啊，你吃晚饭了吗？"

我想了一会说："吃了。"

"那好，不管怎么说，你喝的东西大概有四十度，你还喝了两杯威士忌……可你当时一切都正常。突然，你看起来极其可怕，接着就昏了过去。我想你应该是喝多了，所以我拨了911，然后你就来这了。"

"谢谢，我想我应该谢谢你。"

"亨利，你是不是想寻死？"

我考虑了一会，"是的。"然后我翻身朝着墙壁，假装睡觉了。

一九八九年四月八日，星期六（克莱尔十七岁，亨利四十岁）

克莱尔：我坐在密格朗外婆的房间里，陪她一起玩《纽约时报》上的填字游戏。今天是个晴朗又凉爽的四月天，早晨，花园里红色的郁金香在风中摇摆，妈妈正在连翘[1]旁种一些白色的、小小的新品种，她的帽子几乎快要被风吹落了，她只能不时用手按住它，最后她把帽子摘下来，压在工具篮下面。

我已经两个月没见过亨利了，表格上离下次见面还有三个星期，再之后就是两年不见了，我们正在接近那一天。小时候，我总是随意地对待亨利，和他见面也不觉得有什么特别的意义。可是现在，他每来一次，我们的见面就减少一次，我们之间的关系也开始非同以往。我希望有些什么……我希望亨利能说些什么，做些什么，来证明所有这一切并不是一场精心策划的玩笑。我想要。就是这样。我就是想要。

靠着窗，密格朗外婆正坐在她那把蓝色的高背椅上。我也坐在窗口，报纸搭在腿上。我们大概填了一半的格子，但我的心思已经跑掉了。

"孩子，把那条再念一遍。"外婆说。

"二十纵。'像僧侣一样的猴子'，八个字母，第二个是'A'，最后一个是'N'。"

"Capuchin[2]，"她微笑着，把没有视力的眼睛定在朝我的方向。在外婆看来，我只是弱光背景上的一片黑影。"我猜得很不错吧，嗯？"

"呀！您真厉害。哇噻，试试这条：十九横，'别把你的肘伸得太远'，十个字母，第二个是'U'。"

"柏马剃须膏[3]，上个时代的事了。"

"啊，我一辈子都猜不出。"我起身舒展手脚。我迫切需要出去走一圈，外婆的房子的确很舒服，不过也很容易让人得上幽闭恐惧症。低矮的天花板，墙纸上都是精致的蓝色花朵，还有蓝色的床罩和白色的地毯，整个房间闻上去有股脂粉、假牙和衰老的肌肤混合的味道。密格朗外婆有点消瘦，她坐得挺直，头发很美丽，银丝中依稀可见些许红色（我也继承了她的发色），它们完美地后卷，被固定成一团发髻。外婆的眼睛就像一团蓝色的云

---

1 多年生落叶灌木，外国人也称为圣约翰草（St. John's wort），它的名字来源是这种植物通常在 6 月 24 日前后开花，花瓣呈黄色，该日是《圣经》记载中施洗者圣约翰的诞生日期。同时由于这植物含有红色液汁，当时的人认为是圣约翰殉道时流出的血液。中古时代的人们相信它有医疗和驱走邪魔的作用。

2 僧帽猴，生活在中南美洲，得名于圣芳济修士的帽子，它与僧帽猴的头部毛色非常相似。被视为新大陆最聪明的猴子之一。

3 柏马剃须膏（Burma Shave），美国上世纪五十年代的剃须膏品牌。它的户外广告语是：别把你的肘伸太远，免得它跟别的车子回家。

雾，她失明了九年，已经很好地适应了，只要不出屋门，她完全可以去任何地方。她一直想要教我填字游戏的诀窍，可我连独立完成一个单词的耐心都没有。外婆从前都是用钢笔填写格子的，亨利也很喜欢这种游戏。

"天气很好，对么？"外婆说，她靠着椅背按摩各个指关节。

我点头，然后说："是的，可是有些风。妈妈在那边摆弄花草，风一刻不停的，她身上每样东西都要被吹跑了。"

"露西尔总是那个样子，"外婆说，"你知道么，孩子，我现在想出去走走。"

"我正好也这么想。"我回答说。她笑了，伸出双手，我轻轻地把她从椅子上扶起来。我拿来外套，用丝巾把外婆的头发包好，以免被风吹乱。然后，我们慢慢下楼，出了前门。我们站在车道上，我转身问外婆："您想去哪？"

"我们去果园吧！"她说。

"有点远。噢，妈妈在和我们招手，我们也向她招招手吧。"妈妈此刻已经忙到喷泉边了，我们朝她招了招手。园丁彼得正和她说着话，他停下来看我们，等着我们继续散步，这样他就能继续同妈妈争论有关水仙，或许有关牡丹的话题了。彼得很喜欢和妈妈争，不过最后总是妈妈占上风。

"外婆，从这儿到果园，可有一公里半的路呢。"

"不要紧，克莱尔，我的腿没问题。"

"好的，那么我们去果园吧。"我挽着她的胳膊向前走，接近草坪边缘时，我问："从树阴下走还是在太阳下走呢？"她回答："哦，当然是在太阳下走啦。"于是我们选择了那条小径，它穿过草坪的中央通往空地。我一面走，一面向她描绘。

"我们现在正经过篝火堆。上面停着好多鸟——哦，它们飞到那边去了！"

"乌鸦，八哥，还有鸽子。"她说。

"是的……现在，我们到了门口，当心，路有点滑，我看见狗的脚印，是条大狗，说不定是阿灵汉姆斯家的乔伊。到处都绿油油的。这里还有野玫瑰。"

"草地上的草有多高了？"外婆问。

"大概有三十多厘米了，是那种真正的淡绿色。这里就是小橡树了。"

她把脸转向我，微笑着，"我们一起过去打个招呼吧。"我领她去了离小路几米开外的地方。这里有三棵橡树，是外公在四十年代时种下的，以纪念在二战中死去的大舅公泰笛，也就是我外婆的哥哥。这些橡树依然不是很大，只有四五米高。外婆把手放在中间那棵的树干上，说："你好！"我不知道她是问候橡树，还是问候她的哥哥。

我们继续走，爬上那块高坡，草坪铺展在我们面前，亨利正站在空地中间。我停住了。"怎么了？"外婆问。"没什么。"我回答她。我领她沿着小径一直走。"你看见什么了？"她问我。"一只老鹰在树林上空盘旋。"我回答她。"现在几点？"我看了看手表，"快到正午了。"

我们来到空地，亨利站得笔直，朝我微笑，他看上去有些疲倦，头发灰灰的。他穿了一件黑色长外套，在嫩绿的草坪上显得很突出。"那块石头在哪儿？"外婆问，"我想坐下来。"我牵着她来到岩石边，扶她坐下。她一转脸，正好对着亨利，她呆住了。"是谁？"她的声音很急切。"没有人。"我撒了谎。

"有个男人，那儿。"她说着，朝亨利点了点头。他看着我，仿佛在说，别怕，告诉她吧。有条狗在树林里"汪汪"直叫，我犹豫着。

"克莱尔。"外婆的声音听上去有点害怕。

"介绍一下吧。"亨利平静地说。

外婆一动不动，等着。我把手放到她的肩膀上。"好吧，外婆，"我说，"他是我的朋友亨利。就是我曾经和你提过的人。"亨利向我们走来，伸出一只手，我把外婆的手放在他的手里。"这是伊丽莎白·密格朗。"我向亨利介绍说。

"这么说，你就是那个人了。"外婆问。

"是的。"亨利回答，那声是的滑入我的耳朵，犹如精油一般舒心。是的。

"可以吗？"她朝亨利伸出双手。

"我坐到您身边吧。"亨利坐在石头上。我扶着外婆的手触摸亨利的脸，她抚摸他的时候，亨利一直看着我。"真痒啊。"亨利对外婆说。

"像块磨砂纸，"她的手指尖经过他的下巴，亨利还没剃胡子，她如此评论道，"你不是个小伙子了。"

"对。"

"你多大了？"

"我比克莱尔大八岁。"

她看上去很迷惑。"二十五岁？"我看着亨利灰白相间的头发，还有他眼睛周围的皱纹。他看上去有四十多岁，也许更老些。

"二十五岁。"他斩钉截铁地说。在另外某个地方，确实是的。

"克莱尔告诉我她今后会嫁给你。"外婆对亨利说。

他微笑着看我，"是的，我们今后会结婚。几年以后，等克莱尔毕业。"

"在我们的年代，绅士们都要来府上吃饭，拜访女方的家人。"

"我们的情况是……非正统的。到目前为止还不可能那样。"

"我倒不觉得。如果你能和我的外孙女在草坪上追逐嬉闹，你当然可以来家里让她的父母把把关。"

"我感到荣幸之至，"亨利说着站起身，"不过，现在我很抱歉，我马上得去赶一趟火车。"

"等会儿，年轻人——"外婆刚开口，亨利已经在说："再见啦，密格朗夫人。终于能够见到您，真是太棒了。克莱尔，对不起，我不能再停留了——"我伸出手，他却无影无踪了。我转向外婆，她坐在岩石上，双手想要抓住什么，脸上一片茫然。

"究竟是怎么回事？"她问道。我开始解释，当我说完，她低垂着头，把患有关节炎的手指扭曲成奇怪的造型。最后，她抬起头来面对我，"可是，克莱尔，"我的外婆说，"他一定是个魔鬼。"她仿佛只是在陈述一件事实，就像在对我说我衣服的纽扣系错了，或者是该吃饭了，诸如此类。

我还能说什么呢？"我也曾经那么想过，"我对她说。我把她的手放好，不让她继续揉捏手指。"但亨利是个好人，我不觉得他是个魔鬼。"

外婆笑了，"你这么说，好像你见识过很多魔鬼似的。"

"真正的魔鬼就会有——魔鬼样，你说呢？"

"我想，如果他要伪装，他可以变得像天使一样。"

我小心地挑选着用词，"亨利有一次告诉我，他的医生认为他是一个新人种。您明白吗，就像是进化更前进了一步。"

外婆摇头，"那和魔鬼一样糟。天哪，克莱尔，要嫁给这样一个人，你究竟是怎么啦？想想你们以后的孩子！突然消失到下个礼拜，然后又蹦回早饭以前！"

我哈哈大笑,"那该有多刺激啊!像玛莉·波平丝[1]或是彼得·潘那样。"

她轻轻捏着我的双手,"好好想一想,我的宝贝:在童话里,只是孩子在享受各种历险,而妈妈只能呆在家里等着他们飞进窗户。"

我看了看地上亨利刚刚丢下的那堆皱巴巴的衣服,我把它们捡起来折叠好。"等一会儿,"我一边说,一边找到衣物箱,把亨利的衣物装进去。"我们回屋去吧,过了午饭的时间了。"我牵她从岩石上站起来,风呼啸着吹过草地,我们斜着身子,奋力向房子走去。当我们回到那块高坡时,我转过头看了看空地。那儿空荡荡的。

几天后,我坐在外婆床前,给她念《达洛维夫人》[2]。天黑了,我抬起头,外婆好像睡着了。我便停下来,合上书。她睁开眼睛。

"外婆。"我说。

"你想念他么?"她问我。

"每天,每分每秒。"

"每分每秒,"她说,"是呀,就是那种感觉,对么?"她侧身把头埋进枕头里。

"晚安。"我对她说,然后关上灯。我站在黑暗中,望着床上的外婆,一种自艾自怜的情绪油然而生,就像是被刚刚注射进了身体里。就是那种感觉,是么?是的。

---

[1] 玛莉·波平丝,英国儿童文学作家 P. L. 特拉夫斯所著的同名小说中的人物。仙女保姆玛莉·波平丝来到人间帮助班克斯家的两位小朋友重拾欢乐,教导他们如何克服生活的困难。

[2] 《达洛维夫人》(Mrs. Dalloway),又译为《时时刻刻》,维吉尼亚·伍尔芙著。小说围绕着作者伍尔芙,讲述三个女人一天中的时时刻刻。

# 吃或者被吃

一九九一年十一月三十日，星期日（亨利二十八岁，克莱尔二十岁）

**亨利**：克莱尔邀请我去她家吃晚饭，克莱尔的室友查丽丝，和她的男朋友高梅兹也和我们一起。美国中部时间傍晚六点五十九分，我穿着一身假日礼服站在克莱尔的门厅前，手指揿下门铃，另一只手夹着芳香四逸的黄色菖兰和一瓶澳洲卡伯纳红葡萄酒。我的心提到了嗓子眼，我还从没有去过克莱尔家，也没有见过她的任何朋友。我不知道该期待些什么。

门铃发出一声惨叫，我推开前门，"快上来吧！"一个低沉的男声。我走上四格台阶，声音的主人个儿高大，金发，他一手捋着世界上最完美的后梳发型，另一只手把玩着一根香烟。他穿了件团结公社的T恤，看上去有点眼熟，但我想不起来。对于"高梅兹"来说，他看上去像个……波兰人。后来我终于恍然大悟，他真实的姓名是简·高木林斯基。

"欢迎欢迎，图书馆小子！"高梅兹大声嚷嚷着。

"革命同志！"我边回答，边把鲜花和红酒递了过去。我们彼此用眼神交流了一会，便缓和了邦交。高梅兹兴奋地把我领了进去。

这些浩浩无尽的公寓落成于二十年代的铁路沿线，这只是其中一间——长长的走道，房间仿佛是事后想起来再加上去的，自然式和维多利亚式两种美学风格相互交融，精雕细凿的摆饰，几幅猫王的天鹅绒画像旁，放着一张带有笨重雕花椅脚的小圆点古董椅。艾灵顿公爵[1]的名曲《爱情伤透我的心》回响在走道尽头，高梅兹正领着我往那儿走去。

克莱尔和查丽丝都在厨房里。"小猫咪，我给你们带了个新玩具，"高梅兹拖长声音，"叫他亨利，他就会应你们。不过你们也可以叫他图书馆小子。"我遇上了克莱尔的目光，她耸耸肩，伸过脸来让我亲吻，我顺从地给了她纯洁的一啄，然后转身和查丽丝握手。查丽丝是那种讨人喜欢的姑娘，丰满小巧，曲线玲珑，黑发披肩。她有一张那么和善的脸，我真想立即对

---

[1] 艾灵顿公爵（Duke Ellington, 1899—1974），被誉为爵士发展史上的魔术师。

她倾吐心声,任何心声都可以,只为看看她的反应。她像个小个子的菲律宾圣母,用那种甜甜的"少跟我乱来"的口吻说:"噢,高梅兹,快闭嘴。你好,亨利。我是查丽丝·波拿万特。别理会高梅兹,我今天只是留他干些粗活的。"

"还有做爱,别忘了做爱。"高梅兹提醒她,又看看我问:"啤酒?"

"好。"于是他钻进冰箱给我拿了一瓶。我启开瓶盖喝了一大口。厨房看上去像是贝氏堡公司[1]的面粉加工厂刚刚爆炸过一样。克莱尔随着我出神的目光,我突然想起来她是根本不会烹饪的。

"作品尚未完成。"克莱尔说。

"这是装置艺术。"查丽丝附和着。

"我们就吃这个?"高梅兹问。

我一个个看着他们,然后大家哄堂大笑。"你们当中哪个会烧饭啊?"

"没有。"

"高梅兹会煮饭。"

"我只会弄罗米尼速食饭[2]。"

"克莱尔知道怎么叫外卖比萨。"

"还有泰国料理——我会打电话叫泰国料理。"

"查丽丝会吃。"

"闭嘴,高梅兹。"查丽丝和克莱尔异口同声地说道。

"呃,嗯……这些东西怎么处理呢?"我朝桌子上的一片灾情点了点头。克莱尔递给我一张杂志剪报,那是教人们如何做配上南瓜和松仁的意大利鸡肉烩蘑菇的菜谱,是《美食家》上的,大约需要二十多种原料。"料都配齐了么?"

克莱尔点点头,"采购我行,但组合在一起就头晕了。"

我更仔细地研究起眼前的混乱场景,"我也许能用这些做出点吃的。"

"你会烧菜?"我点点头。

"有吃的啦!晚饭有着落啦!再来一瓶啤酒!"高梅兹欢呼道。查丽丝看上去如释重负,朝我温柔地笑了。一直赖在后面、几乎有点害怕的克莱

---

[1] 贝氏堡公司(Pillsbury Company),美国主要的面粉加工和食品制造商。
[2] 罗米尼速食饭(Rice-A-Roni),美国有名的速食拌饭品牌,结合了米饭、意大利面和各种调味料的口味。

尔，悄悄贴近我，在我耳边小声问："你没疯吧？"我吻了她，比礼貌的公开接吻时间略微久了一点。我挺直身子，脱掉外衣，卷起袖口，"给我拿条围裙，"我开始发号施令，"你，高梅兹——打开酒瓶。克莱尔，你把这些溅出来的东西弄干净，都要变成水泥块了。查丽丝，你去铺桌子好吗？"

一个小时四十分钟以后，我们四人围坐在餐桌旁享用起鸡肉烩蘑菇和南瓜浓汤，每样东西都浸足了黄油，我们喝得就像烂醉的臭鼬。

**克莱尔**：亨利做饭时，高梅兹一直在厨房里转悠，说笑话，抽香烟，喝啤酒，一旦没人注意，他就对我做讨厌的鬼脸，最后被查丽丝活捉了，直到查丽丝把手指横在喉咙上，他才停止。我们聊了一些老生常谈的事情：工作，学校，老家，无非就是那些初次见面时的话题。高梅兹告诉亨利他是个律师，给那些在公立收容所里被虐待、被遗忘的儿童维权。查丽丝用她在那家叫做"鬼斧神工"的小软件公司里干过的英勇事迹来取悦大家，这家公司研究的就是如何让电脑听懂人话。她还饶有兴致地说着她的艺术创作，就是制作我们在电脑上看到的那些图片。亨利则讲了一些纽贝雷图书馆的故事，还有研究书籍的古怪读者。

"纽贝雷图书馆里真有人皮书吗？"查丽丝问亨利。

"有，叫《那瓦乌兹海得巴拉[1]编年史》。那是一八五七年在印度德里的王宫里发现的。你下次来，我找出来给你看。"

查丽丝打了个冷战，咧嘴一笑。亨利轻轻地搅拌着他的大餐，当他一喊"开饭"，我们便一窝蜂地冲到饭桌边。高梅兹和亨利喝啤酒，我和查丽丝则在一旁品红酒，高梅兹不停地为我们添杯，我们还都没来得及吃什么东西就喝得大醉了，亨利为我拉椅子时我都差点没坐上，高梅兹点蜡烛时甚至把头发都烧着了。

高梅兹举起手中杯，"为革命干杯！"

我和查丽丝也举起酒杯，还有亨利，"为了革命！"我们兴致盎然地吃起饭来。意大利饭清爽滑嫩，南瓜甜甜的，鸡肉在黄油中游泳，我都想要哭了，真是太好吃啦！

亨利尝了一口，叉子尖对着高梅兹问："哪场革命？"

---

1 海得巴拉，古印度南部的一座城市。

"你说什么?"

"我们是为哪场革命干杯?"我和查丽丝相互警觉地对望了一眼,不过为时已晚。

高梅兹微微一笑,我的心猛然一沉。"下一场。"

"无产阶级大翻身,吃掉资本家,消灭资本主义,然后迎来没有阶级的新社会?"

"正是。"

亨利朝我眨了眨眼,"克莱尔恐怕会不太好过了,你们打算怎么处置知识分子?"

"哦,"高梅兹说,"我们可能也会吃掉他们。不过我们会留你做厨师的,这玩意太好吃了。"

查丽丝碰碰亨利的胳膊,神秘兮兮的样子。"我们不是真正去吃什么人,"她说,"我们只是重新分配他们的财产。"

"那我就放心了,"亨利回答,"我可不想烹饪克莱尔。"

高梅兹说:"不过,那也太遗憾了。克莱尔吃起来肯定很鲜美。"

"我在想,人肉料理到底是什么样的呢?"我问,"有没有人肉料理的食谱书?"

"《生食和熟食》[1]。"查丽丝说。

亨利反对,"那本书没有可操作性。我记得李维·斯陀并没提供任何菜谱。"

"我们可以改写一本,"高梅兹说着又拿了一块鸡。"比如说,克莱尔烩牛肝菌、西红柿、大蒜、洋葱酱再配上意大利扁面,要不来个克莱尔胸脯肉配橘片花边,或者是——"

"嗨,"我发话了,"要是我不想被这么吃掉呢?"

"对不起,克莱尔,"高梅兹一脸严肃地说,"为了更高的利益,恐怕你必须得被吃掉。"

亨利攫住我的目光,笑了,"别担心,克莱尔,让革命来吧,我会把你藏在纽贝雷,你可以躲在书堆里,我会去员工餐厅拿士力架和立体脆给你

---

[1]《生食和熟食》(*The Raw and The Cooked*),法国著名的人类学家、结构主义之父李维·斯陀(Lévi-Strauss)所著。本书是《神话学》四卷中的第一卷,在书中他以结构主义的研究方法,巧妙地对烹饪做出了精细的文化分析。

的。他们休想找到你。"

我摇摇头,"'先杀死所有的律师?'这个主意怎么样?"

"不行,"高梅兹说,"离开律师,什么事都干不成。如果没有律师的指导,不出十分钟,革命就会砸锅的。"

"我爸爸可是律师,"我对他说,"这样你总不能吃我们了吧。"

"他是站错立场的律师,"高梅兹说,"他为有钱人争权夺利,而我,恰恰相反,代表的都是遭受迫害的儿童——"

"噢,闭嘴吧,高梅兹,"查丽丝说,"你在伤害克莱尔的感情。"

"我没有!克莱尔心甘情愿为革命牺牲的,对吧,克莱尔?"

"才不是呢。"

"噢。"

"难道定然律令[1]就不要了?"亨利问。

"你说什么?"

"就是那条金律:己不欲被食,则不可食人。"

高梅兹用叉子尖清理着指甲缝,"你不觉得让这个世界运转起来的,就是吃与被吃吗?"

"是的,基本上是的。再说,你自己不也是个利他主义的典范么?"亨利问。

"当然,可大部分人都认为我是个危险的狂人。"高梅兹装出一副满不在乎的样子,我却看出他被亨利问得很困惑。"克莱尔,"他问,"甜点吃什么?"

"哦,我的天,我差点儿忘了,"我起身太猛,不得不抓住桌子寻求平衡。"我这就去拿。"

"我来帮你吧。"高梅兹边说边跟我进了厨房。我穿着高跟鞋,进门时被绊了一下,踉踉跄跄地冲到前面,高梅兹一把抓住我,有那么一会儿,我们站着紧贴在一起,我感到他把手放在我的腰上,不过他还是松开了。

"你醉了,克莱尔。"高梅兹对我说。

"我知道,你也一样,"我揿下咖啡机的按钮,液体慢慢滴进下面的壶

---

[1] 定然律令(Categorical Imperative),康德的道德哲学中最重要的概念之一,是良心至上的道德律。

里。我靠在台子上，小心翼翼地剥下巧克力布劳尼[1]底盘上的玻璃纸。高梅兹站在我背后轻声说话，他的呼吸把我的耳朵弄得痒痒的，"他就是那个人。"

"什么意思？"

"他就是我警告过你的那个人。亨利，他就是那个——"

查丽丝走进厨房，高梅兹赶紧从我身边跳开，去开冰箱。"嗨，"她说，"要我帮忙么？"

"喏，拿着这些咖啡杯……"我们犹如杂耍般，好不容易才把杯子、碟子、盘子和巧克力布劳尼安稳地放上了桌。亨利等着，仿佛是在等他的牙医，脸上尽是患者惧怕的表情。我笑了，那完全就是第一次在草坪上，他接过我送去的食物时流露出来的神情……可是他不会记得，他还没有经历到那儿呢。"放松，"我说，"只是些巧克力布劳尼，连我都会烤巧克力布劳尼。"可惜眼前的这些有点夹生。查丽丝说："这叫布劳尼塔塔[2]，"高梅兹说："沙门杆菌软糕吧。"亨利接下去："我一直都爱吃面粉团。"说着，还舔了舔手指头。高梅兹卷了根烟，点燃，深深地吸了一大口。

**亨利**：高梅兹点了根烟，靠在他的椅背上。我总觉得这个家伙有些别扭，是他有意无意对克莱尔流露的那种占有欲？或是他那一套半调子的马克思的理论？我确信我以前见过他，是过去还是未来？不妨单刀直入吧，"你看上去很眼熟啊。"我对他说。

"嗯？是的，我想我们曾经打过交道。"

我一下子想起来了："里维埃拉剧院[3]，依基·波普？"

他大吃一惊，"是的，那你和那个金发女郎，英格里德·卡米切尔在一起，我总看见你们俩出双入对的。"高梅兹和我一起望向克莱尔，她直直地盯住高梅兹，他则朝克莱尔微微一笑。她看向别处，但不是我。

查丽丝过来解围，"你去看依基·波普，却不带上我？"

高梅兹说："那时你正好出城去了。"

---

[1] 一种美食糕点，造型各异，口感绵密。
[2] 塔塔是欧洲最特殊的凉拌料理。
[3] 里维埃拉剧院（Riviera Theater），1918年代开始使用，是爵士乐时代芝加哥住宅区里非常大众化的演出场所之一。

查丽丝撇起嘴,"我总是错过好戏,"她对我说,"我错过了帕蒂·史密斯[1],现在她已经退出歌坛了。上次谈话头的巡回演出我也错过了。"

"帕蒂·史密斯还会再来演出的。"我说。

"她会复出?你怎么知道?"查丽丝问。我和克莱尔交换了一下眼色。

"我只是猜的。"我告诉她。我们开始探索彼此的音乐品位,结果发现大家都是朋克迷。高梅兹说他早在强尼·桑德斯离开乐队之前就去佛罗里达看过纽约妞[2]的演出了。我描绘了那次利用时间旅行才看到的里恩·露维西[3]的音乐会。查丽丝和克莱尔都很兴奋,暴力妖姬[4]再过两个星期就要来阿拉贡舞厅表演了,而查丽丝刚好有些赠票。傍晚的风儿悄无声息地吹着,克莱尔陪我走到楼下。我们站在内门和外门之间的玄关里。

"我挺过意不去的。"她说。

"没有啊,一点都没有。很有趣,我对做饭并不反感。"

"不,"克莱尔说着,看着自己的鞋面,"我是说高梅兹。"

楼下的玄关很冷,我伸手搂住克莱尔,她靠在我身上,"高梅兹怎么了?"我问她。我看得出她有心事,但她只是耸耸肩,"一切都会好的。"我相信她说的,然后我们接了吻。我打开通向室外的门,克莱尔打开通向室内的门;我走到人行道上,回头望去,克莱尔还站在半开的门前看着我。我停下来,想要回去抱抱她,想要上楼和她呆在一起。她转身走上楼梯,我望着她,直到她在我的视线里消失。

一九九一年十二月十四日,星期六 /
二〇〇〇年五月九日,星期四(亨利三十六岁)

**亨利**:我把一个大块头醉汉踢得屁滚尿流的,这家伙居然无耻地叫我"基佬",还想过来打我一顿证明他自己有理。我们在维克剧院对面的小巷

---

1 帕蒂·史密斯(Patti Smith),女诗人,亦是朋克女艺人的代表人物,敏感,颓废,暴躁,她将摇滚的民粹主义与她诡异的诗歌结合在一起,被喻为纽约朋克教母。

2 纽约妞(New York Dolls),著名的美国华丽摇滚乐队,作为一个华丽摇滚和朋克的过渡体,它传承了华丽摇滚的许多精华,形成自己的独特风格,影响了之后很多朋克乐队,比如前文提到过的"性手枪"(the Sex Pistols)。强尼·桑德斯(Johnny Thunders)是乐队中的吉他手。

3 里恩·露维西(Lene Lovich),新浪潮的代表人物之一。但她在戏剧方面的诡诈性没有很好地表现到她的音乐中,当新浪潮结束时,她也渐渐消失了。

4 暴力妖姬(Violent Femme),美国乡村朋克乐团,擅长用柔和的演奏来传递凝重的声音。

子里,我有条不紊地踩他的鼻子,踢他的肋骨,此时,剧院边门正传来抽烟教皇[1]的低音鼓声。这个晚上烂透了,眼前这个傻瓜正好做我的出气筒。

"嗨,图书馆小子,"我的注意力从痛苦呻吟的雅皮士转移到这个人身上,高梅兹靠在一个垃圾箱前,严厉地看着我。

"革命同志,"我的脚从那家伙身上收了回来,他感激涕零地滑到路面上,蜷缩起来。"你最近怎么样?"看到高梅兹我倒是非常舒心:事实上是很高兴。不过他看起来却并不想分享我的快乐。

"嗯,啊,我本来不想打搅你的,不过你修理的那位,那边的,恰好是我的朋友。"

哦,不会吧!"唉,是他自己过来找打。他走过来就对我说:'先生,我迫切想让你好好爽我一次。'"

"哦,这么说来,嗨,你可真不赖,这么有品地干了他,真有你的。"

"谢谢。"

"你不介意我把老尼克扶起来,带他去医院吧?"

"请便吧。"该死的,我正打算征用这位老尼克的衣服呢,特别是他那双崭新、深红色、几乎都没怎么穿过的马丁鞋[2]。"高梅兹。"

"嗯?"高梅兹弯腰扶起他的朋友,他却往他腿上吐出一颗牙齿。

"今天几号?"

"十二月十四日。"

"哪一年?"

他看了看我,仿佛在说他有更重要的事情要做,没有闲工夫陪你这个疯子说笑。他用消防搬运法[3]抱起尼克,这样弄,他肯定会痛死,果然,尼克哀号起来。"一九九一年。你喝得肯定比你看上去还要醉。"高梅兹沿着小巷子消失在剧院入口的方向。我快速地计算日期,我和克莱尔刚开始约会,所以我和高梅兹几乎还是陌生人,难怪他对我翻着可怕的白眼。

他又一个人大摇大摆地出现了,"我交给特伦特去处理了。尼克是他的兄弟,他好像不是很高兴。"我们沿着小街往东走。"亲爱的图书馆小子,

---

1 抽烟教皇(Smoking Popes),1990年成立的摇滚乐团,在其1999年最红的时候解散。
2 一种低鞋跟、绑鞋带的亮面皮鞋。
3 搬运伤员的一种方法,正面抱住伤员的腿部,让伤员头、胸部从救护者的肩上方耷下,脸贴着救护者的后背。

请原谅我这么问你,可你究竟为什么要穿成这样?"

我穿着蓝色牛仔裤,婴儿蓝的毛衣上尽是些黄色的小鸭子,一件荧光红的毛背心,还有一双粉色网球鞋。真的,如果有人很想上来揍我,那也并不奇怪。

"我能穿成这样已经很不错了。"我真希望被我剥光衣服的那个人住得不太远,室外只有零下六七度呢。"你怎么尽勾搭些兄弟会的人啊?"

"哦,是我们法学院的同学。"我们路过海陆军剩余物资店的后门,我真想立即换一身平常的装束。便决定冒险吓吓高梅兹,我知道他承受得住。我停下来,"革命同志,等一小会儿,有点东西我得进去看一下。你可以在小街尽头等我么?"

"你要去干吗?"

"不干吗,撬锁入室。别看我就是了[1]。"

"介意我一起去么?"

"介意的。"他一副垂头丧气的样子。"好吧,如果你真想来的话。"后门凹陷在墙壁里,我跨了进去。这是我第三次撬这儿了,虽然前两次作案对于此刻而言,都还发生在未来。整套动作我已经了然于心,首先,密码锁,这把不起眼的锁是用来保护安全栅门的,我把安全栅门向后移;再用我早些时在贝尔蒙特大街上捡到的老式钢笔笔芯和别针拨开耶鲁锁[2];最后把一片铝合金插进双重门缝里,提起里面的插销,哈哈搞定!整个过程不超过三分钟。高梅兹在一旁看着我,无比膜拜。

"你在哪儿学的这一手绝活?"

"只是些雕虫小技罢了。"我很谦虚地回答他。我们走进去,屋子里有排闪烁的红灯,就好像夜贼警报器,可我比谁都清楚这是些什么玩意。这里很黑,我回忆了一下货物的陈列布局。"高梅兹,什么都别碰。"我尽量显得笨拙些,而不是一副熟门熟路的样子。我在货架间小心翼翼地移动,双眼逐渐适应了黑暗,从裤子开始:一条黑色莱维斯牛仔裤,一件深藏青的法兰绒衬衫,一件加固缝纫的黑色羊毛大衣,羊毛袜,平脚短裤,加厚登山手套,遮耳帽;在鞋区里,真高兴我又看到了马丁鞋,和老尼克的那

---

[1] 电影《绿野仙踪》里的一句台词,这句话后来进入到日常英语中,特指幕后操纵的那些人。
[2] 耶鲁锁,一种价格昂贵的高级防盗叶子锁。

双一模一样。我整装待发了。

此时，高梅兹却在柜台后面晃来晃去。"别乱来，"我说，"这地方晚上不放现金的，我们还是走吧。"于是，我们按原路返回。我轻轻带上门，把安全栅门恢复到原位。我把先前的一身衣物塞进购物袋，过一会儿再去找个救世军收集箱[1]。高梅兹满眼的憧憬，活像一条等着午餐的大狗。

这倒提醒了我，"我饿了，去安·莎瑟[2]吃一顿吧。"

"安·莎瑟？我还等着你提议去抢银行，至少也去杀个人什么的呢！你现在正在状态上，老兄，别停啊！"

"劳动后总要补充能量吧，来吧。"我们穿过小巷，来到瑞典餐馆安·莎瑟的停车场，停车场管理员默视着我们穿过他的领地。我们抄近道上了贝尔蒙特大街，此时只有九点，街道上还是老一套的大杂烩：逃犯、无家可归的精神病人、泡吧客和追逐刺激的城里人。在刺青店和情趣用品店中，惟独安·莎瑟，像一座以正常姿态浮现的绝世孤岛。我们走进去，在面包柜旁边排队等位。我的胃"咕咕"地叫了，瑞典式的装潢格调真让人舒服，木质镶板，旋涡状的红色大理石。我们的座位在壁炉正前方的吸烟区里，真是时来运转，我们脱下外套，坐下，虽然我俩都是老芝加哥了，凭印象就能用二部和声把要点的菜唱出来，但还是煞有介事地看了看菜单。高梅兹掏出身上所有的烟具，一一摆在银色的餐具旁。

"你介意么？"

"介意的，不过你随便抽吧。"高梅兹的鼻孔喷出团团烟雾，把我笼罩在里面，这就是和他结伴同行的代价。他那些深赭色的手指，灵巧地把鼓牌烟丝放在一张薄纸上，然后卷成一根粗粗的烟卷，他舔舔封口，扭紧两头，塞进上下嘴唇之间，点燃。"啊——"对高梅兹来说，离开香烟半小时就不正常了。我总是喜欢看别人大饱胃口的样子，即使我无法和他们一同分享。

"你不抽烟？你喜欢什么？"

"长跑。"

"哦，是啊，妈的，你体形真棒。当时我以为你真要宰了尼克，你连气

---

[1] 救世军收集箱散布在城里各处，接受人们的慈善捐助。
[2] 安·莎瑟（Ann Sather），芝加哥城里一家瑞典餐馆，1945年创办，在那儿吃饭就像在家吃饭一样轻松自在。

都不喘一口。"

"他都醉得打不起架来了，不过是一个装满酒的大沙袋而已。"

"你干吗非要把他打成那样？"

"是他自己蠢到了家。"侍者过来告诉我们他叫蓝斯，今天的特餐是三文鱼和奶油豌豆，他拿着我们的酒水点单快速离开了。我把玩着奶油罐，"他看见我那身打扮，以为我是块软豆腐，大概他觉得厌恶至极，想过来揍我，而且也不容我分辩，结果他自己也吓了一跳吧。我那时只是在想自己的事情，真的。"

高梅兹若有所思地看着我，"你当时在想什么，究竟是什么？"

"嗯，什么？"

"亨利，也许我看起来有点傻，不过事实上你高梅兹大叔可不完全是块木头。我观察你好些时候了：事实上，在我们的小克莱尔把你领进家门以前就开始了。你也许还没意识到，你在某些圈子里臭名昭著，很多我认识的人都知道你。那些人，呃，那些女人也都认识你。"他边说边透过烟雾斜着眼睛打量我。蓝斯托着我的咖啡和高梅兹的牛奶走过来，高梅兹要了芝士汉堡和薯条，我要了青豆汤、三文鱼、甜薯和水果拼盘。如果不立即补充卡路里，下一秒钟我就会跪倒在地了。蓝斯敏捷地离开。我根本不想回忆以前的诸般错事，哪还有心思对高梅兹一一辩解？再说了，那也不关他的事。可他居然不依不饶地等着我回答。我搅拌着咖啡杯里的奶油，浅白色的奶末在旋涡中消散开去。我把顾虑都扔到了一边，没什么大不了的。

"革命同志，那你想知道什么呢？"

"一切。我想知道为什么一个看上去斯斯文文的图书管理员会穿着幼儿园老师的衣服，徒手就能把一个大家伙打昏。我想知道为什么英格里德·卡米切尔八天前要自杀。我想知道为什么现在的你比我上一次见到要老了十岁，你的头发都开始变白了。我想知道为什么你能撬开耶鲁锁。我还想知道为什么克莱尔在真正遇到你之前就已经有了一张你的照片。"

克莱尔在一九九一年以前就有我的照片？我并不知道啊。噢！"那是张什么样的照片？"

高梅兹盯着我，"更像你现在的样子，而不是两星期前你来吃晚饭的样子。"那是两星期前？天啊，这次仅仅是我和高梅兹的第二次见面。"是在户外拍的，你在微笑。照片背面的日期是一九八八年六月。"说着说着，食物都到齐了，我们停下来，把盘子一一排放在小桌子上。我开始吃东西，仿佛明天将不会再来。

高梅兹还是坐着，一动不动地看我吃，我曾在法庭上见过高梅兹面对敌意证人，也是这样子。那些人说漏嘴是他惟一的希望，我并不介意全部说给他听，不过现在我先要大吃一顿。事实上，我需要高梅兹了解真相，因为在今后几年里，他会屡次帮我脱离困境。

我已经吃了一半的三文鱼，他还是坐着。"吃呀，吃呀，"我尽力模仿金太的口气，他用一根薯条蘸了番茄酱，大嚼起来。"别着急，我都会如实招来，先让我把最后一餐太太平平地吃完了。"他有条件地屈服了，开始吃他的汉堡包。在我吃完最后一块水果之前，我们俩谁都没有说话。蓝斯为我倒咖啡，我加了奶末，搅拌均匀。高梅兹看着我，像是就要冲过来摇我的身体，我决定好好把玩一下他的好奇心。

"好吧，开诚布公：时间旅行。"

高梅兹翻了翻眼睛，做了个鬼脸，什么也没说。

"我是个时间旅行者，此时此刻，我三十六岁，今天下午，二〇〇〇年五月九日，星期二。我正在上班，刚给卡司顿俱乐部[1]做完演示，然后我回到书库，准备把那些书重新上架，突然，我就发现自己到了一九九一年的学院街上。我时间旅行时总有个老问题：找不到衣服穿，于是我在某个门廊下躲了一会儿，我很冷，也没什么人路过，最后这个年轻男人出现了，他穿着——呃，你也看到我当时那身打扮了。我袭击了他，抢走他身上的现金，还有除了内裤以外的所有东西。我可把他吓傻了，他本来以为我要扑过去对他施暴什么的。不管怎么说，我总算有衣服了，一切顺利。不过一个男人穿成这样走在这个街区，肯定会被别人误解，整个晚上，我都默默忍受各式各样的白眼，而你那个朋友刚好撞上枪口。我很抱歉，他这次伤得不轻，我当时真的很想要他的衣服，特别是他那双鞋。"高梅兹从桌面下看了一眼我的脚。"我每次都遇到这样的事情，我根本就不是故意的，就是有些地方不对劲。我无缘无故地在时空中错位，我无法控制，我不能预

---

[1] 卡司顿俱乐部（Caxton Club），1895年由15个藏书家在芝加哥建立。是一个由作者、收藏者、经销商、设计师、编辑、图书管理员、出版家学者组成的机构。成员每月挑选一个日子聚餐，受邀的演讲者会准备一个与书相关的话题。

知什么时候会发生,也不知自己会掉到什么时间什么地点。因此,为了生存,我撬锁、窃店、偷钱、袭抢、要饭、入室偷盗、偷车、说谎、折叠、扭曲、损伤[1],你说得出来的,我都做过。"

"杀人?"

"那倒还没干过。此外我也没有强暴过任何人,"我边说边看他,他则是一副面无表情的扑克脸,"英格里德,你真的认识英格里德?"

"我认识希丽亚·阿特里。"

"天啊!你的社交圈子真怪。英格里德是怎么自杀的?"

"过度服用安定。"

"1991年?呃,对。那次是她第四次自杀未遂。"

"什么?"

"啊,你这也不知道?希丽亚还真是有所保留啊。一九九四年一月二日英格里德才终于自杀成功,她朝自己胸口开的枪。"

"亨利——"

"你知道吗,那是六年前的事了,我还是很生她的气。多可惜啊!不过,她过度抑郁已经很久了,她就这么让自己陷下去,我什么也帮不了她。我们以前经常为了这个争吵。"

"图书馆小子,你这个笑话真叫我恶心。"

"你要证据吧。"

他只是笑笑。

"照片怎么样?你说克莱尔有的那张?"

他的笑容突然消失了。"好吧,我承认那件事,我确实有些稀里糊涂的。"

"一九九一年十月,我第一次遇到克莱尔;一九七七年九月,克莱尔第一次遇到我,她只有六岁,我却三十八岁了。她很久以来一直都认识我,而我直到一九九一年才开始认识她。顺便说一句,这些事情你应该去问克莱尔,她会告诉你的。"

"我早问过她了,她都告诉我了。"

"嗨,该死的,高梅兹。你这是在浪费宝贵的时间,让我再重复一遍,

---

1 选自美国1964年言论自由运动中的著名口号:"我是一名学生。请不要折叠、扭曲、损伤我"。

你难道不相信她?"

"不信。换了你,你信么?"

"当然,克莱尔非常诚实,她从小在家里接受天主教的好传统。"蓝斯带着咖啡壶又过来了,我体内的咖啡因浓度已经很高了,不过再喝一点也无妨。"那你在找什么样的证据?"

"克莱尔说你会突然消失。"

"确实如此,那是我的拿手绝活,你如果像胶水一样黏着我,迟早我都会消失的。也许要几分钟、几小时,甚至几天,不过我总能消失的。"

"我们到二〇〇〇年还有来往吗?"

"有的,"我咧嘴朝他一笑,"我们是好朋友。"

"和我说说未来。"

哦,不,傻点子一个。"不。"

"为什么不肯告诉我?"

"高梅兹,会发生的就会发生。提前知道的话会让每件事情都变得很……古怪。不管怎么说,你无法改变任何事情。"

"为什么?"

"因果只会向前运动。万事只能发生一次,仅此而已。如果预知了未来,在大多数情况下,我都会感到……一种被困住的感觉。如果你在正常的时空里,什么都不知道的话……你才是自由的。请相信我。"他看上去很迷茫,"你是我们婚礼上的伴郎,我也是你们婚礼上的伴郎。高梅兹,你将有非常美好的生活,不过我不会告诉你具体细节。"

"有股票内幕么?"

对呀,为什么不告诉他呢?到二〇〇〇年股票市场一片疯狂,那正是积聚巨大财富的契机啊,到时候,高梅兹可就是幸运儿了。"你听说过因特网么?"

"没有。"

"那是一种和电脑相关的东西。一套无边无际、贯通世界的网络,一般人只要拿电话线插上电脑,就可以和别人沟通了。你得盯着那些科技股,网景、美国在线、升阳计算机、雅虎、微软和亚马逊.COM,"他在做记录。

".COM?"

"别担心，股票上市时，你尽管去买，"我微笑着说，"如果你相信小仙女的话，还不赶快鼓掌？"

"我还以为今晚谁要提小仙女，你就会用大斧头劈死谁呢！"

"这是《彼得·潘》里的话，你这个文盲。"我突然一阵恶心，我并不想在此时此刻引发骚乱，于是我跳起来，"跟着我，"边说边奔向男厕所，高梅兹紧随我身后。随后我奇迹般地找到一个空着的马桶，脸上的汗水滚滚而下，我一个劲地往里面呕吐。"天啊，"只听高梅兹喊道，"该死的，图书馆——"接下来的话我全然无觉了，因为我已经赤裸地平躺在冰冷的油布地毡上，四周一片漆黑。头很晕，我便在那儿多躺了一会。我伸出手碰到那些书脊，这是纽贝雷图书馆的书库。我站起来，摇摇晃晃地走到过道尽头，打开开关，灯光一下子淹没了这排过道，在我眼前亮成一片空白。我的衣服，还有装在推车里准备上架的图书，都在对面的过道上。我穿上衣服，把书归回原位，小心翼翼地打开书库的安全门。我不知道现在几点，警报随时会响。哦，不，一切都和原来一样：伊沙贝拉正在向一位新来的读者介绍阅览室；马特走过我身边，朝我挥挥手。阳光从窗户里倾泻而入，阅览室大钟上的指针正指向4:15。我离开了还不到十五分钟。阿米丽亚看了看我，指着门说："我要去星巴克，你要来杯爪哇咖啡吗？"

"哦，不了，我还是不要了。不过，谢谢你啊。"我的头出奇地疼，我把脸伸进罗勃托的办公室，告诉他我不舒服，他同情地点了点头，示意他正在接电话，意大利语从听筒那头飞快地涌进他的耳朵。我一把抓起我的东西，离开了。

这就是图书馆小子又一个朝九晚五的工作日。

一九九一年十二月十五日，星期日（克莱尔二十岁）

**克莱尔**：这是个美丽晴朗的星期天早晨，我从亨利的寓所出来回自己的家。街道上彻骨的寒冷，积着几厘米的新落下来的雪，所有的一切都干干净净的，白得扎眼。我一边把车从爱迪生大街转到侯因大街，一边跟着艾瑞莎·弗兰克林唱着"尊——重！"看，前面正好空了一个车位，今天真是我的幸运日。我停好车，跳过一段光滑的人行道，进入门厅，嘴里还哼个不停。我的脊梁一阵酥软，不由想起那些鱼水欢情，想起清晨从亨利的床上醒来，想起终于在上午的某个时候回到自己的家。我轻飘飘地上了台阶，查丽丝应该已经在教堂了，我多么渴望泡泡澡看看《纽约时报》啊。一打开门，我就知道今天不会孤身一人了。紧闭着的百叶窗下，烟雾缭绕的起居室里，高梅兹正坐在那儿。红色的绒布墙纸、光滑的红色家具，加上一屋子的烟雾，他活像个金发的波兰猫王撒旦。他只是坐在那儿，于是我一言不发地走进我的房间。我还在生他的气。

"克莱尔。"

我转过身，"什么事？"

"对不起，我错了。"就像教皇无误说[1]一样，我从未见过高梅兹认错。此刻，他的嗓子有点哑。

我走进客厅，拉开百叶窗，阳光费力地穿过弥漫的烟雾，我只得再打开一扇窗。"我真不明白了你抽这么多烟，烟雾探测头怎么还不报警？"

高梅兹举起一节九伏电池，"走之前，我会把它放回原位的。"

我坐到沙发椅上，等着高梅兹说是什么让他改了主意。他开始卷第二根香烟，最后把烟点着，看着我。

"昨晚我和你的朋友亨利一起过的。"

"我也是。"

"嗯，你们做了些什么？"

"去法斯特[2]看了一部彼得·格林纳威[3]的电影，吃摩洛哥菜，然后去了他家。"

"你刚回来？"

"是啊。"

"呵，昨晚我可没有你那么有品位，但比你更精彩。我在维克剧院[4]旁的一条小巷子里看到了你那春风得意的男朋友，他把尼克打成了肉酱。特伦特今天一早告诉我尼克断了鼻梁骨、三根肋骨、五根指骨，外加软组织损伤，缝了四十六针，不久他还得去换一颗新门牙。"我不为所动，本来就

---

1 在1870年的梵蒂冈会议中，罗马天主教宣布了"教皇无误说"：教皇所做一切有关信仰及道德的谕旨，都是绝对正确而不可能错误的；教皇所颁布的一切命令是普世天主教徒所应该完全相信、接受并且遵从的。
2 法斯特（Facets），芝加哥城内的全球最具规模、搜罗最丰富多元的影片、DVD中心之一。
3 彼得·格林纳威（Peter Greenaway），20世纪80年代英国电影新潮中最具争议性与特异风格的一位导演。
4 维克剧院（Vic Theatra），1912年开张，位于芝加哥城中央湖区的一幢五层楼的歌舞剧院。装潢奢华，门厅及楼梯保存至今仍是意大利大理石。内部也极尽最初的华丽雕刻。

横行霸道的。"克莱尔,你真该亲眼看看,你男朋友修理尼克的时候好像是在修理一具没有生命的物体,好像尼克是他雕琢的一件作品,他有条不紊地琢磨着哪里来一下,哪里效果最佳,呃!如果被打的不是尼克,我会佩服得五体投地。"

"亨利为什么要打尼克?"

高梅兹看上去不太自在,"听上去像是尼克自己惹的祸,他喜欢挑衅……男同性恋,亨利当时穿得像小玛菲特[1]。"我能想象,可怜的亨利。

"接着呢?"

"接着我们俩撬开了海陆军剩余物资店。"到目前为止一切都还不错。

"然后呢?"

"然后我们去安·莎瑟吃晚饭。"

我大笑起来,高梅兹也笑了,说:"然后他把你说给我听过的那个奇妙的故事复述了一遍。"

"你为什么就相信他了?"

"嗯,他妈的他太冷静了,我能感觉到他绝对了解我,可以说是了如指掌。他知道我的未来,他一点也不在乎。接着,他——消失了,就剩我站在那儿,我不得不……相信。"

我同情地点了点头,"他消失的样子确实很令人震惊。我记得第一次见到他时,我还很小,他当时握住我的手不停地摇晃,然后,'呼'的一声,就没了。嗨,这次他是从什么时间过来的?"

"二〇〇〇年。他看上去比现在可老多了。"

"他经历了很多事情。"我坐在这里和某个知道亨利秘密的人聊天,真的很开心,于是心中涌起一阵对高梅兹的感激。可是高梅兹突然前倾过身,相当严肃地对我说:"克莱尔,别嫁给他。"这种开心一下子蒸发殆尽了。

"他还没向我求过婚。"

"你知道我的意思。"

我一动不动地坐着,看着膝盖上紧紧交握的双手。我觉得冷,烦躁。我抬起头,高梅兹也焦虑地盯着我。

"我爱他,他是我的生命。我一直在等他,用我的一生等他,现在,我

---

[1] 童谣里的一位可爱的小女孩。

终于等到了,"我不知道该如何辩解,"和亨利在一起的时候,我看见所有一切都在眼前展开,像地图一样,过去和未来,都能同时看见,自己就像天使一样……"我摇摇头,根本无法用文字组织,"我可以通过触摸他来触摸时间……他也爱我。我们结婚是因为……我们是彼此的一部分……"我停顿了一下,"这早就发生了,一瞬间里全都发生了。"我凝视着高梅兹,不知道他是否能明白。

"克莱尔,我也喜欢他,非常喜欢。他令人着迷,可是他也很危险,所有跟过他的女人都完蛋了。我不想看你踏着快乐的舞步,陷到这个迷人的精神变态者的怀抱里……"

"难道你还不明白你说得已经太晚了?你说的这个人,我六岁就认识了,我了解他,而你只和他见了两次,就来劝我跳下命运的列车。不,我不能。我已经看到我的未来了,我无法改变它,就算我可以改变,我也不想。"

高梅兹若有所思地说:"我未来的一切,他都不肯告诉我。"

"亨利关心你,所以他才不告诉你。"

"可他告诉你了。"

"那是不得已,我们俩的生活是交织在一起的。因为他,我整个童年都不同了,他也无能为力,他尽力了。"这时,我听见查丽丝的钥匙在门锁里"嗦嗦"转动。

"克莱尔,别生气——我只是想帮帮你。"

我朝他微笑,"你可以帮助我们的,你会明白的。"

查丽丝走进来,咳嗽了几下,"噢,亲爱的,你在这等了很长时间吧?"

"我和克莱尔聊天呢,我们在谈亨利。"

"我猜你肯定对克莱尔说了你有多么崇拜他吧。"查丽丝的声音里流露出一丝警告的意味。

"我一直在劝她尽早抽身,越快越好。"

"哦,高梅兹。克莱尔,你可不要听他的。他对男人的品位太差了。"查丽丝坐下来,和高梅兹离开三十厘米远,一副男女授受不亲的样子。高梅兹伸手把她拉到自己的腿上,她狠狠瞪了他一眼。

"她从教堂回来后就是这副模样。"

"我想吃早饭。"

"当然，我的小鸽子。"他俩站起来，一路奔进厨房。不一会，查丽丝便尖叫般咯咯地笑起来，高梅兹企图用《时代周刊》打她的屁股。我叹了口气，回到自己的房间。阳光依旧灿烂。在浴室里，我把热水灌到巨大的老式浴缸里，一件件地脱下昨晚的衣服。我爬进浴缸时，猛地看到镜子里的身影，很丰满，真是无穷的鼓舞，我浸没到水里，一切就像安格尔笔下的大浴女。亨利爱我，亨利终于来了，终于，现在，终于，我也爱他。我摸过自己的乳房，薄薄一层蒸干的唾液被水湿润，然后化入水中。为什么所有事情都那么复杂呢？那些复杂的事情不都已经在我们身后了么？我把头发也泡入水里，看着它们在我身边漂浮着散开，如同一张深色的网。我没有选择过亨利，他也并没有选择我。所以，这怎么会是一个错误呢？我再次意识到，对此我们根本无从得知。我躺在浴缸里，看着双脚上方的瓷砖，直到水都快凉了。查丽丝敲敲门，问我是否死了，她是否可以进来刷牙？我用毛巾包住头发，依稀看见自己的身影因为水蒸气而在镜中模糊了，时间仿佛被折叠起来，我看见自己所有过去和未来的日日夜夜，层层幻化在我此时的身体上，刹那间，好像自己也消失了。不过这种感觉一会儿就没了，如同它到来时那么迅速。我静静地站立片刻，然后披上浴袍，开门走了出来。

一九九一年十二月二十二日，星期六（亨利二十八岁，三十三岁）

**亨利**：清晨五点二十五分，门铃响了，总不会是个好兆头。我摇摇晃晃地来到对话机前，揿下按钮。

"喂？"

"嗨，让我进来。"我又揿了一下按钮，对讲喇叭里传来嘈杂模糊的旋律，应该就是《我温暖舒适的家》。四十五秒以后，电梯沉闷地响了一记，便缓缓向上运行。我披上睡袍走出房门，站在过道厅里，透过小小的安全玻璃，看着电梯缆绳缓缓移动。最后，电梯厢升入眼帘，停了下来，毋庸置疑，那是我自己。

他拉开电梯厢门，踏进我的过道，赤身裸体，胡子拉碴，摸了摸一头短发。我俩迅速穿过空荡荡的走廊，躲进房间里。我关上门，两人站了一会儿，彼此打量了一番。

"嗯，"其实我只是找些话说，"你怎么样？"

"还行。今天是几号？"

"一九九一年十二月二十二日，星期六。"

"哦——暴力妖姬今晚在阿拉贡[1]有演出？"

"对。"

他笑了。"该死的，那是个多么难熬的夜晚。"他走到床边——我的床——爬上去，把被子蒙住头。我"扑"的一声坐到他旁边。

"嗨，"没有应答，"你是从什么时候来的？"

"一九九六年十一月十三日。我正准备上床睡觉，所以先让我好好睡一会，不然五年之后你会后悔的。"

听上去还挺有道理。我脱了睡袍，也睡到床上。我睡的这半边床不是我的，而是克莱尔的，我已经想了几天了，原来是我的未来幽灵霸占了我的地盘。睡在这半边，一切都有了细微的不同，就像你闭上一只眼睛盯着一样东西，然后换另一只眼睛去看。我躺着，轮流替换左右眼睛，衣服凌乱地搭在扶椅上，内窗台上的玻璃酒杯杯底有一枚桃核，我看着自己的右手，应该修指甲了，我的屋子恐怕都可以去申请联邦灾难救援基金了。也许他肯出出力，帮我稍微收拾一下房间，也算抵他的生活费吧。我盘算着冰箱和食品柜里的储备，应该够我们吃了。今晚我本想带克莱尔来家里住的，可现在还真不知道该如何对付自己这具多余的躯体。我偶尔也想，或许克莱尔更青睐我那年长的版本，毕竟他们彼此更熟悉一些。不知什么原因，这让我陷入深深的沮丧之中。我尽力说服自己，现在的任何损失，日后总会补上的。可我还是烦躁不安，我希望我们中的一个能够离开。

我端详着这个复制品，他蜷缩着身子，像只刺猬，背对着我，无疑已经进入了梦乡。我嫉妒他。他就是我，而我还不是他。他经历过的那五年，对我来说是个未知的谜，紧缩成一团，等待我去掰开，等待我去咀嚼；当然，还有其中的所有快乐，他都已经尝过了，但那些还只是躺在盒子里、等着我来剥的巧克力。

我尝试以克莱尔的视角来观察他。头发为什么这么短？我一直都喜欢

---

[1] 阿拉贡舞厅（Aragon），建于1926年，可容纳八千人，也举办各类音乐演出。

自己那黑色的、波浪齐肩的长发，我从高中就开始留了。看样子迟早我都得剪了它。我突然觉得，我的头发和很多其他东西一样，时刻都在提醒克莱尔，我并不完全是她从孩提时代起就熟悉的那个男人，我不过是个近似值，所以她一直在暗中左右我，把我逐步改造成她脑海里的那个形象。那么如果没有她，我会变成什么样呢？

一定不是枕边这个呼吸缓慢、深沉的男人。他的脖子和背部连同脊椎和肋骨一同起伏，皮肤光滑，几乎没有什么体毛，紧紧地贴着肌肉和骨骼。他累坏了，但他的睡姿却透露出仿佛任何时候他都会一跃而起向前奔跑。我的身体竟然散发出如此紧张的气氛？我想是的。克莱尔总抱怨，除非我耗尽体能，否则永远睡得都不轻松。可事实上，和她在一起的时候我总是很放松的。这个年长的我看上去更精瘦、更疲惫、更结实，也更有安全感。和我在一起，他有资本卖弄，他完全知道我的将来，我只得服从，这也是为了我最大的利益。

七点十四分，看样子我肯定睡不着了。我爬下床，打开咖啡机。我穿上内衣和运动裤，伸展了一下胳膊。近来，我的膝盖常常酸痛，于是我包上护膝，穿好袜子，把破旧的慢跑鞋系紧，也许就是它让我老觉得膝盖在颤动，所以我下决心明天去买双新的。我真该向我的客人打听一下外面的天气，哦，怎么说呢，十二月的芝加哥：糟糕的天气恰恰符合社交的需要。我披上芝加哥电影节的陈年T恤——那件黑色的短袖衫，还有一件厚厚的、前胸后背各贴着一个反光大"X"的橘黄色连帽运动衫。我一把抓起我的手套和钥匙，出了门，进入崭新的一天。

冬季刚刚开始，天气并不坏。风舞动着地面上稀少的积雪，把它们吹向各处。迪尔伯恩街那段路有些拥堵，汽车引擎们仿佛在演奏交响乐。天空是灰的，逐渐亮白而成的一种灰色。

我把钥匙系在鞋带上，决定沿着湖岸跑。我慢慢从德拉维尔街往东向密歇根大街跑去，穿过人行天桥，然后在自行车道旁，沿橡树街滩继续往北小跑。今天这样的天气，只有铁杆长跑者和自行车骑士才会出来。密歇根湖呈现出深暗的蓝色，海潮退去了，露出一道暗棕色的沙层。海鸥在头顶和远处的海面上盘旋。我越跑越僵硬，冷空气令关节难受，我逐渐体会出湖边的寒冷，大概有零下七、八度了。我跑得比以往慢，热热身就可以了，自己那对破膝盖和脚踝骨，一辈子可都得依赖它们随时奔命的。我的肺泡感受着干冷的空气，心脏平缓地搏动。到达北方大道时，我感觉不错，于是开始加速。跑步对我来说意味着很多：生存、镇静、欣慰、独处。它是我肉身存在的证明，虽然我不能完全控制我在时间中的移动，但跑步表明我至少还能控制自己在空间上的位移，还有身体对意志的服从，即使只是短暂的瞬间。我跑着，我让空气前后交换，我让眼前的一切随我进退，我让脚下的路犹如胶卷般转动不息。我记得，在孩提时代，在那距离电子游戏和网络遥远的年代，我在学校图书馆里把胶卷穿进小小的投影机，朝里张望，旋转把手，每往前翻动一下，机器就发出"哗"的一声。我再也记不得投影机的样子，也记不得胶卷里的内容，可我能记得图书馆的味道，还有那"哗"的一声每次都会让我吓一跳。此时，我好像在飞，多么美妙的感觉，仿佛我就能这样跑进空中，仿佛我是不可战胜的，什么都不能阻挡我，什么都不能让我停下，什么都不能，什么都不能，什么都不能，什么都不能——

当晚：（亨利二十八和三十三岁，克莱尔二十岁）

**克莱尔**：我们正在去阿拉贡舞厅看暴力妖姬演唱会的路上，起先亨利还不太想去，我真不明白，他是很喜欢那些"妖姬"的。我们在附近四处寻找泊位，我转了一圈又一圈，经过格林米尔[1]和另外一些酒吧、灯光昏黄的住宅楼，以及看上去有点像舞台道具间的自助洗衣店。我最终在阿格莱街上把车停好，我们颤悠悠地穿过坑坑洼洼的人行道。亨利走得很快，每次一起走路，我总有些喘不过气来，此刻，他尽力和我保持步调一致。我脱下手套，把手插进他的大衣口袋里，他环抱住我的肩头。我很兴奋，因为亨利从来没有和我一起跳过舞，而我又那么喜爱阿拉贡，尽管它那仿西班牙辉煌时期的建筑正在朽坏。密格朗外婆以前对我说，三十年代，她曾在大乐队的伴奏下在这里跳舞。那时，一切都是崭新而美好的，没有人会在楼座里开枪，男厕所也不会小便成河。不过，这就是生活[2]，世道变了，今天晚上轮到我们了。

---

1 格林米尔（Green Mill），芝加哥城里著名的酒吧，是全美国历史最久远的爵士俱乐部。
2 原文是法语。

我们排了几分钟的队,亨利好像很紧张,防备着什么的样子。他握住我的手,可眼睛却盯着前面的人群。我利用这个时机看他,亨利很美,他的头发齐肩,往后梳理,又黑又亮。他像猫,瘦瘦的,散发出躁动和力量,看上去好像会咬人似的。亨利穿着一件黑色的大衣,白色的棉布衬衫,那没有扣上的法式袖子从他外衣袖口里垂露出来,那条松开的亮绿色的真丝领带后面,恰到好处地露出他的颈部肌肉,下半身则是黑色牛仔裤和黑色高帮帆布鞋。亨利把我的头发收拢缠绕在他的手腕上,于是那一刻,我便成了他的囚犯,直到队伍继续向前动了,他才把我放开。

我们检完票,跟着人潮进入大厅。阿拉贡舞厅里,众多长廊、包厢和楼座围绕着主厅,特别容易迷路,也适合捉迷藏。我和亨利走进舞台附近的一个楼座,在一张小桌边坐下。我们脱下外套,亨利直直地看着我。

"你看上去可爱极了,这条裙子真棒;可我想象不出你能穿着这身衣服跳舞。"

这是件碎花蓝绸紧身裙,可弹性还不错,足以让我挤进去的了。今天下午我在镜子前试过,一点问题都没有。我真正担心的倒是头发,因为天气干燥,我的头发看上去比平时蓬了两倍。我想扎起来,但亨利阻止了我。

"别扎,好么——我想看你头发披下来的样子。"

前奏曲开始了,我们耐心地听。人们四处走动,说话,抽烟。主厅里没有座位,吵得要命。

亨利侧身过来,对着我的耳朵大声问:"你想喝点什么?"

"可乐就行了。"

于是他向吧台走去。我趴在楼座的栏杆上,观察着人群,有穿复古礼服的女孩,有穿野战套装的女孩,有剃鸡冠头的男孩,有穿法兰绒衬衫的男孩,还有都穿着T恤衫、牛仔裤的男男女女,大多是大学生和一些二十岁上下的人,偶尔也有几个零星的老家伙。

亨利去了好久。热身结束了,一阵稀稀落落的掌声,然后场务开始搬乐器,又把另一堆看起来差不多的东西搬了进来。最后,我等得不耐烦了,离开我们的桌子和外套,在拥挤的人群中拓出一条道,走下楼梯来到长而昏暗的通道。吧台就在那儿,可亨利却不在。于是我缓慢地穿梭在走廊与包厢之间,尽量不让别人看出我是在找人。

我在一条走廊的尽头发现了他。他和一个女人靠得很近,一开始我以为他们在拥抱：她背靠墙，亨利面对她前倾着，一只手撑着她肩头上方的墙壁。这种亲密的姿势让我倒吸了一口冷气。那是个金发女郎，有那种德国姑娘的风情和美丽，高挑而充满热情。

我走近了些，才发现他们并非在接吻；他们在争斗。亨利舞动着一只手，强调他正在大吼的观点。突然，她的木然转变为愤怒，几乎要哭出来了。她尖叫着回敬了几句，亨利退后几步，挥动着双手。我听见他最后走开时说："我做不到，英格里德，我就是做不到！对不起——"

"亨利！"她在后面追着，当他们同时看到我时，我正一动不动地站在过道中央。亨利一脸严肃地过来拉住我的手，疾步上了楼。走了三格台阶后，我转身，看见她还站在那里，望着我们，手放在身体两侧，又无助又激动。亨利只是匆匆一瞥。我们回过头来，继续上楼。

我们找到自己的桌子，它还空着，真是奇迹，外衣也还在那儿。灯光暗了下来，亨利抬高嗓门说："对不起。我刚走到吧台，就碰到了英格里德——"

英格里德是谁？我想起自己曾站在亨利的浴室里，捏着一支唇膏。我想要弄清楚一切，但是，舞厅暗下来，暴力妖姬出场了。

主唱高登·加诺站到话筒前，扫视全体观众，接着是杀气腾腾的和弦，他向前倾，拖着嗓子唱起《炽热的太阳》的头几句。观众们纷纷起身，我们只是坐着听，亨利突然凑过来，大声喊："你想下去么？"舞厅的地板咚咚作响，乱成一团。

"我想下去跳舞！"

亨利如释重负。"太好了！好极了，我们去吧！"他扯掉领带，放进大衣口袋里。我们再次走下楼梯，步入大厅。查丽丝和高梅兹跳得若即若离，查丽丝看上去时而恍惚，时而狂躁，高梅兹却几乎难得一动，一根香烟精确地叼在嘴唇正中间。他看到我，向我轻轻地招手。就像在密歇根湖中涉水前进一样，我们在人潮中挪动着汇入人流，被卷往舞台的方向。人群高喊着："再响些！再响些！"妖姬们疯狂地击打着各自的乐器。

亨利的身体随着贝司的节拍摇摆个不停。我们刚好在人圈的边缘，外围的人猛烈地相互碰撞，里面的人则扭动臀胯、击掌、蹦跳。

我们也跳起来。音乐穿过我的身体，一阵又一阵的声波握紧了我的脊椎，没有经过大脑，便流窜到我的脚、我的臀、我的肩。（那位美丽的女孩，我爱你的衣裙，你高中生般的微笑，哦，是呀，她现在何方，我只能去猜想。）我睁开双眼，发现亨利跳舞时一直在看我。我举起双臂，他把我拦腰一抱，我一跃而起。终于看清了舞池的全景，有人朝我挥手，还没等我看清那是谁，亨利就把我放了下来。我们在舞蹈中靠近，又在舞蹈中分开。（我将如何描述我自己的痛呢？）汗水从我身上淌下，亨利晃动着脑袋，他的头发变成了一团模糊的黑影，他的汗水沾满了我一身。音乐是煽情的、调侃的（我想我活不长了我想我活不长了我想我活不长了），我们全身心地投入，我的躯体充满弹性，我的双腿麻木无觉，一种白热的快感从腿根一直蹿到头顶。我的头发像是潮湿的绳子，粘着我的胳膊、我的脖子、我的脸、我的背。音乐撞击着墙壁，我的心继续狂跳，我把一只手放在亨利的胸口，惊奇地发现他的心跳只是稍稍加快了一点点。

  过了一小会儿，我去了女洗手间，英格里德正坐在水池前哭泣。一个满头编着美丽长辫子的小个儿女黑人站在她面前，一边柔声地对她说话，一边爱抚她的头发。英格里德的抽泣声在潮湿的黄色瓷砖间回响。我开始撤离，却反而引起了她们的注意。她俩看着我。英格里德哭得一团糟，她那些日耳曼人的酷劲全没了，红肿的脸上脂粉斑驳。她盯着我，凄凉而憔悴。那个女黑人朝我走来，她长得不错，文弱、深沉、忧郁。她在近处停下，轻声地说：

  "妹妹，"她说，"你叫什么名字？"

  我犹豫了，"克莱尔。"最后还是告诉了她。

  她回头看看英格里德，"克莱尔，我有句话想送给明白人听。你现在正呆在你不该呆的地方。亨利，他是场噩梦，可他是英格里德的噩梦，你和他混在一块儿就傻了。你听明白了么？"

  我不想知道这些，可我又情不自禁，"你想说什么呢？"

  "他们都要结婚了，然后，亨利毁约了，对英格里德说他很抱歉，别介意，忘了他就是了。我告诉英格里德，没有他情况更好，可她怎么都听不进去。亨利对她很不好，两个人喝起酒来就像明天要去死掉一样；他会消失好几天后突然出现，还好像什么都没发生过。只要站在他面前的时间够长，什么玩意都可以和他睡觉。那就是亨利。要是他让你痛哭流涕，你可别怪事先没人和你说过。"她突然转身，回到英格里德身边。英格里德还盯着我,眼神里万念俱灰。

我一定也是瞠目结舌地看着她们。"对不起。"我说完便逃之夭夭了。

我在过道里漫无目的地走,发现一处空的包厢,一个年轻的哥特女孩昏死般地躺在一张泡沫塑料沙发上,手指间夹着一支点燃的香烟。我把烟拿走,扔在肮脏的地砖上,用脚踩熄。我坐在沙发的扶手上,震颤的音乐从我的尾椎一直上蹿,连牙齿都能感到那种悸动。我还是想去小便,我的头很疼。我想哭。我还没弄明白究竟发生了什么。其实我是明白的,可我不知道该怎么做,干脆忘掉这一切,还是向亨利发脾气要一个解释,或者其他什么的。我过去期待的是什么呢?我希望我能寄张明信片回去,寄给那个年轻的、还没有和我认识的亨利:什么都别做,等我。真希望你就在这里。

亨利从拐角探出脑袋,"你在这儿啊,我还以为我把你丢了呢。"

短发。要不就是亨利在刚才的半小时里剃了头发,要不我现在看见的正是那个我喜欢的时间旅行者。我跳起来,扑进他怀里。

"哦——嗨,我也很高兴见到你……"

"我一直都在想你——"我已经哭了。

"几个星期来,你几乎是天天和我在一起的啊。"

"我知道,可——不是那个你,可——我是说,不是同一个人,该死的。"我靠住墙,亨利压迫着我的身体。我们接吻,然后亨利开始像猫妈妈一样舔我的脸,我想学小猫哼哼,结果笑出了声,"你这个混蛋,你想让我分心,让我忘记你那些见不得人的事情——"

"什么事情?我那时又不知道你在这儿。我和英格里德过得并不好。我遇见了你。不到二十四小时,我就和她断了。我的意思是,见到你之前的事情能算对你不忠么?你倒说说看?"

"她说——"

"谁说?"

"那个黑女人,"我比画着她的长发,"矮矮的,大眼睛,一头的辫子——"

"哦,天啊。那是希丽亚·阿特里,她总看不起我,因为她非常爱英格里德。"

"她说了,你当时想要娶英格里德的,她说你喝酒一刻不停,到处和女人上床,骨子里是一个坏男人,我应该迷途知返。这些都是她说的。"

亨利听后,不知是该高兴还是怀疑。"嗯,有些评价还是基本正确的。我确实到处和女人上床,我也确实贪杯,可我们没有订过婚。我也永远都不会糊涂到想要和英格里德结婚。我们在一起是想象不出的痛苦。"

"那你为什么——"

"克莱尔,很少有人在六岁时就能遇上一生的最爱。人总得找些办法打发时间。英格里德非常——有忍耐力,甚至可以说是忍辱负重,愿意忍受我古怪的举动,惟一盼望的就是我有朝一日浪子回头,娶她这个克己奉献的烈女。当一个人那么耐心地等着你,你被迫心存感激,接着就想去伤害她。你能明白吗?"

"大概吧,不过,我不会这样做,我也不会这样想。"

亨利叹了口气,"你真的很可爱,你对感情纠葛错乱的逻辑一窍不通。请相信我,当我遇到你的时候,我是个可怜的、支离破碎的、倒了八辈子大霉的家伙,后来我开始逐步改造自己,因为我知道你是个正常人,而我也想做个正常人。我不想被你发觉这些,因为当时我还没有真正明白,其实我们之间的一切伪装都没有意义。不过,你一九九一年需要面对的我,和你现在说话的一九九六年的我,还差了十万八千里。你需要改造我,我一个人做不到。"

"好的,可那会很难。我不习惯扮演老师的角色。"

"这样吧,一旦你灰心丧气了,就想想小时候我陪你度过的那些日子,新数学[1]和生物,拼写以及美国历史。我是说,你可以用法语对我说脏话,因为是我坐在那儿,一句句教你说的。"

"对极了。他在德行上有缺陷。[2] 可我能打赌,教会你所有这一切都比教会你如何快乐要——难。"

"可你确实让我感到快乐,而要让自己在言行中体现出这样的快乐,那才困难。"亨利玩弄起我的头发,把它们打成小结,"克莱尔,听着,马上我就要把你还给那个和你一起来的可怜白痴了。我就坐在楼上,正沮丧地

---

1 美国在 1950 年代兴起的一场数学教育改革运动。
2 原文是法语。

担心你会在哪里呢。"

　　我意识到，就在刚才高兴地与过去和未来的那个亨利相遇时，我却高兴地忘记了现实中的他，我觉得羞愧，几乎是一种母性的渴望，让我想去安抚这个奇怪的大男孩，他长大以后就是刚才这个在我面前吻我、离去前告诫我要听话的亨利了。我走上楼梯，看见未来的亨利已经融入那群忘情的舞者之中，然后我又仿佛进入梦境中一般，去找我此时此地的亨利。

# 圣诞夜（三）

一九九一年二十四、二十五、二十六日，星期二、三、四
（克莱尔二十岁，亨利二十八岁）

**克莱尔**：十二月二十四日八点三十二分，我和亨利去草地云雀过圣诞节。这是美丽晴朗的一天，芝加哥城里没有雪，可是南黑文的雪却积了十多厘米厚。我们出发前，亨利花了很长时间重新装箱、检查轮胎、察看底盘，但我知道他并不清楚自己在看什么。我的车是辆可爱的一九九〇年版白色本田CIVIC，我很喜欢它。可亨利却讨厌开车，尤其是小车型，他也是个胆小的乘客，总是握紧扶手，在我转弯的时候叫个不停。如果让他自己开，他可能不至于如此害怕，但显而易见，亨利一直没有驾照。在这美好的冬日，我们沿印第安纳州收费公路一路下去；我的心情很平静，盼望能早些到家，而亨利却是一副废人样。亨利今天没有晨跑，这更加雪上加霜，他总是需要维持惊人的运动量才会产生快乐感，就像带灰狗遛街一样。与现实中的亨利相处感觉很不一样，在我成长的过程中，他来了又走，走了又来，我们的相遇都是集中的、戏剧的、不确定的。很多事情亨利都不告诉我，而且大多时候他也不允许我去生活中接近他，我对这点一直强烈地不满。当我终于在现实中找到了他，我曾以为我们的交往会和以前一样，可事实上，却是比以前好多了，在很多方面都是。最主要的，以前亨利总拒绝和我亲热，而现在他不时地碰我、吻我、和我做爱。我仿佛脱胎换骨了一般，浸泡在欲望的温泉中。还有，他开始告诉我许多事情！我问他的每一件，无论是关于他自己、他的生活，还是他的家人——他都毫不保留地告诉我，还附带了很多姓名、地点和日期。那些我在孩提时代觉得不可思议的事情，如今便完全符合了逻辑。但最棒的是，我可以长时间地看着他在我身边——数小时，甚至数日。我也知道去什么地方能找到他。他去上班，然后下班回家。有时，我打开通讯本，只为了看一眼那条记录：亨利·德坦布尔，伊利诺伊州，60610，芝加哥，迪尔伯恩街714号11E座，312-431-8313。一串姓名，地址，电话号码。我可以直接打电话

给他了，真是个奇迹。我觉得自己就像多萝茜，当她的房子在奥兹国[1]"砰"地落下后，整个世界就由黑白变成彩色的了。我们也已不在堪萨斯州了。

事实上，我们快要驶进密歇根州了，前方有处休息站。我把车泊进停车场，下来活动一下筋骨。我们径直走进房子，那儿有些地图和旅游手册，还有些巨大的自动售货机。

"哇，"亨利叫道。他走过去，一一看过那些垃圾食品，又开始翻阅旅游手册。"嗨，我们一起去富兰肯芒斯吧！'一年三百六十五天，天天过圣诞！'天啊，我要是在那儿呆上一个小时，保准切腹自杀。你有零钱么？"

我在钱包底部找到一把零钱，开心地换到两听可乐、一盒好又多糖果、一块好时巧克力。我们手挽手地回到干冷的户外。我们坐上汽车，打开可乐，补充流失的糖分。亨利看了看我的手表说："真让人颓丧，才九点一刻。"

"嗯，再过一两分钟就十点一刻了啊。"

"哦，是的，密歇根比我们那儿要早一个小时，真是太超现实了。"

我看着他。"每件事情都很超现实啊。我还是不敢相信你真的就要去见我家人了，我以前花了那么多时间把你藏起来不给他们看到。"

"这是因为我崇拜你已经失去了理智，我一直避免长途旅行，避免去见女孩子的家人，避免过圣诞。现在我同时忍受了这三样事情，足以证明我是爱你的。"

"亨利——"我转身朝他；我们接吻了，接吻引发了其他一系列的动作，我突然瞥见三个还没发育的男孩和一条大狗正在几米外的地方，津津有味地看着我们。亨利也转过头，几个男孩咧开嘴对他笑了，同时又竖起了大拇指，然后才缓慢地回到父母的旅行面包车里去了。

"顺便问一句——到你家我俩怎么睡呢？"

"哦，天啊。埃塔昨天还打电话跟我讨论了这事，我睡我自己的房间，你睡那间贵宾厅，分别在走廊的两头，我父母和爱丽西亚的卧室在我们中间。"

"我们需要很认真地遵守吗？"

---

[1] 《绿野仙踪》里多萝茜的家乡。

我发动车子，开回高速公路。"我不知道，我以前从来没有碰到过这个问题。马克只是把他那些女朋友带到楼下的娱乐室，凌晨了还和她们打情骂俏的，而我们全都假装没看见。如果见面困难的话，可以随时去那个地下阅览室，就是以前藏你的地方。"

"嗯。哦，呃。"亨利看了一会窗外，说："其实，没有那么难熬。"

"什么？"

"乘车啊，待在车子里。在高速公路上。"

"哈。下回你试着乘飞机好了。"

"休想。"

"巴黎、开罗、伦敦、东京。"

"决不。在飞机上我肯定会时间旅行的，天晓得我还能不能回到每小时八百公里的东西上去。要是掉下飞机，我就成了伊卡鲁斯[1]了。"

"真的吗？"

"我可不想亲自实践。"

"你能通过时间旅行时去那些地方吗？"

"这个嘛，和你说说我的理论。目前只是时间旅行者亨利·德坦布尔自己的狭义论，还不是时间旅行的广义论。"

"好吧。"

"首先，我认为这个问题和大脑有关，它很像羊痫风发作，因为在极大的压力下就非常容易出现那种情况。也有一些物质的诱因，比如说雷电也能诱发时间旅行，而跑步、做爱、冥想或者这类活动，则可以帮助我固定在现实时空里。其次，我究竟何时去时间旅行、将去何处、将在新时空中停留多久，以及何时回来，这些我都决定不了，因此我几乎不可能通过时间旅行去里维埃拉[2]。说了这么多，其实潜意识起了很大的控制作用，因为过去我花了很多时间，重新经历了那些有趣或重要的事件。当然，我也花了许多时间去看你，因为你是我最朝思暮想的。我常去的地方大多都是现实生活中曾经去过的，虽然也有一些更加随机的时间和地点，但我常常回

---

[1] 希腊神话中的人物，他为了逃离囚禁他的迷宫，用鹰的羽毛、蜡和麻线制成翅膀飞走。可是他飞得离太阳太近了，蜡翼被阳光融化，便坠落至爱琴海而死。

[2] 里维埃拉（Riviera），法国南部的蔚蓝海岸地区，戛纳、安提布、尼斯、圣-让卡普费拉、海滨自由城都在此地区中，是度假胜地。

到的是过去,而不是未来。"

"你去过未来?我不知道你还能去未来。"

亨利看上去很得意,"到目前为止,我的能力只及于前后各五十年。不过我极少去未来,我在那里也没有发现什么有用的东西,去的时间也很短暂,或许我根本就不知道我要在那里发现什么,还是过去对我的引力更强大。在过去,我也觉得自己更真实,也许未来本身就比较虚幻?我不知道。我总是先觉得呼吸的空气稀薄起来,然后便发现自己身在未来,这也是我判断那是不是未来的一个办法:感觉不一样,在那儿,我就明显跑不动了。"他若有所思地说着,我突然瞥见一种恐慌,一种人身处于异时异地、没有蔽体的衣服、没有亲朋好友……时,感受到的恐慌。

"所以你的脚——"

"像皮革。"亨利的脚底长着厚厚的老茧,仿佛是要努力长成他的鞋子。"我是只长了蹄子的兽畜。如果有一天我的脚出了事,你还不如一枪毙了我。"

我们静静地坐在行驶的汽车里。道路时起时伏,窗外不断闪过贫瘠的玉米田,一座座农舍立在冬日的阳光下,每座房子的车道上都排着各家各户的面包车、马拉拖车和美产汽车。我叹了口气,回家是场混杂了复杂心绪的经历,我想念爱丽西亚和埃塔,我担心妈妈;我不想同爸爸、马克打交道,可我想看看他们会如何同亨利打交道,也看看亨利如何同他们交往。我把亨利隐藏了十四年,我为此而自豪。十四年啊!对一个孩子来说,十四年就像永远。

我们经过沃尔玛超市、奶品皇后、麦当劳,没完没了的玉米田,以及一座可以自己动手采摘草莓和蓝莓的观光果园。每到夏天,这条路就开始陈列水果、谷物和资本主义。而现在,田野里死气沉沉的,一片干枯,来往的车辆在这条晴朗而寒冷的高速公路上驶过,毫不理会那些空空如也的停车场。

我搬到芝加哥之前,从来没把南黑文当回事。我们的屋子就像个孤岛,坐落在尚未编入城市区划的南部地区,草坪、果园、树林、农田围绕着屋子,南黑文就算是城里了,正如大家常说到的我们上城里买点冰激凌吧的那种小城。城里意味着菜场、五金器具、麦肯滋面包房,还有爱丽西亚最喜欢的"音乐世界"里那些活页乐谱和唱片。我们以前常站在苹果园照相馆前,一边看着橱窗里的那些新娘、学步的小孩,以及带着怪笑的全家福照片，一边编着各种各样的故事。那座仿希腊式的图书馆在我们眼里并不傻，我们不觉得菜肴单调无味，也不觉得密歇根电影院里的电影情节太美国味、太愚蠢。这些反感都是我住到城市以后才有的，那是乡下姑娘竭力摆脱那些幼年的土气，越远越好的焦急。我突然非常怀念以前的我，那个热爱农田、相信上帝、冬日住校时很想家，只能边看着《神探南希》，边吸着止咳药水的小女孩，她可以保守一个秘密。我的目光掠过亨利，他已经睡着了。

南黑文，五十公里。

二十六公里、十二公里、三公里、一公里。

凤凰路。

蓝星高速公路。

然后是：密格朗街。我伸手推了推亨利，他早就醒了。他紧张地微笑，看着窗外，冬天那些光秃秃的行道树，构成无尽的隧道，伸向远方，我们飞驰而过。大门终于出现在视线中，我从仪表盘的小柜里摸索出遥控器，大门摇摇晃晃地开了，我们驶了进去。

这座房子像是刚打开立体书后跳出来的图片。亨利吃惊地张大嘴巴，接着便笑了起来。

"怎么啦？"我有些防备地问。

"我没想到这么大。这大家伙的肚子里究竟有多少房间？"

"二十四，"我告诉他。我在车道上调了个头，然后停在门口，埃塔已经在厅堂的窗户里冲我们招手了。她的头发比我上次在这里看到时更白了，可脸很红润，很快乐。我们下了车，她正精力充沛地走下结着冰的露天台阶。她没有穿大衣，里面是条深藏青色的、带花边领的漂亮裙子，小心翼翼地在那双舒适的、但并不时髦的鞋子上平衡她那肥胖的身体。我跑过去搀她的手臂，可她却示意她能行，直到最后一格楼梯时，才给我一个拥抱和亲吻（埃塔脸上有股"乐爽"润肤露和爽身粉的味道，我闻得高兴极了），亨利则等在一旁。"让我们好好瞧瞧今天谁来了？"她的口气简直就像把亨利当成了我没和家里通知就这么一路带回来的小孩子。"这是埃塔·密保尔，这是亨利·德坦布尔。"我给他们做了介绍，亨利脸上挂着一个小小的"哦"，他把埃塔当成了谁呢？我们走上台阶，埃塔一个劲地朝亨利笑。她打开前门，亨利压低了声音问我："我们的行李怎么办？"我告诉他,彼得会去处理的。我问:"其他人都到哪儿去了?"埃塔则回答说,再过十五分钟就吃饭,我们可以把各自的外套脱下来,梳洗一下,直接进去。她转身进了厨房,把我们留在大厅里。我转身过去,脱下外衣,挂在大厅的衣橱里。我回来时,看见亨利正朝什么人挥手致意,我四处张望,发现尼尔那张塌鼻子大脸从餐厅门后面探出来,正咧着嘴笑。我急忙跑到客厅那头,给了她一个香吻,她咯咯地笑着对我说:"真是个帅小伙,你这只小猴子。"没等亨利过来,她已经逃到另一间房里去了。

"是尼尔,对吗?"他猜道,我点点头,"她不是害羞,她太忙了,"我解释了一下。我领他从后楼梯上了二楼,"你就睡在这儿,"我一边告诉他,一边打开客房的门。他朝里面张望了一眼,然后跟我一直走到走廊尽头。"这是我的房间。"我有些紧张,他安静地从我身边走开,站在小地毯的中央,就这么看着。然后,他转向我,我看出来这个房间里的东西他一件都不认识,现实的匕首深深地扎进我的心:这座藏着我们过去所有小玩意、所有小纪念品的博物馆,对他来说,就如同一叠放在一个文盲面前的情书。亨利拿起一块鹩哥的巢(这恰好是这么多年来他送给我的各式鸟巢中的第一块),对我说:"挺不错的嘛。"我点点头,开口告诉他这东西的来历。他把鸟巢放回书架上,然后问:"那扇门锁了么?"我把门销别起来。我们就这样错过了开饭时间。

**亨利**:我跟着克莱尔走下楼梯,穿过又冷又暗的走廊来到餐厅时,几乎心如止水。大家已经开始吃了,房顶很低,是威廉·莫里斯[1]那种舒适的装潢风格。小壁炉里的火苗把木头烧得咯吱作响,令房间暖和了一些。玻璃窗上都是重重的冷霜,外面什么都看不清。一位瘦瘦的女士,一头淡红色的头发,那一定是克莱尔的妈妈,见到克莱尔来到她跟前,便侧过脸来接受女儿的亲吻,接着又欲坐还起地和我握了握手。克莱尔介绍道,"这是我的母亲",当我称呼她"阿布希尔夫人"时,她立即说:"哦,你得叫我露西尔,大家都这么叫我。"她的笑容很疲倦,却让我感到一种温暖,仿佛

---

[1] 威廉·莫里斯(William Morris,1834—1896),19世纪英国杰出的诗人、艺术家、出版商、设计师、工匠、印刷家和社会主义者,也是英国工艺美术运动重要的代表人物。他的设计风格是为居家使用,为了让普罗大众也能感受居家美学,让工艺设计不再因大众化而粗糙,而精致的设计也不再只是王宫贵族的专属荣宠,为全世界的设计革新运动作出了杰出的贡献。

她是某个星系中另一颗明亮的太阳。我和克莱尔在餐桌两侧就座，克莱尔坐在马克和一位年长的女士中间，我后来才知道这是她的姨婆达尔西；我坐在爱丽西亚和一个丰满漂亮的金发女孩之间，她自我介绍说叫莎伦，看上去是马克带回来的。克莱尔的父亲坐在桌首，我的第一感觉便是我令他很不安。英俊好斗的马克好像也很沉不住气，他们俩以前见过我，我暗自琢磨，以前我究竟做了什么使他们注意到我，回忆起我？甚至在克莱尔介绍我的时候突然微微露出一股嫌恶的反感，为什么？但菲力浦·阿布希尔不愧是名律师，他很能控制表情的流露，一分钟之后，他就和蔼可亲，满脸微笑，成为一家之主，我女朋友的父亲，秃顶的、戴着金属边椭圆着色眼镜的中年男人。他曾经拥有的一身肌肉已经松软下来，但那双粗大的、打网球的手还充满了力量，在推心置腹微笑着的嘴角上面，一双灰色的眼睛一刻不停地机警地打量着我。马克显然正非常痛苦地隐藏着自己的不愉快，每当我遇到他的目光，他便转而看自己的盘子。爱丽西亚和我想象中的不一样，她是那种很亲切，但一板一眼的人，不过总有些怪怪的、心不在焉的样子。和马克一样，她也有菲力浦那头深色的头发，还有一些露西亚的五官，像是有人要把克莱尔和马克的脸拼合在一起，进行了一半又放弃了，再用埃莉诺·罗斯福[1]来填补似的。菲力浦说了些什么，引得爱丽西亚哈哈大笑。突然间，她变得可爱起来，当她起身离开餐桌时，我惊讶地回头看了一眼。

"我得上圣巴索大教堂去，"她对我说，"有个排练等着我。你常去教堂吗？"我朝克莱尔投去求援的目光，她微微点头，于是我回答爱丽西亚说："当然啦。"大家深深出了口气，什么意思？如释重负？我知道圣诞节，除了是我个人的赎罪日以外，不管怎么说，也毕竟是个基督教节日。爱丽西亚走了。如果妈妈看着她那有一半犹太血统的儿子正在外邦人中间孤立无援地过圣诞节，她一定会挑起那精心修剪过的眉毛的，我在脑海中对她摇了摇手指。你也该来谈谈，我对她说，你自己就嫁了个圣公会[2]教徒。我看了看我的盘子，一块火腿肉、豌豆和一小团软垮垮的色拉。我不吃猪肉，

---

[1] 埃莉诺·罗斯福（Eleanor Roosevelt），美国总统罗斯福的夫人，著名的妇女权力和民权活动家。
[2] 1534年，英国正式脱离罗马天主教教廷的管辖后，安立甘教会成为英国的国教。后来随着"五月花号"清教徒移居美洲新大陆，在美洲的安立甘教会易名为圣公会。

我也讨厌豌豆。

"克莱尔说,你是个图书管理员。"菲力浦开始盘问我,我承认了这一事实。我们稍稍谈了一会纽贝雷图书馆和纽贝雷财产托管人的情况,也谈了菲力浦律师事务所的几个客户。菲力浦的律师事务所总部设在芝加哥,我真不理解为何克莱尔一家会住在这么远的密歇根州。

"夏天的家,"他回答我,我想起来了,克莱尔以前和我说过她父亲专门承接遗嘱和托管方面的业务。我在脑海中构建出这样一幅画面:年迈的有钱人在他们的私家海滩上颐养天年,一边往身上抹着厚厚的防晒霜,一边决定把儿子剔除在遗嘱之外,然后伸手抓过他们的手机,给菲力浦打电话。我想到艾维,芝加哥交响乐团里我爸爸前面的第一把交椅,他在这一带也有房产。我一说到这儿,大家的耳朵都竖了起来。

"你认识他?"露西尔问。

"当然了。演出时我爸爸和他总是并排坐的。"

"两人肩并肩坐着?"

"是啊,第一小提琴和第二小提琴。"

"你父亲是位小提琴家?"

"是的,"我看了看克莱尔,她正盯着她妈妈,脸上的表情仿佛在恳求:别再令我难堪了。

"他在芝加哥交响乐团里演奏?"

"是的。"

露西尔脸上充满了红晕,至此我终于明白克莱尔的害羞是从哪儿遗传来的了。"你说,他会愿意听听我们家爱丽西亚的演奏么?如果我们给他一盘录好的磁带呢?"

我真希望爱丽西亚的演奏水平相当、相当高。人们总是不断把自己的磁带给爸爸听。突然,我有了个更好的主意。

"爱丽西亚是拉大提琴的么?"

"是的。"

"她想不想找个好老师?"

菲力浦插话道:"她正在卡拉马祖[1]跟富兰克·维恩莱特学琴。"

---

[1] 卡拉马祖,密歇根州西南部城市。

"因为我可以把她的磁带拿给大川吉先生听,他的一个学生刚刚学成就在巴黎受聘了。"吉先生很出色,也是首席大提琴,他至少还会听一听她的磁带,而我那从不带学生的爸爸肯定早就把磁带扔一边去了。露西尔难以抑制自己的激动,就连菲力浦看上去也非常满意。克莱尔总算松了口气,马克还在不停地吃,一头粉色头发、身材矮小的达尔西姨婆,则对所有的一切都无动于衷,或许她聋了?我瞥了一眼莎伦,她坐在我左边,到现在还没说过一句话,看上去可怜兮兮的。菲力浦和露西尔开始讨论选哪盘录音带给我比较好,或者让爱丽西亚再录一盘新的?我问莎伦是不是第一次来这里,她点了点头。我正想接着问她第二个问题时,菲力浦突然问我母亲的职业,我眨了眨眼睛,看了看克莱尔,意思是难道你什么都没跟他们说么?

"我妈妈是位声乐家。她去世了。"

克莱尔平静地说:"亨利的母亲是安妮特·林·罗宾逊。"就仿佛克莱尔在宣布我妈妈是圣母玛利亚似的:菲力浦脸上顿放光芒,露西尔的手都颤抖了起来。

"真叫人难以置信——太神奇了!我们家有她所有的唱片——等等[1]。"露西尔接着说:"我年轻的时候见过她。我爸爸带我去看《蝴蝶夫人》,演出结束后,一个熟人带我们去了后台,我们去了她的化妆室,她就在那儿,无数的鲜花!她当时身边有个小男孩——原来那就是你啊!"

我点了点头,试图找到自己的声音。克莱尔说:"她当时什么样子?"马克插嘴道:"我们今天下午去滑雪吧?"菲力浦点点头。露西尔微笑着,陶醉在记忆中,"她可真美丽——当时仍戴着假发,那么长的黑发,她用那头发逗她身边的小男孩,挠他痒痒,小男孩便在旁边跳起了舞。她的手实在太美了,她和我一样高,多么婀娜,她是犹太人,可我觉得她看上去更像意大利人——"露西尔突然愣住了,慌忙用手捂住嘴,她飞速看了一眼我的盘子,很干净,除了少许豌豆之外[2]。

"你是犹太人?"马克沾沾自喜地问。

"我想,如果我愿意的话,我可以算是,不过一直也没有人提起这个问

---

[1] 原文是德语。
[2] 犹太教的一些支派是严禁吃猪肉的。

题。我六岁时妈妈就去世了。我爸爸是个迷途的圣公会教徒。"

"你长得可真像你妈妈，"露西尔主动说，于是我向她道了谢。埃塔收走我们的盘子，然后问我和莎伦是否想喝咖啡，我们异口同声地说想，如此坚决的语气，惹得克莱尔全家都笑了。埃塔给了我们一个母亲般的笑容，几分钟后，她就端来热腾腾的咖啡，放在我们各自面前，我想，这顿饭也并不惨吧。每个人都在谈论滑雪和天气，我们站起来，菲力浦和马克一起去了大厅。我问克莱尔，她是否也要去滑雪，她耸了耸肩问我想不想去，我说我从不滑雪，也不想学，露西尔说需要有人帮她绑带子，克莱尔便还是决定去了。我们走上楼梯时，我听见马克说："——真是像极了——"心里暗自觉得好笑。

所有的人都离开了，房子里一片宁静。我从那阴冷的房间里摸索着走下来，想要靠近暖和点的地方，然后再喝一些咖啡。我经过餐厅来到厨房，眼前的场景令人吃惊：玻璃器皿、银器、蛋糕、去皮蔬菜和烤盘，一切都整整齐齐的，好像一家四星级的大酒店。在这一切的中间，尼尔背对我站着，边唱着《红鼻子驯鹿鲁道夫》[1]边扭屁股。她朝一个黑人小女孩挥动手中的油瓶，而小女孩却一声不响地指着我。尼尔转过身，给了我一个灿烂无比的微笑，都可以看到她牙齿缝了，"男朋友大人，你在我的厨房里有什么吩咐？"

"您这里还有剩下的咖啡么？"

"剩下的？你是怎么想的，难道我会把咖啡放在厨房里一整天等着它变味么？哼，小伙子，你快出去，在房间里好好待着，摇摇铃铛，我就会给你端来新鲜的咖啡。你妈妈没有教过你咖啡的常识？"

"问题是，我妈妈的厨艺真不怎么样。"我说着，大胆地深入厨房圣地的中心，一股非常特别的香味飘来，"您在烧什么？"

"你闻到的是汤普森火鸡，"尼尔说。她打开烤箱向我展示了一只大得恐怖的火鸡，看上去像是刚遭受过那场芝加哥大火[2]似的，全都黑了。"不要露出这么怀疑的眼光，小伙子。壳子下面可是整个星球上最美味的火

---

[1] 一首圣诞歌曲。
[2] 1871年，芝加哥大火（Great Chicago Fire）导致三百人死亡，九百万人无家可归，损失达两亿美元。但大火过后，芝加哥有了重新规划与兴建的机会。

鸡啊。"

我非常愿意相信，光这个味道就已经很完美了。"什么是汤普森火鸡？"我问道，尼尔开始高谈阔论起汤普森火鸡，那是报业人士摩顿·汤普森于二十世纪三十年代研制出来的，很显然，烹饪这种令人惊讶的大鸟需要在它肚子里填充大量的配料，并浇上大量的肉汁，在烤制的过程中还要不停地翻身。煮咖啡的时候，尼尔允许我在她的厨房里待着。只见她把火鸡拖出烤箱，在它背上不停地拍打，然后熟练地淋满苹果酒肉汁，然后再次用力把它推进炉子里。水池边的大塑料盆里还有十二只龙虾，正爬个不停，"宠物吗？"我逗她开心，她回答道："这些是你的圣诞晚餐，小家伙；你想自己先挑一只么？你不是素食者吧？"我保证我不是，我是有什么吃什么的乖孩子。

"这倒很难说，瞧你这么瘦！"尼尔说，"我要好好喂饱你。"

"所以克莱尔才带我来的。"

"嗯，"尼尔的口气中露出了些满意，"好吧，现在得先把你轰走，我才好工作，拿着。"我接过一大杯香浓的咖啡，走回大厅。大厅里有棵高高的圣诞树，壁炉里还生着火，看上去真像陶仓[1]的广告目录。我在一张橘黄色的高背椅上坐下，把一叠报纸翻个不停。突然一个声音说："你在哪儿弄到的咖啡？"我抬头，是莎伦，她正坐在我对面那张和她羊毛衫颜色完全搭配的蓝色扶手椅上。

"嗨，"我说，"真不好意思——"

"没关系。"莎伦说。

"我刚才去了厨房，不管铃铛在哪儿，我想我们还是应该用铃铛。"于是我们在房间里四处寻找，角落里确实有根铃铛拉绳。

"真诡异，"莎伦说，"我们昨天就到了，一直提心吊胆的，你知道吗，害怕拿错刀叉或者别的什么的……"

"你从哪儿来？"

"佛罗里达，"她笑了，"我在上哈佛以前，从来没经历过下雪的圣诞节。我爸爸在杰克逊维尔有一座加油站，我原本打算毕业后就去那儿的，我不喜欢冷，不过我想我是困在这儿了。"

---

1 陶仓（Pottery Barn），美国一家连锁家居用品专卖店。每个季度都会印制精美的商品广告目录。

"为什么?"

莎伦吃惊地看着我,"他们没告诉你?我和马克就要结婚了。"

我怀疑就连克莱尔也不知道,否则她一定会提到的,接着我才注意到莎伦手上的钻戒。"祝贺你们。"

"我想,呃,谢谢你了。"

"嗯,听上去你不是很确信,你们要结婚的事?"莎伦好像哭过似的,眼睛四周都肿着。

"呃,我怀孕了,所以……"

"其实,不必要那么遵守——"

"要遵守的,如果你信天主教的话。"莎伦叹了口气,无精打采地蜷进椅子里。我确实认识几个堕过胎的天主教女孩,她们都没被天打雷劈啊,不过显然莎伦的信仰比她们更坚定。

"好吧,那还是祝贺你们。嗯,什么时候……?"

"一月十七日,"她看出了我的疑惑,接着说,"哦,孩子么?四月。"她做了个鬼脸,"我只希望到时候已经放春假了,否则我都不知道该如何应付——现在倒还不是太麻烦……"

"你学的是什么专业?"

"医学院预科,我的父母很生气,他们给我很大的压力,要我放弃,把孩子送给别人。"

"他们不喜欢马克?"

"他们都还没见过他呢。也不是这个原因,他们只是担心我不能进医学院,代价太大了。"这时前门开了,滑雪者们回家了。一阵冷风从房间里一路经过,吹到我们身上。真爽,我已经快被身边的壁炉烤成尼尔的那只火鸡了。"晚饭什么时候开始?"我问莎伦。

"七点,不过昨天晚上我们先在这儿喝了点东西。马克刚把这件事告诉他爸妈,他们还没有准备好来拥抱我。他们都是好人,好人怎么会苛刻呢?我是说,你们总不会觉得是我自己把肚子搞大的,根本和马克没关系吧?"

我很高兴克莱尔及时回来了,一顶上边翘起来、下边拖着一条大流苏的滑稽的绿帽子,一件丑陋无比的黄色滑雪衫和一条牛仔裤,微笑的脸红扑扑的,还有湿漉漉的头发。她穿着长筒袜,热气腾腾地踏着巨大的波斯地毯向我而来,这的确是她的世界,她没有失态,只是选择了另一种生活方式罢了,我也为此感到欣慰。我站起来,她立刻用双臂围绕住我。然后她迅速转身对莎伦说:"我刚刚听说!祝贺你们!"接着克莱尔拥抱了莎伦。莎伦靠在克莱尔的肩头看着我,一脸惊诧,不过还是微笑了。后来,莎伦对我说:"我觉得惟一一个好的被你得手了。"我一个劲地摇头,但我明白她的意思。

克莱尔:还有一个小时才吃晚饭,如果我们走开,没有人会注意的。"快点。"我对亨利说,"我们去外面吧。"他咕哝了一声。

"一定要出去?"

"我想给你看一些东西。"

穿上外套和靴子,戴上帽子、手套,我们走出后门,经过房间时,我们的靴子踩得地板吱吱作响。外面的天空是亮蓝的,草坪上的雪反射着天空,竟也呈现出淡淡的蓝色,这两种蓝色最终在一片深色的水平线上交会了,那正是树林开始的地方。时间太早,星星还没有出来,一架飞机在天空眨眼般地闪过。我幻想着,如果从飞机上看我们的房子,那也将是一个小小的亮点,像一颗星星那样。

"这边。"小路已经积了十五厘米厚的雪了,我尽量把我们的脚印都踩模糊,这样就不会被人发现我们曾去过那里。现在只有一些鹿和一条大狗跑过的痕迹。

积雪下枯死植物的断茬声、风声,和我们靴子踩过的声音融合在一起。空地成了一只光滑的大果盘,盛着淡蓝色的积雪,那块岩石就像一块蘑菇顶状的孤岛。"就是这儿。"

亨利两手插在衣服口袋里,四处转悠,东张西望,"就是这儿。"他说道。我想在他脸上找到一丝熟悉的表情,可是什么都没有。"你有没有似曾相识的感觉?"我问他。

亨利叹了口气,"我整个一生都是一场漫长的似曾相识。"

我们转身,沿着自己的脚印往回走去。

接下来:

我提醒过亨利,圣诞大餐我们家都要着盛装的,所以当我在大厅里再次碰到他时,他已是一身光鲜的黑色礼服了,白色的衬衫,栗色领带的中段还别着一枚彩色的贝母制成的领带夹。"天啊,"我惊呼,"你连鞋子都上过光了。"

"的确,"他承认,"有点别扭,是么?"

"你看上去完美极了,是个大帅哥。"

"可事实上,我只是个豪华版的庞克图书管理员。父母大人,小心哦。"

"他们会为你倾倒的。"

"我只为你倾倒。到这儿来。"亨利和我站在楼梯顶端那面全身大镜子前,自我欣赏着。我穿了外婆留下的那件浅绿色的露肩礼服。我珍藏着一张一九四一年除夕她穿这条礼服时拍的照片,照片上她在笑,嘴唇涂得深深的,手里还拿着一支香烟,照片里的男人是她的哥哥泰迪,六个月后在法国战场上阵亡,他也在照片里笑着。亨利把双手放在我的腰上,对丝绸下面的那些支撑物和衬裙显露出一丝惊讶。我向他说起外婆:"她身材比我小些。我蹲下去的时候会不舒服,那些钢筋的玩意儿会刺到我的屁股。"亨利开始亲我的脖子,突然有人干咳了两声,我们便迅速分开了。马克和莎伦站在马克的房门前,妈妈爸爸实在没有什么理由不让他们睡一间房,只好不情愿地同意了。

"现在可不行,"马克用那种令人厌烦的老年女教师的口吻说,"姑娘们、小伙们,你们怎么还没从前辈的痛苦经历中吸取教训呢?"

"知道了,"亨利回答他,"时刻准备着。"他笑着拍拍自己的裤子口袋(其实里面空无一物),莎伦也咯咯地笑了,我们结伴一起下楼。

来到客厅时,每个人都已经喝了些酒。爱丽西亚用我们几个通用的手语暗示道:当心妈妈,她已经一团糟了。妈妈坐在沙发上,看起来一点歹念都没有,她把头发盘成髻,佩戴着珍珠首饰,穿一身带有蕾丝袖的桃色丝绒晚礼服。马克过来坐到她身边,这令她相当高兴,他还跟她讲了个无伤大雅的笑话,她更是情不自禁地大笑起来,我真怀疑爱丽西亚是否搞错了,可我后来看到爸爸看妈妈的那种专注的神情,我才意识到就在我们进来之前,她一定说了什么可怕的话。爸爸站在饮料推车旁,转身向我,如释重负地为我倒了杯可乐,又递给马克一瓶啤酒和一只玻璃杯,他问莎伦和亨利分别想要来点什么,莎伦要了干红,亨利想了想,要了加水威士忌。爸爸笨拙地把酒和水调匀,亨利却毫不费力地一饮而尽,看得他不禁瞪圆了双眼。

"再来一杯?"

"不要了,谢谢。"我知道亨利此刻最想拿起那瓶酒和杯子,然后再带上一本书,蜷缩到床上去。他拒绝第二杯,是因为他深知自己面对第三、第四杯时,就不会再有自制力了。莎伦总是跟着亨利,于是我走了,穿过大厅,来到达尔西姨婆靠窗的座位旁。

"哦,孩子,这可真漂亮——打从伊丽莎白穿着它参加里特家在天文馆举办的那次派对后,这么多年了,我都没有再看见过这条裙子……"爱丽西亚也加入进来,她穿了一件深蓝色的翻领毛衣,腋下还破了个洞,下面是条皱巴巴的苏格兰方格呢短裙,羊毛袜像个袋子套在脚踝上,只有老太婆才会那样穿袜子,我明白她这是存心要惹爸爸生气,但爸爸不动声色。

"妈妈怎么了?"我问她。

爱丽西亚耸耸肩,"她在背后数落莎伦。"

"莎伦怎么了?"达尔西接过我的问题,"她看上去很不错。比马克要好,这是我的意见。"

"她怀孕了,"我告诉达尔西,"他们打算结婚。妈妈觉得她是白种垃圾[1],因为她是她们家第一个上大学的人。"

达尔西敏锐地看着我,她知道我们想的一样,"在所有人当中,露西亚尤其应该多体谅一点那个年轻女孩。"爱丽西亚正准备问达尔西这话是什么意思,晚餐铃突然响起,我们像条件反射似的弹了起来,鱼贯而出。我低声问爱丽西亚:"她是不是醉了?"爱丽西亚也低声回答我:"我想晚饭前她在自己房间里就已经喝过了。"我捏了一下爱丽西亚的手,亨利犹豫着走过来,然后我们来到餐厅,各自就座。爸爸和妈妈坐在餐桌的首尾,达尔西、莎伦和马克坐在一边,马克靠着妈妈,另一边是爱丽西亚、亨利和我,爱丽西亚靠着爸爸。房间里点满了蜡烛,每个雕花玻璃碗里都漂着小花。埃塔已经在外婆那块普罗旺斯修女制作的绣花桌布上放好了家里所有的银器和瓷具。总之,今天是圣诞夜,和以往我记忆中的每个圣诞夜都一样,惟一不同的是,当爸爸在做餐前祷告时,亨利坐在了我的身边,羞怯地低着头。

---

[1] 指处于社会底层的穷苦潦倒的白人。

"天上的父啊，在这神圣的夜晚，我们感谢你的怜悯和恩眷，感谢你又带给我们一年的健康和快乐，感谢你对我们全家的安慰，感谢你给我们带来新的朋友。我们感谢你遣派你的爱子以柔弱婴孩的形象来引导我们、救赎我们。我们感谢你通过马克和莎伦将要为我们家庭带来的小生命。我们恳求你让我们更有耐心地对待彼此。阿门。"啊，他总算说完了，我迅速瞟了一眼妈妈，她已经火冒三丈了，不过不了解她的人还不会看出来：她纹丝不动，直盯自己的盘子。厨房门开了，埃塔端汤出来，然后每人一小碗，放在我们面前。我遇到马克的眼睛，他把头略微歪向妈妈，抬了抬眉梢，于是我微微点了下头。他问她今年苹果园的丰收情况，她回答了，爱丽西亚和我缓了口气，莎伦看着我，我朝她眨眨眼睛。汤是用栗子和欧洲防风草煮的，如果不亲自尝尝尼尔的手艺，恐怕谁都会误解这种糟糕的搭配。"哇，"亨利发出了赞叹，我们笑起来，喝完各自的汤。埃塔把汤碗收下去，尼尔端上了火鸡，那是只金黄色的、巨大的、热气腾腾的火鸡，同往年一样，我们为之热情地鼓掌。尼尔笑开了花，说："嗯，大家请用吧。"这也是她每年都说的话。"噢，尼尔，这简直太完美了，"妈妈说道，眼角噙着泪水。尼尔敏感地看着她，然后又看看爸爸，回答说："谢谢你，露西尔小姐。"接着，埃塔给我们分火鸡肚里的美食：刨皮的胡萝卜、土豆泥还有柠檬乳酪。我们把自己的盘子传给爸爸，由他在上面摆满火鸡肉。我观察着亨利，只见他尝了第一口后，首先流露出惊讶，接着是幸福的陶醉。"我终于看到自己的未来了，"他宣布道，我停了下来，"我要辞掉图书馆的工作，住在你们家的厨房里，拜倒在尼尔的脚下。或者干脆娶她算了。"

"太迟了吧。"马克说，"尼尔早就嫁人了。"

"哦，好吧，那就拜倒在她脚下吧。你们家怎么没有两百斤的胖子呢？"

"我一直都在努力。"爸爸说着，拍了拍他的大肚子。

"等我老了以后，我就要吃到两百斤，那样我就再也不必拖着大提琴到处转了，"爱丽西亚对亨利说，"那时，我要住到巴黎去，除了巧克力，什么都不吃。我还要抽雪茄，海洛因，然后除了吉米·亨德里克斯[1]和

---

[1] 吉米·亨德里克斯（Jimi Hendrix, 1942—1970），摇滚乐史上最伟大的吉他手。

DOORS[1],什么都不听。对么,妈妈?"

"我会跟你一起的,"妈妈一本正经地说,"可我还是更喜欢听约翰尼·马蒂斯[2]。"

"要是抽海洛因的话,你就什么都不想吃了,"亨利警告爱丽西亚,爱丽西亚将信将疑地打量着他。"可以改抽大麻吧。"爸爸皱起了眉头,马克马上转移话题:"我听广播里说,今天夜里可能会积下二十厘米的雪。"

"二十厘米!"我们异口同声地叫起来。

"我梦想已久的白色圣诞节啊……"莎伦唐突地说了一句,怯声怯气的。

"但愿别等我们到了教堂后才下大雪,"爱丽西亚没好气地说,"每次做完弥撒我都想睡觉。"我们闲聊起各自所知道的大雪,达尔西告诉大家她遭遇一九六七年芝加哥雪暴时的情景,"我当时不得不把车停在湖滨大道上,然后徒步从亚当斯一直走到贝尔蒙特。"

"那场雪暴也把我害惨了,"亨利说,"我都快冻僵了,最后被带到了密歇根大街上的第四长老会主管牧师的家里。"

"你那时多大?"爸爸问,亨利迟疑了一会,回答道:"三岁。"他看了我一眼,我猜他应该是在说某一次时间旅行,随后他补充道:"当时我和我父亲在一起。"在我听来,这是句彻头彻尾的谎话,不过没有人察觉。埃塔进来把桌子收拾干净,端上甜点。过了一小会儿,尼尔又端着火焰梅子布丁进来。"哎呀!"亨利惊叹道。尼尔把布丁放到妈妈面前,布丁上的火焰把妈妈淡淡的头发映成了酒红色,和我的一样红,过了好一段时间,火苗才渐渐熄灭。爸爸开了瓶香槟(他垫了块小毛巾,以免瓶塞弹出来伤到别人的眼睛)。我们把自己的酒杯递过去给他,等他斟满后,再把杯子传回每个人手中。妈妈负责把梅子布丁切成薄片,然后由埃塔分给大家。还有两个特大的杯子,一个给埃塔,一个给尼尔,我们于是起身祝酒。

爸爸起了头:"敬全家。"

"敬尼尔和埃塔,她们就像我们家里人一样,辛勤劳动,忙碌家务,又

---

[1] 1965 年组团、六十年代末期最红的美国乐团,1973 年解散。结合诗歌与音乐,以及性暗示,汹涌澎湃的歌曲成为他们无法磨灭的标准乐风。
[2] 约翰尼·马蒂斯(Jonny Mathis, 1930—   ),20 世纪 50 至 80 年代美国著名的黑人流行歌手,生有一副磁性的嗓音,曲风也大多舒缓和浪漫,在 2003 年的格莱美颁奖典礼上荣获终生成就奖。

那么聪明能干。"妈妈说得气喘吁吁的,声音非常轻柔。

"敬和平和正义。"达尔西说。

"敬全家。"埃塔说。

"敬新生命。"马克向莎伦敬酒。

"敬巧合。"她回敬道。

轮到我了,我看着亨利:"敬快乐。也敬此时,此地。"

亨利一脸严肃地回应道:"敬我们的世界大,时间多。"我的心跳加快起来,他怎么知道这一句呢?不过我想起来,马维尔[1]也是他最喜欢的诗人,他没有别的意思,只是敬酒而已。

"敬雪,敬耶稣,敬爸爸、妈妈,敬大提琴弦、敬糖、敬那双新的匡威红色高帮帆布鞋。"爱丽西亚说完,引得一阵哄堂大笑。

"敬爱。"尼尔正视着我,完全绽放开笑容,"也敬摩顿·汤普森,发明了地球上最好吃的火鸡。"

**亨利**:整个饭局中,露西尔的情绪疯狂地从悲哀转到兴奋,然后又变成绝望。全家人都极其小心地引导着她,一次又一次把她带回平稳的状态,给她缓冲和保护。可是,当我们坐下来开始吃甜点时,她终于崩溃了。她无声地抽泣,双肩颤抖,脑袋扭向一边,仿佛是睡梦中把头藏到翅翼下面的小鸟一样。一开始,只有我一个人注意到了,我坐着,惊恐,不知如何是好。后来菲力浦也看到了,接着整张餐桌都沉寂下来。菲力浦起身,站到她身边,"露西?"他轻声问,"露西,怎么啦?"克莱尔也跑过去,"怎么了,妈妈,没事的,妈妈……"露西尔一个劲地摇头,不,不,不,把双手拧得紧紧的。菲力浦坐了回去,克莱尔说:"嘘——"露西尔开始说话了,急迫,也不清晰:我听到一串模糊的单词,接着是"全是错误"、"毁了他的前程",最后是"我在这个家里完全得不到尊重"和"伪君子",然后就是抽泣。出乎意料的是,居然是达尔西姨婆打破了这个令人无言以对的僵局。"孩子,如果说这里有一个伪君子的话,那就是你。你当时做了完

---

[1] 马维尔(Andrew Marvell,1621—1678),是17世纪英国著名的玄学派诗人。亨利所说的就是他的名作《致他娇羞的女友》的首句:HAD we but world enough, and time,(只要我们的世界大,时间多,)This coyness, Lady, were no crime.(小姐,羞怯就算不了罪过。)

全相同的事情，我可没有看出那毁了菲力浦什么前程。你要是问我，我会说，那就努力改变生活吧。"露西尔止住哭泣，吃惊地看着她，完全说不出话来。马克看了看他父亲，菲力浦在点头，但只点了一下，他又向莎伦点了点头，她在微笑，好像中了彩票似的。我朝克莱尔望去，她看起来并不怎么吃惊，如果连马克都不知道的话，她又怎么会知道这件事？她还知道些什么但没跟我提起的呢？我突然觉得，克莱尔其实什么都知道，我们的未来，我们的过去，所有的一切。我在这温暖的房间里打了个哆嗦。埃塔端来了咖啡，可我们谁也没心思细细品味了。

**克莱尔**：我和埃塔把妈妈扶上了床。她不停地道歉，用她一贯的方式，不停地试图让我们相信让她去做弥撒完全不会出问题。我们最后终于让她躺了下来，她几乎立即就睡着了。埃塔说怕妈妈夜里醒来，她今晚就留在这里。我说别傻了，我来吧。可是埃塔很固执，于是我只能让她坐在床边读马太福音。我沿着走廊到底，往亨利的屋子张望，里面居然一片黑暗。我打开自己的房门，惊讶地发现亨利正懒散地躺在我床上看《时间的皱纹》[1]。我反锁上门，爬上了床。

"你妈妈刚才怎么了？"他问，我小心翼翼地挤到他身边，免得被我的衣服扎到。

"她有抑郁症。"

"她以前一直都这样？"

"我小时候，情况还好些。我七岁时，她曾有过一个孩子，可是死了，这对她打击非常大，她想自杀，还是我发现的。"我回想起当时那么多的血，到处都是，满满一浴缸的血水，毛巾也被浸透了。我尖叫着求救，可是家里一个人都没有。亨利沉默着，我伸长脖子，他正盯着天花板出神。

"克莱尔。"他终于开口了。

"怎么了？"

"你为什么没告诉过我？我是说你们家将要发生的很多事，如果能早点知道，情况会好得多。"

"可是你早就知道了……"我的声音逐渐变轻。他并不知道，他怎么会

---

[1] *A Wrinkle in Time*，美国作家麦德琳·兰歌（Madeleine L'Engle）所著之经典科幻作品。

知道呢?"对不起,其实是——事情发生的那会儿我告诉过你,可我忘记了现在是在那以前,所以我以为你已经都知道了……"

亨利停了一下,然后说:"我的家,就像一只被掏空的袋子,我把那些事情全告诉你了,那些坛坛罐罐里的一切陈芝麻烂谷子,我都让你一览无余了。我刚才只是很吃惊……我竟然不知道。"

"可你从没有带我去见他。"我一直特别想见亨利的父亲,可总害怕提这件事。

"对,我确实没有。"

"你会带我去吗?"

"终究会的。"

"什么时候呢?"我希望亨利说我可以碰碰运气,就像以前每当我问太多问题时,他都会这么说。可是,这次他却坐起来,双腿在床边晃动。他背上的衬衫皱巴巴的。

"我也不知道,克莱尔。等我可以承受的时候再说吧。"

有脚步声在我门外停下,然后门把手左右旋动个不停,"克莱尔?"是爸爸,"门怎么锁起来了?"我起身开门。爸爸张口刚要说话,突然看见亨利,于是示意我去大厅里。

"克莱尔,你知道的,我和你妈妈都不会赞成你邀请你的朋友去你的卧室,"他安静地说道,"这座房子里,空房间有的是——"

"我们只是说说话——"

"你们可以在大厅里说。"

"我正在和他说妈妈的那些事,我不想在大厅里谈论那些,行吗?"

"亲爱的,我真的觉得你不必去和他谈你妈妈的那些事——"

"她刚才那场闹剧,你说我该怎么做呢?连亨利都看得出她是个老古怪,他不傻的——"我的声音越说越大,爱丽西亚推开她的房门,把食指放在嘴唇上。

"你妈妈不是'老古怪'。"爸爸严厉地说。

"是的,她就是。"爱丽西亚替我帮腔,加入到我们的争论中。

"你别插嘴——"

"我偏要——"

"爱丽西亚!"爸爸的脸变成了酱猪肝,眼睛突出,嗓门巨大。埃塔从妈妈的房间出来，恼怒地看着我们。我们三人彼此看着，有点尴尬。

"以后吧，"我对爸爸说，"以后再给我难堪也不迟。"这当中，亨利一直坐在我的床上，尽可能地假装自己仿佛根本不在现场。"亨利，过来，我们去其他房间。"亨利就像个刚挨过批评的小男孩，乖乖地站起来，随我下了楼。爱丽西亚局促不安地跟在我们后面。在最后一格台阶上，我抬起头，爸爸正无助地望着我们，接着，他走到妈妈的房门前，敲了敲门。

"嗨，我们一起看《风云人物》[1]吧，"爱丽西亚说着，看了看她的表，"再过五分钟六十频道就要放了。"

"又看？你不是早就看过了么，起码两百遍都不止了吧？"爱丽西亚对詹姆斯·斯图尔特[2]情有独钟。

"我倒从来没看过。"亨利说。

爱丽西亚摆出一副震惊的模样，"从来没看过？怎么可能？"

"我家没有电视机。"

这次，爱丽西亚真的吃了一惊，"你的那台是坏了还是怎么了？"

亨利笑着说："不，我讨厌看电视。我会头疼。"电视会引发亨利时间旅行，主要是由于屏幕上一刻不停的闪屏。

爱丽西亚失望地问："这么说，你是不想看了？"

亨利看了我一眼，我无所谓，"好吧，"我说，"就一会，我们不会看到结束的，明天一早还要去做弥撒呢。"

我们来到视听室，就在客厅旁边。爱丽西亚打开电视机，唱诗班正唱着："缅想当年时方夜半……""哼！"她嗤笑道，"看看这些劣质塑料做的黄袍子，就像是雨披。"她"扑通"坐到地上，亨利坐在沙发上，我坐在他身边。自从进家门起，我一直烦着一件事，亨利在不同人面前究竟该怎么做？我和他究竟应该坐多近？如果爱丽西亚不在这儿，我本可以躺下来，枕着亨利的大腿。不过亨利解决了我的问题，他迅速靠过来，一只手搂住我。这种极不自然的姿势，我们可从来没有这么坐在一起过。当然，我们也从来没有一起看过电视。如果我们曾经一起看过电视，也许就是这个样

---

[1] 《风云人物》(It's a Wonderful Life)，1946年美国导演弗兰克·卡普拉（Frank Capra）执导的荒诞喜剧片。
[2] 詹姆斯·斯图尔特（James Stewart, 1932—1997）的昵称，1940年以《旧欢新宠》获第13届奥斯卡最佳男主角金像奖。自1954年主演经典作《后窗》，三度与希区柯克合作。1990年获林肯中心电影学会授予的终身成就奖，被赞誉为美国电影史上的最佳演员之一。

子吧。合唱结束后,接着是一长串的广告。麦当劳、当地的别克汽车经销商、贝氏堡食品公司、红龙虾主题餐厅:都在预祝电视观众圣诞快乐!我看了看亨利,他满脸的惊恐。

"你还好吧?"我轻轻地问他。

"是屏闪。每几秒就跳一次,我有点不舒服,"亨利用手指揉了揉眼睛,"我想我还是去看会儿书吧。"他起身走出房间。一分钟后,我听见他走在台阶上的脚步声。我赶紧做了个简短的祷告:"天父上帝,亨利现在不能去时间旅行,一会儿我们去教堂时更加不能,我无法解释的。"爱丽西亚翻身爬到沙发上,屏幕上放起了片头字幕。

"他没坐多久。"爱丽西亚看出来了。

"他实在头疼得厉害。那种疼发作的时候,他得躺在黑暗中不能动,哪怕旁边的人说声'嘘',他的头就会立即爆炸。"

"哦!"这时,詹姆斯·斯图尔特的手里排出一叠旅游手册,但又急匆匆地下场了,因为他得参加一场舞会。"他真讨人喜欢。"

"詹姆斯·斯图尔特?"

"他也是啊。我说你那位,亨利。"

我咧嘴笑了,有种自豪感,仿佛亨利是我亲手造出来的。"对啊。"

在一间拥挤的屋子里,唐娜·里德[1]隔着人群对詹姆斯·斯图尔特也绚烂地笑了。现在他们翩翩起舞,詹姆斯·斯图尔特的对手却按下开关,把舞池的门朝游泳池的方向打开了。"妈妈真的很喜欢他。"

"哈利路亚!"踩着倒退舞步的唐娜和詹姆斯双双落入水中,然后其他身穿晚礼服的人也一一掉进了游泳池,乐队仍在欢快地伴奏。

"尼尔和埃塔也很欣赏他。"

"太好了,我们只要在接下来的三十六个小时内,别破坏大家良好的第一印象就成了。"

"那有什么难的? 除非——不,你不会那么蠢的……"爱丽西亚怀疑地看着我问:"你不会吧?"

"当然不会了。"

---

[1] 唐娜·里德(Donna Reed, 1921—1986)。以《乱世忠魂》一举荣获第26届奥斯卡最佳女配角金像奖。之后没有得到适合的角色,1958年引退。

"当然不会了，"她重复了一遍，"天啊，我实在不敢相信，马克他这人傻透了。"身穿橄榄球衣的詹姆斯和身穿浴袍的唐娜开始唱起《水牛城的姑娘》，今夜你会不会来，两人沿着贝德佛得佛斯大街一路走去，光彩夺目。"你昨天就早该来的。我以为爸爸要在圣诞树下发心脏病了，我一直假想他撞到了那棵树，树倒下来压住他的身体，医护人员先要把所有圣诞树的装饰物从他身上拿开，才能给他做人工呼吸……"詹姆斯把月亮送给唐娜，唐娜欣然接受了。

"我以为你在学校学过人工呼吸。"

"如果真出了事，我先抢救妈妈还来不及呢。克莱尔，那真是太糟了，到处都是吼声。"

"莎伦也在？"

爱丽西亚不屑地一笑，"你有没有搞错？我和莎伦当时就在这个房间，正想要好好谈谈心，你猜怎么着？马克和爸妈他们却在客厅里相互吼了起来。好一会儿，我们俩就坐在这里听。"

我和爱丽西亚彼此交换了一个眼神：这又算什么新鲜事呢？我们一辈子都在听他们吼叫，相互吼，朝我们吼。有时我会想如果再看见妈妈哭一次，我就离家出走，永远不回来。此时，我真想一把拉上亨利，立即开车回芝加哥，那里不会有人吼叫，也不会有人假装一切如常好像什么都没发生过。一个身穿汗衫、大腹便便的男人生气地冲着詹姆斯·斯图尔特叫嚷，让他别滔滔不绝了，赶快吻她呀。这句话真说到我心坎里去了，可是他还没吻到她，却一脚踩到了她的浴袍，而她还在往前走，结果下一幕里，她就只得光着身子躲进一片绣球花丛里了。

这时插播了一段必胜客的广告，爱丽西亚把电视调成静音，"嗯，克莱尔？"

"怎么了？"

"亨利以前来过我们家么？"

哦，不！"没有吧，为什么这么问？"

她不自在地动了动身子，看了看四周，"你肯定会以为我疯了。"

"怎么了？"

"是这样的，我见过一件蹊跷的事。很久以前……我那时，好像是十二岁。我记得当时是在练琴，突然我想起自己上台预演还没有干净的衬衣穿，埃塔和别人都出去了,马克本来应该照顾我的,可他却躲在自己的房间里吸大麻什么的……后来,我就自己下楼,到洗衣房找衬衣。可是我听到有声音,你信吗?好像是地下室里最南面的门那儿发出的,那扇门里面全是自行车,是那种快速关门的声音。我以为是彼得,不是吗?我于是站在洗衣房门口听动静。突然,自行车车库的门开了,克莱尔,你肯定不敢相信,一个男人赤裸着身体走了出来,他真的很像亨利。"

我笑了起来,但声音听上去很假,"哦,得了吧。"

爱丽西亚也嘿嘿地笑了,"看吧,我就知道你会觉得我是疯了。可我发誓,句句属实。然后,这个家伙好像有些吃惊,你明白么,我张大嘴巴站着,一点都不知道这个裸体男人接下来要干吗,是强奸我,杀了我,还是别的什么?可他只是看了看我,说:'哦,你好呀,爱丽西亚。'接着他转身进了阅览室,把门关上了。"

"啊?"

"于是我上楼,狠命地敲马克的房门,他却让我走开。我好不容易才让他开了门,他可真迟钝,我说了好久,他才大致弄明白。当然,他根本不相信我的话。不过,我最终还是把他拖到地下室,他敲了敲阅览室的门,我俩都害怕极了,就像南希·朱尔[1]一样。你觉得呢?你在想什么?是不是'这小姑娘可真笨,赶快去叫警察啊'?可是,门里面什么声音都没有。接着,马克推开门,空无一人。他对我发脾气,怪我编出这个故事来骗他。不过后来我们猜想他可能上楼去了,于是,我们俩坐在厨房的电话机旁,把尼尔那把砍肉的大菜刀放在桌上。"

"可你以前怎么从来没有告诉过我?"

"嗯,后来你们回来以后,我觉得自己有些蠢,我知道爸爸一定会大惊小怪的,其实真的什么也没有发生……这也不是什么好玩的事,我不想对其他人说。"爱丽西亚笑了,"我问过外婆这间房子里究竟有没有鬼,可她说她一个也不认识。"

"你说的那个人,或那个鬼,长得像亨利?"

"是啊。我发誓,克莱尔。你们进来的时候,我一看见他都快要死了!我一眼就认出他了!连他的声音都一模一样。不过,我在地下室看见的那

---

[1] 南希·朱尔,美国青少年侦探小说系列《神探南希》中的主人公。

人头发更短,而且更老些,也许有四十岁左右吧……"

"爱丽西亚,可是,如果那个人有四十岁的话,五年之前——亨利现在二十八岁,那他那时应该二十三岁。"

"哦,嗯。不过克莱尔,太奇怪了——他有哥哥吗?"

"没有,而且他也不像他爸爸。"

"你说,会不会是天外来客什么的?"

"时间旅行。"我微笑着说。

"哦,对。天啊,这可真玄乎。"电视荧屏暗了一会,然后我们又看到唐娜躲在绣球花树丛里,詹姆斯·斯图尔特把她的浴袍搭在手臂上,绕着树丛转圈。他逗她,说是要去卖票让大家都来看她。这家伙,我不由得想,可是一转念,就脸红了起来,因为在有没有穿衣服的问题上,自己以前对亨利说过更露骨的话、做过更可怕的事。可是,突然开过一辆车,詹姆斯·斯图尔特把浴袍扔给唐娜。车子里的人大喊:"你爸爸中风啦!"然后他飞快地跑走了,头也没回,就这么把唐娜·里德一个人甩在了花丛中。我眼里噙了些泪水,"哎呀,克莱尔,你哭什么呀,他马上就回来了。"爱丽西亚提醒我,我朝她笑了笑。我们接着看到波特先生奚落可怜的詹姆斯·斯图尔特,说他早该放弃大学学业,回来安心做点借贷生意得了。"混蛋。"爱丽西亚骂道。

"混蛋。"我完全同意。

**亨利**:我们从夜晚的寒冷中走进温暖明亮的教堂,我的胃里一阵翻腾。我从来没有做过天主教的弥撒,我最后一次参加的宗教仪式是我妈妈的葬礼。我像个盲人似的拉住克莱尔的手,她领着我们沿中心通道往前走,找到一排空的靠背长椅,我们一个接一个地进去。克莱尔和她全家跪在海绵跪凳上,我则按照她说的,坐了下来。我们来得还算早,爱丽西亚不见了踪影;尼尔和她丈夫、儿子一起坐在我们后面,她儿子刚从海军部队放假回家;达西姨婆和一个她的同龄朋友坐在一起;克莱尔、马克、莎伦和菲力浦跪成一排,神态各异:克莱尔不太自然,马克敷衍了事,莎伦镇定专注,菲力浦筋疲力尽。教堂里摆满了圣诞花,空气里尽是蜡和湿大衣的味道。圣坛右边,有一幅相当精美的马槽图画,里面是玛利亚、约瑟和他们的随从。人们鱼贯而入,找到空位,彼此寒暄。克莱尔在我身边轻巧地坐下,马克和菲力浦也跟着坐了过来,莎伦又多跪了几分钟,最后我们几个都坐成一排,静静地等待。一位穿礼服的男人走上讲台——或者应该说是圣坛,他调试了一下小讲桌上的麦克风,又消失到后面去了。人已经很多了,有些拥挤。爱丽西亚和另外两男一女出现在讲台左面,各自抱着自己的乐器,那位金发姑娘是拉小提琴的,暗棕色头发的女人是中提琴手,而另一位男小提琴手已经相当年长,走路的时候不得不弯着腰、拖着步子。他们都一身黑色,各自坐上折叠椅,打开谱架上的灯,把乐谱"哗啦哗啦"地翻了一阵,又调拨了一下各自的琴弦,最后彼此默契地对视了一眼。所有的人立即安静下来,在那片肃穆之中,一个悠长、舒缓、深沉的音符充满了教堂里的每个角落。这一声让人想不出它究竟出自什么乐曲,它只是存在着,绵延着。爱丽西亚缓缓地拉弓,慢到人类所能慢到的极致,她拉出的声音仿佛是源自虚空的,仿佛是从我的双耳之间渗出来的,穿过我的头颅,像谁的指尖拨动着我的神经。然后她停下来,留下短暂而铿锵的寂静。接着,四位乐手同时奏响,在某个纯净的单音之后,带着现代气息的合奏乐曲显得稍稍纷乱扰人,是贝拉·巴托克[1]?后来我总算听出来了,原来是《平安夜》。我不明白他们的合奏怎么会如此古怪,后来金发女小提琴手踢了一下爱丽西亚的椅子,一个节拍之后,一切才恢复正常。克莱尔扭头朝我会心一笑,所有听众也终于放松了下来。《平安夜》之后是一段我不熟悉的圣歌,所有的人都起立,转身看着教堂的后方,教士沿着中央通道走上前来,后面跟着一班儿童和几个身穿礼服的男子。他们神情肃穆地走到教堂的正前方,各自站好位。音乐戛然而止。哦,不,现在怎么办?克莱尔拉起我的手,我们双双站在人群中。如果真的有上帝,那么,上帝啊,请您让我悄无声息地站在这里吧,就在此时,就在此地。

**克莱尔:**亨利看上去快要支撑不住了。亲爱的上帝啊,恳请您千万别让他现在消失。康普顿神父用他那播音员般的嗓音欢迎大家的到来,我把手插进亨利的衣服口袋,从袋底的小洞里继续伸进去几个手指,找准他的鸡鸡,用力一捏。他像是被我电击似的,一下子蹦了起来。康普顿神父说:"上主与你们同在。"我们虔诚地回答他:"也与您同在。"一切都和往年一

---

[1] 贝拉·巴托克(Béla Bartók, 1881—1945),20世纪现代音乐开拓者之一。

样，完全一样。可是，我俩此刻在这儿，任由别人的目光扫过。我感到海伦在后面看着我，背上一阵火辣。鲁思和她的父母、哥哥在我们往后数的第五排。南茜、劳拉、玛丽·克里斯汀娜、帕蒂、戴夫和克里斯，甚至连杰森·艾佛莱都在，好像我学校里所有的同学今晚都约好云集于此。我转头看了看亨利，他对这些一无所知，只是一个劲地流汗。他抬起一根眉毛，瞥了我一眼。弥撒开始了，首先是读垂怜经，"平安与你们同在：也与您同在。"我们都起立听宣讲福音，路加福音，第二章。约瑟和玛利亚，然后是感孕、诞生、神迹和谦卑，襁褓布、马棚。它们彼此之间的逻辑我从没弄明白过，可是这一切显现出来的美，却无法否认。在那地区有些牧人露宿，守夜看羊群。有上主的一个天使站在他们身边，上主的光耀环照着他们，他们便非常害怕。天使向他们说：不要害怕，因为，看，我给你们报告一个全民族的大喜讯……亨利心不在焉地轻晃着一条大腿，他闭上眼睛，咬住嘴唇。众天使啊。康普顿神父吟诵道："玛利亚却把这一切事默存在自己心中，反复思想。""阿门。"我们说完，便坐下来听布道。亨利侧过身来："洗手间在哪里？""那扇门走出去就是。"我指着爱丽西亚、富兰克先前走进来的那扇门。"我该怎么走？""从教堂后排的通道，然后沿侧面的过道一直下去。""万一我回不来了呢——""你必须回来。"正当康普顿神父说到"在这个充满无比喜乐的夜晚……"，亨利站起来快速地走开了。神父的眼睛一直跟随他退到后排，绕到侧门口。我看着他从门里溜了出去，随后门被关上了。

**亨利**：我站的地方，好像是某个小学的走廊。别慌，我对自己说，没有人会看见你，快找个地方躲起来。我焦急地扫视四周，有一扇门：男。我推开门，来到一个迷你男厕所，棕色的地砖，一切小型的用具离地面都很低，暖器不停地送风，使那种廉价肥皂的味道越来越浓。我把窗打开几厘米，脸贴着空隙处向外看。从这个角度本来可以看到的风景，都被沿窗的一排常青树遮住了，连我吸进来的冷风中都有股松树的味道。几分钟后，我略微缓过神来。于是，我躺到地砖上蜷成一团，膝盖顶着下巴。我就在这里，牢牢地被固定在了这里，在这片棕色的地砖上。连贯的生活，只是一个看上去太微不足道的要求罢了。真的，如果真有上帝，他一定希望我们都好，没有理由指望一个人变好却又不给他激励，克莱尔非常非常好，她甚至都相信上帝，可上帝为什么要在那么多人面前令她难堪——？

我睁开眼睛，所有那些微型的瓷制洁具都发出了霓彩般的光芒，天蓝色、绿色、紫色……我听任自己再次离去，现在已经停不下来了，我颤抖着，"不要啊！"可是我已经消失了。

**克莱尔**：神父那篇祈愿世界和平的布道结束了，爸爸倾过身子，隔着莎伦和马克，轻声问我："你朋友不舒服吗？""是的，"我轻声回答："他又头疼了，有时他还会想要呕吐。""要我过去看看么？""不！他一会儿就没事了。"爸爸看起来好像并没有被说服，可他终究还是留在座位上了。神父开始祝福圣饼。我拼命克制自己跑出去把亨利找回来的冲动。第一排长椅上的人已经站起来领圣餐了。爱丽西亚演奏着巴赫的第二号无伴奏大提琴组曲，凄凉而又柔美。回来吧，亨利，回来吧。

**亨利**：我在自己芝加哥的公寓里，一片漆黑，我跪在起居室的地板上。我蹒跚地爬起来，肘部重重地撞到书橱上。"操！"我无法相信这一切，我都不能和克莱尔全家太太平平地待上一天，我在那里被吸出来，现在又像只该死的电子弹球被吐在这该死的公寓里——

"嗨。"我转过身来，那个睡着的我，从沙发床上坐了起来。

"今天是几号？"我问道。

"一九九一年十二月二十八日。"是四天后。

我坐在他床边，"我简直要受不了啦。"

"放松点，过几分钟你就会回去了。没有人会注意到的，你后面一帆风顺。"

"是么？"

"是的，别再发牢骚了。"他惟妙惟肖地学着爸爸的腔调对我说。我真想狠狠地给他一拳，可是那又能怎样？我的身后，音乐轻柔地奏响。

"是巴赫吧？"

"什么？哦，对，那是你脑海中的声音，是爱丽西亚在演奏。"

"真奇怪，哦！"我冲向卫生间，差一点就倒了。

**克莱尔**：最后一批人领受圣餐时，亨利进来了，脸色有些苍白，可还是走过来了。他走到后排,沿着中间的通道,然后挤进来坐到我身边。"弥撒到此完毕,各位平安地退席吧。"康普顿神父说道。"阿门。"我们同声回应。圣坛上,男孩们像鱼群似的围绕着神父,他们兴高采烈地列队走在通道中央,众人也排队跟从他们走了出去。我听见莎伦问亨利感觉好些了没有,但没听到亨利是怎么回答她的,因为海伦和鲁思突然过来拦住我们,我向她们介绍起亨利。

海伦痴笑着说:"我们早见过了!"

亨利看着我,有点紧张,我向海伦摇摇头,她又得意地一笑,"嗯,可能没有见过吧。"她说:"很高兴认识你——亨利。"鲁思羞怯地握了握亨利的手,令我惊讶的是,亨利却握了好一会儿,然后说:"你好,鲁思。"我还没来得及介绍鲁思,可我看出她已经记不得他了。爱丽西亚拖着大提琴箱在人群中一路磕磕碰碰地走过来。"明天都到我家来吧,"劳拉邀请大家,"我父母四点就去巴哈马群岛了。"我们热切地答应了。每年,劳拉的父母一拆完所有的礼物,就会马上赶去某个热带胜地度假,等他们的汽车在车道上刚一拐弯,我们就聚集到她家里了。我们从教堂侧门出来,进入停车场,大家同声说了句"圣诞快乐!"爱丽西亚说:"呵呵,我早就知道会是这样!"新落的雪厚厚地积在各处,世界被重新塑造成一片洁白。我一动不动地站在原地,看着那些树木、汽车,然后是马路对面的湖,教堂就在山顶,在我们视线的尽头,湖水正不停地拍打着湖岸。亨利站在我旁边,等待着。马克说:"上车,克莱尔。"我便上了车。

**亨利**:我们走到草地云雀屋门口已经凌晨一点半了。一路上,菲力浦都在责怪爱丽西亚,为什么把《平安夜》的前面部分拉"错"了呢,而她静静地坐着,望着车窗外深色的房屋和树木。进门后,大家都上了楼,反复说了五十多遍"圣诞快乐"后,才各自回到房间里去。爱丽西亚和克莱尔一起消失在一楼走廊最深处的房间里。我想我该干什么呢,我一时冲动,便跟了过去。

"——一个大蠢蛋,"我刚把脑袋顶到门上,就听见爱丽西亚说了这几个字。房间里有张巨大的桌球台,笼罩在吊灯耀眼的光亮下。克莱尔把球聚拢到台子中央,爱丽西亚则在角落的阴暗处来回踱步。

"这么说吧,如果你精心策划的目的就是要惹恼他,他也已经被你惹恼了,我不懂你为什么还不高兴呢?"克莱尔问。

"他太自以为是了,"爱丽西亚一边说,一边在空气中挥舞着拳头。我咳嗽了几声,她们都吓了一跳,克莱尔说:"哦,是亨利啊,谢天谢地,我还以为是爸爸呢。"

"想过来一起玩玩吗?"爱丽西亚问我。

"不,我就在旁边看看。"球台旁有张高脚凳,我坐了上去。

克莱尔把一根球杆递给爱丽西亚,爱丽西亚涂了些巧克粉,便是一记有力的开球,两颗大花球应声落入了底袋。爱丽西亚接着又补进了两颗,然后连颗星灌球也差一点进洞了。"噢,惨了,"克莱尔说,"我今晚有麻烦了。"不过克莱尔还是轻松地捅进了底袋边上的 2 号球。但下一杆她把母球连同 3 号球一起捅进了洞。爱丽西亚把这两颗球捞了出来,然后瞄准她的目标。"8 号球,中袋!"爱丽西亚叫出声来,赢家就是她了。"哦!"克莱尔叹了口气,"你一点也不想试?"说着便把球杆递了过来。

"亨利,玩玩吧!"爱丽西亚说,"嗨,两位想喝点什么?"

"不了。"克莱尔回答说。

"你这儿有什么?"我问。爱丽西亚"啪"地打开一盏灯,照亮了房间尽头一座华丽而老旧的吧台。爱丽西亚和我挤了进去,哇,只要我想得出来的酒,这里应有尽有。爱丽西亚给自己弄了杯朗姆酒兑可乐。在这个宝库面前,我迟疑了一下,最后还是给自己倒了杯烈性威士忌。克莱尔也决定还是喝点什么,她敲着小冰格,正忙活着把里面的冰块倒进她那杯卡噜哇[1]时,突然门开了,我们一下子愣住了。

原来是马克。克莱尔问:"莎伦在哪里?"爱丽西亚则命令道:"锁门。"

他把门锁好来到吧台后面,"莎伦睡了,"说着从小冰柜里取出一瓶喜力。他启开瓶盖,慢慢晃到球桌旁,"谁和谁玩?"

"爱丽西亚和亨利。"克莱尔说。

"哦,有人警告过他要小心点吗?"

"马克,闭嘴。"爱丽西亚说。

---

[1] 卡噜哇(Kahlua),用酒与咖啡豆、可可豆和香草混合配制成的咖啡酒。

"她可是贾奇·葛利森[1]假扮的。"马克告诫我说。

我转向爱丽西亚,"我们开始吧。"克莱尔把球重新归拢,第一杆是爱丽西亚的。威士忌刺激着我全身的神经,一切是那么明亮而清晰,球被撞得炸开了花,开成一种我从来没有见过的新式样:13号球慢慢滚到底袋边,晃晃悠悠地掉了进去。"再来还是大花球,"爱丽西亚说着,接连打落了15号、12号和9号球,剩下来的位置都很糟,逼得我只得尝试一个无从下手的两颗星。

克莱尔站在灯光边缘,双臂交叉在胸口,她的脸藏在阴影下,身子却浮现在黑暗之外。我集中注意力,看了一会儿球桌,轻松击落了2号、3号和6号球,然后再巡视桌面,看看还有什么别的球可打。1号球此时停在对面的底袋前,我先让7号球把1号球撞落袋再用颗星让4号球进中袋,又幸运地把5号球也撞进后底袋。纯属偶然,但爱丽西亚忍不住吹了声口哨。7号球也毫无悬念地进了洞。"8号球,底袋。"我用球杆指了指,果然如愿以偿。球台边一片惊讶。

"噢,太漂亮了!"爱丽西亚说,"再来一个。"克莱尔在暗中笑了。

"不是你的正常水平。"马克对爱丽西亚说。

"我累得根本无法集中精力,我也被烦够了。"

"因为爸爸?"

"嗯。"

"如果你先惹他,他是会反击的。"

爱丽西亚撅着嘴,"谁都会犯下无心之错。"

"那听上去像特瑞·莱利[2]。"我对爱丽西亚说。

她笑了,"确实是特瑞·莱利,是《莎乐美为和平而舞》[3]里的一首曲子。"

克莱尔笑出了声,"莎乐美[4]怎么就蹿到《平安夜》里去了呢?"

---

[1] 贾奇·葛利森(Jackie Gleason),喜剧演员,马克这里暗示的是他在1961年主演的电影《江湖浪子》(The Hustler)中的银幕形象——美国第一球王——明尼苏达胖子,他因此获得1962年奥斯卡最佳男配角的提名。

[2] 特瑞·莱利(Terry Riley),1935年生,20世纪70年代简约主义派(Minimalism)作曲家,对简约主义来说,音乐就是一种重复,重复中自然会显现出一种启示性和极乐的听觉感受。特瑞·莱利还专门去印度修行,在印度的古典音乐中寻找动机。

[3] 《莎乐美为和平而舞》(Salome Dances for Peace),由特瑞·莱利作曲,并和其他音乐家合录而成的专辑。

[4] 莎乐美是希律王后妻西罗底之女,她受到母亲的唆使,向酒醉后要求她跳舞的希律王索要施洗约翰的首级,帮助母亲报复施洗约翰,因为施洗约翰曾经阻止希律王娶她为妻。

"你知道吗？施洗约翰[1]，我想这其中就足够有联系了，如果第一小提琴的部分低八度的话，听上去还是相当不错的，像这样啦，啦，啦，啦……"

"你也不能怪他，"马克说，"我的意思是说，他完全知道你是故意的，否则你不会拉出那种声音。"

我又给自己斟满一杯。

"富兰克怎么说？"克莱尔问。

"哦，他很喜欢。他呀，总想把乐曲按全新的方式演奏，就像《平安夜》遇到了斯特拉文斯基[2]。富兰克都八十七岁了，他随便我怎么拉，只要他开心就行了。阿拉贝拉和艾思礼倒是有点着急。"

"不管怎么说，你这样实在太不专业了。"马克说。

"谁在乎呢？不就是圣巴索教堂么？"爱丽西亚看着我，"你说呢？"

我迟疑了一下，"我倒不是特别在乎，"我最后说，"不过，如果给我爸爸听见，他会非常生气的。"

"真的？为什么？"

"他一直是这样一种观念，要尊重每一首曲子，哪怕是他不喜欢的曲子。比如说，他不喜欢柴可夫斯基，也不喜欢斯特劳斯，可他演奏起来仍然会十分专注和认真。这就是他出色的原因：他仿佛深爱着他演奏的每一首曲子。"

"噢，"爱丽西亚走到吧台后面，又给自己调了一杯酒，回味着我的话。"唉，你有这样了不起的爸爸真幸运，除了钱，还爱着别的东西。"

我站到克莱尔身后，手指在黑暗中顺着她的脊柱往上爬，她伸到背后来的一只手也被我捉住。"如果你真的了解我的家庭，你就不会这么说了。其实，你爸爸真的很关心你。"

"不，"她摇了摇头，"他只需要我在他的朋友面前完美无缺。他并不在乎别的。"爱丽西亚把球重新聚拢，放到开局的位置。"还有谁要玩？"

"我来，"马克说，"亨利，来一局怎么样？"

"没问题。"马克和我各自在球杆上涂好巧克粉，隔着球台对面而立。

---

[1] 跟耶稣是同时代的人物，也和耶稣一样传播上帝救赎的福音。是耶稣之前最伟大的先知。
[2] 斯拉拉文斯基（Igor Stravinsky，1882—1971），美籍俄国作曲家、指挥家和钢琴家。是现代主义音乐的重要代表之一，其创作大致可分三个时期：早期创作既有鲜明的俄罗斯风格，也有强烈的原始表现主义色彩；中期创作将古典音乐的特点与现代音乐的语言结合起来；晚期创作应用了威伯恩的序列音乐手法。

我开了球，4号和15号球首先落袋。"小花！"我喊道，盯住底袋附近的一颗2号球，我把它撞进了洞，可却错失了下一个3号球。我有些累了，协调能力也被威士忌软化了。但马克也是空有决心而已，没什么天分，只打下了10号球和11号球。我们继续，不一会儿，我就把所有的小花都击落了。马克的13号球此时停在底袋的边缘。"8号球。"我看着那颗球说。"你不能撞到马克的球，否则你就输了。"爱丽西亚提醒我。"没问题，"我回答她。我轻轻击出母球，它缓缓滚了过去，美妙地亲了一下8号球，于是8号球平稳而轻松地滚向13号球，它几乎沿着看不见的轨道，绕过了13号球，"扑通"，稳稳地落进洞里。克莱尔笑了起来，可是一会儿，13号球颤悠了一下，也跟着掉了进去。

"哦，算了，"我说，"来得快，去得也快。"

"打得真棒！"马克赞叹道。

"天啊，你是在哪里学了这一手？"爱丽西亚问我。

"这是我大学的几样成果之一。"其他的成果分别是，酗酒、英语和德语诗歌，还有嗑药。我俩把球杆收好，各自拿起酒杯和酒瓶。

"你学的是什么专业？"马克打开房门，我们一起顺着走廊前往厨房。

"英国文学。"

"为什么不选音乐？"爱丽西亚一只手尽力平衡住她和克莱尔的两只杯子，另一只手推开餐厅的门。

我笑起来，"你根本不会相信我压根儿就是个乐盲。连我父母都觉得他们在医院抱错了孩子。"

"就像个累赘了。"马克对爱丽西亚说，"还好，爸爸没有逼你去做律师。"我们来到厨房，克莱尔打开了灯。

"可他也没有逼你呀，"爱丽西亚反驳说，"你自己喜欢的。"

"对，我就是这个意思。他从没让我们中的任何人做自己不喜欢的事情。"

"你觉得自己是累赘吗？"爱丽西亚问我，"要是我的话，我都开心死了。"

"是这样的，在我妈妈去世之前，一切都非常好。可是她走了之后，家里就乱成一团。如果我有小提琴天赋的话，也许……我不知道。"我看着克莱尔，耸耸肩，"不管怎么说，我和我爸爸就是不能好好相处。一点都不能。"

"为什么？"

克莱尔说："睡觉时间到了。"她的意思是，行了，聊得够多了，但爱丽西亚却还在等我的回答。

我把脸转向她，"你见过我母亲的照片吗？"她点了点头。"我长得很像她。"

"所以？"爱丽西亚在龙头下面冲洗大家喝过的杯子，克莱尔再一个一个地擦干。

"所以，他受不了一直看到我。我想，那是很多原因中的一个。"

"可——"

"爱丽西亚——"克莱尔想要阻止，可是爱丽西亚根本停不下来。

"可他是你爸爸啊。"

我微微一笑，"你那些惹你爸爸生气的小事，比起我们父子之间的斗法，简直是小菜一碟。"

"比如说呢？"

"比如说，数不清多少次，他把我关在家门外，也不管外面是什么天气；又比如说，我把他的汽车钥匙扔进河里，就是那些事情。"

"你为什么要那么做？"

"我不想让他撞车，他喝醉了。"

爱丽西亚、马克和克莱尔看着我直点头，他们完全能理解。

"睡觉吧。"爱丽西亚说，于是我们离开厨房，默默无语地走向各自的房间，除了临别时彼此互道的一声"晚安"。

**克莱尔**：闹钟上显示，现在是凌晨3:14。我刚把冰冷的床焙热，门突然开了，是亨利。我掀开被子，他便轻手轻脚地钻了进来。我俩在被子里扭了一下，床便发出"吱吱嘎嘎"的声音。

"嗨。"我在他耳边轻声说。

"嗨。"他也轻声回应了我。

"这主意不好。"

"我的房间实在太冷了。"

"喔！"亨利碰了碰我的脸，他的手指像冰一样，我只好忍住惊叫，用手掌温柔地摩擦它们。亨利往被子深处钻了下去，我紧紧地贴住他，让他重获温暖。"你还穿着袜子？"他温柔地问我。

"是的。"他把手探下去，帮我脱去袜子。又过了一阵长达数分钟的窸窸窣窣，嘘，我们赤身裸体了。

"你走出教堂后去哪了？"

"我自己的公寓。就待了五分钟，那是四天后的事。"

"怎么会这样？"

"累了，紧张，我想。"

"不是问这个，为什么会去那儿？"

"不知道，也许是程序上出了故障。时间旅行的交通管理员认为我待在那儿更好些吧，也许。"亨利把他的手埋在我的头发里。

外面的天光逐渐亮起来，"圣诞快乐！"我在他耳畔轻声说。亨利没有回答，我躺在他的臂弯里，想象着众天使们，我聆听着他那有节奏的呼吸，在心里默默地想。

**亨利**：很早时，我曾起来上过厕所。我就着小天使夜灯的亮光，迷迷糊糊地站在克莱尔的卫生间里小便，突然听见一个女孩的声音，"克莱尔？"我都还没有搞清楚声音来自何方，一扇我原以为是壁橱的门就打开了，我正一丝不挂地站在爱丽西亚跟前。"噢，"她轻轻地说。我慌忙抓起毛巾遮掩，已经晚了。"你好，爱丽西亚。"我也轻轻地说道，我俩都冲对方咧嘴一笑。随后，她跑回她自己的房间，一如她出现时那样突兀。

**克莱尔**：我还在打盹，然后听见整屋子里的人都起来了。尼尔在厨房里边唱歌边把锅盏弄得叮叮当当；有人在大厅里走动，经过我的门口。亨利仍在我身边沉沉地睡着，我突然意识到，必须得把他从我这儿弄出去，还不能让任何人看见。

我好不容易从亨利的怀抱和毯褥中脱出身来，小心地下了床。我从地上捡起睡裙，正往头上套着，突然埃塔喊道："克莱尔，快起床，今天是圣诞啦！"她把头探了进来，我又听见爱丽西亚叫埃塔过去。我把头从睡裙中伸出来，埃塔已经转身找爱丽西亚去了。我回到自己的床边，亨利却没了踪影。他的睡裤还在地毯上，我赶紧一脚把它踢进床底。埃塔穿着她那件黄色的浴袍走了进来,她的头发编成几股,垂在肩头。我说:"圣诞快乐!"她告诉我一些妈妈的情况,可我一句也听不进去,只担心亨利会突然在埃塔面前冒出来。"克莱尔?"埃塔关切地看着我。

"嗯?哦,对不起。我可能还没完全醒过来。"

"楼下有咖啡。"埃塔开始铺床叠被,一脸疑惑。

"埃塔,我自己来,你下去吧。"埃塔走到床的另一边,这时妈妈把头从门口伸了进来。她看上去很美,昨晚的风暴终于过去后,现在一片澄澈安详。"亲爱的,圣诞快乐!"

我走过去,轻轻地吻她的脸颊,"圣诞快乐,妈妈。"看着她又恢复成我熟悉的、可爱的妈妈,真是很难再生她的气了。

"埃塔,你陪我下楼好么?"妈妈问。埃塔用手捋了捋我的枕头,上面两个脑袋的凹痕立即消失了。她扬起眉头,看了我一眼,什么也没说。

"埃塔?"

"来了……"埃塔匆匆忙忙跟妈妈出去了。她们一走,我赶紧关上门靠在上面,亨利及时地从床底下滚了出来。他爬起来,开始穿睡衣。我反锁上门。

"你去哪儿了?"我悄悄问。

"床底下,"亨利轻声回答,仿佛这个答案太显而易见了。

"一直都在下面?"

"对啊。"也不知道什么原因,我觉得很有趣,终于咯咯地笑出声来。亨利捂住我的嘴,随后我们俩都笑得浑身发抖,闷笑。

**亨利**:经历过昨天的大风大浪,圣诞节出奇地安宁。大家穿着睡袍和拖鞋,围在圣诞树旁,稍稍有些不自然。礼物一件件打开,大家一次次惊叹。热情洋溢地感激了一圈之后,我们开始吃早饭。时光平静地过去,转眼就是圣诞晚餐了。我们尽情赞美着尼尔的手艺和美味的龙虾,每个人都笑容满面,举止得体,神采奕奕。我们是幸福家庭的典范,也是中产阶级的活广告。记得每年圣诞,我和爸爸,还有金先生和金太坐在幸福旺中餐馆时,大人们只能满脸焦急地看着我用力装出一副快乐的样子,而这里却有我一直渴望的一切。不过,尽管我们晚餐后酒足饭饱、休闲自得、看电视转播的足球赛、翻阅互相赠送的书籍、组装电动玩具,但空气中还是弥漫着一丝紧张，好像在什么地方，在这座大房子某个遥远的房间里，大家刚刚签署过一份停火协议，现在协议各方都在努力恪守，至少要坚持到明天，至少坚持到新一批军火弹药被运进家之前。我们都在演戏，假装轻松，扮演好模范父亲、母亲、姐妹、兄弟、男友和未婚妻。所以，当克莱尔看了看手表，从沙发上站起来说："嗨，跟我去劳拉家吧"，我真的一阵轻松。

**克莱尔：** 我们到劳拉家时，她的聚会已经热火朝天了。我们脱下自己的外套，亨利神情紧张，脸色苍白，径直走向酒柜。我还没有完全从晚餐的酒精中清醒过来，他问我要喝什么，我摇摇头，于是他给了我一杯可乐。亨利手里捧着杯啤酒，仿佛那是他的全部重心所在。"不要，在任何情况下都不要丢下我，让我自生自灭。"亨利下完命令，看了看我身后，我还没有来得及回头，海伦已经出现在我们眼前了。然后是一段短暂而尴尬的沉默。

"哦，亨利，"海伦说，"我们听说你是图书管理员。但看上去你长得不像是图书管理员。"

"其实，我是 CK 的内衣男模，图书管理员只是个幌子。"

我从来没见过海伦这么惊讶，真希望我带了照相机。不过，她很快就镇定了，把亨利上下打量了一番，然后笑着说："好吧，克莱尔，你可以留着这家伙。"

"那我就放心了，"我对她说，"不用退货，反正发票也丢了。"劳拉、鲁思和南茜也凑了过来，一副铁定要拷问我俩的神情：我们怎么认识的？亨利靠什么生活？他在哪里上的大学？没完没了。我从来没有想到，当我和亨利第一次双双出现在熟人面前时，我会如此紧张，同时又如此令人伤脑筋，如此令人感到厌烦。南茜说了句："真是怪了，你的名字正好叫亨利。"我的神经一下子又绷紧起来。

"哦？"亨利说，"怎么啦？"

南茜告诉他以前在玛丽·克里斯汀娜家的那次集体聚会上，占卜板说我命中要嫁给一个叫亨利的人。亨利非常惊讶，"真有那回事？"他问我。

"嗯，是的，"我突然觉得尿急，"对不起。"顾不上亨利恳切的目光，我边说边离开了这群人。我匆匆上楼，海伦则紧紧跟在后面。我不得不反锁住卫生间的门，免得她进来。

"开门呀，克莱尔，"她说着，还试图转动门把手。我从容不迫地小便，洗手，补口红。"克莱尔，"海伦咕哝着，"我要下楼去，把你的丑事每件每桩地抖给你男朋友听，如果你还不立即开……"我猛地打开门，海伦差点跌了进来。

"好啊，克莱尔·阿布希尔，"海伦威胁地说道。她把门关好，我在浴缸边上坐下，她穿着软底舞鞋，靠在水池上，高高地压迫着我。"快快招来，你和这个叫亨利的家伙之间究竟是怎么回事？你别站在这里编故事，你不是三个月前才见到他，你认识他已经很多年了！你们之间一定有个大秘密。"

我真的不知从何说起，我应该把真相都告诉她吗？不。为什么不？据我所知，海伦只见过亨利一次，那次他看上去和现在也差不多。我爱海伦，她很坚强，她很疯狂，她也很难糊弄。可是，我知道如果我说，时间旅行，她是不会相信的。海伦，你只有亲眼目睹才会相信。

"好吧，"我整理了一下思路，"你说得对，我很早就认识他了。"

"多久？"

"六岁时。"

海伦的眼珠像卡通人物一样弹了出来，我不由笑出了声。

"啊？……怎么可能……好吧，那你倒说说你们约会多久了。"

"我不知道，是这样的，曾有一个阶段，我们的关系很难讲，其实也没有真正开始。情况是这样的，亨利当时态度非常坚决，他不想和小孩混在一起，而我却是那种绝望般疯狂的爱……"

"可是——我们怎么从来就没听你说起过他呢？我看不出来这有什么值得守口如瓶，你可以和我说的。"

"怎么说呢，你也算有所了解啊。"这个说法很勉强，我也知道。

海伦看上去很委屈，"可这和你以前和我说的不是同一件事啊。"

"我知道，对不起。"

"哼，究竟是什么大不了的事？"

"好吧，他比我大八岁。"

"那又怎么样？"

"我十二岁的时候，他已经二十岁了，这就是个问题。"更不用说在我六岁时，他又已经四十岁了。

"我还是不明白。你们要玩洛丽塔和亨伯特·亨伯特的游戏,不想让你父母知道,这我理解。可我不明白,你为什么不告诉我们?我们一定支持你的。这么多年,大家一直都觉得你很可怜,替你担心,怀疑你会不会是个小修女——"海伦摇着头,"而你却在,一直在和这个图书馆大情郎乱搞——"

我无法控制住自己,满脸通红。"我没有一直和他乱搞。"

"哦,得了吧。"

"真的!我们一直等到我十八岁。那天是我的生日。"

"就算是这样,克莱尔,"海伦刚说了一半,卫生间的门突然被人重重地敲了一下,一个低沉的男声:"你们这些姑娘究竟好没好啊?"

"以后再问你。"我们俩出来时,海伦悻悻地说。门外,五个男人排着队,冲我们热烈鼓掌。

我在厨房里找到了亨利,他正耐心地听劳拉的某个头脑简单四肢发达的苏格兰朋友大谈橄榄球。我盯了那人金发塌鼻的女友看了一会,她便把他拖出去继续喝酒了。

亨利说:"克莱尔,看——朋克小宝贝!"我顺着他手指的方向,那是劳拉十四岁的妹妹乔迪,还有她的男朋友鲍比·哈德格罗夫。鲍比一头绿色的莫霍克发型[1],处处打皱的T恤上别满了别针。乔迪的那身打扮原本是想学黑色女郎丽迪亚·朗奇[2]的,可是却成了只乱毛小浣熊,好像参加的是万圣节舞会,而不是圣诞舞会。他们在人群中显得孤立无援,又充满了防备,不过亨利却兴致勃勃,"哇,他们多大啊,十二岁么?"

"十四了。"

"算算看,十四岁,今年是一九九一年,那就是说,他们……哦,老天啊!他们是一九七七年生的。我觉得自己真老啊。我得再喝一杯。"劳拉经过厨房,手里托着一盘果冻糖块。亨利拿了两块,飞快地吞了下去,然后做了个鬼脸。"呃,真恶心。"我被他逗笑了。"你觉得他们应该在听什么?"

---

[1] 莫霍克发型起源于美洲的一个印第安部族,莫霍克族。莫霍克人将头发梳成一排辫子,梳理这种发型本身只是一个宗教仪式的组成部分(每根头发都是被拔掉的),但却于20世纪70年代末在朋克人群当中流行开来。该发型需要剃掉所有的头发,在头顶中间留下一窄条头发。之后,再把这些头发向上竖起,其幅度之大非常惊人。

[2] 丽迪亚·朗奇(Lydia Lunch),1959年生,著名诗人,女演员,声乐家,她独特的暴力嗓音以及音乐题材体现了她的虚无主义倾向,是20世纪80年代到90年代摇滚乐和先锋音乐的重要艺术家之一。

亨利问。

"不知道。你为什么不过去问问他们?"

亨利紧张了起来,"噢,我可不行。我会吓着他们的。"

"我觉得应该是你被他们吓着吧。"

"好吧,算你对吧。可他们看起来真嫩啊,像是嫩豌豆什么的。"

"你就从来没有穿成那样过?"

亨利鼻孔里哼了一声,"你说呢?我当然没有。这些小家伙模仿的是英国朋克,我可是美国朋克。嗯,我以前更像理查德·黑尔[1]。"

"你为什么不去和他们说说话?他们看上去挺孤单的。"

"你得介绍我们认识啊,而且得拉着我的手。"我们小心地穿过厨房,像列维·斯特劳斯[2]接近一对食人野人似的,而乔迪和鲍比却流露出自然频道里一对野鹿那种非战即逃的神情。

"嗯,嗨,乔迪、鲍比,你们好。"

"嗨,克莱尔,"乔迪应了我。我是看着乔迪长大的,可她却一下子害羞起来。我觉得那一身朋克装一定是鲍比的主意。

"你们两位看起来好像,有些,呃,无聊,所以我把亨利叫过来。他很欣赏你们的,呃,装扮。"

"你们好!"亨利说道,他显得非常害羞,"我只是好奇——我是说,我在想,你们都听什么?"

"什么听什么?"鲍比问。

"嗯——音乐。你们喜欢什么音乐?"

鲍比一下子来了劲,"嗯,性手枪。"他停了一会。

"当然,"亨利点了点头,"冲撞[3]呢?"

"喜欢的。哦,还有涅槃[4]……"

"涅槃不错。"亨利应和着。

---

1 理查德·黑尔(Richard Hell),70年代中期的朋克先锋。
2 列维·斯特劳斯(C. Claude Levi-Strauss,1908— )现代西方哲学家、社会学家,结构主义哲学的创始人。1935—1939年任巴西圣保罗大学教授,并领导人类学的考察组对巴西中部的土著民族社会进行了数次考察。
3 冲撞(Clash),1976年,在朋克运动稳步发展的时候,几个英国小伙子在伦敦组建了冲撞乐队,那种无所畏惧、热烈狂放的风格使他们成为英国摇滚乐坛上一流的朋克乐队。
4 涅槃(Nirvana),1987年在华盛顿州的阿伯丁组建,通过两首单曲打入美国主流音乐。他们所处的音乐流派被称为垃圾乐(Grunge)。涅槃是整个垃圾乐派中取得成绩最为突出的乐队。

"金发女郎[1]呢?"乔迪问,好像她的答案会是错的一样。

"我喜欢金发女郎,"我说,"亨利喜欢狄波拉·哈利[2]。"

"雷蒙斯[3]怎么样?"亨利问,他们同时点了点头。"那帕蒂·史密斯[4]呢?"

乔迪、鲍比一脸茫然。

"伊基·波普[5]?"

鲍比摇了摇头。"珍珠酱[6]。"他又说了个乐队。

我插了句,"我们这儿可没有什么了不起的广播电台,"我对亨利说,"他俩不可能全知道你说的那些。"

"哦,"亨利说,他停了一会儿,"这样,要我写一些给你们去参考吗?"乔迪摇了摇头,鲍比则点了点头,看上去又严肃又激动。我从随身的小包里翻出纸和笔。亨利在厨房的桌子旁坐下,鲍比坐在他对面。"好了,"亨利说,"你们得先温习六十年代,对么?你从纽约的地下丝绒[7]开始,然后去底特律,那里有MC5[8],伊基·波普与小矮人。最后再回到纽约,这时已经有了纽约妞,还有伤心人——"

"汤姆·佩蒂,对吗?"乔迪说,"我们听说过他。"

"嗯,不,这是个完全不同的乐队,"亨利说,"大部分成员在八十年代都死了。"

"飞机失事?"鲍比问道。

---

1 金发女郎(Blondie),成立于1974年,以复古、仿效六十年代女子乐团为出发点,不仅成为纽约朋克最早的发迹者之一,后来并引爆了美国新浪潮朋克最灿烂的一页。他们的音乐极具旋律感,音节拍鲜明,再加上女主唱梦露般娇艳、性感的形象与歌声,是七十年代末、八十年代初纽约最具影响力的乐队之一。
2 狄波拉·哈利(Deborah Harry),金发女郎的成员之一。
3 雷蒙斯(The Ramones),1974年组建,摇滚史上第一支开宗明义的朋克乐队,也是历史最悠久、最长寿的朋克乐队。他们的音乐节拍快速,旋律简单,声响在当时极具冲击力。
4 帕蒂·史密斯(Patti Smith),前文提及过的朋克教母。
5 伊基·波普(Iggy Pop),1947年生,被人们称为"朋克之父"。他组建了第一支带有朋克情绪的摇滚乐队"傀儡"(Stooges)。
6 珍珠酱(Pearl Jam),珍珠酱乐队华丽高雅的贵族化垃圾音乐风格在当时自成一派,更加讲求整体音乐的素养和对后朋克博大精深的摇滚流派的参悟。
7 地下丝绒(the Velvet Underground)在20世纪60年代末出现,更加倾向于剖析社会现实,并且用粗糙的摇滚乐表达而出,在他们简约主义思想的感召下,越来越多的乐队选择了毫无修饰的原始效果,纽约成了当时这种运动的中心。
8 MC5,1966年成立于底特律,他们的音乐充满了剧烈、暴躁、充满革命口号的歌词,乐队激进的政治观念比他们的音乐更吸引人们的注意,他们用激进的方式展现了那个年代反文化运动暴躁不安的一面,现场表演也充满了暴力和煽动性,同时也是性和毒品的实践者。

"海洛因，"亨利纠正过来，"其他么，还有电视[1]、理查德·黑尔和巫毒小子[2]，还有帕蒂·史密斯。"

"还有谈话头。"我补充道。

"呃，我不知道。你认为他们也属于朋克吗？"

"他们也在纽约嘛。"

"好吧，"亨利在他的名单里又记下一笔，"谈话头。然后，就到了英国——"

"我以为朋克起源于伦敦。"鲍比说。

"不，当然不是，"亨利说着把他的椅子往后挪了挪，"有些人，包括我，我们都相信，朋克是对这种，这种精神、这种感觉的一种显现，现实总让人觉得不对劲，非但不对劲，甚至极其错误，我们惟一能做的就是说'操'，一遍一遍地反复说，大声说，直到有人出来阻止我们为止。"

"是的，"鲍比安静地说，在那翘着的头发下，他的脸发散出近乎宗教狂热般的热切，"是的！"

"你把小孩子都带坏了。"我对亨利说。

"噢，我没有，他迟早也会明白的。不是吗？"

"我一直在努力，但要想通、想得这么透彻并不容易。"

"我能理解。"亨利说。我从他的肩头望下去，只见他继续往那张名单上补充：性手抢、冲撞、4人帮、嗡嗡公鸡、死肯尼迪、X、梅肯斯、雨衣、死男孩、新秩序、史密斯、劳拉·洛吉克、在巴黎、大黑、PIL、精灵、异性恋、饲养员、音速青年……

"亨利，他们在这儿肯定找不全。"亨利点点头，在纸的底端写下了经典胶木唱片店的电话和地址。"你有唱机的，是吧？"

"我父母有一台。"鲍比回答道。亨利沮丧了一下。

"你真正最喜欢的是什么？"我问乔迪。在刚才那场仿佛是亨利收鲍比为徒的仪式上，她仿佛成了谈话的局外人。

---

1 电视（Television），1973年成立的"电视"诞生于世界著名的摇滚朋克酒吧CBGB，虽然仅仅存活了5年，却影响了众多纽约朋克主体。
2 巫毒小子（The Voidoids），70年代中期的乐团，不但是带动纽约朋克新浪潮成型的标杆之一，也是其中惟一能和电视乐队相较，在吉他风格的塑造上具有等量齐观的深度和影响力的乐团。

"王子[1]。"她说。我和亨利都惊叫出来!我放开嗓门唱起那首《一九九九》。亨利一跃而起,然后我们就在厨房的空地上彼此撞来撞去。劳拉听到这儿的响动,便跑去把那张唱片放到唱机上。就跟这首歌一样,这是一场热舞派对。

**亨利**:从劳拉的聚会出来,我们开车回克莱尔的父母家。克莱尔说:"你怎么一声不响的?"

"我在想那两个小孩,朋克宝贝。"

"哦,他们怎么了?"

"我在想,究竟是什么让那个小男孩——"

"鲍比。"

"——对,鲍比,他怎么会对那些乐队感兴趣呢?他们流行的时候,他还没出生呢。"

"我也真的很喜欢甲壳虫啊,"克莱尔说,"可他们在我出生前一年就解散了。"

"没错,但这究竟是怎么回事?我是说,你就应该热衷于流行尖端[2]或者斯汀[3]什么的才对。鲍比和他女朋友如果想要奇装异服,他们应该去听治疗[4]的,谁想到他们撞到了朋克,这类东西他们根本一窍不通——"

"我觉得他们的父母肯定会生气。劳拉曾对我说,她爸爸坚决不准乔迪穿成这样出门。她就把所有东西放进背包,然后在学校的女厕所里换上。"克莱尔说。

"可那个年纪,人人都这样做。那是彰显个性的一种表现,这我能理解。可是人们在一九七七年,要那么张扬个性干吗呢?他们穿一身格子法兰绒挺好的。"

"你干吗关心起这个来?"克莱尔说。

---

1 王子(Prince),自从 20 世纪 80 年代之后,在世界流行音乐界涌现出的极少数的多才多艺的流行音乐家中最耀眼的一位。
2 流行尖端(Depeche Mode),1976 年正式闯进乐坛的电子组合。
3 斯汀(Sting,原名 Gorden Summer),1951 年生,他有着"摇滚诗人"的美誉,一向是热衷于怀旧的摇滚乐迷们的至爱。
4 治疗(The Cure),一支英国乐队,成立于 1976 年,走过了艰难的朋克爆发的时代一直至今。他们拥有"哥特音乐的教父"的美称,始终保持着炙热的音乐创作激情,成为后朋克(Post-Punk)音乐风格的代表。

"我很难过,因为,我曾属于的那段日子不但已经死了,而且被遗忘了。电台里再也听不到那个年代的歌了,我真搞不懂究竟是为什么,就像那些事情从来没有发生过一样。所以我一看到小孩子假装朋克,就会那么兴奋,因为我不想让过去消失得无影无踪。"

"不过,"克莱尔说,"你总算还能回去。大多数人都被粘在现在,而你却还能一次又一次地回去。"

我沉思了一会儿,"那也很难过,克莱尔,就算有时我能回去做一些很酷的事情,比如,因为乐队解散了,或者某个成员去世了,我又能回去听一场以前错过的演唱会。可是看着他们,我真的很难过,因为我知道接下来会发生什么。"

"但那和你生命中余下的部分有什么不同?"

"是没什么不一样。"我们正开近那条通向克莱尔家的私家车道。她转了个弯进去了。

"亨利?"

"怎么了?"

"要是从现在起,你能停止……要是你不能再去时间旅行,而且以后的事情也不会发生,你愿意吗?"

"如果我现在停止,但还是可以遇见你?"

"你已经遇见我了。"

"是的,我愿意。"我看了看黑暗的车里克莱尔的剪影。

"那会很有趣,"她说,"我会拥有所有的回忆,而你却永远都不能再拥有了。我就像,就像和一个失忆的人交往。我们来这儿之前,我就一直有这样的感觉。"

我笑了,"这样,以后你可以看着我跟跟跄跄地跌进你的每一段记忆,直到我把它们收集成完整的一套为止。"

克莱尔微笑着说:"我想是的。"她把车继续开进家门口的环行车道上,"家,甜蜜的家。"

后来,我们俩蹑手蹑脚地上了楼,进了各自的房间。我换上睡衣,刷好牙,然后又潜伏进克莱尔的房间,这次我终于记得把门从里面锁好。我们温暖地依偎在她那张小床上,她轻声对我说:"我不想让你错过那些。"

"错过什么?"

"所有发生过的事,我小时候的事,我是说,到目前为止,那些事情只发生了一半,因为你还没有经历过。它们只有在你身上真实地发生后,才会变得真实。"

"我已经在路上了。"我的手爬过她的小腹,继续往下游走到她的腿间。克莱尔尖叫起来。

"嘘。"

"你的手太冰了。"

"对不起。"我们开始做爱,小心地,安静地。高潮时,那种感觉太强烈了,我头疼得厉害,那一刻,我担心自己就要消失了,但幸好没有。我躺在克莱尔的怀里,疼得眼睛都斜了。克莱尔却打着呼噜,那种动物一样的鼾声就像推土机在我头上来回碾磨。我想念我自己的床,我自己的房间。家,甜蜜的家。没有地方比家更好。乡村的小路,请带我回家。家是心所在的地方,可我的心却在这里,所以我一定已经回家了。克莱尔发出一声叹息,转过头来,安安静静的。嗨,宝贝,我已经回家了,我已经回家了。

**克莱尔**:这是个晴朗而凛冽的早晨。吃完早饭,装好行李。马克和莎伦已经走了,爸爸开车送他们去了克拉马祖机场。亨利在大厅里和爱丽西亚道别,我上楼来到妈妈的房间。

"哦,已经这么晚了啊?"她看见我外套靴子都穿好了,吃惊地问道,"我还以为你们会留下来吃午饭呢。"妈妈坐在书桌边,上面总是铺满多得惊人的手稿,纸上也永远有她潦草的字迹。

"您在写什么?"不管她写的是什么,纸上尽是些被划掉的单词和涂鸦。

妈妈把纸翻过来盖住,她对自己写的东西总是很保密,"没什么,只是一首描写雪后花园的诗。还没写好呢。"妈妈站起来,走到窗边。"很好笑,诗总没有真实的花园美丽。不过,只是我的诗。"

我无法提什么意见,因为她一首也没给我看过,所以我只能说:"也是,花园真的很漂亮。"她挥去了赞美,夸奖对妈妈没有任何作用,她从不相信这些,只有批评才能让她脸红,才能引起她的注意。一旦我说了什么贬抑的话,她会记得一辈子。接下来是尴尬的沉默。我意识到,她是在等我离开,好让她继续写作。

"再见了,妈妈,"我说罢,吻了吻她冷冰冰的面庞,飞速逃走。

**亨利**:我们上路已经快一个小时了。开始的几公里,道路两旁都是松树,此刻倒是没有了,让人一览无余,只有路边围着的铁丝网。好一会儿,我们谁都没有说话。沉默已经有点变味了。于是,我总得说几句。

"这次没有想的那么惨。"我的声音在狭小的车厢里太过愉快、太过响亮。克莱尔没有回答,我转头看她。她在哭,泪水在她的脸颊上往下流,她开着车,假装自己并没有哭。我从来没见过克莱尔流泪,面对她这样无声而强忍着的泪水,我完全慌了神。"克莱尔,克莱尔,或许——或许你可以把车开到路边停一分钟?"她没看我一眼,就开始减速,把车停在公路边的临时泊道上。我们在印第安纳州的某个地方,天空蔚蓝,路边的野地里有很多乳牛。克莱尔把额头靠在驾驶盘上,长长地吐了一口气。

"克莱尔,"我对着她的后脑勺说,"克莱尔,对不起。是不是——我还是搞砸了?发生什么事了?我——"

"不是你。"她的头发蒙住了脸。我们就这样坐了几分钟。

"究竟是怎么了?"克莱尔只是摇头,我坐着,看着她。最后,我鼓足勇气碰了碰她的身体。我抚摸她的头发,透过那富有光泽的厚外套,感受她颈椎和脊柱的骨节。她转过身来,我从她的邻座上笨拙地拥抱她,克莱尔浑身发抖,哭得更厉害了。

后来,她平静下来。接着她说:"我恨透了妈妈。"

再后来,我们被堵在丹莱恩高速路段上,听着艾尔马·托马斯[1]的歌。"亨利?你,介意吗?"

"介意什么?"我问道,心里想的都是她刚才哭的事情。

但她却说:"我的家人?他们——看上去是不是——?"

"他们都很好啊,克莱尔。我真的很喜欢他们,特别是爱丽西亚。"

"有时,我真想把他们全都推进密歇根湖里去,看着他们一个个沉下去。"

"嗯,我明白你的感受。嗨,我觉得你爸爸和你哥哥以前见过我。我们走的时候,爱丽西亚说了句很奇怪的话。"

---

[1] 艾尔马·托马斯(Irma Thomas),历史上最有名的奥尔良R&B女歌手之一,被人们称作"灵魂乐皇后"。

"有一次，我看见你和爸爸、马克在一起。爱丽西亚也千真万确在地下室里见过你，当时她十二岁。"

"会有麻烦么？"

"没有，因为解释起来太诡异了，没人会相信的。"我们笑了起来，回芝加哥一路上的紧张气氛，至此终于烟消云散了。前面的车速开始逐渐正常，不久，克莱尔在我的公寓楼门口把车停下。我从行李箱里取出包，看着克莱尔调转车头，沿迪尔布恩大街飞快地行驶下去。我的喉咙哽咽了。又过了几个小时，我才明白，那就是孤独。圣诞节正式结束了，又是一年。

## 家就是你最羞愧的地方

一九九二年五月九日，星期六（亨利二十八岁）

**亨利**：我决定了，最好的办法就是直接去问他同意还是不同意。我乘雷文斯伍德线[1]去我父亲家，那里也曾是我小时候的家。只是最近我不常去了，父亲极少邀请我过去，我也不是那种不请自来的人，可这次，我却要那么做一次。他连电话都不接，他究竟要怎样？我在威斯坦大街下了车，往西走到劳伦斯大街。那座两层楼的公寓坐落在弗吉尼亚大街上，后阳台正对着芝加哥河。我刚站在门廊下翻钥匙，金太便把头探出门外，偷偷示意我进去。我一下子紧张起来，金太一直是个热情洋溢、说话响亮、和蔼亲切的人，她知道我们家所有的事情，也向来不干预，确切地说，几乎从未干预过，但她对我们其实非常在意，非常关心，我们都喜欢她那样。可这次，我觉察到了她的不安。

"来杯可乐？"她说着，人已经往厨房走去。

"好呀。"我把背包放在前门口，跟着她进去。她在厨房里，撬开一个老式制冰格的金属拉柄，我一向佩服金太的力气，她大概有七十岁了吧，可还是跟我小时候完全一样。那时我常常待在她家，帮她给金先生做饭（他五年前去世了），在她家看书、做作业、看电视。此刻，我坐在厨房的桌子旁，她端上满满一杯浮着冰块的可乐，摆在我面前，自己则继续喝那杯还剩下一半的速溶咖啡，她的杯子正是那套骨瓷杯中的一只，杯口有一圈蜂鸟的图案。我还记得她第一次同意我用这套杯子喝咖啡的情景，那时我十三岁，感觉自己像个大人。

"好久不见，小伙子。"

"噢！我知道。真对不起……近来，时间好像变快了。"

她仔细地打量我，金太有一双明察秋毫的黑眼睛，似乎能看穿我的心。

---

[1] 雷文斯伍德线（Ravenswood El），1907年5月18日开通运行，全程十五公里，贯穿芝加哥的北部地区，见证了芝加哥近一百年的历史。

她的脸长长的,是典型韩国人的脸,那上面能隐藏所有的表情,除非她有意显露给你看。她还是个出神入化的桥牌高手。

"你现在是在时间旅行么?"

"不是。其实,我已经几个月哪儿都没有去了。真不错。"

"你交了新女朋友?"

我咧嘴笑了。

"呵呵,怎么样,我全知道吧?她叫什么名字?你怎么也不把她带来?"

"她叫克莱尔。我好几次都说要带她过来,可另一个我总是不同意。"

"那是你没和我说。如果你们来,理查也会来的,我们可以吃法式蛋酒鸭。"

我再一次惊讶自己的迟钝。金太对各类社交难题,总有完美的解决方案。爸爸毫不介意在我面前有多乖戾,可他总努力维护在金太面前的形象。他这也是应该的,金太几乎一手带大他的孩子,而且收的房租大概也一直低于市场价。

"您是个天才。"

"嗯,这是事实,可为什么我从未得过麦克阿瑟奖[1]呢?我倒是想问问你。"

"不知道,大概是你不常出门吧。我觉得,麦克阿瑟基金会的那帮人也不会整天泡在赌场里吧。"

"当然啦,那些人已经够有钱的了。对了,你们什么时候结婚?"

可乐的气冲到我鼻子里,我大笑不已。金太猛地站起来,用力捶打我的背。平静下来后,她才重新坐下,抱怨道:"有什么好笑的?我只是问一问,我不能问么,嗯?"

"不,不是的——我没笑你问我,我笑你读懂了我的心思。我就是来请爸爸把妈妈的戒指送给我的。"

"哦!!!小伙子,我错怪你了。哇,你真要结婚了。嘿!太好了!她会答应你吗?"

---

[1] 此奖项是由芝加哥企业家麦克阿瑟(John MacArthur)所设立的麦克阿瑟基金会颁发的,每年在艺术界、科学界以及文艺界有卓越成就的人士均有可能获得此奖。

"我想会的。我有百分之九十九的把握。"

"嗯,那真不错啊。虽然,我并不知道你妈戒指的事。瞧,我现在想要告诉你的是——"她瞥了一眼天花板,"你爸爸,最近不是很好,经常大声喊叫,乱扔东西,而且也不练琴了。"

"哦,其实,都在我意料中。不过,确实很糟。你去过吗?最近?"金太平时常去爸爸那儿的,我猜她一直在偷偷帮他收拾房间,我曾经看到过她一脸不屑地帮爸爸熨礼服衬衫,还勇敢地等着我的评论。

"他现在不让我进门了!"金太眼看就要哭了。太糟糕了,爸爸自己肯定有问题,可让他的问题影响到金太,真是太荒唐了。

"那他不在家的时候呢?"金太背着爸爸出入他的房间,通常我都假装不知道,她也一直假装她根本不会这么做。其实,我很感激,我不会再住在这儿了,总得有人照顾他。

我这么一说,她看上去有些羞愧、老练和略微的警觉。"好吧。是的,我去过一次,因为我担心他。他把垃圾扔得到处都是,要是他一直这样,就要生虫子了。冰箱里除了啤酒和柠檬,什么都没有。他床上都是衣服,我都不知道他是怎么睡的。我不知道他在搞什么,你妈妈走了以后,我从来没见过他这个样子。"

"噢,你说呢?"头顶上"哐"一声巨响,爸爸又把什么东西扔在厨房的地板上了。他大概刚刚起床。"我想,我还是上去看看。"

"是的,"金太满脸愁容,"你爸爸,这么好一个人,我真不懂他怎么会变成这个样子。"

"他是酒鬼,酒鬼都是这样的。他们做的事情就是崩溃,然后继续崩溃。"

她十分震惊地凝视着我,"谈到工作……"

"怎么啦?"哦,见鬼!

"我觉得他现在不工作了。"

"也许是淡季吧,他五月都不演出的。"

"他们去欧洲巡回演出了,他却还在这儿。还有,他两个月没有付房租了。"

该死该死该死。"金太,你为什么不给我打电话?太糟糕了,天啊!"我拔腿跑出客厅,一把抓过背包,回到厨房。在里面翻了一阵,取出支票本,"他欠了你多少?"

金太尴尬极了,"不,亨利,不要——他会付的。"

"他可以以后还我。别推来推去的,嘿,没事的。告诉我,现在,多少钱?"

她避开我的眼睛,"一千二百块。"她小声地说了出来。

"就这些?看看你都在干吗,嘿,资助顽固的德坦布尔慈善基金会?"我签了支票,塞在她的碟子下面,"你快去兑现,否则我还得过来看你。"

"好呀,那我就不兑了,你就不得不来看我了。"

"我总会来看你的,"我内疚得无地自容,"我会带克莱尔一起来。"

金太冲着我笑了,"我盼望你们来。你们会请我做伴娘的,对吗?"

"要是爸爸还不改邪归正,婚礼上你就做我的家长。其实,这真是一个好主意:你领我走上教堂的红地毯,克莱尔穿着燕尾服在尽头等我们,四周的乐队奏响《罗恩格林》[1]……"

"我得去买一套漂亮的礼服。"

"呀,别急着去买,你得等等我的确切消息,"我叹了口气,"我想我还是快点去和他谈谈。"我站起来,在金太的厨房里,我突然觉得自己是个巨人,就像是长大后重返学前班的教室,对那些小桌小椅发出无比的惊叹。她缓缓起身,送我到前门。我拥抱她,就那么一刻,她显得如此脆弱和迷茫,我不禁纳闷,那些有关扫除、园艺、桥牌的日子是如何充斥着她的生活,不过我自己的麻烦都还没解决呢。我很快就要面对它们了,我不可以一生都躲在克莱尔温柔的床上。金太看着我打开了爸爸的房门。

"嗨,爸,你在家么?"

一阵寂静,之后是:"走开!"

我走上台阶,金太关上了她的门。

首先袭来的是某种气味,什么东西正在腐烂。客厅里一片荒芜,那些书都到哪儿去了?我父母曾有一屋子的书,音乐、小说、历史,法文的、德文的、意大利文的,都到哪儿去了?甚至连他们收藏的磁带和 CD 也少

---

[1] 《罗恩格林》(Lohengrin),德国著名音乐家瓦格纳的歌剧作品。其中一首混声四部合唱便是后来为人熟知的《婚礼进行曲》。

了很多。到处都是纸，广告信、报纸、乐谱散落了一地。母亲的钢琴上积满了灰，窗沿上那盆死掉很久的剑兰早成了木乃伊。我瞄了一眼卧室，更是无比混乱：衣服、垃圾、更多的报纸。而卫生间里，一瓶米克劳牌啤酒躺在水池里，淌到瓷砖上的酒水早已挥发干，折射出一层光亮。

父亲坐在厨房里，背对我，望着窗外的河流。我进来，他没转身，我坐下，他也不看我，但也没有起身去别处，所以我把这看作可以开始谈话的信号。

"你好，爸爸。"

沉默。

"我去看了金太，刚才。她说你最近情况不好。"

沉默。

"我听说你不工作了。"

"现在是五月。"

"可你怎么没去巡回演出？"

他终于看我了。在那种固执下面，掩藏着恐惧。"我请了病假。"

"什么时候开始的？"

"三月。"

"带薪病假？"

沉默。

"你病了么？哪里不舒服？"

我以为他会继续冷落我，谁知道他居然伸出双手作为一种回答。它们瑟瑟颤抖，仿佛自己正进行着轻微的地震。他终于，变成这样了，二十三年来拼命地喝酒，终于毁掉了他拉琴的双手。

"哦，爸爸。哦，上帝啊。斯坦怎么说？"

"他说就这样了。神经都烂了，也好不起来了。"

"主耶稣啊！"我们相互看着对方，那是煎熬的一分钟，他的脸上充满痛苦，我开始理解了：他一无所有了。再也没有什么可以抓住他、留下他，可以成为他的生命的。首先是妈妈，然后是音乐，走了，都走了。我在他心中本来就不算什么，所以我迟来的努力注定于事无补。"接下来怎么办？"

沉默。没有接下来了。

"那你也不能整天待在这里再喝二十年吧！"

他看着桌子。

"你的退休金呢？职工补助呢？医疗保障呢？嗜酒互诫协会呢？"

他什么都没做，任凭一切溜走。我以前都在哪儿啊？

"我替你付了房租。"

"哦。"他倒糊涂了，"难道我没有付？"

"你欠了两个月。金太很尴尬。她不想告诉我，她也不要我给她钱。可是我觉得没必要把你的问题变成她的问题。"

"可怜的金太。"眼泪从父亲的脸颊上汇聚、流淌下来。他真的老了。没有别的词语可以形容。他五十七岁，已经垂垂老朽。我不再生他的气，我为他难过，为他恐惧。

"爸爸，"他再一次看着我。"听着，你得让我为你做些什么，好吗？"他转过脸，看着窗外河对岸的树木，那些东西都比我有趣无数倍。"你得让我查查你的退休金、银行文件之类的全部资料。你得让我和金太把这里弄干净。还有，你不能再喝酒了。"

"不行。"

"什么不行？是每个都不行还是几个不行？"

沉默。我开始失去耐心，于是我决定转移话题，"爸，我快要结婚了。"

这终于吸引了他的注意力。

"和谁？谁会嫁给你？"他这么问，我想，他并没有恶意，只是一种真诚的好奇。我掏出皮夹，从塑料夹层里取出克莱尔的照片。照片里的克莱尔正宁静地眺望着莱特豪斯海滩，她的头发好似风中飞扬的旗帜，在清晨的阳光下，她的身体映衬在后面深暗的树丛中，显得光彩夺目。爸爸接过照片，认真研究起来。

"她叫克莱尔·阿布希尔，是个艺术家。"

"嗯。她挺漂亮的。"他勉强挤出一句。这就是我父母给我的最大的祝福了。

"我很想……我真的很想把妈妈的结婚和订婚戒指都送给她。我想，如果妈妈在的话，她也会很乐意的。"

"你怎么知道？恐怕你对她都没什么印象了。"

我不想讨论这个话题，但我突然异常坚决地想要得到我要的东西。"我一直都看见她。她去世后，我已经见了她几百次了，我看见她在我们家周围散步,和你一起,和我一起。她去公园记歌谱,她去买东西,她在蒂亚[1]和玛拉一起喝咖啡。我看见她和伊西舅舅在一起。我看见她在茱丽亚德音乐学院[2]。我听见她在唱歌!"爸爸目瞪口呆地看着我。我在摧毁他,可我停不下来。"我和她说过话。有一次在一辆拥挤的地铁上,她就站在我旁边,我还碰到了她。"爸爸开始哭了,"那不一定永远都是诅咒,对吗?有时,时间旅行很开心。我需要去看她,有时,我必须要去看她。她会很喜欢克莱尔的,她会想让我快乐的。现在你把事情搞得这么糟,仅仅就因为她死了,她会伤心的。"

他坐在桌子旁,流着眼泪。他哭着,没有用手挡住脸,只是低头,好让眼泪哗哗地落下。我看了他一会儿,这就是我情绪失控的代价。接着,我去卫生间,拿来一卷纸巾。他看都没有看,撕了一些,使劲地抽鼻子。我们又坐了几分钟。

"你以前为什么不告诉我?"

"怎么?"

"你为什么不告诉我你能看见她?我很想……知道。"

我为什么不告诉他?因为任何一个正常的父亲,现在都应该恍然大悟了,那个一直在他们结婚早年时出没的陌生人,就是他会时间旅行的、异于常人的儿子。因为我害怕,因为他恨我在那场事故中活了下来,因为我觉得自己凌驾于他,而那个特征在他眼里却是某种缺陷……无数如此丑恶的理由。

"因为我怕你伤心。"

"哦。不。我不会……伤心;如果我……知道她还在那里,在某个地方,我会……好受些。我是说……最不幸的事实是她永远走了。所以她在别的什么地方,我会好受些,即使我看不见。"

"她通常看上去都……很幸福。"

"是的,她那时很幸福……我们都很幸福。"

"是啊,和现在完全是两个人。我总在想,如果你一直是那样的话,我在你的照顾下长大,会是怎样?"

---

[1] 蒂亚(Tia's),芝加哥城里一家价格实惠的墨西哥餐厅。
[2] 茱丽亚德音乐学院,全世界最有名的音乐学府,坐落于纽约。

他站起来，慢慢地。我坐着，眼看他晃晃悠悠地从走廊走进他的卧室。我听见他到处翻了一阵，然后他缓缓地回来，拿着一只绸缎小口袋。他把手指伸了进去，拿出一只深蓝色的首饰盒。他打开盒子，取出两枚精致的戒指。在他那修长而颤抖的手中，它们仿佛是两颗种子。爸爸把他的左手放到右手上，捂住戒指，坐了一会儿，仿佛有两只萤火虫飞落进他的手心。他的眼睛闭着，然后他睁开眼，伸出右手。我的双手朝上聚成一个杯状，于是，他把戒指倒入我那充满期待的手掌中。

订婚戒指是颗祖母绿，微弱的光线从窗户里透射进来，它把它们折射成绿色和白色的光芒。两枚戒指的指环都是银的，需要清洗，也需要被戴上，而我知道那个最合适的女孩。

# 生　日

一九九二年五月二十四日，星期日（克莱尔二十一岁，亨利二十八岁）

**克莱尔：**今天是我二十一岁生日，一个极其美好的夏日傍晚。我待在亨利的家里，躺在他的床上读《月亮宝石》[1]。亨利在他的小厨房里做晚饭，我披上他的浴袍走进浴室，听见他一个人在搅拌机旁咕咕哝哝的。我悠闲地洗着我的头发，镜子上全是水蒸气。我最近想去剪头发，剪好以后洗头就棒多了，梳理方便，即刻搞定，马上就可以去参加舞会。我叹了口气，亨利很爱我的头发，甚至认定它们拥有独立的生命，自己的灵魂，仿佛单单是它们就可以回应他浓浓的爱意。我知道他爱我的头发是因为那是我的一部分，如果我剪短了，他会非常难过，我自己也会懊悔……留到这么长，真花了不少时间。有时我甚至想，能不能把它们像假发套一样平时戴着，出去玩的时候再脱下来搁一边呢？我仔细地梳，把粘住的头发全部梳通。头发湿的时候很沉，拽着我的头皮。我敞开浴室的门，好让水蒸气散出去。亨利在外面唱着《布兰诗歌》[2]里的曲子，不但声音怪怪的，还老跑调。我从浴室出来时，他已经开始上菜了。

"时间刚好。晚餐也好了。"

"再等一等，让我穿上衣服。"

"你这样很不错啊，真的。"亨利绕过桌子，解开浴袍，双手轻轻地抚摸我的乳房。

"呀，晚饭都要凉了！"

"晚饭本来就是凉的。"

"哦……好吧，那吃饭吧。"我突然觉得很累，很暴躁。

"听你的。"亨利乖乖松开手，继续摆放那些银餐具。我看了他一会儿，

---

1　《月亮宝石》（The Moonstone），19世纪英国惊悚作家威尔斯·柯林斯著。
2　《布兰诗歌》（Carmina Burana），是德国古典音乐家卡尔·奥夫（Carl Orff）的歌剧作品中最被现代人接受并且产生共鸣的合唱作品，经常在电视、电影、广告中出现。

然后从地板各处捡起衣服，一一穿上。我在餐桌边就坐，亨利端上两碗汤，淡白浓稠。"奶油浓汤，是我外婆传下的手艺。"我尝了一下，奶味十足，入口凉爽，味道好极了。第二道菜是三文鱼芦笋卷，再淋上橄榄油和迷迭香调味汁。我张开嘴，本想说些好听的话称赞他，谁知一开口却成了："亨利——别人做爱也像我们这样频繁吗？"

亨利想了一会儿，"大多数人……不，我想，没这么多吧。只有一些刚认识不久、仍不能相信自己交了如此好运的伴侣才那样，我是这么想的。你觉得我们太多了吗？"

"我不知道，也许吧。"我说的时候，一直盯着自己的盘子，简直不敢相信自己现在说的话。我整个青春期都在央求亨利早日和我做爱，而现在却对他说太多了。亨利坐着，一动不动。

"克莱尔，我很抱歉。我一直没有注意到，我根本没有……"

我抬起头，亨利看上去深受打击。我不禁笑出声来，亨利也微笑起来，带着点内疚，可他眼里却有亮晶晶的东西闪过。

"只是——你知道吗，有些天我连坐都坐不下来。"

"是这样啊……你就说出来啊。说，'今晚不行，亲爱的。我们今天已经做了二十三次了，我宁可去看《荒凉山庄》[1]。'"

"那样你会老实下来，打住不做么？"

"我会的，刚才不就是吗？那很老实啦。"

"嗯，可我会觉得很内疚。"

亨利笑了，"那我就帮不了你了。也许我惟一的希望就是：一天又一天，一周又一周，然后我饿了，虚脱了憔悴了，因为缺少激情的亲吻，因为不能痛快地发泄，然后又过了一阵，某一天，你从你的书堆里抬起头来看见我，才意识到如果不立刻和我做爱的话，我就要死在你脚边了。而我只发出几句轻声的抽噎。"

"可是——我不知道，我是说，我筋疲力尽了，而你看上去还是……那么自如。是不是我不正常，还是别的什么？"

亨利从桌子对面探过身来，抓我的双手，把它们放在他的手心。

"克莱尔。"

---

[1] 《荒凉山庄》(*Bleak House*)，英国小说家狄更斯著。

"嗯?"

"这么说恐怕太直露了点,希望你会原谅我,你的性欲远远超过几乎所有我约过会的女人。换作她们的话,她们早就要喊救命,或者几个月前就把电话调成录音了。我也应该想到的……可你看上去每次都那么投入。不过如果你嫌太多,或者你不喜欢了,你就要告诉我,否则今后我在你身边会畏头畏脚,我害怕这种丑恶的需求成了你沉重的负担。"

"可是做多少爱才够呢?"

"我吗?哦,天啊。对我来说,完美的生活就是永远待在床上,断断续续几乎一刻不停地做爱,除非必要的进食。你知道的,水和水果,免得患坏血病。偶尔去浴室刮刮胡子,然后再钻回被子里。床单隔一阵可以换一下,我们再看场电影预防褥疮。还有跑步,每天早晨我还是要跑步的。"长跑是亨利的宗教信条。

"为什么还要跑步?你还觉得运动量不够大吗?"

他一下子认真起来,"因为我要活着,常常就得指望自己跑得比那些追我的人快。"

"哦。"这个答案我早该知道,这次轮到我惭愧了。"可是——我该怎么说呢?——你好像从来没有去过其他地方——自从我们在这儿认识以后,你好像难得再去时间旅行了,对么?"

"不是啊,圣诞节啊,你看到的。感恩节前后还有过一次。当时你在密歇根州,我一直没提,一想起来就难过。"

"你亲眼目睹了那场车祸?"

亨利盯着我,"是的,我看到了。你怎么知道?"

"好几年前在草地云雀屋,圣诞夜的时候,你告诉我的。你当时确实非常难过。"

"是的,我记得光看时间表上的那个日期就很不开心了,想着,啊,还要再熬一个圣诞。另外,那天本来也很惨,最后我酒精中毒,不得不去洗胃。我希望没有毁了你的圣诞节。"

"不……见到你就很开心了。你告诉了我非常重要的事情,很私密的事情,尽管你那时很谨慎,没有透露任何姓名和地址。但那仍是你真实的生活,而我愿意付出一切来让自己相信:你是真实的,不是我幻想出来的。这也就是我以前总要碰你的原因。"我笑了,"我一直都不知道我让你受了多少罪,所有的事情,我能想到的,我都做了,而你总是装酷,你一定快被我捉弄死了吧。"

"比如说?"

"来点甜点吧?"

亨利尽职地站起来去拿甜点。芒果紫莓冰激凌的每个角上都竖着一根小蜡烛。亨利唱起《生日快乐》,他走调得出奇,逗得我咯咯乱笑。我许了愿,吹灭蜡烛。冰激凌的味道好极了。我很开心,开始在记忆里搜索某个勾引亨利的可笑的插曲。

"好了,这个最恶劣。我十六岁,有天晚上等你,大约十一点,只有一弯新月,地上很暗。那段时间我很讨厌你,因为你总是把我当——孩子、朋友或其他什么的,而我却疯狂地想要摆脱自己的童贞。我突然想到一个主意,把你的衣服藏起来……"

"噢,别。"

"所以我把你的衣服移到了别的地方……"我突然觉得这个故事有点丢脸,可是为时已晚。

"然后呢?"

"然后你就出现了。我挑逗你,直到你实在无法忍受。"

"然后呢?"

"你突然扑到我身上,压住我,大概有三十秒吧,我俩都在想,'就是这样。'我不是说你要强奸我了,因为这完全是我自己要求的。可你脸上就是现在这种表情,你说了声'不'就起身走开了。你径直穿过草地,进入树林。接下来的三个星期,我都没有再见过你。"

"哇,他真比我高尚得多。"

"这件事真的让我一蹶不振,接着整整两年里,我花了很大的力气做个乖女孩。"

"谢天谢地。我真难以想象我是怎么控制住自己的意志力的。"

"哈,你会控制住的,这真是神奇。很长一段时间,我都以为自己吸引不了你了。不过话说回来,如果我们今后要一辈子在床上度过,当你再时间旅行去我的过去时,你就可以表现出一点点克制力了。"

"可你知道的,我那么需要性,这并不是玩笑。我也知道那是不现实的,可我一直都想告诉你:我觉得真的不同。我……觉得自己和你联系得那么紧密。我想就是它把我一直固定在此地,固定在此刻。我们的身体如此连接,在某种程度上也重组了我的大脑。"亨利用指尖轻轻抚摸着我的手。他抬起头,"我有些东西要给你。来,坐到这里。"

我站起来,跟着他去了客厅。他把床还原成沙发,我坐了上去。太阳已经落山了,房间浸润在玫瑰色和橘黄色的光里。亨利打开书桌,在一个分类夹里摸出一只绸布小口袋。他坐得离我稍有些距离,但我们的膝碰在一起。他一定能听见我的心跳,我想。这一刻终于到了,我想。亨利握住我的双手,认真地看着我。这一天我实在等了太久,它终于来临了,我反倒害怕了。

"克莱尔?"

"嗯?"我的声音又小又紧张。

"你知道我爱你。你愿意嫁给我吗?"

"愿意……亨利。"强烈的似曾相识感,"可你知道,真是的……我早就嫁给你了。"

一九九二年五月三十一日,星期日(克莱尔二十一岁,亨利二十八岁)

**克莱尔**:这就是亨利从小长大的地方,我和他正站在前廊里。有些迟,可我们还是站在这里了。亨利斜靠在信箱上,闭着眼睛,缓慢地呼吸。

"别担心,"我对他说,"总不可能比见我妈妈那次更糟吧。"

"你父母对我很好。"

"可我妈妈……令人难以预料。"

"我爸爸也一样。"亨利把钥匙塞进前门的锁孔里,我们走上一段台阶,然后亨利敲了某一扇门。一个小个子的韩裔老太太马上打开了门:金太。她穿了件蓝色的丝绸裙子,涂着鲜红的唇膏,眉毛画得稍有点不对称。她的头发灰白相间,编好扎成两团髻,靠在耳朵的两侧。不知道为什么,她让我想到鲁芙·高登[1]。她的身高大概到我的肩膀处,她往后仰起头看我,然后说:"哦!亨利,她可真——美啊!"我感到自己的脸一阵羞红。亨利说:"金太,你的礼貌都哪儿去啦?"金太大笑着说:"你好,克

---

[1] 鲁芙·高登(Ruth Gordon),1968年获奥斯卡最佳女配角奖。

莱尔·阿布希尔小姐！"我回答："您好，金太太。"我俩相视一笑，然后她说："哦，你可得学着叫我金太，大家都叫我金太。"我点点头，跟她进了客厅，亨利的父亲就在那里，坐在一把扶手椅上。

他什么也没说，只是看着我。亨利的父亲高高瘦瘦的，嶙峋而憔悴。看起来亨利不怎么像他，他一头灰白的短发，深色的眼睛，长长的鼻子，薄薄的嘴唇，两角微微下垂。他在椅子上缩成一团，我注意到他修长又优雅的手，像一只打盹的猫似的搭在腿面上。

亨利咳嗽了一下，说："爸爸，这就是克莱尔·阿布希尔。克莱尔，这是我爸爸，理查·德坦布尔。"

德坦布尔先生慢条斯理地伸过来一只手，我向前一步握住，他的手冰一样地凉。"您好，德坦布尔先生，很高兴见到您。"我说。

"是么？亨利一定没有对你讲很多我的事，"他的嗓音沙哑而有趣，"我得充分利用一下你的乐观情绪。过来坐到我旁边。金太，给我们来些喝的吧！"

"我刚才就准备问大家的——克莱尔，你想喝什么？我调了些桑格里酒[1]，想不想来点？亨利，你呢？也是桑格里酒？好的。理查，给你来些啤酒？"

每个人都似乎暂停了一会。接着德坦布尔先生说："不，金太，如果不太麻烦的话，我想来点茶就行了。"金太微笑着，转身去了厨房。德坦布尔先生转身对着我说："我有点感冒了，刚吃了些感冒药，恐怕一会儿我会犯困。"

亨利坐在沙发上，看着我们。家具清一色都是白色的，好像全是一九四五年左右在 JCpenney[2] 里买的。每只坐垫都包着透明的塑料纸，白色的地毯上也垫着些塑料薄膜。壁炉看上去像从没用过，上面有一幅很美的疾风劲竹水墨画。

"这幅画可真不错。"我评论起来，因为大家都不说话。

德坦布尔先生好像很高兴，"你喜欢么？是我跟安妮特一九六二年从日本买回来的。我们在京都买的，不过它是中国画。我们觉得金太和金先生

---

1 由红葡萄酒、水果汁、汽水等配制而成。
2 美国著名连锁百货公司，经营鞋类、服装、家庭装饰品、珠宝、玩具。

会喜欢的。它是十七世纪的摹品，原件还要古老。"

"和克莱尔说说上面的诗。"亨利说。

"好，上面的题诗是，'抱节元无心，凌云如有意。置之空山中，凛此君子志。——吴镇[1]漫兴画并书'。"

"真棒。"我说。金太端着一盘饮料上来，亨利和我每人都接过一杯桑格里酒，德坦布尔先生双手小心翼翼地捧走他的茶。他把茶杯放在桌上，杯子轻轻撞击着碟子。金太坐在壁炉边的小扶手椅上，品呷起她自己的桑格里酒。我也喝了一口，挺烈的。亨利瞟了我一眼，扬起眉头。

金太问："克莱尔，你喜欢花园么？"

"嗯，喜欢，"我说，"我妈妈是个园丁。"

"那晚饭前你去后院看看。我的牡丹全开了，我们还想让你看看那条河。"

"好主意。"于是我们一起来到院子里。我爱在摇摇晃晃的楼梯脚下缓缓淌过的芝加哥河，我也爱牡丹花。金太问："你母亲的花园是什么样的？她种玫瑰么？"金太有一片修葺齐整的玫瑰园，我觉得那是和茶树杂交过的品种。

"她的确有一丛玫瑰园。其实，妈妈最心爱鸢尾花。"

"哦，我也种了鸢尾花，就在那儿。"金太指给我看她那一簇鸢尾花，"我该把它们分分株了，你觉得你妈妈会想要些么？"

"我不知道，我去问问。"妈妈种了两百多种不同的鸢尾花。我正巧看到亨利在金太背后窃笑，我朝他皱了皱眉，"我也问问她是否可以和您交换一些她自己培育的新品种，她喜欢送一些给朋友们的。"

"你母亲会培育鸢尾花？"德坦布尔先生问。

"是呀。她还培育新品种的郁金香呢！不过鸢尾花还是她的最爱。"

"她是专业的园丁么？"

"不，"我说，"是业余爱好。她请了一位花匠做大部分工作，还有一些人常来翻地、除草什么的。"

"一定是个很大的花园。"金太说。她把我们又领回了房间，厨房里的

---

[1] 吴镇，字仲圭，自号梅花道人、梅道人、梅花庵主等。元四大家之一，山水学董源，用笔厚重，更擅长画竹与渔父人物，自成一格。此诗引自《题竹二十二首》之十二。

计时器响了,"好了,"金太说,"大家该吃饭了。"我问要不要帮忙,金太却挥手让我坐到椅子上。亨利在我对面,他爸爸在我右侧,金太那张空椅子在我的左侧。我发现德坦布尔先生穿了件毛衣,而屋子里其实很暖和。金太的瓷器非常精美,每只上面都绘着蜂鸟的图案。喝的水冰极了,每个人的杯子外面都像冒冷汗似的。金太给我们斟上白葡萄酒,她对着亨利父亲的酒杯顿了顿,看他在摇头,便接着往其他杯子里斟。她端出色拉后就坐了下来。德坦布尔先生举起杯,"敬幸福的小两口。"他说道。"幸福的小两口,"金太也应和着。我们四人碰杯而饮。金太说:"克莱尔,亨利说你是个艺术家,是哪方面的呢?"

"纸张制造。纸雕塑。"

"哦!你哪天得弄给我瞧瞧,我不懂那个,是不是日本的手工折纸?"

"呃,不。"

亨利插进来说:"就是像我们上次在芝加哥美术馆看的那个德国艺术家的作品,你知道的,安塞尔姆·基弗[1]。那种巨大的深色纸雕塑。"

金太看起来有些困惑:"为什么像你这样的漂亮女孩子要去做那些丑陋的玩意?"

亨利笑起来,"那是艺术,金太。再说,它们也很漂亮的。"

"我也用花做素材,"我对金太说,"如果你把那些枯掉的玫瑰给我,我可以把它们都放在我现在正在做的那件作品上。"

"一言为定,"她说,"你在做的那是个什么?"

"一只用玫瑰、毛发和黄花菜纤维做的大乌鸦。"

"啊?怎么会是乌鸦?乌鸦不吉利。"

"哦?我觉得它们美极了。"

德坦布尔先生抬起一根眉毛,有一秒钟的光景,他看上去和亨利一模一样。他说:"你对美有独特的见解。"

金太站起来,收拾我们吃完的色拉盘,然后又端上一碗绿色的豆子、一盘热气腾腾的烤鸭佐悬钩子红胡椒酱汁。简直是天上美味,我终于知道亨利是在哪儿学的厨艺了。"你们觉得怎样?"金太一定要大家评论一番。"金太,味道很好。"德坦布尔先生说,我也跟着发表了赞美。亨利问:"是

---

[1] 安塞尔姆·基弗(Anselm Kiefer),1945年生,德国艺术家。

不是糖放得少了?"金太说,"嗯,我也觉得。"亨利继续说:"不过,你烧得真嫩。"金太咧开嘴笑了。我伸手去拿酒杯,德坦布尔先生对我点了点头,然后说:"安妮特的戒指戴在你手上很好看。"

"它美极了。真谢谢您让我戴上它。"

"这连同和它一套的那枚结婚戒指,历史可不短了。那是一八二三年为我的曾曾曾祖母在巴黎定制的,她叫珍妮。一九二〇年,它随我的祖母伊薇特辗转到美国。一九六九年后,戒指就一直放在抽屉里,安妮特就是那年去世的。现在看到它重见天日,真让人高兴。"

我看着戒指,心想,亨利的妈妈临死前是否还戴着它呢?我看了亨利一眼,他好像也在思考同样的问题,我又看了看德坦布尔先生,他正在吃他的鸭子。"和我说说安妮特好吗?"我问德坦布尔先生。

他把刀叉放下来,双肘撑着桌面,两手放在额头上。他从指缝里偷偷地看了看我,"好吧,我想,亨利一定已经和你说过一些了。"

"是的,不过只有一点点。我是听她的歌长大的,我父母都是她的歌迷。"

德坦布尔先生微笑着,"哈。那么好吧,你知道么,安妮特有最迷人的声音……丰富,纯净,她的音色,那么广的音域……她能用那样的声音表达她的灵魂。每当我听她唱歌的时候,我都觉得生命不再仅仅是肉身……她的耳朵真的很棒,她能理解音乐的结构,对于任何一段需要诠释的旋律,她都能完美地分析出它的精髓……安妮特,她很感性,她会感染别人。她去世以后,我再也没有真正感受过什么。"

他停下来。我不敢正视德坦布尔先生,于是我转而看亨利。他凝视着他父亲,脸上露出无限的悲伤,我只好低头看自己的盘子。

德坦布尔先生说:"可你只是问安妮特,不是我。她很亲切,是位伟大的艺术家,这两种品质很少兼有共存。安妮特让人觉得快乐,她自己也很快乐,她享受生活。我只见她哭过两次:一次是我把那戒指给她,另一次是她生下亨利的时候。"

又是一阵沉默。最后,我说:"您真的很幸运。"

他微微一笑,手还是挡着脸。"怎么说呢,我们曾幸运过,我们也曾很不幸。一分钟前我们还拥有能梦到的一切,下一分钟她就成了高速公路上的碎片。"亨利眨了一下眼睛。

"可您不觉得吗？"我很坚持，"极其快乐的瞬间，哪怕会失去，也比平淡的一生值得，对吗？"

德坦布尔先生凝视着我，把手从脸上放下来，出神地盯着我。然后他说："我一直都怀疑这种说法。你真的相信吗？"

我回忆我的童年，所有的等待、怀疑，几个星期几个月的分离、又突然看到他走进草坪时的喜悦。我曾想，如果两年见不到亨利，一切会怎样？然后，我又在纽贝雷图书馆的阅览室里看见他，看见他站在那儿，那种可以去触摸他的喜悦，可以知道他住在哪里、知道他有多爱我，这种感受是多么奢侈，"是的，"我说，"我相信。"我遇见亨利的目光，笑了。

德坦布尔先生点点头，"亨利找对了人。"金太起身去端咖啡，她在厨房里忙乎着，德坦布尔先生继续说："他天生就无法给人带来平静。事实上，在很多方面他都和他的母亲相反：不可靠，反复无常，除了对他自己，从来没有真正关心过任何人。克莱尔，告诉我究竟为什么，像你这样可爱的姑娘会愿意嫁给亨利呢？"

屋子里的每个生命体仿佛都屏住了呼吸。亨利僵直了，一句话也说不出来。我向前倾了倾身子，微笑地看着德坦布尔先生，充满热忱地回答他，仿佛他刚才问我最喜欢吃哪种冰激凌，"因为他的床上功夫真的、真的没话说了。"厨房里传来一声噗叫般的笑声。德坦布尔先生的眼睛扫向亨利，亨利扬着眉毛，咧嘴笑了。最后，就连德坦布尔先生也微笑着说："令人感动，亲爱的。"

接下去，我们喝完咖啡，吃掉了金太那无比完美的杏仁果子大蛋糕，金太给我展示了亨利在婴儿、幼年、高中等各个时期的照片（这令亨利羞愧无比），她也问了我很多我家的问题（"你家房子有多少间？这么多啊！喂，小子，你怎么从来都没有告诉过我她既美丽又富有呢？"），最后我们都来到前门口，我感谢金太的晚餐，然后向德坦布尔先生道晚安。

"克莱尔，见到你是我的荣幸。"他说，"不过你今后得叫我理查。"

"谢谢您……理查，"他握住我的手，就在那短暂的时间里，我看到了很多年以前安妮特一定也曾看到过的神情——但是很快就消失了。他生硬地朝亨利点了下头，亨利正在亲吻金太。我们走下台阶，来到夏夜之中。我们在屋子里的那段时间，仿佛有好几年那么漫长。

"哇噻！"亨利说，"刚才那一幕，就是叫我死一千次也值。"

"我表现还好么?"

"还好?你简直是个天才!他爱上你了!"

我们走在街上,手牵着手。在社区的尽头有座游乐场,我跑到秋千下,爬了上去。亨利坐在旁边的另一架秋千上,我们相对着,越荡越高,彼此擦身而过,有时保持同步,有时相互急冲而来就要撞上似的。我们笑啊,笑啊,没有任何要悲伤的事情,没有任何会失去的人,也没有死亡,没有分离:我们此时就在这里,没有什么能够破坏我们完整的幸福,能够掠夺这一瞬间完美的欢乐。

一九九二年六月十日星期三(克莱尔二十一岁)

**克莱尔**:我独自坐在佩若格里斯咖啡馆一张临街靠窗的小桌边,这间看似不起眼的小店却有着极品的咖啡。今年夏天我选修了怪诞风格史,我本来是要写一篇《爱丽斯梦游仙境》的论文,可现在却待在这里做着白日梦,懒散地看着傍晚哈斯特大街上来去匆忙的人群。我不经常来男孩城[1],在这个没有熟人会找我的地方,也许工作效率会更高一点。亨利又消失了,他既不在家,也没去上班。我尽力不去担心,尽力培养出一种淡然处之的心态。亨利能够照顾自己的。即使我不知道他此刻在哪儿,也不意味着就会发生什么坏事。谁知道呢?说不定他正和我一块呢!

有人站在马路对面朝我挥手,我眯起眼,仔细一看,是那天在阿拉贡和英格里德一起的小个子黑女人,希丽亚。我也向她挥手打招呼,她穿过马路,突然就站在了我的跟前。她可真矮,即使我坐着她站着,我们的脸也只在一条水平线上。

"克莱尔,你好!"希丽亚说,她的声音像奶油一样香甜,我真想把自己裹进去,睡上一觉。

"你好,希丽亚。坐吧。"她面对我坐了下来,她的个子完全是矮在腿上,她坐下来就很正常了。

---

[1] 1998 年为了标榜男同性恋社区"男孩城",芝加哥市竖起了 22 座高达六米的彩虹路灯。这一工程今后还将不断扩大,旨在与"希腊村"、"唐人街"等社区的规模相媲美。"男孩城"日益鲜明的特征,尤其是它将性行为与种族划分相等同的潜在意义,引起了广泛的争议。

"我听说你订婚了。"她说。

我举起左手,给她看我的戒指。服务生懒洋洋地走上来,希丽亚要了杯土耳其咖啡。她看着我,给了我一个意味深长的微笑。她的牙齿虽然白,却长而弯;她的眼睛大大的,可是眼皮游移于开闭之间,快要睡着似的;她的满头辫子高高地盘着,还用了一支粉红色的小筷子装点,和她那粉红色的裙子正好搭配。

"你要么很勇敢,要么很疯狂。"她说。

"不少人都这么说。"

"我想,到今天你也该知道了。"

我微微一笑,耸耸肩,抿了口咖啡,和室温一样冷,而且太甜了。

希丽亚问:"你知道亨利现在在哪儿吗?"

"我不知道。你知道英格里德现在在哪儿吗?"

"我知道,"希丽亚回答,"她正坐在柏林[1]的吧台边上等我呢。"她看了看手表,"我迟到了。"街灯的光把她焦棕色的皮肤照得忽蓝忽紫,使她看起来就像个令人销魂的火星人。她朝我笑了笑,"亨利正光着身子在百老汇大街上飞奔呢,后面还跟着一帮光头党[2]。"哦,不!

服务生把希丽亚的咖啡端上来,我指指我的杯子,他便为我续了杯,我小心地舀了一勺糖,搅拌起来。希丽亚把咖啡勺竖在小小的杯子里面,那里面的土耳其咖啡又黑又浓,和糖浆一样。很久以前,有三个小姐妹……她们都生活在一座井底……她们为什么要生活在井底呢?……因为那是一座糖浆井[3]。

希丽亚等着我说些什么。当你还没有想出该说什么的时候,不妨先行个屈膝礼,它能帮你争取时间[4]。"是么?"我说了声。哦!天才克莱尔。

"你好像不是很担心的样子,我的男人要是这副打扮在街上跑,我想我会担心的。"

"是的,不过,亨利可不是普通人。"

希丽亚大笑起来:"姐姐,说得太对了!"她究竟知道多少?英格里德

---

1 柏林(Berlin Nightclub),1983年起开张,以诡异的视觉为特色,目前仍是芝加哥城里最好的酒吧之一。
2 极端右翼保守的年轻人。
3 引自《爱丽斯梦游仙境》。
4 《爱丽斯梦游仙境》中红心皇后说的话。

知道吗？希丽亚倾过身子对着我呷了口咖啡，睁大眼睛，抬起眉毛，抿住嘴唇，"你真的要嫁给他？"

一阵疯狂的冲动，我脱口而出："如果你不相信，就看着我嫁给他吧。来参加我们的婚礼吧。"

希丽亚摇了摇头，"我？你知道，亨利根本就不喜欢我。一点都不。"

"是啊，你好像也并不是特别欣赏他。"

希丽亚咧嘴一笑，"现在我欣赏他了。他把英格里德小姐甩得那么惨，我在帮他收拾残局。"她又匆匆看了看表，"谈到那位，我约会真的迟到了。"希丽亚站起来，说："为什么不和我一起去呢？"

"噢，不，谢谢了。"

"来吧，小姑娘。你和英格里德也应该互相认识一下。你们有许多共同点。我们有个单身女子聚会。"

"在柏林？"

希丽亚笑起来，"不是城市，是酒吧。"她的笑声甜美如蜜，像是从比她大几倍的身体里发出来的。我真不想让她走，可是……

"不，这个主意不怎么样，"我看着希丽亚的眼睛，"这样做很卑鄙。"她的目光稳稳地迎接我，我想到了蛇，想到了猫，蝙蝠吃猫吗？……还是猫吃蝙蝠呢？[1] "还有，我得完成这个。"

希丽亚飞了一眼我的笔记本，"什么？这是作业？噢！今天晚上还要做功课！好好听你希丽亚大姐姐的话，她最知道小女生需要什么了——喂，你到喝酒的年龄吗？"

"是的，"我骄傲地对她说，"三个星期前就到了。"

希丽亚跟我靠得很近，她闻起来有股肉桂香。"得了吧得了吧。在和图书馆先生结婚之前，你得先享享乐子。克莱尔，啊——呀！很快你就会发现你四围都是图书馆娃娃们大便拉出来的图书目录。"

"我真的不想——"

"什么都别说，只管跟我来。"希丽亚收拾起我的书和杂志，碰翻了那小罐牛奶。我擦起桌子，希丽亚却抱着我的书直往外走。我冲出去，跟在她身后。

---

[1] 引自《爱丽斯梦游仙境》。

"希丽亚，别这样。这些我都有用的——"这个穿着十多厘米高跟鞋的短腿女人，跑得还挺快的。

"我知道，除非你保证和我一起去，否则我就不还给你。"

"英格里德不会想看到我的。"我们的步伐终于一致了，沿着哈斯特街，我们向南往贝尔蒙特街走去。我不想看见英格里德。我第一次，也是最后一次在暴力妖姬的演唱会上见到她，已经足够了。

"她当然想。英格里德对你一直很好奇。"我们拐到贝尔蒙特街上，路过刺青店、印度餐馆、皮草商行和临街小教堂。我们沿着地铁，柏林就在眼前了。从外面看它并不吸引人，窗户都涂成了黑色。有个瘦骨嶙峋、满脸雀斑的男人，在他身后我听见迪斯科的音乐从暗处强烈地搏动而出。这个男人检问了我的年龄，却没有问希丽亚。他在我们手上盖了章，然后放我们进入深渊。

我的眼睛逐渐适应了黑暗，这里清一色全是女人。女人们围着小舞台，一个只穿了红色丁字裤和两块乳贴的脱衣舞娘，昂首阔步地走来走去，吧台旁的女人们开怀大笑着彼此挑逗。果然是"淑女之夜"。希丽亚把我拉到一张桌子边，英格里德正独自坐着，面前摆着一只高脚杯，里面是某种天蓝色的液体。她一抬头，我就觉察出她看到我并不高兴。希丽亚亲了亲英格里德，示意我坐到椅子上。我仍站着。

"你好呀，宝贝。"希丽亚对英格里德说。

"开玩笑吧，"英格里德说，"你把她带来干什么？"她们忽略我的存在，希丽亚臂弯里还抱着我的那捧书。

"多有意思啊！英格里德，她还是不错的。我想你们不妨彼此熟悉一下，我就是这么想的。"希丽亚几乎像在道歉，可就连我也看得出来，她正津津有味地欣赏着英格里德的不悦。

英格里德瞪着我，"你来这儿干吗？幸灾乐祸？"她朝后靠上椅背，抬起下巴。黑色的天鹅绒夹克，血红的唇膏，英格里德看上去真像个金发吸血鬼，令人销魂，而我觉得自己就像个小镇上的女学生一样。我把手伸向希丽亚，她把书还给了我。

"我是被逼来的。我现在走了。"我刚转身，英格里德猛地抽出手抓住我的胳膊。

"等一下——"她用力把我的左手拽到面前，我跟跄了一下，手里的书都飞落了。我把手抽回来,英格里德说:"——你已经订婚了?"我这才意识到她正看着亨利给我的戒指。

我什么都没说。英格里德转向希丽亚,"你早就知道了,是么?"希丽亚低头看桌子,没有回答。"你把她带来就是想嘲笑我,你这个婊子!"她的声音很平静,在强劲的音乐节奏下,我几乎都听不见。

"不是的,英格里德,我只是——"

"去死吧,希丽亚!"英格里德站起来。有那么一小会儿,她的脸和我靠得很近,我想象着亨利亲吻那双红唇的景象。英格里德瞪着我,说:"你告诉亨利,他可以下地狱了。然后再告诉他,我会在那里等他。"她阔步而出。希丽亚坐着,双手捂住脸。

我开始收拾我的书。刚要转身,希丽亚说:"等一等。"

我停下来。

希丽亚说:"克莱尔,对不起。"我耸耸肩,往出口走去。最后我回过头,希丽亚孤零零地坐在桌子旁,喝着英格里德的蓝色饮料,双手捂着脸。她没有再看我。

到了街上,我越走越快,来到自己的汽车边,然后开车回家。我走进自己的房间,躺在自己的床上,我拨了亨利的电话,可他还没回家。我关上灯,但睡不着。

## 化学创造美好生活

一九九三年九月五日，星期日（克莱尔二十二岁，亨利三十岁）

**克莱尔：**亨利正在看那本被翻烂了的《医师桌上手册》[1]，不是个好兆头。

"我真没想到你是这样一个嗑药狂。"

"我不是嗑药狂，我是酒鬼。"

"你不是酒鬼。"

"我真的是。"

我躺在他的沙发床上，两腿交叉搁在他的大腿上。亨利则把书放在我小腿上，继续一页一页地翻。

"你喝得不算多。"

"以前喝得很多。几乎要把自己给喝死了，才逐渐少下来。爸爸对我来说也是个活生生的教训。"

"你在书里找什么？"

"我在婚礼上要吃的药。我总不能对着四百多号人，把你丢在圣坛上吧。"

"对，真周到，"我想到那种场面，不禁打了个哆嗦，"我们私奔吧。"

他看着我的眼睛，"好呀。我赞成。"

"我父母会和我断绝关系的。"

"当然不会。"

"你观察得还不够，婚礼是场百老汇大戏，我们的事正好可以让爸爸大肆宴请，让他那些律师哥儿们开开眼。即便我们溜走，我父母也会去雇演员来的。"

"要不我们去市政厅，提前把这个婚结了吧。万一婚礼上出了什么事，起码我们已经结过婚了。"

---

[1] 《医师桌上手册》(*Physicians' Desk Reference*)，药师、临床医师和图书馆必备的参考书，包括两千八百种FDA核准的处方药和两百多家药厂的相关信息。

"哦,可我……不喜欢,那样好像是在骗人……我觉得会很怪的。或者这样,万一正式的婚礼搞砸了,我们再去市政厅结婚?"

"好的。方案二。"他伸过手来,我握了握。

"你找到什么灵丹妙药了吗?"

"嗯,其实我在找一种叫利普达的神经镇定药,可要到一九九四年才上市,另一种药克劳唑的疗效仅次于它,或者是第三种选择海尔多。"

"听上去都像高科技的咳嗽药。"

"它们可是治精神失常的。"

"真的?"

"真的。"

"可你并没有精神失常。"

亨利看着我,做了一个可怕的鬼脸,他把手当作爪子在空中抓了几下,真像无声电影里的狼人。然后他相当严肃地说:"脑超声仪检验说,我的大脑确实有一种神经失常。许多医生都坚信,我这种小小的时间旅行,其实是精神失常引发的错觉。而这些药可以麻痹多巴胺受体。"

"副作用呢?"

"哎,肌张力障碍症、静坐不能症、假性帕金森综合征。就是不自觉地抽搐肌肉、不安、晃动、失眠、强直、面部失去表情。还有迟发性运动障碍[1]、慢性面部肌肉失控、白血球缺失,也就是人体正常的白血球生产机制被破坏。还有,会引起性功能丧失。目前能够找到的所有药物,都有镇静的功效。"

"你不是真的想要服用这些药吧,你是认真的吗?"

"其实,我过去吃过海尔多,还有索拉辛。"

"结果呢?"

"真可怕,我完全成了行尸走肉,大脑里好像全是艾玛白胶。"

"你还吃过别的吗?"

"瓦宁、利比宁和散纳斯。"

"我妈妈吃过这些,散纳斯和瓦宁。"

"嗯,合情合理。"他又做了个鬼脸,把《医师桌上手册》放到一边,对我说:"过来。"我俩在沙发上调整了位置,并排躺下。这样很舒服。

---

[1] 一种精神系统的慢性紊乱,多表现为脸部、舌头、下颌、躯干和四肢不自觉地抽搐。

"什么都别吃。"

"为什么?"

"你没病。"

亨利笑了,"这就是我最爱你的原因:你无法察觉到我所有骇人听闻的缺点。"他说着,解开我的衬衫扣子,我握住他的手。他看着我,等着。我有些不高兴了。

"我不懂你为什么要这么说,你总是说你自己多么多么可怕。你不是那样的,你很好。"

亨利看着我的手,移开了他的手,把我拉得更近些,"我不好。"他贴着我的耳朵柔声地说,"不过,也许以后我会改好的,嗯?"

"你已经很好了。"

"我一向对你很好,"这话太对了,"克莱尔?"

"嗯?"

"你有没有曾经醒来后,怀疑我是上帝捉弄你的一个玩笑呢?"

"不。我醒来会担心你消失,永远不再回来了。我睁开眼睛躺着,思考那些我一知半解的未来。可我有完全的信念,我们注定是要在一起的。"

"完全的信念。"

"难道你没有?"

亨利亲吻起我来,"'时间、地点、际遇,或者死亡,都无法让我屈服,我最卑微的欲望就是最少的移动'[1]。"

"还要再做?"

"我可不介意。"

"不知廉耻。"

"喏,听听,现在是谁把我说得很可怕?"

一九九三年九月六日星期一(亨利三十岁)

**亨利**:我坐在亨博尔社区[2]一间寒酸的白色铝皮小屋的门阶上。现在

---

1 出自 17 世纪英国宗教诗人富兰西斯·夸尔斯(Francis Quarles)最著名的纹章书《纹章》。
2 亨博尔社区(Humboldt Park),位于芝加哥北部,1869 年建立,因旁边的亨博尔公园而得名。原来的居民大多是波兰、意大利、德国人的后裔。到 20 世纪 70、80 年代,居民逐渐转变为拉美裔人,直至今日。

是星期一早晨,大约十点左右。本不知道去哪儿了,我等着他回来。我不喜欢这一带,我觉得这样坐在本的家门口,很暴露,好在他是个极其守时的家伙,于是我充满信心地继续等待。我看见两个年轻的西班牙姑娘各自推着婴儿车,沿着开裂的柏油马路走过来。我正想着这些破旧的市政设施,突然远方有人喊道:"图书馆小子!"我顺着声音的方向望去,果不出所料,是高梅兹。我暗自呻吟了一下,高梅兹有种奇异的本领,每当我处在特别见不得人的场合下,他总能撞见我。本出现之前,我得想办法把他支走。

高梅兹开开心心地晃到我身边,一身律师服,夹着公文包。我又叹了口气。

"你好[1]!革命同志。"

"你好[2]!你在这儿干吗?"

问得好。"等一个朋友,现在什么时间?"

"十点一刻。一九九三年九月六日。"他接着补充道。

"我知道,高梅兹,不过还是谢谢你。你这是去见客户?"

"是呀,一个十岁的小女孩。她亲妈的男朋友让她喝达诺[3]。我对人性早就厌倦了。"

"对,疯子太多了,米开朗基罗则远远不够。"

"吃过午饭了吗?早饭?我猜你刚才吃的是早饭。"

"对。我现在需要待在这儿,等我的朋友。"

"我从来不知道你还有住在这区的朋友。这里我认识的所有人都很可怜,他们迫切地需要法律咨询。"

"是我图书馆研究所的同学。"正说着他就到了。本开着那辆一九六二年的银色奔驰,里面破烂不堪,不过外表还挺光鲜。高梅兹轻轻吹了声口哨。

"对不起,我来晚了。"本说着走了过来,"上门服务。"

高梅兹好奇地看着我,我没有搭理他。本看了看高梅兹,又看了看我。

"高梅兹,这是本。本,这是高梅兹。很抱歉你得走了,革命同志。"

---

1 2 原文是法语。
3 达诺(Drano),某一下水道清洁剂的品牌。

"没关系,我下面一两个小时都空着——"

本接过话题,"高梅兹,很高兴认识你。不过,下次行么?"本相当近视,他透过厚厚的镜片,友好地打量着高梅兹,眼睛看上去比正常尺寸整整大了一倍,一只手还把钥匙弄得叮当作响。我顿时紧张起来。我俩安静地站着,只等高梅兹走人。

"那好吧,好吧,只能,再见了。"高梅兹说。

"下午我会给你打电话的。"我对他说。他没多看我一眼便转身走了。很糟糕,不过有些事情我不想让高梅兹知道,这就是其中一件。本和我心照不宣地看了一眼,我们都知道对方的问题。他打开前门,我一直很想亲手撬开本的家,试试他各式各样的门锁和数目繁多的安全设施。我们走进又黑又窄的门厅,这里总有股卷心菜的味道,尽管本不会烧饭,更不用说卷心菜了。我们走到后面的楼梯,沿台阶而上,到了另一间门厅,再从一间卧室走到另一间,这里是本自己搭起来的实验室。他放下包,挂上外套。我猜他可能会像罗杰斯先生[1]那样先去换双网球鞋什么的,谁知他竟然煮咖啡去了。我打开一张折叠椅,坐着等本弄好一切。

在我认识的人中,本是最像图书管理员的。我们是在罗莎里学院[2]里认识的,研究生没有读完他就辍学了。他比我上次见面时又瘦了,头发也在继续掉。本染上了艾滋病,每次我看他时都特别留心,因为我根本不知道哪句话会惹到他。

"你看上去气色不错。"我对他说。

"吃了大剂量的 AZT[3],维生素、瑜伽、还有视觉想象法。说到这儿,有什么要我帮忙的?"

"我要结婚了。"

本吃了一惊,随后喜笑颜开起来,"恭喜你了。和谁啊?"

"克莱尔,你见过的。就是那个红色长发女孩。"

"哦——对。"本一脸严肃,"她知道么?"

"知道。"

---

1 《罗杰斯先生的街坊们》是著名的美国儿童电视连续剧。每集开头,罗杰斯先生总要进屋换上网球鞋,没人知道原因,但他这个特殊的习惯,在电视里已经播出几十年了。
2 罗莎里学院(Rosary College),专门设有图书馆学研究所。
3 是当前治疗艾滋病的首选药,但不能治愈。

"嗯，不错啊。"他的表情似乎在说：一切都很好呀，有什么烦心的呢？

"她父母准备在密歇根办一场隆重的婚礼。教堂、伴娘、盛宴、整整八米的红地毯，等等等等，还有游艇会所的豪华婚宴，白色领结是最起码的噢。"

本把咖啡倒出来，递给我一杯，马克杯上有只维尼小熊。我往里搅拌咖啡伴侣。空气冷极了，他做的咖啡闻起来虽然清苦，却别有一番风味。

"我必须留在那里。我必须顶住整整八小时巨大的、难以想象的压力，我不能中途消失。"

"啊！"本很有解决问题的一套，他就是那么听着，让我很舒心。

"我需要一些药，把所有多巴胺受体全部摧毁。"

"纳瓦宁、海尔多、索拉辛、赛伦替、美拉宁、塞拉沁……"本用毛衣擦了擦镜片，如果没有眼镜和毛衣的话，他看上去真像只光毛大老鼠。

"我希望你能帮我配这种药，"我把手伸进牛仔裤口袋，掏出张纸递了过去。本眯起眼睛念道：

"3-〔2-〔4-（6-氟-1，2-苯并异噁唑-3-基）……胶态二氧化硅、羟乙甲纤维素、丙二醇[1]……"他抬起头来，诧异地看着我，"这是什么？"

"这是种最新的镇定药，叫利培酮[2]，注册商标是利普达。到一九九八年，它就开始正式销售了，可我现在就想试试。它是最新苯醋酸诺衍生品家族的成员。"

"你从哪里弄来的？"

"《医师桌上手册》，二〇〇〇版。"

"哪家公司研制的？"

"杨森制药。"

"亨利，你应该知道你对镇定药的适应性并不好，难道它会从别的方面起疗效？"

---

[1] 胶态二氧化硅、羟乙甲纤维素、丙二醇均为药用辅料。
[2] 用于治疗急性和慢性精神分裂症以及其他各种精神病性状态的明显的阳性症状，如：幻觉、妄想、思维紊乱、敌视、怀疑和明显的阴性症状，如：反应迟钝、情绪淡漠及社交淡漠、少语。也可减轻与精神分裂症有关的情感症状，如：抑郁、负罪感、焦虑。

"这个他们也不知道,只是说'选择性单胺类拮抗体,对血清素二型和多巴胺二型具有高度亲和性,等等等等。'"

"嗯,换汤不换药。那你为什么认为它会比海尔多更好?"

我耐心地一笑,"久病成医的猜测。我也不是很确信,你配得出来么?"

本犹豫了一会儿,"是的,我能。"

"需要多久?配齐一套器材就要不少时间吧。"

"我会通知你的。婚礼是什么时候?"

"十月二十三日。"

"嗯,多大剂量?"

"一毫克起始,逐步增加。"

本站起来,伸了个懒腰。在这间冷冷的屋子里,昏暗的灯光照得他又老又黄,皮肤像纸一样。本一部分灵魂一定很喜欢这个挑战(嗨,我们来复制这种最前沿的新药吧,还没有人弄出来过呢!),可另一部分却不想冒这个险。"亨利,其实你不确定多巴胺就是你的病因。"

"你也看过那些扫描图。"

"是看过。可为什么不忍一下?治疗或许会让你的问题更糟糕。"

"本,想想看,如果我现在打个响指——"我站起身来,靠近他,打了一个响指,"然后,你突然发现自己此刻正站在艾伦的卧室里,一九八六年——"

"——我会宰了那个狗娘养的。"

"可你做不到,因为你那一年没有那么做。"本闭上眼睛,摇了摇头。"你不能改变任何事情:他仍会生那种病,你也仍会被染上,一切照旧。你还必须一次又一次地看着他死去,你又会是什么感觉?"本坐在折叠椅上,没有看我。"就是那种感觉,本。我想告诉你,是的,有时是很有趣。可大多时候都是迷路、盗窃和千方百计地想要——"

"对付。"本叹了口气,"上帝,我真不知道自己怎么能受得了你。"

"新鲜感?年轻英俊的容貌?"

"做梦吧。嗨,你会不会邀请我参加婚礼?"

我大吃一惊,我从来没料到本也想来。"哦,真的?你想来?"

"总好过葬礼吧。"

"太棒了！到时候，教堂里我这边的队伍要不断壮大了，你是我第八位贵宾。"

本笑了起来，"把你的前女友都请来吧，那样就破纪录了。"

"那我绝对死无全尸了，她们都想把我的脑袋挂到竿子上去呢。"

"嗯，"本起身，在一个抽屉里翻找，他拿出一个空药瓶，又拉开另一个抽屉，取出一大瓶胶囊，他打开盖子，往小瓶子里倒了三粒，扔给我。

"这是什么？"我问他，打开瓶盖，倒了一粒在手中。

"这是混合了抗抑郁药的天然止痛安定。它能——喂，别——"药丸已经从我的嘴里下了肚。"它含吗啡的，"本叹了口气，"你对药物的态度，太傲慢、太不负责了。"

"我喜欢鸦片。"

"肯定的。可你也别指望我会让你吃上一吨那玩意。如果你觉得它可以让你安然度过婚礼，就告诉我一下，万一我造不出那种新药来。每粒能维持四个小时，所以你得吃两次。"本对着瓶子里还剩的两粒点了点头。"别当好玩把那两片也吞了，拜托。"

"以童子军的荣誉发誓。"

本哼了一声。我付了他药钱，然后就走了。我下楼梯时，一阵热流袭来，我停在最后一格台阶上，充分享受着。它持续了一会，不管本往药丸里掺了什么，效果太棒了，仿佛是十倍的性高潮再加上可卡因，而且越往后越强烈。我从前门出来，又撞到了高梅兹。他居然一直在外面等我。

"搭我的车吗？"

"好呀。"我被他的关心深深打动，或者是他的好奇心？还是别的什么？我们向他的汽车走去，那辆雪弗莱的两个前车灯全都被砸烂了，我爬了进去。高梅兹也上了车，用力关上车门。他耐心地劝诱车子发动起来，然后我们出发了。

这座城市灰暗而邋遢，又开始下雨了。雨点大粒大粒地敲打着挡风玻璃，敲打着我们经过的那些房屋和空地。高梅兹打开国家公共广播电台，里面正播着查尔斯·明格斯[1]的歌，我觉得节奏太慢了，可是一转念，慢又

---

[1] 查尔斯·明格斯（Charles Mingus），继艾灵顿公爵之后被公认为最卓越的爵士作曲家。他从黑人音乐的根本出发，成为欧洲和声的绝佳典范，对当代音乐影响甚广。

怎么样呢？这是个自由的国度啊。阿希兰街坑坑洼洼的，让人头痛，不过其他方面还不错，事实上是很好。我的头欣快地晃动，像是从破碎的温度计里逃逸出来的液态水银，那些药物微粒的亿万只小舌头舔着我的神经末梢，我只能这样来克制自己，不发出愉悦的呻吟。我们沿途经过了纸牌神算子、彼得洛轮胎店、汉堡王和必胜客。伊基·波普的名曲《我是个乘客》穿过我的脑海，和明格斯的歌交织在一起。高梅兹说了些什么，可我没有听清。

"亨利！"

"嗯？"

"你这是怎么啦？"

"我也不知道。一种科学实验之类的东西。"

"你为什么要这样做？"

"天文问题。以后有机会再回答。"

此后我们一直没有说话，车子开到克莱尔和查丽丝的公寓下，我困惑地看着高梅兹。

"你需要找个伴。"他温和地对我说道。我没有拒绝。高梅兹领我走进前门，然后我们一起上了楼。克莱尔打开门，所有紧张不安、如释重负，甚至是有趣的神情，一下子都显露在她的脸上。

**克莱尔：**百般劝说之下，亨利这才躺上了我的床。我和高梅兹一起坐在客厅里，边喝茶边吃花生酱奇异果酱三明治。

"你这个女人，该学学烧菜了，"高梅兹装腔作势地说，那口气，就像查尔顿·赫斯顿[1]在宣读十诫似的。

"就这几天了。"我把糖放进茶杯，"多亏你把他接回来。"

"为你赴汤蹈火也不惜，小猫咪。"他开始卷香烟。高梅兹是我认识的人中惟一一个边吃饭边抽烟的，我克制自己不去批评他。他点起烟，看着我，我的双手交叠在胸前，"说说看，先前究竟是个什么小插曲，嗯？我知道，去爱心药房的不是得了艾滋就是癌。"

"你认识本？"我不知道自己为什么要吃惊，高梅兹什么人都认识。

---

[1] 查尔顿·赫斯顿（Charlton Heston），电影《十诫》中的男主角。

"我听说过他。我妈妈以前做化疗时,常去本那里。"

"哦。"我分析了一下形势,努力搜索一些比较妥帖的词句。

"也不知道本给他吃了什么,反正他现在相当迟钝。"

"我们都在找一种药,希望能帮助亨利留在现在。"

"如果是为了日常服用,他看起来也太恍惚了。"

"你说得对。"要不减少剂量?

"你为什么要那样做?"

"我做了什么?"

"纵容教唆这个混世魔王,居然还要嫁给他。"

亨利在叫我的名字。我站起来。高梅兹却伸手抓住我。

"克莱尔,别——"

"高梅兹,让我过去。"我坚定地看着他,一段漫长而难堪的停顿,他垂下眼任我去了。我快步走过走廊,进了我的卧室,关上门。

亨利伸展着四肢,就像只猫,脸朝下,躺在床的对角线上。我脱下鞋,躺到他身边。

"感觉怎么样?"我问他。

亨利翻了个身,微笑着,"天堂,"他爱抚着我的脸,"和我一起快活么?"

"不。"

亨利叹了口气,"你真好。我不能带坏你。"

"我不好。我很害怕。"我们这样静静地躺了好久。正午刚过不久,阳光明媚地勾勒出我的卧室:弧形的胡桃木床架,金色和紫色的东方小地毯,梳妆台上的梳子、唇膏和护手霜,在跳蚤市场上淘回来的扶手椅,上面一本《反自然》[1]稍稍遮住它下面的一期杂志,那是利昂·高乐布[2]做封面的《美国艺术》。亨利穿着黑袜子,一双瘦骨嶙峋的长脚腾空露在床沿外面。在我眼里,他真的很瘦。他闭着眼睛,或许是感觉到我凝视的目光,他又睁开眼来,微笑地看着我。他的头发散落在脸上,我把它们理了回去。

---

[1] 《反自然》(A Rebours),19世纪法国作家于斯曼(Joris-Karl Huysmans)于1884年所著。描写了一个衰朽厌世的贵族德埃桑迪斯公爵,筹划一次伦敦之旅,但实际情形却令人极度沮丧的颓废经验。此书是颓废主义的代表作。

[2] 利昂·高乐布(Leon Golub),1922年出生于芝加哥,20世纪最重要的战争画家之一,他面对战争的方式是直视残暴冷血的杀人机器,而不是聚焦于无助的受难者。

亨利抓起我的手，亲吻我的掌心。我解开他的牛仔裤，一把捉住他的弟弟，亨利却晃了晃脑袋，握住我的手。

"不好意思，克莱尔，"他轻柔地说，"这药里面好像有种玩意让我的宝贝短路了。过一会儿，也许。"

"我们的新婚之夜一定会很好玩。"

亨利摇摇头，"结婚那天我不能吃这个。这玩意太过头了，本真是个天才，不过他以前处理的都是些快死的人。不管他往这药里掺了什么，那种感觉离死也不远了。"他叹了口气，把药瓶放在我的床几上。"我该把它们寄给英格里德，这对她来说再完美不过了。"我听见前门开了，然后又被猛地关上，高梅兹走了。

"你想吃点什么吗？"我问。

"不，谢谢。"

"本还要为你配别的药？"

"他会试试看。"亨利说。

"要是配错了呢？"

"你是说万一本搞砸了吗？"

"是呀。"

亨利说："不管发生什么，我们俩都知道我起码能活到四十三岁。所以别担心。"

四十三岁？"那四十三岁以后会怎样？"

"我不知道，也许已经找到让自己停下来的方法了吧。"他抱住我，我们都不做声了。我醒来时，天已经黑了，亨利依然睡在我身边。在闹钟夜屏幽幽的光照下，那只小瓶子里的药发出红色的微光。四十三岁？

一九九三年九月二十七日星期一（克莱尔二十二岁，亨利三十岁）

**克莱尔**：我来到亨利的家，打开灯。我们今晚要去看歌剧，是《凡尔赛幽灵》。因为抒情歌剧院没有迟到席，所以我慌慌张张的，过了好一会儿才发现亨利不在这儿，我非常生气，这样我们都会迟到。他是不是又消失了？这时，我听到呼吸的声音。

我站着不动，那是从厨房里传来的。我冲进厨房打开灯，亨利正躺在地板上，穿得整整齐齐，身体呈现出一种奇怪的僵硬的姿势，眼睛直勾勾地看着前方。我站在那儿，他低低地发出了一个声响，那种非人的声音，"咯咯"地从脖子里传出来，通过又紧又窄的牙缝被挤到外面。

"哦，天啊！哦，天啊！"我拨了911。接线员保证几分钟后就来人。我瘫坐在厨房的地板上，盯着亨利。一阵怒火涌上心头，我从书桌抽屉里找到亨利的名片簿，拨了一串电话。

"喂。"远处传来微弱的声音。

"你是本·马特森？"

"是的，请问您是……？"

"克莱尔·阿布希尔。本，听着，亨利正直挺挺地躺在地上，话都说不出来了。你搞的什么鬼？"

"啊？妈的！快打911！"

"我打了——"

"那是模仿帕金森病做出来的药，他现在急需多巴胺！赶紧告诉他们——妈的，到医院给我打电话——"

"他们已经到了——"

"好的！一会给我打过来——"我挂上电话，面前就是救护人员。

救护车随后驶进仁爱医院，亨利被推进病房，护士给他注射，在他身体上插入输液管，他静静地躺在病床上，身旁接着监视仪，放松地沉睡着。我一抬头，一个高而憔悴的男人站在病房门口。我这才想起来，忘记给本打电话了。他走进来，面对我在病床那头站着。房间很暗，过道里的灯光只能勾勒出本的轮廓，只见他低着头说："对不起。真的非常抱歉。"

我隔着床伸手握住他，"没关系，他会好起来的。真的。"

本摇了摇头，"完全是我的错。我真的不该给他配那种药。"

"究竟怎么了？"

本叹了口气，坐到椅子上，我则坐在床边。"可能有很多原因，"他说，"也许只是副作用，在谁身上都可能出现。还有一种情况，亨利可能把配方搞错了。我是说，那是很难记的，我也无从核对检查。"

我们都沉默了。药液从仪器上一滴滴地流进他的手臂。勤杂工推着车子经过门口。最后我问："本？"

"怎么了，克莱尔？"

"帮我个忙好吗?"

"尽管说。"

"断了他的念头吧。不要再给他药了。药对他没有用。"

本咧嘴冲我一笑,一下子放松了,"珍惜生命,拒绝嗑药。"

"是啊。"我们都笑了,本和我坐了一会儿。临走时他站起身来,握住我的手说:"谢谢你没有责怪我。刚才他很可能就死了。"

"可他没有死。"

"是的,他没有死。"

"婚礼上见吧。"

"好的。"我们站在过道厅里。在刺眼的荧光灯下,本看上去如此憔悴、病弱。他头一低,转身沿着大厅走了。我回到昏暗的屋子里,亨利躺着继续熟睡。

# 转折点

一九九三年十月二十二日，星期五（亨利三十岁）

**亨利：**趁克莱尔和她母亲逛花店那会儿，我沿着南黑文的林顿街走了一个小时。明天就是婚礼了，作为新郎，我似乎不用负太多责任，只有一个任务：留在那里。克莱尔总是忙忙碌碌的，试穿衣服、请教经验或是告别单身聚会等等。每当我看到她，她总是一副若有所思、依依不舍的样子。

这是个晴朗的冷天，我磨磨蹭蹭的。真希望南黑文有家像样的书店，哪怕一间只装着芭芭拉·卡特兰[1]和约翰·格雷斯汉[2]的图书馆也好。我身边就有本企鹅版的克莱斯特[3]，不过我也没有心情读。我路过古玩店、面包房、银行，然后又是一家古玩店。我经过理发店时，探头张望，一个衣冠齐整的小个子秃发理发师正在给一个老头修面。我突然想起自己该做什么了。

我走进店堂，头顶一串小风铃清脆地撞到门框上，屋子有股肥皂、蒸气、洗发水和老年人的味道。每样东西都是淡绿色的，破旧的椅子装饰着铬石，深色的木头架子上并排摆着各种精致的玻璃瓶、剪刀托盘、梳子和剃须刀，几乎像是外科病房，就是诺曼·洛克威尔[4]笔下的样子。理发师抬头看了看我。"理发么？"我问。他点头示意我坐到那排空着的黑椅子上，最里面的那只椅子上整齐地摞着一叠杂志。广播里放的是辛纳屈[5]的歌。我坐下，翻开一本《读者文摘》。理发师把老人下巴上的泡沫擦干净，涂上须后水。他灵活地从座位上爬起来，付了钱。理发师帮他披上外套，递给他手杖。"再见，乔治。"老人临出门前说。"再见，艾德。"理发师回答道，然后转向我，"想剪什么样的？"我跳到座椅上。他踏了几下踏板，椅子升

---

[1] 芭芭拉·卡特兰（Barbara Cartland），英国通俗浪漫小说家，全世界最多产的作家之一，共写了两百多部小说。
[2] 约翰·格雷斯汉（John Grisham），美国通俗作家，专写律师与罪犯之间的故事。
[3] 克莱斯特（Heinrich Von Kleist, 1777—1811），德国剧作家，小说家。他笔下的主人公往往是在理智与情感、英雄与懦夫之间痛苦地挣扎。
[4] 诺曼·洛克威尔（Norman Rockwell, 1894—1978），美国20世纪早期的重要画家，作品横跨商业宣传与爱国宣传领域。
[5] 辛纳屈（Frank Sinatra, 1915—1998），美国老牌爵士歌星和电影明星。

高了几厘米，然后又把椅子转了转，使我正对着镜子。我最后一次久久地看了一眼我那头长发。我的拇指和食指分开两三厘米，"全剪光。"他赞许地点了点头，把一张塑料披肩系到我脖子上。然后，亮闪闪的剪刀在我头顶上"嚓嚓"个不停，头发随即纷纷落地。剪完之后他帮我掸去身上的碎发，移去那张披肩，看啊！我变成未来的我了。

# 让我准时进教堂吧

一九九三年十月二十三日，星期六
（亨利三十岁，克莱尔二十二岁）（早晨6:00）

**亨利**：我清晨六点醒来，外面下着雨。我正躺在一家叫"布雷克之家"的温馨小旅馆里，这是个绿色的小单间。小旅馆恰好在南黑文的南海滩上，是克莱尔的父母挑的。我爸爸此刻正在楼下另外一个小单间里熟睡，那是同样温馨的粉色，隔壁金太的则是一间黄色的，外公外婆睡在超级舒适的蓝色贵宾房里。我躺在无比柔软的床上，身下是萝拉·艾诗莉牌的床单。我听见窗外的风撞击着房子，雨水倾盆而下，我怀疑这暴雨的天自己还能不能跑步。头顶大约半米上方，雨水敲打着屋顶，再沿着沟槽哗哗流过。这间屋子类似一个阁楼，有张小巧的书桌，必要时还可以在上面写一些婚礼上的动人感言，五斗橱上还摆着装了洗脸水的大口水罐和洗脸盆。顶楼的温度很低，就算我要从罐子里取水，也得先敲破一层冰。在这间绿屋子的中央，我觉得自己就像只粉红色的毛毛虫，先吃得饱饱地钻进来，然后努力变成蝴蝶或是类似的东西。此刻，此地，我并没完全清醒。我听见有人咳嗽，我听见自己的心跳，然后是一声尖叫，那是我的神经系统开始自我运作了。哦，上帝啊，就让今天成为平平常常的一天吧，让我平平常常地喝醉，平平常常地紧张，让我准时地、及时地赶到教堂吧，让我别吓到别人，更别吓到自己，让我尽全力度过我们的大喜之日吧，不要有什么特别，让克莱尔一切顺利吧，阿门。

（早晨7:00）

**克莱尔**：我在床上醒来，我儿时的床。我游移在半梦半醒间，竟一时找不到自己这是在哪儿，是圣诞节还是感恩节？又回到小学三年级了么？我生病了么？为什么在下雨？黄色的窗帘外面，天空如同死去了一般，巨大的榆树被急风剥去了发黄的叶子。我做了一整夜的梦，现在，它们都搅在一起了。

其中一段梦里,我在大海里游泳,我是一条美人鱼,一条刚刚成型的美人鱼,别的美人鱼都在教我,是一堂美人鱼课,我还不敢在水下呼吸,水涌进了胸腔,我不知道该怎么办,太可怕了,我不停地浮出水面换气,另一条美人鱼不断对我说,不,克莱尔,应该像这样……我发现她的头颈后面长着鳃,我也有,我照着她说的做,后来便一切正常了。游泳就像飞翔,所有的鱼都是鸟……海面上出现了一艘小船,我们游上去观看。那只是一艘小帆船,妈妈坐在船上,独自一人。我游了上去,她见到我很吃惊,连声问,克莱尔,你怎么在这里?我以为你今天去结婚啦。那一刻,如同你也曾在梦里经历过的那样,我突然想起来,如果我是美人鱼,我就不能和亨利结婚了,我开始哭,然后我醒了,发现还只是深夜。我在黑暗里继续躺了一会儿,终于确认自己又变回了普通女人,就像小美人鱼那样,只是我脚上没有那可怕的灼痛,舌头也没被割掉。安徒生一定又古怪又忧郁。我接着睡,现在我就在自己的床上,今天我要和亨利结婚了。

(早晨 7 : 16)

**亨利**:婚礼下午两点开始,我们需要半个小时梳妆打扮、二十分钟驱车前往圣·巴塞尔教堂。现在是七点十六分,我还有五小时四十四分钟要挨过去。我套上牛仔裤,穿上那件脏兮兮的法兰绒衬衫和高帮帆布鞋,蹑手蹑脚地下楼去找咖啡。爸爸起得比我早,他正坐在早餐厅里,捧着一只漂亮杯子,里面的黑汤热腾腾地冒着热气。我也给自己倒了一杯,坐到他对面。微弱的光亮从装了蕾丝窗帘的窗户里透射进来,把爸爸的脸映得鬼模鬼样的,今天早上的他,只是平时黑白影像的彩色版本,他的头发朝各个方向翘着,我下意识地把自己的头发捋捋平,仿佛他是一面镜子似的。他也如法炮制,我们都笑了。

(上午 8 : 17)

**克莱尔**:爱丽西亚坐到我床边,用手指戳我,"快点啊,克莱尔,"她继续戳,"池塘光亮亮,小鸟把歌唱,"(根本不是那么回事)"青蛙蹦又跳,姑娘快起床!"爱丽西亚挠我的痒痒,又掀我的被子,我们打起来,我把她按在身下,埃塔从半开的门里伸进头来,严厉地说:"姑娘们,你们这么乒乒乓乓地要干吗?你们的父亲,还以为有棵树砸到了房子呢,原来是你们两个在搏斗呀。早饭就要好了。"说完,埃塔突然把头缩了回去。听到她跌跌撞撞下楼的声音,我们忍不住哈哈大笑起来。

(上午 8:32)

**亨利**:外面依旧风声呼啸,无论如何,我还是决定去跑步。我研究了一下克莱尔给我准备的南黑文地图("密歇根湖日落沙滩上的耀眼明珠!")。昨天,我沿海滩跑了一圈,很愉快,可今天早上那条路线就不行了,两米高的海浪前赴后继地扑向海滩。我估计那有一公里半的路程,得分几段才能跑完,如果天气实在太糟糕,我可以少跑一点。我做了些伸展活动,每个关节都"劈啪"地响了一阵,几乎还能听见紧绷的神经发出电话噪声般的"沙沙"声。我穿好衣服,向外面的世界冲了出去。

雨水劈打在我脸上,顷刻之间,我就全身湿透了。我勇敢地顺着枫树街慢跑,真是举步维艰。我顶着风,没有办法加速。我路过一位女士,她牵着一条牛头犬站在人行道上,吃惊地看着我。这不是普通的锻炼,我默默对她说,这是垂死挣扎。

(上午 8:54)

**克莱尔**:我们围坐在早餐桌旁,冷风从每一扇窗的缝隙里钻进来,外面模糊一片,雨下得实在太大了。这种天气亨利怎么跑步啊?

"真是个良辰吉日啊。"马克开着玩笑。

我耸耸肩,"不是我挑的日子。"

"不是你挑的?"

"爸爸挑的。"

"嗯,我得到报应了。"爸爸恼怒地说。

"没错。"我咬了一大口吐司。

妈妈吹毛求疵地看了一眼我的盘子,"宝贝,怎么不来一块美味的火腿肉呢?再来点炒蛋?"

想到那些我就恶心,"我吃不下。真的。求您啦。"

"那好吧,但起码你得在吐司上涂些花生酱,你需要蛋白质。"我的眼神与埃塔相遇,她大步流星地跨进厨房,一分钟后端出一只水晶小碟子,里面盛满了花生酱。我谢过她,往自己的吐司上涂抹起来。

我问妈妈:"珍尼斯来之前,我还能有自己的时间吗?"珍尼斯是要来给我的脸上和头上弄些丑陋的装饰。

"她十一点就来了。怎么啦?"

"我想去城里,拿点东西。"

"我可以替你拿,我的心肝。"一说到离开这间屋子,她的脸上立刻露出一副如释重负的神情。

"我想自己去,就我一个人。"

"我们可以一起去。"

"我自己去。"我无声地恳求。她有些诧异,并没有勉强我。

"好吧,那也行。哎。"

"太好了。我马上就回来。"我起身想走,爸爸咳了一声。

"我可以先走吗?"

"当然。"

"谢谢您。"我飞快地逃离。

(上午9:35)

**亨利**:我站在庞大而空荡的浴缸里,挣扎地脱去那身冰凉的湿衣服。我的新跑鞋此刻也呈现出一副新形状,让我想起航海人生。从前门到浴缸,凡我经过之处无不留下一串积水。希望布雷克太太别太介意了。

有人敲门,"等一会。"我喊道。我闪到门背后,把门开出一道缝。完全出乎意料,居然是克莱尔。

"暗号?"我轻声问。

"我要要。"克莱尔说。我把门打开了。

克莱尔走进来,坐到床边,脱下她的鞋子。

"你不是开玩笑吧?"

"我未来的老公,快来啊。我十一点还得赶回去呢。"她上下打量了我一番,然后说,"你竟然出去跑步了!我真没想到你能在这种雨里跑步。"

"非常时期需要非常手段。"我脱下T恤,扔进浴缸,溅起一层水花。"不是说新郎在婚礼前见到新娘会不吉利么?"

"那你就闭眼吧。"克莱尔快步跑到浴室里拿来一条毛巾。我靠过去,她把我的头发擦干。这种感觉太美妙了,可以让她帮我擦一辈子了。没错,就是这样。

"这里真的很冷。"克莱尔说。

"我未来的老婆,还不快到床上来。整个屋子只有这儿暖和。"我们一起爬了上去。

"我们所做的一切都毫无章法,对吗?"

"你觉得有什么不好么?"

"没有,我喜欢这样。"

"很好。你那些毫无章法的需求,总算找对了人。"

(上午11:15)

**克莱尔**:我从后门进了屋,把雨伞丢进玄关,在走廊里几乎迎头撞上爱丽西亚。

"你刚才去哪啦?珍尼斯已经到了。"

"几点了?"

"十一点十五分。嗨,瞧瞧你那件衣服,后面穿到了前面,里面穿到了外面。"

"我觉得这代表好运,不是吗?"

"也许吧,不过上楼前你最好还是换一下。"我慌忙躲进玄关,把衣服重新穿好,然后奔上楼。妈妈和珍尼斯已经等在我的房门口了,珍尼斯拖了一只巨大的包,都是化妆品和其他刑具。

"你终于回来了,我都有些不放心了。"妈妈把我领进房间,珍尼斯拎着大小工具包也进来了。"我得和婚宴经理交代几句。"她搓着双手离开了。

我转向珍尼斯,她认真地观察着我,"你的头发湿得都绞在一起了。我做准备工作时,你自己先梳理一遍吧?"她从包里取出无数个瓶瓶罐罐,一一放到我的梳妆台上。

"珍尼斯，"我递给她一张从乌菲兹美术馆[1]弄来的明信片，"你能照这个弄吗？"我一直很喜欢这位梅第奇家族的小公主，她头发的颜色和我的确实有几分相似，她把许多细小的发辫和珍珠交织在一起，形成一道琥珀色的美丽的瀑布。那位无名的画家一定也是爱上了她，他怎能不爱上她呢？

珍尼斯考虑了一会儿，"这并不是你妈妈希望我给你做的发型。"

"的确！可这是我的婚礼，我的头发。如果你按照我的要求做，我会给你很多小费的。"

"如果我们做这个，我就没有时间给你化妆了；编这些辫子太费时间了。"

哈利路亚！"没问题，我自己来化妆好了。"

"那好吧。你先把头发梳顺，我们马上就开始。"我开始整理头发上的结，我喜欢上这一切了。我把自己交给了珍尼斯那双棕色的柔软的手，我琢磨着，亨利此刻正在干什么呢？

（上午 11：36）

**亨利**：燕尾服和那些附属累赘物都被我平摊在床上。在这间冷飕飕的屋子里，我那营养不良的屁股冻得实在不行了。我把又冷又湿的衣服从浴缸里拽出来，统统扔进了水池。这间浴室大得和卧室差不多，居然还铺了地毯，尽可能地模仿维多利亚时期的风格。带爪子的支脚撑起巨大的浴缸，四周是各种蕨类植物、一叠叠的毛巾。旁边是一座洗脸台，巨大的画框里是亨特[2]的名画《良心的觉醒》的复制品。窗台离地面十五厘米高，透过细薄而洁白的窗纱，可以看见落叶辉煌地铺满了整条枫林街，一辆米色的林肯大陆巡警车懒洋洋地驰了过去。我开始放热水，浴缸实在太大了，来不及等水放满我就坐了进去。我好奇地拨弄那些欧式的淋浴头，打开十来瓶洗发水、沐浴露、护发素的盖子，逐一闻过去，刚闻到第五瓶，就感到一阵头痛。我唱起了《黄色潜水艇》[3]，半径一米之内的每样东西都湿了。

---

1 乌菲兹美术馆（Uffizi Gallery），意大利佛罗伦萨的乌菲兹美术馆，藏有世界上最佳的意大利文艺复兴时期特别是佛罗伦萨画派的绘画。
2 亨特（William Holman Hunt，1827—1910），英国画家、前拉斐尔派兄弟会的重要成员。
3 U2 乐队的一首歌。

（中午 12：35）

**克莱尔**：刚被珍尼斯放出来，我又被妈妈和埃塔包围了。埃塔说："哦，克莱尔，你真美啊！"妈妈则说："克莱尔，这可不是我们事先说好的发型。"妈妈刁难了一会珍尼斯才付了钱，我趁妈妈不注意，赶紧把小费塞给她。按照仪式，我要去教堂换礼服，于是她们把我推上车，一路开往圣·巴塞尔教堂。

（中午 12：55）（亨利三十八岁）

**亨利**：我沿着距离南黑文以南三公里的十二号高速公路走，今天真是极其糟糕，我指的是天气。时值秋季，瓢泼的大雨夹着冷风，铺天盖地地砸下来。我只穿了条牛仔裤，赤脚，每个毛孔里都浸满了雨水。我一点也不知道自己是在什么时间里，我往草地云雀屋前进，希望能去阅览室把身体晾干，或许还能吃点什么。我身无分文，可一看见廉价加油站粉色的霓虹招牌，我还是转身走了过去。我在加油站里等了一会儿，喘着气，任凭雨水哗哗地淌到地板上。

"这种天气出来可真够呛。"柜台后面一位瘦瘦的老先生对我说。

"是啊。"我回答道。

"汽车坏了？"

"呃？哦，不是的。"他仔细地打量我，注意到我光着的脚，还有不合时节的衣服。我顿了顿，假装尴尬地说："女朋友把我赶出来了。"

他说了些什么，可我什么也没听清，因为我看到一份《南黑文日报》，今天：一九九三年十月二十三日星期六——我们的大喜之日啊。香烟架子上的时钟正指着 1：10。

"该跑啦。"我对老人说，我也这么做了。

（下午 1：42）

**克莱尔**：我穿上婚纱，站在自己小学四年级的教室里。礼服是那种象牙色的水洗绸，挂着很多蕾丝和小珍珠。裙子上半部分紧紧地贴着身体和手臂，下摆却十分巨大，一直拖到地面，还连着一根十八米长的飘带，可以在里面藏下十个小矮人。我觉得自己就像一辆游行的花车，可妈妈还是不肯放过我，她唠叨个不停，一会拍照，一会补妆。爱丽西亚、查丽丝、海伦和鲁思都穿着她们灰绿色的天鹅绒伴娘礼服，东奔西跑忙活个不停。查丽丝和鲁思长得很矮，爱丽西亚和海伦却很高，她们看上去像是四个排错了队的女童子军。我们事先说好一旦妈妈出现在附近，就一定要立即安静下来。此刻，她们正在对比各自皮鞋的光泽，争论到时候究竟该由谁来接鲜花。海伦说："查丽丝，你已经订过婚了，根本就不该接花的。"查丽丝耸了耸肩说："那是保险起见，和高梅兹一起，永远不知道会出什么事。"

（下午1：48）

亨利：我坐在暖器上，装满祷告书的屋子到处都是霉味。高梅兹抽着烟走过来晃过去的，他一身燕尾服，帅极了。我觉得自己有点像是有奖竞赛节目的主持人。高梅兹踱着方步，把烟灰弹进茶杯。我本来就很紧张，他这么一来，更是雪上加霜。

"戒指放好了吧？"我已经问过无数遍了。

"是的，戒指在我这儿。"

他停下脚步，看着我，"来点喝的？"

"好呀。"高梅兹拿出随身携带的小酒瓶，递给我。我打开瓶盖，猛喝了一口，是口感绵醇的威士忌，我又喝了一口，才把瓶子递回去。外面的客人在前厅里有说有笑，我浑身冒汗，头也生疼。房间里很温暖，我站起来，打开窗，伸出头去透气。还在下雨。

灌木丛中有些响动。我把窗子开得更大了些，探头望下去。居然是我自己，坐在窗沿下的泥地里，浑身湿透，气喘吁吁的。他朝我咧嘴一笑，对我竖起了大拇指。

（下午1：55）

克莱尔：我们都站在教堂的法衣室旁。爸爸说："让一切开始吧！"他敲了敲亨利的门。高梅兹伸出脑袋说："再给我们一分钟。"他递过来的眼神让我肠胃一阵痉挛，随即他又把头缩了进去，关上门。我走过去，高梅兹一下开了门，亨利出现了，他边走边整理衬衫袖口上的链扣。他身上湿湿的，脏脏的，胡子拉碴，看上去有四十多岁。可他毕竟出现了，他穿过教堂的重重大门，走上通道，投给我一个胜利者的微笑。

一九七六年六月十三日星期日（亨利三十岁）

**亨利：** 我回到老家了，我躺在卧室的地板上，只有我一个人，也不知道究竟是猴年马月，反正是个完美的夏日夜晚。我躺了一会儿，浑身大汗淋漓，觉得自己像个十足的傻瓜。然后，我还是爬起来，走进厨房，尽情享用了几瓶爸爸的啤酒。

一九九三年十月二十三日星期六
（亨利三十八岁，同时也是三十岁，克莱尔二十二岁）（下午2:37）

**克莱尔：** 我们站在圣餐桌旁，亨利转过脸来对我说："我，亨利，要娶你，克莱尔，做我的妻子。无论是顺境还是逆境，无论是疾病还是健康，我都保证对你忠诚。我一生都会爱你、尊重你。"我心里想：好好记着。然后，也对他重复了誓言。康普顿神父微笑地看着我们说："……上帝所联结起来的，人决不可分开。"我又想：这并不是问题所在。亨利把戒指轻轻套上我的手指，停在我们订婚戒指的上方。我也把那纯金的指环套上他的手指，这是他惟一一次戴戒指的场合。弥撒继续进行，我想最重要的是：他在这儿，我也在这儿，不管其中究竟奥妙如何，只要我和他在一起，这就行了。康普顿神父祝福了我们，然后说："弥撒结束，大家带着平安各自归去吧。"我们俩走下通道，手挽手，相依相偎。

（晚6:26）

**亨利：** 婚宴刚刚开始，侍者们推着不锈钢餐车，托着盖好的盘子来回穿梭。客人们陆续到来，纷纷寄存衣帽。雨终于停了。南黑文游艇会所位于北滩，是座二十年代的建筑：皮革镶板、大红地毯，还有描绘轮船的油画。外面天色已黑，灯塔在远处明灭闪耀。不知什么原因，克莱尔突然被她母亲拉走了，我也不便多问，于是就站在窗旁，品着格兰利威纯麦威士忌，等她回来。看到高梅兹和本的身影向我投来，我转过身。

本看上去有些担忧，"你怎么样？"

"我没问题。能帮我个什么？"他们点了点头，"高梅兹，你去教堂。我还在那儿，在法衣室等着你。你把我接到这里来，偷偷带进楼下的男厕所，把我留在那里。本，你看好我，"（我指了指自己的胸口）"我一叫你，你就赶快拿上这套礼服，送到男厕所那儿去。明白了吗？"

高梅兹问："我们还剩多少时间？"

"不多了。"

他点点头，走开了。查丽斯走过来，高梅兹在她额头上亲了一下，继续朝前走。我转向本，他看上去有些疲倦，"你还好吧？"我问他。

本叹了口气，"有点累。嗯，亨利？"

"你说吧？"

"你这是从哪一年过来的？"

"二〇〇二年。"

"你能不能……呃，我知道你不喜欢，可是……"

"什么？本，说吧。不管你想要什么，今天可是个特殊的日子。"

"告诉我，那时我还活着吗？"本没有看我，盯着舞池里正在调音的乐队。

"是的，你很健康。我几天前还见过你，我们一起打桌球的。"

本胸中积聚的气息一涌而出，"谢谢你。"

"别客气。"泪水在本的眼眶里打转。我把我的手帕递给他，他接了过去，过了一会儿还是把手帕还给了我，他没有用，而是转身去找男厕所了。

（晚 7 : 04）

**克莱尔**：大家晚餐入席时，亨利却不见了。我问高梅兹是否见过他，高梅兹只给了我一个他特有的表情，说他确信亨利随时都会出现。金太来到我们跟前，她穿了一条玫瑰图案的丝绸礼服，看上去单薄又焦虑。

"亨利去哪儿了？"她问我。

"金太，我不知道。"

她把我拉到身边，往我耳朵里悄悄说："我看见他那个年轻的朋友本，刚刚抱着一堆衣服从休息室里出来。"哦，不。如果亨利一下子又回到现在，那可就无法解释了。我就说发生了紧急情况？图书馆里有什么急事需要亨利立即回去？不过他的同事全都在这儿。或者我就说，亨利得了健忘症，出去了……？

"他回来了。"金太说。她捏了捏我的手，亨利正站在门厅前，扫视大家，他看见了我们，于是一路小跑过来。

我亲吻他。"你好啊！陌生人。"他又回到现实中了，我那更加年轻的亨利，那个属于这里的亨利。亨利一只手挽住我，另一只手搀着金太，领我们入席就座。金太笑得合不拢嘴，她对亨利说了些什么，我没听清楚。"她刚才说什么了？"我们坐下来后，我问他。"她问我今晚是否要在洞房上演三人戏？"我的脸涨得通红，像龙虾一样，金太朝我眨了眨眼。

（晚7:16）

**亨利**：我在会所的图书馆里转悠，吃了些法式吐司，取出一本豪华精装的首版《黑暗的心》[1]，它很可能从来就没被人翻过。眼角的余光里，会所的经理正飞速地向我走来，于是我合上书，放回书架。

"对不起，先生，我得请您离开这儿。"没有衬衫、没有鞋，自然没有服务。

"好吧。"我站起来，就在经理转身的一刹那，血液全部涌上大脑，我随即便消失了。我回到二〇〇二年三月二日，我们家的厨房地板上。我大笑起来，我一直就想这么干。

（晚7:21）

**克莱尔**：高梅兹开始发表演说："亲爱的克莱尔、亨利，亲朋好友们、

---

1 《黑暗的心》(Heart of Darkness)，英国作家约瑟夫·康拉德（Joseph Conard）写于1899年的经典小说，讲述主人公逆刚果河而上前往非洲腹地、检视西方殖民者野蛮行为的自省旅程。小说以魔法般的笔法成就了一部现代神话，欧洲人的刚果河之旅其实就是驶向自身的黑暗内心。

陪审团各位成员们……等一等,把这个删掉。今晚,在相亲相爱的气氛中,我们欢聚于这单身乐土的岸边,挥舞着手帕,欢送克莱尔和亨利一同搭上这艘美妙的'婚姻号'轮。我们一边惆怅地目送他俩依依不舍地告别欢乐的单身生活,一边坚信千百年来,那为世人备加推崇的婚姻幸福将是他俩更为愉快的生活住址。除非能想出些法子来逃避,我们中的有些人,不久以后,也将加入到他们的行列之中。因此,让我们举杯庆贺:祝愿克莱尔·阿布希尔·德坦布尔,这位美丽的艺术宝贝,在她崭新的世界里,完完全全地享有那份她受之无愧的幸福。也祝愿亨利·德坦布尔,这个该死的好小子,这个交了狗屎好运的家伙:愿生命之海在你面前一直犹如玻璃一般平坦,愿你一帆风顺。来,大家为这幸福的一对干杯!"高梅兹弯下腰,吻了我的嘴,在一个瞬间里,我盯着他的眼睛,接着那一个瞬间就结束了。

(晚8:48)

**亨利**:我们把结婚蛋糕切开,分着吃了。克莱尔抛出她的花束(查丽丝接住了),我扔出克莱尔的袜带(在所有人当中,居然是本接到了)。乐队开始演奏《搭乘A字号列车》[1],人们翩翩起舞。我和克莱尔、金太、爱丽西亚、查丽丝分别跳过一轮之后,轮到了海伦,她可是个炙手可热的尤物。克莱尔被高梅兹搂着,我漫不经心地陪海伦转着圈,看见希丽亚·阿特里把高梅兹支开,高梅兹也顺应把我赶走。当他抱着海伦转到别处去后,我则混入了吧台的人群中,欣赏克莱尔和希丽亚的舞姿。本过来找我,他喝着苏打水,我要了杯伏特加汤尼。本把克莱尔的袜带缠在自己的胳膊上,好像戴孝似的。

"那是谁?"他问我。

"希丽亚·阿特里,英格里德的女朋友。"

"真奇怪。"

"是啊。"

---

[1]《搭乘A字号列车》(Take the A Train),是比利·斯特雷霍恩(Billy Strayhorn)创作的一首经典的爵士歌曲,其内容围绕穿越纽约的地铁线而写成。这首歌后来成为艾灵顿公爵的主打歌。

"高梅兹那家伙怎么了?"

"什么意思?"

本盯着我看了一会,然后转过头去,"没什么。"

(晚10:23)

**克莱尔**:一切都结束了。我们彼此亲吻、拥抱,一路走出会所,启动那辆喷满了刮胡膏、后面还挂了一串易拉罐的汽车前进。我在露珠客栈[1]门前停了车,这是银湖边一家俗气的小汽车旅馆。亨利睡着了。我出来,办完入住登记后,请前台的小伙子帮忙把亨利扶进房间,他把他放倒在床上,又帮我们把行李也搬了进来,他瞥了一眼我俩的礼服和不省人事的亨利,嬉皮笑脸地看着我。我付了小费,他离开了。我脱下亨利的鞋子,又松开他的领带。接着我把自己的裙子也脱下来,放到椅子上。

我站在浴室里,穿着拖鞋刷牙,身体瑟瑟发抖。镜子里的亨利正躺在床上打呼噜。我吐出满口的牙膏沫,漱了一遍嘴,突然想到一个词:幸福。我终于领悟出:我们结婚了。不管怎么说,起码我结婚了。

我把灯熄灭,吻着亨利向他道晚安,他满身的酒气中混杂着海伦的香水。晚安,晚安,别让臭虫咬了。然后我睡着了,没有做梦,幸福地睡着了。

一九九三年十月二十五日,星期一(亨利三十岁,克莱尔二十二岁)

**亨利**:婚礼后的第一个星期一,我和克莱尔一起去了芝加哥市政厅,在法官的公证下结婚。高梅兹和查丽丝是见证人。后来,我们又一同去了查理快马[2]。这家餐厅可真贵,菜肴的摆设可以跟飞机头等舱或是极简主义的雕像比拟。值得庆幸的是,每一道菜肴都像艺术品,而且口味一流。每当一道菜上桌,查丽丝便赶紧拍照。

"婚后感觉如何?"查丽丝问。

---

[1] 露珠客栈(Dew Drop Inn),美国连锁汽车旅馆。
[2] 查理快马(Charlie Trotter's),被喻为世界上最好的餐厅之一,是芝加哥城里仅有的两家五星餐厅之一。

"我真的觉得自己是结过婚的人了。"克莱尔回答道。

"你们可以继续结,"高梅兹说,"可以尝试各种不同风格的婚礼,佛教的啦,裸族的啦……"

"那不会犯重婚罪?"克莱尔吃着些草绿色的东西,上面有好几只大明虾,仿佛一群正在读报纸的近视老头。

"我想,针对同一个对象,你应该完全有权利想结多少次就结多少次。"查丽丝说。

"你是同一个对象吗?"高梅兹问我。我正在吃一种上面盖着金枪鱼生鱼片的玩意,那些细薄的鱼片,刚碰到舌头就化开了。我品味了良久才回答:

"是的,而且还不仅仅是。"

高梅兹咕哝了几句禅宗心印之类的话,可克莱尔却微笑着向我举起酒杯。我俩的杯子彼此相碰:一声精巧的清鸣在餐馆的鼎沸人中发散开去。

就这样,我们结婚了。

# 第二章

# 一碗牛奶中的一滴红血

"怎么啦？我亲爱的？"
"啊，我们怎么受得了？"
"受得了什么？"
"现在啊。这么短暂的时间。我们怎么能在睡梦中就把它用尽了呢？"
"我们可以静静地在一起，然后假装——反正一切才刚刚开始——假装我们拥有世界上所有的时间。"
"然后每天逐渐减少。最后，一切丧失殆尽。"
"这么说来，难道你宁愿什么都没有？"
"对。这就是我一直梦寐以求的。从我拥有时间之初，便是如此。然后，我离开这里，现在就成为一道分水岭。在此以前的一切，都朝它飞奔而来，自此以后的一切，都离它飞奔而去。可是现在，我亲爱的，我们都在这儿了，我们都在现在，而所有其他的时间都离我们飞奔而去。"

——A. S. 拜厄特《迷情书踪》[1]

---

[1] 《迷情书踪》(Possession)，A. S. 拜厄特于1982年出版此书，获英国布克文学奖，此书后被改编成电影《无可救药爱上你》。

# 婚后生活

一九九四年三月（克莱尔二十二岁，亨利三十岁）

**克莱尔**：我们就这样结婚了。一开始，我们住的是雷文斯伍德线附近一幢双层公寓楼的两居室。天空很晴朗，面前一片奶油色的实木地板，一间满是老式橱柜和陈旧设备的厨房。我们四处采购，星期天一整个下午都泡在箱桶之家[1]里，互相给对方买结婚礼物。订购的沙发塞不进房门，只得又退回去。这间房子成了我们进行各项生活实验、研究彼此性格的场所。我们发现，亨利很讨厌我一边吃早餐看报纸，一边心不在焉地用勺子敲牙齿。我们协定：我可以随意听琼尼·米切尔[2]，亨利可以尽情享受毛茸茸乐队[3]，但前提必须是对方不在家。我们分工：亨利承包所有的厨房活儿，我全权掌管洗衣大权，可我们谁也不愿吸尘，结果只能请钟点工。

我们开始循规蹈矩。亨利在纽贝雷从周二一直工作到周六。他七点半起床，煮咖啡，匆匆套上运动服，出门跑步；回来后冲凉，穿上衣服，再轮到我摇摇晃晃地下床，趁他吃早饭的那会儿工夫和他聊聊天。等我们都吃完早饭，他便去刷牙，奔出门去赶地铁，而我则回到床上，继续再睡个把小时。

我再次醒来时，房子里就很安静了。我洗个澡，梳理头发，穿上工作服，再给自己来杯咖啡，走进后卧室，也是我的工作室。然后关上门。

刚结婚的那些日子，我在小小的卧房工作室里，真是举步维艰。在这个所谓的我自己的地盘里，没有一丝亨利的踪迹，它如此狭小，也局限着我的灵感。我像是只困在纸茧中的蛹：四周布满了一幅幅雕塑素描，那些细小的笔触就像张开翅翼的蛾子，拍打着窗玻璃，企图从这狭小的空间里

---

1 箱桶之家（Carte & Barrel），美国连锁家居、礼品商店。1962年开张，至今已拥有145家分店。
2 琼尼·米切尔（Joni Mitchell），20世纪最成功的女歌手之一，她的音乐涉及民谣、摇滚、爵士等众多领域，还是一位出色的诗人，因此除了她娴熟的音乐技巧，丰富优雅的词作也十分感人。
3 毛茸茸乐队（The Shaggs），一个由三个新翰普郡的姐妹在她们父亲的逼迫下组成的业余天才乐队，后被人们称为"朋克师奶"。

逃逸出去。然后我做出模型,也就是那些按比例缩小的雕塑。我的才思日益迟缓,它们仿佛知道我要让它们挨饿,阻碍它们成长。到了夜里,我会梦见各种色彩,梦见自己的手臂伸进一大桶纸浆,我梦见我成了个女巨人,那微缩的花园已不容我立足。

艺术创作——或者任何创作——最具说服力的,便是把缥缈虚无的构想,变为现实,放在那里,变成一个由世界的物质组成的物质。喀耳刻[1]、宁薇[2]、阿尔忒弥斯[3]、雅典娜[4],一切古代的女巫,无论是把男人变为令人惊讶的动物、偷盗魔法的秘密,还是掌握千军万马,她们一定都能体会出这样的感受:看呀,那是一件全新的事物。称它为猪猡、战争或是桂树。称它为艺术。相比之下,我手中的魔法,只是一些滞后的雕虫小技。每天我都貌似在工作,其实一事无成。我觉得自己就像珀涅罗珀[5],织了又拆,拆了又织。

那么亨利呢?我的奥德赛[6]么?亨利是另一种艺术家,是个遁术家。在这小得不能再小的屋子里,我们的生活,不断地被他小小的失踪所干扰。有时他不声不响地消失,我可能正从厨房走到客厅,发现地板上只剩下一堆衣物;也可能早上刚起床,发现淋浴水龙头仍开着,浴室里却空空荡荡。有时一切又极其可怕,一天下午,我在工作室里干活,突然门外传来几下呻吟,我打开房门,眼前的亨利掌膝着地,赤身裸体,满头是血,他睁开眼睛看看我,随后又消失了。有时我在夜里醒来,亨利已经不在了,到了早晨,他会告诉我他去了哪儿,就像别人家的丈夫给妻子讲述昨夜的梦:"我晚上去塞尔泽图书馆了,那是一九八九年。"或是:"一只德国牧羊犬追我,我穿过别人家的后院,最后不得不爬到树上去。"或者:"我站在雨里,在我们家附近,听我母亲唱歌。"我等着亨利和我说那些回到我童年时的情形,可迄今为止,那还没有发生。我小时候一直盼望着能见他,他的每次到来都是一件大事。而如今,他的每次离去都成了一件不快、一场剥夺、

---

[1] 喀耳刻(Circe),希腊神话中把人变成猪的女巫。
[2] 宁薇(Nimbue),湖畔的诱惑女巫。
[3] 阿尔忒弥斯(Artemis),月神与狩猎女神。
[4] 雅典娜(Athena),智慧与技艺的女神。
[5] 珀涅罗珀(Penelope),奥德赛忠实的妻子,丈夫远征20年,其间她以布匹尚未织就为借口,巧妙地拒绝了无数的求婚者。
[6] 奥德赛(Odyssens),特洛伊战争中希腊联军的大将。特洛伊战争结束后,他颠沛流离,历经10年才返回家乡。

一次历险,当他回来,在我脚下现身时,有时流着鲜血或吹着口哨,有时又面带微笑或打着哆嗦。现在,我真的害怕他离开。

亨利:当你和一个女人住在一起时,你每天都能学到不少东西:你还没想到通渠剂,长发早已堵住了浴室的下水管;在妻子还没有读报之前,并不提倡动手剪报,哪怕是一周前的旧报纸也不行;在这两口之家里,我是惟一可以连续三个晚上吃同样的饭菜而不抱怨的人;发明耳机就是为了让双方在音乐上的爱好互不侵犯。(克莱尔怎么会喜欢听低级把戏[1]?为什么痴迷老鹰乐队?我从来都不知道,每次我问她,她就立刻摆出一副防御的架势。为什么我爱的这个女人不喜欢听《加罗和费拉耶之声》[2]呢?)最难的一课,就是克莱尔的孤独:有时我回到家,她就露出一种厌烦的神情,我打断了她的思路,破坏了她一整天梦幻般的宁谧意境;有时克莱尔就像一堵紧闭的门,虽然她坐着编织或者干其他事情,实际上却已经走进思想的密室。我发现克莱尔喜欢独处,可我每次时间旅行回来后,她却又总是如释重负的样子。

如果你朝夕相处的女人是个艺术家,每天便都是意外。克莱尔把另一间卧室变成了一个魔术柜:无数只小塑像、图画钉满了墙面每寸角落,一捆捆金属丝和一卷卷纸塞满了架子和抽屉。那些塑像让我联想起风筝,或是飞机模型,有一天,我下班回家,在做饭之前,我西装革履地站在她的工作室门口,把这个想法告诉了她,她朝我扔来其中的一只,它飞得出奇的平稳,于是,我俩分别站在客厅两头,相互对扔那些小雕塑,试验一下它们的飞行状况。第二天我回到家,发现克莱尔用纸和金属丝扎了一群鸟,吊在客厅的天花板上。一周之后,她在卧室的窗玻璃上涂满了透明的蓝色抽象色块,阳光从中透射进来,照在墙壁上,形成一片飞翔的天空,克莱尔在墙上画满了小鸟,美不胜收。

第二天晚上,我站在克莱尔工作室的门口,她在其中一只红色小鸟的周围画了一团错综复杂的黑色线条。突然,我看到克莱尔,在她小小的房

---

[1] 低级把戏(Cheap Trick),四人组摇滚乐队,从20世纪70年代起活跃至今。他们的曲风糅合了英国通俗吉他的作曲技巧,配以"吱嘎"声的和弦背景,并添加了一份荒诞的音色。它们传承了60年代通俗、重金属和朋克乐风的精髓。1998年,他们在芝加哥进行了为期4天的公演,引起了巨大的轰动。
[2] 《加罗和费拉耶之声》(Musique du Garrot et de la Ferraille),Jardin D'Usure 在1994年8月出版的一张专辑。

间里，被所有这些东西包围着，我意识到她想对我表达什么，我也知道自己该怎么做了。

一九九四年四月十三日，星期三（克莱尔二十二岁，亨利三十岁）

**克莱尔**：听见亨利的钥匙在门锁里响动，我走出工作室，他已经进来了。出乎意料的是，他居然抱回了一台电视机。我们家没有电视机，因为亨利不能看电视，我也不想一个人看。这是台旧机器，黑白的、小小的，落满了灰，天线也断了。

"嗨，宝贝，我回来了。"亨利边说，边把电视机放在餐厅的桌上。

"哎呀，这么脏，"我说，"你从废品堆里捡来的？"

亨利有点生气了，"我刚在'独一无二'里买的，十美元呢。"

"为什么？"

"今晚有档节目，我想我们不能错过。"

"可是——"难以想象，是什么节目能让亨利宁愿冒时间旅行的风险？

"没关系，我不会坐着盯着看，我是给你看的。"

"哦？是什么？"我根本不知道现在的电视台在放些什么。

"是个惊喜，八点钟开始。"

吃饭时电视机就放在餐厅的地板上。亨利拒绝回答任何有关的问题，不仅如此，他还逗我，问如果我有了间超大的工作室会怎么样。

"又能怎么样？我已经有这个窝了。也许我会继续弄那些日本纸艺。"

"快点，认真点。"

"我不知道，"我把意大利宽面条往叉子上绕圈，"我会把每个模型放大一百倍，我要在三米长宽的棉絮纸上画画，我要穿着溜冰鞋，从工作室的一头滑到另一头，我要放一个大水坛，一套日本烘干设备，还要一个四五公斤的雷纳牌打浆机……"我被自己假想出来的工作室深深打动，不过一想到现实中的那个，便无奈地耸了耸肩。"哦，也许会有那么一天的。"靠亨利的薪水和我信托基金的利息，生活还过得去，可要想有一间真正的工作室，我就得去找工作了，然后我也就没有时间在新的工作室里工作了，真是鱼与熊掌不可兼得啊。我所有搞艺术的朋友，或者没钱或者没时间，或者两者都没有。查丽丝白天编程，只能在晚上搞创作，她和高梅兹下个月就要结婚了。"我们到时候送什么结婚礼物？"

"啊？哦，我不知道。总不能把我们那些咖啡机拿去送人吧？"

"我们已经把所有的咖啡机换成微波炉和面包机了。"

"噢，对。喂，就快八点了。端上你的咖啡，我们去客厅看电视吧。"亨利把椅子推了回去，抱起电视机，我端着我们的咖啡杯走进客厅，他把电视机放到咖啡桌上，折腾了一阵接线板，小心翼翼地转动起上面几个旋钮。然后我们一起坐到沙发上，9频道里是一段水床的广告，突然一片雪花飞舞。"该死的，"亨利盯着屏幕咕哝道，"刚才在商店里还好好的。"这时，"伊利诺伊州大乐透彩票"的标识语闪现在屏幕上，亨利掏了掏裤子口袋，递给我一张白色的小纸片。"拿着。"这是张彩票。

"我的天啊！你不会是——"

"嘘，看电视。"一阵鼓乐喧嚣后，身穿西服、一脸严肃的彩票官，根据"撞撞球"随机摇出来的数字，现场依次宣读道：43, 2, 26, 51, 10, 11。当然这些数字和我手上的逐一吻合。彩票官们向我们祝贺，我们就一下子赢了八百万美金。

亨利关上电视，微笑着说："干得漂亮吧，嗯？"

"我都不知该说什么了。"但我并没有欢呼雀跃。

"说：'谢谢你，亲爱的，谢谢你为我们买新房子凑够了钱。'换作我，就会这么说。"

"可是——亨利——这不是真的。"

"当然是啦，这可是张真彩票。你现在拿去凯兹德接受明尼小姐热情的拥抱吧，伊利诺伊州政府立即会给你一张真正的支票。"

"可你事先知道的。"

"当然啦，我只是看了一下明天的《芝加哥论坛报》。"

"我们不可以……这是诈骗。"

亨利夸张地在额头上拍了一下，"我好糊涂啊。我忘记了，人们买彩票的时候是完全不知道中奖号码的。好吧，来解决一下。"他立即消失了，接着从厨房拿来一盒火柴。他点燃一根，火苗凑近了彩票。

"不要！"

亨利吹灭了火柴，"克莱尔，其实没关系的。只要喜欢，明年我们每星期都可以中大奖。即使它有什么问题，也没什么大不了的。"彩票的一角已有些焦痕。亨利走到沙发前,坐在我身边,"听我说,你干脆把它收起来,只要你愿意兑现,我们就去兑现;你也可以把它送给你路上遇见的第一个乞丐——"

"不公平。"

"怎么不公平?"

"你不能让我一个人承担那么大的责任。"

"不管你做哪种决定,我都很开心。要是你觉得我们骗的钱是伊利诺伊州政府从劳工身上诓来的话,放心,没这回事。我们总能想出其他的好办法,给你买一间大工作室的。"

哦,一间大工作室,我突然明白过来,自己真蠢,亨利随时都可以中大奖的,他一直没有去,就是因为他觉得这不正常;而他毅然违背自己想做个正常人的狂热心愿,就是想让我有间大一些的工作室,让我能穿着溜冰鞋从一头滑到另一头。我啊,一个不知道感恩的女人。

"克莱尔?你这是……"

"谢谢你。"我突兀地说了一句。

亨利的眉毛一扬,"你的意思是我们可以拿这张彩票去兑现了?"

"我不知道。我的意思是'谢谢你'。"

"别客气。"一阵令人不适的沉默,"嘿,不知道电视里现在放什么哦?"

"雪花。"

亨利笑了,他站直了,把我从沙发上拽起来,"走,去花花那些不义之财吧。"

"我们去哪儿呢?"

"我也不知道,"亨利打开门厅的壁橱,把夹克递给我,"这样吧,我们给高梅兹和查丽丝买辆车做结婚礼物吧。"

"可他们只送了我们一套酒杯。"我们昂首阔步地走下楼梯。美好的春天的夜晚,我们站在公寓楼前的人行道上,亨利搂着我的手。我望着他,然后举起我们拉在一起的手,亨利领着我转起圈来,不一会儿,我们便在贝拉普兰大街上翩翩起舞。没有音乐,只有汽车从身边呼啸而过,还有我们的欢笑。我们在人行道边的樱桃树下跳啊跳啊,花香像落雪般阵阵飘来。

一九九四年五月十八日，星期三（克莱尔二十二岁，亨利三十岁）

**克莱尔**：我们打算买房子了，找房子可是令人诧异的经历。那些永远不可能请你做客的人们，只为一个理由便可以开门迎客，任你窥探他们的内室，听你对墙纸的评头论足，还会耐心回答关于水槽的刻薄问题。

我和亨利找房子的方式完全不一样，我慢悠悠地一路逛进去，仔细考察木工手艺、器具设备，问问壁炉的情况，检查地下室是否渗水；而亨利则直接走到屋子后面，从后窗向外眺望，然后对我摇摇头。我们的地产经纪人卡罗儿觉得他神经错乱，我只能解释他是个狂热的园艺爱好者。一整天看下来，最后我们从卡罗儿的办公室出发，开车回家。路上，我决定问问亨利，他的疯狂背后究竟考虑的是什么。

"你究竟，"我很有礼貌地问，"是在干吗？"

亨利看上去怯生生的，"嗯，我那时还不确定你是不是想要知道，其实我已经去过我们未来的家了。我不记得具体时间，不过，是一个美丽的秋天，我曾是——我将是——傍晚去那里的。我站在后窗前，旁边是你外婆留给你的大理石桌子，院子深处有一座砖结构的房子，透过那房子的窗户，我觉得好像就是你的工作室。你背对着我正在摆弄一些纸，蓝色的纸。你用一条黄头巾包住头发，绿毛衣外面套着你常穿的塑料布围裙，院子里有棵葡萄藤，我站了足足两分钟。我只是在尽力复制那个场景，如果我做到了，那就是我们的新房子了。"

"天啊，你当时怎么不提醒我？我真傻。"

"噢，不，别那么想。我觉得你也许更喜欢按部就班地找房子。我是说，你那么仔细地，看了所有购房小窍门的书。我以为你很喜欢那种过程，就像逛街一样，不一定非买下什么。"

"总得有人问问白蚁啦，石棉[1]啦，腐化啦，污水泵啦，这些具体问题吧。"

"完全正确。那我们就继续找吧，一定能殊途同归的。"

最后果然殊途同归了。不过在此之前也有过几次紧张的局面，我一度

---

[1] 最新科学表明，石棉可能致癌。

被东罗杰斯公园那儿的一座大房子迷得神魂颠倒的,那地方位于市北,治安状况不好。房子是座巨大的维多利亚式豪宅,连同佣人,四世同堂都没问题。毫无疑问那不会是我们的新家,还没踏进前门亨利就已经恐惧万分了——后院是一家大药房的停车场。可是房子里却拥有豪宅的全部元素:高挑的楼层、大理石框的壁炉、绚丽多姿的木工……"求你了,"我哄着他,"这里美得令人难以想象!"

"是呀,确实是难以想象。不过每个星期我们都会遭一次上门抢劫。此外,还需要彻底的翻修,电线、管道、壁炉,可能连屋顶都要换掉……这根本不是我们的新家。"他的语调无比坚定,那是一种亲历过未来,却不愿搅乱未来的语调。此后一连几天我都闷闷不乐的,亨利便带我去吃日本寿司。

"喂,华而不实的女人、喜欢背债的女人、我最亲爱的女人,你倒是和我说说话啊。"

"我没有不和你说话。"

"我知道,可你在生闷气。我可不希望有人生我闷气,尤其是为了那些常识上的……。"

女服务员走上前来,我们赶紧打开菜单商量吃些什么。我不想在这里吵架,这是我最喜欢的必胜寿司店[1],我们常来这里,亨利已经想到了这一点,再加上吃寿司过程中特有的愉快,他已经准备好来这里平息我的怨气了。我们点了芝麻酱菠菜色拉、羊栖菜[2]、太卷[3]、青瓜卷,还有在小块小块的米饭上摆上各种海鲜的东西,展示在盘子里,叫人赞叹不已。服务员拿着我的点单走开了。

"我没有生你的气。"这句话只是部分正确。

亨利抬起一根眉毛,"嗯,那你说说究竟哪儿出了问题?"

"你真的确定你那次去过的地方就是我们的家?万一你搞错了呢?仅仅就因为后院的景色不对,就要让我们错失这个绝好的机会?"

"那里都是我们的东西,不可能是别人的房子。我承认,它可能不是我

---

[1] 必胜寿司店(Katsu),位于芝加哥彼得逊大街,被誉为芝加哥最好的日式餐厅。
[2] 羊栖菜生长于日本和韩国,是一种黑色的海带,在一些日本餐馆主要用作前菜或餐前小吃。干的羊栖菜亦可加入汤、沙拉及其他菜肴内。
[3] 太卷是以海苔包卷寿司饭及蛋、黄瓜、蟹肉棒之类的素材,卷成长条以后再切成段来食用。除了海苔卷以外,也有用蛋皮卷成的蛋皮寿司,和用保鲜膜固定的棒寿司。

们买的第一套——当时隔得太远，我看不出你究竟几岁。反正我觉得你那时还很年轻，但也可能是你保养得好，可我向你发誓，那真的是座好房子。你难道不喜欢后院有个那样的独立的工作室？"

我叹了口气，"是，我想的。天啊，真希望你能把那些经历都拍成录像，我真想亲眼看看。你在那儿的时候，怎么就没看一眼门牌号呢？"

"真遗憾，我只停留了片刻。"

有时候，只要能打开亨利的脑袋，像看电影一般观察他的记忆，我就愿意付出一切。我第一次学着用电脑，当时我十四岁，马克想要教我如何在他的苹果机上画图，过了十分钟左右，我就想把手伸进显示器里，看看那里面究竟是什么玩意。我喜欢直截了当，喜欢触摸质地，喜欢观察色彩。和亨利一起找房子，我都快疯了，就像遥控一台劣质的玩具车，我总让它们撞墙。我就是故意的。

"亨利，你反对我花点时间一个人去找房子吗？"

"不反对，我想应该不会。"他看上去有点被这话伤到了，"要是你真的想去的话。"

"其实，我们最后总能住到你说的那个房子里去的，对吗？我是说，一切都不会改变的。"

"是啊，好吧，别管我了，不过也别掉到那些金钱的陷阱里，好吗？"

花了近一个月，大约看过二十多座房子后，我终于找到了它。它位于林肯广场的安司里，是一座一九二六年的红砖小屋。卡罗儿打开钥匙盒，花了好一番周折才开了锁。门开了，某种适合的感觉扑面而来……我径直走到后窗，朝院子望去，我未来的工作室就在那里，还有葡萄藤。我转过身去，卡罗儿关切地看着我，我说："我们就买它。"

她大吃了一惊，"难道你不想看看屋里其他地方？你丈夫会怎么想？"

"哦，他已经看过了。不过，当然，我们还是看看房子吧。"

一九九四年七月九日，星期六（亨利三十一岁，克莱尔二十三岁）

**亨利**：今天是搬家的日子。一整天都很热，早晨搬家工人刚从楼梯走进房间，衬衫已经湿答答地贴住身子了。大概我们两居室的房子没什么大不了的，中午前就能搬完，于是他们脸上洋溢出灿烂的微笑。可当他们真正站在我们的客厅里，亲眼目睹克莱尔那些维多利亚式的家具和我的七十八箱书，微笑立即凝固了。此刻天色已晚，我和克莱尔在新房间里进进出出的，一会拍拍墙，一会又摸摸樱桃木的内窗台。我们光着脚在原木地板上"啪嗒啪嗒"地走来走去，往狮爪底座的浴缸里注水，又把那台"宇宙牌"大炉子的点火装置开了又关，关了又开。窗上还没挂帘子，我们关了所有的灯，街灯透过积灰的窗玻璃倾泻进来，洒在空荡荡的壁炉膛里。克莱尔从一间房走进另一间房，爱抚着她的新居——我们的新居。我跟在她身后，看着她打开一间间储藏室、一扇扇窗户、一只只壁橱。她蹑手蹑脚地站在餐厅里，指尖轻触那些带光边玻璃的家具。然后，她脱下衬衣。我的舌头在她的乳峰上来回舔动。整幢房子包裹着、凝视着，同时也观察着我们在它里面的第一次做爱，无数次中的第一次。事后，我们躺在光溜溜的地板上，周围堆满了箱子。我们终于找到自己的家了。

一九九四年八月二十八日，星期日（克莱尔二十三岁，亨利三十一岁）

**克莱尔**：这是个湿热的星期天下午，我和亨利、高梅兹在伊云斯顿[1]闲逛。整个早晨我们都在灯塔海滩暴晒，在密歇根湖里嬉水。高梅兹要让自己埋进沙子里，我和亨利欣然从命。我们吃完自制的烧烤，小睡了一会儿。现在，我们正走在教堂大街的林阴道下，边躲太阳，边舔手里的橘子冰棒。

"克莱尔，瞧你头发上尽是沙子。"亨利说。我停下来，侧过身，像拍毯子似的拍打着头，一会儿路上便积了一堆沙砾。

"我的耳孔里全是沙子，还有那些说不出口的地方也是。"高梅兹应和着说。

"我可以帮你把头上的沙子拍下来，不过其余部位，你就自己动手吧。"我说。微风吹来，我们迎了上去，我把头发盘在头顶，顿感清爽。

"我们接下来干吗？"高梅兹问道。亨利和我交换了一下眼色。

"去'读书人巷[2]'。"我们异口同声地回答。

---

[1] 伊云斯顿（Evanston），芝加哥边的一座小城。
[2] 读书人巷（Bookman's Alley），坐落在伊云斯顿中心区的一家小书店，已经有20多年的历史。以大量的作者签名书和首版书闻名。整个店堂里还充满了各种古董，还有厚垫子的椅子，供读者休息。

高梅兹咕哝着,"哦,天啊。又是书店!老爷啊,太太啊,可怜可怜你们忠实的仆人吧——"

"那就说定了,去读书人巷。"亨利愉快地说。

"你们得保证在那儿别超过,嗯,别超过三个小时……"

"他们五点就关门,"我告诉他,"现在已经两点半了。"

"你可以去喝瓶啤酒。"亨利说。

"我觉得伊云斯顿早就干涸了。"

"不,他们也与时俱进。只要能证明你不是基督教青年会的,就能来上一杯啤酒[1]。"

"我还是跟你一起去吧,人人为我,我为人人。"我们转到谢尔曼街,一路走过去,路边原先那家马费百货公司现在已经是家外贸运动鞋店了,过去的瓦斯蒂电影院[2]也变成了 GAP 专卖。我们拐进一条小弄,穿过花店和鞋匠铺子,看啊!"读书人巷"到了。我推开门,三个人拥进阴凉昏暗的店堂里,仿佛误冲乱撞般闯了进去。

罗杰坐在他那张又小又乱的桌子后面,正和一位脸色红润、满头白发的老绅士讨论着室内乐。他一看到我们便笑了一下,说:"克莱尔,这次我有些东西,你一定会喜欢的。"亨利像只蜜蜂似的,七拐八转地飞进书店的深处,那里不是精美的印刷品,就是藏书家的乐园。高梅兹四处闲逛,他在书店里感兴趣的都是东一处西一处的古怪小玩意儿:西部书区里的马鞍、探险书区里猎鹿人的帽子。他还在儿童书区的一只大碗里拿了块水果糖,不知道那些糖已经放了多少年了,吃下去可是要出事的。罗杰留给我的是一本荷兰的装饰纸张目录,书里居然还有小块小块的纸样。这才是我今天最大的收获,我把它放到桌边,把自己想要买的都堆在一起。然后,我仔细地阅读起架子上的书,吸进陈年纸张、胶水、旧地毯和木头的气息,一切犹如置身梦幻之中。我看见亨利坐在艺术书区的地板上,腿上搁了些东西。他被晒得黑黑的,头发朝四面八方竖起。我真高兴他剪了头发,在我

---

[1] 在 19 世纪末,作为一个保守的小城,伊云斯顿很早就通过了著名的"蓝色法规"(Blue Laws),"蓝色法规"是美国在殖民时期清教徒所订的法律,禁止在星期天跳舞、喝酒。现在,伊云斯顿还是基督教妇女慎酒联合会(UWTU)总部的所在地。

[2] 瓦斯蒂电影院(Varsity Theater),芝加哥郊外最大的电影院之一,1926 年 12 月开张,拥有两千五百个座席。它的外观设计仿照了法国皇室城堡,从意大利进口的大理石到古老的挂毯,都令它一度灿烂夺目。20 世纪 30 年代,这里曾盛极一时,后在 80 年代的竞争中失守,于 1988 年终止营业。

看来，现在的这一头短发让他越来越像他自己了。我看他的时候，他举起手，想用手指绕一缕头发，但突然意识到那太短了，无奈只得挠挠耳朵。我真想过去碰碰他，用双手穿过那些翘着的可笑的短发。不过我还是转过身，一头埋进了旅游书区。

**亨利**：克莱尔站在主厅里，身边是一大堆待上架的新书。其实，罗杰并不喜欢别人翻他还没有贴过标签的书。不过，我发现无论克莱尔在他店里做什么，他都不介意。她的头贴近了一本小红书，头发像是要从头顶的发盘里逃出来似的，背心裙的一根吊带已经滑下了肩头，露出里面的一抹泳装。这种刺激太强烈了，我迫切地想要走过去，抚摸她，要是旁边没有人，我都想咬她一口。可同时，我又不想让这美好的一刻匆匆结束。突然，我看见了高梅兹，这家伙站在探险书区里居然也盯着克莱尔，我不情愿地看到的是——他脸上的表情恰如我自己在镜中的影像。

就在这时，克莱尔抬起头来说："亨利，快看，是庞贝古城。"她把一本明信片小书拿给我看，我听出她的话外音，看看，我已经挑了你了。我走到她身边，搂住她的肩，将那条松落的肩带摆直。下一秒钟后我再次抬头，高梅兹已经转过身，他背对着我们，正专心致志地看阿加莎·克里斯蒂[1]。

一九九五年一月十五日，星期日（克莱尔二十三岁，亨利三十一岁）

**克莱尔**：我洗着盘子，亨利正在切青椒丁。落山的太阳把我们后院这一片星期天傍晚的积雪照成明亮的粉色，我们俩边唱着《黄色潜水艇》，边做墨西哥辣肉豆汤：

> 在我出身的那座小城
> 住着一位出海的男人……

洋葱在炉子上的平底锅里吱吱作响，唱到我们的朋友都上了船，我突

---

[1] 阿加莎·克里斯蒂（Agatha Christies），英国著名的女侦探小说家，创造出大侦探波洛、玛普尔小姐等著名探案形象。

然发现只剩下自己的声音孤零零地回荡在屋子里。我转过身去，亨利的衣物已落成一堆，菜刀掉在地板上，砧板上切了一半的青椒，还在微微地晃动。

我把火熄灭，盖上锅盖。我坐在那堆衣物旁，把它们捡起来，上面还留着亨利的体温，我抱着他的衣服，坐着，直到上面的体温全部变成了我的体温。我站起来，走进我们的卧室，把衣服整齐地折好，放在床上。然后，我尽最大的努力，把晚餐做完，独自咽下。我一边等待，一边发愣。心中满是不安。

一九九五年二月三日，星期五（克莱尔二十三岁，
　　亨利三十一岁，同时也是三十九岁）

**克莱尔**：我和亨利、高梅兹、查丽丝四人一起围坐在饭桌边，玩起了"当代资本主义大白痴"。这是高梅兹和查丽丝发明的，用"强手"里的附件来玩，里面有提问、得分、攒钱三种形式，目的就是剥削对手。当前这步轮到高梅兹了，他摇了摇色子，掷出一个"六"，进入了"社会公益基金"。然后，他抽出一张卡片。

"大家听着，为了这个社会好，你们最想丢弃哪种现代发明？"

"电视机。"我说。

"衣物柔顺剂。"查丽丝说。

"电子防盗装置。"亨利激动地说。

"要我看，还得算火药。"

"那根本不是现代发明。"我立即纠正他说。

"好吧，那么就是流水生产线。"

"你不可以回答两次。"亨利说。

"连'电子防盗装置'居然都算是答案，我当然可以。"

"纽贝雷书库里的电子防盗装置已经活捉过我好几次了，这星期我消失了两次，只要一在那显身，门卫就上楼来检查，我都快要疯了。"

"就算没有发明电子防盗感应器，我觉得无产阶级也不会受到任何影响。我和克莱尔都答对了，每人各得十分。查丽丝的有创意，可以得五分。亨利把个人利益凌驾于集体公众利益之上，倒退三格。"

"那我就退到'开始'这格里了。银行,给我两百元[1]。"查丽丝如数给了亨利。

"喂!"高梅兹喊道。我朝他笑了笑。轮到我了,我掷出了一个"四"。

"公园地旅馆[2],我要买下来。"按规则,如果要买东西,我得先正确地回答一个问题。亨利从机会卡里抽出一张。

"请选择,你最想和下列哪一位人士共进晚餐:亚当·斯密[3]、马克思、罗莎·卢森堡[4]和格林斯潘[5]?并说出原因。"

"罗莎·卢森堡。"

"为什么呢?"

"最有意思的死亡。"亨利、查丽丝和高梅兹讨论了一下,同意我买下公园地旅馆。我把钱交给查丽丝,她便给了我一张地契卡。亨利摇了摇手中的色子,结果走到"个人所得税"这格去了。"个人所得税"有专门的指示卡,我们都紧张起来,心惊胆战的。他开始宣读:

"大跃进。"

"见鬼!"我们把手中所有的地契卡都上缴给查丽丝,她把那些连同她自己的都还给了银行。

"哎,我的公园地旅馆才刚买啊!"

"对不起了,"亨利走到棋盘的一半之处,停在"圣·詹姆士公园"格子里,"我买了。"

"我可怜的小圣·詹姆士啊。"查丽丝伤心地说。我抽了一张免费停车卡。

"今天日元兑美元的牌价是多少?"

---

[1] 在《强手》棋中,只要经过"开始",就能获得两百元薪水。

[2] 《强手》棋中的某一格,过路费很高。

[3] 亚当·斯密(Adam Smith, 1723—1790),是英国古典政治经济学的主要代表人物之一。因其代表作《国富论》而被奉为现代西方经济学的鼻祖。

[4] 罗莎·卢森堡(Rosa Luxembourg, 1871—1919),国际共产主义运动史上的伟大的女革命家和马克思主义理论家,德国共产党的创始人。1919年1月,她和李卜克内西领导了柏林工人武装起义,反动军队攻进了柏林,最后起义失败。由于叛徒告密,1月15日,她和李卜克内西在避难的地下室里被捕。当晚,反动分子杀害了卢森堡,并将她的尸体投入了兰德维尔运河。

[5] 格林斯潘(Alan Greenspan),前任美国联邦储备局主席,任期从1987年8月11日至2006年1月31日,先后经历过里根、老布什、克林顿和小布什四位总统,对华尔街、美国经济乃至世界经济影响深远。

"我不知道。这个问题是哪来的?"

"我出的。"查丽丝笑眯眯地对我说。

"那答案呢?"

"九十九点八日元兑一美元。"

"我服了,圣·詹姆士失手了。轮到你了。"亨利说罢,把色子递给查丽丝。她掷出一个"四",结果被关进了监狱。她摸了一张卡片,明白无误地写着她的罪状:操纵内幕交易。我们都笑了。

"听起来更像你们两口子的作风。"高梅兹说,我和亨利谦虚地一笑,我们最近在股票上确实赚疯了。查丽丝要想出狱,必须回答三个问题。

高梅兹从机会卡里摸出一张,"第一个问题:请说出托洛茨基[1]在墨西哥认识的两位著名画家。"

"迭戈·里维拉[2]和弗里达。"

"很好。第二个问题:耐克公司一天会给越南工人支付多少工资,来制造这种超级昂贵的球鞋呢?"

"哦,天啊。我不知道……三块?还是十美分?"

"你的答案究竟是什么?"这时厨房里发出一声巨响,我们吓得都跳了起来,亨利说:"坐好!"我们都被他的严肃震住了。查丽丝和高梅兹吃惊地朝我看,我摇摇头,"我也不知道。"其实我知道。厨房里传来低沉的咕哝和一声呻吟。查丽丝和高梅兹僵直了身体,屏息倾听。我站起身,轻轻跟在亨利的后面。

他跪在地上,往一个裸体男人的头上放了块小餐布。不用说,那个躺在地上的人正是亨利。家里摆放碟子、盘子的碗橱都敞开着,玻璃橱门碎了,碟子滑落出来,跌得满地都是。亨利躺在整个混乱现场的正中央,流着血,浑身沾满了碎玻璃。两个亨利都看着我,一个可怜兮兮,另一个万分焦急。我在亨利对面跪下,俯在亨利身体的上方。"这些血是从哪来的?"我轻声说。"我想都是从头皮那儿流出来的吧。"亨利也轻声地应答我。"我们叫辆救护车吧。"我说。我从亨利的胸口取出那些玻璃碎片,他闭上眼睛

---

[1] 托洛茨基(Leon Trotsky),俄国十月革命主要领导人之一。
[2] 迭戈·里维拉(Diego Rivera),墨西哥壁画运动三杰之一,弗里达(Frida Kahlo)的丈夫。他们曾经是共同的共产主义的积极支持者。

说："别动。"于是我就停了下来。

"我的灵猫老祖啊！"高梅兹已经站到了门口，查丽丝也蹑手蹑脚地躲在他后面，从他的肩膀后面看过来。"哇！"她推了推高梅兹。亨利赶紧把小餐布扔到他那位复制人暴露着的下身处。

"哦，亨利，别担心，我画过无数裸体男模——"

"我只是想保留一点最起码的隐私。"亨利突然冒出一句。查丽丝像是被扇了耳光似的慌忙躲开。

"听着，亨利——"高梅兹咕哝着。

这样下去，我根本无法集中思想。"大家都闭嘴！"我愤怒地命令道，令人惊讶的是，他们都哑了。"这究竟是怎么回事？"我问亨利，他躺在地上一脸苦笑，尽量不移动身体。他睁开眼睛看了我一会，然后开始回答：

"再过几分钟我就要离开了。"他终于轻声说话了。他看了看亨利，"我想喝点东西。"亨利一跃而起，端来一大杯杰克·丹尼尔[1]。我扶起亨利的头，他帮着他好不容易才喝下三分之一。

"这样好吗？"高梅兹问。

"不知道，不过也管不了那么多了。"躺在地上的亨利斩钉截铁地说，"这次真是疼得钻心，"他喘着气，"大家站到后面去！闭上眼睛——"

"为什么？——"高梅兹问。

亨利突然在地板上抽搐起来，仿佛被电击了一样，头剧烈地点个不停，还喊着"克莱尔！"我闭上眼睛。那仿佛是一种床单被撕裂的声音，但是更响。接着，满地只剩下碎玻璃和碎瓷片，亨利已了无踪影。

"噢，我的天啊！"查丽丝说。我和亨利面面相觑，这和以前不一样，亨利，太激烈，太恶心了。究竟发生了什么？而他苍白的脸色分明告诉我，他也不知道。他检查了一下威士忌酒里有没有玻璃碎屑，然后一饮而尽。

"这么多碎玻璃是怎么回事？"高梅兹边问，边灵巧地绕了过来。

亨利站起来，把手伸给我。他手上渗出点点血珠，还夹着些瓷屑片和碎晶体。我站起来看着查丽丝，她脸上划了很长一道口子，血从颧骨处流泪一般淌下来。

"凡是不属于我身体上的任何东西都会留下的。"亨利解释道。他给他

---

[1] 一种美国威士忌。

们看他那个拔牙后留下的空洞,因为每次时间旅行,新补的牙齿就丢了。
"不过所幸,我每次回去时,那些碎玻璃会自动消失,而不是陷在皮肉里,要用镊子一点点夹出来。"

"但是我们需要。"高梅兹边说,边轻轻地剔去查丽丝头发里的碎玻璃。他说得没错。

# 图书馆里的科幻小说

一九九五年八月八日，星期三（亨利三十一岁）

**亨利**：我和马特在特殊藏品室的书架间捉迷藏。他找我，是因为我们马上就要给纽贝雷图书馆理事会以及它的妇女书法俱乐部的成员讲解书法艺术了；我躲他，是想趁他还没有找到我之前把衣服穿上。

"亨利，快点，他们都等着呢！"马特在美国早期印刷品区附近喊我，我则在法国二十世纪艺术家的生活这一侧慌忙地套裤子。"再等一会，我在找一样东西。"我嚷着，暗自心想今后一定要学会变位发声术，以便应付这样的状况。马特的声音越来越近了，"你知道康那利夫人家的猫快要生了吗？别找了，我们走吧——"他把头伸到我这一排，我刚好在扣衬衫纽扣，"你这是在干吗？"

"你说什么？"

"你又在书架之间裸奔了，是吧？"

"嗯，也许吧。"

"主啊！亨利，把那辆推车给我。"马特一把拉过装满书的推车，朝阅览室的方向走去。沉重的金属门开了又关，我穿上鞋袜，打好领带，掸落西服上的灰尘，也跟进了阅览室。阅览室里的大桌子已被一群中年阔太太围满了，我和马特各坐一头，彼此面对面。我开始介绍天才鲁道夫·科赫[1]发明的各种书写字体，马特则铺开毛毯，打开文件夹，不停地插说些科赫的奇闻轶事，最后他的表情证实这次他不再找我算账了。心情愉快的太太们一个个悠闲地出门吃午餐去了。马特和我围着桌子，把书收进盒子，一一放到推车上。

"真抱歉，我迟到了。"我说。

"要不是你表现出色，"马特回答说，"我们现在就会把你揉成皮革，重

---

[1] 鲁道夫·科赫（Rudolf Koch，1876—1934），德国书法家，铅字设计者。

新装订到《裸体文化宣言》里去。"

"根本就没那本书。"

"打赌?"

"不。"我们把车推回书架区,再把那些文件夹和书重新归位。然后,我请马特去泰国情郎吃午饭。一切即使不被遗忘,也都被原谅了。

一九九五年四月十一日,星期四(亨利三十一岁)

**亨利**:纽贝雷图书馆里有座让我畏惧的楼梯,位于过道的最东边,一连四层都是。楼梯把阅览室和书库隔开,它本身并不宏伟,也没有主楼梯那样的大理石台阶和雕花栏杆。它没有窗户,只有些荧光灯、煤渣空心砖墙和一道道贴了黄色防滑条的水泥台阶,通向每层过道的金属门上也没有玻璃窗口,然而,这些都不足以让我害怕,我不喜欢它的原因是那"笼子"一样的结构。

"笼子"在楼梯的正中,四层楼那么高,乍看像是供升降机运行的空洞,可是那里从来没有什么升降机。纽贝雷里没有人知道这个"笼子"有什么用,也不知道为什么要安在那儿,我猜,可能是为了防止有人从那里跳楼,以免摔成缺胳膊断腿的残尸。"笼子"是钢材料的,现在却被漆成了浅褐色。

记得我第一天来纽贝雷上班,凯瑟琳带我看遍了图书馆的每个角落。她自豪地向我介绍书库、手工书艺馆、东边马特常溜去练歌的空关房、基金会董事那狗窝一样的阅览室、职工阅览室,还有员工餐厅。我们回馆藏图书室的路上,凯瑟琳打开了那扇通往楼梯的门,那一刻我便感到了恐慌。我瞥了一眼"笼子"十字交错的钢丝,就像匹受惊的、无法继续走动的马。

"那是什么?"我问凯瑟琳。

"噢,那是'笼子'。"她漫不经心地回答我。

"里面有电梯吗?"

"没有,只是一个空笼子。我也不知道那有什么用。"

"噢,"我走上前去,往里张望,"有没有门可以下去?"

"没有,你进不去的。"

"噢。"我们走上楼梯,继续参观。

从此以后,我一直避免走那道楼梯,也尽量不去想这座"笼子",我不想因此小题大做,惶惶不安。可如果真的落到里面,我就没办法出来了。

一九九五年六月九日,星期五(亨利三十一岁)

**亨利**:我终于在纽贝雷四楼的员工男厕所里现身了。我这一去就是好几天,滞留在一九七三年印第安纳州的乡村里,饥肠辘辘,胡子拉碴的。更糟糕的是,我的眼睛被打得青紫不消,更找不到自己的衣服。我起身,把自己反锁进一个小间里,坐下思考。就在我苦思冥想时,有人进来了,他拉开拉链,对准小便池"哗哗"地尿起来,他撒完尿,拉上拉链,又多待了一秒,而此时此刻,我实在忍不住打了个喷嚏。

"谁在里面?"罗伯托问。我静静地坐着。从门的空隙处,我看到罗伯托慢慢弯下腰来,透过隔间的门板看着我的脚。

"亨利?"他说,"我让马特把你的衣服送过来。请你穿上衣服到我的办公室来。"

我怯生生地走进罗伯托的办公室,在他桌子对面坐下。他正在接电话,我乘机瞥了一眼他的日程表,是星期五,桌子上的钟显示为2:17。我这次离开了二十二个小时多一点。罗伯托把听筒轻轻搁到电话机上,转过身来看我。"关上门。"他说。这只是个形式,我们办公室的四壁其实都是些不到屋顶的隔板而已。不过,我还是照他说的做了。

罗伯托·卡利是意大利文艺复兴方面的知名学者,也是特殊藏品室的负责人。他的脸色总是馆里最红润的,每天容光焕发,美髯齐整,一副令人鼓舞的样子。此刻,他透过双焦眼镜,忧心忡忡地看着我说:"你也知道,我们这里不能发生这种事情。"

"是的,"我说,"我知道。"

"我想问问为什么你眼睛上有这么大一块乌青?"罗伯托的声音十分严厉。

"我想,我走路撞到树了。"

"对呀。我怎么愚蠢到连这个都想不到呢?"我们坐下来彼此对视。罗伯托说:"昨天我碰巧看到马特捧着一堆衣服进了你的办公室。马特已经不是第一次捧着衣服从我眼前走过了,我叫住他问他手里的东西是从哪儿弄来的,他说是在男厕所里发现的。我问他为何着急要把那堆衣服送到你办公室呢?他说这些衣裤看上去像是你穿的,而它们也确实是你的。因为大家都找不到你,就把衣服放在你的办公桌上。"

他顿了一会儿,仿佛在等我说些什么,可我想不出任何恰当的话语。于是他继续说道,"今天早晨,克莱尔打电话来,对伊莎贝拉说你得了重感冒,不能上班了。"我紧紧捂住脸,一只眼睛突突直跳。"请你解释一下。"他命令道。

话已经挂在我的嘴边,罗伯托,我陷在一九七三年里无法回来。我在印第安纳州的蒙切。一连几天,我都蹲在牲口棚里。我被谷仓的主人——一个壮汉打得半死,原因很简单:他以为我要欺负他的绵羊。可我当然不能这样说,我只说了声,"我真的不记得了,罗伯托,实在抱歉。"

"啊,那样的话,我猜,马特赢了。"

"赢什么?"

罗伯托微微一笑,我觉得,或许这次他不一定会解雇我。"马特打赌说,你甚至都不愿意解释一下。阿米莉娅赌你被外星人绑架了,伊莎贝拉赌你被牵扯进了一个国际贩毒集团,最后被黑社会绑架并惨遭杀害。"

"凯瑟琳是怎么说的?"

"噢,我和凯瑟琳都坚信,所有这一切现象,都源自某种与裸体或者与图书相关的、难以启齿的性怪癖。"

我深深吸了口气,"其实更像癫痫症。"我说。

罗伯托疑惑地看着我,"癫痫症?你昨天下午就失踪了。现在眼睛有乌青,脸上、手上全是抓痕,我昨天让保安把这幢楼从头到尾都仔细搜查了一遍;他们告诉我你有在书库里脱衣服的习惯。"

我盯着自己的指甲。当我抬起头来,罗伯托正凝望着窗外。"我也不知道该拿你怎么办,亨利。我真的不想失去你,你现在站在这里,衣冠齐整,看上去是那么……称职。可是,这种事情绝对不允许再发生了。"

我们坐着,对视了几分钟。最后,罗伯特说,"告诉我再也不会发生了。"

"我不能。可我希望我能。"

罗伯特叹了口气,朝门口挥了挥手,"你走吧。去把奎格里藏书好好做个目录,这样你可以暂时少惹些麻烦。"(奎格里藏书是最近刚刚捐赠来的,其中包括两千多本在维多利亚时代昙花一现的通俗读物,大多都得用肥皂洗一遍。)我顺从地点了点头,站起来。

我刚要开门,罗伯托追问道:"亨利,那件事情真的那么糟糕,连我也不能说吗?"

我犹豫了一会儿,"是的。"我说。罗伯托再没说什么。我随手关上门,回到自己的办公室。马特正坐在我的桌子后面,忙着把他日程表里的东西跟我的调换。我进屋时他抬起头,"他开除你了吗?"马特问。

"没有。"我回答。

"为什么没有?"

"不知道。"

"真是怪了。顺便说一句,给芝加哥手工图书装订者协会的报告,我已经替你讲了。"

"谢谢。明天请你吃午饭好吗?"

"当然了。"马特查看了一下面前的日程表,"再过四十五分钟,我们就该去给哥伦比亚学院凸版印刷术班的学生上演示课了。"我点了点头,在桌子里搜寻讲课要用的展品清单。"亨利?"

"怎么了?"

"你这次去哪了?"

"印第安纳州的蒙切,一九七三年。"

"哦,好吧,"马特翻了翻眼睛,咧开嘴嘲笑着说,"就当我没问好了。"

一九九五年十二月十七日,星期天(克莱尔二十四岁,亨利八岁)

**克莱尔**:我在金太家做客,这是一个十二月飘雪的周日午后。圣诞节大采购后,我正坐在金太的厨房里喝着热巧克力,边在电热器上暖脚,边描述着刚才淘到的便宜货和装饰品。我们说话时,金太居然还在玩接龙,我钦佩她娴熟的技巧,尤其是她能超速地在黑牌后面接上红牌。炉子上小火炖着一锅汤,饭厅里有些响动,一把椅子倒了,金太抬起头来,转过身去。

"金太,"我低声说,"饭厅桌子底下有个小男孩。"

有人咯咯地笑出声来。"是亨利吗?"金太大声问。没有回答。她起身站到厨房门口,"嗨,朋友,别那样。穿上衣服,先生。"金太转身进了餐厅。低声的说话,咯咯的笑声,接着是一片安静。突然,一个光着身子的小男孩站在门口,看着我,然后又突然消失了。金太走进来往桌边一坐,继续玩起她的纸牌。

"哇!"我说。

金太笑了,"最近这不常发生了。现在他来时,就都是成年人了。不过,也没有以前来得那么频繁。"

"我从来没有见过他像这样往前旅行,出现在未来。"

"嗯,到目前为止,你和他共有的未来还不多。"

好一会儿我才理解她的意思。之后我开始想,那会是怎么样的未来呢?未来在我的想象里不断延伸开去,渐渐使亨利有了足够多的机会,从过去来到我身旁。我喝着热巧克力,出神地望向金太窗外结冰的院子。

"你想他吗?"我问她。

"是的,我很想他。可他现在已经长大成人了。当他变成小时候的样子出现在这里,就像幽灵一样,你懂我的意思吗?"我点了点头。金太停下手中的游戏,把纸牌收拢起来。她看着我微笑地说:"你们打算什么时候要孩子呢,嗯?"

"我不知道,金太。我不知道我们是否可以。"

她站起来,走到炉子边,拨了拨锅里的炖品。"是啊,没人知道。"

"的确如此。"没有人知道。

后来,我和亨利双双躺在床上,外面仍在下雪,暖器发出微弱的"吱吱"声。我转过身来,他看着我,我说:"我们要个孩子吧。"

一九九六年三月十一日,星期一(亨利三十二岁)

**亨利**:我终于追踪到了肯德里克医生,他和芝加哥大学附属医院有很深的渊源。真是个又湿又冷的烂天气,芝加哥的三月本该比二月有所改善,但往往并非如此。我坐上城际列车,背对着前进的方向,市中心的街景离我飞驰而去。一会儿,我们就到了第五十九街。我下了车,在雨雪中努力前行。此刻是星期一上午九点,每个人都沉浸在自我中,还没有进入新一轮的工作状态。我喜欢海德公园,它让我觉得自己已经离开了芝加哥,来到其他某个城市，比如马萨诸塞州的坎布里奇市。灰色的砖石建筑物在雨中更显阴沉，树枝上滴下饱满的雨珠，打在路人身上，一种既成事实后的空白和平静。虽然到目前为止，还没有一位医生相信过我，可我会让肯德里克医生相信的，因为我相信他。他会成为我的医生，因为在未来，他就是我的医生。

我走进医院隔壁那座仿密斯[1]风格的小楼里，乘电梯直达三层，推开一扇玻璃门，上面贴着 C. P. 斯劳恩和 D. L. 肯德里克的金字标识。我在前台通报了姓名，然后坐上一张熏衣草香味最浓郁的沙发椅。候诊室是粉红和紫罗兰色的，我想是为了舒缓患者的情绪吧。肯德里克医生是遗传学专家，也是位不折不扣的哲学家，他的后一个身份，一定能在现实工作中帮他缓和各类严峻的场面。今天诊所里只有我一个人，我早到了十分钟。宽条纹的墙纸恰好就是碱式水杨酸铋[2]的颜色，与对面墙上挂着的棕、绿色调的水磨坊油画极不相称；家具是仿殖民地时代的风格，不过小垫毯的确很漂亮，有点像波斯的软地毯，真遗憾，如此美妙的东西居然放在这陋俗的候诊室里；前台接待员是位面善的中年妇女，经过多年的日晒，深深的皱纹刻在她的脸上，芝加哥刚是早春三月，可她的肤色已经暗褐如墨了。

九点三十五分，过道里传来说话声。一位金发女人推着小轮椅进了候诊室，轮椅上是个男孩，像是得了小儿麻痹之类的病，女人朝我友好地一笑，我也回了她一个微笑。她转身时，我看出她已怀孕了。前台接待说："德坦布尔先生，你可以进去了。"我经过男孩身边，冲他笑了笑，那双大眼睛看着我，没有笑。

我走进肯德里克医生的办公室，他在一个档案夹上写着什么。我坐下后他依然继续在写。他比我想象的年轻，三十八九岁的样子。我总觉得医生应该是长者，那是情不自禁的念头，我小时候见过太多医生，才留下了这个印象。肯德里克一头红发，脸颊消瘦，下巴上留着胡子，还有一副厚厚的金属框眼镜，看上去长得有点像劳伦斯[3]。他穿着一身考究的炭灰色西

---

[1] 这里指的是德国著名建筑大师密斯·凡·德·罗（Mies Van Der Rohe, 1886—1969）的风格，他通过对钢框架结构和玻璃在建筑中应用的探索，发展了一种具有古典式的均衡和极端简洁的风格。其作品特点是整洁和骨架鲜明的外观，灵活多变的流动空间以及简练而制作精致的细部。

[2] 美国某品牌预防痢疾的药物，外瓶为玫红色。

[3] 劳伦斯（D. H. Lawrence, 1885—1930），英国诗人。

装,墨绿色的窄领带,上面还别着一支红鳟鱼领夹。他肘边的烟灰缸里,烟蒂堆落到外边,尽管他现在并没有抽烟,可屋子里早已乌烟瘴气了。每样东西都很入时:不锈钢管、米色斜纹布、淡金色的木料。他抬头看我,微微地一笑。

"早上好,德坦布尔先生。我能为你做些什么?"他看看他的记事本,"我这里好像并没有过你的记录,你有什么不舒服吗?"

"性命。"

肯德里克吓了一跳:"性命?生命?出了什么事?"

"我得了一种病,听说今后会被称为'时间秩序损坏症'。我不能长久地停留在一个固定的时空中。"

"你说什么?"

"我会时间旅行,无法控制。"

肯德里克慌张起来,不过又很快镇定了。我挺喜欢他的,他开始尝试用和正常人说话的口气来应付我,尽管我明白,他正盘算着有什么认识的医生朋友可以推荐给我。

"可你为什么来看遗传门诊呢?或者,你是来作哲学方面的咨询?"

"我也很愿意和你聊聊它在广义上的不良影响,但是归根到底,这毕竟还是基因病。"

"德坦布尔先生,一看你就是个明白人……我从来没听说过这种病,对你,我什么忙也帮不上。"

"你不相信我。"

"是的,我不相信。"

我有些悔恨地笑起来,我害怕会这样,可是我必须得这么做了。"这么说吧,我一生中已经看过好多医生了,可这是第一次我会提供一些证据:您夫人下个月就要生孩子了吧?"

他警觉起来,"是的,你怎么知道?"

"几年前,我见过你孩子的出生证,我时间旅行到我妻子的过去时,把情况都写了下来,装在一个信封里,当我和我妻子在现实里相遇后,她把信封交给了我。现在,我把它交给你,等你儿子出生后,再打开来看。"

"我太太要生的是女儿。"

"不,事实上不是那样,"我温和地说,"我们不要争论了。好好保存它,孩子出生后再打开看。不要扔了。你看完后,如果想找我,就给我打电话吧。"我站起身来,准备要走。"祝你好运。"我说,那口气仿佛我再也不会相信好运。我深深为他遗憾,却也无可奈何。

"再见,德坦布尔先生。"肯德里克医生冷冷地说。我离开了。我走进电梯,对自己说,他此刻一定已经打开了信封。里面是一张打印纸。上面写着:

科林·约瑟夫·肯德里克
一九九六年四月六日　凌晨一点十八分
五斤九两　白种　男性
唐氏综合征

一九九六年四月六日,星期六,早晨5:32
(亨利三十二岁,克莱尔二十四岁)

**亨利**:我们睡得很不踏实,整个夜里不停地醒来、翻身、起身,再重新回到床上。肯德里克家的孩子今天凌晨就要诞生了,很快我们家的电话铃声就会响起。果然响了。电话机在克莱尔这边,她拿起话筒,非常轻柔地问了声"喂",然后便把听筒递给我。

"你是怎么知道的?你是怎么知道的?"肯德里克几乎是在耳语。

"我很抱歉,我真的很抱歉。"一分钟内我俩谁也没有再说话。我觉得肯德里克正在哭。

"到我办公室来吧。"

"什么时候?"

"明天。"他说完,挂断了电话。

一九九六年四月七日,星期天
(亨利三十二岁同时是八岁,克莱尔二十四岁)

**亨利**:我和克莱尔驱车去海德公园,一路上大部分时间里,我们都沉默着。天空下着雨,雨刷不停地为风和前窗上流淌而下的雨水打节拍。

仿佛要继续一段从没开始过的对白，克莱尔说："这不公平。"
"什么？肯德里克？"
"是的。"
"造化确实很不公平。"
"哦——不。我的意思是说，那孩子真叫人伤心，可我所说的是我们，我们利用了他们家的不幸，这不公平。"
"不正大光明，是吗？"
"嗯。"

我叹了口气。第五十七街的标记牌出现在眼前，克莱尔换了车道，开了过去。"我同意你的话，可是现在为时已晚。我本想……"
"不管怎么说，毕竟是晚了。"
"是的。"我们又陷入沉默。我指引着克莱尔穿行在迷宫般的单行道上，不一会儿，我们就停在了肯德里克办公楼的门前。
"祝你好运。"
"谢谢。"我很紧张。
"好好说话。"克莱尔亲了我。我们看着彼此，一切美好的期盼都被对肯德里克的负疚淹没了。克莱尔微微一笑，目光转向别处。我下车来，目送克莱尔沿着第五十九街缓缓地越开越远，穿过了中街。斯迈托艺术馆还有别的事情等着她。

大门没上锁，我乘电梯直上三楼。肯德里克的候诊室里没有人，我穿过候诊室，沿着走廊一直往前。肯德里克的门开着，却没有灯。他站在桌子后，背对我，眺望窗外雨幕中的街道。我静静地站在门口，等了好一会儿。最后，我走了进去。

肯德里克转过身，我被他脸上的变化震住了，连"满目疮痍"这个词都不足以表达，他成了一具空壳，里面原有的东西——安全、信赖和自信——都没了。我已经习惯了在时空的秋千上动荡，我忘了别人更喜欢坚实的土地。

"亨利·德坦布尔。"肯德里克说。
"你好。"
"你那次为什么要来找我？"
"因为我已经找过你了，这不是意志能选择的。"

"命运?"

"随你怎么定义,如果你是我,你就会发现万物只是某种循环。因和果本来就没什么区别。"

肯德里克在桌子后面坐下,椅子吱吱作响,其他仅存的声音只有雨声了。他把手伸进口袋里摸盒烟,掏出来,然后看着我。我耸了耸肩。他点着一根烟,抽了几口。我打量着他。

"你是怎么知道的?"他说话了。

"我以前告诉过你。我看过出生证。"

"什么时候?"

"一九九九年。"

"不可能。"

"那你解释一下吧。"

肯德里克摇了摇头,"我不行,我一直在努力找出答案,可我不行。一切——都丝毫不差。时间、日期、体重、还有……那种病。"他绝望地看着我,"要是我当时给他起另外一个名字——叫艾力克斯、福雷德或山姆……"

我开始摇头,一察觉到这是在模仿他的动作,便停了下来。"可你并没有。我至今都没说你不能,是你没有。我所做的只是把情况转告给你。我不是巫师。"

"你有孩子么?"

"没有。"尽管以后我们不得不讨论这个问题,但不是今天,"对科林,我真的很遗憾。可你知道么,他确实是个非常棒的男孩。"

肯德里克盯着我,"我找到了问题的原因。我们的检验报告无意中和一对叫坎维克的夫妇混淆了。"

"如果事先知道,你们会怎么做?"

他看向别处,"我不知道。我和我妻子都信天主教,所以,恐怕最后的结果还是一样的。真是讽刺啊……"

"是的。"

肯德里克灭掉了香烟,又点上另外一根。我只能默默地忍受烟味和头疼。

"那种情况是怎样发生的?"

"什么？"

"就是你所谓的时间旅行，"他的声音听上去很愤怒，"念咒语？爬到某种机器里去？"

我尽量解释得真实一些，"不，我什么都不用做，它就发生了。我无法控制，我只是——一分钟以前一切还都好好的，下一分钟我就去了别的地方，别的时间。就像换频道，我一下子就去了另一个时空。"

"那么，你究竟要我做什么？"

为了强调，我把身子朝前倾了倾，"我希望你能找到原因，让它永远不再发生。"

肯德里克微微一笑，一种并不友善的笑容。"你为什么要这么做？对你来说现在不是很方便么？可以知道任何人都不知道的事情。"

"很危险。迟早我都会丧命。"

"我觉得，我是不会介意的。"

没有理由继续下去了。我站起来，走到门边。"再见了，肯德里克医生。"我慢慢沿着过道往外走，希望他回心转意叫我回去，可是他没有。我凄凉地站在电梯里，心想，就算诸事不顺，那也必定是要经历的，或早或晚它总会走上正轨。我推开门，克莱尔已经把车停在马路对面等我了。她转头看我，一片热切的希望，而她满脸的憧憬却令我无比悲哀，我害怕告诉她真相，过马路时，我的耳朵发出"嗡嗡"的鸣响，我失去重心，摔倒了。没有摔在人行道上，而是地毯上。我躺了一会儿，突然听见一个熟悉的童声，"亨利，你没事吧？"我抬头，看见我自己，年方八岁，正坐在床上，看着我。

"你想喝阿华田么？"

"嗯。"于是他起身下床，摇摇晃晃地穿过卧室，来到客厅。已是深夜，他在厨房里折腾了一阵，端出两大杯热巧克力。我们细细地喝，谁也没说话。喝完后，亨利把杯子拿回厨房，冲洗干净，如果在四处留下什么痕迹就很不明智了。他回来时，我问："怎么了？"

"没什么，我今天又去看了一个医生。"

"嗨，我也是。哪个医生？"

"名字我忘了。一个老头子，耳朵里有好多毛。"

"情况怎么样？"

亨利无奈地耸了耸肩,"他不相信我。"

"对,你应该放弃,以后所有的医生都不会相信你。不过,我今天去见的那位相信我了,我认为是的,但他却不想帮我。"

"怎么会呢?"

"我猜,他一定是不喜欢我。"

"哦。嗨,你要毯子么?"

"嗯,一条就够了。"我把亨利的床罩拖下来,然后蜷缩在地板上,"晚安,做个好梦!"在幽蓝的卧室里,小小的我,洁白的牙齿上露出一道光亮,接着,他蜷起来,一个团成圈熟睡着的小男孩。我一个人望着天花板,真希望能回到克莱尔身旁。

**克莱尔**:亨利从诊所楼里走出来,看上去不太开心,突然他叫了一声,随后就消失了。我跳出车外,奔向亨利刚才所在的地方,就那么一转眼工夫,现在就只剩下一堆衣服了。我捧起每样东西,在马路当中多站了一会儿,平息乱了节奏的心跳。我站在那儿,三楼的窗子里有个男人在看我,然后又不见了。我走回车旁,钻了进去,出神地望着亨利浅蓝色的衬衫和黑裤子,是否还要继续留在这里呢?我包里有本《梦断白庄》[1],万一亨利回来呢,我还是多留一会吧。我低头找书时,一个红发男人朝我跑来,在副驾驶座的车门前停下,透过车窗看我。他一定就是肯德里克,我松开门锁,他上了车,不知道要说什么。

"你好,"我说,"你一定是戴维·肯德里克。我是克莱尔·德坦布尔。"

"是——"他显得十分慌乱,"是的,是的,你的丈夫——"

"刚刚在光天化日下消失了。"

"是吗!"

"你看上去很吃惊。"

"这——"

"他没有告诉你?他常常这样。"到目前为止,我对这个家伙都没什么好印象,不过,我还是尽力克制,"关于你孩子的事,我很遗憾。可亨利说他是个可爱的宝宝,绘画很好,想象力很丰富。你女儿也很有天分,一切

---

[1] 《梦断白庄》(*Brideshead Revisted*),英国著名作家伊夫林·沃(Evelyn Waugh)所著。

都会好的。以后，你自然就知道了。"

他张着嘴，"我们没有女儿，只有——科林。"

"你们会有的，她叫纳蒂娅。"

"这么大的打击，我妻子还没恢复……"

"一切都会好起来的。真的。"令我大吃一惊，这个陌生人居然在我面前哭起来，他的肩头抽搐着，脸埋在手掌心里。过了几分钟，他停下来，抬起头。我递给他一张纸巾，他擦了擦鼻涕。

"对不起。"他说。

"没关系。你和亨利谈了些什么？好像不太愉快。"

"你怎么知道？"

"他完全超压了，所以才控制不住时间。"

"现在他去哪儿了？"肯德里克扫视了四周，好像我把亨利藏在后排座底下似的。

"我不知道，反正不在这里。我们还打算请你帮忙，可我指望错人了。"

"我并不么认为——"就在那一瞬间，亨利在他刚消失的地方重新出现了。他的身体落在车前盖上，五六米开外刚好有辆汽车经过，驾驶员狠命地踩了刹车，然后摇下车窗。亨利坐直，微微向他鞠躬致意，那人悻悻地骂了几句走开了。血液在耳朵里鸣叫，我转身看肯德里克，他哑口无言。我跳下车，亨利也从车前盖上灵活地爬下来。

"嗨，克莱尔，真悬啊。"我抱紧他，他浑身颤抖，"衣服在你那儿么？"

"是的，就在里面——哦，瞧瞧，肯德里克医生也在里面。"

"什么？在哪里？"

"在车里。"

"为什么？"

"他看着你消失，大概醒悟过来了。"

亨利把头伸进驾驶座侧的车门里，"你好。"一把便抓过衣服穿上。肯德里克下了车，朝我们快步走来。

"你刚才去哪儿了？"

"一九七一年。我和八岁的自己，一起在以前的卧室里喝阿华田，凌晨一点。我大概待了一个小时。你为什么问我这个？"亨利一面系领带，一面冷冷地看着肯德里克。

"难以置信。"

"你可以坚持,不过很不幸,这就是事实。"

"你说你变回八岁?"

"不,我是说,我就是现在这个样子,三十二岁,回到一九七一年,那是我父亲的房子,我以前的卧室,而我旁边就是我自己,八岁。我们一起喝阿华田,我们聊天时还说,医生是种叫人无法信任的职业。"亨利走到车子的另一侧,打开车门,"克莱尔,我们快走吧。留在这里毫无意义。"

我走到驾驶座侧,"再见,肯德里克医生。祝科林好运!"

"等等——"肯德里克欲言又止,他定了定神,"这是遗传病么?"

"是,"亨利说,"这是遗传病,而我们一直想要个孩子。"

肯德里克黯然一笑,说,"那真要看运气了。"

我同样微笑地看着他,"我们已经习惯运气了。再见。"我和亨利上了车,走了。后来,当我把车开上湖滨大道时,瞥了一眼亨利,令人吃惊,他居然正咧着嘴笑。

"是什么让你高兴成这样?"

"肯德里克,他完全上钩了。"

"是吗?"

"哦,当然是。"

"那就好。不过,他看上去有些蠢。"

"他不蠢。"

"那好吧。"我们默默地开车回家,这沉默却和我们来时有着完全不一样的内涵。肯德里克当晚便给亨利打了电话,他们约好,开始一起努力寻找一种让亨利永久停留在此时此地的办法。

一九九六年四月十二日,星期五(亨利三十二岁)

**亨利**:肯德里克低头坐着,一对拇指绕个不停,仿佛要从整个手掌上挣脱出去似的。下午已经离去了,金色的光线照亮了整个办公室,除了摇动他的拇指,肯德里克正纹丝不动地听我说话。红色的印第安地毯,米色斜纹扶手椅闪闪烁烁的不锈钢支脚。肯德里克听着,并没有碰手边的一盒骆驼牌香烟。圆眼镜片上的金丝边框在夕阳的余晖下现出耀眼的光芒，右耳的边缘也被透射成明亮的红色。红棕色的头发、粉色的皮肤都被光线打磨得闪亮，就像我们之间那只铜碗上的菊花。整个下午，肯德里克都坐在那里，听我说。

我也把一切都告诉了他：第一次、逐步了解、为了求生的奔跑、预知未来的愉悦、无力改变的惊恐，还有失去的痛苦。此时，我们都沉默了。最后，他抬起头看着我，我企图摆脱，而肯德里克浅色的眼睛里却流露出了悲伤。现在一切情况都摆在他面前了，我又想把一切都收回，带走，好让他卸下思考的负担。他伸手，摸出一根烟，点燃，吸了一口，吐出一团蓝色的烟雾。当这团烟雾和它的影子一起穿越窗口的一束阳光时，就变成了白色。

"睡眠有问题么？"他问我。因为很久没有说话，他的声音听上去十分刺耳。

"有。"

"一天之中有没有特别的时间段，容易……消失？"

"没有……不过，好像清晨比其他时候更容易一些。"

"当时头疼么？"

"是的。"

"偏头痛？"

"不，强迫性疼痛而已。视觉变形，还会有光晕。"

"嗯。"肯德里克站起来，膝盖"喀嚓"响了一下。他沿着地毯四周在办公室里来回走动，吞云吐雾。当他停住再次坐下时，我开始烦躁起来。"听好，"他眉头紧锁着，"有一种东西叫生物时钟基因，它们掌管时间循环变换的节奏，让你保持和太阳同步。我们在很多类型的细胞中都找到了这种基因，它们分布于人体各处，但主要和视觉系统相关联。而你似乎也出现了不少视觉方面的症状，下视丘的视叉上核就在你视觉神经交叉处的正上方，它们对你的时间感，具有计算机'重启键'的功能——我想就从这里着手吧。"

"嗯，行。"我说，他一直盯着我，像是要等一个答复。肯德里克再次站起来，快步走到一扇门前，我先前并没有留意到这里有门，他把它打开，离开了一分钟。他回来时，手里拿着一副乳胶手套和一只注射器。

"把袖口卷上去。"肯德里克命令道。

"你要干吗?"我边问边把袖口卷到肘部上面。他没有回答,拆开注射器的包装,用酒精棉在上面擦了擦,绑好橡皮胶管,熟练老道地给我扎了一针。我扭过头去,太阳已经落山了,办公室里阴沉沉的。

"你有医疗保险么?"他一边问我,一边拔出针头,解开橡皮胶管,在针口处压上一点棉花和一块邦迪创可贴。

"没有。我可以自己承受一切费用。"我用手指压住酸疼的针眼,弯曲臂膀。

肯德里克笑了,"不必,不必。你可以做我小型科学实验的对象,享受国家卫生研究所的津贴。"

"研究什么?"

"我们不能在这儿耽搁下去了,"肯德里克停了一下,拿着用过的手套和一小管我的血样,站起来,"我们得去解析你的DNA。"

"据我所知,那得花上好几年。"

"如果是解析全部DNA,确实需要那么久。但我们可以从最相关的区域找起,比如说,第十七条染色体。"肯德里克把手套和针头扔进一个标有"生化危险品"的罐子里,然后在血样试管上写了些东西。他坐在我对面,身体后仰,把试管放在桌子上那盒骆驼牌香烟旁边。

"可是人类基因组要到二〇〇〇年才会完成排序。你拿什么做比较呢?"

"二〇〇〇年?这么早?你确定?我应该相信你。不过要回答你的问题,像你这样的——分裂性——病例,我们首先要弄明白的是,基因在其中运用了一种结结巴巴的语言,就是那些重复不断的小代码,说来说去都是'坏消息',比如,亨廷顿舞蹈症,原因就是在第四条染色体上出现了三联核苷酸序列重复。"

我挺直身子,伸了伸懒腰,最好再来点咖啡。"就这些了吧?我可以出去玩了吗?"

"其实,我想把你的大脑全面地扫描一次,不过今天就算了。我会去医院帮你预约的,核磁共振、造影,还有X光检测。我还要把你介绍给我一个朋友,艾伦·拉森,他在大学里有间睡眠实验室。"

"真有意思。"我说着,慢慢站起来,以免血液一下子涌进头颅里。

肯德里克仰起头，我看不见他的眼睛。从这个角度看过去，他的眼镜玻璃变成了光亮的模糊晕块。"的确很有意思，"他说，"这是个极其困难的谜题，现在我们终于可以发现——"

"发现什么？"

"那究竟是什么，你究竟是什么。"肯德里克笑了，他的牙齿又黄又乱。他站起来，伸出手，我握住并感谢了他，中间有一段尴尬的沉默：下午暂时的熟悉之后，我们又成了陌生人。我离开他的办公室，走下楼梯，回到街上，太阳还在那里等着我。我究竟是什么？我是什么？我是什么？

# 一只很小的鞋子

一九九六年，春季（克莱尔二十四岁，亨利三十二岁）

**克莱尔**：我和亨利结婚快两年了，还没有谈论过生孩子的问题。我知道，亨利对这一前景并不乐观。我一直不想问他，也不想追问自己究竟是为什么，因为我害怕他已经看到未来的我们是没有孩子的，我就是不想知道。我也不愿意去想亨利的问题是否会遗传，是否会扰乱生育的程序。就这样，很多重要的相关问题，我都不去想了，我整个人都陶醉在孩子的念头里：他长得很像亨利，黑头发、炯炯有神的眼睛；或者皮肤和我一样白，有股奶香、爽身粉和肌肤混合的味道；或者是个胖宝宝，看见每样东西都咯咯地笑个不停；或是个猴宝宝，低声细语的宝宝。我梦见他，梦见自己爬上树，在鸟巢里发现一只很小的鞋子；我梦见我手里的猫、书、三明治竟然都变成了小孩；我梦见自己在湖里游泳，发现湖底世界原来是孩子成长的秘密王国。

突然我身边到处都是小孩子：A&P商场里有个红头发的小女孩，她戴着太阳帽正在打呼噜；专门给素食者制作美味鸡蛋卷的福旺中国餐馆老板的儿子，一个瘦小的、瞪着眼睛的华裔男孩；放《蝙蝠侠》的电影院里，一个还在酣睡的孩子几乎还没长什么头发；在百货商店的试衣间里，一位友好的母亲让我帮她抱一会她三个月大的女儿——我当时真想跳起身，把那团又小又软的肉球贴在胸口，疯狂地跑回家，可我竭力克制着冲动，坐在一张粉色米色镶拼的塑料椅子上等她。

我的身体需要一个孩子，我觉得自己空空荡荡的，想要被充满。我想要一个我爱的人能够留下来：永远，留在我能够找到的地方。我希望亨利的一部分变成这个孩子，这样，当他去旅行时，不再是全然地离去，还会有他的一部分和我在一起……保险，以备火患、水灾和不可抗拒之神力。

一九六六年十月二日,星期天(亨利三十三岁)

**亨利:**一九六六年,威斯康星州阿普尔顿的一棵树下,我悠闲自得地坐着,我从一家漂亮的小干洗店里偷来了一件白色T恤和卡其裤,嘴里啃着金枪鱼三明治。在芝加哥的某处,我才三岁,妈妈还活着,时间错乱症还没有发作。我向幼年的我致敬。一想到自己的幼年,我便联想到克莱尔,联想到我们为了能怀上一个孩子而做的努力。我也很迫切,想赶快给她一个宝宝,看着克莱尔像瓜果一样地成熟,像丰饶女神得墨忒耳一样容光焕发。但是我想要的是一个正常的孩子,他能做其他一切正常孩子能做的事情:吮吸、抓握、拉屎、睡觉、大笑;翻滚、坐直、走路、咿呀。我想看看爸爸笨手笨脚地摇晃孙子的模样,我给他的快乐实在太少了——这毕竟是个补偿,一个安慰。也是给克莱尔的一个安慰:每当我被时间带走,我的一部分就可以留下来陪她。

可是:可是。我知道,不用知道,也能感到,这几乎不可能。我知道,我的孩子很可能也是个会随时消失的人,一个会魔幻般失去踪影的宝宝,仿佛在童话里蒸发一样。就算依仗自己最旺盛的欲望,在克莱尔身上喘息、吸气,祈祷性的奇迹能赐给我们一个孩子,我身体里的另一个声音同样也会强烈地祷告——千万别怀上。我想起猴子的手掌[1],三个愿望,它们相继而来,却可怕万分。我们的愿望是否也如此矛盾重重呢?

我是个懦夫。应该有一个更好的男人让克莱尔靠在他的肩头,对她说:亲爱的,这完全是个错误,让我们接受事实,继续快乐地生活吧。可我也知道,克莱尔永远不会认命,她会永远悲伤。所以我盼望,违心悖理地盼望。我和克莱尔做爱,仿佛每一次都将带来好果实。

---

[1] 《猴子的手掌》(The Monkey's Paw)是 W.W. 雅各布(W. W. Jacobs)于 1902 年写成的一部短篇小说。故事中某只死猴子的手掌是个具有灵力的法宝,可以帮助拥有它的人实现三个愿望。不过伴随着三个愿望而来的,却是无比沉重的代价。在雅各布的小说中,怀特一家人的第一个愿望是财富,不过其代价却是他们的儿子痛苦的死亡。于是第二个愿望是试图"纠正"第一个愿望。而当第二个企图"纠正"的愿望发出后,付出的代价居然比第一次更加沉重,于是又有了第三个愿望。到了最后,仅仅实现了第一个愿望,而其他两个愿望相互对冲,只是抵消发愿者的恐惧而已。

# 一

一九九六年六月三日，星期一（克莱尔二十五岁）

**克莱尔：**第一次出现那种状况时，亨利不在我身边。我已经怀孕八周了。宝宝如同梅子一般大小，已经有了脸和手，还有一颗跳动的心脏。初夏，夜色阑珊，我洗着盘子，望见那片混合着橘色和洋红色的天空。亨利大约两小时前消失了。他出去给草坪浇水，半小时后，喷嘴里还没有水的声音，我站在后门口，看见葡萄架下躺着一堆衣服。我走出去，捡起亨利的牛仔裤、内裤和他那件印着"砸了你家电视机"的旧 T 恤，把它们一一叠好，放在床上。我原打算拧开喷水机的龙头，后来还是没有那么做，如果亨利在后院现身，恐怕就要弄得一身泥水了。

我吃完自己调制的意大利通心面、奶酪，还有一小份色拉，维生素药丸，再足足喝了一大杯脱脂牛奶。我洗盘子时，情不自禁地哼起了小曲，幻想着肚子里的小家伙，他一定正一边陶醉在我的歌声中，一边忙着把这些曲调存储在他某个精巧的细胞里。我站着，仔细冲洗色拉盘，突然在我体内深处、盆腔的某个地方，有种微微的刺痛。十分钟后，我坐到客厅里，边想着自己的事情，边读路易·德倍尼尔斯[1]的小说，那种感觉又回来了，如同在我身体的琴弦上快速拨弄。我没当回事，一切都很正常，亨利离开已经两个多小时了。我担心了一会儿，接着就完全没在意了。又过了半小时，我还没有真正地警惕。突然，那种奇怪的感觉开始变得像痛经一样，大腿之间似乎有些黏黏的血。我起身走进卫生间，褪下内裤，全都是血。哦，我的天啊。

我打电话给查丽丝。是高梅兹接的，我假装镇定地问查丽丝在不在，她接过电话立即问："出什么事了？"

"我流血了。"

"亨利呢？"

---

[1] 路易·德倍尼尔斯（Louis De Bernieres），1954 年生于伦敦，1993 年被评为英国最著名青年小说家之一。

"我不知道。"

"什么样的流血?"

"像月经一样。"疼痛开始加剧,我坐到地板上,"你能把我送到伊利诺伊州立共济会医院么?"

"克莱尔,我马上就到。"她挂上电话。我轻轻地把听筒放回机座上,仿佛过猛的动作会让它生气似的。我小心地站起来,摸了摸脉搏。我想给亨利留个字条,可不知该说什么。我写下:"去了伊州共济会(抽筋)。查丽丝开车送我去的。晚七点二十分。克。"我给亨利留着后门,把字条放在电话机旁。几分钟后,查丽丝就到前门了,我们上了车,高梅兹开的车,我们没有多说话。我坐在前排,望着车窗外面。从西区到贝尔蒙特,再从谢菲尔德到惠灵顿,一切都异常清晰、锐利,好像要让我深刻牢记住它们,迎接一场即将到来的考试。高梅兹把车拐进急救室的下客处。我和查丽丝下了车。我回头看着高梅兹,他朝我飞快地一笑,然后猛地驶向了停车场。我们走进去,随着脚掌触到地面,重重大门依次自动打开,仿佛在一座童话宫殿,有人正恭候着我们的到来。疼痛先前曾像退潮似的减弱,此刻却又涨潮般冲向岸边,来势汹汹,不可阻挡。灯光通明的房间里,几个可怜瘦小的病人正排队等待,他们个个垂头抱臂,强忍着痛。我在他们当中坐下,查丽丝走到预诊台,后面坐着一个男人。我听不见查丽丝说了什么,可是当他问到"流产"时,我一下子醒悟了,就是这个名称。这个词在我的头脑里膨胀,直到充满了所有细小的沟壑,硬生生地挤开我全部的思绪。我哭了起来。

他们用尽一切办法,还是没能保住孩子。后来我才知道,亨利刚巧在一切结束前赶来了,可他们不让他进来。我当时在沉睡中,醒来时夜已经深了,亨利在我旁边,苍白憔悴,眼窝深陷,可他什么也没说。"哦!"我喃喃地说,"你去哪儿了?"亨利伏下身来,小心翼翼地抱起我。他用胡茬蹭我的脸颊,我感到自己被生硬地磨蹭着的,不是我的皮肤,而是身体深处,一个没有愈合的伤口。亨利的脸湿了,那究竟是谁的泪水?

一九九六年六月十三日,星期四,以及一九九六年
六月十四日,星期五(亨利三十二岁)

**亨利**:我按肯德里克医生说的,疲惫不堪地走进了睡眠实验室。这已

经是第五个晚上了,实验步骤我已了然于心。我穿着短睡衣,坐在一张古怪的仿家居床上,拉森医生的实验室技术员叫凯伦,她往我的头上、胸口涂上药霜,再贴上电线。凯伦是个年轻的金发越南女郎,当她手上贴的假指甲划到我的脸时,她说了声:"哦,对不起。"灯光昏暗,房间里很凉爽。没有窗子,只有一面单向透光、看上去像是镜子的玻璃墙,坐在后面的或许是拉森医生,或许是今晚别的设备监控员。凯伦把电线一一接好,向我道了晚安,离开了屋子。我小心地睡下去,闭上眼睛,想象着玻璃墙的另一边——跟踪记录仪的指针像蜘蛛腿一样,在无尽的纸条上优雅地记录着我的眼球运动、我的呼吸、我的脑电波。几分钟后,我睡着了。

我梦见自己奔跑,一路穿过森林和灌木,就像个鬼魂一样。我跳进一块空地里,烈火熊熊⋯⋯

我梦见自己和英格里德做爱,我知道那是英格里德,虽然我看不见她的脸,可那是她的身体和她修长光滑的腿。在她父母家客厅的长沙发上,我们做爱。电视机开着,自然档案频道,一群跳跃的羚羊,然后是游行队伍。克莱尔坐在游行队伍里的一辆小彩车上,别人欢天喜地围着她,她却满脸忧郁。突然英格里德一跃而起,从沙发后面拿过一副弓箭,朝克莱尔射去。箭头应声直穿电视荧屏,只见克莱尔捂住胸口,就像无声电影《彼得·潘》里的温迪。我跳起来,卡住英格里德的脖子,我的手指牢牢锁住她的咽喉,冲着她尖叫——

我醒了,吓出一身冷汗,心脏嘣嘣乱跳。我这是在睡眠实验室里,我怀疑他们有事情瞒着我,怀疑他们看见了我的梦,读懂了我的思想。想了一会儿,我转过身去,继续闭上眼睛。

我梦见我和克莱尔在博物馆里漫步。这原本是座古老的宫殿,所有的画都镶上了洛可可风格的华丽金框。参观者身穿罩袍和马裤,头上顶着高高的假发套。我们经过时,似乎没人注意到我们。我们看着那些画,它们不是真正的画,而是诗歌,是被赋予外在形态的诗歌。"看这儿,"我对克莱尔说,"这首是狄更生[1]的。"起初——心要求欢乐,然后——要求避免痛

---

[1] 狄更生(Emily Dickinson, 1830—1886),美国抒情女诗人,意象派诗歌的先驱之一,被誉为美国现代派诗歌的鼻祖。生前写过1700多首无标题短诗,当时不为人知,死后名声大噪。她的文字细腻,感情真挚,意象突出,清新自然,体现了朴素的自然美。

苦[1]。她站在一幅明黄色的诗前，似乎身体也借此得到了温暖。看完但丁、多恩、布莱克、聂鲁达[2]、毕肖普[3]的作品，我在里尔克[4]展厅里逗留了一会儿，我匆匆穿过"垮掉派"[5]，然后又在魏尔伦和波德莱尔的诗歌前驻足。突然，克莱尔不见了。我往回走，奔跑起来，经过先前的地方，猛然发现：她正站在一首诗前，不起眼的拐角处一首白色的小诗。她在哭。我走到她身后，看见了这首诗歌：此刻我躺下睡了，我乞求上帝将我的灵魂保全。如果醒前我已死亡，也乞求上帝将我的灵魂带上[6]。

我在草地里跺脚，天很冷，黑暗中，寒风吹在我赤裸的身上。地上都是积雪，我跪在雪地里，鲜血滴在雪中，我伸出双手——

"我的天啊，他在流血——"

"究竟是怎么回事？"

"该死的，他把电感应器全扯掉了，帮我把他弄回床上去——"

我睁开眼，肯德里克和拉森医生都俯在我上方。拉森医生紧张而不安，肯德里克的脸上却挂着喜悦的笑容。

"你找到了么？"我问，他回答道，"太完美了。"我说："真棒！"然后便失去了知觉。

---

1 译本选自《狄更生诗选》，上海译文出版社 1996 年 11 月第一版 76 页。
2 聂鲁达（Pablo Neruda, 1904—1973），20 世纪智利诗人，1971 年诺贝尔文学奖得主。
3 毕肖普（Elizabeth Bishop, 1911—1979），20 世纪英国诗人。
4 里尔克（Rainer Maria Rilke, 1875—1926），奥地利诗人。
5 垮掉派（Beats），二战后的美国，一群年轻诗人和作家组成的松散集合体。他们对战后美国社会现实不满，又迫于麦卡锡主义的反动政治高压，便以"脱俗"方式来表示抗议。他们奇装异服，蔑视传统观念，厌弃学业和工作，长期浪迹于底层社会，形成了独特的社会圈子和处世哲学。50 年代初，他们的反叛情绪表现为一股"地下文学"潮流，向保守文化的统治发动冲击。
6 此诗名为《一个自私小孩的祷告》(Prayer of the Selfish Child)。

# 二

一九九七年十月十二日，星期天（亨利三十四岁，克莱尔二十六岁）

**亨利**：我醒来时，闻到了铁锈的味道，那是血，到处都是，克莱尔就像一只在血泊中蜷着身子的小猫。

我摇了摇她，她说："不。"

"快醒醒克莱尔，你在流血。"

"我在做梦呀……"

"克莱尔，求你了……"

她坐起来。她的手上、她的脸上、她的头发上全是血。克莱尔伸出手，托出一个躺在手心的小怪物，只说了一句，"他死了"，然后就哭了。我们坐在浸满鲜血的床边，相拥而泣。

一九九八年二月十六日，星期一（克莱尔二十六岁，亨利三十四岁）

**克莱尔**：我刚想和亨利出门。这是个飘雪的下午，我还在套靴子，电话铃突然响了，亨利穿过客厅，去接电话。我听见他说："喂？"然后"真的啊？"接着"哇噻，太好了！"他又说："等等，我去找张纸——"一阵沉默，其间只被打断过一次，"等会儿，解释一下。"我脱下靴子和大衣，穿着袜子走进客厅。亨利靠着沙发，电话机像只宠物般躺在他的大腿上，亨利飞快地做着笔记。我在他旁边坐下，他咧嘴冲我笑笑。我看了看小本子，从第一页上面开始：基因4：每4，无时间1，时钟，新基因＝时间旅行？？染色体＝17×2，4，25，200＋重复标签，性关联？不，＋过多的多巴芬接受体，什么蛋白？？？……我明白，肯德里克成功了！他终于研究出来了。接下来会怎样？

亨利放下听筒，转向我。看起来他和我一样震惊不已。

"接下来会怎样？"我问他。

"他要把这些基因克隆出来，移植到小白鼠身上去。"

"什么?"

"他要培育一些会时间旅行的老鼠,然后再治好它们。"

我们同时笑出了声,接着,我们跳起舞来,彼此搂着,在房间里转着,笑着,跳着,直到双双倒进沙发,气喘吁吁。我扭头看亨利,在分子层面上,他非常不同、非常另类,可是我眼前这位穿着白色扣领衬衫和厚呢短大衣的普通男人,他手上的皮肤和骨骼都和我的一样,他的微笑也与常人无异。可我一直觉得他与众不同。这又有什么关系呢?序列中多了几个字母?无论如何,这还是有关系的,无论如何,我们必须改变现状。而在这座城市的另一端,肯德里克医生正坐在他的办公室里,琢磨着如何来培育不受时间束缚的老鼠。我笑起来,但是一想到这将生死攸关,便捂住了嘴巴,忍住了笑容。

## 间奏曲

一九九八年八月十二日，星期三（克莱尔二十七岁）

**克莱尔**：妈妈终于睡着了，在她自己的房间，自己的床上。她从医院里逃了回来，却发现她的房间，她的避难所，也被改造成病房的样子。不过此刻她已经什么都不知道了。一整夜，她都在说话、哭泣、大笑、吆喝、叫喊"菲力浦！""妈妈！"还有"不，不，不……"；童年的那些知了和树蛙们整夜齐鸣，编织出一张无边无际的声网，夜晚的灯光把她的皮肤照得像是蜂蜡，她嶙峋的双手哀求般地乱动，接着又握住我送到她龟裂唇边的水杯。此刻，天已经破晓，妈妈的窗口正对着东方。我坐在窗口的白色椅子上，面朝着床，却竭力不看她，不看躺在上面的微不足道的妈妈，不看那些装在瓶瓶罐罐里的药片、勺子、玻璃杯、静脉注射器和悬挂着的鼓鼓囊囊的药液，不看闪光的液晶板、便盆和肾型的呕吐盘，不看那盒乳胶手套、那只印着"生化危险品"的垃圾箱和里面满满的带血的针筒。我看着窗外，那是东方，几只小鸟正在歌唱，住在紫藤架上的鸽子们也已经醒来。世界是灰的。渐渐地，色彩渗透进来，不是深浅粉红色块的平铺，而更像一滴橙色的血斑，在天幕上缓缓化开。它们刚刚还在地平线附近游移，转眼就如涨潮般冲进了花园。接着是万丈金光，蔚蓝的天空，再后来，所有的色彩都在各自的位置上晃动个不停。牵牛花藤、玫瑰花丛、洁白的琴柱草、万寿菊，它们在晨露的覆盖下闪动着玻璃般的光泽。小树林边，银色的白桦树摇曳着，犹如系着天空的琴弦。一只乌鸦飞过草地，它的影子随之在地面飞移，乌鸦叫了一声，停在窗下，于是影子和身体也融合在了一起。阳光寻到窗口，发现了我的双手，发现了我在妈妈的白椅子里起伏的身体。太阳升起来了。

我闭上双眼。空调呜呜作响。我有些冷，于是站起来走到另一扇窗子下，关上空调。屋子里安静了，我走到床边，妈妈还是一动不动。起先她那吃力的呼吸声频频折磨着我的梦，此刻也全部舒缓下来了。她的嘴唇微微开启，眼睛虽闭着，眉毛却仿佛吃惊般地高扬；或许她在唱歌。我跪在床边,稍稍掀开被子,把耳朵贴上她的心房。她的身体还带着温热,什么也没有,没有心跳,没有血液的涌动,也没有气息进入她的肺泡。一片寂静。

我抱起她开始发出异味的消瘦的身体。在我怀里,她是完美的,她重新恢复成我美丽而完美的母亲。尽管她的骨头顶住了我胸口,尽管她的脑袋耷拉着,尽管她充满癌块的肚子像孕妇一样突起,但她在我的记忆中复活了,她笑着,放松着:自由了。

走廊里传来脚步声。门开了,是埃塔的声音。

"克莱尔?哦——"

我把妈妈放回到枕头上,捋平她的睡衣和头发。

"她走了。"

一九九八年十二月十二日,星期六
(亨利三十五岁,克莱尔二十七岁)

**亨利**:露西尔是惟一爱这座花园的人。以往每次我们去拜访,克莱尔总是从草地云雀屋的前门直奔后门,到院子里去找她。不管晴天还是下雨,几乎每次她都是在花园里。她身体好的时候,就跪在花圃里,锄草、移植,要不就是给玫瑰施肥;生病时,埃塔和菲力浦也会用被子裹住她,把她弄下楼,放到藤椅上。她有时坐在喷泉边,有时坐在梨树下面,在那里可以看到干活的彼得,看到他耕地、修剪、嫁接的一举一动。当露西亚一有好转,就会重新摆弄花园,让我们高兴:红头小金丝雀发现了新的喂食者,日晷旁边的大丽花长得比想象中还要好,新冒出来的玫瑰花长成了一片不怎么和谐、甚至有点恐怖的淡紫色,可还是那么富有生机,令她舍不得下锄。曾有一年夏天,露西亚和爱丽西亚做了个实验:爱丽西亚每天花几个小时在花园里练大提琴,看植物是否会对音乐作出反应。后来,露西亚发誓说从来没有结过那么多西红柿,她还给我们看了一只和我大腿一般粗的胡瓜。于是,实验被认为取得了极大的成功,却没有年年继续下去,因为那个夏天之后,露西亚就再也没有恢复过。

她的健康状况随季节变化而变化,就像那些植物一样。夏天我们都在的时候,露西亚精神振奋,房前屋后到处都是马克、莎伦家孩子的欢笑和喧闹。他们像小狗一样在喷泉里翻滚，在草地上满头大汗地嬉戏蹦跳。露西亚的衣服常常沾满了污垢，可她本人却仪态优雅，她总是站起身来和我们打招呼，夹杂着银丝的金铜色头发卷成一团，几股粗粗的头发不停地挣脱，从她脸上散落下来。她脱掉白色小羊皮园艺手套，放下史密斯-豪根[1]的园艺工具，迎接我们的拥抱。我和露西亚总是循规蹈矩地亲吻对方的脸颊，仿佛我们是一对好久不见的法国老年伯爵夫人。尽管她用一个眼神就可以让她女儿难过好几天，对我却一直很友好。我怀念她，而克莱尔……"怀念"这个词还远远不够。克莱尔饱尝着丧亲之痛，她走进房间，却忘了为什么要进来；她坐着看书，一个小时也没翻动过一页。可是她没有哭。对于我的笑话，她只是微微一笑。她吃我放在她面前的任何东西。当我想和克莱尔做爱时，她也很顺从……但过了一会儿，我只能离开她的身体，我害怕她那副神游于千里之外、温顺而无泪的面孔。我怀念露西亚，但我失去的是克莱尔。克莱尔已经走远了，留给我的只是一个看上去面容相像的陌生女人。

一九九八年十一月二十六日，星期三（克莱尔二十七岁，亨利三十五岁）

**克莱尔**：妈妈的房间是洁白的，空荡荡的，所有的内科医疗器具都被拿走了。大床被剥得只剩下了垫褥，在干净的房间里显得污秽而丑陋。我站在妈妈的书桌前，这是张结实的白色富美家[2]书桌，在这间到处都是古老的法国家具、精致而充满女性气息的房间里，它显得前卫而怪异。妈妈的书桌放在拱墙里，半环型的窗子围着它，早晨的阳光空洒在上面。桌子锁了，我花了一个小时找钥匙，却一无所获。我两肘靠在妈妈旋转椅的把手上，出神地看着它。后来，我下了楼，客厅和餐厅也是空空的。厨房里传来了笑声，我便推开门。亨利和尼尔头聚在一起，盯着桌上的碗、面皮和擀面杖。

"放轻松，小伙子，放轻松！你会把它们弄硬的，你得轻轻地抚摸，轻一点，亨利，不然，它们就会像口香糖一样的。"

"对不起对不起对不起。我会轻点的，别打我就行了。嗨，克莱尔。"

---

1 史密斯-豪根（Smith & Hawken），美国连锁园艺用品商店，出售植物、种子和各种园艺用品。
2 富美家（Formica），1913年在美国成立的家具品牌，以耐火板为其特色。时至今日已发展出一系列室内装饰材料。

亨利转过身微笑着看我,满身都是面粉。

"你在做什么?"

"羊角面包。我刚发下毒誓,要么就搞懂这套面皮折叠术,要么就去死。"

"小子,你还是歇歇吧。"尼尔咧着嘴。

"怎么了?"亨利问,尼尔熟练地把整个面粉团擀成薄片,折好,切割,然后捏成形,放在蜡纸里。

"尼尔,我想借用亨利几分钟。"尼尔点点头,用擀面杖的一头指着亨利说:"记着十五分钟后回来,我们要开始做腌泡汁了。"

"遵命,夫人。"

亨利跟我上了楼。我们站在妈妈的书桌前。

"我想打开,可是找不到钥匙。"

"哈,"亨利迅速地看了我一眼,迅速得我都来不及读懂其中的意思。"那很容易。"亨利走出房间,几分钟后又回来了。他坐在妈妈书桌前的地板上,把两根大号的回形针弄直,开始拨弄左下角抽屉的锁,他把一根回形针塞进锁孔里,小心地左探右转,一会儿,又把另一根塞了进去。"搞定了!"他说着拉开抽屉。里面满满的全是纸,亨利轻而易举地打开了其他四个抽屉。很快,它们都张开嘴,吐出了全部:笔记本、活页本、园艺目录、一包包花籽、钢笔、短铅笔、一本支票簿、一条好时巧克力、卷尺,还有各种各样的小东西。它们暴露在光天化日之下,显得孤单而羞涩。抽屉里的东西,亨利什么都没碰。他只是看着我,我几乎下意识地望了望门,亨利立刻明白了我的暗示。我又回到妈妈桌边。

这些纸完全杂乱无章。我坐在地板上,把面前抽屉里的东西归类。我小心抚平所有留着她笔迹的东西,放在左边。有些是目录和备忘录:别问 P 有关 S 的事。或者:提醒埃塔,周五 B 来吃晚饭。还有一页接一页的螺旋线、圆圈、波浪线、黑框、鸟爪一样的记号,有些记号中还有只言片语。用刀刃分开她的头发。以及:不能不能那么做。还有:如果我保持缄默,它会离我而去。有些纸上写着诗句,它们被改得面目全非,只留下极少的内容,如同莎孚[1]的残卷。

---

[1] 莎孚(Sappho),公元前6世纪前后的希腊女诗人。出生于莱斯博斯(Lesbos)岛,作品主题以诗人与女伴之间的情感为主。后世以她居住的岛名为女同性恋(lesbian)的代称。

像是一块老肉，~~松弛而柔嫩~~
没有空气 ✗✗✗✗✗✗✗ 她说好的
~~她说~~ ✗✗✗✗✗✗✗✗✗✗✗✗✗✗

或：

他的手 ✗✗✗✗✗✗✗✗✗✗✗
✗✗✗✗✗ 握着，
✗✗✗✗✗✗✗✗✗✗✗✗✗✗✗✗
特别的 ✗✗✗✗✗✗✗✗✗✗

有些诗歌已经被誊清打好：

在这一刻
一切希望都脆弱
而微小。
音乐和美貌
都被腌进我的悲哀；
我的冰面漾过了一处空白。
谁曾说过
性的天使
竟然如此忧郁？
或者那些为人所知的欲望
会在这个无边的
冬夜里融入
黑夜的洪流。

七九年一月二十三日

春天的花园：
是艘夏季的航船

从我冬日的期盼中
缓缓驶来。

七九年四月六日

一九七九年那年,妈妈失去了一个孩子,想要自杀。我的胃一阵抽搐,视线也模糊了。我现在知道了当时她在过什么样的日子。我把所有的纸都收拢起来,不再阅读。在另一只抽屉里,我找到一些更新的诗。接着我发现有一首是为我而作的:

雪下的花园
给克莱尔

  此刻的花园被雪掩埋
  一片白纸等着我们用脚印书写
  克莱尔从不属于我
  她总是她自己的
  睡美人
  一条水晶的毯子
  ~~她等待着~~
  这是她的春天
  这是她的沉睡和苏醒
  她正在等待
  一切都在等待
  ~~等着那个吻~~
  那些难看的块茎根茎
  ~~我从来没有想到过~~
  我的孩子
  几乎她的整个脸庞
  是一座等待的花园

**亨利**:快到晚饭时间了,我在尼尔面前显得碍手碍脚,她提议说:"难道你不去看看你家娘子在干什么吗？"是个好主意，于是我就去找她了。

　　克莱尔坐在她母亲书桌前的地板上，周围全都是白色和黄色的纸。台灯把一圈光亮打在她身上，可她的脸却躲在阴影里，头发仿佛带着火铜色的光晕。她看着我，递给我一张纸，说："看看，亨利，她为我写了一首诗。"我坐在克莱尔身边读完那首诗后，有点原谅了露西亚，原谅了她极端自私的心胸和她恐怖的死亡。我抬头看着克莱尔说："真美。"她点点头，满足地，就那么一小会儿，她确信她的母亲是爱她的。我想到我的母亲曾在夏日的午后唱起抒情曲，对着我们在商店橱窗玻璃中的倒影微笑，穿着蓝色裙子在地板上旋转。她爱我，我从来没有怀疑过她的爱。露西亚却像风一样变幻无常。克莱尔捧在手中的诗是个证据，永恒不变，不容辩驳，它是一张感情定格的快照。我看着一地的纸，如释重负。在这片混乱之中，它终于浮出水面，成为克莱尔的救命之舟。

　　"她为我写了一首诗。"克莱尔又说了一遍，满脸惊讶。泪水从她脸颊上滚滚淌下。我抱住她，她又回来了。那艘大船沉没了，母亲在倾斜的甲板上朝着一个哭泣的小女孩不停地挥手。这一切都过去后，我的妻子，克莱尔，终于平平安安地上了岸。

# 新年之夜（一）

一九九九年十二月三十一日，星期五，十一点五十五分
（亨利三十六岁，克莱尔二十八岁）

**亨利**：我、克莱尔，以及一群勇敢者，站在柳条公园的某个屋顶上，等待所谓千禧年的来临。晴朗的夜晚，并不十分寒冷，我能看见自己呼出的热气，耳朵和鼻子稍稍有些僵硬。克莱尔的头被她黑色的大方巾包得紧紧的，脸庞在月光和街灯的映照下，白得出奇。这座屋顶是克莱尔一对搞艺术的朋友的。高梅兹和查丽丝穿着长夹克、戴着短手套，伴着只有他俩能听见的乐曲，在附近跳慢舞。身边每个人都醉醺醺的，打开早就准备好的罐头食品，谈论如何英勇地保护自己的电脑免遭灭顶之灾。我会心一笑，完全明白，一旦马路两边的圣诞树被市容管理队拔掉拖走时，所有这一派胡言都将被彻底遗忘。

我们等待着烟火表演，我和克莱尔倚在齐腰高的护栏上，俯瞰芝加哥全城。我们面向东方，正对密歇根湖。"嗨，大家好啊！"克莱尔一边喊，一边朝着密歇根州的南黑文挥动她的短手套。"真有意思，"她对我说，"那边早就是新年了。我肯定他们现在都已经上床睡觉了。"

在六层楼高的地方，我突然吃惊起来，我们竟然能看得那么远。我们在林肯广场的房子，从这儿往西北方向，那片街区，正呈现出一片寂静和黑暗。不过东南方的市中心却灯光璀璨，一些大楼专为圣诞节做了布置，窗户上的红灯绿灯交相闪动。西尔斯[1]和汉考克[2]两座超级大楼仿佛巨大的机器人，在一片相对矮小的摩天楼顶空，相互对峙。我甚至还可以看见刚认识克莱尔那会儿，我在北迪尔伯恩大街住过的公寓，不过它刚好被几年前旁边新造起来的一幢更高更丑的大楼遮住。芝加哥有太多杰出的建筑，人

---

[1] 西尔斯（Sears Tower），它曾取代过纽约的帝国大厦，成为世界上最高的建筑物之一，总共103层，443米，供游客鸟瞰整个芝加哥市。
[2] 汉考克（John Hancock Center），另一幢高344米、100层的建筑，外形像把梯子，初看有些怪异，但却是建筑结构力学上的一项新的成就。全美国的五大高层建筑有三座就在芝加哥。

们认为必须拆掉一部分，在原地造些更难看的，这有助于我们更好地欣赏那些剩下来的优秀建筑。路上车辆不多，这个夜半每个人都想待在别的什么地方，但不是马路上。这里那里传来了爆竹声，不时还夹杂着一些枪鸣，这些笨蛋大概不知道枪除了发出声响外，还能惹出别的事情。克莱尔说："我都要冻僵了，"她看了看手表，"还有两分钟。"周围街区里庆祝的喧嚣已经传来，这说明有些人的表快了。

我想着下个世纪的芝加哥，更多人，多很多，难以容忍的交通，不过路面凹坑会少一些。格兰特公园那里将竖起一座类似可乐瓶爆炸的猥琐的建筑物；西区逐步摆脱贫困，而南区将继续衰落。他们最终还是把瑞格里球场[1]拆了，建起一座丑陋的大型体育场。不过现在，它依旧在东北方灯火通明地亮着。

高梅兹开始倒计时："十，九，八……"我们大家都跟着一起喊："七，六，五，四，三！二！一！新年快乐！"香槟的瓶盖"噗噗"地陆续蹦出，各式各样的烟火朝四面八方割裂着天空。克莱尔和我彼此紧紧拥抱。时间停止了，我祈祷更美好的未来。

---

1 瑞格里球场（Wrigley Field），1914年建造，是全美棒球大联盟最古老的球场之一，也曾是小熊队的主场。

# 三

一九九九年三月十三日,星期六(亨利三十五岁,克莱尔二十七岁)

**亨利**:查丽丝和高梅兹刚生了他们的第三个孩子,罗莎·伊万杰琳·高莫林斯基。我们忍了一星期后,带着礼品和食物前往探望。

高梅兹开了门。他三岁的儿子马克西米利安正趴在他腿上,我们一叫他"你好马克斯[1]!"他便立即把小脸藏到高梅兹的腿弯后面。一岁的约瑟夫就外向多了,他径直冲了过来,对着克莱尔咿咿呀呀说个不停,克莱尔抱起他,他又打了几个饱嗝。高梅兹揉了揉眼睛,克莱尔笑了,约瑟夫也笑了,在这片混乱之中,我也情不自禁地笑出声来。他们的房子就像是条冰冻着玩具翻斗城[2]的冰河一样,乐高[3]积木散了一地,到处都是被遗弃的毛绒熊。

"别看了,"高梅兹说,"今天有特殊情况。我们正在排演查丽丝的虚拟现实游戏,叫'亲子关系'。"

"高梅兹?"查丽丝的声音从卧室那头传来,"是克莱尔和亨利吗?"

我们快步走向卧室,一路上我瞥见厨房里有个中年妇女正在水池边刷盘子。

查丽丝躺在床上,抱着宝宝,她正在睡梦中,身材娇小、黑头发,有点像墨西哥人,而马克斯和乔[4]的头发都是浅色的。查丽丝看上去糟透了(在我眼里如此。克莱尔却坚持说她"好极了"),刚做完剖腹产,她胖了许多,一副又累又病的样子。我坐到椅子上,克莱尔和高梅兹坐在床边。马克斯爬到妈妈身上,偎依在她的臂弯里,一边瞪我一边把大拇指放进嘴里,乔则坐到他爸爸的腿上。

---

[1] 马克斯是马克西米利安的昵称。
[2] 翻斗城(Toys "R" Us),1978年上市,是全球最主要、最专业的玩具、婴儿用品及儿童服饰零售商。全球共有约1500家零售店、玩具商店、特许经销店及授权商店。
[3] 乐高(Lego),世界著名的拼装玩具。
[4] 乔是约瑟夫的昵称。

"她真美，"克莱尔说。查丽丝笑了。"你看上去好极了。"

"我觉得糟糕透顶，"查丽丝说，"不过终于行了，我们有女儿了。"她爱抚着宝宝的脸。罗莎打了个哈欠，举起一只小手，她的眼睛乌黑而细长。

"罗莎·伊万杰琳，"克莱尔轻唤着宝宝，"真好听。"

"高梅兹还想叫她'温斯黛[1]'，被我立即枪毙了。"

"其实，她是星期四生的。"高梅兹辩解道。

"想抱抱她么？"克莱尔点点头，查丽丝小心翼翼地把女儿递到克莱尔的怀里。

看克莱尔抱着孩子，我想到她的流产，心一下子收紧起来，想要呕吐。但愿不是要去时间旅行，那种不适渐渐消退后，心中却留下了这个清醒的事实：一直都是流产，他们去了哪儿，我们丢失的孩子们，是否无比困惑地徘徊、环绕在我们上空呢？

"亨利，你想抱抱罗莎么？"克莱尔问我。

我慌了神，"不用了，"我带着过分强调的口吻说，"我感觉还没上来。"我解释道，起身走出卧室，穿过厨房出了后门。我站在后院里，外面下着小雨。我站着，深深地呼吸。

后门"啪"的一声。高梅兹也出来，并肩站在我身边。

"你还好么？"他问我。

"好多了，刚才又犯了幽居癖。"

"嗯，我懂你的意思。"

我们静静地站了几分钟，我努力回忆小时候爸爸抱我的情景，但印象中只有和他做游戏的样子，我们一起跑啊，笑啊，我还骑在他的肩头。我察觉到高梅兹正看着我，看着我的泪水从脸颊上滚滚流下。我用衣袖擦了擦脸，总该有人说点什么吧。

"别担心。"我先说了。

高梅兹做了个笨拙的手势，"我马上就回来。"说完就消失了。我以为他一去不回了，谁知一会儿，他叼着根点燃的烟，又重新出现了。我在那张破旧的、被雨淋湿了的、落满松针的烧烤桌边坐下。外面很冷。

"你们俩还努力想生孩子么？"

---

[1] 与英语中星期三（Wendesday）同音。

我吓了一跳，克莱尔很可能都说给查丽丝听了，而查丽丝很可能什么都没对高梅兹说。

"是啊。"

"那次流产之后，克莱尔好点了么？"

"是那些流产。不止一次。我们有过三次。"

"德坦布尔先生，流产一次，也许算倒霉；可流产三次，似乎就该算是不小心了吧。"

"高梅兹，完全不像你说得那么风趣。"

"对不起，"这一次，高梅兹看上去真的有些羞愧，我不想再讨论这个了。我找不到合适的词句，甚至都无法和克莱尔谈，无法和肯德里克，以及那些曾经让我们把伤心事全部交付出来的医生们谈。"对不起。"高梅兹重复了一遍。

我站起来，"我们还是进屋吧。"

"呵，她们不需要我们，她们在谈女人之间的事情。"

"哦，这样啊。那么，小熊队怎么样？"我又坐了下去。

"别扯了。"我们俩谁也不看棒球赛。高梅兹来回地走，我希望他能停下来，至少，进屋去。"那么，问题出在哪儿？"他漫不经心地问。

"什么问题？小熊队？我想老投不中球吧。"

"不，我亲爱的图书馆小子，不是小熊队。为什么你和克莱尔总不能生小孩？"

"这可真的不关你的事，高梅兹。"

他毫不退却，步步紧逼，"他们知道问题出在哪儿么？"

"滚远些，高梅兹。"

"嘘，嘘，注意文明。我认识一个有名的医生……"

"高梅兹——"

"她对胎儿染色体紊乱很有研究。"

"你怎么竟然会认识——"

"她是鉴定证人。"

"噢。"

"她叫爱密特·蒙田，"他接着说，"是个天才，上过电视，得过所有的奖。陪审团也很敬佩她。"

"哦，原来是这样。如果陪审团喜欢她——"我带着讽刺的口吻说道。"你就去找她一次吧。老天啊，我这还不是想要帮你？"

我叹了口气，"好吧。嗯，谢谢你。"

"你的意思究竟是'亲爱的革命同志，谢谢你的建议，我们现在就想去找她'，还是'谢谢你，现在去一边歇着'呢？"

我站起来，掸落裤子上的湿松针。"我们进去吧。"说罢，我们一起进了屋。

# 四

一九九九年七月二十一日，星期三／一九九八年九月八日
（亨利三十六岁，克莱尔二十八岁）

**亨利**：我们躺在床上，克莱尔蜷缩在她那一侧，背对着我。我从后面抱起她，面向她的脊背。大概是凌晨两点，刚把灯熄掉，此前我们无意义地讨论了好久，讨论不育之不幸。我紧贴着克莱尔的身体，一只手握成杯状罩住她的右乳。我想要知道，我们是否还站在同一阵营里，还是我已经被她抛在后头了。

"克莱尔，"我对着她的脖子轻柔地说。

"嗯？"

"领养一个吧。"我已经想了几个星期、几个月了。听上去，这似乎是个最佳的解决方案：我们将有个孩子了。他很健康，克莱尔也会很健康，我们都会很开心。这个答案显而易见。

克莱尔说："可那不是真的，那是装的。"她坐直了，面对我。我也坐起来，面对着她。

"孩子是真的，也是我们的。怎么会是装的呢？"

"我已经累了，我们一直在假装。这次我要真的。"

"我们没有一直假装，你究竟在说什么？"

"我们假装是正常人，假装在过正常的生活！你总是消失去那些只有上帝才知道的地方而我假装这一切都是理所应当，甚至上一次都要死了连肯德里克也不知道该怎么办而你假装一切都没什么大不了的我们的孩子接二连三地死了我却假装不在乎……"她抽泣着，身体前俯，头发散落在脸上，像一片丝缎帘幕。

我厌倦了哭泣，我也看够了克莱尔的哭泣。在她的眼泪面前，我一筹莫展，无能为力。

"克莱尔……"我伸手安抚她，安抚她，也是安抚自己。她推开我。我下了床，抓起衣服，去卫生间穿上。我把克莱尔的钥匙从她的包里取出来，

然后穿上鞋。克莱尔出现在门厅里。

"你要去哪儿?"

"我不知道。"

"亨利——"

我走出门,"砰"地关上了门。外面感觉好多了。我记不得车停在哪儿了,后来发现原来就在马路对面,我走过去,坐了进去。

我本来是想在车里睡上一觉,可一坐上去,便决定先开到其他地方再说。沙滩:我要开车去沙滩。我知道这个想法很危险。我很累,很烦躁,在这种状态下开车简直是发疯……可我就是想开车。街道空荡荡的,我启动发动机,汽车在轰响中苏醒了。我花了一分钟才把车倒出泊位,我看见前窗里克莱尔的脸,让她担心去吧,这一次,我不管了。

我沿着安士莱街开到林肯广场,折到卫斯坦大街,然后继续往北。很久没在半夜驾车独自兜风了,我根本记不得上一次无谓地开车是什么时候。此刻感觉真好。我加速驶过玫瑰岗公墓[1],沿着汽车一条街开下去。我打开收音机,按下 WLUW[2] 的预设键,里面正在放科特恩[3],于是我把音量调到最响,摇开车窗。杂音、轻风、柔和的不断重复的刹车灯和街灯,让我整个人都沉静下来,麻醉了一般。过了一会儿,我几乎都忘了自己出来的理由。在伊云斯顿的边界,我转弯驶向瑞奇街,然后从邓普斯特街一直开到防潮堤上。我把车停在浅水湖边,钥匙留在点火开关上。我跳下车,往前走。天气凉爽,四周一片静谧,我走上码头,站在尽头,眺望前方,橙紫色的天空下,芝加哥湖岸线上的点点灯火隐约地摇曳。

我如此厌倦,厌倦了思考死亡,厌倦了已经成为死亡的某种手段的床笫交欢。我害怕这一切都将永无尽头。我不知道自己究竟能承受多少来自克莱尔的压力。

我们不断创造,又不断失去的那些胚胎、那些细胞簇,他们是什么?他们为什么那么重要,竟然会威胁到克莱尔的生命、让她的生活充满绝望

---

1 玫瑰岗公墓(Rosehill Cemetery),建于 1859 年,由芝加哥第一任市长和芝加哥第一位白人移民之子建造,是当时最大的非宗教墓地。
2 WLUW 是一家以社区为中心,致力于鼓励独立思考及言论自由的进步电台。其中心位于芝加哥莱奥那大学。该大学 2002 年起停止资助这家电台,不过电台并未中止节目的播放。
3 科特恩(John Coltrane),爵士乐史上无与伦比的次中音萨克斯演奏家、先锋派爵士乐的杰出代表。

的荼毒？大自然要我们放弃，大自然说：亨利，你是个混乱的机体，我们不想再让你繁衍后代了。而我，已经准备认命了。

我从没看到过自己在未来有孩子，尽管我和幼年的自己待过一些时间，尽管我陪着孩提时代的克莱尔度过漫长的岁月，我并不认为没有亲生骨肉，生命就会不完整。未来的我也没有鼓励我继续努力，有一次我还问过他，就在几星期前，我在纽贝雷图书馆的书库里碰见了他——二〇〇四年的自己。我们今后迟早会有孩子的，对么？我问他。他微笑着耸了耸肩。对不起，你得自己去经历，他回答我，沾沾自喜却又饱含同情。哦，主啊，告诉我吧！我抬高嗓门喊起来，而他却抬起手消失了。混蛋，我大叫着，伊莎贝拉突然从安全门里探出身来，问我为什么在书库里大喊大叫，在阅览室里都能听到我的声音。

我看不到出路，克莱尔像是走火入魔了。爱密特·蒙田一直鼓励她，对她讲历史上的生育奇迹，开给她维生素饮品，我想起《魔鬼怪婴》[1]。也许我可以罢工。对啊，就这样，性罢工。我会心地笑了起来，潮水温柔地拍打着湖岸，掩盖了我的笑声。但这可行性极小，没几天，我就会匍匐屈膝的。

我开始头疼，我努力忽略它，我知道那只是因为我累了，如果能没人打扰地在湖岸上睡一觉就好了。这是个美好的夜晚。就在此时，一束从码头扫射过来的强光照在我脸上，我吓了一跳。

突然——

我来到金太的厨房，仰面朝天地躺在厨房的桌子底下，周围都是椅腿。金太坐在其中一张椅子上，探头朝桌下张望。我的屁股正好压到了她的鞋子。

"你好啊。"我虚弱地说。我觉得自己马上就要虚脱过去了。

"我总预感到这几天里要被你吓出心脏病。"金太用脚踢了踢我，"快出来，去穿衣服。"

我屈膝弓背地从桌下挪了出来，蜷在油毡毯上休息了一会儿，清理了一下思路，克制住呕吐的冲动。

"亨利……你没事吧？"她身体倾斜，"想吃些什么？喝点汤？我有意式蔬菜浓汤……还是要咖啡？"我摇摇头。"你想到沙发上躺躺么？你病

---

[1] 《魔鬼怪婴》(*Rosemary's Baby*)，波兰籍导演于1968年拍摄的一部现代恐怖怪诞片。

了吗？"

"不，金太，我没事。一会儿就好。"我硬撑着跪直了身子，站起来，蹒跚地走进卧室，打开金先生的衣橱。里面几乎空空如也，只有几条叠得方方正正的牛仔裤，从孩童的尺码一直到成人的，还有几件白衬衫。这是为我准备的秘密小衣柜，随时等我来拿。我穿上，回到厨房，侧过身啄了一下金太的脸，"今天是几号？"

"一九九八年九月八日。你从哪儿来？"

"明年七月。"我俩坐在桌边。金太在玩《纽约时报》上的填字游戏。

"那时是怎么样的，明年七月？"

"是个凉爽的夏天，你的花园会很漂亮。所有的科技股都涨了。一月份你该去买些苹果公司的股票。"

她在一只棕色的纸包上记录下来。"嗯，那么你自己呢？还好么？克莱尔怎么样？你们两口子该有孩子了吧？"

"我现在真的很饿，给我弄碗你刚才说的什么汤好么？"

金太笨重地从椅子上站起来，打开冰箱。她取出一只长柄炖锅，热了一些汤。"你还没回答我的问题。"

"金太，没有新闻。没有孩子。我和克莱尔每天一醒来就要吵，你别哪壶不开提哪壶了。"

金太背对着我，用力地在汤锅里搅拌。她的背影流露出了委屈，"我没有'哪壶不开提哪壶'，我只是问问，不行吗？我好奇而已啊，真是的。"

我们沉默了几分钟。勺子一下下刮着锅底，仿佛正刮在我的心上。我想起克莱尔，想起她把头伸出窗外看着我驾车离去的样子。

"金太。"

"亨利。"

"你和金先生怎么从来没有过孩子呢？"

长久的静默。然后，"我们有过孩子的。"

"真的？"

她把沸腾的汤倒进一只印着米老鼠的套碗里，那是我小时候最喜欢的碗。她坐下来，理了理头发，把散乱的白发都顺拢进后面的发髻里去。金太看着我，"你先喝，我一会儿就回来。"她起身走出厨房，我听见她拖着脚步走过走廊上的橡胶地毯。我只管喝汤，她回来时我已经差不多喝完了。

"喏，这就是敏，我的孩子。"一张模糊的黑白照片，当中有个小女孩，五六岁的样子，站在金太的房子前，也是我从小长大的房子。她穿着天主教会学校的制服，微笑着，手里还拿了把雨伞。"那是她第一天上学，很开心，又很紧张。"

我仔细地看照片，不敢问。我抬头，金太正眺望窗外的河。"后来怎么了？"

"噢，她死了。那时你还没有出生。她得了白血病，死了。"

我突然想起来，"她是不是经常坐在后院的摇椅上？穿红裙子？"

金太吃惊地盯着我，"你见过她？"

"是的，我想是的。很久以前了，我当时大概七岁，我站在河边的坡台上，光着身子。她要我从她家后院走开，我告诉她，这是我家的后院，可她不相信。我当时也想不通，"我笑起来，"她警告我，要是我不走的话，她妈妈马上就会过来揍我的屁股。"

金太笑得颤抖起来。"你看看，她说得很对，嗯？"

"是的。可再过几年，她就走了。"

金太微笑着，"也是哦，敏是个小火药桶，她爸爸总叫她'大嘴巴小姐'。他很爱她。"金太把头扭过去，偷偷碰了碰眼睛。在我印象中，金先生沉默寡言的，整天都坐在扶手椅上看体育节目。

"敏哪一年生的？"

"一九四九年，一九五六年就死了。真有意思，要是她还活着，就是个中年妇女了，也该有自己的孩子了。今年她四十九岁，孩子们也该上大学了，恐怕年龄还要再大一些吧。"金太看我，我也看着她。

"我们在努力，金太。我们想尽一切办法在努力。"

"我可什么也没说。"

"好啦。"

金太朝我翻翻眼睫毛，好像她是路易丝·布鲁克思[1]之流似的，"哎，伙计，我做这道填字游戏时卡住了，纵九，'K'字母打头……"

**克莱尔**：我看着警局的潜水员往密歇根湖的深处游去。这是个多云的

---

1 路易丝·布鲁克思（Louise Brooks），美国女影星，1920年代默片时期因自然地扮演堕落放荡的角色而成名。

早晨,很闷热。我站在邓普斯特街的码头上,五辆消防车,三辆救护车,谢瑞丹大道上还有七辆警车。灯光闪烁个不停,总共十七名消防员、六名助理医生、十五名男警官、一名女警官。这个又矮又胖的女人,脑袋像是被警帽压扁了似的,一直重复着愚蠢的陈词滥调。她的本意是安慰我,可我真想把她推下码头。我抱着亨利的衣服,此刻是清晨五点,已经来了二十一名记者,包括一些电视台的,他们有自己的转播车、麦克风和摄像师,一些文字记者还带了摄影师。一对老年夫妻在现场看热闹,谨慎又好奇。我竭力不去回想警方的描述:亨利从码头的尽头跳了下去,被警车探照灯的光柱照到。我努力不去想。

两位新来的警察往码头前面走去,和一些早已在那儿的警察交谈了会儿,然后年长的那位朝我走来。两撇老派的八字胡,在顶端形成了尖角。他自我介绍,迈克斯队长,他让我想想我丈夫自杀的动机可能会是什么。

"嗯,我认为他不会自杀,队长。我的意思是,他是个游泳健将,或许他仅仅是游到了,呃,魏尔米特或其他什么地方去了"——我胡乱地往北面一指——"现在他随时都会回来……"

队长疑惑地看着我,"他是否一直有深夜游泳的习惯?"

"他常常失眠。"

"你们是不是刚吵过架?他是不是很失落?"

"没有,"我说谎了,"根本没有那回事。"我望着水面。我知道我的话听上去没有一点说服力。"我当时睡着了,他一定是想去游泳,又不想惊动我。"

"他有没有留字条?"

"没有。"我正绞尽脑汁地想要编出一个更好的理由,附近岸边突然传来一阵水声。哈利路亚!来得正是时候。"他在那儿!"亨利在水里站了起来,一听见我的呼唤,便潜入水中往码头这边游来。

"克莱尔,这是怎么啦?"

我跪在码头上。亨利看上去很疲倦,很冷。我轻声说:"他们都以为你淹死了。有人说亲眼看见你从码头上跳下去了。他们在这里搜寻你的尸体,已经两个小时了。"

亨利看上去忧心忡忡的,却也很逗趣。他又一次招惹了警方。所有的警察都围到我身边,沉默地朝下望着亨利。

"你就是亨利·德坦布尔?"队长发问了。

"是的。介意我先上岸么？"大家跟着亨利往岸边去，亨利在下面游，我们则在码头上以同样的速度走。他爬出水面，站在沙滩上，浑身上下滴着水，活像只湿淋淋的老鼠。我把他的衬衫递过去，他接过擦干了身体。他把其他衣服穿好，很镇定，等待警方下一步的决定。我真想过去亲吻他，然后再宰了他，颠倒过来也可以。亨利双手抱起我，他又冷又湿。我斜靠着他，感受他的冰凉。他也斜靠着我，感受我的温暖。警察提了些问题，他很有礼貌地一一回答，大多都是伊云斯顿的警察，也包括少数刚好路过摩顿格鲁和斯格齐地区的警察，幸亏没有芝加哥警方，他们认识亨利，还会逮捕他。

"警方让你从水里出来时，你怎么没有任何反应？"

"我戴着耳塞，队长。"

"耳塞？"

"防止水流到耳孔里去。"亨利装模作样地在口袋里掏了一遍。"我不知道放到哪去了。我游泳时总是戴耳塞的。"

"你为什么在凌晨三点游泳？"

"我睡不着。"

诸如此类的问题，亨利摆出各种支持性的论点，他的谎言滴水不漏。后来，警方无奈地开给他一张五百美元的罚单，理由是在湖滩开放时间以外游泳。警方放了我们，我们往汽车那儿走去，记者、摄影师、摄像师们一拥而上。无可奉告，出来游泳而已。请你们不要拍照。"咔嚓咔嚓"。最后我们终于走到汽车前，它孤零零地停在谢瑞丹街上，还插着钥匙。我发动了车子，摇下我这边的车窗。警察、记者，还有那对老年夫妻仍站在草地上，看着我们。但我们没有相互对视。

"克莱尔。"

"亨利。"

"对不起。"

"我也是。"他侧过头来看看我，碰了碰我握着方向盘的手。我们静静地向家驶去。

二〇〇〇年一月十四日，星期五（克莱尔二十八岁，亨利三十六岁）

**克莱尔**：肯德里克领着我们，穿过铺着地毯、贴着隔音墙板的走廊，进入会议室。会议室里没有窗子，只有一条绿地毯，一张光亮可鉴的黑色长桌，周围是一圈软垫旋转椅。一块白色的写字板，几支记号笔，门上方的一面钟，一只咖啡壶，一些配套的杯子，咖啡伴侣和糖。我和肯德里克坐在桌边，亨利却在屋子里转个不停。肯德里克摘下眼镜，用手指按摩起他精巧的鼻翼。门开了，一位年轻的身穿手术服的西班牙裔男人，推着一辆车走进房间。推车上是一只被布盖住的笼子。"您要放哪儿？"这个年轻人问道，肯德里克说："如果不介意的话，把推车也留下吧。"他耸耸肩走了出去。肯德里克来到门口，按下某个开关，整间房间里的灯光昏暗下来，甚至连站在笼子旁边的亨利都看不清了。肯德里克朝他走去，在一片沉寂中，把布揭了开来。

笼子里飘出一股雪松的味道。我站着，目不转睛。我看见的只是一团卫生纸做的小窝、几只小碗、一个水杯、一个小运动轮和一些又轻又软的松木屑而已。肯德里克打开笼子的顶部，把手伸进去，掏出一个又小又白的东西。我和亨利围上去，一只小白鼠趴在肯德里克的手掌心里，对我们眨着眼睛。肯德里克从口袋里掏出一只小笔灯，拧亮，对着它迅速不停地闪动。小老鼠的身体僵硬了，过了一会儿，就消失了。

"哇！"我叫了起来。肯德里克把笼子重新盖上，调亮房间里的灯。

"这会在下周的《自然》杂志上发表，"他微笑着说，"而且是系列专题的第一篇。"

"恭喜，"亨利说。他看了看钟，"它们一般会消失多久？它们又会去哪儿呢？"

肯德里克指指咖啡壶，我们都点了点头。"一般消失十分钟左右，"他倒了三杯，边说边把杯子递给我们。"它们会去地下室里的动物实验室，那是它们的出生地。但它们似乎就只能消失几分钟而已。"

亨利点点头，"长大以后消失的时间会长一些。"

"是的，到目前为止是的。"

"你是怎么弄的？"我问肯德里克。我仍然无法完全相信他已经成功了。

肯德里克吹了吹咖啡，抿了一口，然后做了个鬼脸。咖啡很苦，我给自己的加了些糖。"是这样的，"他说，"塞莱拉[1]排序出了老鼠的整个基因

---

[1] 塞莱拉（Celera Genomics），位于美国马里兰州的基因数据公司，于2001年4月27日宣布已测出并收集到老鼠的全部基因数据。

组,这对我帮助很大,于是我便知道上哪儿去寻找我们预先锁定的那四对基因了。不过,要是没有那个,我们也可以成功。"

"我们首先复制了你的基因,接着用酵素把DNA上有缺陷的蛋白弄掉。在细胞四分体时期,我们将这些损坏的部分融进母鼠的胚胎中。这还是容易的一步。"

亨利扬起眉毛,"那当然啦,我和克莱尔常在厨房里做类似的实验。那么,困难的步骤是什么呢?"他坐到桌上,把咖啡放到一旁。我听到笼子里的小运动轮发出"吱吱嘎嘎"的转动声。

肯德里克看了我一眼,"困难的部分是让母鼠,就是白鼠妈妈顺利地产下转基因小白鼠。母鼠接二连三地死去,大出血。"

亨利一下子紧张起来,"鼠妈妈死了?"

肯德里克点点头,"鼠妈妈死了,鼠宝宝也死了。我们当时弄不明白,只能昼夜不停地观察,然后我们发现了原因,胚胎鼠发生了时间旅行,当它们重新进入母鼠的子宫时,鼠妈妈便大出血而死。即便不是如此,它们也会在十天左右后流产。真是令人非常沮丧。"

我和亨利交换了一下眼色,又相互别过脸,"和我们很类似。"我对肯德里克说。

"呃,是的,"他说,"但我们已经解决了。"

"怎么解决的?"亨利问。

"我们觉得可能是免疫反应的问题。鼠胚胎中的一些物质对于母鼠来说是全然陌生的,于是母鼠的免疫系统就会把那些物质当作病毒或其他什么异体,产生对抗和排斥。后来我们抑制了母鼠的免疫系统,结果就像魔法一样神奇。"

我的心都跳到嗓子眼了,像魔法一样。

肯德里克突然弯下腰,从地板上捡起了什么。"看你往哪里逃。"他说着,把他轻轻攥在手心里的老鼠拿给我们看。

"太棒了!"亨利欢呼起来,"接下来呢?"

"基因疗法。"肯德里克对他说。"药物。"他耸了耸肩,"即使现在我们可以让它发生,但我们仍然不知道它为何发生、如何发生。所以我们还要再研究。"他把老鼠递给亨利。亨利双手捧成碗状,肯德里克把老鼠倒进他的掌心。亨利好奇地观察起来。

"它有文身。"他说。

"这是我们惟一可以识别它们的方法,"肯德里克说,"老鼠们总是逃出来,动物实验室的工作人员都快被搞晕了。"

亨利大笑起来,"这是我们达尔文的进化优势,"他说,"我们具有逃逸的本领。"他爱抚着老鼠,老鼠却在他手里拉了泡屎。

"对压力零度忍耐[1]。"肯德里克说着,把老鼠放回笼子,那小家伙便飞快地爬进卫生纸做的小窝里。

一到家我就给蒙田医生打了电话,滔滔不绝地告诉她免疫系统的抑制和大出血。她听得很认真,约我下周去她那儿,与此同时,她自己也会做一些研究。我一打完电话,亨利便放下《芝加哥太阳报》的商业版,紧张地盯着我。"值得试试的。"我对他说。

"在他们成功以前,很多鼠妈妈都死了啊!"亨利说。

"可毕竟成功了!肯德里克成功了!"

亨利仅仅说了一句"是啊",就继续看报纸了。我刚张开嘴,又立即改变了主意,走出工作室。我太兴奋了,不想和他争论。像魔法一样神奇。像魔法一样。

---

[1] 由于一连串的校园枪击事件,美国政府推行了一个称为"零度容忍"的政策,根绝枪支和毒品。后来这个短语极为流行,意为不给予一丝的宽容或容忍。

# 五

二〇〇〇年五月十一日，星期四（亨利三十九岁，克莱尔二十八岁）

**亨利：** 二〇〇〇年的暮春，我沿着克拉克街往前走。没有什么特别之处，安德森威尔[1]的夜晚美妙而温暖，时髦青年有的在科皮[2]的小桌边品味别有风味的冰咖啡；有的坐在雷扎餐馆[3]不大不小的桌子旁美美地尝着酷司酷司[4]；有的就这么在街上溜达，全然不理会路边的瑞典小饰品商店，却高声赞叹彼此的宠物狗。二〇〇二年，我本该在工作，不过，嗯，我想，马特会替我完成下午的那场演讲展示的。我在脑海里记上一笔，下次得请他吃顿饭。

我闲逛着，克莱尔出乎意料地出现在街对面。她站在老牌乔治服装店的门口，看着橱窗里的婴儿服。她的后背充满了渴慕，双肩仿佛也因着期盼而感叹。我看着她，她将额头贴在橱窗玻璃上，沮丧地站在那里。我穿过马路，避开一辆联邦快递的货运车、一辆富豪，来到她身后。克莱尔抬头，猛地看见我映在玻璃中的倒影，吃了一惊。

"哦，是你啊，"她说着，转过身来，"我还以为你和高梅兹去看电影了呢。"克莱尔有些防备，有些心虚，仿佛我正好撞见她在干什么勾当似的。

"我有可能是在那儿。其实，我今天本该去上班的，在二〇〇二年。"

克莱尔微微一笑，看上去满脸倦容。我估算了一下，她的第五次流产刚过去三个星期。我迟疑了会儿，然后张开双臂抱住她，令我欣慰的是，她全然放松地靠在我怀中，枕着我的肩。

"最近怎么样？"我问她。

"糟透了，"她轻声说，"心力交瘁。"我回忆起来，她前不久刚在床上

---

[1] 安德森威尔（Andersonville），芝加哥北部的一个著名社区，距离市中心8公里。早期以瑞典移民为主，同性恋的人群也相对较多。也集中了许多特色小店、酒吧和饭店。
[2] 科皮（Kopi），咖啡店。
[3] 雷扎餐馆（Reza's），波斯餐馆，在芝加哥拥有两家连锁店。
[4] 摩洛哥的一种主食，在一个深口大盘里装上北非的米食——粗粒小麦粉，用鸡汁蒸熟后轻敷陈年奶油再蒸，反复三次，鸡汁的甜、奶油的香郁都渗入后才将各式肉类、蔬果、汤汁淋上。

躺了几星期。"亨利,我退出。"她看着我,想测试我对这句话的反应,紧张地打探我所了解的最新情况。"我放弃了,这是不可能成功的。"

有没有借口阻止我给她那件她想要的东西呢?我找不到任何隐瞒她的理由。我站着绞尽脑汁,是什么令她产生了怀疑?我想起的只有克莱尔的确信,那也是我正要为她创造的。

"坚持,克莱尔。"

"什么?"

"别放弃。我现在的时间里,我们已经有孩子了。"

克莱尔闭上眼睛,低声说:"谢谢你。"我不知道她是对我说,还是对上帝说,但这并不重要。"谢谢你。"她重复着,一遍又一遍,看着我,对我说道,仿佛我就是报喜耶稣诞生的天使的化身。我倾过身体亲吻她;我感到决心、喜悦和使命感正在克莱尔的体内奔流。我回忆起克莱尔大腿间冒出的那满头黑发的小脑袋。我惊叹此时此刻究竟如何创造了那样的奇迹,那样的奇迹又如何创造了此时此刻。谢谢你,谢谢你。

"那次受孕你知道么?"克莱尔问我。

"不知道。"她看上去很失望。"我不仅不知道,而且一直都在想尽一切办法,避免让你再次受孕。"

"太好了。"克莱尔哈哈大笑起来,"这样说来,不管发生了什么,我只要安安静静的,任其发展?"

"是的。"

克莱尔咧开嘴,冲我一笑,我也咧开嘴对她笑了。任其发展。

# 六

二〇〇〇年六月三日,星期六(克莱尔二十九岁,亨利三十六岁)

**克莱尔:**我坐在厨房的餐桌旁,一边信手翻着《芝加哥论坛报》,一边看亨利分拣杂货。那些棕色的纸袋子整齐地排在灶台上,亨利像变戏法一样从里面取出调料、鸡肉、荷兰干酪。我等着兔子和真丝围巾,不过眼前的却是:蘑菇、黑豆、小宽面、莴苣、菠萝、脱脂牛奶、咖啡、红萝卜、青萝卜、芜菁、燕麦、黄油、松软干酪、全麦面包、蛋黄酱、鸡蛋、剃须刀片、除味剂、青苹果、咖啡伴侣、面包圈、小虾、奶油芝士、烤麦片、海员沙司[1]、冰冻橙汁、胡萝卜、避孕套、红薯……避孕套?我站起来走到灶台旁,拿起那只小蓝盒,对着亨利晃了晃。

"怎么,你有外遇吗?"

亨利正翻着冰箱,他抬起头,一副挑战的样子,"没有,事实上,我得到了圣灵的启示。当时,我正站在牙刷货架边。想听听么?"

"不想。"

亨利站起来面对我,脸上的表情仿佛是在叹息,"哎,我都买回来了:我们不能总想着生孩子。"

叛徒。"我们说好了……"

"……要一直努力。我觉得五次流产已经够了,我们完全尽力了。"

"没有。我是说——为什么,不再试一次呢?"我竭力克制住恳求的语气,不让嗓子眼里升腾起来的怒火冲进我的话语。

亨利走到灶台边,站在我面前,但并没有碰我,他知道此刻他不能碰我。"克莱尔,要是再流一次,你会死的。我不能眼睁睁地让你去送死。五次怀孕……我知道你还想再试试,可我不能了。我受不了了,克莱尔,对不起。"

我走出后门,站在黑莓灌木丛边,阳光下,我们的孩子,没了生命,

---

[1] 海员沙司(Marinara Sause),由西红柿、大蒜和洋葱制成的沙司。

被逐一包裹在丝般柔软的日本雁皮纸里,小心地睡在一只只木盒之中,在这傍晚前的午后,他们静静地安息在玫瑰的花影里。我虽然感受着太阳的热度,却为他们而颤抖,在花园的深处,在和煦的六月,他们却是冰冷的。帮帮我吧,我在心中对我未来的孩子说。他不知道,因此我不能告诉他。快来吧。

二〇〇〇年六月九日 / 一九八六年十一月十九日,星期五
(亨利三十六岁,克莱尔十五岁)

**亨利**:现在是星期五早晨八点四十五分,我在候诊室里等着罗伯特·冈萨雷斯医生。克莱尔不知道我在这里,我已经决定来做输精管结扎手术了。

冈萨雷斯医生的办公室位于喜来登街,靠近底维赛街,这座崭新的医疗中心离林肯公园的温室花园不远。候诊室是棕色和深绿色基调的,墙上有许多方格板,还有十九世纪八十年代以来历届德比赛马大会冠军的镶框照片。一股阳刚之气扑面而来,我觉得自己真该穿件晚餐礼服,嘴里再叼根雪茄。我得来点喝的。

之前,计划生育部那位好心的女士,已用她温和干练的嗓音安慰了我,手术几乎没有疼痛。而此刻,我身边坐了五个男人。我怀疑他们是不是得了淋病,或者前列腺出了问题,也许其中有人和我一样,坐在这里等着终结为人之父的使命。在这些陌生的男人中间,我感到一股休戚与共的力量,我们一起坐在这间摆设着皮木家具的棕色房子里,在这个灰蒙蒙的早晨,等待轮流进检查室,脱下我们的裤子。有位很老的男人,他双手紧握着拐杖的上端,身体前倾,闭着眼睛,厚厚的镜片把他的眼睑放大了,也许他并不是来做结扎手术的。一个十几岁的男孩,随手翻着一本过期的《绅士》杂志,还装出一副满不在乎的样子。我闭上眼睛,幻想自己正在一间酒吧,女酒保背对着我调酒,现在,她把少许温热的水倒在纯麦威士忌中,这大概是间英国酒吧,没错,跟这里的装潢很搭配。我左边的男人咳嗽起来,几乎快把肺也咳出来了。我睁开眼睛,自己仍坐在候诊室里。我瞥了一眼右边男人的手表,一种巨型的复杂运动表,应该既可以计时短跑,又能呼叫总部吧。已经九点五十八分了,离我约定的时间还有两分钟。不过,今

天医生看病的速度好像慢了一些。前台叫道:"利斯顿先生。"那个大男孩突然站起来,推开厚厚的门,走进医生的办公室。其他人偷偷彼此打量了一眼,仿佛地铁站里有人要向我们兜售《街头宝典》一样。

我紧张地僵硬起来,一直劝自己说,即将进行的这件事完全是件必要的好事。我不是叛徒。我不是叛徒。我要把克莱尔从恐怖和痛苦中解放出来,她永远不会知道真相。另外这也不疼,也许只是一点点疼。我再告诉她,她会理解的,我真的是不得已。我们尽力了,我们黔驴技穷了,我不是叛徒。就算疼点,也值了。我这样做是因为我爱她。一想到克莱尔坐在我们的大床上,满身鲜血摧心痛泣的样子,我就想吐。

"德坦布尔先生。"我应声站起,我真的想吐了,膝盖发软,头脑发昏。我弯下身子,不停地作呕。我发现自己的膝盖撑着身子,枯黄的草秆覆盖着阴冷的地面。我的胃里空空如也,只吐出了些黏液而已。天真冷。我抬起头,草坪的那片空地,光秃秃的树,天空飘着大朵的云,夜幕开始下垂。我孤身一人。

我站起来找到衣物箱,很快我就穿上那件印着"四人帮"乐队成员头像的 T 恤、毛衣、牛仔裤、厚袜子、黑色军靴、黑呢大衣、浅蓝色的大手套。不知道什么动物把箱子咬出了洞,还在里面安了家。这些衣服象征着八十年代中期,克莱尔大概才十五六岁吧。我是在附近转转,等克莱尔出现,还是走开?不知道我现在能不能面对朝气蓬勃的她,我转身朝果园走去。

似乎是十一月下旬,草坪枯黄一片,在风中瑟瑟作响。一群乌鸦在果园的边缘争抢着几只被风吹落的苹果。就在我走近它们时,有人气喘吁吁地从身后跑了过来。一转身,正是克莱尔。

"亨利——"她上气不接下气,声音像是得了感冒。她站着,粗声粗气地说了一分钟,我没办法和她说话。她就站着喘个不停,呼出的气息在她面前形成一层白色的雾。一片灰黄色的背景之中,她的头发红得鲜艳,她的皮肤透出淡淡的粉红。

我转身继续往果园走去。

"亨利——"克莱尔追上来,抓住我的手臂。"怎么啦?我究竟做了什么?你为什么不理我?"

哦,天啊。"我在为你做件事,非常重要的事,可没能成功。我一紧张,就飞到这里来了。"

"那是件什么事呢？"

"我不能告诉你。就在我自己的时间里，我也没打算告诉那时的你。你会不高兴的。"

"那你为什么要做？"克莱尔在风中瑟瑟发抖。

"这是惟一的办法了。我没办法说服你。我想，只要做成了，我们之间的争吵才会终止。"我叹了口气，我会再试一次的。如果有必要，可以再试第三次。

"那我们为什么要吵架？"克莱尔看着我，紧张而忧虑，鼻子里淌出了清涕。

"你感冒了吧？"

"是的。我们在吵什么？"

"导火线是一次大使馆举办的晚会上，贵国大使的夫人打了我国首相情妇一记耳光，后来这直接影响了燕麦关税，最后导致了高失业率和暴动——"

"亨利。"

"嗯？"

"就这一次，就这一次，请你不要再开玩笑了，好好回答我刚才的问题，行吗？"

"不行。"

没有任何预兆，克莱尔一巴掌重重地甩在我脸上。我往后退了一步，诧异的同时，却高兴起来。

"再来一下吧。"

她糊涂了，摇了摇头。"克莱尔，求你了。"

"不。你为什么要我打你？我刚才是想伤害你。"

"我要你伤害我，求你了。"我垂着头。

"你是怎么啦？"

"所有的事情都一团糟，我都快失去知觉了。"

"什么可怕的事情？究竟怎么啦？"

"别问我了，好吗？"克莱尔走上前来，离我很近，她抓住我的手，脱下我手上那副可笑的浅蓝色的手套，把我的手掌放进她的嘴里，一口咬了下去。痛得钻心。她停住，我看着自己的手掌，血从咬痕里慢慢渗了出来，小小的血珠。我或许会得败血症，不过在那一刻我毫不在意。

"告诉我。"她的脸离我只有几厘米，我粗暴地亲了她。她反抗着，我放开她，她转过脸背对我。

"这样不好。"她的声音小得像只蚊子。

我怎么了？十五岁的克莱尔，和那个经年累月折磨我的、那个坚持拒绝放弃生育的、那个挑战死亡和绝望的、那个把男女欢床变成陈尸遍野的战场的女人，并不是同一个啊。"对不起，真的对不起，克莱尔，那不是你。原谅我。"

她转过身来。她在哭，脸上一片模糊。正巧我外套口袋里有包纸巾。我擦拭她的脸，她也抽出一张擤了擤鼻涕。

"你从来没有亲过我。"哦，不。我的表情一定很滑稽，因为克莱尔笑了。我不敢相信她竟然是在为这个哭，我真是个十足的傻瓜。

"哦，克莱尔。你——忘了那件事，好吗？从记忆中抹去，就当它从没发生过。过来，我们再来一次，好吗？克莱尔？"

她小心翼翼地走上前来，我抱住她，看着她。她的眼睛红了一圈，鼻子也肿了，这次感冒真的不轻。我把双手放到她耳朵后面，托起她的脸，亲吻她，我要把我的心装进她的心里，保存好，以免今后我再弄丢。

二〇〇〇年六月九日，星期五（克莱尔二十九岁，亨利三十六岁）

**克莱尔**：整个晚上亨利都安静得出奇，忧心忡忡的样子。吃晚饭的时候，他看上去就像在记忆的陈堆里搜索一本一九四二年读过的书，或是其他什么东西。他的右手包着绑带，晚饭后，他走进卧室，趴在床上，头挂在床脚，脚压着我的枕头。我走进工作室，擦拭那些模具和定纸框，我喝着咖啡，一点也不自在，我不知道亨利出了什么问题。最后，我回到卧室，他仍是那么躺着。躺在黑暗里。

于是我也躺到地板上，舒展身体的时候，背部发出响亮的"吱嘎"声。

"克莱尔？"

"嗯？"

"还记得我第一次吻你么？"

"就像发生在昨天一样。"

"真对不起。"亨利翻了身。

我顿时充满了好奇。"那次你在担心什么？你要做件事，可是没做成，你还说我会不高兴的，那究竟是什么事？"

"你怎么记得这么清楚？"

"我就是《大象之子》[1]的原型啊。现在你可以告诉我了吧？"

"不。"

"要是我猜对了，你会说吗？"

"恐怕也不会。"

"为什么？"

"因为我累极了，今天晚上不想和你吵架。"

我也不想吵架。我喜欢躺在地板上，有些凉，但很可靠。"你去做结扎了。"

亨利默不做声。他这样默不做声，我真想找面镜子放在他鼻子前看他还有没有呼吸。最后他说："你怎么会知道的？"

"我也不确定。我担心会是那样，我看到了你的便条，上面写着你和医生约在今天早上。"

"那张便条我已经烧了。"

"下面那张空白的纸上有你写过的痕迹。"

亨利一声呻吟，"你厉害，福尔摩斯，我被你逮住了。"

黑暗中，我们继续相安无事地躺着。"想去就去吧。"

"什么？"

"去做手术啊，如果你坚持的话。"

亨利又翻了个身，看着我。我能看见的只是他黑乎乎的脑袋和黑乎乎的房顶。"你没有冲我大吼大叫。"

"不会的。我不会那样了。我放弃了。你胜利了，我们不要孩子了。"

"我觉得不应该叫作胜利。其实只是——必然。"

---

[1] 出自英国作家吉卜林（Rudyard Kipling）的儿童读物《大象之子》(The Elephant's Child)。很久以前，大象的孩子们都没有象牙。其中有一只"极其好奇"的小象来到丛林的大河边，问鳄鱼那天的晚饭是什么。当它惊恐地发现自己就是鳄鱼的美味时，一切都已经来不及了。据说从此以后，所有的象都长出了长长的牙齿。

"随便吧。"

亨利从床上爬下来,靠着我坐在地板上。"谢谢你。"

"别客气。"亨利亲吻起我。我回忆一九八六年十一月,亨利来的那个阴郁的日子,果园里寒冷的风,还有他身体上的温热。接着我们开始做爱,这是这几个月来,我们第一次不计后果的纵情欢乐。亨利染上了我十四年前的那场感冒。四个星期后,他成功地结扎了输精管,而我则发现我第六次怀孕了。

# 婴儿梦

二〇〇〇年九月（克莱尔二十九岁）

**克莱尔：**我梦见自己走下楼梯，来到外婆的地下室。我左手边的墙壁上，依然残留着乌鸦飞进烟囱时留下的长长的炭灰痕迹；楼梯上、扶栏上积满了灰尘，我为了保持平衡，双手摸得黑乎乎的。我继续下楼，走进儿时一直令我恐惧万分的屋子。屋子里纵深的架子上，放着一排又一排的罐头、番茄、小黄瓜、碎玉米和甜菜根，看上去像是防腐液中的尸体。一只玻璃坛子里装着一只鸭子的胚胎。我小心地打开坛盖，把小鸭子连同里面的液体一起倒在手上，小鸭子喘息挣扎着，"你为什么丢下我？"当它能开口说话时，它就这么问了，"我一直都在等你来。"

我梦见我和妈妈在南黑文居民区一条安静的小道上散步。我抱着一个孩子，我们走着，孩子越来越重，后来我实在抱不动了，便向妈妈求助，对她说我没法再抱了，她却轻松地接过孩子，于是我们继续前行。我们来到一幢房子，穿过短小的走道，进入后院。院子里并排竖着两块屏幕，还有一台幻灯机。草地里，人们坐在椅子上，观看关于树的幻灯片。每次屏幕上都只有一半的树，一半在夏天，另一半在冬天。一样的树，不一样的季节。孩子笑了，高兴地大声喊叫。

我梦见自己站在塞奇威克地铁站的月台上，等待棕色线列车进站。我拎了两只购物袋，保安检查时发现，一只袋子里装着几盒椒盐饼干，还有一具幼小的红发死胎，被保鲜膜包裹着。

我梦见自己在家里，我以前的房间。夜已经深了，房间就着鱼缸里的灯管微微有些亮光，我突然惊恐地发现，有个小生物居然在鱼缸里游来游去，我赶忙移开盖子，用网筛把它捞上来，是一只长着鳃的小沙鼠。"对不起，"我说，"我把你忘了。"小沙鼠满脸责怪地瞪着我。

我梦见我在草地云雀的楼梯上走。家具都搬完了，房间里空荡荡的，光柱下漂浮的尘埃，在打过蜡的橡木地板上，仿佛一片金色的池塘。我走到长廊上，扫视一间间卧室，我来到自己的房间，里面有只木制的小摇篮独自兀立。没有声音,我害怕看摇篮里的东西。妈妈房间里的地板上铺着白床单。我脚下有一滴微小的血珠,它轻轻触到床单的一角,在我的注视下,把整个地面汪洋成一片血泊。

二〇〇〇年九月二十三日,星期六
(克莱尔二十九岁,亨利三十七岁)

**克莱尔**:我住在水下,一切都迟缓而遥远,我知道上面还有一个世界,阳光普照,时间像穿过沙漏的干砾。而这里,我所在的地方,空气、声音、时间、感觉都是浓稠而密集的。我和孩子在一座潜水钟里,我们两个都要在这陌生的空间里努力求生。我觉得孤单。喂,你在这里么?没有任何回答。他死了,我告诉爱密特。不,她忧虑地笑着说,不,克莱尔,快看,他还有心跳。我无法解释。亨利在我周围游来游去,他想喂我吃东西,想帮我按摩,想给我鼓励,而我却朝他厉声大吼。我穿过后院,来到自己的工作室。它像一座博物馆,一座陵墓,安静,没有一线生机,没有一丝呼吸,也没有一点灵感,只是那些摆设,控诉似的看着我。我对着那张空荡荡的画桌,对着干燥的木桶和模具,对着刚完成了一半的塑像,说,对不起。我看着塑像的骨架,想,死胎,印有蓝色鸢尾花的纸还包在外面,六月时它看上去曾是多么充满希望。我干净、柔软、粉色的双手,我憎恨它们。我憎恨空旷。我憎恨这个孩子。不,不,我不憎恨他,我只是找不到他。

我坐到画板旁,手握一支铅笔,面前有一张纸,我什么都画不出来。我闭上眼睛,脑海中只是一片红色。于是我挑了一管水彩颜料,深镉红的,拿起一支蓬松的大画笔,我往罐子里倒满水,然后开始把纸张涂红。画面闪着光,纸张因为湿润而变得柔软,水分蒸发后又会深沉起来。我看着它蒸发,闻上去有一股阿拉伯胶树的味道。在画纸中央,有一滴小小的、黑色的墨水,我把它画成一颗心脏。不是无聊的情人节礼物,而是解剖学上完完全全的脏器,小小的,像玩偶一样,接着是血管,像复杂的交通路线图一样的血管,向四周延伸到画纸的边缘,固定住小小的心脏,它就像一只陷入蜘蛛网的飞蝇。看,他还有心跳。

到了夜晚,我把罐子倒空,洗净画笔,锁上工作室的门,穿过院子,从后门走进了屋子。亨利正在煮意大利面酱。我进屋时他刚好抬起头来。

"好些了么?"他问。

"好些了。"我让他放心,也让自己放心。

二〇〇〇年九月二十七日,星期三(克莱尔二十九岁)

**克莱尔**:它躺在床上,有些血,但不多。它脸朝上,努力想要呼吸,小小的胸骨震颤着。可是一转眼的工夫,它开始抽搐,鲜血顺着心跳的节律从脐带处涌出来。我跪在床边,把它抱起,把他抱起,是他,我小小的儿子,像一条刚被捕捉上岸的小鱼,挣扎扭动着,即将被空气淹死。我轻柔地抱住他,可他却不知道我就在身边。他很滑,他的皮肤几乎像是虚拟出来的,他闭着双眼,我疯狂地想着人工呼吸,想着911,想着亨利。哦,请别走,让亨利来看看你,好不好?可是他吐起了液体和泡沫,就像海洋生物在水里呼吸,然后他张大嘴巴,我能一眼望穿他的身体,我的手中空空无物了,他消失了,消失了。

我不知道时间过去了多久。我跪着,跪着,我祷告。亲爱的上帝,亲爱的上帝,亲爱的上帝。孩子还在我的子宫里。别动,嘘,躲好。

我在医院醒来,亨利在身边,孩子已经死了。

# 七

二〇〇〇年十二月二十八日，星期四
（亨利三十三岁，同时也是三十七岁，克莱尔二十九岁）

**亨利**：我站在我的卧室里，是未来。夜深了，但月光照在房间里，显现出超现实般的明晰。我一直在耳鸣，在未来时总会这样。我看着克莱尔和那个我，他们还在熟睡，像是死了。我蜷缩着，膝盖抵住胸口，钻在被子里，嘴巴微微张开。我想去碰碰自己，我想把他抱紧，看着他的眼睛。但我没有，我只是站着，盯着睡梦中未来的自己。后来，我悄悄走到克莱尔这一侧，跪下来。就像现在，感觉越过了边界，我将让自己忘记床上的他，把意念都集中在克莱尔身上。

她动弹了一下，眼睛睁开了。她并不清楚我们在哪儿，我也不清楚。

我被欲望吞没，我渴望此时此地就能和克莱尔融为一体，越紧越好。我轻轻地吻了她，在她的嘴唇上流连，大脑中一片空白。她沉醉在梦中，伸过手来摸我的脸，当触到活生生的我时，才有些清醒。她来到我的现实中，顺着我的手臂摸下去，爱抚着我。我小心地把她从床单里剥出来，生怕吵醒他，此时的克莱尔还没有注意到。我想，那个自己到什么程度才会被吵醒呢？还是不去冒险了吧。我压在克莱尔身上，完全把她盖住。我希望我能阻止她回头，可她分分秒秒都会回过头来。当我进入克莱尔时，她看着我，我假想着自己并不存在，一秒钟后，她转过头去，看见了另一个我。她叫出声来，不过并不太响，她看看在她身体上面、也在她身体里面的我，想起了什么，便接受了，这太奇怪了，不过，好吧。在那个时刻，我爱她超过爱生命。

二〇〇一年二月十二日，星期一（亨利三十七岁，克莱尔二十九岁）

**亨利**：整整一周，克莱尔都很古怪，心不在焉的，仿佛有个只有她自己能听见的秘密，占据了她全部的注意力，像是通过她的内在领受上帝的启示,又像是要破译卫星传来的俄罗斯密码。每当我问她时,她总是微微一笑,耸耸肩。这全然不像克莱尔,我警觉起来,但立即又打消了这个念头。

　　一天晚上我下班回家,仅仅瞥了克莱尔一眼,便感到一定有大事情发生了。她的表情惊恐而恳切,她走近我身边停下来,什么也没说。我闪过一个念头:有人去世了。会是谁呢?爸爸?金太?还是菲力浦?

　　"倒是说话啊,"我问她,"发生了什么?"

　　"我怀孕了。"

　　"怎么会——"我刚一开口,就完全明白了,怎么会,"别担心,我记得。"对我而言,那个晚上过去好多年了,可对克莱尔来说,只是几周前的事。我从一九九六年来,当时我们正拼命想要一个孩子,克莱尔当时几乎还没睡醒呢。我真是个粗心的混蛋。克莱尔等着我说些什么,我强挤出一个笑容。

　　"真是一个惊喜!"

　　"是的。"她看上去都有点哭了。我把她拉进怀里,她紧紧地抱住我。

　　"害怕么?"我在克莱尔的发丝里低声问。

　　"嗯。"

　　"可你之前从来没有害怕过。"

　　"我以前都疯了。现在我知道……"

　　"这是怎么一回事了。"

　　"可能会发生什么。"我们站着,想着究竟会发生什么。

　　我迟疑道:"我们可以……"我有意说了一半。

　　"不,我不可以。"确实是,克莱尔不可以。一日为天主教徒,便终生为天主教徒[1]。

　　我说:"或许这是件好事。一场意外的惊喜。"

　　克莱尔笑了,我发现,这是她想要的结局。事实上,她一直希望七是我们的幸运数。我的喉咙一紧,我得离开一会儿。

二〇〇一年二月二十日,星期二(克莱尔二十九岁,亨利三十七岁)

　　**克莱尔**:收音机闹钟上显示上午七点四十六分,国家公共电台正在沉

---

[1] 天主教规定,除非是被强奸,否则不得堕胎。

痛地报道某处的空难，目前已有八十六人死亡。我觉得我也是他们中间的一个。亨利那半边床空着。我闭上眼睛，波涛汹涌的海面上，一艘颠簸的越洋远轮，我正躺在船舱里狭小的铺位上。我叹了口气，小心翼翼地爬下床，走进浴室。十分钟后我还在呕吐，突然亨利伸进头来，问我感觉如何。

"很好，从来没这么好过。"

他坐在浴缸边上，但我真希望我呕吐的时候不要有什么观众在旁欣赏。

"我不该担心吗？你从来都不呕吐的。"

"爱密特说这是好现象，我本来就应该呕吐。"这表明我的身体已经把这个孩子认作我的一部分，而不是什么异体。爱密特老是给我开那些只给器官移植病人才开的药。

"也许今天我应该再输点血给你保存起来。"亨利和我都是O型。我点点头，继续吐。我俩都是贪婪的血液银行家，他曾两次需血，而我有三次，其中一次还是大量需血。我坐了一分钟后，摇摇晃晃地站起来，亨利过来扶住我。我把嘴巴擦干净，刷了牙。亨利下楼去做早饭，我突然对麦片产生了强烈的欲望。

"燕麦粥！"

"好的！"

我开始梳头，镜子里的影子气喘吁吁。我想，怀孕中的女人应该神采奕奕的，可我并不神采奕奕，不过，好吧，但我仍然怀孕了，这才是最重要的。

二〇〇一年四月十九日，星期四（亨利三十七岁，克莱尔二十九岁）

**亨利**：我们在爱密特·蒙田的办公室里等待做B超，既渴切又犹豫，我们拒绝了羊膜穿刺，要是让那又长又粗的针拨弄几下，克莱尔肯定又会流产的。她已经有四个半月的身孕了，几乎挨过了一半。如果像罗夏测试[1]那样，将时间对半折叠的话，目前正是时间中缝的那道折痕。现在我们连大气都不敢出，生怕一不小心就会把孩子过早地呼出来。

---

[1] 罗夏测试（Rorschach test），一种判断被测试者性格的心理测试，工具是10张两侧大致对称、模糊不清、模棱两可的墨渍图。它们的制作方法是把几滴墨水甩在一张纸上，再把纸对折起来，墨水就在纸的两面洇染开来。

我们坐在候诊室里,周围大都是满心期待的夫妇、推着婴儿车的母亲,还有蹒跚学步、东撞西歪的幼儿。蒙田医生的办公室总是让我感到压抑,我们在这里度过太多焦虑的时光,听过太多不幸的消息。可是今天完全不一样,今天一切都会顺利的。

护士叫了我们的名字。我们走进常去的检查室,克莱尔脱掉衣服,躺在检查台上,涂上润滑油,接受检测。技术员观察着监视器;法籍摩洛哥血统、身材高大、气宇轩昂的爱密特·蒙田观察着监视器;我和克莱尔手牵手,也观察着监视器。图像逐渐加深,一点一点展现出来。

屏幕上是一张世界气象地图,或者是银河系,一个充满了群星的漩涡。或者是个婴儿。

"真可爱,是个女孩[1],"蒙田医生说,"瞧,她在吮拇指呢,真的很漂亮,而且很结实。"

我和克莱尔长长地出了口气,屏幕上,一座漂亮的星系正在吮她的大拇指。我们看她的时候,她把手从嘴边拿开。蒙田医生说:"她笑了。"我们也笑了。

二〇〇一年八月二十日,星期一(克莱尔三十岁,亨利三十八岁)

**克莱尔**:预产期还剩两个星期,我们还没给宝宝取好名字。事实上,我们几乎还没有讨论过,我们很迷信,一直回避这个问题,仿佛一旦给孩子起了名字,就会引来复仇女神的关注和折磨。最后亨利抱回一本《姓名大全》。

我们爬上床,才晚上八点半,我已经筋疲力竭了。我躺在我那侧,对着亨利,肚子像座突出来的半岛;他则用肘撑起头,躺在他那侧对着我。书横在我们中间,我们彼此对望,怯生生地笑了。

"有什么主意吗?"他边问边翻起书来。

"简。"我回答说。

他做了个夸张的表情,"简?"

"我以前所有的洋娃娃、长毛玩具都叫'简'。每个都叫'简'。"

---

[1] 原文是法语。

亨利查了查，"它的意思是'上帝的礼物'。"

"对我正合适。"

"来个特别点的吧，伊莱特怎么样？乔多萨呢？"他边翻边即兴发挥，"这里有个好名字：璐珞鲁拉，阿拉伯语里是珍珠的意思。"

"就叫珍珠好么？"我想象着我的孩子就是一颗光滑的发亮的白色小球。

亨利的手指在字里行间移动，"听好：'（拉丁语）可能是鳞芽一词的变体，指这类疾病衍生物中最具价值的一种形态。'"

"呃，这本书写的什么呀！"我把它从亨利手中抢过来，为了反击，故意查他的名字，"'亨利（日耳曼语）一家之主、居住地的首领。'"

他笑了，"查查看'克莱尔'。"

"这是另一个名字克拉拉的变体，'（拉丁语）辉煌的，明亮的。'"

"很不错嘛。"他说。

我随手翻了一页，"菲洛米尔？"

"我喜欢这个名字，"亨利说，"可是叫昵称的话怎么办呢？叫菲利还是叫梅尔？"

"皮瑞妮（希腊语）红头发的。"

"要是她不是红头发呢？"亨利拿过书，抓了一缕我的头发，并把一团发梢含在嘴里。我抽出头发，统统拢到身后。

"我以为我们已经知道该知道的一切了，肯德里克一定检测出她是红头发的吧？"我问。

亨利重新拿回了书，"伊苏尔特？佐伊？我喜欢佐伊，佐伊有很多可能性。"

"什么意思？"

"生命。"

"好呀，非常贴切。插上书签吧。"

"伊丽扎。"亨利又提了一个。

"伊丽莎白。"

亨利看着我，有些犹豫，"安妮特。"

"露西。"

"不好。"亨利坚决地否定。

"是不好。"我也同意。

"我们需要的,"亨利说,"是全新的开始,是一张白纸。我们叫她塔布拉·罗萨[1]吧。"

"提坦妮·怀特[2]呢?"

"布兰歇,布兰卡,比安卡……"

"爱尔芭。"我说。

"和那位公爵夫人[3]一样?"

"爱尔芭·德坦布尔。"我说的时候,这个名字像是在嘴里打了一个滚。

"非常好,读起来抑扬顿挫,朗朗上口……"他翻到那一页,"爱尔芭(拉丁语)白色;(普罗旺斯语[4])一天中的黎明时分。嗯,不错。"他费劲地爬下床,我听到他在客厅里到处乱翻,回来时捧着《牛津英语大辞典》第一卷、《兰登书屋大辞典》,以及我那本破旧的《大美百科全书》第一部分。"'普罗旺斯的传统抒情诗……献给爱人的晨歌。拂晓,共度了一夜的情侣被堡壕观察哨的喊声惊醒,在对黎明来得太早的抱怨中依依惜别,这样的题材,有如中世纪的牧羊女之歌一般恒久不变,这种体裁的诗歌借用了爱尔芭的名称,它有时出现在诗歌的开头,而通常总会出现在末尾,构成每首诗歌的叠句。[5]'真是伤感。再看看《兰登书屋》,这个解释好多了,'山坡上白色的城;堡垒。'"他把《兰登书屋》扔下床,继续查百科全书。"伊索,理智年代,阿拉斯加……到了,爱尔芭。"他快速掠过条目,"古意大利一系列早已消失的城市;爱尔芭公爵。"

我叹了口气,躺下来。孩子在肚子里动了动,此刻她一定正在睡觉。亨利又回去仔细研读《牛津英语大辞典》。"Amour, Amourous, Armadillo, Bazoom[6]。天啊,现在的参考书目里居然还印着这些。"他把手伸到我的睡

---

[1] 塔布拉·罗萨(Tabula Rasa),源自拉丁文,意指"洁净的桌面";在文学涵义中,借指"原生的、纯净无瑕的心灵"。英国经验主义哲学家洛克(John Locke,1632—1704)用它来比喻人类心灵的本来状态就像白纸一样没有任何印迹。

[2] 提坦妮·怀特(Titanium White),"钛白"的意思。文中暗含的是这个名字比"纯净无瑕(Tabula Rasa)"更纯净。

[3] 这里指的是西班牙画家戈雅(Francisco Jose de Goyay Luvientes,1746—1828)于1797年所作的传世名画《爱尔芭公爵夫人》(Duchess of Alba)。

[4] 中世纪的法国南部之语。

[5] 原文是法语。

[6] 秘密的恋情,偷情。暧昧的。犰狳。(美国俚语)女人的乳房,奶子。

衣里，缓缓地抚过我紧绷的肚子，孩子用力踢了一下，正好踢在他手落下的地方，他愣住了，看看我，满脸惊讶。他的手四处漫游，感受着那些他所熟悉和不熟悉的地势。"现在，你这里可以装多少个小德坦布尔呢？"

"哦，总是有地方再怀一个的。"

"爱尔芭。"他柔声说。

"白色的城市，一座白色山岭上固若金汤的堡垒。"

"她会喜欢的。"亨利把我的内裤一直褪到脚踝处，然后扔下了床，凝视着我。

"小心点……"我对他说。

"会非常小心的。"他一口答应，解开自己的衣服。

我觉得自己是个庞然大物，就像海洋里一片由枕头和毯子组成的大陆。亨利弯身俯在我身后，运动起来，用舌头探索着我的每一寸肌肤。"慢一点，慢一点……"我害怕起来。

"行吟诗人在黎明唱的歌曲，以……"他进入我的时候，对着我温柔地耳语。

"……献给他们的爱人……"我接下去说。我闭上双眼，亨利的声音仿佛从隔壁传来：

"就……这样，"又说："是的，就是这样。"

# 介绍一下，爱尔芭

二〇一一年十一月十六日，星期三（亨利三十八岁，克莱尔四十岁）

**亨利：** 未来的某一天，在芝加哥美术馆[1]的超现实展厅里，我穿得并不得体：我尽了全力才从存衣室里弄到一件黑色长大衣、从保安的更衣箱里搞到一条裤子，我还找到一双鞋，通常鞋子是最难找的。我还准备去偷只皮夹、去小卖部买件T恤、吃顿饭、欣赏一下艺术，然后再离开这座大楼，去另外一个充满商店和酒店客房的世界随处转转。我不知道这是猴年马月，应该离那会儿不太远，人们的穿着和发型和二〇〇一年差别不大。这次小小的停留，我既兴奋又紧张，因为克莱尔那会儿随时都可能生下爱尔芭，我当然想留在她身边；不过另一方面，这又是一趟很不寻常、很有质感的未来之旅。我觉得精神饱满，没有任何时光倒错的不安，非常棒。我安静地站着。这间黑暗的屋子里摆满了约瑟夫·康奈尔[2]的盒子，灯光一一射向它们。一名讲解员领着一群学生，她让大家休息的时候，学生们都乖乖地坐到各自带来的小凳子上。

我观察着这群孩子，讲解员很普通，是位五十多岁、衣着整齐的女人，纯粹的金发，紧绷的脸。学生们的老师是个好脾气的年轻女人，她涂着浅蓝色的唇膏，站在学生后面，准备随时管教其中的不安分子。不过我真正感兴趣的是那些孩子，大概有十来个，我猜他们大概上五年级了。这是个天主教会学校，他们穿着统一的校服，女生的格子花呢是绿色的，男生的则是深藏青色。他们神情专注，举止优雅，却并不兴奋。真糟糕，我还以为康奈尔很对孩子们的口味呢。讲解员显然把他们看小了，仿佛在和小小孩说话一样。

---

1 芝加哥美术馆（The Art Institute of Chicago），建馆于1891年，其藏品跨越五千年的历史，是美国三大博物馆之一，其印象主义及后印象主义派的收藏品仅次于法国。其入口处临密歇根南大街，后文中提及其正门口的两头大铜狮是芝加哥市的标志之一。
2 约瑟夫·康奈尔（Joseph Cornell，1930—1972），美国艺术家，他最著名的艺术品就是那些超现实主义的神秘盒系列，它们的体积都相对较小，从地图、照片到铭牌等应有尽有，有的放在神秘盒里，有的则放在框子里。康奈尔的盒子有种独特的视觉魔力，在内容选择和物件摆放上，都让人产生无限遐想，并淋漓尽致地表达了他个人的象征主义精神。

后排有个女生，看上去比其他孩子都要投入，我看不见她的脸，只见她又长又卷的黑发，孔雀绿的裙子，显然和别人不同。每次讲解员提问，这个小女孩的手都是高高举起，可讲解员却总不叫她。我看得出小女孩有点厌倦了。

讲解员在解释康奈尔的鸟舍。每个盒子都是空的，许多盒子的白色内壁上，画了栖木、类似真鸟舍里的孔洞，有的还画了一些鸟。这是他最荒凉、最严肃的一组作品，全然没有肥皂泡沫机的奇幻，也没有旅馆的浪漫。

"谁知道康奈尔为什么要做这些盒子？"讲解员敏锐地扫视着孩子们，等待着回答，那个穿孔雀绿裙子的小女孩挥动手臂，像是患了圣维杜斯舞蹈病[1]一样，可讲解员偏偏就是要忽略掉她。前排一个小男孩羞怯地说，艺术家一定很喜欢小鸟。小女孩实在忍无可忍了，她直接站了起来，仍然高举着手臂。讲解员勉强地问："那你说说看？"

"他做这些盒子是因为他很孤独。他没有可以去爱的人，他做了这些盒子，这样就可以去爱它们，这样人们就知道他是存在的，因为小鸟是自由的，盒子是小鸟躲藏的地方，在里面小鸟会感到安全，他也想要自由，想要安全。这些盒子是他留给自己的，这样他也能变成一只小鸟。"小女孩坐了回去。

我完全被她震撼了，这个十岁的孩子居然能透彻地读懂约瑟夫·康奈尔。讲解员和整个班上的孩子都不知该如何是好，看起来还是老师早就习惯了她，说："谢谢你，爱尔芭，你的感觉很敏锐。"她转身冲老师感激地一笑，于是我看见了她的脸，我看见的是我女儿的脸。我一直站在隔壁的展厅里，我往前走了几步，这样能看得更清楚一些，我看见了她，她也看见了我，她的脸一下子放出光彩。她跳起来，撞倒了自己的小折椅。我几乎还没有反应过来，她已扑进我的怀中。我紧紧抱住她，跪在地上，双手环绕着她，听着她叫我"爸爸"，一遍又一遍。

所有的人都瞠目结舌地看着我们，老师跑了过来。

她问："爱尔芭，这是谁？先生，请问您是……？"

"我是亨利·德坦布尔，爱尔芭的父亲。"

"他是我爸爸！"

---

[1] 圣维杜斯舞蹈病（Saint Vitus' Dance），一种神经错乱症，多累于五至十五岁的女孩。典型的症状是抽搐，大部分发生在脸部和四肢。

老师的双手几乎完全绞在了一起,"先生,爱尔芭的父亲已经去世了。"
我哑口无言,可是爱尔芭,我的女儿,却能从容应对。

"他是去世了,"她对老师说,"可他不是一直都死的。"

我开始整理思路,"这个很难解释——"

"他是个时错人,"爱尔芭说,"和我一样。"老师完全明白了她的话,可我却被弄得一头雾水。老师的脸在彩妆下有些苍白,但也充满了同情心。爱尔芭捏了捏我的手,暗示让我说些什么。

"呃,老师您叫——"

"库泊。"

"库泊老师,我可以和爱尔芭单独待几分钟么,就在这儿,和她说说话吗?我们平常见面的机会并不多。"

"嗯……只是……我们正在实地考察……集体……我不能让您把孩子单独带走,再说,我不能确定您就是德坦布尔先生,要知道……"

"我们打电话给妈妈。"爱尔芭说,她在书包里翻了会儿,突然掏出一只手机,她按了一个键,铃声随即响起来,我迅速地意识到机会来了:另一端,有人接起电话,爱尔芭说:"妈妈?……我在美术馆……不,我很好……妈妈,爸爸在这里!告诉库泊老师,他真的是我爸爸,行吗?……哦,太好喽,再见!"她把手机递给我。我迟疑了一会儿,凑了上去。

"克莱尔?"那头传来几声清晰的吸气声。"克莱尔?"

"亨利!哦,天哪,真难以置信!快回家来!"

"我争取……"

"你从什么时间里来的?"

"二〇〇一年,爱尔芭快要出生的时候,"我朝爱尔芭笑了笑,她靠在我身上,把手放在我的手心里。

"还是我过来吧?"

"这样会更快一些。听着,你能告诉老师我就是我吗?"

"当然——我去哪儿找你们?"

"大狮子这里。克莱尔,你越快越好。我的时间不多了。"

"我爱你。"

"我也爱你,克莱尔。"我犹豫了一下,把手机递给库泊老师,她和克莱尔简短地聊了几句,总之,她同意我把爱尔芭带到美术馆门口,和克莱尔在那里碰头。我谢过库泊老师，她面对这个异常的局面始终相当优雅。我和爱尔芭手牵手走出了摩顿翼楼，走下旋转楼梯，来到中国陶器馆。我的大脑在飞转，我首先该问什么呢？

爱尔芭说："谢谢你留给我的录像带。妈妈在我生日的时候送给我的。"什么录像带？"我可以开耶鲁和马氏特了，我现在正在研究沃特斯。"

都是锁，她在学撬锁。"太好了，继续努力。听我说，爱尔芭。"

"嗯，爸爸？"

"什么是时错人？"

"时间坐标错乱的人。"我们坐在唐代瓷龙前面的长凳上，爱尔芭在我对面，两手放在腿上。她看上去和我十岁时一模一样，我真不敢相信眼前的一切。爱尔芭还没有出生呢，可她已经在这里了，就像落入凡间的雅典娜。我们坦诚相对。

"知道么？这是我第一次见到你。"

爱尔芭笑了，"您好。"她是我见过的最沉着的孩子。我仔细地打量她，她有哪些克莱尔的影子呢？

"我们经常见面么？"

她想了想，"不多。大概已经有一年了。我八岁时见过您几次。"

"我去世那年你几岁？"我屏住呼吸。

"五岁。"天啊，我不知所措了。

"真对不起！我不该说这个的，是吧？"爱尔芭懊悔万分，我抱住了她。

"没关系，是我问你的呀，不是吗？"我深深吸了口气，"妈妈还好么？"

"还可以，就是伤心。"这句话刺痛了我，我再也不想知道别的了。

"说说你吧，学校好吗？你们学些什么？"

爱尔芭咧开嘴，笑了，"我在学校里倒没学到什么，不过我读了所有的史前工具，还有埃及知识，我和妈妈在看《魔戒》，我还在学皮亚佐拉[1]的探戈。"

---

[1] 皮亚佐拉（Astor Piazzolla），1921年3月生于阿根廷。他的千余部作品，充满个性的音乐生涯和毋庸置疑的阿根廷风格，影响着世界上一代代最优秀的音乐家。他本人也被称为探戈之父。

十岁就拉这个？天啊。"小提琴？你的老师是谁？"

"爷爷。"刚开始我以为她说的是我爷爷，后来才醒悟过来那是指爸爸。太棒了，要是爸爸肯花时间在爱尔芭身上，那她一定很不错了。

"你水平高吗？"这个问题真无礼。

"是啊，我水平很高。"谢天谢地。

"我的音乐从小就不好。"

"爷爷就是这么说的，"她咯咯地笑了，"可你喜欢音乐的。"

"我热爱音乐。只是我不会演奏乐器，我学不会。"

"我听过安妮特奶奶唱歌了！她长得真美。"

"哪张唱片？"

"我亲眼看见的，在抒情歌剧院，她演《阿伊达》。"

她是个时错人，和我一样。哦，真健忘。"你也时间旅行。"

"那当然，"爱尔芭笑得可高兴了，"妈妈常说我和你简直是一个模子里出来的。肯德里克医生还说我是神童。"

"怎样个神法呢？"

"有时，我可以去我想去的任何时间和地点。"爱尔芭一副沾沾自喜的样子，让我好生嫉妒。

"如果你不想走，你可以停下来么？"

"嗯，不行，"她有点尴尬，"不过我还是挺喜欢的，有时候不太方便……不过很有趣，你知道的，对吗？"对，我知道。

"如果你能随心所欲，那就多来看看我。"

"我试过的，有一次我看见你走在马路上，你和一个金头发的阿姨一起。你看上去很忙的样子。"爱尔芭脸红了，就在这一刹那，看着我的仿佛是克莱尔。

"那是英格里德。我认识你妈妈以前，跟她约会过。"我努力回想，那时我和英格在干吗呢，会让爱尔芭这么不自在？我心中一阵悔恨，竟然给这个懂事又可爱的孩子留下了坏印象。"说到你妈妈，我们出去等她吧。"这时我的耳中传来高频器叫，真希望克莱尔能赶在我消失前到来。我和爱尔芭起身快步走到大门的台阶那儿。已是深秋了，爱尔芭没穿外套，我用自己的长大衣把她裹在怀里。我靠在一只狮子身下的大理石石墩上，面朝南方，爱尔芭靠着我，从我胸口探出脑袋，她的身体完全裹在我的大衣里，紧贴着我裸露的身躯。天下着雨,车队在密歇根大街上缓缓游动。这个神奇的孩子给我的无穷爱意,令我深深陶醉,她紧紧地靠着我,仿佛是我身体的一部分,仿佛我们永远不会分离,仿佛我们拥有一整个世界的时间。我紧紧地粘在这一刻上,与疲乏斗争,与时间强大的引力抗衡。让我留下来吧,我哀求我的身体,上帝啊,时间之父,圣诞老人,一切可能听到我呼唤的神啊!就让我见见克莱尔吧,我会带着平静的心回去。

"妈妈在那!"爱尔芭叫起来。一辆我并不熟悉的白色轿车正加速驶向我们,在十字路口突然停下,克莱尔跳了出来,任凭车子在路中央阻碍着交通。

"亨利!"我试着朝她奔去,她也奔了起来,我瘫倒在台阶上,手臂仍竭力伸向克莱尔:爱尔芭抱着我,大声呼喊着什么。克莱尔离我只有几步远了,我用尽我全部的意志,看着咫尺天涯的克莱尔,奋力清晰地说出:"我爱你。"然后就消失了。该死,真该死!

二〇〇一年八月二十四日,星期五,晚7:20
(克莱尔三十岁,亨利三十八岁)

**克莱尔**:我躺在后院一张破旧的折叠躺椅上,书和杂志散乱在四周,我肘旁的玻璃杯里,融化的冰块稀释了喝了一半的柠檬水。天开始转凉了,早些时候还有三十度,现在微风习习,蝉儿高唱着它们最后的夏日歌曲。上空飞过十五架喷气机,它们从四面八方纷纷来到奥海尔机场[1]。我的肚子腆在我眼前,让我在此小憩。亨利昨天早上八点就不见了,我开始担心起来,要是我生的时候他不在身边怎么办?要是连孩子都生出来了他还没回来呢?他会不会受伤?他会不会死了?要是我死了呢?这些念头一个个互相追逐,如同过去老太太们常戴的那种古怪的毛皮围巾,先把一头含在嘴里,再一圈圈地绕个不停,我一分钟也忍受不了了。以前我可以忙忙碌碌的,比如,整理工作室、洗一大堆衣服。现在我却躺在我家的后院里,挺着肚子躺在斜阳下……不知道亨利在哪里,不知道他在做什么。哦,上帝,让他回来吧。就现在。

---

[1] 即芝加哥机场(Chicago O'Hare Airport)。

但什么都没发生。潘内塔先生沿着小路开车回来,车库门"吱吱"地打开又关上;一辆好心情冰激凌车开来又开走;连萤火虫都出来参加夜晚的狂欢了,可是没有亨利。

我越来越饿,亨利不回来做晚饭,我在后院这样硬撑下去真会饿死。爱尔芭在肚子里蠢蠢欲动,我原想起身去厨房找点东西,但最后还是决定,就像以往没有亨利喂我时一样办。我缓慢地一点点站起来,稳稳地走进房间,找到我的钱包,打开一两盏灯,我自己出了前门,并随手锁好。这样走动的感觉真好。我又一次诧异了,为这种诧异而诧异:我身体的某个部分怎会如此庞大,像失败的整形手术,又像非洲部落里那些为了美丽而刻意拉长脖子、嘴唇或耳垂的女人。我努力保持自己和爱尔芭的平衡,仿佛踏着暹罗双人舞的舞步,走向欧普泰国餐馆[1]。

餐馆里很凉爽,坐得满满的。我被领到前窗旁的一张桌子边,我要了春卷、豆腐、泰式面条,清淡又安全。我喝下整整一杯水,爱尔芭压到了我的膀胱,于是我去上厕所,回来时,菜已经上桌了。我边吃边想,如果亨利也在的话,我们会说些什么呢?他可能会去哪儿?我在脑海里梳理着记忆,对照起昨天穿裤子时突然消失的亨利和我童年时见到的亨利。这只是消磨时间而已,我只要等他回来听他自己说就行了。也许他已经回来了,我不得不忍住冲动,才没立刻回家看个究竟。菜来了,我把柠檬汁挤在面条上,再把面条送进嘴里。我幻想着爱尔芭那幼小粉嫩的身子蜷缩在我体内,拿着一双精巧的小筷子也在吃泰式面条。我想象她有长长的黑发和绿色的眼睛,她会微笑着说:"谢谢妈妈。"我也会微笑着回答她:"不用谢,我非常乐意。"她有一只毛绒玩具阿尔方佐,爱尔芭还给阿尔方佐吃了些豆腐。我享用完毕,坐着休息了几分钟。隔壁桌旁有人点起了烟。我付完账,起身走了。

我颤颤悠悠地走在西部大道上。一辆汽车满载着波多黎各的大孩子们,从我身边驶过,孩子们对我嚷着什么,我没能听清。回到家门口,我刚要掏钥匙,亨利便打开了门,说道:"感谢上帝!"把我抱住。

我们接吻。见到他我一下子如释重负,过了好几分钟才发现,原来他见到我也一下子如释重负。

"你刚才去哪儿啦?"亨利问。

---

[1] 欧普泰国餐馆(Opart Thai Restuarant),一家位于林肯广场附近的泰国餐厅。

"欧普。你刚才去哪儿啦？"

"你也没留张字条。我回家，你不在。我以为你去了医院，我打了电话，可他们说你不在……"

我笑起来，停也停不住。亨利困惑地看着我。最后我终于喘上了气，对他说："你现在总算尝过那滋味了吧。"

亨利微微一笑，"对不起，可我只是——我不知道你当时在哪儿，我有些慌，我以为我错过爱尔芭的出生了。"

"可你去了哪儿？"

亨利神秘地一笑，"等会儿再告诉你。就等一分钟。我们坐下来吧。"

"还是躺下吧。我累坏了。"

"你整天都干吗了？"

"四处躺着呗。"

"可怜的克莱尔，难怪你这么累。"我走进卧室，打开空调，放下窗帘。亨利拐进厨房，几分钟后端着饮料出来了。我在床上安顿好自己，接过一杯姜汁汽水；亨利则踢掉他的鞋子，手捧一杯啤酒，躺在我身边。

"全都告诉我。"

"嗯，"他抬起一根眉毛，张开嘴，又闭上了，"我不知道从何说起。"

"毫无保留地全都说出来吧。"

"我不得不承认，这是我经历过的最离奇的事情。"

"比你和我的事还要离奇？"

"还要离奇。我是说，我们之间的感觉还比较自然的，男人遇上女人嘛……"

"比看着你母亲去世一遍又一遍还要离奇？"

"嗯，现在想来，那只是一个不断重复的恐怖场景，我日后一个频繁的噩梦。而刚才的，完全是超现实。"他爱抚着我的肚子，"我去了未来，我真的去那儿了，太真实了，我遇到了我们的女儿，就是这里的。"

"哦，我的天啊。我真妒忌死你了。不过，那可真……"

"是的。她大概十岁。克莱尔，她太棒了——聪明伶俐，很有音乐天赋，还……非常自信，什么问题都难不倒她……"

"她长得什么模样？"

"就是我这样，一个女孩版的我。我是说，她很漂亮，眼睛像你，不过总体看上去更像我一些：黑发，白皙，有些雀斑，嘴巴比我小，耳朵也不朝外翻，头发又长又卷，手形和我完全一样，手指修长，个子也很高……就像一只小猫。"

完美，简直是完美。

"但她也受了我的基因的影响……不过个性却是你的。她特别突出……在美术馆里，我在一群学生中一眼就看到了她，她正在解释约瑟夫·康奈尔的鸟舍，她说康奈尔当时非常悲痛……不知怎么的，我就认出了她。而她本来就认识我。"

"嗯，我一直希望这样，"我不得不问，"那她……也是……"

亨利犹豫着，"是的，"他最后还是说了。"她是的。"我们都沉默了，他触摸着我的脸。"我知道。"

我想要哭。

"克莱尔，她看上去很开心。我问过她——她说她喜欢那样。"亨利微笑着说，"她说很有趣。"

我们都笑出了声，开始有点惆怅，可后来我突然想通了，然后我们开怀大笑起来，直到脸都抽了筋，直到泪水哗哗流下来。因为，当然，很有趣。非常有趣。

# 诞生之日

二〇〇一年九月五日，星期三——二〇〇一年九月六日，星期四
（亨利三十八岁，克莱尔三十岁）

**亨利：**一整天，克莱尔在屋子里就像只老虎似的转来转去，阵痛每过二十分钟左右就袭击她一次。"尽量去睡睡吧。"我对她说，她刚躺下几分钟，就又起来了，直到凌晨两点才终于睡着。我躺在她身旁，清醒地看她呼吸，听她发出焦躁的声音，爱抚她的头发。尽管我知道结果，尽管我亲眼见到她没事，见到爱尔芭也没事，可我还是担心。三点三十分，克莱尔醒了。

"我想去医院。"她对我说。

"我们叫辆出租车好么？"我说，"实在太晚了。"

"高梅兹说随时都可以给他打电话。"

"好吧，"我拨了高梅兹和查丽丝家的电话，铃声响过十六下以后，高梅兹才接起来，他的声音听上去像是从海底传来的。

"嗯？"高梅兹说。

"喂，革命同志。时候到了。"

他咕哝了一句像是"麻尚倒"之类的，查丽丝便把电话抢了过去，说他们马上就到。我挂上电话，又打给蒙田医生，我留了言，请她打过来。克莱尔四肢撑住身子，前后左右地摇晃。我帮她下了床。

"克莱尔？"

她抬头看我，身体还在摇晃。"亨利……当时我们为什么会这样决定？"

"想想一切都结束后，他们会递给你一个孩子，让你永远留着。"

"噢，真好。"

十五分钟后，我们正往高梅兹的富豪轿车上爬。高梅兹打着哈欠帮忙把克莱尔搬进了后排。"休想让羊水弄湿我的车子。"他友善地对克莱尔说。查丽丝冲进房间找了些垃圾袋，铺在座位上。我们钻进车里，然后车子开动了。克莱尔靠在我身上，紧紧拽住我的手。

"不要离开我。"她说。

"我不会的。"我对她说。迎上后视镜里高梅兹的眼睛。

"疼起来了,"克莱尔叫着,"哦,天,疼!"

"想想别的,想想开心的事情。"我说。我们的车沿西部大道朝南一路飞驰,路上几乎没有别的车辆。

"和我说说……"

我在脑海中搜索,想起最近去克莱尔童年的事。"记得你十二岁时,我们去湖边么?我们还一起游泳,你告诉我你当时来月经了?"克莱尔紧紧抓着我的手,几乎把我的骨头都要捏碎了。

"我说过么?"

"是的,你有点害羞,可也特别自豪……你穿了件粉色和绿色相间的比基尼,黄色太阳眼镜的镜架上还印着很多心。"

"我记得——啊!——哦,亨利,疼啊,疼啊!"

查丽丝转过身来说:"挺住,克莱尔,是因为孩子压住你的脊椎了,你转个身,好么?"克莱尔尝试着改变体位。

"我们到了。"高梅兹说着把车开进仁爱医院[1]急诊区的下客处。

"羊水要破了。"克莱尔说。高梅兹跳下来,我们小心地把克莱尔从车里移出。她坚持了两步,羊水就出来了。

"真是不早不晚,小猫咪。"高梅兹说。查丽丝拿着病历卡冲在最前面,我和高梅兹扶着克莱尔缓缓穿过急诊室,沿着过道进入妇产科区。护士们漫不经心地为她准备病房时,她直立着倚在护士台边。

"别离开我。"克莱尔轻声说。

"我不会的。"我再次让她放心。我真希望自己能有如此的把握,我开始觉得冷,有些想吐。克莱尔转身靠着我,我双手抱住她,中间是那个圆圆硬硬的孩子。出来,出来,不管你在哪儿。克莱尔开始喘气。一个胖胖的金发护士走过来,告诉我们病房已准备好了。我们一个跟着一个进去,克莱尔立刻手膝撑地,趴了下来。查丽丝安置起东西,把衣服和洗漱用品分别放进衣柜和浴室。我和高梅兹站在一旁看着克莱尔干瞪眼,插不上手。她呻吟着,我们面面相觑,高梅兹耸了耸肩。

---

[1] 仁爱医院(Mercy Hospital),建于1852年,是芝加哥第一家医院,已有一百五十多年的历史。

查丽丝说:"克莱尔,你想洗个澡么?泡泡热水会舒服些。"

克莱尔点点头,查丽丝朝高梅兹挥了挥手,意思是嘘。高梅兹说:"我出去抽根烟。"然后就走了。

"我要留下来吗?"我问克莱尔。

"当然要!别走——站在我能看见你的地方。"

"好吧。"我走进卫生间,拧开水龙头,医院的浴室总是让人浑身不自在,闻上去都是千篇一律廉价香皂混着腐朽肉体的味道。

"亨利!你在那儿么?"克莱尔喊起来。

我把头伸进房间,"我在。"

"留在这里。"克莱尔命令我,查丽丝来浴室接替我的位置。克莱尔发出一声惨叫,那是深深绝望之下的痛苦,我从未听过人类能发出这样的声音。我都对她干了些什么啊?我想起十二岁的克莱尔,她第一次穿比基尼,在湖滩上大笑,全身粘满湿湿的沙子,坐在毛毯上。哦,克莱尔,我对不起你,对不起你。一个年长的黑人护士走进来,测量克莱尔的宫颈。

"好姑娘。"她轻声对克莱尔说,"六厘米。"

克莱尔点点头,笑了,做了个鬼脸。她抱着肚子,弯下身,呻吟声更响了,我和护士赶忙过去扶她。克莱尔张着嘴巴喘气,然后尖叫起来。爱密特·蒙田一进房间,便向她冲来。

"宝贝宝贝宝贝,嘘——"护士叽叽呱呱地对蒙田医生讲了一大通专业术语,我一句也没听懂。克莱尔在抽泣。我清了清喉咙,声音像从乌鸦嗓子里冒出来似的。"脊椎麻醉怎么样?"

"克莱尔?"

克莱尔点点头。人们带着管子、针头和仪器依次进来,我坐着紧握住克莱尔的手,看着她的脸,她躺在她那一侧,独自悲嗥。麻醉医师支起一根静脉注射架,一针打进她的脊椎,她的脸完全被汗水和泪水浸透了。蒙田医生给她做了检查,对着胎儿观测仪皱了皱眉。

"怎么?"克莱尔问她,"有问题?"

"心跳非常快。她害怕了,你的小女儿。克莱尔,你必须镇静,这样孩子才会镇静,知道么?"

"太疼了啊。"

"那是因为她比较大,"爱密特·蒙田的声音从容而宽慰。那位魁梧的麻醉师伏在克莱尔上方,他留着海象髭,厌烦地看着我。"现在我们要给你点鸡尾酒,嗯,一些麻醉药,一些止痛剂,你就会放松了,孩子也会放松的,好么?"克莱尔点点头,好的。蒙田医生笑了,"亨利,你还好吗?"

"不是很放松,"我努力想笑一下,不管他们给克莱尔用什么药,对我也都合适。眼前略微有一些重影,我猛吸了口气,它们才暂时消失。

"情况有所好转,看到了么?"蒙田医生说,"就像乌云过去一样,疼痛也会走的,无论从哪儿惹上了它,都把它扔到路边,随它去,你和你的小家伙仍在这儿,不是么?这里很好,我们慢慢来,不慌不忙地……"紧张渐渐从克莱尔的脸上消失,她盯着蒙田医生,仪器"嘀嘀"地叫着。屋里有些昏暗,外面,太阳升了起来。蒙田医生观测着胎儿监视仪,"告诉她你很好,她也很好。给她唱首歌,好么?"

"爱尔芭,没事噢,"克莱尔柔声说,她看着我,"那首说一对爱人坐在毯子上的诗。"

我一下子懵了,过了一会才想起来。在众人面前背诵里尔克的诗歌,还真有些不自在。我开始了,"Engel!: Es wäre ein Platz, den wir nicht wissen——"

"用英文啊。"克莱尔打断我。

"不好意思,"我换了换姿势,坐到克莱尔的肚子旁,背对着查丽丝、医生和护士们,我把手伸进克莱尔扣得好好的衬衣里,隔着她滚烫的腹部,感受爱尔芭身体的轮廓。

"天使!"我对克莱尔说,好像我们是在自己的床上,好像我们只是因为一些无关紧要的事一宿没睡而已。

> 天使！：会有一个广场是我们所不知的，在那里，
> 在那不可言述的地毯上，那对恋爱着的人儿，那对
> 在此地永远
> 也达不到能够的，会表演他们令人心脏为之悬起的
> 种种大胆高耸的造型，
> 他们由欲望成就的塔楼，他们久久的，
> 因为从来没有地面，仅倚架在
> 彼此身上的梯子，颤抖着，——而能够了，

在围聚的观众面前,无数无声的死者:
那么他们会把他们最后的、一直储蓄着的、
一直秘藏着的、我们不认得的、永恒
通用的福祉的硬币扔到那张满足了的
地毯上那一对终于发自内心地微笑着的
情侣脚前么?[1]

"好了,"蒙田医生关掉了监视仪,"大家都很沉静。"她朝我们笑了笑,轻快地走出病房,护士们紧随其后。我无意中看见了麻醉师,他的表情仿佛在说,究竟哪来的娘娘腔啊?

**克莱尔**:太阳升起来了,我全身麻木地躺在这间粉色的房间里,躺在这张陌生的床上。我的子宫,就是那片异国他乡,爱尔芭正朝家的方向爬去,或者朝离家的方向爬去。疼痛离去了,可我知道它并没走远,它此刻正潜伏在某个角落或是床底,它会在我最意想不到的时刻,猛地反扑回来。抽搐,在遥远的地方来来回回,好像阵阵铃声穿过重雾不再响亮。亨利躺在我身边,人们进进出出。我想吐,却没有吐出来。查丽丝递给我一纸杯的刨冰,口感像是陈年的积雪。我看着那些管子和不停闪烁的小红灯,不由想起了妈妈。我呼吸着,亨利观察着我的一举一动,紧张而愁苦。我又突然担心起他会消失。"我没事。"我对他说。他点点头,抚摸起我的肚子。我流着汗,这里太热了。护士们进来给我做检查,爱密特也给我检查。在这些人中间,我觉得自己和爱尔芭是那么孤单。没事的,我对她说,你表现很好,你没有弄疼我。亨利站起来,来回走个不停,直到我把他叫住。我感到自己全身的器官都变成了生物,每件都有自己的行程安排,都有自己的火车要赶。爱尔芭用头在我的身体里钻隧道,我的骨肉开凿着我自己的骨肉,把深处挖得更深。我想象她在我的身体里游泳,想象她落入清晨平静的池塘,在她的急冲之下,水流荡漾开来。我想象她的脸,我想看见她的脸。我告诉麻醉师说我想摸些东西,麻木感渐渐褪去,疼痛又涌了上来,不过这次疼得不一样,是那种可以忍受的疼痛。时间继续前行。

---

[1] 选自刘皓明译《杜伊诺哀歌·第五哀歌》。

时间继续前行，疼痛潮起潮落，就像一个女人站在熨衣板前，前后来回地熨烫一张白桌布。爱密特走过来，说时间到了，该去产房了。剃光体毛，全身消毒。然后我被搬上了滚轮床，穿越过道，一块块天花板匆匆离去，我和爱尔芭正被推着临近那个照面的瞬间，亨利就走在我们旁边。产房里的每样东西都是绿色和白色的，除臭剂的味道，让我想到埃塔，我真想叫埃塔过来，可她却远在草地云雀屋。我脸朝上看了看亨利，他穿着手术助理服，我觉得奇怪，此刻我们应该待在家里才对。接着，爱尔芭好像涌动起来朝外顶，我也禁不住把她往外挤，一次又一次，像一场游戏，像一首歌曲。有人说，嗨，爸爸去哪儿啦？我环顾四周，亨利不见了，他居然不见了，上帝应当诅咒这个家伙，不，上帝，我不是故意的。就在此时，爱尔芭出来了，我也看见了亨利，他跌跌撞撞地重返我的视野，晕头转向又赤身裸体，可重要的是，他在这里！爱密特说我的天啊！然后又说，她的头冒出来了，我用力一挤，爱尔芭的头出来了，我伸手下去触摸她的头，那精巧的、湿滑、天鹅绒般的头顶。我继续挤呀挤，爱尔芭终于落入亨利期盼已久的双手中，只听有人说了声，哦！我一下子腾空了，放松了。我听见一下奇怪的声音，仿佛胶木老唱片上的唱针被放错了地方似的。爱尔芭啼哭起来，她立即存在于此了，有人把她抱过来，放在我的肚子上，我向下看到她的脸，爱尔芭的脸，粉红的，都是皱痕，她的头发真黑，眼睛盲目地搜寻，她的双手伸向前方，爱尔芭自己爬到我的胸口，停下来，筋疲力尽了，因为她的用力，因为眼前纯粹的一切。

亨利朝我倾过身来，触摸着她的前额，喊道："爱尔芭。"

后来：

**克莱尔**：这是爱尔芭在世界上度过的第一个夜晚。我躺在医院的病床上，抱着她，四周都是气球、泰迪熊和鲜花。亨利盘腿坐在地板上为我们拍照。爱尔芭刚吃过奶，小嘴唇上吐出初乳的泡沫，然后她睡着了，靠在我的睡衣上，就像一只肌肤和液体做的袋子，柔软而温暖。亨利拍完一卷胶卷，打开照相机的后盖。

"喂，"我突然想起来，"你去哪儿了？在产房里的时候？"

亨利笑了，"你知道么，我还希望没被你看到呢。我还以为你思想太集中了——"

"你那时去哪儿了?"

"是半夜,我在我以前的小学门口漫无目的地转悠。"

"你转了多久?"我问他。

"哦,天啊,好几个小时。我离开的时候,天都快亮了。当时是冬天,他们都把暖气关上了,我离开了多久呢?"

"我不太清楚,大概五分钟吧。"

亨利摇着脑袋,"我都要急疯了。我,我丢下你,居然在福朗西斯派克小学的走廊里游荡……我简直……我太……"亨利笑了,"但结果还不错,嗯?"

我也笑了,"'结果好,一切都好。'"

"汝之言,何其明智也。"有人轻轻地敲了敲门。亨利说:"请进!"理查走了进来,他停住,犹豫了一下。亨利转身喊道:"爸爸——"他愣了一下,接着从床边跳起,说:"快进来,这边坐。"理查捧着鲜花和一只小泰迪熊,亨利把它和窗台上的其他熊放在一起。

"克莱尔,"理查说,"我——恭喜你啊!"他缓缓地坐到床脚边的椅子上。

"嗯,您想抱抱她么?"亨利柔声问。理查点点头,不过还是望了望我,看我是否同意。理查看起来几天没有睡觉,衬衫也该去熨一下了,他的身体一股汗臭,还有那种过期啤酒难闻的馊味。虽然我也并不确定,但还是给了他一个微笑。我把爱尔芭递给亨利,亨利又小心翼翼地把孩子放进理查笨拙的臂弯里。爱尔芭抬起粉红的小脸,看了看胡子拉碴的理查,然后钻到他的胸口寻奶头,过了一会,她放弃了,打了哈欠继续睡觉。他笑了,我已经忘记理查的微笑如何改变了他的脸。

"她很美,"他对我说,然后,他也对亨利说:"长得像你母亲。"

亨利点点头,"爸,她可是你的小提琴家,"他笑了,"只不过中间隔了一代。"

"小提琴家?"理查看着熟睡的宝宝,黑色的头发和一双小嫩手。此刻的爱尔芭根本没有一点小提琴家的样子。"小提琴家?"他摇摇头,"可你怎么——不,没关系。这么说,你是个小提琴家呀,你现在就会拉么,小姑娘?"爱尔芭微微吐出舌头,我们都笑了。

"她再大一点,就需要有个老师了。"我建议。

"老师?哦……对,你们不会把她交给那些铃木白痴[1]吧?"理查问。

亨利咳嗽了一下,"呃,事实上我们希望,如果您平时没有其他事情的话……"

理查明白了。我真高兴他领会了,他终于意识到有人需要他,只能是他亲自来教他的孙女啊。

"我很乐意。"他说。爱尔芭的未来就如同一条红地毯,从这一刻起铺展开来,直到视线的尽头。

二〇〇一年九月十一日,星期二(克莱尔三十岁,亨利三十八岁)

**克莱尔**:六点四十三分,我醒来,亨利不在床上,爱尔芭也不在她的婴儿床里。我胸部疼,阴部疼,浑身都疼。我小心地下床,走到卫生间,缓缓地穿过走廊和餐厅。客厅里,亨利抱着爱尔芭正坐在沙发上,小黑白电视机的声音很轻,他也没看,爱尔芭睡着了。我坐到亨利旁边,他搂住了我。

"你怎么起来了?"我问他,"我听你说还要再过一两个小时呢。"电视荧屏上,气象预报员微笑着指着一张中西部地区的卫星云图。

"我睡不着,"亨利说,"我想再多听一会这个正常的世界。"

"哦。"我把头靠在亨利肩上,闭上眼睛。当我再睁开眼时,上一个手机广告刚结束,下一个瓶装水广告又开始了。亨利把爱尔芭递给我,站起来。我听见他去做早饭了。爱尔芭醒过来,我解开睡袍给她喂奶。我的乳头又疼了。我看着电视里一个金发主播向我说着什么,满面笑容,另外一个亚裔女主播,和他一起,也对着我有说有笑的。市政厅里,戴利市长[2]正在回答问题。我打起小盹,爱尔芭还在吮我的奶水。亨利端来一盘鸡蛋、吐司面包和橙汁。我想要咖啡,亨利一定是不声不响地在厨房里先喝了,我能从他的呼吸里闻出来。他把托盘放在咖啡桌上,又把盘子放到我的大腿上。爱尔芭吮奶的时候,我吃了鸡蛋。亨利把蛋黄涂在他的吐司上。电

---

[1] 一种小提琴教学法,由日本小提琴家、音乐教育家铃木镇一博士所创。
[2] 戴利市长(Richard M.Daley),第四十五任芝加哥市长,1989年上任,1991、1995、1999、2003年均连选连任。

视里一群孩子坐着雪橇从草地上滑过，为了展示某种洗衣粉的效果。我们吃完了，爱尔芭也吃完了。我拍拍她的背，亨利把盘子都收进厨房。他一回来，我便把孩子交给他，直奔卫生间。我冲了澡，水热得让人受不了，不过这下子原本酸痛的身体像是到了天堂一般。我呼吸着雾气腾腾的空气，小心翼翼地擦干皮肤，在嘴唇、乳房、肚子上抹了止痛香膏。镜子上都是水蒸气，我也不用照了。我梳了头发，穿好运动裤和羊毛衫。我觉得自己畸形了，瘪缩了。客厅里，亨利坐着打盹，而爱尔芭正在吮她的拇指。我坐下来，爱尔芭睁开眼睛，发出猫一般的叫声。她把拇指从嘴里拿出来，一脸迷茫。一辆吉普车穿越了沙漠。亨利已经调到了静音，他用手指揉了揉眼睛。我很快又睡着了。

亨利说："克莱尔，醒醒。"我睁开眼睛。打转的电视画面。一条城市街道。一片天空。一座着了火的白色摩天高楼。一架飞机，像玩具一样，慢慢飞进第二座白色高楼。火焰无声地蔓延。亨利调响了声音，"哦，上帝！"电视里一个声音不停地说，"哦，上帝！"

二〇〇二年六月十一日，星期二（克莱尔三十一岁）

**克莱尔**：我要给爱尔芭画幅像。这一刻，她已经九个月零五天了。她仰面躺在一块浅蓝色的小法兰绒毯子上，毯子下面还有一条中国毛毯，黄褐色中间杂着一些洋红色。我刚给她喂完奶，乳房很轻，几乎空荡荡的。爱尔芭困极了，于是我从后门出去，穿过后院，来到我自己的工作室，感觉好极了。

我在工作室的门口站了整整一分钟，呼吸，尘封已久的工作室发出淡淡的霉味。我在板夹里搜索，找到一些像牛皮一样的柿棕色的纸，然后抓起一把彩色蜡笔和别的工具，还有一块画板，（带着一些由惋惜而起的痛苦）关上门，回到房子里。

房间很安静，亨利上班去了（我希望是如此），我能听见洗衣机在地下室里搅动的声响，空调在呜咽，林肯大街上远远传来车辆的喧嚣。我坐在爱尔芭旁边的毯子上，梯形的阳光一点一点从她肥肥的小脚旁挪上来，再过半个小时，就能完全铺洒在她身上了。

我把纸夹在画板上，把蜡笔散在毯子周围，可以随手取到。我握着铅笔,注视我的女儿。

爱尔芭睡得很熟,她的胸缓缓地上下起伏,我能听见她每次吐气时柔和的哼哼声,她会不会感冒了?六月的午后很暖和,爱尔芭全身上下只有一条尿布。她的脸红扑扑的,左手有节奏地握紧又松开。或许她梦到了音乐。

趁着爱尔芭转头朝我的这会儿,我开始勾勒她的头部轮廓,其实我倒没有刻意先画这里。我的手像地震仪指针一样不停地在纸上运动,通过眼睛的把握,记录爱尔芭的脸庞。她下巴上肥肥的肉遮住了脖子,她踢腿时,膝盖的凹陷发生了微小的变化,过后又恢复到原样。我的铅笔记录下爱尔芭饱满凸起的肚子,一直画到她的尿布上方才隐没,一道陡峭的、呈一定角度的线条穿过她圆滚滚的曲线。我端详着画纸,修改爱尔芭腿部的弯度,重新画下她右臂与身体之间的那道皱褶。

我开始用蜡笔着色,我用白色勾勒出高光的部位——从她的小鼻子下来,一路经过她的左侧,穿过一只只指关节,她的尿布以及左脚外沿。然后我用墨绿色和深蓝色粗粗地打上阴影,爱尔芭的身体右侧临界毛毯的地方有块深深的阴影。就像原本一池的水,我往其中充满了实体。现在画上的爱尔芭一下子变得立体了,从纸上突现出来。

我用两支粉红色的蜡笔,一支是类似贝壳内壁的浅粉色,另一支则是生金枪鱼的肉粉色。我迅速几笔抹上爱尔芭的皮肤,仿佛爱尔芭的皮肤早就隐藏在纸里,我只是去掉一些透明的遮挡层而已。在这着了色的皮肤上,我用冷紫罗兰色勾出爱尔芭的耳朵、鼻子和嘴(她的嘴微微开启,形成一个小"O"字),她黑而浓厚的头发则呈现出深蓝色、黑色和红色的混合。我小心地处理她的眉毛,真像两条调皮的毛毛虫在她脸上安了家。

现在,阳光已经罩住了爱尔芭。她动弹着,一只小手遮住眼睛,发出一声叹息。我在画面底部记下她的名字、我的名字以及日期。

画完成了,它是一个记载——我爱你,我生下你,我也为你画了这幅画——当我走了,亨利走了,甚至爱尔芭也走了,它会继续告诉人们,我们创造了你,你就在这里,此时此地。

爱尔芭睁开眼睛,笑了。

# 秘　密

二〇〇三年十月十二日，星期天（克莱尔三十二岁，亨利四十岁）

**克莱尔：**这是个秘密——有时亨利消失，我反倒会更开心。有时，我会更享受一个人的孤独。有时，我在深夜从一间屋子穿到另一间，战栗地享受着不用说话、不用抚摸，而只是走路、坐立或是洗澡。有时，我躺在客厅的地板上，听佛利伍麦克[1]、手镯[2]、B-52'S、老鹰[3]这些亨利无法忍受的乐队。有时，我抱着爱尔芭出去散步，而用不着留字条说我去哪儿了。有时，我出去和希丽亚见面，喝杯咖啡，谈谈亨利、英格里德，或者希丽亚那个礼拜见到的什么人。有时，我和查丽丝、高梅兹一起闲逛，谁也不提亨利的名字，只是享受彼此在一起的美好时光。有一次，我去了密歇根，回来时亨利还没有回来，我也没再告诉他我去过哪里。有时，我就找个临时保姆，去看场电影，或在天黑后跨上我那辆自行车，沿着蒙特罗斯湖滨的自行车道一直骑下去，四周没有灯，像飞一样。

有时亨利消失，我反倒会更开心。不过当他回来，我也很开心。

---

[1] 佛利伍麦克（Fleetwood Mac），一支成立于美国20世纪60年代末的乐队，风格几经变革，最终创造出一种成熟而富有感情的软摇滚音乐风格，其专辑《Rumours》在美国至今销售超过1 700万张，为乐队专辑销售史上的亚军。
[2] 手镯（the Bangles），由四位女孩于1981年在洛杉矶组建，她们起初在该市的帕斯利地下广场演出，以诱人、性感和多姿多彩的风格著称。后来她们改变了这种"车库"乐队形式，成为一支走柔和平缓的流行音乐路线的乐队。
[3] 老鹰（the Eagles），1971年成立于美国洛杉矶，是70年代商业上最成功的乐队之一，同时也是有史以来单张专辑销售记录的保持者。他们将乡村民谣与摇滚结合成的流行摇滚风格一直是一种十分畅销的音乐风格。1982年解散。

# 经历技术难题

二〇〇四年五月七日,星期五(亨利四十岁,克莱尔三十二岁)

**亨利**:我们在芝加哥文化中心[1]参加克莱尔的展览开幕式,她已经马不停蹄地忙了一年了,她用金属丝做成许多巨大的、轻盈的鸟,在它们的骨架上包上半透明的纸,再涂上虫胶清漆,直到它们能映透出光亮。眼前的塑像,有的垂挂在高高的天顶上,有的蹲伏在地上。其中一些还装配了动力装置:它们扑腾着翅膀,拐角的两只公鸡的骨架则缓缓地相互对啄,毁灭彼此。一只高两米半的鸽子把守着入口。克莱尔精疲力竭,却又欣喜若狂。她穿了条式样简单的黑色真丝礼服,头发高高地盘在头顶。人们给她献上鲜花,她捧着一束洁白的玫瑰,签名册旁另外还有一堆包装精美的花束。现场人山人海,人群四处流转,赞叹每一件作品,往后仰长脖子看飞翔中的鸟。每个人都祝贺克莱尔,就连今天早晨的《芝加哥论坛报》上都刊登了热情洋溢的评论文章。我们所有的朋友都来了,克莱尔的全家也从密歇根开车赶来,菲力浦、爱利西亚、马克和莎伦以及他们的孩子,还有尼尔和埃塔,他们把克莱尔围在当中,查丽丝为他们拍照片,大家一起朝她微笑。当她一个星期之后为大家分发照片时,我才被克莱尔的黑眼圈、被她的憔悴吓坏了。

我牵着爱尔芭的手,站在人群外的后墙前。爱尔芭什么都看不见,因为所有的人都很高,于是我让她骑在我的肩上,她在上面活蹦乱跳的。

克莱尔的家人散开后,她的经纪人里奥·雅各为她引见了一对衣着考究的老年夫妇。爱尔芭说:"我要妈妈。"

"爱尔芭,妈妈正忙着呢。"我有些反胃,我弯下腰,把爱尔芭放在地上,她举起手臂,"不,我要妈妈。"我坐在地板上,把头埋在两膝之间,

---

[1] 芝加哥文化中心(Chicago Cultural Center),1897年向公众开放,原来为芝加哥公共图书馆(Chicago Public Library's Central Library)。现在芝加哥文化中心已经成为芝加哥市一座标志性建筑,是市长接见各国总统、皇室成员、外交使节的场所之一。

我需要找到一个没人看见的地方。爱尔芭开始扯我的耳朵,"别这样,爱尔芭,"我说。我抬起头,爸爸正穿过人群朝我们走来。"过去,"我轻轻把她往前一推,"过去找爷爷。"她呜咽起来,"我不要找爷爷。我要妈妈。"我朝爸爸爬过去,不小心撞到了谁的腿。我听见爱尔芭尖叫起来,"妈妈!"然后我就消失了。

**克莱尔**:到处都是人,大家微笑着把我团团围住,我也朝他们微笑。展览非常好,完成了,成功了!我太高兴了,可也很累。因为笑得太多了,竟然都觉得脸疼。我认识的人都来了,我正和希丽亚说话,突然听到画廊后边有阵骚动,然后我听见爱尔芭尖叫道:"妈妈!"亨利在哪儿?我要穿过人群去找爱尔芭,我看到她了:理查把她举起来给我。她的双腿把我的腰夹得紧紧的,把脸埋进我的肩,抱住了我的脖子。"爸爸呢?"我轻声问她。"不见了。"爱尔芭说。

## 静 物

二〇〇四年七月十一日，星期日（克莱尔三十三岁，亨利四十一岁）

克莱尔：亨利在厨房地板上睡觉，满身的血块和伤痕。我不想挪动他，不想叫醒他，我只想在冰凉的亚麻毡上，陪着他坐一会儿。最后我起身煮咖啡，咖啡滴进壶里时，地板上发出沉闷的一响，亨利呜咽起来，他用手挡住眼睛。显然他刚遭过殴打，一只眼睛肿得都睁不开了。血好像是从他鼻子里流出来的，我看不见伤口，全身上下都是一块块拳头般大小的淤血。他非常瘦，我能看见他所有的脊椎和肋骨，他的骨盆突在外面，脸颊塌陷。他的头发几乎垂到肩上，还有些新添的白发。他的手脚有些割伤，到处可见蚊虫叮咬的印记。他黝黑而龌龊，指甲下尽是污垢，湿汗把泥土嵌在皮肤的褶皱里。他身上有股青草、血液和盐的味道。我在他身边看了一会儿，决定还是把他叫醒，"亨利，"我轻声地唤他，"醒醒，现在你已经到家了……"我小心地抚摸他的脸，他睁开眼睛，我知道他还没有完全醒。"克莱尔，"他咕哝着，"克莱尔。"泪水从他那只没有受伤的眼睛里涌了出来，他全身颤抖地抽泣，我把他拉到腿上，我也哭了。亨利蜷缩在我的腿上，我们紧紧抱在一起，摇呀，摇呀，把我们的欣慰和痛苦全都哭出来吧。

二〇〇四年十二月二十三日，星期四
（克莱尔三十三岁，亨利四十一岁）

克莱尔：这是圣诞夜的前一天，亨利带上爱尔芭去水塔大厦[1]看马费百货公司的圣诞橱窗了，我则顺便采购一些东西。此刻，我正在边缘书店[2]的咖啡屋里，坐在一张靠窗的桌旁，边喝卡布奇诺边休息，椅子脚边斜着一

---

[1] 水塔大厦（Water Tower Place），楼高74层，上部是旅馆公寓，下面八层是美国最豪华的高层购物中心，包括两家大百货公司，一百多家商店，十多家餐厅和七家电影院。
[2] 边缘书店（Borders Books Music & Café），国际图书连锁店，1971年首家门店开设在美国密歇根州的安阿尔伯（Ann Arbor）。它以书籍、音像制品种类齐全，店堂舒适宜人而著称。

堆鼓鼓的袋子。窗外，天色渐渐黯淡下来，白色的小碎灯点缀着每棵树，密歇根大道上的购物者们行色匆匆，远处传来救世军扮演的圣诞老人摇铃的"叮当"声。我回到商场寻找亨利和爱尔芭。突然有人喊我的名字，肯德里克和他的妻子南茜，带着他们的孩子科林和纳蒂娅向我走了过来。

他们刚从施华兹玩具店出来，一脸的惊恐，那表情只有刚从玩具店逃出来的父母才会有。纳蒂娅跑过来，尖声叫："克莱尔阿姨，克莱尔阿姨！爱尔芭在哪儿？"科林则羞涩地一笑，伸出手给我看他那辆新的黄色小拖车，我祝贺他，然后告诉纳蒂娅，爱尔芭去看圣诞老人了，纳蒂娅说上星期就看过了。"你向他要什么啦？"我问她。"男朋友。"纳蒂娅说。她今年三岁了，我冲着肯德里克和南茜咧嘴一笑。肯德里克悄声对南茜说了些什么，她便说道："部队集合，我们得去给西尔维亚姨妈买书了。"于是他们三个就快步跑去打折柜台。肯德里克示意了一下对面那张空椅子，"我可以坐下来么？"

"当然。"

他坐下，深深叹了口气，"我讨厌圣诞节。"

"亨利和你一样。"

"他也讨厌？我倒不知道，"肯德里克斜靠在窗玻璃上，闭上眼睛。我以为他睡着了，突然，他睁开眼睛问："亨利还在吃药吗？"

"嗯，我想是吧，他尽力了，毕竟最近他经常消失。"

肯德里克用手指敲击着桌面，"经常是多少？"

"几天一次。"

肯德里克的反应很激烈，"他为什么不把这些情况告诉我呢？"

"我想他是怕你知道后失去信心，撒手不管。"

"他是惟一能和我说话的实验对象，可是他从来都不和我说话！"

我笑了，"我们同病相怜。"

肯德里克说："我在研究科学。出问题的时候，我需要他告诉我。否则我们做的一切都只是原地转圈。"

我点点头。外面开始下雪了。

"克莱尔？"

"嗯？"

"为什么你不让我看看爱尔芭的 DNA 呢？"

这个问题，我和亨利不知道谈过几百遍了。"你先是给她的基因标码，那没什么。不过，接下去你就会和亨利一起缠住我，求我给她吃你们的药，那就不行了。这就是原因。"

"可她还很小，她更有可能对药物产生良性反应。"

"我说了不行。爱尔芭十八岁以后，让她自己决定吧。目前为止，你给亨利吃的那些药都是一场噩梦。"我无法去看肯德里克的眼睛，我只能对着桌面上紧握的双拳说话。

"但我们或许可以研究出适合她的基因疗法——"

"基因疗法死过人的。"

肯德里克不说话了。书店里人声鼎沸，在这片喧闹声中，我突然听到爱尔芭在叫，"妈妈！"我抬头，她骑在亨利的肩头，双手抱着他的脑袋，两人都戴着浣熊皮帽子。亨利看到了肯德里克，最初一小会儿，他显出一丝紧张，让我不由得怀疑他们之间有什么不可告人的秘密。很快，亨利笑着大步走来，爱尔芭在人群中快乐地跳上跳下。肯德里克站起来迎接他们，我也就把那些念头抛开了。

# 生 日

一九八九年五月二十四日，星期三（亨利四十一岁，克莱尔十八岁）

亨利：一声闷响，一个急刹车，身下是扎得人生疼的枯草断茬，我一身血迹污泥地来到克莱尔脚下。她正坐在那块岩石上，白色的丝绸礼服，白色的鞋袜，白色的短手套。"你好呀，亨利。"她说，好像我掉下来是到她家来喝茶似的。

"怎么啦？"我问，"你看上去像是第一次参加圣餐会。"

克莱尔坐得笔挺，直截了当地说："今天是一九八九年五月二十四日。"

我脑子转得飞快。"生日快乐。是不是你还碰巧在附近藏了 Bee Gees 乐队的全套装备给我？"她懒得回答，从岩石上滑下来，在后面摸出一包衣服。她一边炫耀，一边松开拉链，倒出一件半正式的无尾礼服，一条裤子，还有一件需要配上装饰扣的、无比正式的衬衫。她又拿出一只小衣箱：内衣裤，宽腰带，领结，装饰扣，还有一朵栀子花。我真的紧张起来，又没有人提醒，我在大脑里搜索着所有有可能的日期。"克莱尔，我们不是今天结婚呀，也没有其他什么疯狂的节目，对吧？因为我知道我们的纪念日是在秋天。十月，十月下旬。"

我穿衣服时，克莱尔扭开头，"你居然不记得我们的结婚纪念日了？男人啊！"

我叹了口气，"宝贝，你知道我记得的啊，只是头脑暂时短路了。不管怎么说，祝你生日快乐。"

"我十八岁了。"

"我的天啊，真的啊！昨天你好像才六岁呢。"

一如往常，只要她听说我刚去见过别的年龄的她，克莱尔就立即好奇起来。"你是不是最近见到过六岁的我啊？"

"怎么说呢，刚才我和你还躺在床上一起看《爱玛》，你三十三岁。而我此时此刻四十一岁，享受着生命的每一分钟。"我用手指梳抓着头发，摸了摸一脸的胡子茬儿。"克莱尔，真对不起，我不能盛装来庆贺你的生日。"

我把栀子花穿过短礼服的小孔，然后再别上那些装饰扣。"我两星期前见过六岁的你，你给我画了一只小鸭子。"

克莱尔脸红了。那抹羞红，如同一碗牛奶中的一滴红血，逐渐化开。"你饿吗？我准备了我们的大餐！"

"当然饿啦，都快饿死了，里面空空的，正想找个人吞下去。"

"现在不用那么迫不及待。"

她的口气迫使我停下来思考一会，一定有件我不知道的事情即将发生，但克莱尔以为我知道。她正兴奋地哼着小曲，我是坦白承认自己不知道呢，还是继续假装下去呢？静观其变吧。克莱尔铺开一条毯子，这条毯子今后就一直放在我们的床上。我小心地坐上去，淡绿色的熟悉感让人很舒服。克莱尔取出三明治，接着是小纸杯、银制餐具、饼干、一小罐超市买的鱼子酱、女童子军牌薄荷曲奇、草莓、一瓶高档的卡伯奈红酒、有些融化的法国布里白乳酪，还有一些纸盘子。

"克莱尔，葡萄酒！还有鱼子酱！"我很意外，但并不觉得很有趣。她把红葡萄酒和开瓶器一起给我。"嗯，我不知道有没有和你说起过，我不可以喝酒，医生说的。"克莱尔垂头丧气的。"但我可以吃东西……如果需要添增一点情调的话，我也可以假装喝点酒。"我很难把我们的举动同办家家的游戏区分开来。"我还从来不知道你也喝的，我是说喝酒，我从来没看到过你喝酒。"

"嗯，我其实不喜欢喝，不过这么重要的场合，还是需要红葡萄酒的，也许用香槟更好，但这瓶已经放在柜子里了，我就随手拿来了。"

我打开瓶盖，给每人倒了一小杯。我们无声地彼此敬酒，我装模作样地呷了一下，克莱尔喝了一口，例行公事似的吞了下去，然后说，"嗯，还不错。"

"这可是二十多美金一瓶的酒。"

"噢，非常棒！"

"克莱尔。"她开始拆一盒黑麦三明治，黄瓜片多得都快夹不住了。"我讨厌自己这么迟钝……我是说，很显然，今天是你的生日……"

"我十八岁生日。"她赞同地说。

"嗯，先这么说吧，我还没给你准备礼物……"克莱尔抬起头来，很吃惊，我有些热，在这里，一定会有什么事情要发生了。"可你知道，我从来都不知道我什么时候会过来,我也什么东西都带不过来……"

"这些我都知道,可你忘了吗,你上次在这里的时候,我们全都安排好了,因为在那本日期表上,今天是最后一天,正好也是我的生日。你不记得了吗?"克莱尔专注地盯着我,好像有了注意力就可以把她的记忆转移到我的大脑里似的。

"哦,我还没有经历到那儿,我是说,那场对话还在我的未来。我那时怎么没有告诉你?我的那本日期表上还有好多日子呢,今天真的是最后一天?你要知道,再过两三年我们就会在现实中相遇了,到时候我们会见面的。"

"可那也太长了。对我来说。"

一阵尴尬的冷场。真难以想象,我现在在芝加哥,二十五岁,忙着自己的事,根本不知道克莱尔的存在,然后,我就突然来到密歇根这片寂寞的草坪上,而这艳阳春日竟然又是她的十八岁生日。我们用塑料刀往乐之饼干上抹着鱼子酱,好一阵子,我们都在咀嚼、吞咽三明治,对话似乎已经崩溃了。然后,我想,我第一次这样想,也许克莱尔和我说的都是实话,她知道我总是用那些"我还没有说什么、做什么"之类的话作搪塞,但是在任何时候,我都不知道过去做过些什么,我的过去总是和未来混在一起。我们转而吃起草莓来。

"克莱尔。"她纯真地微笑着,"上次你见到我的时候,我们究竟决定了什么事情?我们打算怎样庆祝你的生日?"

她又脸红了。"嗯,就是这些呀。"她说,指了指我们面前的野餐。

"还有别的么?我是说,这也非常好。"

"嗯,有的。"我凝神闭气地听,我已经知道下面会是什么了。

"说呀。"

克莱尔的脸上一片绯红,不过她还是尽力保持着很庄重的样子,说:"我们决定做爱。"

"啊!"其实,我早就在琢磨克莱尔在一九九一年十月二十六日以前,也就是我们现实中第一次见面以前,是否曾经有过性经历。尽管之前,克莱尔也确实对我发起过几次令人瞠目结舌的挑逗,可我总是拒绝,我一边竭力忍住燃烧的欲火,一边跟她东拉西扯。可是今天,克莱尔成年了,就算情感上还没有完全成熟,但在法律上她已经成年了,我不能再扭曲她的生活……光是我反复无常地出现,就已经让她的童年够奇怪的了,究竟有多少女孩会隔三岔五地看见自己未来的、赤身裸体的丈夫呢?我思索着,克莱尔一直看着我。我第一次和克莱尔做爱的时候,是否也是她第一次和我做爱呢?等我回到现实中去后,要好好问问她。眼前,克莱尔正把东西往野餐篮里收拾。

"好吗?"

"管他呢!"行。"

克莱尔又激动又恐惧,"亨利,你已经和我做了很多次了……"

"很多,很多次了。"

她问不下去了。

"每次都棒极了,"我告诉她,"那是我生命中最美妙的时刻。我会很轻的。"说完这些,我一下子紧张起来。我觉得自己身担重任,又有点像色情老头,更糟的是,我觉得周围都是眼睛,年纪不一的克莱尔的眼睛。我一生之中,从来没有如此"性"趣索然过。好吧。深呼吸。"我爱你。"

我们双双站起来,毯子底下的地面并不平坦,我们的身体略微倾斜。我张开双臂,克莱尔凑了上来。我们站着,一动不动,在草坪上拥抱,就像结婚蛋糕最顶端的新娘和新郎一样。毕竟,这是克莱尔,在我四十一岁的臂弯里,好像我们第一次见面那样,没有惧怕。她的头向后仰起,我吻了她。

"克莱尔。"

"嗯?"

"你肯定现在只有我们两个人么?"

"除了尼尔和埃塔,别人都去了卡拉马祖。"

"我觉得这儿就像在拍《偷拍镜头》[1]一样。"

"妄想狂。真讨厌。"

"别介意。"

"可以去我的卧室。"

"太危险了。天啊,和高中时一样。"

"什么?"

---

[1] 《偷拍镜头》(Candid Camera),1948年8月10日在美国ABC电视网播出,直到今天仍受大众欢迎。它的宣传语是:"随时随地,在你最不留意的时候……"

"没什么。"

克莱尔往后退了一步,松开裙子的拉链。她把裙子从头上掀起,再扔到毯子上,一副令人敬佩的无畏的神情。她把脚踩出鞋子,剥掉长袜。她解开胸罩,扔到一边,然后抬脚脱去了她的小内裤。她完全赤裸地站在我面前,真是一种奇迹:那些我一直钟爱的小记号都消失了:平坦的小腹,找不到任何痕迹——令人极度悲伤又极度欣喜的妊娠纹也不见了。眼前的克莱尔更加清瘦,比现实中我爱的克莱尔更活泼。我再一次看到,经年累月的悲伤是如何追赶上了我们。不过今天,一切不愉快的痕迹都魔法般地消失了,今天将要来临的欣喜正向我们逼近。我跪下来,克莱尔走上前,面对我,我把脸贴在她的小腹上,过了一会儿,抬起头:克莱尔矗立在我的上方,双手插在我的头发里,四周是一片无云的天空。

我扭了扭身子,脱下外套,再松开领带。克莱尔跪下来,我们俩一起灵巧地解开扣钉,像两个防爆专员。接下来我脱掉裤子和内衣,有没有更优雅的姿势?专注的脱衣舞男是怎么解决的?他们是在舞台上蹦来跳去,一只腿进,一只腿出么?克莱尔笑起来,"我从来没有见过你脱衣服的样子,真的不是很好看。"

"你伤到我的自尊心了。快到这儿来,让我把这个坏坏的笑容从你脸上弄掉。"

"啊——哦。"接下来的十五分钟,我可以很自豪地说,克莱尔脸上那种高高在上的优越感终于被我清除得一干二净。但不幸的是,她却越来越拘谨,越来越……防备。在十四年里,恐怕只有老天知道,我曾和克莱尔一起消磨了多少快乐、紧张、迫切、沉闷的性爱时光,而今天却是全新的经历,如果有可能,我也想让她感觉到,我在现实中第一次和她相遇、做爱时的那种惊奇感,我一直以为那才是我们的第一次(真蠢)。我坐起身,喘着粗气。克莱尔也坐直了身子,抱着膝盖,一副自我保护的模样。

"你没事吧?"

"我害怕。"

"没关系的,"我心里想,"我向你保证,下次我们见面时,你就能很熟练地'洗劫'我了。这么说吧,你在这方面确实很有天分。"

"我会吗?"

"你是如狼似虎型的。"我从野餐篮里往外翻:杯子、红酒、避孕套、毛巾。"机灵鬼。"我给彼此斟了一杯酒,"为了童贞,'只要我们的世界大,时间多。'干杯。"她顺从地干了,像小孩子喝药水一样。我为她又斟上,然后把自己的那杯一饮而尽。

"可是你不能喝酒。"

"这个场合意义重大。干杯。"克莱尔大概有五十五公斤重,这可都是些大饮料杯。"再来一杯。"

"还要?我要睡着了。"

"放松点。"她又一口下肚了。我们揉瘪纸杯,扔进野餐篮里。我往后一躺,手臂张开,像在沙滩上晒日光浴,又像在十字架上受刑。克莱尔也躺在我身旁舒展开手脚,我朝着她挪了挪,这样我们就肩靠肩了。我们看着对方,她的头发优美而动人,散落在双肩和乳峰上,在这万分之一秒的时间里,我突然闪念想当个画家。

"克莱尔?"

"嗯?"

"想象你自己敞开着,空旷着,有人来拿走了你所有的内脏,只剩下神经末梢。"我的食指尖碰到了她的阴蒂。

"可怜的小克莱尔,肚子里空荡荡的。"

"啊,不过这是件好事。你想,这样你就有更多地方了,如果没有那些奇形怪状的肾啊、胃啊、胰啊,你就可以把喜欢的东西全放进肚子里。"

"比如说?"她已经很湿润了。我把手移开,小心地用牙齿咬开避孕套的外包装,这个小技巧我已经好多年没用了。

"袋鼠。小电烤箱。阴茎。"

克莱尔既好奇又厌恶地从我手里拿走避孕套,她平躺着,把它展开,还闻了闻。"呃,非用不可吗?"

尽管我常常拒绝回答克莱尔,可我从来没对她撒过谎,于是当我说"没办法,必须用"时,心里一阵犯罪似的愧疚。我把它拿回来,但并没立即套上,她的私处现在更需要我的口舌。在未来,克莱尔对口交上了瘾,为了那种享受,她情愿一跃跳下高楼,还甘心在非她值日的时候洗碗。如果口交可以列入奥运会,我是一定能拿到奖牌的。我把她的两腿分开,舌头轻轻触碰她的小阴核。

"哦,天啊,"克莱尔低声说,"亲爱的主啊。"

"别乱叫。"我警告她。如果对克莱尔放任不管,埃塔和尼尔可就要过来看热闹了。接下来的十五分钟里,克莱尔退化了好几个生物阶段,直退化到大脑边缘仅剩下一些外部感应皮层了。我戴上避孕套,缓慢而小心地进入克莱尔,想象着破裂,还有鲜血涌漫我的周围。她闭着眼睛,一开始,我以为她还没有意识到我已经进入她的身体,尽管我正直挺挺地伏在她身上。突然,她睁开眼睛,洋洋得意、圣洁无邪地微笑。

我努力尽快射出来,克莱尔专心致志地看着我,当我抵达高潮时,她的脸上露出了诧异。多么滑稽啊,我们这对动物干什么古怪的事啊。我瘫倒在她身上,两人大汗淋漓,我感受到她的心跳。也许,是我自己的心跳。

我小心地抽出来,处理了避孕套。我们并排躺着,仰望蔚蓝的天空,风吹过野草发出海浪般的声音。我扭头看克莱尔,她还有点惊魂未定。

"嗨。克莱尔。"

"嗨。"她虚弱地说。

"弄疼你了么?"

"嗯。"

"你喜欢么?"

"我喜欢!"她边说边哭了起来。我们坐起身子,我抱了她一会儿,她在瑟瑟发抖。

"克莱尔,克莱尔,怎么了?"

起先她并不回答我,然后说:"你要走了。好多好多年,我都见不到你了。"

"只有两年啊,两年零几个月而已。"她静默。"哦,克莱尔,对不起,我没有办法。这样也很有趣的,刚才我躺着想,今天是多么幸运的一天啊,没有暴徒狂追我,没有在牲口棚里冻得半死,也不用去应付那些生不如死的场面,而是在这里和你享受鱼水之欢。等会儿我回去,还是和你在一起。今天太棒了!"她笑了一点点。于是我亲吻起她。

"为什么总是我在等?"

"因为你有完美的 DNA,你不会像一只烫手的山芋被时间扔来扔去。而且,忍耐也是一种美德。"克莱尔的拳头不断轻捶着我的胸。"还有,你一辈子都认识我,而我却要等到二十八岁才能和你相遇。所以我们认识之前,我都在——"

"和其他女人做爱。"

"嗯,可以这么说。不过,那些经历,全只是为了认识你的练习而已,孤单,怪异,如果你不信,可以自己去试试,我不会知道的。当你和不在乎的人做时,完全不同。"

"我不要其他人。"

"那很好。"

"亨利,就给我一个提示。你住在哪里?我们会在哪里见面?哪一天?"

"只有一个提示:芝加哥。"

"再说一些嘛。"

"要有信心。全都在那里,在你的前方。"

"我们幸福吗?"

"我们常常幸福得都要发疯了,但也会为一些我们都无能为力的事情不开心,就像分开一样。"

"这么说,每次你来这里时,就把我丢在那边了?"

"也不一定,我也许就和你分开十分钟,或者十天,没有什么规律,对你来说,确实很难熬。此外,有时我会掉在一些很危险的地方,等我回到你身边时,会受伤,乱糟糟的,我不在时,你会为我担心,像是嫁给一个警察。"我筋疲力尽了。在真实的时空里,我究竟多大?从日历上看,我今年四十一岁,可是要把所有这些来来回回的时间加在一起,我就该四十五、六岁了,或者只有三十九岁,谁知道呢?有件事我得和克莱尔交代一下。

"克莱尔?"

"亨利。"

"下次你再见到我的时候,记住,那时的我并不认识你,如果我把你当成陌生人,你千万不要生气,因为对我来说,你是全新的。也不要把所有的事情一股脑儿全灌给我。饶饶我,克莱尔。"

"我会的!哦,亨利,别走!"

"嘘。我会和你在一起的。"我们又躺下了,疲倦弥漫过我的全身,一分钟之后,我就要离开了。

"我爱你,亨利。谢谢你给我的……生日礼物。"

"我爱你,克莱尔。乖一点。"

我消失了。

# 秘　密

二〇〇五年二月十日，星期四（克莱尔三十三岁，亨利四十一岁）

**克莱尔**：星期四下午，我在工作室里摆弄着淡黄色的楮树纸，亨利消失快整整二十四小时了，而我和往常一样，迫切想知道此刻他会在哪儿，为什么不在我身边，究竟什么时候回来。我无法集中思想，做坏了好多张纸，我把它们统统从纸筐倒回大纸浆桶里。最后，我歇下来给自己倒了杯咖啡。工作室里很冷，纸浆桶里也应该是冷水，我怕手上的皮肤冻裂，稍微加热了一下。我双手捧着陶制的大杯子，热气腾腾升起，我把脸凑上去，呼吸着水汽和咖啡的香味。就在那一刻，谢天谢地，亨利吹着口哨穿过花园，来到工作室。他跺掉靴子上的雪，抖了抖外衣。他看上去精神焕发，由衷地喜悦。我心里一阵激动，脱口而出："一九八九年五月二十四日？"

"是，哦，是呀！"亨利顾不了我那些湿围裙、高筒靴什么的，一下子抱起我转呀转。我笑起来，我们都笑起来。亨利洋溢着无比的喜悦，"为什么你一直都不告诉我？我这么多年都白白担心了。坏女人！小骚货！"他咬我的脖子，直挠我痒痒。

"可你去之前并不知道啊，所以我也不能告诉你。"

"哦，对。我的天啊，你太令我惊讶了。"我们坐在工作室那张蹩脚的长沙发上。"把暖器开大些吧？"

"没问题。"亨利跳起来调高温度，不过机器却失灵了。"我走了多久？"

"几乎一整天了。"

亨利呼了口气，"难道不值么？一天的焦虑换来几个小时真正美好的人生？"

"是的，那是我生命中最美好的一天之一。"我静静地回忆。我常常回想起亨利的脸在我上面的样子，周围一片蓝蓝的天，仿佛自己能再次被他完全充满。我常在他消失后回想这一切，结果便总是睡不着觉了。

"告诉我……"

"嗯？"我们彼此搂在一起，为了取暖，为了安心。

"我离开以后都发生了些什么?"

"我把东西都收拾好,尽量把自己弄得让人看得过去。然后我回到屋子,上楼,一路上没有碰到任何人,然后洗了个热水澡。过了一会儿,埃塔就重重地敲门,问我大白天洗什么澡,我谎称自己病了。其实,某种意义上来说,我确实病了……整个夏天,我都失魂落魄的,睡了好多觉,要不就是看书,就想把自己蜷缩起来。有时,我还会去草坪,心存侥幸,希望你还能再来。我给你写信,再一封封烧掉。有一阵子我不吃东西了,妈妈带我去看她的心理医生,后来我才开始吃。八月底,我父母说,如果我再不'振作'起来的话,秋天就不能去上学了,于是我立即振作了起来,因为那时候,我人生的全部目标就是离开家,去芝加哥。学校是个好地方,是一种全新的感觉,我有了自己的房间,我爱这座城市。此外,除了想你在哪儿、怎么找到你之外,我还有其他需要考虑的事情。我最后遇到你的那会儿,我的成绩也不错。我喜欢自己的工作,我有朋友,也常常有人约我出去——"

"哦?"

"那当然。"

"你去了么?约会?"

"嗯,是呀,我去过,是抱着试试看的心情……因为一想到你正在别的地方和别的女人约会,我就特别恼火。不过这挺黑色幽默的,我和一些艺术系的美男子出去,然后整个晚上就厌倦无聊地看手表,这样见了五个男生以后,我就不再约会了,因为我实在不喜欢他们。有人在学校里放出口风,说我是个女同性恋,结果就有许多女生要约我出去。"

"我可以想象你做女同性恋的样子。"

"知道就好,你放老实点,否则我真的改了。"

"我一直就想做个女同性恋。"亨利目光迷离,眼皮沉重,我使上全身的力气扑向他,这种回答真不像话。他打了个哈欠,"哎,这辈子还是不改了,手术太复杂。"

我的脑海中浮响出康普顿神父的声音,他在忏悔室的格子窗后面,柔和地问我,是否要忏悔。没有,我坚定地告诉他,不,什么也没有。那是个错,我当时喝醉了,不能算的。慈祥的神父叹了口气,把帘子放下,忏悔结束了。而我的赎罪的方式就是终身对亨利说谎,在我们的有生之年永远都缄口不言。我看着他午餐后的快乐模样,仍在尽情回味我当年的青春,而高梅兹的睡姿和他卧室里的晨光却闪入我的脑海。亨利,那是个错,我默默地对他说。我只是在等待,却越了轨,就那么一次。康普顿神父在我心深处说,告诉他,或者其他人。我坚决地回答,我不能。他会恨我的。

"喂,"亨利温柔地说,"你在哪儿梦游呢?"

"我在想事情。"

"你看上去很伤感。"

"你会不会担心我们的大好时光都已经过去了?"

"不会。嗯,是会有一些,不过和你说的还不太一样,我仍会不停地回到你所追忆的那些场景,所以对我来说,并没有过去。我担心的只是我们并没好好地珍惜现在。时间旅行是种扭曲的状态,所以离开那里后我会更加……清醒,这似乎很重要,但有时我想,如果我在此时此地也能够保持清醒,那么一切会更完美的。不过最近,那里确实好戏连台。"他微笑着,美丽的、无邪的、明亮的笑容,都是无罪的笑容。我把我的罪恶收起来,装进一只小盒子里,就像塞一只降落伞包。

"爱尔芭。"

"爱尔芭好极了。你也好极了。我是说,我对你的爱一直没有变。在未来,我们共同分享生活,彼此相知……"

"无论是好是坏……"

"其实,那些艰难的日子会让生活更加真实。我要的就是真实感。"

告诉他,告诉他。

"即使现实有时也会变得很不真实……"如果我坦白,现在正是时候。他等着。我却。不能。

"克莱尔?"我可怜巴巴地望着他,像撒了一连串小谎的孩子被当场揭穿。然后我说了,声音轻得几乎听不见。

"我和别人睡过。"亨利的脸僵了,难以置信的样子。

"谁?"他避开我的眼睛。

"高梅兹。"

"为什么?"亨利一动不动,等待着即将到来的致命一击。

"我喝醉了,我们参加一个聚会,查丽丝在波士顿——"

"等会儿,那是什么时候?"

"一九九〇年。"

他大笑起来，"噢，天啊，克莱尔，别这样，去他的。一九九〇年。主啊，我还以为你和我说的是最近的事呢，比如上个星期什么的。"我心虚地一笑。他继续说："也不是说我听了这个会欣喜若狂，但我刚刚还在那边让你多去交往，多去体验，我真的不能……我也不知道。"他开始坐立不安，他站起身，在工作室里转来转去。我不敢相信，十五年来，我一直生活在胆战心惊之中，生怕高梅兹这好歹不分的家伙抖出什么来，可是亨利竟然不在乎？或者说他很在乎？

"感觉怎么样？"他背对我，一边煮咖啡，一边漫不经心地问。

我小心掂量着每个词，"不一样，不是有意挑剔高梅兹——"

"哦，继续说。"

"就像在一家瓷器店里，试图躲开一头公牛。"

"他的比我大。"亨利说得像真的一样。

"我记不得了，可他一点也不舒服。他做的时候居然还抽了一根烟。"亨利畏缩了。我起身，走到他身边，"对不起。那是个错误。"他把我拉过去，我朝着他的衣领，轻声说："我当时耐心地等了很久……"但我说不下去了。亨利抚弄起我的头发。"没事了，克莱尔，"他说，"不是什么大不了的坏事。"我在想，他是否正比较一九八九年他刚见过的克莱尔和他臂弯里的这个我呢？然后，他仿佛读懂了我的心事，问："还有别的么？"

"没有了。"

"天啊，你可真是守口如瓶啊。"我看着亨利，他也看着我。我能感到，我已为他有所改变。

"它让我更加理解……让我体会……"

"你是想告诉我，通过对比，你不觉得我差，对么？"

"是的。"我试着吻他，犹豫了一下后，亨利也回吻我，很快，我们就回到了正常的感觉，甚至更好。我告诉了他，一切都过去了，他也依旧爱我。我全身都轻松起来，感叹这迟来的忏悔，甚至都没有惩罚，甚至连句"万福玛利亚"或是"我们的天主"都没说，就像从一辆撞瘪的汽车里若无其事地走了出来。到了草坪上，某个地方，亨利和我在绿毯子上做爱，与此同时，高梅兹睡眼惺忪地看着我，向我伸出巨大的手掌，一切，一切的一切都在此刻发生了，不过，一如既往，一切都已经无法改变了。我和亨利在工作室的沙发上，解开彼此的衣服，就像解开一盒未拆封的巧克力，现在还不算晚,不管怎么说,都还不算晚。

一九九〇年四月十四日,星期六(克莱尔十八岁)(早晨6:43)

**克莱尔：**我睁开眼,不知道自己在哪儿。有烟味。百叶窗的阴影穿过龟裂的黄色墙壁。我转过头,我的旁边,睡着的,睡在他床上的,是高梅兹。突然,我想起来了。极度惶恐。

亨利,亨利会杀了我的。查丽丝会恨透我的。我坐起来。高梅兹的卧室是个垃圾堆,到处都是烟灰缸、衣服、法律教科书、报纸、脏盘子。我那堆小小的衣服躺在地板上,无声地指控着我。

高梅兹的睡姿很完美,那么平静,丝毫看不出他刚和他女朋友最好的朋友偷过情。他金黄色的头发乱蓬蓬的,失去了平日顺滑齐整的形态。他像个发育过猛的男孩,玩罢那么多男人的游戏之后,终于累垮下来。

我的头仿佛被重击着,内脏也像是刚被锤打过。我起身,颤颤悠悠地穿过门厅,来到阴湿发霉的浴室,剃须用具和湿毛巾扔得到处都是。这一次,我在浴室里,却不知道自己要干什么。我撒了尿,用硬邦邦的肥皂条洗了脸,我观察镜子里的自己,看看样子有没有变化,看看亨利是否一眼就能发现端倪……有些像晕船的样子,除此之外,还是平日早晨七点钟镜子里的那副老面孔。

屋子里很安静,时钟在附近什么地方滴答作响,高梅兹还有两个男室友,都是西北大学法学院的朋友。我可不想撞见谁,我回到高梅兹的房间,坐到床上。

"早上好。"高梅兹冲我微笑,伸手过来碰我。我往后一缩,眼泪哗哗地流了下来。"哇。小猫！克莱尔,宝贝,嗨,嗨……"他爬过来,我倒在他的怀里哭了。我却始终感觉那是亨利的肩头。你在哪里啊？我绝望地想,我需要你,就现在,就这里。高梅兹一遍遍喊我的名字。一丝不挂的我在同样一丝不挂的高梅兹怀里哭泣,我这是在干什么呢？他伸手递过我一盒纸巾,我揉了揉鼻子,擦了擦眼睛,无比绝望地看着他。他也疑惑地看着我。

"好些了么？"

没有。怎么可能会好呢？"是的。"

"怎么了?"

我耸耸肩,高梅兹俨然开始了法庭交互讯问,而我便是那个感情脆弱的证人。

"克莱尔,你以前有过性经验么?"我点点头。"是因为查丽丝么?你是因为查丽丝难过么?"我点点头。"我做错了么?"我摇摇头。"克莱尔,亨利是谁?"我张大嘴巴,几乎不敢相信我的耳朵。

"你怎么会知道?……"我干的好事。该死的!王八蛋!

高梅兹侧过身去,从旁边的桌上抓过烟盒,点上一支。他把手上的火柴摇熄,深深吸了一口。手里多了根香烟后,高梅兹看起来至少……穿了些什么,虽然身上依旧精光。他沉默着递给我一根,尽管我从不抽烟,却收下了,好像这就是此刻该做的,还可以争取一些时间想想该怎么说。他为我点上,起身,从衣柜里翻出一件看上去不怎么干净的蓝色浴袍,递给我。我穿上它,真的太大了。我坐在床上,边抽烟边看高梅兹穿牛仔裤。可怜巴巴的我,还是觉得高梅兹很美,高高的个子,宽宽的肩头,还有……很大,与亨利豹子般野性柔韧的身体全然不同。这样的比较真叫人恐惧。高梅兹把一个烟缸放在我旁边,坐回到床上,看着我。

"你梦中在和一个叫亨利的男人说话。"

该死,真该死。"我说了什么?"

"大多时候都在一遍遍地喊'亨利',就像你要把某个人喊到你身旁似的。还有'对不起'。有一次你还说:'都怪你不在这里,'你好像真的生气了。谁是亨利?"

"亨利是我的情人。"

"克莱尔,你没有情人。我和查丽丝六个月来几乎每天都看见你,你从来不约会,也没有人约过你。"

"亨利是我的情人,他要离开一阵子,一九九一年秋天他会回来的。"

"那他在哪里呢?"就在附近。

"我不知道。"高梅兹觉得我在编故事。我不知道为什么,一定要让他相信我。我一把抓过挎包,打开皮夹,给高梅兹看亨利的照片。他仔细地端详起来。

"我见过这个家伙。嗯,不:只是和他很像。这个人太老了,不可能是同一个。不过那个人也叫亨利。"

我的心跳得像是发了狂一样,我竭力装出若无其事的样子,"你在哪儿见过他?"

"夜总会,最多是在'出逃吧',还有就是'时髦吧'。不过,我怎么也不能想象他会是你的男人,他是个狂人。他到哪儿,哪儿就一片混乱。他是个酒鬼,他是……我也不知道了,他对女人可够狠的,反正我是那么听说的。"

"暴力?"我想象不出亨利会打女人。

"不。我不清楚。"

"那他姓什么?"

"我不知道。听好,小猫,这个家伙会把你整个吞下,然后再吐出渣子……他根本不是你要的人。"

我微微一笑。他就是我要的人。可我也知道,光去一间间酒吧碰运气,一定是徒劳。"那我需要什么人呢?"

"我呀。除非你自己不这么认为。"

"你有查丽丝了。你还要我干什么?"

"我就想要你。我也不知道原因。"

"难道你是摩门教[1]的?"

高梅兹认真地说:"克莱尔,我……听我说,克莱尔——"

"别说出来。"

"真的,我——"

"不。我不想知道。"我站起来,捻灭了香烟,开始穿衣服。高梅兹直直地坐着看我。在他面前穿起昨天晚会上的裙子,我感到怪异肮脏又毛骨悚然,我尽量克制住不把情绪外现出来。我够不着背后的长拉链,高梅兹一本正经地过来帮我。

"克莱尔,你别生气。"

"我没有生你的气。我是生自己的气。"

"这小子真不简单,能离得开像你这样的女孩,还让你再等他两年。"

我微笑着对高梅兹说:"他很棒。"看得出,我伤了高梅兹的自尊心。"高梅兹,对不起。如果我是个自由身,你也是自由身的话……"高梅兹摇

---

[1] 摩门教在早期允许一个男人有多个妻子。

摇头,还没等我反应过来,他已经吻了我。我回吻了他,只有那一刻,我曾怀疑……"高梅兹,我真得走了。"

他点点头。

我离开了。

一九九〇年四月二十七日,星期五(亨利二十六岁)

**亨利**:我和英格里德在里维埃拉剧院[1],伴着伊基·波普的美妙旋律,我们跳得头都要断了。凡是跳舞、做爱或是类似的其他只要体力而不用说话的运动,我就觉得很快乐。此刻我们就在天堂中,我们晃到前排,被波普先生手中无形的鞭子抽紧成一个疯狂的能量团。我以前说英格跳舞像个德国人,虽然她不喜欢听这个,却是事实:她跳得太认真,好像自己的性命正悬于一线,好像精确的舞步就可以拯救印度的饥童。感觉非凡。伊基低声哼唱着:"我好压抑,像这样停都停不下来……"我完全知道他的感受,就是这样的时刻让我看到我和英格里德之间的意义。我们斜步疾穿过《生命的欲望》《中国娃娃》《快乐时光》这些歌,舞步快得都可以让卫星发射上冥王星,还有一种奇怪的嚣叫感和坚定的信念,相信我可以做到,就在这里,我们可以心满意足地度过余生。英格里德流汗了,白色的T恤粘在她的身上,造型有趣又让人迷醉,我真想剥去她的衣服,不过还是得忍住,因为她没戴胸罩,真是苦海无边啊。我们跳舞,伊基·波普唱歌,令人伤感的是,三次返场后,音乐会还是结束了。我感觉棒极了,大家兴高采烈、意气飞扬,我们跟着别人鱼贯涌出剧院,接下来该干什么呢?英格里德跑去女厕所门口排长队了,我在百老汇大街上等她,一个雅皮士坐在宝马车里,与穿背心的工作人员争论他的车是否停出了泊位线,这时,一个高大的金发男人朝我走来。

"亨利?"他问。我琢磨是不是法庭要传讯我了。

"怎么?"

---

[1] 里维埃拉剧院(Riviera Theater),建于 1917 年,它浓缩了芝加哥的过去和现在,原先是座电影院;1986 年,它被改造成一个私人夜总会;目前凭借其宏伟的建筑结构和美丽的外观,已成为芝加哥市举办国内外高档音乐会和特殊活动的一处重要场地,每年都会举办各种不同的表演。

"克莱尔向你问好。"见鬼的克莱尔是谁?

"对不起,你认错人了。"英格里德也走过来,又恢复到她邦德女郎的样子。她打量着这个男人,倒也确实是个男子汉的范本。我把手搭在她的肩头。

男人笑了,"对不起。你一定在哪儿还有个分身。"我的心一抽,有些事情正在发生,而我却并不知情。未来的冰山一角开始显露出来了,不过现在不是刨根问底的时候。他好像对什么事情很满意,打完招呼,就走开了。

"这究竟是怎么回事?"英格里德说。

"我想他认错人了。"我耸耸肩。英格里德却面露忧虑,好像我什么事情都能让英格里德担心,所以我干脆忽略不去管她。"嗨,英格,我们接下来干吗?"我感觉一步就能跳上高楼。

"我家怎么样?"

"太好了!"我们在玛吉甜品店[1]买了冰激凌。不久,我们就在汽车里高唱道:"我尖叫,你尖叫,我们要吃大雪糕。"笑得像一对神经错乱的小孩。等我和英格里德都躺在床上时,我开始想,克莱尔会是谁呢?我估摸着大概也想不出什么答案,于是就忘了这个名字。

二〇〇五年二月十八日,星期五(亨利四十一岁,克莱尔三十三岁)

**亨利**:我带着查丽丝去听歌剧,《特里斯坦和依索尔德》[2]。我和查丽丝一起来,是因为克莱尔极其反感瓦格纳。其实我也不是瓦格纳迷,可我们有季票,闲着也是闲着。有一次我们在查丽丝、高梅兹家谈起过,查丽丝渴切地说她从来没去过歌剧院,结果就成了这样:我和查丽丝出门坐出租车去抒情歌剧院,克莱尔待在家照看爱尔芭,爱丽西亚这周来做客,克莱尔便和她一起玩拼字游戏。

我今天实在没心情,我在他们家门口接查丽丝时,高梅兹冲我眨了

---

[1] 玛吉甜品店(Magie's Candies),1921年由来自希腊的移民彼得·乔治·宝洛斯(Peter George Poulos)创立,至今它仍是芝加哥的著名景点,其美味甜品也成了该市的传奇。
[2] 《特里斯坦和依索尔德》(Tristan und Isolde),德国歌剧家瓦格纳的作品。这两位主人公是莎士比亚笔下罗密欧与朱丽叶的原型。

眨眼睛，尽力用上那种家长般令人琢磨不透的口气说："小伙子，早点带她回来！"我根本记不得上次和查丽丝单独一起时做了些什么，我喜欢查丽丝，非常喜欢，可我没有什么好跟她聊的。

我带领查丽丝穿过人群，她极其缓慢地移动着步伐，仔细地欣赏辉煌高耸的大厅、大理石铺砌的楼座、满堂低调装扮的有钱人，和穿着仿裘皮衣、打了鼻洞的学生。大厅门口站着两位穿短礼服的先生，他们用二部和声唱道："剧本呀，剧本，买份歌剧剧本吧！"查丽丝朝他们笑了笑。这里我谁都不认识。瓦格纳的崇拜者是歌剧迷里的贝雷帽部队，这些人全是硬汉，也都彼此认识。我和查丽丝走上包厢时，空中传来无数的飞吻声。

我和克莱尔有间私人包厢，这是我们的嗜好。我拉开帘幕，查丽丝走进去，叫道："哦！"我帮她脱下外套，搭在椅背上，然后把自己的衣服也如此放好。我们坐定，查丽丝双脚交叉，一双小手放在自己的大腿上。她黑色的长发在微弱的柔光中熠熠生辉，深色的唇膏和夸张的大眼睛，让她看起来就像个精致的坏小孩，一身盛装，终于得到了恩准，可以跟成年人混到天黑。她坐着，吮吸美妙的歌词，享用舞台幕布的金碧辉煌，品味拱门和穹顶上瀑布般的石膏纹，聆听人群兴奋的嗡嗡声。灯光暗了，她咧开嘴，冲我飞快地一笑。幕布升起来，我们置身于小舟中，依索德开始咏唱。我朝椅背后仰下去，完全浸没在她的歌声中。

四个小时后，美妙的一剂药[1]，全场起立鼓掌。我转向查丽丝，"嗯，你觉得怎么样？"

她微微一笑，"很傻的故事，不是么？不过歌声却使它升华了。"

我提起她的衣服，她找到袖筒，把手臂伸了进去，抖落了几下。"傻？我想有点吧。不过我希望简·艾格兰是个年轻的美女，而不是只有一副欧忒耳佩嗓音的四百斤的母牛。"

"欧忒耳佩？"

"主管音乐的缪斯女神。"人群还陶醉在音乐当中，我们汇入其中往外走。下了楼，冷风迎面扑来。我带着她在华克大街上走了一段，几分钟后就拦到了一辆出租车。我刚要把查丽丝家的地址告诉司机，她突然说："亨

---

[1] 在歌剧《特里斯坦和依索尔德》中，当特里斯坦和依索尔德决定喝毒药殉情时，依索尔德的侍女帮他们把毒药换成了迷药。

利,一起去喝杯咖啡吧,我现在还不想回家。"我让司机把我们送到市北角的杰尔维斯街,唐氏咖啡吧[1]。一路上,查丽丝说歌唱的部分确实一流,但舞台布景没什么灵感,另外,她在道义上很难接受瓦格纳,他是个反犹太的混蛋,最大的歌迷竟是希特勒。我们来到唐氏咖啡吧时,里面已是人声鼎沸。唐穿着一件橘红色的夏威夷衬衫,仿佛国王上朝一样。我朝他招了招手,找了里面的一张小桌子坐下。查丽丝要了冰激凌樱桃派和咖啡,我按老规矩点了花生酱果冻三明治和咖啡。音响里传来派瑞·高莫[2]的低声吟唱,一层香烟聚集在桌椅的上方,笼罩住那些廉价的油画。查丽丝手托着腮,叹了口气。

"真是太棒了。我有时都忘了自己已经是成年人了。"

"你们小两口平时不出来么?"

查丽丝把叉子压在冰激凌上,笑着说:"乔都是这样吃的。他说压成糊糊的味道更好。天啊,我没让他们学学我的好习惯,反倒是我染了很多他们的坏习惯。"她咬了一口樱桃派,"回到你的问题上来,我们也出去的,不过都是些政治活动。高梅兹想要竞选市议员。"

一口咖啡没咽好,我咳嗽起来。缓了一缓,我说,"你开玩笑吧。那他不是弃明投暗去了?高梅兹一天到晚都在抨击市政厅呀。"

查丽丝苦笑着,"他决定从内部改变整个体制。那些可怕的虐童案已经把他弄得精疲力竭了,我想,他觉得他能够改观局面,只要他有权力。"

"也许他是对的。"

查丽丝摇摇头,"可我更喜欢当初,我们还是一对年轻的无政府革命者。我宁愿毁灭,也不要奉承。"

我笑了,"真没想到你比高梅兹还激进。"

"哦,是的。事实上,我没有高梅兹的耐心,我喜欢行动。"

"高梅兹有耐心?"

"哦,那当然。瞧瞧他和克莱尔之间的整件事情——"查丽丝突然停了下来,看着我。

---

[1] 唐氏咖啡吧(Don's Coffee Club),芝加哥市最北角的一家狭小朴素的咖啡店,顾客仿佛(重新)置身于20世纪40年代。

[2] 派瑞·高莫(Perry Como),是二战后到50年代中期摇滚乐兴起时期中最著名的歌手。他那后仰姿势的演唱,进一步完善了大乐队向通俗音乐的转型,他演唱的歌曲,不断登上广播、电视点播以及密纹唱片销量排行榜榜首。

"什么整件事情？"我这么问她，才突然意识到这就是我们现在坐在这里的原因，原来查丽丝一直都在等着谈论它。什么事情她知道而我还不知道呢？我真的想知道查丽丝知道的那件事情吗？我什么都不想知道。

查丽丝看了看别处，又转向我。她低头对着自己的咖啡，双手捧着杯子。"嗯，我以为你知道，可是，比如说——高梅兹深爱着克莱尔。"

"这我知道。"我打断她，不让她继续下去。

查丽丝的手指沿着胶合板的木纹划来划去，"于是……克莱尔叫他不要烦她，但高梅兹觉得只要一直坚持下去，总有一天，会发生什么事情，他总能得到她。"

"会发生什么事情……？"

"你的事情。"我们的目光遇到了一起。

我觉得很不舒服。"不好意思。"我起身，走进那间小小的贴满玛丽莲·梦露瓷砖的厕所。我用冷水扑打自己的脸，闭起双眼，靠在墙上。最后我确定自己不会飞到其他时间去，便又走回咖啡吧，坐下。"对不起。刚才说到哪儿了？"

查丽丝看上去像个惊恐的孩子。"亨利，"她安静地说，"告诉我。"

"告诉你什么，查丽丝？"

"告诉我你不会去别的地方。告诉我克莱尔不会要高梅兹。告诉我一切都会有好结果。或者告诉我，一切都是狗屁，我不知道——告诉我究竟发生了什么！"她的声音在颤抖，她抓住我的胳膊，我尽力克制自己不把手臂抽走。

"你会没事的，查丽丝。会没事的。"她盯着我，既不相信我又渴望相信我。我往椅子上一靠，"他不会离开你的。"

她松了口气，"那你呢？"

我无言以对。查丽丝继续盯着我，然后垂下了头。"我们回家吧。"她说。最后，我们回家了。

二〇〇五年六月十二日，星期天（克莱尔三十四岁，亨利四十四岁）

克莱尔：这是个晴朗的周日午后，我走进厨房，亨利站在窗边出神地望着后院。他示意我过去。我站在他旁边，往外看。爱尔芭在院子里，正和一个比她大一些的女孩玩耍，那个女孩大概七岁，一头长长的黑发，光着脚丫，身上一件脏脏的T恤，还印着小熊队的队徽。她俩坐在地上，互相看着对方。那个女孩背对我们，爱尔芭朝她微笑，比画着，似乎是在飞翔。那个女孩摇摇头，笑了起来。

我看着亨利，"那是谁？"

"那是爱尔芭。"

"我知道，和她在一起的那个呢？"

亨利笑了，不过他的眉毛聚在一起，看上去却都是悲伤，"克莱尔，那是更大一些的爱尔芭，她也会时间旅行。"

"我的天！"我盯着那个女孩，她旋转着，并用手指指房子，那一刻，我看见了她的侧影，然后她又立刻转回身去了。"我们是不是应该出去？"

"不，她这样很好。如果她们想进来的话，她们会进来的。"

"可我真想去看看她……"

"最好别——"亨利刚说到这里，两个爱尔芭都跳起来，手拉手奔向后门。她们冲进厨房，笑个不停。"妈妈，妈妈，"我那三岁的爱尔芭，指着另一个，"看呀，大姐姐爱尔芭！"

另一个爱尔芭咧着嘴，"你好，妈妈。"我也笑着说："你好呀，爱尔芭。"可她转身一看到亨利便大叫一声："爸爸！"然后扑过去，双手抱住他，大哭起来。亨利瞄了我一眼，弯下身摇了摇爱尔芭，对着她的耳朵说了些什么。

**亨利**：克莱尔脸色煞白，她站在那儿看我们，牵着小爱尔芭的手。小爱尔芭张大嘴巴，看着那个比她大的自己粘在我身上哭。我弯下身，轻声对爱尔芭说："别告诉妈妈我已经死了，好吗？"她抬起头，泪珠挂在长长的睫毛上，嘴唇颤抖着，她点了点头。克莱尔拿来一张纸巾，让爱尔芭擦擦鼻子，然后抱了抱她。大爱尔芭乖乖地被带到一边去洗脸；小爱尔芭，现实中的爱尔芭，缠住我的腿，"爸爸，为什么，为什么她那么难过？"所幸这时，克莱尔和爱尔芭刚好回来，我就不必回答这个问题了。爱尔芭换穿上克莱尔的T恤和一条我的毛边牛仔裤。克莱尔说："嗨，大家听好，我们去吃冰激凌吧！"两个小孩都面露微笑，小爱尔芭更是围着我们打转，叫着"我尖叫,你尖叫,我尖叫,你尖叫[1]……"我们一个个钻进车子,克莱尔驾驶,三岁的爱尔芭坐在前排,七岁的爱尔芭和我坐在后面。她靠在我身上,我搂着她。没有人说话,只听见小爱尔芭说:"看呀,爱尔芭,一只狗狗!快看,爱尔芭,快看,爱尔芭……"直到大爱尔芭说:"行了,爱尔芭,我看见了。"我们来到西风之神[2],大家坐进一个表面贴满绿色闪光塑料片的火车座里,要了两条香蕉船、一份巧克力麦芽冰激凌、一根碎果仁香草蛋筒。孩子们舔着她们的香蕉船,就像两台吸尘器;我和克莱尔摆弄着各自手中的冰激凌,彼此都不看对方。克莱尔问:"爱尔芭,在你那个时间里,发生了什么?"

爱尔芭迅速地看了我一眼,"没什么,"她说,"爷爷开始教我拉圣桑的第二小提琴协奏曲了。"

"你还在学校演出了。"我提示她。

"我?"她说,"我想,还没有吧。"

"哦,对不起,"我说,"那就是你明年的事情。"对话就是这个样子,断断续续的,为了保护克莱尔和小爱尔芭,我们绕开了彼此都知道的那件事。过了一会儿,大爱尔芭用头枕着手臂,趴在桌上。"累了?"克莱尔问她,她点点头。"我们还是走吧。"我对克莱尔说。结了账,我把大爱尔芭抱起来,她软软的,在我的臂弯中几乎睡着了。克莱尔也抱起小爱尔芭,吸收了不少糖分后小家伙反而更加兴奋。我们的车沿着林肯大道行进,大爱尔芭就这么消失了。"她回去了,"我对克莱尔说。她从后视镜里盯住我的眼睛,好一会儿,"回哪儿去啦,爸爸?"小爱尔芭问,"回哪儿去啦?"

后来:

克莱尔:我终于把爱尔芭哄睡了,亨利坐在我们的大床上,喝着苏格兰威士忌,望着窗外,一些小松鼠绕着葡萄藤架追逐奔蹿。我走过去坐在他身边,说:"嗨。"亨利看看我,伸手过来搂我,他把我拉到他的怀里,

---

[1] 后面半句是:我们要吃大雪糕。出自美国一首有关冰激凌的儿歌。
[2] 西风之神(Zephyr's),芝加哥有名的冰激凌店。它的风格仿佛是20世纪70年代末期的产物,装潢酷似当年出售冰激凌的汽水店。比起今天现代时尚的冰激凌店,它显得古老而乡气十足,不过正是这一特色,深受怀旧一派顾客的欢迎。

"嗨，"他说。

"可以告诉我究竟都发生了什么吗？"我问他。

亨利放下酒杯，腾出手来解我的衣服扣子，"如果不告诉你，你能放过我么？"

"没门。"我松开他的皮带和牛仔裤的扣子。

"这么肯定？"亨利亲吻起我的脖子。

"是的。"我拉下他的拉链，手爬进他衬衫里，停在他的肚子上。

"因为你并不是真的想知道。"亨利对着我的耳朵吹气，舌头围着我的耳郭打转。我一阵战栗。他脱下我的衬衣，解开胸罩的搭扣，我的乳房自由地垂落下来。我躺下，看着亨利褪去他的牛仔裤，接着是内裤和衬衫。他爬到床上，我说："袜子。"

"哦，对。"亨利脱掉袜子。我们看着对方。

"你只是想让我分心。"我说。

亨利爱抚起我的腹部来，"我想让自己分心，如果同时也能让你分心，那就赚了。"

"你一定要告诉我。"

"不，我就不。"他的手掌罩住我的双乳，大拇指逗弄起我的乳头。

"我会往坏的方向想的。"

"随你去想好了。"我抬起臀部，亨利剥去我的牛仔裤和内裤，骑上我，俯下身，亲吻我。哦，老天，会是什么呢？最坏的会是什么呢？我闭上眼睛。一个记忆：草坪上，我童年中某个寒冷的一天，在枯草上奔跑，有人声，他喊了我的名字——

"克莱尔？"亨利咬着我的嘴唇，轻轻地，"你在哪儿呢？"

"一九八四年。"

亨利暂停了，说："为什么？"

"我觉得那里就是发生的地点。"

"那里发生了什么？"

"你害怕告诉我的事情。"

亨利翻下我的身体，我们并排躺着。"和我说说那件事吧！"他说。

"那天很早，是秋天。爸爸和马克都出去猎鹿了。我醒来，好像听到你在叫我，于是我就冲到草坪上，你果然在那儿，你和爸爸还有马克都在，在看一个什么东西，可爸爸让我回屋去，所以我再也没看到你在看什么东西。"

"哦？"

"我白天又去了那里，草地上有块地方浸透了血。"

亨利什么都没说，紧紧闭着嘴唇。我双臂围上他，紧紧抱住他。我说："最坏的——"

"嘘，克莱尔。"

"可是——"

"嘘。"外面仍是金色的下午。在里面我们却觉得冷，只能彼此贴近取暖。爱尔芭在她自己的床上，睡着，做着冰激凌的梦，做着三岁孩子的美梦，这是我们一家人中最甜美的梦。另一个爱尔芭，在未来的某个时刻，也在做梦，梦见抱着她的爸爸，醒来后却发现……什么呢？

## 门罗街停车库里的插曲

二〇〇六年一月七日,星期一(克莱尔三十四岁,亨利四十二岁)

**克莱尔**:冬日的黎明,我们都在熟睡,突然,电话铃响了。我立即惊醒过来,心猛地沉了下去,亨利躺在我身边,他伸手接过听筒。我瞥了一眼时钟,早上四点三十二分。"喂,"亨利说,他听了很久,我已经完全清醒了。亨利面无表情,"好,待在那儿别动。我们这就出发。"他侧过身来,挂上听筒。

"谁呀?"

"我。是我自己。我在门罗街停车库里,没有衣服,零下十五度啊,天啊,真怕车子发动不起来。"

我们跳下床,套上昨天的衣服。我还没有穿好牛仔裤,亨利已经套上靴子和外衣,冲出去发动汽车了。我忙着把亨利的衬衫、棉衣棉裤、牛仔裤、袜子、皮靴、外套、手套,以及一条毯子塞进一只大购物袋里。我再摇醒爱尔芭,把她塞进她自己的衣服和靴子里,迅速披上自己的外衣便出了门。我刚把车子开出车库,发动机还没热,车子又熄火了。我重新发动,坐着等了一分钟,再继续试。昨天的雪积了十五厘米,安士利街上全是被车胎碾过的冰痕。爱尔芭在位子上呜呜地抱怨,亨利朝她发出嘘声。到了劳伦斯大道,我开始加速,十分钟后我们就到了湖滨大道了,路上没有一个人,本田的加热器呜呜作响。湖面上方,天色越来越亮,一切都是蓝色和橘红色的,在严寒中仿佛要碎裂似的。我们沿湖滨大道急驰下去,一种强烈的感觉,我曾在哪里见过:严寒,梦幻般静谧的湖水,街灯的光芒:我曾经来过这里,曾经来过这里。我深深陷在里面,这种感觉弥漫开来,让我不再感觉怪异,而是清楚地意识到两个重叠的现在。尽管我们飞驰地穿越这座冬日城市,时间却好像凝固了一样。艾尔文街、贝尔蒙特街、富勒顿街、拉萨乐街都被我们一一抛在了后面:我在密歇根大街出了匝道。我们飞过空荡荡的精品店廊、橡树街、芝加哥街、鲁道夫街、门罗街,深入钢筋水泥的停车库里,我接过票,机器里的女声如同鬼魂一样。"开到西北角，"亨利说，"保安室旁边的收费电话那儿。"我跟着他的指挥，刚才的幻觉已经消失了，自己仿佛被守护天使抛弃了一般。停车场里空空如也，我加速开过一根根黄色的停车线，直到投币电话那儿：听筒悬荡在半空中。亨利不在了。

"也许你回到现实生活中去了？"

"但也许没有……"亨利有些困惑，我也一样。我们下了车，这里很冷，连我的呼吸也快凝结了，消失了。我知道我们不能走，可我不知道这里究竟发生过什么。我走到保安室，从窗户里偷偷望进去。没有警卫，闭路电视里全都是一片空白的水泥地。"见鬼，我会去哪儿呢？我们开车转一圈吧。"我们又回到车子里，缓缓地开过一排又一排空空的车位，经过一块又一块标记牌——"慢行"、"尚有车位"、"请记住您停车的方位"。都没有亨利。我们满脸沮丧地看着对方。

"你是从什么年代过来的？"

"我没有说。"

我们安静地开车回家。爱尔芭睡着了，亨利眺望窗外，粉红色的东方澄净无云，车子逐渐多了起来，都是赶早上班的人。在俄亥俄街上等信号灯时，我听到了海鸥的鸣叫。路面的颜色被盐和水浸得变深了，这座城市温和、洁白，雪覆盖了一切，很美。我是洒脱的，我是一部电影。我们看上去毫发无损，可迟早都会一败涂地。

# 生　日

二〇〇六年六月十五日，星期二（克莱尔三十五岁）

**克莱尔：**明天是亨利的生日，我在经典胶木唱片店[1]，我想找一张他喜欢的但还没有买过的唱片。亨利是这家店多年的老客户，我只能拜托店主沃恩了。可今天柜台后面的却是个高中生，穿着七灾火乐队的T恤，这里大多数唱片灌制的时候，估计他还没出生呢。我在箱子里翻着：性手抢，帕蒂·史密斯，超级践踏，麦修史威特，鱼，异性恶，奉承，伪装者，B-52's，凯特·布什，嗡嗡公鸡，回声与兔人，嗓音艺术，九根寸钉，冲撞，夹子，治疗，电视……在地下丝绒的一盘并不显眼的新版唱片前，我停了下来，努力回忆是否在家里见到过它，最后我发现它只是东一首、西一首凑成的合集。炫目的杀人魔，死肯尼迪。这时，沃恩抱着一个大盒子进来了，他把盒子放在柜台后，又出去了，来回好几次后，他便和那孩子一一将那些黑胶唱片开封，排上货架，还不时对着那些我从未听过的名字发出赞叹。我走到沃恩身边，一言不发，只是在他眼前晃了晃三张唱片。

"嗨，克莱尔，"他露出牙齿，灿烂地笑起来，"最近还好么？"

"嗨，沃恩。明天是亨利的生日。帮帮我。"

他瞅了瞅我挑的东西，"这两张他早就有了，"他朝小人国和饲养员的两张唱片点了点头，"这张真的很糟糕，"又指了指原生质的那张，"封面倒是很漂亮，是吧？"

"是呀，你那盒子里面有什么他喜欢的吗？"

"没有，这里都是五十年代的，老掉牙了。你可能会喜欢这张，我昨天刚进。"他从"新品箱"里抽出一张金鸠马的合集。确实是几首新歌，于是我拿了过来。突然，沃恩冲我一笑，"我确实有些难得的东西——我一直给亨利留着的。"他退到柜台后面，在里面大约翻了一分钟，"在这。"沃恩递给我一张纯白壳包装的黑胶唱片，我把盘片抽出来，标签上写着"《露

---

[1] 经典胶木唱片店（Vintage Vinyl），伊云斯顿一家著名的唱片店，是流行音乐爱好者淘片的天堂。

露》：一九六八年五月十三日，巴黎歌剧院，安妮特·林·罗宾逊。"我疑惑地看着沃恩，"是呀，不是他惯常的口味，对吧？这是音乐会现场偷录下来的，从来没有过正版。有阵子他让我留心这位歌手唱的东西，不过我也不是专门卖那些的。后来我找到这张唱片，却一直忘了告诉他。我自己听过，真的很不错。音质一流。"

"谢谢你。"我轻声说。

"别客气。区区小事，何足挂齿？"

"她是亨利的妈妈。"

沃恩抬起眉头，额头皱得很滑稽。"你没开玩笑吧？哦……他确实长得有点像她。嗯，真有意思。他怎么从来没说起过呢？"

"他不常提起她。他小时候妈妈就去世了。是场车祸。"

"哦，对，我有些记起来了。嗯，你还要我帮你找些什么呢？"

"不用了，我就要这个。"我付完钱就离开了，一路沿着戴维斯街，怀里揣着亨利母亲的歌声，心中充满了幸福的期待。

二〇〇六年六月十六日，星期五（亨利四十三岁，克莱尔三十五岁）

**亨利**：今天是我四十三岁生日，早上六点四十六分我就睁开了眼睛。尽管有一整天休息的时间，可我再也睡不着了。我看着克莱尔，她还沉浸在梦乡里，双臂张开，头发散落在枕头上，她的脸颊被枕头套压得有些皱，可依旧很美丽。我轻声下了床，走到厨房开始煮咖啡。我在浴室放了一会洗澡水，等它变热。我们早该请修管子的师傅了，可是一直没有。回到厨房，我倒了一杯咖啡，端进浴室，小心翼翼地放在洗脸盆边。我抹上剃须膏，开始刮胡子。平时，我都不用看镜子，但今天不一样，我刮得格外仔细，以示对自己生日的庆祝。

我的头发几乎都白了，只有眉毛和太阳穴附近还是黑色的。我最近留起了头发，尽管没有当年遇见克莱尔之前那么长，但也不算短了。我的皮肤变粗糙了，眼角和额头上多了不少皱褶，沟纹从鼻翼两侧一直延伸到了嘴角。我的脸太瘦了，全身都瘦，虽然不像奥斯维辛集中营里的人，但也瘦得不正常了，大概像癌症早期的样子吧，吸毒者的瘦。我不愿再想下去了，于是我继续刮胡子，用水把脸冲干净后，我往后退了一步，检查检查效果。

昨天在图书馆里，有人想起来今天是我的生日，于是罗伯托、伊莎贝拉、马特、凯瑟琳和阿米莉娅都来找我，然后我们一起去泰国情郎吃午饭。我知道不少人在议论我的健康，为什么我一下子会瘦下去这么多，老得这么快。每个人对我都好得出奇，是那种对艾滋病患者和化疗病人的友好。我宁愿有人直接问我，那样我就可以撒些谎搪塞过去，可是我们却有说有笑地吃着泰国薄饼、腌椒大王、腰果鸡片，还有凤梨饭。阿米莉娅送给我一磅特纯的哥伦比亚咖啡豆，凯瑟琳、马特、罗伯托和伊莎贝拉炫耀着拿出一本《米拉善本》[1]，我在纽贝雷书店里对它可是垂涎多年了。我抬起头看着他们，心里猛地一沉，我的同事是不是都觉得我快死了？"你们……"我不知道该怎样往下说，于是就不再说了。真是非常难得，我还有说不出话来的时候。

克莱尔起床了，爱尔芭也醒了，于是大家穿好衣服上了车。我们约了高梅兹、查丽丝和他们的孩子一起去布鲁克菲尔德动物园[2]。整整一天，我们都在里面四处乱逛，看看猴子、火烈鸟、北极熊和水獭什么的。爱尔芭最喜欢大型猫科动物，罗莎拉着她的手，给她讲恐龙的事情，高梅兹对一只黑猩猩留下了难以磨灭的印象，马克斯和乔则是横冲直撞，假扮成大象，还拿着掌上游戏机玩。我、查丽丝和克莱尔毫无目的地闲逛，漫无边际地闲聊，沐浴着温暖的阳光。下午四点，孩子们都累了，不听话了，于是我们就把他们领回车里，向他们承诺很快还会再来。我们回家了。

临时保姆七点准时到了，克莱尔连哄带骗地叫爱尔芭听话，然后，我们便逃之夭夭。应克莱尔的要求，我们盛装打扮。车子沿着湖滨大道轻快地前行，我突然不知道我们这是要去哪儿。"你待会儿就知道了。"克莱尔说。"不会是个惊喜派对吧？"我担心地问道。"不会。"她向我保证。她开出大道，拐进罗斯福街，经过市中心南边的皮尔森，这是西班牙裔的聚居地，一群群孩子在街上玩，我们东拐西让地躲闪过他们，最终停在第二十

---

[1]《米拉善本》(Mira Calligraphiae Monumenta，1561—1562)，神圣罗马帝国费迪南一世的皇家秘书乔治·波克斯凯（Georg Bocskay），依照他收藏的当代及古代的众多字帖，临写了《米拉善本》，以此证明他自己在所有书法家中首屈一指的地位。30 年后，欧洲伟大的书法家约瑞斯·霍芬吉尔（Joris Hoefnagel）对该书汇集进行了进一步的增补和修饰，并出版了此书。

[2] 布鲁克菲尔德动物园（Brookfield Zoo），建于 1934 年，以其大规模的开放式场地出名，位于芝加哥西南郊的布鲁克菲尔德。

街和拉辛街之间。克莱尔带我穿过一些破败的复式公寓，我们疾步前进，院子里都是垃圾。我们登上摇摇欲坠的楼梯，克莱尔敲了其中一扇门，卢尔德开了门，她是克莱尔在艺术学会附属学院的好朋友。卢尔德微笑着招呼我们进去，我踏进房间，这间公寓房已被改造成独桌餐厅，诱人的香味四处飘荡，桌上摆放着白绸缎、瓷器和蜡烛；精雕细刻的餐柜顶上还有一台音响。客厅里大大小小的笼子里全是鸟儿：鹦鹉、金丝雀、小相思鸟。卢尔德亲了亲我的脸，"嗨，亨利！生日快乐！"又一个熟悉的声音："生日快乐！"我把头伸进厨房，是尼尔！她正在里面专心搅拌着平底锅，当我把她抱起来时，她都没有停下来。"哇！"她说，"你早餐一定吃了麦片！"克莱尔也过去拥抱尼尔，她们都笑了。"他看上去真的很吃惊。"尼尔说，克莱尔笑得更开心了。"快去坐好。"尼尔命令道，"晚餐准备好了。"

我们在桌对面坐下，卢尔德端上一些小碟子，里面盛着精巧的开胃拼盘：透明的火腿片拌淡黄的香瓜、口味清淡的烟熏蚌肉、透着茴香和橄榄油芬芳的胡萝卜甜菜丝。在烛光的映照下，克莱尔皮肤温润，双眼幽微而深邃，脖子上的珍珠项链，随着她的呼吸起伏更勾勒出锁骨和胸部上面那抹淡淡的光滑。克莱尔察觉到我在看她，微微一笑，转而看别处去了。我垂下目光，自己已经把开胃菜吃完了，手里却还举着小叉子，活像个傻瓜。我放下叉子，卢尔德撤走我们的盘子，又端上下一道菜。

我们品尝了尼尔烹制的美味奇珍金枪鱼，那是用文火燉出来的，淋上了用西红柿、苹果和芳香罗勒调配而成的酱汁，还有菊苣和橙椒拌的色拉，和小颗的棕色橄榄，这一切让我回想起小时候和妈妈在雅典一家酒店里吃饭的场景。我们品着苏维农白葡萄酒，一刻不停地相互举杯。（"敬橄榄！""敬临时保姆！""敬尼尔！"）尼尔从厨房后面出来，手捧一只扁扁的白色小蛋糕，上面还点着蜡烛。克莱尔、尼尔和卢尔德一同唱起《生日快乐歌》，我许了愿，一口气把蜡烛全吹灭了。尼尔说："这说明你的愿望一定会实现。"可我许的并不是一个可以被实现的愿望。我们吃蛋糕时，鸟儿们用奇怪的语言彼此对话，卢尔德和尼尔又到厨房里去了。克莱尔说："我为你准备了件礼物，闭上眼睛。"我闭上眼睛，听见克莱尔把椅子往后挪了挪，走出房间，然后是唱针刮过唱片的嘈杂声……嘶嘶的……小提琴……一道纯净的女高音如同突然到来的疾雨般穿透整个交响器乐的伴奏……我母亲的声音，是她演唱的《露露》。我睁开眼睛，克莱尔坐在我对面，微笑着。我站起来把她从椅子上拉过来，拥抱她。"太棒了。"我说道，然后我说不下去了，便吻起她来。

　　过了好久，我们感激涕零地一遍遍谢过尼尔和卢尔德，并向她们道别。我们回到家，给临时保姆付了工钱，在那种疲乏酥软的状态下享受了一番美好的性爱。我们躺在床上，躺在沉睡的边缘，克莱尔问我："这个生日开心吗？"

　　"完美的生日，"我说，"最棒的一次。"

　　"你曾想过要让时间停止吗？"克莱尔问。"要是能永远停留在此刻，我不会反对的。"

　　"嗯，"我边说边翻身俯睡。我就要滑入梦中时，克莱尔说："我感觉我们正在过山车的最高点。"不过，我睡着了，早晨醒来后，也忘了去问她那句话的含义。

## 不愉快的场面

二〇〇六年六月二十八日，星期三（亨利四十三岁，同时也是四十三岁）

**亨利：**我在黑暗中苏醒，躺在冰冷的水泥地面上。我想要坐起来，却感到晕眩，不得不再次躺下。头很疼，我用手去摸，左耳后面肿了一大块。当眼睛适应了黑暗后，我依稀看见楼梯的轮廓，那个"出口"标记，以及一只只高高挂在我头顶的荧光灯泡，孤零零地发出冷光，四周都是"笼子"的十字交叉的网格。这是纽贝雷，看来我已经被"笼子"困了好几个小时了。

"别慌张，"我大声对自己说，"没事的。没事的。没事的。"我停下来，因为我根本没有听到自己的声音。我努力站起来，瑟瑟地发抖，我究竟还要等多久？同事看到我会怎么想？时辰终于到了，就要被揭开伪装，露出我自然界稀有怪胎的真面目了。不过，至少要说的是，我从没盼望过会有这一天到来。

我前后走动，试着让身体暖和些，可是却头疼起来。我放弃了，坐在笼子中心的地板上，身体尽量缩成一团。时间分分秒秒地过去，我在脑海中一遍遍回放整个经过，假设各种可能出现的或好或坏的结果。最后我厌倦了，便开始在脑海里一盘接一盘地播放唱片。果酱乐队的《那是场娱乐》、艾尔维斯·考斯特罗的《药片和肥皂》、路·瑞德的《完美的一天》，正当我搜肠刮肚地回忆四人帮乐队的《我爱上了制服男人》的歌词时，灯突然亮了。肯定是纳粹保安凯文，他要开馆了。当我赤身裸体地被困在笼子里时，整个地球上我最不愿意碰到的人就是凯文，也真巧，他一进来便很自然地注意到了我。我蜷缩在地上，学负鼠装死。

"谁在那儿？"凯文喊道，他的声音大得根本没必要。我想象凯文站在那儿的样子，面色煞白，伸长了脖子，立在楼梯那片雾蒙蒙的灯光下。他的声音在四周的混凝土墙上跳跃回响。他走下楼梯，站在最低一格台阶上，离我大概三米远。"你是怎么进去的？"他绕着笼子转，我继续假装不省人事，因为我不能解释，还不如充耳不闻。"我的天！是德坦布尔先生。"我能觉察到他站在那儿,张大嘴巴瞪着我。最后他终于想起了无线对讲机。"啊,十——四,喂,罗伊。"无法辨听的静电噪声。"呃,是,罗伊,我是凯文,呃,你能下来到A46区吗?对,在最下面。"一阵埋怨。"快点下来。"他关上对讲机。"上帝啊,德坦布尔,我不知道你这么做是想要证明什么,不过现在你真的已经证明了。"我听见他四处走动,鞋子发出"吱吱"的声响,嘴里还在轻轻地嘟哝。我猜他一定坐到了台阶上。几分钟后,台阶上的门开了,罗伊走下来。罗伊是我最喜欢的保安,一位高大魁梧的黑人绅士,脸上总带着美丽迷人的微笑,他是总服务台里的国王,我每天上班都会被他的热情感染,心情愉快极了。

"哇,"罗伊说,"瞧瞧这是谁?"

"是德坦布尔,我真想不明白他是怎么进去的。"

"德坦布尔?天啊天啊。这小子确实有暴露老二的癖好,我有没有和你说过,有一次我发现他在三楼过道里一丝不挂地跑步?"

"嗯,你说过。"

"呃,我想,我们得先把他弄出来。"

"他现在动都不动。"

"不过,他还在呼吸。你觉得他受伤了么?或许我们该叫辆救护车?"

"我们该通知消防队,得用那些气动大铁钳来把他救出来。"凯文听上去很激动。我可不要什么消防队或是医生,于是我痛苦地哼了一声,坐了起来。

"早上好啊,德坦布尔先生,"罗伊低声说,"你今天来得真够早的,对吧?"

"也就早了一点点。"我肯定了他,把双膝顶住下巴。我太冷了,牙齿紧咬得生疼。我打量着凯文和罗伊,他们也打量着我。"我想我是不能贿赂你们两位的吧?"

他们交换了一下眼色,"那要看,"凯文说,"你脑子里想的是什么了。我们没法帮你保密,因为我们得没法把你弄出来。"

"不,不,我不指望那个。"他们放松了。"听着,你们帮我做两件事,我答应给你们一人一百元。第一件事情:我想请一位出去给我拿杯咖啡。"

罗伊露出了他一贯的总台国王般的表情,"不早说,德坦布尔先生,我可以免费帮你去拿。当然啦,你究竟怎么喝我就不知道了。"

"带根吸管。别拿走廊饮料机里的,出去帮我买杯真正的咖啡。要奶,不要糖。"

"一定照办。"罗伊说。

"那第二件事呢?"凯文问。

"我要你到楼上的特藏书库,在我桌子右下角的抽屉里找些衣服给我。如果不让别人知道你在干吗的话,再给你额外的奖励。"

"小事一桩。"凯文说。真奇怪,我以前怎么就这么讨厌他呢?

"最好把这个楼梯给锁上。"凯文听罗伊这么一说,点了点头,走过去关上门。罗伊站在笼子旁边,充满怜悯地看着我,"那么,你是怎么进去的呢?"

我耸了耸肩,"确实没有什么好答案。"

罗伊笑了,摇摇头,"好吧,你先好好想想,我去给你买咖啡。"

二十分钟过去了,我终于听到门锁被再次打开,凯文走下楼梯,后面跟着马特和罗伯托。凯文的眼光遇到我,他肩头一耸,仿佛在说,我尽力了。他把我的衬衫从笼子的网格里塞进来给我,我穿上,罗伯托站着,双手交叉搭在胸前,冷冷地看我。裤子有点肥大,凯文花了好大力气才从网格里弄进来。马特坐在台阶上,一脸迷茫。我听见门又开了,是罗伊,带来了咖啡和甜卷。他把吸管插进我的咖啡里,把杯子放在地上,旁边还有甜卷。我的目光好不容易才挪到罗伯托身上,他转身问罗伊和凯文:"我可以单独和他待一会么?"

"当然,卡勒博士。"两个保安走上楼梯,在通往一层过道的那扇门后消失了。现在,就我一个人,困在这里,眼前是我敬佩的罗伯托,我对他曾经一再地撒谎,今天真不知道该如何解释了。现在只剩下真相,可它比一切谎言更令人气愤。

"好吧,亨利,"罗伯特说,"说说你的故事。"

**亨利**:这是个完美的九月早晨,因为爱尔芭(怎么也不肯穿衣服)和地铁(怎么也等不来),我上班有些迟到了,好在不是太久,当然,只是根据我的标准。我在总台签到,罗伊不在,是玛莎,我说:"嗨,玛莎,罗伊去哪儿了?"她说:"哦,他有事跑开了。"我说:"哦。"然后我乘电梯上了四楼,当走进特藏书库时,伊莎贝拉说:"你迟到了。"我说:"不过不算太晚。"我来到我的办公室,马特正站在我的窗口,眺望对面的公园。

"你好,马特!"我说。马特却吓得跳出一丈远。

"亨利!"他脸色煞白地说,"你是怎么从'笼子'里出来的?"

我把背包放到桌上,瞪着他,"'笼子'?"

"你——我刚从楼下上来——你被困在'笼子'里了。罗伯托在下面——你让我上来等,可没说等什么——"

"我的天!"我往桌上一坐。"哦,我的天!"马特坐在我的椅子上,抬头看我。"听着,我能解释……"我开始了。

"你能?"

"当然,"我想了想,"我——你知道——哦,该死的。"

"真的很古怪,难道不是吗,亨利?"

"是的,是很古怪。"我们彼此盯着对方。"听着,马特……我们还是下楼去看看现在怎么样了,然后我一起给你和罗伯托解释,好么?"

"好。"我们站起来,一起下了楼。

我们走到东侧的过道上,罗伊在楼梯入口的附近闲荡。他看见我,吃了一惊,刚想问那个显而易见的问题,只听见凯瑟琳说:"嗨,小伙子们,出了什么事啦?"她边问,边轻快地从我们身边掠过,想要去开通往楼梯的门。"咦,怎么没有一扇打得开?"

"嗯,是这样,米德小姐,"罗伊瞥了我一眼,"我们正好碰到一个故障,呃……"

"没事了,罗伊,"我说,"过来,凯瑟琳。罗伊,你能在这儿待一会儿么?"他点点头,我们进了楼梯。

我们一踏进去,就听见罗伯托说:"听着,我可不想听你坐在这里给我编造科幻小说。我要想看科幻小说的话,我会去阿美丽亚那里借的。"他坐在最低一层台阶上,听到我们进来,他扭头想看看是谁。

"你好,罗伯托。"我轻轻说。凯瑟琳说:"哦,我的天,哦,我的天。"罗伯托站起来,一下子失去了平衡,马特伸手扶稳了他。我看着笼子,里面正是我自己。我坐在地上,穿着我那件白衬衫和咔叽裤,双手抱住顶在胸口上的膝盖,显然又冷又饿。笼子外面还有杯咖啡。罗伯托、马特和凯瑟琳默默无言地看着我们。

"你这是从哪儿来?"我问。

"二〇〇六年八月。"我端起咖啡,举到下巴高,插上吸管递进笼子里,他一口就喝完了。"你还要块甜卷么?"他要的。我把它掰成三块,给了他,我觉得自己就好像是在动物园里。"你受伤了。"我说。"我的头撞到什么了。"他回答。"你在这儿还要待多久?""半个小时左右。"他朝罗伯托比划着,"看到了吧?"

"这究竟怎么啦?"凯瑟琳问。

我和自己商量了一下:"你想解释么?"

"我试过了。还是你来吧。"

于是我开始解释,我解释了实际生活和基因构造两方面。我解释了整个情况只是一种我无法控制的疾病,我解释了肯德里克,解释了我和克莱尔如何相遇,又如何再次相遇。我解释了偶然漏洞、量子力学、光子以及光速。我解释了在制约着大多数常人的时间体系之外的那种生活的滋味。我解释了那些谎言、盗窃和恐惧。我解释了我一直多么想过正常人的生活。"正常生活的一部分就是有一份正常的工作。"我总结道。

"我不觉得这是份正常的工作。"凯瑟琳说。

"我也不觉得我这是种正常的生活。"坐在笼子里的我说。

我看看罗伯托,他坐在台阶上,头靠着墙壁,看上去筋疲力尽、满面愁容。"好了,"我问他,"你会解雇我吗?"

罗伯托叹了口气,"不。不,亨利,我不会解雇你。"他小心地站起来,用手掸落衣服后面的灰尘。"可是我不明白,你为什么不早点把这一切都告诉我?"

"你不会相信我的,"我自己替我回答了,"在你没有亲眼看到之前,就算是刚才,你也没有相信。"

"嗯,是的——"罗伯托张开口,但他接下来的话却被我来去时的响声吞没了。我转过身,笼子里只剩下一堆衣服。我下午会带根撑杆把衣服勾出来的,我转向马特、罗伯托和凯瑟琳。他们震惊无比。

"我的天,"凯瑟琳说,"真像是和克拉克·肯特[1]一起工作。"

"我觉得自己像是吉米·奥尔森[2]。"马特说,"呃?"

---

1 克拉克·肯特(Clark Kent),电影《超人》里的主角。
2 吉米·奥尔森(Jimmy Olsen),超人现实生活中的好朋友。

"那你不就成了露易·兰[1]了么?"罗伯托拿凯瑟琳打趣。

"不,不,克莱尔才是露易·兰。"她回答说。

马特说:"可是,露易·兰可不知道克拉克·肯特和超人之间的联系,而克莱尔……"

"要是没有克莱尔,我早就自暴自弃了,"我说,"我从来就不明白克拉克·肯特为什么一直狠得下心叫露易·兰蒙在鼓里呢?"

"这样故事才更精彩。"马特说。

"是吗?我不觉得。"我回答。

二〇〇六年七月七日,星期五(亨利四十三岁)

**亨利:**我坐在肯德里克的办公室里,听他解释为什么没有效果。外面热得叫人窒息,像是把又热又湿的羊毛毯裹在木乃伊身上似的。而这里,空调却冷得让我坐在椅子上直起鸡皮疙瘩。和往常一样,我们交叉坐在各自的椅子上,桌子上的烟灰缸里盛满了香烟过滤嘴。肯德里克总是用前一根香烟屁股来点下一根。我们坐着,没有开灯,充斥着烟雾的冷空气很沉,很重,我想喝一杯,我想大叫,我想让肯德里克停下来,让我问上一个问题,我想站起来走出去。不过我还是坐着,听着。

当肯德里克停下来时,楼里的噪音一下子凸显出来了。

"亨利?你在听么?"

我坐直,像个走神的学生被当场逮住一样,我看着他,"嗯,没有。"

"我问你有没有听懂,为什么没有效果。"

"嗯,呃,"我努力整理了一下思路,"没有效果是因为我的免疫系统全乱了套。因为我老了。因为这其中牵涉到太多太多的基因。"

"对,"肯德里克叹了口气,把烟在那堆过滤嘴上捻灭,精巧的烟絮上腾,继而又幻灭。"我很抱歉,"他往椅子后背一靠,一双粉红的柔软的手握在一起,放到膝盖上。我想起第一次见到他的情景,也在这间办公室,八年前。那时,我们俩都更年轻,对伟大的分子基因学信心百倍,准备好好运用科学来挑战大自然。我想起当时我握着肯德里克的时间旅行鼠,看

---

[1] 露易·兰〔Lois Lane〕,超人现实生活中的女朋友。

着我小小的白色代言者，心中曾涌动着希望。我又想起当我向克莱尔坦白没有效果时她脸上的表情。当然，她从不认为我们会成功。

我清了清嗓子，"爱尔芭会怎么样？"

肯德里克的脚踝扭在一起，坐立不安，"爱尔芭什么怎么样？"

"对她会有效果吗？"

"我们没法知道，不是吗？除非克莱尔改变主意，允许我研究爱尔芭的DNA。克莱尔对基因治疗的恐惧，我们都领教够了。每次我想要和她讨论这个问题，她总觉得我就是约瑟·蒙各莱[1]。"

"可如果你有爱尔芭的 DNA，"我说，"你就能在一些老鼠身上做实验，研制一些专门针对她的药，等她十八岁后，如果她同意，就可以立即接受治疗。"

"是的。"

"所以就算我彻底完蛋了，起码爱尔芭还是有希望的。"

"是的。"

"那么，好吧。"我站起来，搓了搓手，把那件早已被阴冷的汗浸湿的衬衫脱下来。"我们就这么办吧。"

二〇〇六年七月十四日，星期五（克莱尔三十五岁，亨利四十三岁）

**克莱尔：**我在工作室里制作雁皮絮纸，这种纸薄得透明，薄得都可以将它一眼看穿。我把纤维浆浸到漆料桶里，再捞上来，卷一卷，绕一绕，直到漆料的分布绝对均匀为止。我把它搭在桶沿上滤干时，爱尔芭笑着跑过花园，嚷着："妈妈！看爸爸给我买的！"她一下子从门外冲进来，唧唧喳喳地来到我跟前，亨利镇静地跟在她后面，我低头看她叫嚷着什么：一双红宝石舞鞋。

"和多萝茜[2]的一模一样！"爱尔芭说着，在木地板上跳了几下踢踏舞，她把两只鞋子的后跟相互敲了三下，可并没有飞走。当然了，她已经在家了。我笑了。亨利看上去也一副自我满足的样子。

---

[1] 约瑟·蒙各莱（Josef Mengele），纳粹德国奥斯维辛集中营里研究孪生和侏儒现象的医生，号称"死亡天使"。
[2] 《绿野仙踪》里想要回家乡的小女孩，她有双会飞的魔法鞋。

"你去过邮局了吗?"我问他。

他垂下脸,"哎呀,还没,我忘了。对不起。明天一起床就去。"爱尔芭还转个不停。亨利伸出手来,让她停住,"别这样,爱尔芭,你会转晕的。"

"我喜欢转晕的感觉。"

"这可不太好。"

爱尔芭穿着T恤和短裤,她内肘弯里贴了块邦迪。"你的手怎么了?"我问她。她没有回答我,反倒看了看亨利,于是我也朝他看去。

"没事的,"他说,"她自己吮皮肤,结果弄了个吻痕。"

"吻痕是什么?"爱尔芭问。亨利开始解释起来,可我立即打断他,"吻痕怎么要贴邦迪呢?"

"我不知道,"他说,"她就要了。"

我有种预感,算是母亲的第六感吧。我走到爱尔芭身边,"让我看看。"她那只胳膊贴着身体,另一只手紧紧地抓住它,"别撕邦迪。会疼的。"

"我会小心的,"我坚定地握过她的手臂。她呜咽了一声,可我下了决心。我慢慢伸直她的手,轻轻揭开护创膏,紫色的淤斑里有个红色的小针孔。爱尔芭说,"别呀,好痛。"我松开她,她重新贴上邦迪,看着我,等待着。

"爱尔芭,你去找金太,看看她是不是想过来一起吃晚饭?"爱尔芭笑着跑出了工作室。一分钟后,后门"砰"的关上了。亨利坐在我的画桌边,在椅子上前后晃着身子。他看着我,等我说话。

"我真不敢相信,"我最后说,"你怎么可以这样?"

"我不得不这样。"亨利说。他的语调很平静,"她——我不能就这样离开她,让她没有起码的——我希望能给她一个良好的开始。这样肯德里克医生才可以研究,帮她找到治疗方法,以备万一。"我走到他身边,橡胶套鞋和围裙吱吱作响,我靠在桌边,亨利歪着脑袋,光照在他的脸上,那些皱纹穿越他的前额,围住他的嘴角和眼睛,他瘦了,眼睛在他脸上显得无比巨大。"克莱尔,我没有告诉她为什么,你可以告诉她,等……合适的时候。"

我摇摇头,不。"去给肯德里克打电话,让他立即停止。"

"不。"

"那么我去打。"

"克莱尔,别——"

"我不管你怎样对待你自己的身体,亨利,可是——"

"克莱尔!"亨利从他紧咬着的牙齿里挤出我的名字。

"什么?"

"结束了,好么?我已经完了。肯德里克说他无能为力了。"

"可是——"我停下来,好好消化他刚才的话,"可是今后……还会发生什么呢?"

亨利摇摇头,"我也不知道。也许我们觉得要发生的……真的会发生。但如果真的发生了,那时……我不能两手空空地离开爱尔芭,都没有帮过她……噢,克莱尔,让我为她做点什么吧!也许没有用,也许她永远都用不上——也许她喜欢时间旅行,也许她不会迷路,不会饥饿,永远不会被逮捕、被追赶、被强暴、被痛打,可是,她如果不喜欢这样的生活呢?如果她只想做个正常的女孩呢?克莱尔?哦,克莱尔,别哭……"可我无法止住,我站着,任泪水哗哗地流在我黄色的橡胶围裙上,后来,亨利站起身抱住我。"克莱尔,我们的责任从来没有被赦免过,"他温柔地说,"我只想给她编一张安全网。"隔着他的T恤我能感觉到他的肋骨。"至少让我给她留下些什么,好吗?"我点点头,亨利亲吻我的额头。"谢谢你。"他说,我又哭了。

一九八四年十月二十七日,星期六(亨利四十三岁,克莱尔十三岁)

**亨利:**现在,我知道结局了。它是这样的:在那个秋天的清晨,我将坐在草坪上。那将是个阴沉寒冷的早晨,我将穿戴起黑色的羊毛大衣、靴子和手套。那天并没有出现在表格上,克莱尔将在她那温暖的小床上睡觉。那年的她十三岁。

远处,一声清脆的枪响将划破干冷的天空,那是猎鹿的季节。在那里,身穿鲜亮橙色外衣的男人们将静坐、等待、射击。然后,他们将一边畅饮啤酒,一边享用妻子为他们准备的三明治。

风汇聚起来,穿过果园,扯落苹果树上那些无用的叶子。草坪云雀屋的后门"哐"的一声,两个穿橙色荧光服的身影出现了,他们扛着瘦长的来复枪,向我走来,走进草坪,那将是菲力浦和马克。他们不会看见我,因为我蜷缩在高高的草丛中,在那片淡棕色和惨绿色的野地里,我只是个一动不动的小块。离我两米开外时,菲力浦和马克将离开小道,走向树林。

他们停下来聆听,他们在我之前听到瑟瑟声、蹦跳声,有东西穿过草地,是那种大而笨重的家伙,白色的一闪而过,或许是什么东西的尾巴?它往我这儿来,往空地上来。马克抬起他的来复枪,仔细瞄准,扣动扳机,然后:

一声枪响,接着一声惨叫,是人的惨叫。随后将是一阵暂时的静止。接着是:"克莱尔!克莱尔!"然后一切恢复平静。

我坐了一会儿,不思考,不呼吸。菲力浦奔过来,我也开始奔跑,马克也在跑,最后我们一起汇聚在那里:

不过,那里什么都没有。只有地上的血,鲜亮而黏稠,还有被压弯的枯草。我们将瞪眼看着陌生的对方,在那片空空的尘土之上。

克莱尔在床上,听到那声惨叫,她将听到有人叫她的名字,她坐起来,心脏仿佛就要蹦出胸膛。她跑下楼梯,出门,穿着睡衣来到草坪上。她看见我们三个人时,她停住不动了,迷惑不已。我站在她的父亲和哥哥身后,把手指放在嘴唇上。菲力浦走到她跟前时,我跑开了,我将躲进果园里,看着她在父亲的怀抱里颤抖,而马克站在一旁,烦躁又困惑,十五岁的他,下巴上长着短须,他看着我,仿佛努力要把我刻在脑海里。

然后,克莱尔看着我,我向她挥手,在父亲的陪伴下她将回到家里。她也朝我挥手,纤细的身体,睡衣被风撑得满满的,像是天使的翅膀。她将在我的视线中越来越小,最后融入远方,消失在房子里。我将在那被践踏过的血淋淋的小块土地上站着,我将明白:在某处,我就要死了。

## 门罗街停车库里的插曲

二〇〇六年一月七日，星期一（亨利四十三岁）

**亨利**：天很冷，非常非常冷，我躺在雪地里。这是哪儿？我试图坐起来，腿麻木了，感觉不到脚的存在。我在一片没有房子、没有树木的空地上，我在这儿有多久了？已是夜晚，我听见车流，我用手掌和膝盖把自己支撑起来，抬起头，我在格兰特公园里，早已关门的美术馆，黑黑地兀立在几百米的雪地之外。密歇根大街上那些漂亮的建筑物一片沉寂，车流沿着湖滨大道[1]前进，车前灯划破黑暗的夜晚，湖对岸倒有些星星点点的灯光，即将拂晓，我需要离开这里。我需要一点温暖。

我站起来，双脚煞白而僵硬。我感觉不到，也无法挪动它们。不过我还是开始走动，我跟跄着在雪地上前行，倒下去，爬起来再走，如此往复，最终变成了爬行。我爬过一条马路，我扒住栏杆的底部，倒着爬下水泥台阶，盐渗进我磨破了的手掌和膝盖。我爬到一部收费电话前。

铃响过七声。八声。九声。"喂。"我自己说。

"救救我，"我说，"我在门罗街停车库里。该死的，这里想象不出的冷。我在保安室旁边。快来帮我。"

"好，待在那儿别动。我们这就出发。"

我想挂上电话，听筒却从手中滑落，我的牙齿无法控制，咯咯作响。我爬近保安室，猛烈地撞门，屋子里没人，只有一些闭路电视，一台加热器，一件外套，一张写字台，一把椅子。我转了转把手，门是锁着的，我身上也没有开锁的工具，窗户都被铁丝加固了。我抖得越发厉害，没有车开来。

"救救我！"我喊道，没有人来。我用膝盖顶住下巴，抱住脚，在门前蜷缩成一团球状。没有人来，然后，最后，最后，我消失了。

---

[1] 芝加哥作为全世界最美丽的城市之一，最为精华的部分正是沿着密歇根湖岸的湖滨大道。

# 零星的片段

二〇〇六年九月二十五、二十六、二十七日，
星期一、星期二、星期三（克莱尔三十五岁，亨利四十三岁）

**克莱尔**：亨利走了整整一天了，我和爱尔芭去麦当劳吃晚饭，我们玩了"小猫钓鱼"和"疯狂八字"；爱尔芭画了幅画：一个长发小女孩乘着一只小狗飞翔，我们一起挑选她明天上学穿的衣服。此刻，她上了床，我坐在前厅里，试着读读普鲁斯特的书，但每次读起法文总让人昏昏欲睡，在我就要睡着时，客厅里传来一声巨响，亨利倒在地板上，颤抖，他那么苍白、冰冷——"救救我。"他的牙齿咯咯作响，我赶忙奔向电话机。

后来：

抢救室：荧光灯下灵薄狱[1]的景象：浑身是病的老人，妈妈带着发烧的孩子，那些少年——医生正在手术室里把子弹从他们伙伴的身体里取出来——他们今后将在仰慕他们的女孩面前吹嘘不已，可现在一个个却耷拉着脑袋，无比困倦。

后来：

一间白色的小房间：护士们把亨利抬上床，揭开毯子。他睁开眼睛，凝视我，又把眼睛闭了起来。一位金发实习生把他全身检查了一遍，一名护士测了他的体温和脉搏。亨利在发抖，抖得那么厉害，以至于整个床都跟着在抖，后来连护士的手臂都抖了起来，就像七十年代汽车旅馆的那些电动床。住院医生过来，依次检查亨利的瞳孔、耳朵、鼻子、手指、脚趾、生殖器。她们开始用毯子和某种像是金属铝箔的东西包裹他，再用冰袋包

---

[1] 地狱的边缘，在地狱与天堂之间，是善良的非基督徒与未受洗礼的儿童的灵魂所居之处。

起他的脚。房间里很温暖,亨利眨了几下眼睛,又睁开了,他想说些什么,像是在叫我的名字。我把手伸到毯子下面,握住他冰冷的双手。我看了看护士。"需要加热,让他自身的体温上来,"她说,"然后还要继续观察。"

后来:

"九月里怎么可能会得低体温症[1]呢?"住院医生问。
"我也不知道,"我说,"问他吧。"

后来:

早晨,我和查丽丝在医院的自助餐厅里,她正吃着巧克力布丁。亨利在楼上的病房里睡觉,金太陪着他。我盘子里有两片吐司,浸透了黄油,我一口也没吃。查丽丝旁边还坐着一位,是肯德里克。"好消息,"他说,"他的体温已经升到三十六度四了,大脑好像也没有受伤。"
我什么也说不出来。感谢上帝,这是我心中惟一的话。
"这样,嗯,等我结束圣路克医院那边的工作,我会过来再检查的。"肯德里克说着,站起身来。
"戴维,谢谢你。"在他就要出发前,我才说了一句。肯德里克微微一笑,离开了。

后来:

默莉医生走进来,身后跟着一名印裔护士,胸牌上写着:苏。苏端来一只大盆、一个温度计和一只水桶,不管用什么方法,总之很原始。
"早上好,德坦布尔先生,德坦布尔太太,我们要让您的脚重新回暖。"苏把盆子放到地上,默默地走进卫生间。水哗哗地流。默莉医生身材高大,一头美丽的蜂窝式发型,只有某些特别令人难忘、特别美丽的女黑人才梳得好看。她宽大的身体从白色外衣的边褶处开始,渐渐缩小,一路下去,

---

[1] 温血动物体温异常降低的一种现象,并伴有生理活动普遍减慢的现象。

到达鳄鱼皮平跟女鞋里两只完美的脚。她从口袋里掏出一根针管和一次用量的针剂,并把药剂吸进了针管。

"那是什么？"我问。

"吗啡,接下来会很疼,他的脚快不行了。"她轻柔地抬起亨利的手臂,亨利默然地伸给她,仿佛她在纸牌游戏中赌赢了他的手臂一样。她下手很轻柔,针头一滑进皮肤,她便推下注射器的活塞,过了一会,亨利发出一声感激的呻吟。默莉医生把冰袋从亨利的双脚上移开,苏端着热水出现了。她把热水放在床边,默莉医生降下床,两个人摆弄着让亨利坐起来。苏量了量水温,把水倒进盆子,又把亨利的脚浸在里面。亨利剧烈地喘着气。

"能被救回来的皮肉组织都会变成鲜红色。如果不像煮熟的龙虾,那就出问题了。"

我看着亨利的双脚,它们漂浮在黄色塑料盆里,白得像雪、白得像大理石、白得像钛、白得像纸、白得像面包、白得像床单,要多白就有多白。亨利冰冷的脚让一盆热水变成了温的,于是苏去换水,温度计上显示为41度,五分钟后,就只有32度了,苏不得不再去换水。亨利的脚像死鱼一样晃动,眼泪从他的颧骨上滚落,在他的下颚上消失。我擦拭他的脸,爱抚他的头,等待他的脚变成鲜红色,就像等待在盛满化学药水的盘子里的胶片显出影像来。他的脚踝处出现了一些红色,左脚上的红色扩散开来,在脚后跟上方形成红色的斑点,最后,一些脚趾也勉强地露出了羞红。可是他的右脚上依旧是顽固的苍白,踝关节好不容易出现了一些粉色,却再也没有扩散下去。一个小时后,默莉医生和苏小心地把亨利的脚擦干,苏往他的脚趾头间夹了些棉花。她们让他重新躺好,在他的脚上加了支架,这样就没有东西会碰到它们了。

后来：

夜很深了,我在仁爱医院,坐在亨利的床边,看着他熟睡。高梅兹坐在床另一侧的椅子上,也睡着了,他的头仰在后面,张着嘴,还不时发出轻微的鼾声,转动几下脑袋。

亨利一动不动,安安静静的。静脉仪不停地发出短促的声响。床脚有个像帐篷一样的装置,巧妙地把毯子置高,避开原本他双脚所在的地方,可是现在亨利的脚已经不在那儿了，冻伤毁了它们。今天早晨，亨利脚踝下方的部分都被截去了。我无法想象，我努力不去想象，毯子下面是什么景象。亨利的双手扎着绷带，伸在毯子外面，我握住他的手，如此冷，如此干，腕部如此地脉动，它在我手中如此地真实。手术后，默莉医生问我要如何处理亨利的脚。装上假肢应当是正确的回答，可我只是耸耸肩，望向别处。

一名护士进来，朝我笑笑，给亨利打了针。几分钟后，他发出了几下叹息，就像毒品罩住了他的大脑，他把脸转向我，微眨了下眼睛，继续睡了。

我要祷告，可我想不起来祷词，脑子里全都是：嘛呢嘛呢嘛呢哞，抓住老虎的脚指头，要是它吼，赶快放它走，嘛呢嘛呢嘛呢哞。哦上帝啊，别这样，别这样对我好吗？这条蛇鲨终究是个怖悸种[1]。不，什么也想不起来了。快去找医生。你怎么了？得去医院。我要截肢了，截得很厉害。把绷带拆开，让我看一下。嗯，截了那么多啊。[2]

我不知道时间，外面的天空开始放亮。我把亨利的手放回到毯子上，他防备性地缩回胸前。

高梅兹打了个哈欠，尽力舒展他的双臂，把手关节弄得咯咯作响，"小猫，早上好。"他说着，起身笨重地走进卫生间，我听见他的小便声，这时亨利睁开了眼睛。

"我在哪？"

"仁爱医院。二〇〇六年九月二十七日。"

亨利盯着天花板，然后，缓缓地，他自己坐起来，靠着枕垫，瞪着床脚。他往前倾身，伸手去摸毯子下面。我闭上眼睛。

亨利发出了尖叫。

二〇〇六年十月十七日，星期二（克莱尔三十五岁，亨利四十三岁）

**克莱尔**：亨利出院回家已经一个星期了。他整天都在床上，蜷缩着身

---

[1] 《爱丽斯梦游仙境》的作者路易斯·卡洛尔于1874年的某一天上午散步时，脑海里突然涌出一句诗："因为这条蛇鲨真的属于怖悸种，你知道吧。"( For the Snark was a boojum, you see) 当时他一头雾水，但是立刻记了下来，并由此得到了灵感，写出了小说《猎蛇鲨记》( The Hunting of Snark )。

[2] 原文是法语。

体面向窗外,在吗啡的间歇影响下时醒时睡。我试图喂他汤、吐司、通心面和奶酪,可他吃得很少,话也很少。爱尔芭在旁边转来转去,静静地、焦急地取悦他,给她爸爸橘子、报纸、她的泰迪熊,可亨利的微笑恍恍惚惚、心不在焉的,送来的东西在床头柜上堆成一堆,他也没有动过。一位手脚麻利的护士索尼亚·布朗每隔一天来一次,帮他换衣服,对他好言相劝,不过,当她钻进那辆红色的大众甲壳虫后,亨利便又失去了自我。我帮他用便盆,帮他换睡衣,我问他感觉如何,需要什么,他或者含糊地回答,或者什么都不说。尽管亨利就在我眼前,可他已经消失了。

我拎着一篮换洗衣服路过走廊,经过卧室时,从微微开启的门缝里看见亨利,他缩在床上,爱尔芭站在他身边。我停下来看她,她站得笔直,双臂垂在身体两侧,黑色的辫子在背后晃来晃去,蓝色的圆领衫拉得都变了形。早晨的阳光泻进房间,把一切都冲洗成了黄色。

"爸爸?"爱尔芭轻声细语地说,亨利没有作答。她又试了一次,更大声。亨利翻过身来,蜷起身子。爱尔芭坐到床边,亨利闭上眼睛。

"爸爸?"

"嗯?"

"你会死吗?"

亨利睁开眼睛盯着爱尔芭,"不会。"

"爱尔芭说你已经死了。"

"那是未来的事,爱尔芭,还没到呢。告诉爱尔芭她不该对你说这些事。"亨利摸了摸下巴上的胡须,这些都是出院后新长出来的。爱尔芭坐着,双手交叉地放在大腿和膝盖上。

"你以后一直都要这样躺在床上吗?"

亨利坐直身子,这样头就可以倚在床头板上,"也许吧。"他在床头柜抽屉里翻了一阵,可是止痛药在卫生间里。

"为什么?"

"因为我像个废物,好吗?"

爱尔芭下了床,从亨利身边缩回来。"好的!"她说完便推门而出,几乎撞在我身上,她吓了一跳,然后静静地搂住我的腰。我把她抱起,她在我怀里可真沉。我把她抱进她自己的房间,我们坐在摇椅上,一起摇来摇去。爱尔芭滚烫的脸贴着我的脖子,我该对你说些什么,爱尔芭?我该说些什么呢？

二〇〇六年十月十八日、十九日，星期三和星期四；
十月二十六日，星期四（克莱尔三十五岁，亨利四十三岁）

**克莱尔**：我站在工作室里，捧着一卷做雕塑骨架用的金属丝和一捆素描。我把大工作台整理干净，把素描整齐地钉在墙上。现在，我要让那一整件雕塑从我的脑海里浮现出来，我试图把它想象成立体的形状，原样大小。我一刀剪下去，长长的一段金属丝摇晃了几下，从那一大卷里弹了出来。我开始构造一副躯体，把金属丝扎成肩骨、胸骨、胸廓，然后是骨盆。我停下来，手臂和大腿应该有关节吗？要不要再扎两只脚呢？我逐步明白过来，这些都不是我想要的，于是我把它们都放到桌子底下，又拿起一些金属丝。

像个天使。每一位天使都是可怖的。然而，呜呼，我却歌颂你们，几乎致命的灵魂之鸟们……[1] 我想给他的只是翅膀。我把细细的金属丝绕圈折弯，在空中挥舞，我测量了自己的臂长，然后制作翼翅。我重复着，宛如镜子里的倒影，扎成第二只翅膀。我用眼睛测量，用手感受重量和形状，检验它们的对称性，就像给爱尔芭理发那样。我把翅膀扣在一起，爬上梯子，把它们挂在天花板上。它们浮在空中，空气悬在周围，它在我的胸前，优美、华丽，只是，无用。

开始我想象是白色的，现在我意识到根本不是。我打开颜料橱：深海蓝、黄赭、生褐、鲜绿、深茜红。都不是。终于找到了：铁锈红。干血的颜色。可怕的天使不是洁白的，也不会比我所能调出的所有白色更白。我把染料罐放在台子上，放在骨炭灰旁边。我走近一捆纤维，它们在工作室最里面的角落里，散发着芳香，楮树和亚麻，它们透明而柔韧，其中一种抖动起来像紧合的牙齿，而另一种又像嘴唇般柔软。我称了一公斤坚韧而柔软的楮树皮，这些树皮事先需要经过煮熟、捶打、破裂、敲击等多道工艺。架在两个炉子上的大锅正烧着热水，沸腾后，我才开始放楮树皮，观察它们变色，缓缓地吸收水分。我按着剂量放苏打粉，盖上锅子，打开排

---

[1] 选自刘皓明译《杜伊诺哀歌·第二首哀歌》。

风罩，再把一斤白亚麻切成小段，往搅拌器里注满水，最后把那些小段揉碎成白色的亚麻浆。至此，我给自己倒了杯咖啡，坐下，隔着院子眺望对面的房间。

与此同时：

**亨利**：妈妈坐在我的床脚。我不想让她知道我的脚，闭上眼睛假装睡觉。

"亨利？"她说，"我知道你醒了。快点，老弟，起来晒晒太阳。"

我睁开眼睛，原来是金太。"嗯，早呀。"

"已经下午两点半了，你该起床了。"

"我没法起床，金太。我现在没脚了。"

"你有轮椅，"她说，"快点，你要洗个澡，刮刮胡子，哎呀，你身上还有股老年人的味道。"金太站起来，一脸严肃，她掀开我的被子，我躺着，就像一只脱壳的小虾仁，在午后的阳光里又冷又软。金太把我威吓进轮椅，然后把我推到浴室门前，门太窄了，轮椅进不去。

"好吧，"金太站在我面前，双手撑着她的屁股说，"我们该怎么办？嗯？"

"我不知道，金太。我是个死瘫子，这里我不行的。"

"你这是什么话，死瘫子？"

"这是对跛子最高级的轻蔑语。"

金太看着我，就像我八岁那年当她的面说他妈的那样。（我当时并不知道那是什么意思，我只知道不能说。）"亨利，我觉得应该用残疾人这个词吧。"她俯身，从上往下解我的睡衣扣子。

"我有手，"我说道，自己解开了扣子。金太唐突又粗暴地转过身去，拧开龙头，调好水温，往下水口里塞好塞子。她在医药柜里翻了一阵，找出我的剃刀、润须肥皂还有海狸毛做的剃须刷。我想不出怎样下轮椅，我决定试着从上面滑下来：我把自己的屁股往前挪，弓起后背，滑向地面。结果下来时扭伤了左肩，还撞到了头，好在并不严重。在医院时，理疗师叫潘尼·菲泽怀特，一个年轻人，他非常会鼓励人，教了我不少上下轮椅的技巧，不过那也都是从轮椅到床、轮椅到椅子的阶段。此刻，我坐在地板上,浴缸像一座白色的多佛尔海峡[1]高不可攀。我抬头看金太,她已经八十二岁了,在这里我只能靠我自己。她看着我,眼神里充满了怜悯。我想,他妈的,怎么样都得想个办法,我不能让金太这么看我。我身体一抖,甩落睡裤,开始解绑在我腿端的绷带。金太在镜子里照牙齿。我把手臂伸过浴缸边缘,试了试水温。

"要是你再加些香草,晚饭就是清炖死瘫子了。"

"太烫了?"金太问我。

"是呀。"

金太重新调了龙头,离开了浴室,顺手把轮椅从门前推开。我灵活地除去右腿上的包扎,绷带下面是苍白冰凉的皮肤。我把手放在它们合拢的地方,也就是皮肉包住骨头的地方。不久之前,我刚吃过维克丁[2],我想趁克莱尔不注意时再吃一颗,瓶子很可能还在上面的医药柜里。这时,金太从厨房里拿了一张椅子又回来了,她把椅子"扑通"一声放在我身边,我把另一条腿上的绷带也拆开了。

"她的水平还不错。"金太说。

"默莉医生么?是啊,比以前大有改观,更符合空气动力学了。"

金太笑了,我让她去厨房拿些电话黄页来,她把它们叠在椅子边,我抬高身体,坐了上去。接着我爬上椅子,几乎是连滚带爬地掉进了浴缸,瞬时激起一片水花,泼洒到地砖上。我在浴缸里了。哈利路亚!金太关上水龙头,拿了条毛巾擦干她的大腿。我沉了下去。

后来:

**克莱尔**:煮了数小时后,我把楮树纤维扎拢,统统放进打浆器里。打浆的时间越长,纤维末就越细,颜色也越接近牙白。又过了四小时,我加入稳定剂、黏土和染料,米白色的纤维浆突然呈现出深土红色。我在桶里滤去水分,把它们倒进事先准备好的大染缸中。我走进屋子,金太正在厨

---

1 多佛尔海峡(Cliffs of Dover),位于欧洲大陆和大不列颠岛之间,是欧洲到美洲、非洲航线的必经之路,它也是国际航运最繁忙的水道,居世界各海峡之首。

2 维克丁(Vicodin),某种止痛药,因效果非常迷幻,常常吃会上瘾;也被人拿来当毒品嗑。

房里做金枪鱼砂锅,锅里全是削好的土豆片。

"情况怎么样?"我问她。

"相当不错,他在客厅里。"从浴室到客厅的地板上,有一道金太的脚印,亨利在沙发上睡着了,胸口摊着一本打开的博尔赫斯的《虚构集》[1]。他刚刮过胡子,我俯下身子闻了闻,气味清新,一头湿湿的灰发翘得乱七八糟的,爱尔芭在自己的房间里和她的泰迪熊聊天。有那么一会儿,我觉得仿佛是我在时间旅行,仿佛又回到了以前某个游离的瞬间。可是,当我的目光顺着亨利的身体一直移到毯子平坦的底部时,我知道,我还身处此时此刻。

第二天早晨,下雨了,我打开工作室的门,那对翅膀的龙骨荡在清晨灰色的光线之中,正等着我。我打开收音机,里面放的是肖邦,起伏的练习曲如同海浪般涌向沙滩。我穿上橡胶靴、塑料围裙,还扎了块头巾,以防纸浆溅到头发上去。我最心爱的模子和定纸框都是柚木和黄铜做的,我把它们冲洗干净,揭开大染缸的盖子,铺好一块放纸的毡子。我伸手搅拌染缸里深红色的浆液,使它们与纤维和水充分融合,到处都是湿淋淋的。我把模子和定纸框放进染缸,再小心地取出它们,端平,水哗哗地往下淌。我把它们搁在染缸边,表面逐渐留下一层纤维。我移开定纸框,将模子压到毛毡上,轻柔地摇晃,我把模子移走后,毛毡上留下一层纸,精致,闪亮。我把另一张毛毡覆在上面,打湿,继续,再一次放下模子和定纸框,捞上来,滤干,摊平。就在如此重复中,我忘记了自己,钢琴曲漂浮在水面上,发出泼溅声、滴水声、下雨声。当弄完一叠纸和毛毡后,我把它们放进水力压纸机里。然后我回到屋子,吃了块火腿三明治。亨利正在看书,爱尔芭上学去了。

午饭后,我拿着那叠新做出来的纸,站在翅膀前。我要把纸膜蒙在那些骨架上,纸还有些潮,颜色也很深,很容易被撕破,可它们就要变成骨架的皮肤。我把纸扭成筋,拧成束,彼此缠绕、相联。此刻,这对翅膀成了蝙蝠的双翼,金属丝在纸面下露出明显的痕迹。我在钢片上烘干没用完的部分,把它们撕成小片,撕成羽毛。翅膀一干,我再把它们一片片地缝

---

[1] 博尔赫斯(Jorge Luis Borges, 1899—1986),阿根廷诗人、小说家兼翻译家。1944 年出版了短篇小说集《虚构集》(Ficciones)。

上去。我开始给那些纸片着色：黑色、灰色、红色，为那些可怖的天使，为那些致命的鸟，准备飞翔的羽毛。

一个星期后的夜晚：

亨利：克莱尔劝我穿上衣服，还动用高梅兹把我抬出后门，我们穿过院子，来到她的工作室。工作室里烛光通明：大约有一百根蜡烛，或者更多：桌上，地板上，窗台上。高梅兹把我放到工作室的沙发上，回屋去了。工作室正中，一张白色的床单挂在天花板上，我四处张望，看是否有投影仪什么的，可是没有。克莱尔穿了一件黑色的礼服，她在房间里走来走去，脸和手白得几乎要让人产生幻觉。

"来点咖啡？"她问我。住院以后我还从没有喝过呢。"当然了。"我回答她。于是她倒了两杯，加了伴侣，端给我一杯。热腾腾的杯子在我手里，亲切又令人愉快。"我为你做了件东西。"克莱尔说。

"脚么？我可以装上试试。"

"翅膀。"她说着，把白色的床单拉了下来。

那对翅膀可真大，浮在空中，在烛光里摇曳。它们比黑暗还要深沉，威胁人心，却又让人联想到渴望、自由和直冲云霄的冲动；那种坚实地立在地面的感觉，全凭自己的双脚，尽情地奔跑，如同飞翔般地奔跑；那些在空中盘旋的梦想，仿佛地心引力消失了，让我安全地离开地面。在工作室的柔光里，这些梦都回到了心中。克莱尔坐在我身边，我感觉到她的注视。那对翅翼默默无声，它们的边缘参差不齐。我说不出话来。Siehe, ich lebe. Woraus？ Weder Kindheit noch Zukunft werden weniger... Überzähliges Dasein entspringt mir im Herzen. 看哪，我活着。什么做就？不论童年，还是未来，都没有变少……过量的存在，源于我的心脏。[1]

"吻我。"克莱尔说，我转过身，她白色的面庞和深色的嘴唇在黑暗中漂浮，我沉浸其中，我飞翔起来。我解脱了：生命之泉涌入我的心头。

---

[1] 选自刘皓明译《杜伊诺哀歌·第九哀歌》。

# 关于脚的梦

二〇〇六年十月/十一月（亨利四十三岁）

**亨利**：我梦见自己在纽贝雷图书馆里，给一些芝加哥哥伦比亚学院的研究生做展示，我正向他们介绍一千五百年前的古版书，古腾堡[1]的印刷残本，卡克斯顿[2]的《游戏及弈棋》，延森[3]的《优西比乌》。一切都很顺利，他们的提问也颇有水平。我在推车里翻，我要找一本刚才还在那里看到的书，我不知道我们馆里还有这种藏品。它装在一只沉沉的红盒子里，没有书名，只有索书号：盒子翅膀 f ZX 983. D 453，印在纽贝雷的金色徽章下。我把它放上桌面，铺好衬垫，打开盒子，里面居然是——粉红的，完美的，我的脚，它们沉得出奇，当我把它们放上衬垫时，脚趾居然都动了起来，对我说你好，告诉我它们依旧充满活力。我开始讲解我的脚，揭示它们同十五世纪威尼斯印刷术之间的联系。学生们记着笔记，其中一位漂亮的金发姑娘，穿着闪亮的金属片无袖V领衫，指着我的脚说，"看啊，它们全发白了！"真的，突然之间，它们的皮肤变得死白，没了生机，并且开始腐烂。我难过地为自己记下一笔：明天第一件事就把它们送到废品回收站去。

我在梦中奔跑，一切都很美好。我沿着湖岸，从橡树街滩一直往北。我的心脏如此有力，我的胸平稳地起伏。我笔直前行，真轻松啊。我曾担心自己再也不能跑步了，可现在，我不正健步如飞么？太棒了！

可是情况不对劲了。我身体的一部分开始脱落，首先是左臂，我停下来，把它从沙砾里捡起来，拍了拍，再安回原位，不过装得不是很牢，仅仅七八公里后它就又掉下来了。我只能用另一只手抓住它，琢磨着，或许

---

[1] 古腾堡（Johannes Gutenberg, 1400—1468），德国活版印刷发明人。
[2] 卡克斯顿（William Caxton），英国第一个印刷业者。
[3] 延森（Nichol as Jenson），15世纪法国雕刻家、印刷商、罗马体活字创始人。

回到家后我能装得更牢一些。可接着另一只手臂也掉了下来，落在地上的两根胳膊，我都没有手去捡了。于是我继续跑，还不算太糟糕，不怎么疼。不久，我察觉到自己的阴茎位置不对了，它落进了运动裤的右裤管里，在里面撞来碰去，极不舒服，只是因为裤脚有松紧口，才没有掉出来。我束手无策，也就随它去了。后来，我感到鞋子里也不对劲了，踝骨以下的部分如同瓦片一样裂开，我的双脚碎了，我面朝下跌倒在路上。我知道，如果我继续待在那里的话，就会被其他跑步者踩烂，于是我开始滚，滚呀滚，滚进了湖里，浪把我卷到湖底，我醒了，大口喘着气。

我梦见自己在跳芭蕾，我是领舞者，妈妈的服装师芭芭拉正在换衣间里帮我摆弄舞服粉红色的薄纱。她轻柔地把我的断腿塞进一只粉色的绸缎芭蕾鞋里，芭芭拉是出了名的严厉，所以虽然我脚疼得钻心也没敢抱怨一声。她弄完后，我从椅子里摇晃着站起来，叫出了声。"别娘娘腔的，"芭芭拉说，不过，她又心软了，给了我一针吗啡。伊舍舅舅出现在换衣间门口，我们俩在后台无尽的走道上快速走着。尽管我看不到、也感觉不到我的双脚，可我知道它们很疼。我们急匆匆的，突然我就来到舞台侧翼，我看着舞台，才意识到今天是演《胡桃夹子》，我就是甜梅仙子。不知道什么原因，我非常地不自在，这不是我希望演的角色，但有人却突然给了我一把小铲子，我踉跄着上了台。我开始跳舞，我被灯光射瞎了眼，脑海中一片空白，我也不想任何舞步，完全沉浸在疼痛的亢奋之中。最后，我终于瘫跪在台上，抽泣，而观众们纷纷站起来，热烈地鼓掌。

二〇〇六年十月三日，星期五（克莱尔三十五岁，亨利四十三岁）

**克莱尔**：亨利手举一只洋葱，严肃地看着我，"这……是一只洋葱。"我点点头，"是的。我读过一些文章。"

他扬起一根眉毛，"非常好。现在，要剥洋葱皮，你得找把锋利的小刀，把它放在砧板上，然后削掉两端，像这样。好。现在按十字形切成四块，如果要做洋葱片，把每层剥下来就行了，不过，要想做汤、意大利面酱或是其他什么的，你就得切成丁，像这样……"

亨利决定教我烹饪，工作台和橱柜对于轮椅上的他来说都太高了。我们坐在厨房的桌子边,周围是碗、刀具和罐头番茄酱。亨利隔着桌子,递给我砧板和刀,我站起来,笨拙地把洋葱切丁。亨利看得很耐心:"嗯,不错。现在换青椒:你把刀子在这里剜一圈,把蒂去掉……"

我们做了海员沙司、香蒜酱和意大利千层面。第二天是巧克力薄曲奇、核仁巧克力饼和焦糖布丁。爱尔芭乐翻了天,"再做些甜点吧。"她哀求道。我们煎荷包蛋和三文鱼,完全自制比萨饼,我不得不承认这充满了乐趣。可是那天晚上,我第一次下厨,真是吓坏了,我站在摆满锅碗瓢盆的厨房里,先是把芦笋煮过了头,后来从烤箱里端出鮟鱇鱼时,又把手给烫伤了。我把菜一样样放进盘子里,端进餐厅,亨利和爱尔芭早就各就各位了。亨利给了我一个充满鼓励的微笑,我坐下来,他把一杯牛奶举在空中:"敬新厨师!"爱尔芭和他碰了杯,于是我们开始用餐。我偷看了亨利一眼,他在吃,我也吃,我第一次感到每样菜都很棒。"太好吃了,妈妈!"爱尔芭说,亨利点点头。"克莱尔,真是太棒了。"亨利说,我们彼此凝望着对方,我心里想:别离开我。

# 种什么因，得什么果

二〇〇六年十二月十八日，星期一／一九九四年一月二日，星期天（亨利四十三岁）

**亨利**：我半夜醒来，感觉有千百只长着钢牙的虫子，正啃着我的双腿，还来不及从药瓶里摇出一片维可丁，我已经摔到床下去了。我从地板上硬撑着坐起来，但这并不是我们家的地板，这是另一个地方，另一个夜晚。我在哪儿？疼痛让眼前的一切都发出微光，可是屋子却是暗的，有种气味让我联想起什么，漂白剂，汗味，香水，好熟悉——不会是——

上楼的脚步声，说话声，打开数把锁的钥匙声（我能躲到哪儿去呢？）门开了，我正趴在地板上，灯亮了，如同摄影棚的高光一下子打在我头上，一个女人轻声说："哦，我的天！"我拼命想：哦，不可能这样的。然后门关上，我听见英格里德说："希丽亚，你得走了。"可希丽亚还想留下来，她俩站在门外争论，我垂死地四处张望，但却无路可逃。一定是英格里德在克拉克街的家，尽管我一次也没有来过，可这里全是她的东西，我快窒息了：埃姆斯椅[1]、堆满时尚杂志的腰果形大理石茶几、丑陋的橘色长沙发，我们曾经在上面——我搜索着周围任何可以穿的，可是这间小屋子里惟一的布料只是一条阿富汗毛垫，紫黄相间的，与沙发极不协调，我一把抓来，裹起自己，撑到沙发上。英格里德再次打开门，她静静地站了很久，看着我，我也看着她，我想的全都是那句话：哦，英格，你为什么要这样对自己？

在我印象中，英格里德一直是我在金波家一九八八年的国庆日聚会上遇到的那位金发的冰山美人——英格里德·卡尔米歇尔，完美得不可接近，她闪耀的盔甲上镶满了财富、美貌、缱绻，而此刻站在我面前、看着我的英格里德，却如此憔悴、生硬、疲惫。她站着，头微微歪向一边，眼光中充满了诧异和鄙夷。我们两人都不知该如何开场。最后，她脱下外套，扔

---

[1] 美国设计师埃姆斯（Charles Eames）设计的椅子，他的风格以美观、舒适、优雅、精致且可大量制造而闻名。

在椅子上，坐到沙发的另一端。她坐下来时，腿上的皮裤发出轻微的"吱吱"声。

"亨利。"

"英格里德。"

"你在这儿干吗？"

"我不知道。对不起。我只是——你知道的。"我耸了耸肩，两腿疼得非常厉害，我也不在乎我是在哪儿了。

"你看上去糟透了。"

"我很疼。"

"真有意思，我也一样。"

"我是说生理上的疼。"

"怎么啦？"英格里德只在乎我会不会在她面前自燃。我掀开垫毯，露出我一对秃腿桩。

她没有退却，也没有惊恐，连目光也没有移开。后来她的目光移到我的眼睛上，我看得出，在所有我认识的人中，只有英格里德完全理解了我。两种截然不同的人生旅程，我们却抵达了一样的境遇。她起身走到另一个房间去，回来时手里拿着那只旧针线盒。我心中涌起一阵希望，果不其然：英格里德坐下来，打开盒盖，里面的摆放和从前一样，除了别针和顶针环，各种药物一应俱全。

"你想要什么？"英格里德问。

"鸦片。"她在一只装满药的袋子里翻寻，递给我各色药片，我一眼便看到了盐酸曲马朵[1]，拿了两片。我干吞了下去，她给我倒了一杯水，我一饮而尽。

"嗯，"英格里德长长的红指甲从金发里穿过，"你从什么时间过来的？"

"二〇〇六年十二月。这里是什么日子？"

英格里德看了看手表，"本来倒还是新年，可现在已经算是一九九四年一月二日了。"

哦，不。真不能这样。"怎么了？"英格里德问。

"没什么。"今天就是英格里德自杀的日子，我能对她说什么呢？我能

---

[1] 一种缓型止痛药，可缓解骨关节炎疼痛。

阻止她么？或者我去叫些人来？"听着，英格，我只想对你说……"我犹豫了，我怎么开口才不会吓到她呢？现在这还重要么？她已经死了么？尽管她还坐在我的对面？

"说什么？"

我直冒汗，"你……对自己好一些。不要……我是说，我知道你现在很不开心——"

"那么，这是谁的错？"她的嘴涂着鲜红的唇膏，显出赌气的样子。我没有回答。是我的错么？我确实不知道。英格里德看着我，像是等我回答。我避开她的目光，看着贴在对面墙上纳吉[1]的招贴画。"亨利，"英格里德说，"你对我为什么那么卑鄙？"

我的目光重新聚在她身上，"我有吗？我不是故意的。"

英格里德摇摇头，"我是死是活，你都不在乎。"

哦，英格里德。"我在乎的。我不要你死。"

"你不在乎。你抛弃了我，你也从没来医院看过我。"英格里德说的时候，那些话好像都呛在她的喉咙里。

"是你家人不让我来的，你母亲让我走远些。"

"可你应该来的。"

我叹了口气，"英格里德，你的医生不允许我探望你。"

"我问过，他们说你从来没打过电话。"

"我打过。他们说你不想和我说话，叫我再也别打了。"止痛的药效上来了，那种针挑似的疼痛缓和下来，我双手伸进垫毯下，放在秃秃的左腿上，再移到右腿。

"我差点就死了，你连句话也没和我说。"

"我以为你不想和我说话了。我怎么可能知道呢？"

"你结了婚，再也不给我打电话了，你还请希丽亚去参加婚礼，用这种方式来羞辱我。"

我大笑起来，再也忍不住了。"英格里德，是克莱尔请的希丽亚，她们成了朋友，我一直都不明白，大概是性格互补吧。可不管怎么说，这件事

---

[1] 纳吉（Laszlo Moholy-Nagy，1895—1946），结构主义摄影大师，他常常采用与众不同的拍摄角度，如仰拍、俯拍、压缩地平线、倾斜构图等，将摄影画面的结构形式发挥到了极致。

跟你一点关系也没有。"

英格里德什么都不说了,粉妆下是一张苍白的脸。她从外套的口袋深处,掏出一包英伦奥薇尔[1]和一只打火机。

"你什么时候开始抽烟的?"我问她。英格里德讨厌香烟,她喜欢可乐和冰毒,还有那些起着浪漫名字的饮料。她的两根长指甲从烟盒里夹出一根,点燃。她的手在哆嗦。她深吸了一口,烟圈在她的唇前缓缓升腾。

"没有脚的生活怎么样?"英格里德问我,"对了,究竟怎么回事?"

"冻伤。我一月份在格兰特公园里昏迷了。"

"那你现在怎么走动呢?"

"轮椅,大部分的时候都是。"

"哦,活受罪。"

"是啊,"我说,"确实如此。"我们静静地坐了一会儿。

英格里德问:"没有离婚么?"

"没。"

"有孩子了?"

"有一个。是女儿。"

"噢,"英格里德往后一仰,猛吸了一口烟,细细的烟雾从她的鼻孔里喷出来,"我希望自己也有孩子。"

"你从来不想要孩子的,英格。"

她看着我,可我却读不懂她脸上的意思。"我一直想要孩子的。我以为你不会要孩子,所以我从来没提过。"

"你还是可以有孩子的。"

英格里德笑了,"是么?我会有孩子么,亨利?二〇〇六年,我会有个老公?在温纳迪卡有幢房子?还有一儿半女吗?"

"不完全是,"我在沙发上调整了一下坐姿,剧疼虽然已经消退,却留下一副痛觉的空壳,这本该疼痛的地方,现在却成了对疼痛的期待。

"不完全是,"英格里德模仿我的口气,"怎么个不完全是呢?比如说,'不完全是,英格里德,你会是个没人要的女人,'是这样吗?"

"你不是没人要的女人。"

---

[1] 英伦奥薇尔(English Ovals),菲莫烟草公司的下属卷烟品牌,万宝路也是其下属品牌之一。

"这么说，我不是没人要的女人。嗯，太好了。"英格里德捻灭香烟，把腿盘了起来。我一直迷恋英格里德的腿。她穿着高跟皮靴，她一定是和希丽亚参加舞会去了。英格里德说："让我们来排除两种极端：我既不会是住在郊外的贵妇，也不至于无家可归，亨利，说吧，再给些暗示。"

我无言以对，我不想玩这种游戏。

"好吧，我们来个多项选择，我们看看……A 我在瑞西街[1]上一个庸俗低档的酒吧里当脱衣舞娘。嗯，B 我用斧子砍死了希丽亚，并把她喂了马尔科姆，所以被关进监狱。呵呵，啊。C 我和一个投资银行家住在里尔德苏[2]。嗯？亨利，怎么样？有没有对你胃口的呢？"

"马尔科姆是谁？"

"希丽亚的短毛猎犬。"

"猜到了。"

英格里德摆弄着打火机，一会儿点火，一会儿弄灭，"还有 D，我死了，怎么样？"我往后一缩。"你喜欢这个？"

"不，我不喜欢。"

"哦，是吗？我最喜欢它了，"英格里德微微一笑，这不是一个美丽的笑容，它更像一张鬼脸。"我太喜欢这个结局了，它给了我一个灵感。"她站起来大步穿过房间，走到门厅。我听见她先是打开某个抽屉，然后又关上了。她回来时把一只手放在身后。英格里德站在我面前，"没想到吧！"她举着一支手枪对准我。

这支手枪不是很大。它又薄又小，乌黑锃亮。英格里德握着枪的手贴在腰旁，漫不经心地，仿佛是在某个鸡尾酒会上。我瞪着枪，英格里德说："我可以毙了你。"

"是的。你可以。"我说。

"然后，我再毙了我自己。"她说。

"那也是有可能的。"

"但究竟有没有？"

"我不知道，英格里德。你得自己决定。"

---

[1] 瑞西街（Rush Street），芝加哥著名的酒吧聚集地之一。
[2] 里尔德苏（Rio Del Sol），沿着加利福尼亚的科罗拉多河，是很多家庭度假以及过冬的最理想去处。

"狗屁，亨利。告诉我。"英格里德命令道。

"那好。没有。事情没有那样发生。"我尽量让声音听上去更肯定些。

英格里德邪邪地一笑，"可如果我偏要让它那么发生呢？"

"英格里德，把枪给我。"

"自己过来拿啊。"

"你要枪毙我？"英格里德微笑着摇了摇头。我爬下沙发，坐到地板上，朝英格里德爬去，那条阿富汗垫毯拖在后面，而我被止痛药拖在后面。她往后退，手里的枪口依旧对着我。我停下来。

"过来啊，亨利。乖狗狗。叫人信赖的狗狗。"英格里德猛地扣下枪栓，朝我走了两步。我紧张起来，枪口对准了我的脑袋。可英格里德却笑了，下一秒她把枪口对准了她自己的太阳穴。"这样如何，亨利？是不是这样发生的？"

"不。"不！

她皱了皱眉，"你肯定？亨利？"英格里德把枪口移到她的胸膛，"这样是不是更好些？是脑袋还是心脏，亨利？"英格里德往前进了一步。我都可以碰到她了。我都可以抓住她了——英格里德朝我胸前就是一脚，我往后倒去，无助地仰在地板上，朝上看着她，英格里德俯下身来，一口唾沫吐在我脸上。

"你爱过我吗？"英格里德问道，朝下望着我。

"爱过。"我告诉她。

"骗子。"英格里德说，然后她扣响了扳机。

二〇〇六年十二月十八日，星期一（克莱尔三十五岁，亨利四十三岁）

**克莱尔**：我半夜醒来，亨利已经不在了。我惊慌失措。我坐在床头，各种可能的景象都涌进我的脑海：他可能被汽车撞死、困在废弃的建筑里，或者躺在什么寒冷的地方——有声音，有人在哭。应该是爱尔芭，大概亨利只是出去看看爱尔芭，于是我下了床，来到爱尔芭的房间，可是爱尔芭蜷缩在泰迪熊旁，睡得好好的，毯子被她扔在地上。我顺着声音找到客厅，亨利在那儿，抱着头，坐在地板上。

我跪到他旁边。"怎么了？"我问他。

亨利抬起头，街灯的光从窗户里洒落进来，我看到他脸颊上晶亮的泪光。"英格里德死了。"亨利说。

我双臂环住他，"英格里德很久以前就死了。"我柔声说。

亨利摇摇头，"几年前，几分钟前……都是一样的。"他说。我们安静地坐在地板上。最后亨利说："你说，现在是早晨了？"

"当然是。"天空依然黑暗，也没有鸟鸣。

"我们起来吧。"他说。我把轮椅推过来，扶他坐上去，把他推进厨房。我给他拿来浴袍，亨利努力穿上。他坐在厨房的桌子旁，直愣愣地看着窗外被雪覆盖了的后院。远处有辆扫雪车一路铲过。我打开灯，把定量的咖啡放进过滤网中，又往咖啡机里倒进定量的水，按下开关。我出去拿杯子，我拉开冰箱门，问亨利想吃些什么，他摇了摇头。我来到桌旁，在亨利对面坐下，他看着我，他的眼睛通红，头发往四面八方竖着。干瘦的双手，憔悴的脸。

"都是我的错。"亨利说，"要是我没去那儿……"

"你有可能阻止她么？"我问。

"没有用。我试过。"

"算了，那么。"

咖啡机里发出轻微的爆破声，亨利上上下下摸了摸脸。他说："我一直在想她为什么连张字条都没留下。"我正想问他这句话是什么意思，爱尔芭突然出现在厨房门口。她穿着一件粉色的睡袍和一双绿色的老鼠拖鞋，在厨房刺眼的灯光下，爱尔芭眯缝起眼，打着哈欠。

"嗨，宝贝。"亨利说。爱尔芭走到他身边，攀在他的轮椅扶手上。"早噢噢噢噢上好，"爱尔芭说。

"还没有真正到早上呢，"我告诉她，"现在还只能算夜里。"

"如果是夜里，你们怎么都起来了啊？"爱尔芭鼻子里哼哼，"你们开始煮咖啡了，所以是早晨了。"

"哦，这是古老的'咖啡等于早晨'的谬论，"亨利说，"宝贝，你的逻辑里有漏洞。"

"什么？"爱尔芭问。任何事她都不想出错。

"你的结论是建立在错误信息上的：你忘了吗，你的爸爸妈妈是最最厉害的咖啡怪兽，我们之所以在半夜三更爬起来，或许就是为了再多喝几杯。"他像野兽一样吼叫了起来,也许就是只咖啡怪兽。

"我要喝咖啡,"爱尔芭嚷嚷道,"我也是咖啡怪兽。"她也冲着亨利大吼。可亨利却把她抱下来,"扑通"一声放在地上。

爱尔芭绕过桌子跑到我身边,双手一张抓住我的双肩,"嗷"地在我耳朵边吼道。

我站起来,抱起爱尔芭。她已经很重了。"自己叫去吧。"我抱着她走过走廊,把她扔到她自己的床上,她笑得都颤抖起来。床头柜上的时钟显示早上4:16。"看到了?"我指给她看,"你现在起床也太早了吧。"爱尔芭咕哝了好一会儿才安分地躺下。我回到厨房,亨利已经在两只杯子都倒满了咖啡。我再次坐下,这里真冷。

"克莱尔。"

"嗯?"

"在我死之前——"亨利停住,看了看别处,吸了口气,然后接着说,"我会把一切都准备好的,所有文件,你知道的,我的遗嘱,给大家写的信,给爱尔芭的东西,都在我的书桌里。"我什么话也说不出来。亨利看着我。

"什么时候?"我问。亨利摇摇头。"几个月?几个星期?几天?"

"我不知道,克莱尔。"他知道的,我知道他是知道的。

"你去看过讣告,对吗?"我说。亨利犹豫了一下,然后点点头。我张开嘴想再问一次,可是,我害怕了。

# 即使不是几天，也是几小时

二〇〇六年十二月二十四日，星期五（亨利四十三岁，克莱尔三十五岁）

**亨利**：我醒得很早，非常早，卧室在最初的晨曦中还是一片蓝色。我躺在床上，听着克莱尔深沉的呼吸，听着林肯大道上零星经过的汽车、乌鸦们彼此的问好、暖气熄灭的叹息。我的两条腿都在疼。我撑起身子坐到枕头上，在床头旁的桌上找到那瓶维可丁。我拿出两片，用没了气的可乐灌了下去。

我继续钻进被子，躺在自己这边。克莱尔趴着，脸朝下，双手保护性地抱住脑袋。她的头发统统躲在被子里，没有头发的烘托，克莱尔整个人都显得小了，让我回想起她的孩提时代，她沉睡的脸上带着小时候才有的天真无邪。不过，我努力回忆着，我是否真的看过小时候的克莱尔睡觉呢？我意识到，自己从来没有见过，我想象的，是爱尔芭。光线在变幻，克莱尔动了动，转过来朝着我，依旧睡在她那一边。我端详她的脸，眼角和嘴角附近，依稀有些暗纹，这是极少数能表明她已步入中年的迹象。我再也看不到这张脸了，我很难过，也很眷恋，我不在了，可克莱尔的这张脸仍将继续存在，只是再也不会被我亲吻，它将属于一个我未知的世界，在那里，我所惟一熟悉的，只有那归于无尽历史长河之中的克莱尔的回忆。

今天是我母亲的三十七周年的忌日。这三十七年来的每一天，我都想她、思念她，我知道，我的父亲更是没有停止过对她的追忆。如果渴切的回忆真能让人死而复生，那她就是我们的欧律狄刻[1]，她就会像女拉撒路[2]一样从顽固的死亡中站起来安慰我们。可是，我们全部的悲痛都无法让她再多一秒存活，多一下心跳，多一次呼吸。我所能做的，只有让自己去她那

---

[1] 俄耳甫斯是一个杰出的歌手，当他拨动琴弦，悠扬的琴声四处飘扬的时候，天上的飞鸟、水下的游鱼、林中的走兽，甚至连树木顽石都不由自主地动了起来，聆听这一奇妙的声音。欧律狄刻是俄耳甫斯温柔的妻子，可是他们新婚不久后，她在散步时被毒蛇攻击，俄耳甫斯悲痛万分，决定前往残酷的阴间冥府，要使阴府世界归还他的妻子。

[2] 拉撒路，耶稣的一位朋友，死后被耶稣从坟穴中招出，并复活。

里。可是我走了,克莱尔怎么办?我又怎么能够离开她?

我听见爱尔芭在她的床上说话了。"嗨,"爱尔芭说,"嗨,泰迪熊!嘘,现在快去睡觉。"一阵寂静。"爸爸?"我观察着克莱尔,看她是否会醒来。她依然在睡梦之中。"爸爸!"我小心翼翼地转身,缓缓地从被子里爬出来,让自己坐到地上。我爬出我们的卧室,沿着走廊,来到爱尔芭的房间。她看到我便咯咯地笑个不停。我嚎叫了几声,爱尔芭拍拍我的脑袋,仿佛我是一条狗。她坐在床上,周围是她的长毛绒小动物们。"过去点,小红帽。"爱尔芭挪出一块地方,我将自己撑到床上。她不厌其烦地把一些玩具娃娃摆在我周围,我搂住她,往后靠,她抓起一只蓝色的泰迪熊给我,"它想吃果汁软糖。"

"小蓝熊,现在吃果汁软糖还早了些,来点吐司荷包蛋怎么样啊?"

爱尔芭做了个鬼脸,把嘴唇、眉毛和鼻子全都揪在一起。"泰迪不喜欢吃鸡蛋。"她郑重地说。

"嘘,妈妈还在睡觉呢。"

"好吧,"爱尔芭小声说,突然又嚷嚷道,"泰迪想吃蓝色果冻。"我听见克莱尔咕哝了一声,然后她起来了。

"麦奶[1]怎么样?"我哄着她,爱尔芭考虑了一下,"加焦糖?"

"好的!"

"想自己做吗?"我从床上挪下来。

"想。你可以载我一程吗?"

我犹豫了,腿疼得真厉害,爱尔芭也太大了,一定痛苦难当,可是我现在什么都不会拒绝她。"没问题,跳上来吧。"我用手掌和膝盖支撑身体,爱尔芭爬上我的背,我们一起朝厨房前进。克莱尔睡眼惺忪地站在水池旁,看着咖啡滴滴流入水壶。我抓住克莱尔,用头蹭她的膝,她抓过爱尔芭的双手,把她拽起来,爱尔芭咯咯地痴笑着。我爬到椅子上,克莱尔笑着说:"两位大厨,早餐吃什么呀?"

"果冻!"爱尔芭尖叫着。

"嗯,什么样的果冻呢?玉米果冻?"

"不不不不不嘛!"

---

[1] 1893年首次调配成功,是一种即食麦片类早餐,目前专由卡拉夫食品公司制造并销售。

"火腿果冻？"

"哎耶！"爱尔芭缠住克莱尔，拉扯她的头发。

"啊呦！别拉，宝贝。嗯，肯定是燕麦果冻。"

"麦奶！"

"麦奶果冻，啧啧。"克莱尔取出焦糖、牛奶和麦奶包装盒，放到桌子上，探究地看着我，"你呢？火腿煎蛋果冻？"

"如果你会做的话，当然啦！"我吃惊地发现，克莱尔居然那么能干地穿梭在厨房里，仿佛她就是神厨贝蒂·克罗克[1]，仿佛多年以来她一直就是这样。我看着她：没有我，她会过得很好，可我知道，她不会。我看着爱尔芭把水和粗麦粉调在一起，想象十岁、十五岁、二十岁的爱尔芭。但这远远不够。我还没有看够。我想留下来。我想看着她们，我想要把她们都抱在怀里，我想活下去——

"爸爸哭了。"爱尔芭小声告诉克莱尔。

"那是因为他不得不吃我做的早餐。"克莱尔告诉她，朝我眨了眨眼，我不得不笑了。

---

[1] 贝蒂·克罗克（Betty Crocker），1921年由明尼苏达州通用磨坊食品公司创造出来的一位食品专家。并非一个真实的人物，只是随着时间的发展，贝蒂逐渐拥有了她自己的签名、声音甚至脸型，成功地缩小了食品公司与广大消费者之间的距离，并成为美国一个家喻户晓的人物。

# 新年之夜（下）

二〇〇六年十二月三十一日，星期日
（克莱尔三十五岁，亨利四十三岁）（晚7:25）

**克莱尔**：我们要举办一场聚会！起先亨利有些勉强，现在他却露出心满意足的样子。他坐在厨房里，教爱尔芭如何用胡萝卜和红萝卜雕出各式花朵。我承认，我这样做对他确实有些不公平：我当着爱尔芭的面提了这个想法，她一下子就无比兴奋，而亨利又怎么忍心让她失望呢？

"一定会很精彩的，亨利。我们把所有认识的人都叫上。"

"所有认识的人？"他微笑着问。

"所有我们喜欢的人，"我修正道。接下来好几天我都在打扫整理，亨利和爱尔芭则烤曲奇饼（要不是我们看住她，爱尔芭会吞下一半的甜面团）。昨天，我和查丽丝去菜场买了蘸酱、薯条、抹酱、应有尽有的蔬菜、啤酒、葡萄酒、香槟、叉开胃小点的牙签、印着金色"新年快乐"的餐巾纸、相搭配的硬纸餐盘，天知道还有什么别的东西。现在，屋子里到处都弥漫着肉丸子和垂死挣扎的圣诞树的味道。爱丽西亚也来这儿，帮忙洗葡萄酒杯。

亨利抬头对我说："喂，克莱尔，演出就要开始了，你快去冲个澡。"我瞥了一眼手表，是的，时候不多了。

冲凉，洗发，然后吹干，穿上内裤和胸罩、长筒袜、黑色丝绸晚礼裙、高跟鞋，一点香水和口红，最后我朝镜子里看了一眼（也吃了一惊），回到厨房，奇怪的是，爱尔芭依旧穿着那件蓝色的天鹅绒裙子，亨利竟然还套着带洞的法兰绒红衬衫和破烂无比的蓝色牛仔裤。

"你们不去换身衣服？"

"哦——对。当然啦。帮帮忙，好吗？"我把他推进了卧室。

"你想穿什么？"我在他的抽屉里找他的内衣和袜子。

"随便。你来挑。"亨利伸手关了卧室的门。"过来。"

我停下翻动的双手，看着亨利。他卡住轮椅上的刹车装置，撑起身子上了床。

"没时间了。"我说。

"对,没错。所以我们就别浪费在说话上了。"他的声音平缓而不容置疑。我别好门上的锁销。

"你也是的,我刚穿好衣服——"

"嘘。"他朝我伸出双臂,我整个身心都软了下来,坐在他身边,脑海里不停地闪现出那句话:最后一次了。

(晚8:05)

亨利:我刚把领带戴上,门铃就响了。克莱尔慌张地说:"我看上去还好吧?"好极了,红润而可爱,我这样告诉她。我们从卧室里出来,爱尔芭跑过去应门,她嚷道:"爷爷!爷爷!金太!"爸爸跺了跺粘满雪的靴子,俯下身子抱她。克莱尔在他脸颊两边各亲了一口,爸爸便把外套交给她当作奖赏。金太还没有脱掉大衣,爱尔芭就把金太霸占过去,带着她去看圣诞树了。

"亨利,你好么?"爸爸笑眯眯地说,他朝我俯下身子,我突然想到:今晚,我的生命就要在我眼前消失了。我们邀请了生命中所有重要的人物:爸爸、金太、爱丽西亚、高梅兹、查丽丝、菲力浦、马克、莎伦和他们的孩子、格莱姆、本、海伦、鲁斯、肯德里克、南茜和他们的孩子、罗伯托、凯瑟琳、伊莎贝拉、马特、阿米莉娅、克莱尔艺术圈里的朋友、我图书馆学院里的朋友、爱尔芭小伙伴们的父母、克莱尔的经纪人,甚至还有希丽亚·阿特里,克莱尔强烈坚持的……还有那些没有入席的人,他们都被时间扣留了:我的妈妈、露西尔、英格里德……哦,上帝啊,帮帮我。

(晚8:20)

克莱尔:高梅兹和查丽丝像神风[1]敢死队队员一样地蹿了进来。"嗨,图书馆小子,你这懒人,也不铲铲门口的积雪吗?"

---

[1] 日本在第二次世界大战中使用的自杀式飞机。

亨利一拍脑袋，"我就觉得忘了什么。"高梅兹把满满一购物袋的CD扔到亨利腿间，就出去清扫人行道了。查丽丝笑着陪我走进厨房，她拿出一大瓶俄国伏特加，塞进冰箱。高梅兹拿着雪铲从屋旁经过时，我们都能听见他高唱的《下雪吧》。

"孩子们呢？"我问查丽丝。

"放到我妈那边了。今天是除夕夜，他们和外婆一起会更开心些。另外，我们决定要保留一点喝醉酒的隐私，你知道的。"其实，我从来没有多想过这个问题，怀上爱尔芭后，我就没有再喝醉过了。爱尔芭冲进厨房，查丽丝给了她一个热情的拥抱，"嗨，小姑娘！我们给你带了圣诞礼物！"

爱尔芭看看我，"打开吧。"那是一套修剪指甲的小工具，包括指甲油在内，一应俱全。爱尔芭张大嘴巴，完全惊呆了。我用肘拱了拱她，她才想起来：

"谢谢，查丽丝阿姨。"

"不客气，爱尔芭。"

"拿去给你爸爸看，"我对她说，她便朝着客厅飞奔过去。我伸长脖子往厅里看，爱尔芭兴奋地向亨利比画着，亨利把手指伸给她，好像在思考把指甲修成什么样子更好看。"引起了轰动。"我对查丽丝说。

她笑了，"我小时候也经历过，我当时想长大要成为一个美容师。"

我笑起来，"可你没办法驾驭它，只能做了艺术家。"

"我遇到了高梅兹，醒悟到光凭烫发的本领，任何人永远都不能推翻小资产阶级和大资本主义歧视女性的那套企业经营制度。"

"当然，我们也还没有完全击溃他们，让他们跪着求我们把艺术卖给他们。"

"你这是为自己辩护而已，宝贝。你只是沉溺在美上面了，就是这样的。"

"罪过，罪过，罪过。"我们逛进餐厅，查丽丝开始往她的盘子里夹菜。"你最近在忙什么？"我问她。

"用电脑病毒来搞艺术。"

"噢——"哦，不会吧，"那是犯法的吧？"

"嗯，不是。我只管设计出来，然后在每张画布上写上链接，这样我就可以开画展了。我并没有把它们弄到网上传播啊。"

"可有些人会的。"

"当然,"查丽丝坏坏地笑着。"我希望他们会。高梅兹总是嘲讽我,可这些小小的图画,真可以让世界银行、比尔·盖茨和那些制造 ATM 机的王八蛋们头疼无比。"

"好吧,祝你好运。展览是什么时候呢?"

"五月,我会给你寄请柬的。"

"好呀,我收到后,就把我们的资产全部折成黄金,再储备足够的矿泉水。"

查丽丝大笑起来。凯瑟琳和阿米莉娅也到了,我们不再讨论能不能通过艺术实现世界无政府主义的问题,欣赏起各自的裙装来。

(晚8:50)

亨利:屋子里全是我们最亲最近的人,有些还是我手术后第一次见到。克莱尔的经纪人利亚·雅各布斯是个很有修养、很友好的女人,可我却难以承受她凝视的双眼中传递出来的怜悯。希丽亚径直走到我身边,伸过手来,吓了我一跳,但我还是握住了她的手,她说:"看到你这个样子我真的很难受。"

"可你看上去气色不错。"我回应她。她确实不错,头发盘得高高的,衣服从上到下都闪着蓝色的微光。

"啊哈,"希丽亚的嗓音像太妃糖般甜腻,"我宁愿你还是个坏男人,可以让我尽情地恨你。"

我笑了,"哈,那些过去的好时光。"

她把手伸进皮包,"很久以前,我在英格里德的东西里发现了这个,我当时觉得克莱尔可能会要。"希丽亚递给我一张照片,是我的照片,大概是在一九九〇年拍的,我头发很长,光着上身站在橡树街滩上笑。照片棒极了。我不记得英格里德给我拍过,不过这么多年了,我和英格里德一起度过的时间,许多都已经成了空白。

"是的,我打赌她一定会喜欢的。人难逃一死。"我把照片还给她。

希丽亚尖锐地看了我一眼,"你还没有死呢,亨利·德坦布尔。"

"我离它不远了,希丽亚。"

希丽亚笑起来,"嗯,要是你在我之前下地狱的话,请帮我在英格里德旁边订个位置。"她说着便转身去找克莱尔了。

(晚9:45)

**克莱尔**:孩子们到处乱跑,一番暴饮暴食之后,此刻都东倒西歪地睡了。我走到门里问科林·肯德里克,要不要也去睡一会儿,他很郑重地告诉我,他想和成年人待在一起。我被他的礼貌、他十四岁的美丽所打动,还有他的羞怯,即使他一生下来就认识我了。爱尔芭和纳蒂娅·肯德里克就不那么拘谨了。"妈妈——,"爱尔芭低声说,"你说过我们可以晚睡的!"

"你们真的不想睡一会儿?十二点我会准时把你们叫起来的。"

"不不不嘛。"肯德里克在一旁听着,我无奈地耸耸肩,他笑了。

"一对不屈不挠的二重唱。好吧,姑娘们,为什么不去爱尔芭房间里玩一会儿呢?"她们拖着脚步咕哝着走了。我们知道,几分钟以后她们又会开心地玩起来。

"见到你真高兴,克莱尔。"肯德里克说。此刻,爱丽西亚刚好缓步走来。

"嗨,克莱尔。爸爸真让我受不了。"我顺着爱丽西亚的目光,发现爸爸正和伊莎贝拉调情。"她是谁?"

"哦,我的天!"我笑了出来,"她是伊莎贝拉·傻帽。"我给爱丽西亚勾勒起伊莎贝拉极其苛求的性倾向,我们笑得都无法喘气了。"太完美了,太完美了。哦,不要讲了。"爱丽西亚说。

我们的歇斯底里被理查看到了,他朝我们走来,"什么事这么开心,美女们?"

我们摇着脑袋,依旧咯咯笑个不停。"在取笑她们父权形象代言人的求偶仪式呢,"肯德里克说。理查点点头,也被逗乐了,然后向爱丽西亚打听她春季音乐会的日程安排,他们往厨房方向,一边走一边谈论布加勒斯特[1]交响乐团和巴尔托克[2]。肯德里克还站在我身边,等着说那些我不想听的事

---

[1] 布加勒斯特,罗马尼亚首都。
[2] 巴尔托克(Béla Bartók, 1881—1945),匈牙利作曲家。

情。正当我找机会离开时,他拉住了我的手臂。

"克莱尔,等一下——"我停下来。"对不起。"他说。

"没事,戴维。"我们彼此看了一会儿。肯德里克摇摇头,掏出香烟,"只要你愿意,随时都可以来实验室,我可以给你看看我为爱尔芭做的……"我的眼睛扫过聚会的人群,四处寻找亨利。高梅兹正在向莎伦示范如何在客厅里跳伦巴,大家似乎都很开心,可是却不见亨利的踪影。至少已经有三刻钟没看到亨利了,我有一种强烈的冲动,我要找到他,要确信他没事,要确信他还在这里。"对不起,"我对肯德里克说,尽管他看上去还想继续,"下次吧,等安静一些的时候。"他点点头。刚巧南茜·肯德里克和科林一起出现在我们眼前,话题也不可能进行下去了。他们开始热烈地讨论起冰球,我逃了出来。

(晚9:48)

**亨利**:房间里越来越热,我需要凉快一下,于是我便坐到门廊下面。人们在客厅里聊天。雪下得很大,厚厚地掩盖住汽车和灌木,软化了它们生硬的线条,蒙住街上车流的嘈杂,真是个美丽的夜晚。我打开门廊和客厅之间的门。

"嗨,高梅兹。"

他欢快地小跑过来,把头伸出门外,"什么事?"

"我们到外面去吧。"

"外面冷得真见鬼。"

"来吧,你这个扭扭捏捏的老议员。"

我语调中的某种东西起了作用。"好吧,好吧。等一会儿。"他消失了,几分钟后,他穿着外套,也拿来我的衣服,我正努力穿上它时,他递给我一只小酒瓶。

"噢,不,谢谢。"

"是伏特加,增生胸毛让你御御寒的。"

"会与我的麻醉药犯冲的。"

"哦,那倒是。我记性真差。"高梅兹把我推出客厅。在楼梯最顶部,他把我弄出轮椅,我就像个孩子、像只猴子一样趴在他的背上。我们出了前门,又经过几道别的门,冷冷的空气像身上长出的硬壳。我闻到高梅兹汗里的酒味,灯火通明的芝加哥,远方的天空里闪烁着星星。

"革命同志。"

"嗯?"

"谢谢你为我做的一切。你是我最好的——"我无法看他的脸,可我能感觉到高梅兹层层衣服下的肌肉僵硬了起来。

"你在说些什么?"

"我的催命鬼开始唱歌了,高梅兹。时候到了。游戏结束了。"

"什么时候?"

"很快。"

"有多快?"

"我也不知道,"我撒谎了。是非常、非常快。"不管怎么样,我只是想告诉你——我知道,我有时候让人觉得像是屁股上的痛疮。"(高梅兹笑了)"不过一切都很好"(我停下来,因为我快要哭了),"一切真的很好"(我们站在那儿,两个口齿不清的美国雄性动物,呼出的热气在我们面前汇聚在一起,所有的话,都无需再说了)。最后我说:"我们进去吧。"我们就进去了。高梅兹轻轻地把我放回轮椅里,拥抱了我一会儿,然后迈着沉重的脚步走了,没有回头。

(晚10:15)

**克莱尔**:亨利不在客厅里,一小群人,意志坚定地要跟着《松树果子拉链曲》跳舞,他们的动作千姿百态,查丽丝和马特像是在跳恰恰,罗伯托施展出全身解数,而舞伴金太的步伐则复杂而稳健,像某种狐步。高梅兹把莎伦丢到一边,跑去找凯瑟琳,他围着凯瑟琳转圈,惹得她阵阵欢呼,当他停下来点烟时,她又笑个不停。

亨利也不在厨房里。厨房被饶尔、詹姆士、卢尔德,还有那些艺术圈里的朋友占据了,他们津津有味地谈论着经纪人对艺术家的各种所作所为,以及艺术家们的反击。卢尔德说,有一次爱德·凯恩霍尔兹制作了一个动力雕塑,把他经纪人那张昂贵的桌子钻了个大洞,大家施虐般地哈哈大笑起来。我朝他们摇了摇手指,"可别让利亚听到,"我开玩笑地问,"利亚在哪儿?"詹姆士叫起来,"我打赌她一定有不少精彩的故事——"他便走开去找我的经纪人,她正坐在楼梯台阶上陪马克喝科尼亚克[1]。

本给自己泡着茶,他找来一只塑料密封袋,仔细按分量往里面放上各种难闻的草本,盖上滤网,把茶袋浸在一大杯沸水里。"你见过亨利吗?"我问他。

"见过,我刚才还在和他说话。他在门廊那儿,"本瞥了我一眼,"我有些担心,他看起来很难过,他看起来——"本停下来,做了个手势,意思是我可能误会了。"他让我想起一些我见过的病人,当他们觉得自己就快走了……"我的胃猛地抽搐起来。

"他情绪非常低落,自从他的脚……"

"我知道,可他说他就要登上一列即将启程的火车,你知道的,他告诉我——"本压低了原来就轻的嗓音,这样一来,我几乎都听不见了。"他对我说他爱我,很感激我……我的意思是,一般人,男人,要不是觉得自己就快走了,是不会说那些话的,你知道吗?"本的眼睛在眼镜后闪着泪光,我抱住他,我们这样站了一分钟,我的手臂箍着他消瘦的身体。周围的人们都在聊天,忽略了我们。"我不想活得比任何人长,"本说,"主啊,自从喝了这难喝的玩意后,十五年来,我就是个血淋淋的烈士。我想,我已经获得了这个权利,我可以让所有我认识的人走过我的棺材时说,'他鞠躬尽瘁直至最终,'或者类似的话。我指望亨利也在那,背诵多恩经典的诗句,'死神,汝勿骄傲[2],你这傻到家的蠢货。'那将多美啊!"

我笑了。"这样,要是亨利来不了,我也会来的。我会模仿他的。"我抬起一根眉毛,扬起下巴,压低声音:"短短的一觉过后,我们永远醒了,凌晨三点的厨房里,死神穿着内裤,做他最后一道填字游戏——"本快要崩溃了,我亲了亲他苍白光滑的脸颊,继续往前走。

黑暗中,亨利一个人坐在门廊里,看着雪。我一整天都没有瞥过窗外,现在才发现,雪已经下了好几个小时了。林肯大道上的铲雪车叮当作响,邻居们也都出来清扫各自门前的走道。虽说门廊是封闭的,这儿依旧很冷。

---

[1] 法国西部所产的精美的白兰地酒。
[2] 引自英国17世纪玄学派诗人多恩的诗《神圣十四行诗·第十首:死神,汝勿骄傲》(Holy Sonnets X),文中后一句话为作者创作时添加的。

"到里面来吧。"我说。我站在他身边,看着一只狗在雪地里蹦跳着过马路。亨利搂住我的腰,头靠在我的臀部上。

"我希望我们能让时间停下。"他说。我的手指在他头发里来回穿梭,他的头发比以前更硬、更密,就要变成白色的了。

"克莱尔。"他说。

"亨利。"

"时候到了……"他停住。

"什么?"

"就是……我……"

"我的上帝,"我坐在长椅上,面对亨利,"可是——不要。就——留下来吧。"我紧紧握着他的手。

"已经发生了。来,让我坐在你身边。"他把自己撑出轮椅,坐上了长椅。我们一起躺在冷冷的布面上,我穿着薄薄的裙子,瑟瑟发抖。屋子里面,大家都在欢笑,舞蹈。亨利把我抱在怀里,温暖着我。

"你为什么不告诉我?你为什么让我邀请这么多人一起来?"我不想生气,可我真的很愤怒。

"我不想让你独自一个人……在那之后。而且我想和大家告别。今晚我过得很好,这是最后一场精彩的欢呼……"我们无声地躺了一会儿。雪也无声地飘落。

"几点了?"

我看了看表,"十一点刚过。"哦,上帝啊。亨利从另一张椅子上抓过一条毯子,我们用它将彼此包裹住,我无法相信,我知道,它一定会来的,迟早都要来的,可是现在它就在这儿,我们躺在这儿,等着……

"哦,我们为什么不做点什么呢!"我朝亨利的脖子轻声说。

"克莱尔——"亨利抱着我。我闭上了眼睛。

"让它停下。拒绝它。改变它。"

"哦,克莱尔,"亨利的声音很柔和,我抬起头,白雪的反光里,他的眼睛已是泪光闪闪。我把脸埋在他的肩头,他爱抚着我的头发。我们这样待了许久。亨利出汗了。我把手放在他的脸上,他已经被体热烧得滚烫。

"几点了?"

"就快午夜了。"

"我很怕。"我和他的手臂紧紧相缠,我们的双腿也绞在一起。真无法想象,这样实实在在的亨利,我的爱人,我用尽全身的力气如此紧抱的这具真实的身体,竟然就要消失了。

"吻我!"

我亲吻亨利。然后,只剩下我独自一人,在这毯子底下,在这长椅上,在这寒冷的门廊里。雪还在下。屋子里面,唱片机停了下来,我听见高梅兹喊:"十!九!八!"然后是大家一起喊,"七!六!五!四!三!二!一!新年快乐!"香槟木塞子"噗"的一声,随后大家开始说话,有人问:"亨利和克莱尔哪儿去了?"外面街上有人放起了鞭炮。我把头埋进自己的双手里,等待着。

# 第三章
# 思念的协议

他的第四十三年。他短暂的宇宙到了尽头。他的时间——
他在万物空白的表面上,看到无数裂纹中的,无穷,
然后为其而死。
——A. S. 拜厄特《迷情书踪》

她慢慢地跟随,缓缓地走,
仿佛一路上障碍重重;
然而:也仿佛这段路被征服之后,
她就不必行走,她将展翅飞翔。
——里尔克《失明》

一九八四年十月二十七日，星期六／二〇〇七年一月一日，星期一
（亨利四十三岁，克莱尔三十五岁）

**亨利**：天空空白一片，我落入高高的干草丛中，就让它快些来吧，我想要安静下来，这时来复枪清脆地一响，是远处，显然和我没有关系，哦，不：我已被掀翻在地，我看着自己的肚子，如同裂开的石榴，肠子和着鲜血从我身体这只大碗里流淌出来，却不觉得痛，真是不对劲，我只能感到我内在的立体版本里，有人在奔跑。我只想在叫克莱尔、克莱尔之前的再之前，看到克莱尔。

克莱尔俯下身来，哭了，而爱尔芭轻声唤着："爸爸……"
"爱你……"
"亨利——"
"永远……"
"哦上帝，哦上帝——"
"世界够大……"
"不！"
"时间够多……"
"亨利！"

**克莱尔**：客厅里异常安静。每个人都站着不动，凝固了，瞪着眼睛朝下看我们。比利·好乐黛[1]还在唱歌，然后有人关了CD机，一片寂静。我坐在地板上，抱着亨利。爱尔芭蹲在他身边，摇晃他，对着他的耳朵轻声说话。亨利的皮肤还有余温，他的眼睛还睁着，可是视线却渐渐越过我。他在我的怀里很沉，非常沉，他惨白的皮肤裂开了，到处都是红色，那是

---

[1] 比利·好乐黛（Billie Holiday, 1915—1959），美国20世纪30年代著名的流行爵士歌手，被称为"黛女士"，是最早也是最伟大的爵士歌星之一，唱法简练，音色凄美。

一片充满血迹的神秘世界。我像婴儿的母亲般摇动着亨利。他的嘴角也有血。我替他擦去。不远处传来隆隆的爆竹声。

高梅兹说:"我想我们最好打电话叫警察来。"

# 幻　灭

二〇〇七年二月二日，星期五（克莱尔三十五岁）

**克莱尔**：我睡了一整天。嘈杂充斥在屋子四周——小巷子里垃圾搬运车的声音、雨的声音、树枝拍打卧室窗玻璃的声音。我要睡觉。我坚定地栖息在睡眠里，渴望睡眠，利用睡眠，驱赶开我的梦，拒绝，一再拒绝。睡眠现在是我的爱人，我的遗忘，我的鸦片，我的救赎。电话铃响了又响，亨利的留言录音也被我关了。到了下午，到了夜晚，又到了早晨。一切减之又减，只剩下这张床，这无休止的睡眠让许多天缩短为一天，它让时间停止，它把时间拉长又压扁，直到没了意义。

有时睡眠将我遗弃，我就假装，仿佛埃塔就要来催我起床上学。我让呼吸缓慢而深沉，我让眼皮下的眼球停止不动，我让思想中断，很快，睡神就会看到他完美的复制品，便降临与他的同形者会合在一起。

有时我醒来，伸出手找亨利。睡眠抹去了彼时和此时、死者和活人之间的差异，我越过饥饿，越过虚空，越过挂念。今天早晨，我偶然从浴室镜子里看到自己的脸，像纸一样，憔悴、蜡黄、眼圈发黑、头发打结。看上去仿佛是个死人。我什么都不再需要了。

金太坐在床脚，说："克莱尔？爱尔芭就要放学了……你不想让她进来和你打个招呼吗？"我假装睡觉。爱尔芭的小手轻抚着我的脸。泪水从我紧闭的眼睛里流出来。爱尔芭把什么放到地板上，是她的背包？还是小提琴盒？金太说："爱尔芭，把鞋脱了。"然后，爱尔芭爬到我身边躺下。她把我的手臂围在她身上，把头埋在我的下巴里。我叹了口气，睁开眼睛。爱尔芭假装睡觉。我盯着她又密又黑的睫毛，看着她宽宽的嘴，淡淡的皮肤；她小心地呼吸，一双有力的小手紧紧抓着我的臀部，她闻上去有股铅笔屑、松香和洗发水混在一起的味道。我亲吻她的头顶，爱尔芭睁开眼睛，她那些和亨利的相似之处，让我再也无法忍受下去。金太站起身，走出了房间。

后来，我起床，冲了个澡，和金太、爱尔芭一起坐在桌子边吃晚饭。

等到爱尔芭睡着了,我坐到亨利的书桌边,拉开抽屉,取出一叠信件和纸,开始阅读。

等我死后再打开这封信

最挚爱的克莱尔:

当我写这封信的时候,我正坐在后卧室里我的书桌旁,穿过后院夜色中幽蓝的积雪,眺望你的工作室。万物都披上了一层光滑的冰衣,寂静无声。这是无数个冬季夜晚中的一个,每一件事物上的严寒,仿佛令时间减缓了速度,仿佛让它们从沙漏狭小的中央穿越,不过,那么缓慢,缓慢。我有种很熟悉的感觉,我被时间托起来,就像一个正在夏日里游泳的肥妇人,轻而易举地漂浮到水的上面,这种感觉只有当我离开正常的时间后,才能体会到。今晚,就我自己一个人(你正在圣路丝教堂,听爱丽西亚的独奏音乐会),我突然有种冲动,想给你写封信。我想为你留下些东西,在**那**之后。我觉得,时间越来越少了。我所有的精力、快乐、耐性,都变细了,变少了,我觉得我无法维持太久。我知道你明白的。

当你读这封信的时候,我可能已经死了(我说可能,是因为谁都不知道还会发生什么,直截了当地宣布死亡,不仅愚蠢,而且狂妄)关于我的死——我希望它简单明了,干净利落,而且毫无悬念,我不希望它引起太多的纷乱。我很抱歉(这听上去像是绝命书,真奇怪)。可是你知道的:你知道如果我还有一线希望,还能继续留在这个世界上,我会死死抓住每一分钟:无论如何,这一次,死亡真的来了,它要带走我,就像妖精要把孩子掳走一样。

克莱尔,我想再次告诉你,我爱你。这些年来,我们之间的爱,一直是汪洋的苦海中指航的明灯,是高空钢索步行者身下的安全网,是我怪诞生活中惟一的真实、惟一的信任。今晚我觉得,我对你的爱,比我自己,更紧紧地抓着这个世界:仿佛在我之后,我的爱还可以留下来,包围你,追随你,抱紧你。

我最恨去想你的等待。我知道,你的一生都在等我,每一次都不知道要等多久,十分钟,十天,还是一整个月。克莱尔,一直以来,我是个靠不住的丈夫,像个海员,像是那独自一人去远航的奥德赛,在高耸的海浪里饱受踩躏,有时是狡诈的诡计,有时只是众神灵的小把戏。克莱尔,我请求你。当我死去以后,别再等我,自由地生活吧。至于我——就把我放进你的深处,然后去外面的世界,生活吧。爱这个世界,爱活在这个世界里的自己,请你自由地穿梭,仿佛没有阻力,仿佛这个世界和你原本就同为一体。我给你的都是没有意识、搁置在旁的生活。我并不是说你什么都没做,你在艺术上创造出美丽,并赋予其意义;你带给我们这么了不起的爱尔芭;对于我,你就是我的一切。

我妈妈去世以后,她把我父亲吞噬成一副空壳。如果她知道,她也会恨自己。他生活中的每一秒都被她的空缺标下印记,他的一举一动都失去了量度,因为她不在那里作他衡量的依据。我小时候并不明白,可是现在,我知道了,逝者并未曾去,就像受伤的神经,就像死神之鸟。如果没有你,我也不知道该怎么活。但我希望能看见你无拘无束地在阳光下漫步,还有你熠熠生辉的长发。我没有亲眼见过这样的景致,全凭想象,在脑海中形成这幅图画,我一直想照着它画下你灿烂的样子,但我真的希望,这幅画面终能成真。

克莱尔,还有最后一件事情,我一直犹豫是否要告诉你,因为我迷信地担心,泄漏天机反倒会阻碍它的发生(我知道我很愚蠢)。还有一个原因,我刚刚让你别再等待,而这次,恐怕会比你任何一次的等待更加漫长。可是我还要告诉你,以备你需要一些力量,在今后。

去年夏天,我坐在肯德里克的候诊室里,突然发现自己到了一间陌生的房屋,一处漆黑的过道,我被一小堆橡胶靴子缠住,闻上去有雨的味道。在过道的尽头,我看见门边一圈依稀的微光,于是我非常缓慢、非常安静地走到门边,朝里张望。在早晨的强光下,房间里一片亮白。窗边上,背对我坐着的,是一位女士,她穿着珊瑚色的开襟衫,一头白发披在背上,她身边的桌子上放着一杯茶,一定我发出了声响,或者她已感觉到我在她的身后……她转过身,看见了我,我也看见了她。那是你,克莱尔,是年迈的你,是未来的你。多么甜美的感觉,克莱尔,比一切我能形容的还要甜美。就好像从死神手里走出来,抱着你,看着你脸上留下的岁月的痕迹。我不能再多说了,你可以去想象，当那一时刻到来的时候，你将会有全新的感受，那一定会到来的。克莱尔，我们还会再见面的。在那之前，好好地活在这个世界上，它是多么美丽啊。

现在天色暗了，我也倦了。我爱你，永永远远。时间没有什么了不起。

亨利

二〇〇六年十二月十日

# DASEIN[1]

二〇〇八年七月十二日，星期六（克莱尔三十七岁）

**克莱尔**：查丽丝刚带爱尔芭、罗莎、马克斯和乔去兰波[2]溜旱冰了。现在，我开着车去她家接爱尔芭回家。不过我去早了，查丽丝也没回来。高梅兹披着条浴巾过来应门。

"快进来，"他边说边敞开大门，"来点咖啡？"

"好。"我穿过他们家杂乱的客厅，来到厨房，我在桌边坐下，桌上尽是没洗过的早餐盘子，我清理出一块空间，好容下我的两只手，高梅兹在厨房里走东走西地弄咖啡。

"好久没见你的臭脸了。"

"我最近很忙。爱尔芭在上各种各样的班，我得开车到处接送。"

"还弄艺术么？"高梅兹在我面前放了一副杯盘，把咖啡倒进杯子里。奶和糖已经在桌子上了，于是我便自己动手。

"没有。"

"哦。"高梅兹从灶台边侧过身来，手捧着自己的咖啡杯，黑发湿漉漉地朝后梳得极其平整，我从来没有注意过他的发际已经退了上去。"那么，除了给公主殿下当车夫，你最近都在做什么？"

我最近都在做什么？我在等。我在想。我坐在我们的床头，抓着那件还留有亨利味道的格子衬衫，我要把他的味道深深吸进去。凌晨两点，爱尔芭睡得正酣的时候，我出门散步，走得筋疲力尽再回去睡觉。我模拟和亨利对话，仿佛他就在我的身边，仿佛他可以通过我的眼睛去看世界，通

---

[1] 海德格尔的"此在"一词，实际上是指真实存在的个人。这个概念原来在黑格尔的存在论中是指与抽象而空洞的存在相反的、有一定确定性的实在，而海德格尔受到马克思一定的、历史的、具体的、条件的、社会存在的启发，将传统哲学中那种大写的类人，定为一个有肉身的、在一定时间地点情境中的个人。这种开端由克尔凯郭尔首思，他提出以一种内居不可替代性来反对抽象的不在此世的抽象的普遍的类人。然后，海德格尔又将这种此在中的此，定义为去在世，这个词即是真实的感性的时间和空间中的生存。

[2] 兰波溜冰场是兰波娱乐城（Rainbo）的一部分。餐饮巨匠福来德·曼恩（Fred Mann）于1922年兴建了兰波花园夜总会以及室外舞蹈场。2002年，兰波溜冰场就已经关门歇业了。

过我的大脑去思考。

"没做什么。"

"嗯。"

"你呢?"

"噢,你知道啊,就是市政议员的那些事情喽,扮演严厉的家长,和以前一样的。"

"哦。"我呷了口咖啡,瞥了一眼水池上的挂钟,它的形状像只黑猫,尾巴如同钟摆般来回晃动,每一个来回,大眼睛就眨一下。现在是十一点四十五分。

"你想吃点什么吗?"

我摇摇头,"不,谢谢。"从桌上的杯盘推断,高梅兹和查丽丝早饭吃的是蜜瓜、炒鸡蛋和吐司,孩子们吃的则是幸运饼[1]、加油饼[2]和一些涂了花生酱的东西。整张桌子就像一次二十一世纪家庭早餐的考古重现。

"和什么人约会吗?"我抬起头,高梅兹仍然斜靠在灶台上,咖啡杯端在下巴旁。

"没有。"

"为什么不去?"

这和你没关系,高梅兹。"我从来没想过。"

"你应该想想的。"他把杯子放进水池。

"为什么?"

"你需要接触新鲜的事物,新鲜的人。你总不能一直这样下去,花一辈子的时间等亨利出现。"

"我当然能,你瞧着好了。"

高梅兹上前两步,站到我身旁。他靠过来,嘴巴凑到我的耳边,"难道你不想念⋯⋯这个么?"他开始舔我的耳朵。是的,我想念。"高梅兹,离远点!"我对他吼叫,却没有挪开脚步。一个念头让我在椅子上坐立不安。高梅兹拨开我的头发,亲吻我的后颈。

---

[1] 幸运饼(Lucky Charms),金色山谷麦片公司(Golden Valley)的荣誉产品。这种幸运饼主要由两种成分组成:涂上糖的烤麦片,以及各种形状的杂色软糖。

[2] 加油饼(Cheerios),用即食燕麦为原料制成的一种早餐麦片。这一品牌于1941年问世,金色山谷集团旗下的通用面粉麦片公司的产品。

快来我这儿,哦!快来我这儿!

我闭上眼睛。一双手把我从座位上拉开,解开我的衬衫。舌头碰到我的脖子,我的肩膀,我的乳头。我闭着眼睛摸到一条带毛穗的厚布,浴巾落了下来。亨利。那双手解开我的牛仔裤,脱下它,把我往后放到餐桌上。有东西落到地板上,清脆的金属声。食物、银餐具、一只半月形的盘子、蜜瓜皮顶着我的后背。我的双腿分开了,舌头游到我的阴部。"哦……"我们在草坪上。夏天。绿色的毯子。我们刚刚吃完,嘴角还留着蜜瓜的味道。舌头顶进开阔的空地,湿润而敞开。我睁开眼睛,盯着半杯橙汁发愣。我又闭上眼睛,亨利的下体结实而持续地推进我的体内。就这样。亨利,我一直都在耐心地等着。我知道你迟早都会回来的。就这样。肌肤贴着我的肌肤,手掌握着我的胸乳,刺进抽出,有节奏地深入,哦——

"亨利——"

一切都停止了。时钟的滴答声如此响亮。我睁开眼睛。高梅兹从上直直地看着我,受伤了?生气了?好一会儿,他都面无表情。车门"啪"的一声。我坐起来,跳下桌子,奔进浴室,高梅兹随后把衣服扔了进来。

我刚穿上衣服,查丽丝和孩子们就从前门有说有笑地进来了。爱尔芭喊道:"妈妈?"我大声说:"我一分钟就出来!"我站在粉红和黑色瓷砖相间的浴室里,迎着昏暗的灯光,凝视镜子里的自己。头发里还有加油饼的碎屑。我的身影失落而苍白。我洗了洗手,试着用手指去梳理头发。我在做什么啊?我让自己变成了什么样子啊?

有了,算是个答案吧:现在你是时间旅行者了。

二〇〇八年七月二十六日,星期六(克莱尔三十七岁)

**克莱尔:**我和查丽丝看画展时爱尔芭极其耐心,为了奖励她,我们去了艾迪·德比维克,这是家仿造以前式样的小餐馆,兼营一些旅游纪念品。我们刚踏进店门,一九六四年的气息扑面而来,喇叭里高唱着金克斯[1]的歌,到处都是文字说明:

"好顾客就是多点菜的顾客!!!!"

---

[1] 金克斯(The Kinks),20世纪60年代最为辉煌的乐队之一。

"点单的时候,请说清楚些。"

"我们的咖啡好极了,我们自己都常喝!"

显然今天是个动物气球日:一位闪亮的紫色西装先生给爱尔芭捏了一只香肠狗,接着两下三下又把它变成了一顶帽子,套到她头上,她开心地扭了起来。我们排了半个小时的队,爱尔芭一句牢骚都没有,她一边观察着男女服务生们打情骂俏,一边静静看着其他小朋友的玩具气球。终于,一位戴着厚厚牛角框眼镜的服务生把我们领进了一个小间,他胸牌上的名字是"斯巴"。我和查丽丝各自翻开菜单,想在起司薯条和各种肉团中找到我们喜欢的东西。爱尔芭只会一遍又一遍地喊"奶昔,奶昔",等到斯巴再次出现时,她又突然害羞起来,我们再三哄诱,她才对他说想要一份花生酱奶昔(外加一小份炸薯条,因为我告诉她,中午光吃一杯奶昔是很颓废的)。查丽丝点了通心面加奶酪,我点了一份火腿莴苣番茄三明治。斯巴一走,查丽丝就唱起来:"爱尔芭和斯巴,坐在树枝丫,亲——嘴——巴……"爱尔芭闭紧眼睛,捂住耳朵,笑着连连摇头。另一位胸牌上写着"巴斯"的服务生大摇大摆地走到午餐台前,拿着卡拉OK话筒,模仿起鲍伯·塞格[1]的《往日的摇滚》。

"我讨厌鲍伯·塞格,"查丽丝说,"他写那首歌居然只花了半分钟,你相信吗?"

奶昔上来了,满满的一杯,长玻璃杯里还插着一根收缩吸管,旁边的调酒杯里留着多余的部分。爱尔芭站起来,踮起脚尖找到一个最佳角度,吸了一大口花生酱奶昔,她的香肠狗气球不停地滑到她的额前,影响了她的注意力。她抬起头来,透过深黑的长长的睫毛,看着我,她把气球帽往上一推,由于静电,帽圈居然吸在她的头顶上。

"爸爸什么时候回家?"她问。查丽丝发出一种声音,好像百事可乐呛到鼻子里去了似的,然后咳嗽起来,我不停地拍她的背,直到她示意让我停下来为止。

"八月二十九日。"我告诉爱尔芭,她继续"啧啧"地吸着她奶昔底下的沉淀物,查丽丝责备地看着我。

---

[1] 鲍伯·塞格(Bob Seger),70年代末80年代初的蓝领摇滚歌手。曾创作过大量热情洋溢的民谣,包括《走出丹佛》、《好莱坞夜》等。

后来，我们回到车子上，在湖滨大道上，查丽丝不停地调电台，爱尔芭则倒在后座上呼呼大睡。我从常春藤公园下了匝道口，查丽丝说："难道爱尔芭不知道亨利已经死了么？"

"她当然知道，她当时也在场。"我提醒查丽丝。

"那你为什么告诉她亨利八月份要回家呢？"

"因为他是会回家的。那个日子是他亲口告诉我的。"

"噢！"尽管我看着路面，我也能感觉到查丽丝正吃惊地瞪着我，"这……不会很怪吗？"

"爱尔芭很喜欢。"

"那么，你呢？"

"我从没有见过他。"我努力让自己的声音清亮一些，仿佛我根本没被这不公所折磨，仿佛爱尔芭向我复述她和亨利见面的情景时，即使我对每个细节都了如指掌，都从来没有悲伤怨恨过。

我把车子拐进了查丽丝和高梅兹家的车道，上面扔满了玩具，为什么没我的份，亨利？我无声地问，为什么只有爱尔芭？不过，一如既往，没有答案。一如既往，事实就是这样。查丽丝亲了亲我，跳下车，沉着地走向前门，门魔法般地打开了，高梅兹和罗莎站在里面。罗莎手里举着什么，冲着查丽丝活蹦乱跳，查丽丝接过她手中的东西，说了一会儿话，一把抱住了她。高梅兹望着我，朝我微微一挥手。我的手也晃了晃。他转身走开了，查丽丝和罗莎也进了屋。门关上了。

我坐在那里，在车道上，爱尔芭还在后座睡着。长满蒲公英的草坪，乌鸦们散着步。亨利，你在哪里？我把头靠在方向盘上。救救我。没有人应答。一分钟后，我把排挡推了上去，倒出了车道，一直驶向那寂静的、等着我们归去的家。

一九九〇年九月三日，星期六（亨利二十七岁）

**亨利：**我和英格里德找不到汽车，又喝醉了。我们晕晕乎乎的，天黑了，来来回回前前后后地还是找不到车。去他妈的林肯公园！去他妈的林肯拖车队。去他妈的！

英格里德火透了，她走在我前面，整个后背，甚至屁股摆动的姿势，都能看出她火透了。其实是我的错。去他妈的帕克维斯特[1]！怎么会有人想到把夜总会开在雅皮的林肯公园里！只要你的车停上十秒，林肯拖车队就能幸灾乐祸地把它拖到老巢里——

"亨利。"

"怎么啦？"

"那个小姑娘又来了。"

"什么小姑娘？"

"我们上回看到过的。"英格里德停下来，她手指的地方，有个女孩正站在花店门外。她穿了一件深色的什么玩意，所以我只能看到她白色的脸和赤裸的脚。她大概七八岁，这么小的孩子半夜一个人出来太危险了。英格里德朝那女孩走过去，女孩面无表情地看着她。

"你没事吧？"英格里德问女孩，"你是不是迷路了？"

女孩看着我说，"我刚才确实是迷路了，不过现在我已经知道我在哪儿了。谢谢你。"她礼貌地补充了一句。

"要我们捎你一程回家吗？不过我们得找到车，我们才能捎你。"英格里德朝女孩倾过身子，她们的脸相隔大概三十多厘米。我走到她们身边，女孩穿了件连帽风衣，一直拖到她的脚踝处。

"不，谢谢你。我住得很远。"女孩一头又黑又长的头发，一双黑得令人吃惊的眼睛。在花店黄色的灯光下，她真像是维多利亚时代卖火柴的小女孩，或者是德·昆西的安娜[2]。

"你妈妈在哪儿？"英格里德问她。女孩回答说："她在家。"她朝我笑了笑说，"她不知道我在这儿。"

"你偷偷跑出来的？"我问她。

"没有，"她说着笑了起来，"我出来找我爸爸的，可是我想，我来得太早了。我还会再来的。"她挤开英格里德，软软地靠了过来，抓住我的外套，把我拉向她，"汽车就在街对面，"她低声说。我朝街对面望了过去，果然就是英格里德那辆红色的保时捷。"谢谢——"我还没说完，小女孩迅

---

[1] 早在 20 世纪 20 年代，林肯公园地区兴建了兰考特剧院（Lane Court），当时可容纳 1000 名观众，剧场里除了表演歌舞杂耍外，也放映电影。后易名为帕克维斯特。

[2] 德·昆西（Thomas DeQuincey, 1785—1859），英国散文作家，他在《一个英国鸦片服用者的自白》中写道，妓女安娜曾在他流落伦敦街头的时候接济过他，德·昆西因而终生对她心存感念。

速地吻了我,嘴唇刚落在我的耳朵附近,她便沿着人行道跑开了。我站在后面,她的脚板一路拍击着水泥地面。上车后,英格里德一直沉默着。最后我说:"刚才真是怪了。"她叹了口气说,"亨利,你这么聪明的人,有时真他妈的蠢极了。"她再也没说一句话,在我公寓门口停住,让我下了车。

一九七九年七月二十九日,星期日(亨利四十二岁)

亨利:这是过去的某个时候,我和爱尔芭坐在灯塔湖滩上。她十岁,我四十二岁,我们两人都在时间旅行。温暖的夜晚,也许是七月,或者八月。我穿着从伊云斯顿北边的一座豪宅里偷来的牛仔裤和白色T恤,爱尔芭穿着从某位老太太衣柜里偷来的粉色睡衣,但它实在太长了,我们只能把下摆在她的膝盖处打了个结。整个下午,人们都用异样的眼光打量我们,我猜,我们俩看上去并不像沙滩边一对普通的父女吧。可我们已经尽力了,我们游泳,还一起用沙子堆了座城堡。我们从停车场的食品摊里买来了热狗和薯条。我们没有毯子,也没有毛巾,我们浑身上下都是湿湿的沙子,疲倦,但很愉快。我们坐着,看那些小毛孩在海浪里来回奔跑,还有跟在后面的笨拙的大狗。我们盯着水面,背后的太阳开始西沉。

"给我讲个故事吧。"爱尔芭说,她像一团冷掉了的意大利面靠在我身上。

我搂住她,"要听哪种故事呢?"

"好听的故事。关于你和妈妈的,妈妈还是小女孩那会儿。"

"嗯。好的。很久很久以前——"

"那是什么时候?"

"所有的时间都是一样的。很久以前,也就是现在。"

"同时存在吗?"

"是的,总是同时存在。"

"怎么可能呢?"

"你还想让我给你讲故事吗?"

"想……"

"那就好。很久很久以前,你妈妈住在草坪边的一个大房子里,草坪那儿有块空地,她以前常去那儿玩。有一个大晴天,你的妈妈,当时她真的很小,她的头发比她的身体都要大,你妈妈到空地上去,那儿有个男人——"

"身上没穿衣服!"

"一丝不挂,"我肯定了她,"你妈妈刚好带了条沙滩大毛巾,后来,她就给了那个男人,这样他总算有样东西可以披在身上了,那个男人向她解释说,他是个时间旅行者,不知什么原因,她相信了——"

"因为那是事实啊!"

"对,是的,不过她怎么可能想得明白呢?反正,她相信了他。后来她蠢到了家,居然还嫁给他,所以我们就坐在这里了。"

爱尔芭捶着我的肚子,"好好地讲!"她命令道。

"啊哟哟。你这样打我,我怎么讲得出来啊?你这家伙。"

爱尔芭安静下来,然后说,"你怎么从来没见过未来的妈妈呢?"

"我不知道,爱尔芭。如果我可以,我是想见她的。"海平面上的蓝色越来越深,开始退潮了。我站起来,伸出一只手,拉起爱尔芭。当她起身掸落睡衣上的沙砾时,突然朝前一个踉跄,说了声"噢!"就不见了。光渐渐黯淡了,我站在那里,捧着一件湿湿的棉布睡衣,凝望着她那串纤小的脚印。

# 重　生

二〇〇八年十二月四日，星期四（克莱尔三十七岁）

**克莱尔**：这是个寒冷而清亮的早晨，我打开工作室的门，跺落靴子上的雪。我拉开窗帘，打开暖气，开始煮咖啡。我站立在工作室空荡荡的中央，环顾四周。

两年了，一切都定格在那里，蒙着一层灰。画桌上什么也没有，空空的搅拌器里干干净净的，模具和定纸框齐整地堆放着，桌子旁一卷卷的龙骨金属丝也没动过，颜料、画笔、工具、书，都和我最后离开时一样，大头钉下的素描已经发黄、卷缩，我取下它们，扔进了废纸篓。

我坐在画桌边，闭上眼睛。

树枝在风的吹动下，"哗啦哗啦"地蹭着屋墙。一辆汽车开过巷子里的泥塘，溅起一片水花。咖啡机一边往壶里流出最后一滴咖啡，一边嘶嘶作响。我睁开眼睛，一阵战栗，便把厚毛衣裹紧了些。

今天早晨我醒来的时候，突然有种冲动要到这里来，像涌起的欲望：要和我的老情人，艺术，再来一次幽会。可现在，我却在这里等着……来到我身边，什么都没有来。我拉开一只分类抽屉，取出一张上过靛青的纸，深蓝色的，沉甸甸的，有些毛糙，摸上去冰冷的，像是金属。我把它铺在桌上，站着，盯着它看了一会儿。我拿出几支白色的蜡笔，在手掌里掂了掂分量。我放下蜡笔，给自己倒了些咖啡，从窗子中凝望屋子的背面。要是亨利在这儿的话，他就会坐在他的书桌旁，从桌子上方的窗户里回望我，或者和爱尔芭玩拼字游戏，或者看漫画，或者做午餐。我呷了口咖啡，努力想让时间倒转，努力想要消除现在和过去之间的差别。只有我的回忆把我留在了这里。时间啊，让我消失吧。然后那总是被我们一分为二的，在我们在场的时候，才又合在一起[1]。

我握着一支白色的蜡笔，站在那张纸跟前。它开幅很大，尽管我知道

---

[1] 选自刘皓明译《杜伊诺哀歌·第四首哀歌》。

把纸放在画架上会更舒服些，但我还是弯下腰，俯在纸的上方，从纸的中央着手。我测量了比例，是真人大小的一半：这里是头的顶点，腹股沟，脚后跟。我开始画头的轮廓，淡淡的笔触，凭着记忆：凹陷的眼眶，在头的中间，长鼻梁，微微开启的翘嘴唇。弓起的双眉流露出惊讶：哦，是你。尖尖的下巴，圆滑的下颌，高高的额骨，点到为止的耳朵。这里是脖子，双肩斜着下去，然后是交叉着抱在胸前的臂膀。这里是胸廓最后一根肋骨，鼓起的小腹，饱满的臀，微微弯曲的双腿。脚尖朝下，仿佛整个人是悬浮在半空似的。画面上的那些定格点，如同夜空中的星星；整个躯体就是一个星座啊。我打上明暗，让躯体立体起来，让它变成一只玻璃容器。我仔细地画出五官，勾勒出脸型结构，添上眼睛。那双眼睛，仿佛因为这突然的出现，吃惊地望着我。那些没有重量的、静止不动的线条是头发，它们在画纸上飘动起伏，令静态的躯体充满活力。在这个宇宙里，在这幅图画里，还有什么呢？遥远的星星。我从工具堆里翻出一根针，用透明胶带将画贴在一扇窗玻璃上。我开始往画纸上戳孔，每一针下去，都是她世界里的一颗恒星。一座星光璀璨的银河系出现在我的画面上，我把这躯体戳空了，它此刻变成了一只充满真挚情感的星座，成为无数光点聚合的网络。我看着我自己，她也回望着我。我把手指放在她的前额上，说："消失！"不过，留下来的是她，消失的却是我。

## 总会有再一次

二〇五三年七月二十四日，星期四（亨利四十三岁，克莱尔八十二岁）

**亨利**：我发现自己在一条黑暗的过道里，尽头有扇门，微微开启着，白色的光从门的边框缝隙中透洒出来。这里摆满了橡胶套鞋和雨衣。我轻轻地慢走到门边，小心地往另一间房里张望。早晨的光线洒满了房间，眼睛开始有些刺痛，适应了亮度之后，我看见房间里空空的，窗口旁有张简朴的木桌。一个女人坐在桌旁，面对窗子。她的肘边放着一只茶杯，外面是湖，波浪几次冲上了岸，又平稳地落下，几分钟后，才渐渐趋于安静。女人一动不动的。她有些眼熟。她是个老妇人：一头完美的白发，如同涓涓溪水流淌在她微微隆起的背上。她穿着一件珊瑚色的开襟衫。她双肩的线条，她僵直的姿势，都说明这个人已经非常疲倦了，而我自己也很疲倦。我把重心从一只脚移到另一只脚上，地板发出微微的声响。女人转过身来，看见了我，她的脸上绽放出欣喜；我突然惊呆了，她是克莱尔，老年的克莱尔！她朝我走来，步伐如此缓慢，我把她拥入怀中。

二〇五三年七月十四日，星期一（克莱尔八十二岁）

**克莱尔**：今天早晨，一切都很干净，暴风雨把断枝刮落了一地，我等会儿就出去把它们捡起来。湖滩上的沙被风重新铺洒了一遍，躺成一道无尽的长毯，留下雨点打落的痕迹。黄花菜们垂着头，在清早七点的白色晨光中闪着珠光。我坐在餐桌边，一杯茶，眺望湖面，凝听着，等待着。

今天和以前所有的日子并没有多大不同。我黎明时起来，穿上裤子和毛衣，梳理头发，做吐司，沏茶，坐着看湖，想今天他是否会来。今天和他以前离开后的日子并没有多大不同，我都在等待，除了这次有事先的通知：这次，我知道亨利会来的，最终会来的。我有时也怀疑，是否这样的准备、这样的期盼会妨碍奇迹的出现。可我别无选择。他就要来了，我就在这里。

此刻，从他的胸膛到他的眼睛，思念的
疼痛加剧了，他搂住他忠心的妻子，泪流不止。
有如海上漂游人望见渴求的陆地
他们精制的船被狂风肆虐被大海重压，
沉入深海之后，渴望煦暖的大地。
鲜有漂游人逃脱灰色的大海，
游向陆地，浑身饱浸咸涩的海水，
喜悦啊，喜悦啊，终于登上陆岸，逃脱了毁灭；
她看见了丈夫，也这样欢欣，
白净的双臂从未离开丈夫的脖颈。

——选自《奥德赛》
荷马